U0831869

何夕科幻精品系列

十亿年后的来客

何 夕 著

科学普及出版社

·北 京·

图书在版编目（CIP）数据

何夕科幻精品系列：全6册 / 何夕著．-- 北京：科学普及出版社，2019.1
ISBN 978-7-110-09864-6

Ⅰ. ①何…　Ⅱ. ①何…　Ⅲ. ①科学幻想小说—小说集—中国—当代
Ⅳ. ① I247.7

中国版本图书馆 CIP 数据核字（2018）第 173174 号

策划编辑	王卫英
责任编辑	王卫英　曹　璐
版式设计	中文天地
封面绘图	吴飞宇
封面设计	赵　亮　中文天地
责任校对	焦　宁
责任印制	徐　飞

出　　版	科学普及出版社
发　　行	中国科学技术出版社发行部
地　　址	北京市海淀区中关村南大街16号
邮　　编	100081
发行电话	010-62173865
传　　真	010-62173081
网　　址	http://www.cspbooks.com.cn

开　　本	880mm × 1230mm　1/32
字　　数	612千字
印　　张	35
版　　次	2019年1月第1版
印　　次	2019年1月第1次印刷
印　　刷	北京盛通印刷股份有限公司
书　　号	ISBN 978-7-110-09864-6 / I·559
定　　价	180.00元（全6册）

目　录

达尔文陷阱

楔　子

入夜的布塔市街头依然有几分热闹。黄头发阿金斜倚在收银台旁边，百无聊赖地扫视着超市门外来来往往的红男绿女。来乌原国的布塔市打拼快4年了，面对这片以歌舞奔放著称的土地，阿金的内心早已经变得很麻木。阿金关心的只是超市的生意。还有一个小时就要打烊了，今天的营业额不太好，这多少影响了他的心情。阿金的确有些心不在焉，直到他站起来伸懒腰时，才注意到右边的货架下蜷缩着的那个小小的身体。

那是一个五六岁的小男孩，长着白净的圆脸，一头黑发微微卷曲。布塔市的这个季节气温很低，但男孩穿得却很单薄。他从短寐中惊醒，目光显得有些迷茫。

“谁带你来的？你的父母呢？”阿金问道。

男孩好像没听懂阿金的话，只是本能地摇了摇头。阿金觉得，这个男孩从上到下都给人一种反应很迟钝而又有些呆滞的感觉。

阿金试着重复了一遍问话，但男孩依然无动于衷。阿金放弃了，打算找电话报警。这时男孩的目光被货架上的食物所吸引，他的鼻孔大张着，有些贪婪地吸着气。阿金这才注意到男孩面带疲惫，脸色苍白得有些过分。他想男孩大概是饿了。阿金取下一块面包递给男孩，但让他意外的是，男孩接过面包嗅了一下便扔在了一旁。阿金刚想发作，男孩却径直在货架上取下一袋牛奶，插入吸管后大口吮吸。伴随着这个举动男孩脸上的疲惫减少了些，但依然没有一丝血色。

阿金宽容地笑了笑，另外取了一袋牛奶给男孩递过去。男孩伸出手来，阿金突然注意到男孩手臂的内侧布满了针眼，他几乎是本能地抓住男孩的手想看个究竟，也就是在这时阿金发现了那件更加古怪的事情。

阿金当场怔住了，他不明白发生了什么事情。他无法描述自己的感觉，男孩的手臂很纤细也很柔软，同别的小男孩的差不多，但是有一点：手臂上没有温度。阿金觉得自己握住的就像是一截刚从冷水里捞上来的橡胶棒，他本能地将手搭在男孩的额头上，结果那里也是一片冰凉。男孩这时突然轻声地说："谢谢。"

这时从门口的方向传来了杂乱的脚步声。"找到了，他在这里。哼！一眨眼的工夫他就从车里跑出来了。"一声高亢的喊叫让阿金回过神来，一名高大的乌原人带着满身酒气从门口径直进来，有些粗暴地拉着男孩的手往外走。

"哎，你干吗？"阿金做了个拦阻的动作，"你是他的家人吗？"

"当然是。"那人有点儿不耐烦地回答。这时可以看到门外又有两个人往这边赶过来。

"可是，他好像生病了。"

"他没病。"

"可是他没有体温。"阿金有些胆怯地说，他曾经吃过这些人的亏，这些人喝了酒之后常拿阿金他们撒气。

那人回过头来盯着阿金："你还知道些什么？"

"我是说，他身体上没有体温。你明白吗？我握着他的手的时候，感觉像是握着一条蛇，很不对劲。我还从来没有遇到过这样的怪事情。应该送他去医院或者是报警……"

阿金的建议没能提完，因为一把锋利的刀截断了他的话。阿金没有在事件中死去是因为有几位顾客正巧走进超市惊扰了行凶者。这个既不是抢劫也不是谋杀的案件没有引起多大重视，在警方档案里它被归入偶然犯罪。虽然卷宗记录了事件中出现过一个没有体温的小男孩，但所有人私下里都认为，这是当事人在极度紧张的环境里出现的幻觉。

一

车窗外划过浅丘地区特有的片片小山坡，但开车的人显然没有欣赏风光的心情，他身形瘦削、双眉紧蹙，显出心事很重的样子。在一旁的副驾驶座上斜放着一个信封，一张照片从没有封口的信封里滑落出来。那是一个 40 多岁的很美丽的女人，她虽然微笑着，但无法完全掩盖脸上那仿佛固有的忧郁。

兰天羽赶到“守园”的时候何夕正在修补一根受损的鱼竿。何夕经常垂钓，但与其他人以此为乐不同，何夕钓鱼的目的和几万年前的老祖宗一样纯粹，完全是生活所需。在“守园”，许多事情都必须自己动手，有时候他还要侍弄几块菜地。何夕从兰天羽的语气里断定这是一件非常棘手的事情，不然以兰天羽的实力不会显得那么惊慌失措。其实兰天羽基本上都在说同一句话：“请你一定救救韦洁如。”

韦洁如，何夕在心里念叨着这个名字，端详着兰天羽手里的照片。兰天羽从几十千米之外赶来求助，看来这个人对他来说肯定非常重要。

“韦洁如是我的表妹，我们从小一块儿长大。”兰天羽顾不得一路的疲惫，“那时候我们两家人住在尼雅国的库达市。从小在几个表兄妹里我和韦洁如的感情是最好的。后来我们全家离开了那里，她家选择留下。要不是因为近亲的原因，她也许就是我的妻子了。”

“她现在的具体情况你知道吗？”何夕问。

“我不知道。”兰天羽痛苦地低着头，“其实我很久没见到她了。”

“那她有什么特点？”何夕斟酌着说道，“就是说她有什么与众不同的地方？”

“多年前她们家在当地经营着一些企业，但洁如从小就不喜欢生意上的事，而是对研究一些奇奇怪怪的事情感兴趣。”

“都是些什么事情？”何夕来了兴致。

“我也搞不太懂，在她还很小的时候就经常说些奇怪的话。比如她说，这个世界的设计充满失误，应该更有效率地运行才对。她还说，生命进化的历程太随机了，以致漏洞太多。”

“是这样，不过也不算太奇怪。”何夕若有所思，“后来呢？”

“她没有接手家里的生意，现在是库达大学的教授，研究方向好像是热带生物。这是她选择的道路，能从事自己喜欢的事情，我也为她感到高兴。”

何夕了解地点头：“她出了什么事？”

“她失踪了。家里人报了案，但是警方查不到线索。一个多月前有人把她从学校接走，开始她还同家里联系过，说正在乌原国从事一项重要工作。但后来就彻底失去了音讯。”

“乌原国。”何夕若有所思地重复一句，“韦洁如不是研究热带生物的吗？可这个季节乌原国还是冰天雪地，她去那里干什么呢？”

“我也不知道。”兰天羽显然方寸已乱。

何夕叹了口气，轻轻抚弄着手里的鱼竿：“就凭这些资料我很难帮上忙，感觉这是一件常规的人口失踪案件，要说找人的话，警察更在行。”

何夕说的是实话，这不算什么奇特事件，由警方来解决效率会更高。何夕一向认为朋友间应该有话直说，他的确认为这次兰天羽来找自己帮忙是有点儿病急乱投医。当然这也不能怪兰天羽，所谓关心则乱罢了。

“请你一定帮帮她！洁如的一生已经够坎坷了，我不希望她再受到伤害。”兰天羽听出了何夕的拒绝，有些失控地嘶喊道。

何夕眉毛微挑：“她以前遭遇过什么吗？”

兰天羽低下头，脸上现出极度的哀伤，显然很不情愿提及往事：“当年她才10多岁，在一场骚乱中，她的父母，也就是我的舅舅和舅妈都死了……”兰天羽眼里涌出泪水，身体不住地颤抖，看来虽然已经过去多年，这件事情仍然让他无法平静地叙述。

何夕没有开口说话，良久之后一声脆响传来，他右手两指间那根伽玛精工钓具公司生产的、可以承受数十斤大鱼力量的纳米鱼竿突然从中间断裂。

二

库达市街头人头攒动，兰天羽焦急地看着手表，何夕已经独自消失了3个小时，这里是约定的会合地点。兰天羽完全不明白何夕在忙什么——昨天专门赶到苏里达岛去参观那条世界上最大的蟒蛇，现在又玩起了失踪。

这时一辆插满彩旗的敞篷车在人群的簇拥下缓缓而

过，车上一位身着红衫、身躯微胖的男子脸上带着和蔼的笑容，向四面频频点头招手，口里用方言问候着路人。兰天羽猛觉肩头被人拍了一下，回头一看正是何夕，他身上背着一个大包，一副要出远门的样子。

“你好像认识车上这个人？”何夕问，他看着横幅上的字不明就里。

“他叫山迪昂万，以前住在我家附近，当年他父亲就在韦洁如家的工厂里做工。”兰天羽低声道，“没想到他现在已经是商业巨头了，而且还领导着一个政党。”

“他说些什么？”何夕随口问道。

“他在让大家支持他。”兰天羽说。

何夕看了看四周狂热的人群，不置可否地笑笑：“我看也就是为了拉选票嚷嚷几句罢了，好了，咱们别理会他们了。”何夕转身招呼计程车，“该赶路了。”

库达群岛是由两个构造板块碰撞形成的火山群，属尼雅国管理。奥克尔国家公园由奥克尔岛及附近的小岛组成。奥克尔岛四周普遍是悬崖峭壁，岛上有着成片的棕榈树林和广阔的草地。

“我们为什么不去乌原国？韦洁如最后的落脚点在那边啊。”兰天羽对四下的热带风光视若不见。

“我不是说了嘛，铁琅已经赶过去了，他一有消息就会与我们联系的。”何夕走得很快，似乎身上背着超重的负荷对他没什么影响。

“可我们来这里做什么？”兰天羽茫然四顾，奥克尔岛上植被茂密，湿度很大，虽然背包交给了何夕，但一路跋涉下来兰天羽也累得够呛。

“嘘。”何夕突然停下脚步，仰头望向树上。兰天羽顺着方向看去，一个鸭子大小的黑影急速地一晃而过，躲进了浓荫遮蔽中。

“那是什么东西？”兰天羽悚然道。

“喏，就是它。你忘了这里是奥克尔国家公园了，我们当然就是来看奥克尔巨蜥的。”

“巨蜥怎么在树上？在电视里我看到那家伙都是待在地面上的。”

“巨蜥在小的时候有很多天敌，一般都生活在树上，等到成年之后才会在地上生活。”

“你好像什么都知道。”兰天羽没好气地说，“可是能不能说明一下我们为什么要来看这些大壁虎？”

“因为我看到了韦洁如的笔记……”

“韦洁如的笔记？”兰天羽惊叫道，“在哪儿？你怎么得到的？”

何夕摇摇头：“你以为我满世界乱跑是为什么？我们刚

到库达市的时候我就去了韦洁如的住处，结果运气不错，找到了她的一本工作笔记。”何夕的语气变得有些幽微，“老实说，看了她的笔记我有种很想见到她本人的感觉。”

兰天羽接过何夕递过来的一个蓝皮本子急切地翻看，两分钟后他迷惑地抬起头：“里面好像尽是些生物学方面的研究资料，我看不太懂。”

何夕了解地笑笑：“老实说，我一直对热带生物有兴趣，本子里前面的大部分我基本能看懂，但后面的部分我确实不明白她想说些什么。你看这段话——‘生命体的生存从本质上讲是一种逆熵而行的行为，所以生命体自身是一团逆天而行的物质集合。它从系统外攫取负熵，用来有序排列自身体内的原子，并向外界排出无效序列。’你能明白吗？”

兰天羽茫然地摇头：“我连前面的很多都搞不懂。”

“其实这段话还不算艰深，我想她大概是说生命体是从外界摄取能量用于自身运行吧。关键是下面这句：‘而在进化的巨力下，生命体将这个过程演进到了难以想象的地步。我认为进化过度的现象无所不在，这严重地加剧了负熵的耗减，对自然造成莫大损伤，称之为进化灾难也不为过。在这种灾难中，起最重要作用的正是对生命而言最根本的元素。’老实说看到这里我完全跟不上韦洁如的思想了。”何夕翻过几页，“还有这里：‘人类的参与更是将这个过程推进到了史无前例的地步，在进化选择的强大力量干预下，整个人类的历史也因之而充斥着暴力、欺诈、伤害、丑恶，祈盼上苍能听我苦祷，赐我力量，将这一切终结。'”

何夕停下来，这段让人不明就里但却感到莫名触动的话让他无法平静。兰天羽插话道：“我想这些也许只是韦洁如在平时生发的一点儿感慨吧，她一个弱女子又能改变什么？”

何夕摇摇头，他翻到笔记最后一页，赫然映入眼帘的是几个朱红如血的字：我在地狱里永夜歌唱。

“看到这几个字你有什么感觉？”何夕直视着兰天羽。

“我……说不太明白，我突然觉得她变得有点儿陌生。”兰天羽喃喃道，“也许我不够了解她。”

“我不认为能写下这些文字的人所说的话会是随便说说。”何夕收好笔记，“我还注意到一件事，你这个表妹的专业虽然是热带生物，但她绝大部分的精力只是放在两种生物上。”

“哪两种？”兰天羽回忆着笔记里的内容，里面至少出现过几十种生物的学名。

“蛇和蜥蜴。”何夕大步朝前，“我调查到韦洁如在这个岛上有一处实验室，我们先去那里。”

三

观光车有完善的安全措施，因为现在已经进入成年巨蜥生活的区域。虽然奥克尔巨蜥极少主动攻击人类，但谁也不敢拿性命冒险，要知道死于巨蜥之口是一个可能长达几周的漫长病亡过程。

“其实这个时候的它们没有什么危险。”司机兼导游虽然是当地人，但与何夕他们交流起来并无障碍。眼前这两个人在他看来是好主顾，在小费上毫不吝啬。看在钱的分上他提起热情指着不远处几只躺在阳光下的巨蜥说：“它们前天刚好饱餐了一头牛，接下来的六七天里都不会想进食。”

“气温这么高，它们怎么不躲到树荫下？”兰天羽挥手抹汗。

“如果不依靠太阳的热量，它们无法消化食物。”何夕解释道。导游微微点头，看来这个说法比较靠谱。

兰天羽纳闷儿地搔头：“什么意思？因为它们是冷血动物吗？”

“只能说你猜得基本正确。”何夕接着说，“像蛇和蜥蜴这样的冷血动物，它们体内的消化系统必须依靠阳光的热量才能发挥正常功效，否则食物会在体内腐败。但并不是所有冷血动物都这样，比如鱼类就不需要，它们体内的酶对温度没有这种要求。”

兰天羽点点头算是明白了，而那个导游则是满脸惊奇地望着何夕。

“不是说爬行动物在进化史上比鱼类高级吗？我看在这一点上它们可比不上鱼。”兰天羽忙着下结论，“它们还真成了靠天吃饭了，要是吃饱了连着几天不出太阳会不会肠穿肚烂而死？”

何夕淡淡一笑：“我小时候养过的一条蛇就是那样死的。”

韦洁如的这个野外实验室其实还担当着一个观察哨的角色，出于安全考虑，架子搭得比较高。毕竟是野外，门禁系统不算强大，突破它只花费了何夕几分钟时间。

室内虽然不算太大但布置得井然有序，一张床靠在角落里，一张书桌紧挨床头。何夕想象着在无数个冷清的夜晚，一个柔弱的女子独自守着一盏孤灯，支撑她的不过是内心的一丝信念。不知为什么，何夕心里陡然闪过那句话：我在地狱里永夜歌唱。

令人失望的是，这里居然没有什么资料，甚至找不到一片纸。在柜架上摆放着一排直径约 5 厘米的玻璃瓶，瓶子上标明着一些动物名称：奥克尔巨蜥、亚马孙森蚺、新西兰鬣蜥、西伯利亚狼、倭水牛、鲔鱼等。不过瓶子里面装着的东西却似乎没什么差别，全是黑乎乎的一团。何夕打开背包，将这些玻璃瓶悉数收进。对周围的设备倒是秋毫无犯。

“你不能搞乱这里的，”兰天羽大急，“韦洁如回来可能还要用到这些东西。”

“放心。”何夕大大咧咧地说道，“我只是用一下，以后会还回来的。我主要是不熟悉这里设备的使用，不然也不必带走它们了。”

“看来洁如把资料全带走了。”兰天羽颓然坐下，“没什么文字线索。”

“是吗？”何夕若有所思地四下巡视，“我倒是有点儿发现。至少我敢肯定有人比我们先到一步。资料应该不是韦洁如带走的，否则这里不会被搜得像现在这么干净。”

“那个导游怎么不见了？”兰天羽突然嚷道，“我们叫他在外面等着的。”

糟糕！何夕暗忖不好，连忙拉着兰天羽朝室外冲去。兰天羽挣扎着说：“外面有巨蜥。”

“这个世界上最凶残的物种并不是巨蜥。”何夕拉着兰天羽一路狂奔，没多远就听得身后传来喧嚣的吵嚷声。仗着树林浓密，何夕停下来示意兰天羽噤声。只听得乱糟糟的人群从不远处经过，渐渐远去。

“我们也走吧。”良久之后兰天羽轻声提醒道。

“往哪儿走？3 米长的巨蜥你能对付几只？它们的尾巴能一下打死水牛。如果被这些家伙咬上一口，你全身的血液就会在几小时之内生满几百个品种的高毒性脓菌，这种超级败血症根本无药可救。”何夕露出狡黠的坏笑，“我们只能回实验室待着，那里现在应该又安全了。待会儿搭其他游客的车出去。”

四

库达是尼雅国的第三大城市，库达大学就坐落在这里。

兰天羽注视着街道上忙碌的人群对何夕说：“你知不知道在这里有一个家喻户晓的真实故事，叫‘没见过太阳的人’？”

“有点儿意思，说来听听。”

“说是有一个人，现在也没人清楚他到底姓什么叫什么，只知道他每天清晨天不亮就出发到库达市做工，晚上天黑后才回家。就这样直到死他一辈子也没有见过一天的太阳。”

“有这样的事？”何夕问得有些多余。

“我都说了这是一个真实的故事。他只是千万劳作者的一个写照。”兰天羽声音低回，“我的家人和韦洁如的父母都是那样的人。”

何夕沉默了。

接待他们的吴俊仁是韦洁如的同事，看得出来，这段时间他也关心着韦洁如的状况。“凡是我知道的都会告诉你们的，只要能早日找到韦洁如。”这个瘦高个儿的中年男人显得有些憔悴。

“这些标本瓶麻烦你做一下检测，看看里面都是些什么。”何夕本能地觉得这个男人是足以信赖的，“你看，这些瓶子上除了标明物种名称，还有一个各不相同的数字，在‘新西兰鬣蜥’上标的是 3，在‘森蚺’上标的是 23，在‘鲔鱼’上标的是 15，在‘倭水牛’上标的是 2，我想知道，这些数字代表什么意思。此外，你能否告诉我们一些关于韦洁如的事情？”

吴俊仁的神色变得有些恍惚：“怎么说呢？韦洁如是一位优秀的生物学家，取得的成就远远超过周围的人。不过我想也许不是因为她更聪明，而是她付出了远胜于别人的努力。实际上，在这个领域里的多数人和我一样，只是把研究当作是一种职业，但韦洁如显然倾注了别的东西在里面。”

“什么东西？”何夕急促地问。

“我也不知道说得准不准确，有点儿类似信仰之类的吧。这让她可以投入超出旁人几倍的精力，她可以在荒无人烟的小岛上独自待上几个月，或者是一个人一连几周吃住在研究所的实验室里。有时候我实在不忍心看到她这样劳累，想帮她，但老实说我确实吃不了那样的苦，所以只坚持了很短的时间。”

何夕和兰天羽对视了一下，心里都涌起一种难以言述的感觉。韦洁如就像被笼罩在迷雾森林里的精灵，她的内心不知埋藏着多少不为人知的秘密。

这时何夕的电话突然响了，何夕接听了几句后脸色突然一变：“你先守在那里，我们马上赶到布塔市。”

五

兰天羽这些天紧绷的神经终于抵受不住了，一上飞机他便吃了点儿感冒药沉沉睡去。何夕虽然也感到疲倦，但那些林林总总的信息却顽固地在他脑子里飘来飘去。他觉得自己就像进入了一片浓雾中的森林，前方仿佛有依稀的光亮，但更多的是混沌和迷茫。

兰天羽侧着身，有点儿含糊不清地说：“快到了吗？”

“你醒了？”何夕关切地问，他觉得兰天羽的脸色好了些，“刚才广播说还有一个小时就到了。你这一觉可睡舒服了。”

兰天羽猛地撑起身，想到离韦洁如更近了，他的感冒也似乎好了许多。

见面后铁琅照例给了何夕一记直拳，他的神色有些疲惫，可能没休息好。何夕破例没还手，蹙眉问道：“怎么一下飞机就闻到这么一股怪味？”

“今天风向不大对头。在布塔市的冬天你总会闻到这股味道的，那是因为住在市区周围的人烧煤取暖。”铁琅解释道，“现在乌原国一半以上的人都住在布塔市。你待会儿到市区就能看到，那些临时搭建的房屋已经将这个城市包围了。这也算当地特色。”

“有韦洁如的消息吗？”兰天羽直奔主题。

铁琅指着身边开车的身材壮硕的男子说：“这位仁吉泰先生是朋友介绍的，这几天他一直和我一起调查这件事。”

“这没什么，大家的关系都不错，帮忙是应该的。”仁吉泰嗓门高亢，估计是唱歌的好手，“根据我们的调查，韦洁如可能是在特尔利煤矿。”

“那是什么地方？”何夕问。

“特尔利是乌原国近年发现的煤矿，起初是国有的，现在已经私有化了。大部分产权属于一位叫赤那的人。矿里有不少工人。”仁吉泰说。

“我们现在去特尔利煤矿吗？”兰天羽问。

“是的，还有几百千米路程。”仁吉泰说，“一个多月前发生了一桩离奇的伤害案件，受害人阿金是我的老乡，他亲口告诉我说他见到了一个没有体温的男孩。”

“没有体温？”何夕惊叫一声，“那男孩在哪儿？”

“被那些袭击阿金的人带走了，警方根本没有认真地调查这起案子，他们没把这当回事。铁琅来找我的时候，我们正在私下里调查这件事，我们要讨回公道，结果发现韦洁如当时就和那些人在一起，他们最后的落脚点就是特尔利煤矿。”

“韦洁如和那些人在一起，那岂不是很危险？”兰天羽方寸大乱。

“应该不至于。”何夕很镇定，“韦洁如说过是到乌原国从事研究，也许那些人想从韦洁如那里得到什么。”

“我也这样认为。”铁琅开口道，“那个煤矿肯定有些古怪。我去过一趟，那里的管理严得过分。那个叫赤那的人是乌原国有名的富商，而且好像还在一个什么恶势力组织里身居高层，总之很有背景。”

何夕悚然一惊。“现在只能从特尔利煤矿查起。”何夕若有所思地看着车窗外，“我希望那个结果能快些传过来。”

“什么结果？”铁琅急切地问。

“一个能将这些线索连起来的结果。”何夕没头没脑地说了句。巨大的疲倦袭来，何夕放弃抵抗，靠着椅背沉沉睡去。

六

趴在荒地里潜伏两个小时对何夕来说是小菜一碟，但对仁吉泰来说就有些吃不消了。不远处是特尔利煤矿的一个转运区，一些明亮的光柱循环扫描着整个区域。

“可恶，一个煤矿搞得跟集中营似的，这个地方肯定有问题。”仁吉泰低声咒骂道。

“人会来吗？”何夕也有些焦急。

“说好了的。估计是有事耽搁，看这阵势要出来也不容易。”仁吉泰的声音突然高了些，“那边过来个人。”

来人除衣服上划了几道豁口外还不算太狼狈，脸上充满庆幸的神色。“这位是张林，”仁吉泰介绍道，“也是我的老乡，一个星期前专门进到煤矿里调查那帮人下落的。”

张林一把抓过仁吉泰手里的水壶大口大口地灌着，过了半天才长长地舒了一口气。

“这位是何夕先生，不是外人。”仁吉泰拍了拍张林的肩膀，“查到什么没有？”

“特尔利矿区最近可能要发生什么事。”张林说，“他们从几天前开始对工人加强管理，专门排查了工人的情况，像我这样的都接受了谈话，要求我们平时只能待在指定岗位，不得随意走动。”

“不过这也算不上什么大事啊。”何夕思索着说，他有些迟疑地问张林，“你想想看最近有没有这种情况，就是平时一直在某个地方干活的人突然不见了。”

张林回忆了一下：“这么说我倒是想起来，是有这种事。从前天开始，一个和我间隔几个工作位的矿工就没来上班，好像说是回国探亲去了。但我记得原先聊天时，他曾经说过现在已经没有什么亲人了。”

仁吉泰看了一眼黑瘦的张林：“这些天辛苦了，等事情办完后我请你吃烤全羊。”

张林笑了笑：“说起来这矿区里就存有几千只羊呢，但我们的伙食差得要命，老板太抠了。”

“你说什么？几千只羊？”何夕突然插话。

“当然，这几天我亲眼看见运过来的，兴许还不止这个数。喏，就关在转运站的设备仓库里。”张林指着 30 米外的一排房子说，“我也有些纳闷儿，看那房子应该装不了那么多羊的。”

何夕和仁吉泰面面相觑，他们俩的脸色变得有些发白。

张林的鼻孔微张：“是有股羊圈的味道啊，你们没闻到吗？”他的声音突然颤抖起来，一种诡异的感觉浮上心头。是的，几千只羊就在区区30米开外的房子里，还能闻到它们散发出的气味，但是这里也……太安静了。

这时何夕突然拿起电话接听，他的脸上闪过阴晴不定的神色。

“什么事？”仁吉泰问。

“尼雅国那边调查的事有新的发现。我们先回酒店。”

电脑屏幕上闪过一排排数据。

“这是些什么东西啊？”仁吉泰在一旁大摇其头，以他的学识，完全不明白这些数字代表什么。

何夕与铁琅却是凝神注视，生怕漏掉了重要的信息。

“吴俊仁检测出那些瓶子里都是动物的胃容物样品。”何夕下了结论，“看来韦洁如是在研究那些生物的食物结构。”

“那瓶子上标的数字和这些数据有联系吗？”兰天羽插话道，当天充满惊险的经历令他记忆犹新。

“吴俊仁已经进行了比较，他分析出那些数字的大小似乎对应着胃容物蛋白质含量的高低，但比例却不完全吻合。”何夕点点头，“你们看，按胃容物蛋白质含量从低到高的顺序来看，这些数字的排列完全正确，但是却不符合比例，存在一个小的偏移。比如奥克尔巨蜥的胃容物标号为21，蛋白质含量为19%，倭水牛的胃容物标号为2，蛋白质含量为1.2%。吴俊仁对这些标本全部进行了这样的分析，结果显示所有标本都存在这个微小的误差，而且这个小的差异表现没有明确的规律，就像是一个混沌的扰动，吴俊仁对此也无法解释。”

“会不会是这些数字并没有对应着蛋白质，而是对应着别的什么成分？”铁琅分析道。

何夕很肯定地说：“不会的。按这个思路，其他的成分吴俊仁也考虑过，比如说碳水化合物或者维生素等，但完全对不上号。只有蛋白质含量显示出了与数字标号的关联，但是这个没有规律的差异又怎么解释呢？”

“我们还是先想想怎么找到韦洁如吧。”兰天羽有些着急地开口，他看不出何夕有什么必要为一些莫名其妙的事情耽误时间，“这些无关紧要的事情可不可以等以后再说？”

何夕理解地拍拍兰天羽的肩膀：“我们现在做的这些事情正是找到韦洁如的关键所在。”

“什么意思？”兰天羽不解。

“我们必须要知道韦洁如在黑夜里吟唱的是一支什么样的旋律。”何夕突然没头没脑地说了一句。

七

冰碴在靴底传来破碎的声音。两个黑影矫健地穿行在空地中，做出一连串标准的军事动作，躲避四处扫动的灯柱。

“看来这些库房已经改造过了。”铁琅打量着结实的合金门，“如果是采煤设备肯定不用这么夸张的，居然用的是以色列 DDS 的门禁。这里也就是个羊圈，就算跑几只也值不了几个钱啊，搞不懂这些有钱人在想什么。”

“看来是防止外人进去。”何夕猫着身子紧张地操作，便携式计算机的屏幕上快速滚过串串代码，20 分钟之后终于响起攻破密码的嘀嗒声。

何夕和铁琅一进门就僵住了。在仓库里搭建着层层叠叠的笼子，难以计数的羊倒在里面，一动不动，姿势千奇百怪。

“这么多死羊？”铁琅打了个冷战，“看来我们闯进了一座坟墓。”

何夕打开红外眼镜：“它们没有死，还活着。它们的平均体温比环境高半度左右，在红外眼镜下才能看出这样的微小差别。既然和环境有温度差别，说明有新陈代谢存在。”

“那它们现在这样算什么？”

何夕咧嘴一笑：“我觉得是在冬眠。”

“冬眠？就像冬天的熊那样？”铁琅吃惊地问。

“不一样。”何夕摇摇头，“熊冬眠时体温只降低 10℃

左右，现在这些羊的情况和熊完全不同，体温和环境基本一致，还不到7℃，新陈代谢几乎停止，倒是和蛇类的情况很相像。”

“像蛇？”铁琅盯着那些雕塑一样的生灵，如果不凭借仪器谁也看不出这些是活物。

何夕深吸一口气：“你还没明白吗？对这个草原国度来说，我们现在看到的是一个非常了不起的奇迹。”

铁琅立时明白了何夕的意思。的确，多少年来牧人们都在为牲畜的越冬而焦愁，不要说增重，能靠着大量积攒的饲草让牲畜骨瘦如柴地活到春季就算是老天保佑了。但现在让牲畜冬眠却使问题迎刃而解，也许只有何夕所说的“奇迹”这个词才能够恰当地形容这件事情的意义。铁琅一时间觉得头竟然有些晕。

“我现在有点儿明白韦洁如到底在做什么了。”何夕从震惊中恢复过来，“她付出那么多心血，看来是值得的。”

“这是件好事啊！但为什么搞得这么古怪？”铁琅不解地问，“这样的成就是可以造福全世界的。”

“说明其中还有一些我们不知道的原因。”何夕淡淡地说。这时耳机里突然传出监控警报声。“外面好像有人正在接近这里，我们赶快出去。”

“根据情报，以前这里是没有人巡逻的。”铁琅在山包后看着那些停留在仓库入口处的人员。“看来他们加强了戒备。我们下一步去哪儿？”铁琅小声问道，“我觉得那个赤那透着一股神秘，赤那以前是牧场主，近来取得了不少矿山的经营权，特尔利煤矿只是他的部分产业，这种急速扩张的背后肯定有玄机。”

但是铁琅发现何夕好像没有听他说话，而是目光飘忽地看着远处，不知在想什么。“原来是这样。”何夕突然轻呼一声，“对，应该是这样。”

“你说什么？”铁琅不明就里地问，“你在听我说话吗？”

何夕没有搭话，自顾自地拿出便携式计算机开始演算。过了几分钟他吁出一口气说：“尤里卡。”

听到这个词铁琅立刻知道何夕有了发现。当年阿基米德在浴盆里洗澡，突然来了灵感发现了浮力定律，因而惊喜地叫了一声“尤里卡”，意思是：找到办法了！

“原来那些标本上面标的数字并不是蛋白质的比例，而是氮元素的占比。虽然这两者存在正向关联关系，但毕竟有所差别。现在将数据换算到氮元素则一切都完美吻合了，误差不到1%。”

“这能说明什么？我觉得两者应该算是一回事啊。”铁琅插话道，“谁都知道蛋白质里的重要构成成分就是氮。”

“在韦洁如的笔记里提到过一种她称为进化过度的现

象，她认为有某种对生命而言最根本的元素推动了这种现象。现在我想她应该就是指的氮元素。”何夕不紧不慢地说。

铁琅的表情有些发呆：“我不明白这是什么意思。”

“我也不明白。”何夕摇摇头，“我知道的不比你多多少。这里是转运区，3000 米之外就是特尔利煤矿的核心所在地。那里应该有我们想知道的答案。”

八

“张林又传回了新的情况。”仁吉泰急匆匆地进门来。

“什么事？”何夕问。

“有一个片区长今天欺压工人，张林和几个人看不惯，一起把那个家伙揍了一顿算是出了口气。”仁吉泰语速很快，“那人现在还被捆着，但现在张林他们不知道该怎么办。”仁吉泰摇摇头，“这个张林也是太冲动了点儿，看来只能让他先撤回来了。”

何夕愣了几秒，一丝亮光从他的眼里闪现出来：“我们也可以利用这次意外。你让张林给那个家伙多拍几个角度的照片传过来。”

10 分钟后何夕开始审视手机上发回的照片：“这个家伙的个子倒是和我差不多。”

“他叫李青。”仁吉泰补充道。

何夕和铁琅对望了一眼。

“现在制作硅胶面具的话时间是紧了点儿，但达到八九分的相似度应该没问题。”何夕开始摆弄设备，铁琅自然密切配合。一个多小时后，何夕在镜子前戴上面具左右端详道：“我的脸形稍宽了点儿，不过应该能混过去的。”

铁琅点头：“我的身高差太多，也只有你去了。你一定要多加小心。”

何夕转头看着铁琅：“你今天再去查一下转运区的仓库，有情况就通知我。”

“就是那个羊圈吗？”铁琅有些意外，“上次不是看过了吗？”

“当时有人来打断了调查，不知为何，我总觉得里面还藏有什么秘密。发现什么就马上联系我。”

何夕朝着屋里的一群人点点头，他也知道此去风险难料，他递给仁吉泰一张纸条：“记住这个电话。如果明天这个时候我还没有消息，你们就打电话寻求帮助。”

兰天羽突然开口：“我们不需要打那个电话。我相信你。”

铁琅却是一言不发，只照例在何夕的前胸捶击了一拳。

从井下出来，何夕立刻望着灰蒙蒙的天空大口呼吸，他在井下待的时间并不长，是去取李青的工作牌。到了井下何夕才知道这个乌原国排得上号的煤矿的条件有多糟，工人在这种恶劣的环境下工作只是为了多挣那么一点点钱。

办公区散布着几幢启用不久的建筑，都是只有几层的楼房。何夕夹着一个袋子看似方向明确地赶路，就像一位急着传送文件的职员，一路上尽量不引起别人的注意。这时何夕停在了一幢灰白色的建筑前，这里看上去同刚刚去过的几处地方并没有什么不同，但是何夕眼里突然显出了一丝兴奋的光。他照例目不斜视地进门，穿过门厅径直上楼，到了顶层何夕直接右拐，他眼睛的余光已经看见左边走廊上转悠着几名警卫。何夕迅速推开一间贮藏室的门，现在他只能从顶上的通风道进到守备森严的左边。

通风道里也设置了监控，虽然不至于不可逾越，不过也给何夕增添了一点儿麻烦，但这样严格的防备也让他确信自己正在往正确的方向前进。刚才让何夕驻足的是某种气味，他判断至少有苯酚和氯仿的存在，何夕想不出在一个煤矿的办公区里这两样东西有什么用途，但他知道它们是 DNA 萃取工艺中经常用到的。何夕看看表，已是晚上 7 点。通风道下方的房间基本已经没有人了。通过夜视镜，何夕确定这里是一处设备完善的实验室，不时有一些动物的叫声突然撕破寂静，在黑暗中听起来有些瘆人。

何夕在一个通风口处停下来，通风口的下面亮着灯，是一间稍小的实验室。屋子的一角摆放着一张简易的午休床，一个白衣女子坐在上面看书。何夕端详着这个狭小的通风口，小心地取下上面的隔栅，然后探出右手，接着，他的身体开始奇异地扭动。

白衣女子吃惊地回过头，何夕这才发现韦洁如比照片上显得更瘦也更美，某种朦胧的光芒在她的眼里浮动着。实际上，她整个人都给人一种不大真实的感觉。韦洁如的紧张只持续了一瞬间，很快她就恢复了镇定，一语不发地看着闯入者。

“我以为你会尖叫。”何夕只露出了半边身体，悬在半空中有些尴尬地开口道。

“如果有用的话我会那样做的，不过实验室之间保持着完全隔离，外面听不到这里的声音。”韦洁如淡淡地说，并抬头看了一眼何夕胸前的工作牌。

“这个牌子是借用的。我叫何夕，是兰天羽的朋友。”

“哦。那你是想带我走吗？”韦洁如仍然是那种淡淡的口吻，仿佛早就料到事情会发生。一时间何夕有些疑心这个世界上没有什么事情能让这个女人挂怀。

何夕翻身落到了地上，脸上露出苦笑：“那些监控虽然没能阻止我进来，但想带你出去却是不可能的。至少这个通风口你是无论如何也穿不过去的。”

韦洁如看了一眼通风口："要不是亲眼所见，谁都不会相信居然有人能穿过这个孔，这是瑜伽术吗？"

"这是中国道家的柔身术，和你说的瑜伽术差不多吧。不过我看你好像并不怎么吃惊。"

"别忘了我是一名生物学家。动物界有的是变形大师，你刚才的举动虽然神奇但比起章鱼来还差得很远。"

"你的亲人很担心你。不过我看你现在的情况不算糟糕。"

"我的研究资助方要求我暂时不同外界联系，等这里的事情忙完之后我会同他们联系的。"韦洁如优雅地抚弄着长发。

"什么事情？"何夕似笑非笑地问，"那群冬眠的羊已经足以让你在科学史上留名千载了。"

韦洁如急促地抬头起身："你看到了那些羊？"

何夕点点头："不过你的目标恐怕不光是让绵羊冬眠吧？虽然这已经是相当了不起的成就了。我猜想你想要改变的东西其实是——"何夕停顿了一下，"进化的方向。"

韦洁如第一次显出震惊的表情："你到底是什么人？你想知道什么？"

何夕的表情变得有些古怪："我想知道是一首什么样的歌让你在地狱里永夜歌唱。"

韦洁如如遭雷击般颓然坐下。

九

一缕轻雾在瓷杯上袅绕，韦洁如出神地望着这缕雾气："这是来自我家乡的新茶，多少年来我和家里人都喜欢喝。可是我的家人……"

"我知道你的感受。"何夕的心里滚过一阵难过，"那些作恶的人一定会得到报应的。"

"报应。"韦洁如突然有些失态地大笑，声音撞击在墙壁上竟然带有金属的铿锵，大笑的同时泪水不受控制地从她的眼里淌出，她的身体急剧地颤抖着，几乎就要栽倒。

何夕急忙扶住韦洁如，他的肩膀立刻被滚烫的泪水打湿了，一时间何夕感到在怀里啜泣的就是一个失散多年的与自己血肉相连的妹妹。

良久之后，韦洁如平静下来："让你见笑了。我已经许多年没有哭过了，没想到今天很失态。这个世界上每天都在上演着无数悲惨的事件，相比之下我的故事其实普通得很。"

"无数悲惨的事？"何夕问，"你指的是什么？"

"你听过一个故事吗？"韦洁如的声音变得和她的人一样有些不真实，"两个和尚在山路上遇到一只白羊哀叫求救，在它身后跟着一大两幼3只饿虎。小和尚正要杀虎救羊，老和尚却说：‘羊吃草、虎吃羊，物性本来如此，虎何罪之有？’小和尚说：‘那我只救羊不杀虎。’老和尚说：‘3只饿虎多日未食，随时有倒毙之虞，救羊同杀虎无异。’小和尚血气上涌说：‘那我今日舍了这身皮囊救下此羊总是可以吧。’老和尚却猛然掌掴小和尚道：‘此三虎并不曾食人，你今日妄自舍身让它们知道人肉滋味，却害得日后不知有多少乡民要死于虎吻。’”

“那怎么办？”何夕忍不住插话。

“小和尚也是这么问的。结果老和尚说了一句：‘不可说。’”

何夕倒吸了一口凉气，这个简单的故事让他陡然有种惊心动魄的感觉，如果换作自己面临这样的选择，恐怕也只能是“不可说”吧。

“这的确是个怪圈。”何夕说，“我想生命本身就诞生在这样的怪圈之中。”

韦洁如的眼睛亮了一下，有些诧异地盯着何夕。

“你的笔记对我有所启发。”何夕笑了笑，“生命本质上就是一团从外界攫取能量用于构建自身秩序的物质，而热力学定律的存在注定了这是以外部秩序的丧失为代价的。园子里的一茎草或一朵花很对称、很有秩序、很美丽，但羊要生存就必须把花和草咀嚼成无秩序的一团混乱物质，咽到胃里。”何夕的眼睛变得很亮，“在你的野外实验室里我找到了一些标本，我想你重点研究的是生物的氮元素代谢吧。”

韦洁如难以掩饰自己的震惊：“说实话，我真的怀疑你是我的同行。”

“我算不上，我只是对你的专业有些兴趣。”何夕解释道，“在你的笔记里说自然界的进化已经过度，而且由于人类的参与，这个过程愈演愈烈。老实说，这些观点我理解起来感到吃力。”

“地球生命的自然进化说起来有30多亿年的历史，但实际上生命可以说是平静地度过了30亿年，直到6亿年前生命现象依然低级而简单，当时所有的生物都还是单细胞状态。我们现在所习惯的那种弱肉强食、适者生存的进化场面，实际上是从寒武纪生命大爆发之后才开始的。在那之前30亿年的时间里，生命体甚至还没有长出严格意义上的嘴巴，但后来短短3亿年里进化的力量便造就出了邓氏鱼每平方厘米5吨咬合力的恐怖下颚。”

“这很正常啊。就像猎豹和羚羊一个追一个跑，经过几万个世代它们的速度自然越来越快。”

“这的确就是自然选择的力量。人们都说适者生存，其实称其为弱者毁灭更准确。一只羚羊真正的敌人并不是猎豹，在羚羊的一生中并没有几次机会单独与一头猎豹较量，实际的较量很可能就只是最后的那一次而已。但它却会千百次地与同类竞赛，筹码便是自己的生命。”韦洁如的脸上泛起异样的光彩，“捕猎者选择对象时同样遵循着铁的规则，总是选择羊群里最弱的一只，否则它的生命也不会长久。就平均能力来看，没有任何一只羚羊能战胜猎豹，但在这种生死时速的竞赛规则中并不是冠军获奖，而是最后一名受到惩罚。所以羚羊从来就没有打算战胜猎豹，它只需要战胜任何一个同类就行。也就是说，同类的优秀是它的噩梦，它真正意义上的敌人是群体里的另一只，即使那只羊也许是它的同胞哥哥或弟弟。”

“萨特当年说过一句‘他人即地狱’，他说这句话时人类已经在地球上占据了食物链的最顶端。”何夕幽幽开口，“看来，这句话其实对任何层次的生物群落都适用，虽然它们并不能理解这句话。”

“这很难说。”韦洁如打断何夕，“也许羚羊早就明白这个道理了。”

这下轮到何夕吃惊了：“这个说法太牵强了吧。”

“羚羊虽然是一种弱小的动物，但头上那对锋利的角却是可怕的武器，可你看到过羚羊用角对抗猎豹吗？”

何夕茫然地摇头，他有些明白韦洁如的意思了。

“作为生物学家，我也几乎没有看到过羚羊用角来对付猎豹，却无数次地看到它们彼此用角殊死格斗，实际上可以说，那对锋利的角本来就是为了同类斯杀才进化而来的。不仅羚羊如此，所有生物都会把自己杀伤力最大的武器施加在同类身上。我在求学的时候看过一部纪录片，其内容是非洲某个狮群的故事。原先的狮王争斗失败身亡后，接任的狮王四处搜寻并屠杀老狮王留下的幼崽。画面上幼狮拼命逃跑，当时我们一帮同学都忘记了这是影片，大家都大喊着‘快跑啊快跑啊’。当最后一只小狮子也被咬死之后，除教授之外我们每个人都流下了泪水。教授对我们说，这就是自然进化的铁律，为了让雌狮尽快发情产下自己的后代，雄狮选择了这种做法。从自然选择的角度来看，这也是唯一正确的做法，因为那些不这样做的‘仁慈的’雄狮难以留下自己的后代，它们早已被进化的力量淘汰。”

“这听起来的确很残忍，我知道有些人类部族以前也有杀婴的习俗，进入文明时代之后才杜绝了这种现象。”何夕点头道。

“文明。”韦洁如低叹一声，“人类对付狮虎等异类用的不过是猎枪罢了，而对付同类却动用了原子弹这种来自地狱的武器。其实这一切的根源都出自达尔文发现的那个自然选择，它就像是水面上时刻准备吞噬一切的巨大漩涡，生命一旦掉进这个陷阱便万劫不复，所以它们选择了拼命奔跑。”

“但也正是自然选择让这个世界变得多姿多彩，甚至我们人类能成为智能生物也是拜进化所赐。没有自然选择，说不定你我现在还是一洼水坑里的原虫。”何夕忍不住提醒道。

“我没有否定自然选择的作用，但是这种力量过度发展会导致无法控制的结果。自从越过造物主的防线之后，加上人类的参与，谁也无法预料进化会把世界带向何方。”

“造物主的防线？”何夕陡然一怔，短短时间里韦洁如带给他的意外太多了，他觉得眼前这个女人浑身都笼罩着一层迷雾。

十

“这是我提出的一个概念。”韦洁如保持着淡然的口吻，“自然界早就设立了一条防线，这条防线就是氮元素。生命现象的基础元素无疑是碳，所以有人称我们是碳基生命，但构成蛋白质的最核心元素是氮。氮很不活泼，只有通过硝化作用转变成离子才能被植物吸收。能够完成这一转变的，除了闪电、宇宙射线辐射，就是一些极特殊的微生物。对植物来说获取碳非常容易，但获得氮却是很困难的事情，而这个问题到了动物出现后更是成了一道瓶颈。所以它就像一道奇特的防线。”

“动物不是以植物为食吗？只要植物里有氮就行了啊。”

“动物的生理多样性远远超过植物，这实际上依赖于蛋白质的多样性。一般草本植物的总体蛋白质含量低于1%，而一头牛的身体蛋白质含量可达20%，所以动物对氮元素的需求量远大于植物。史前有一种恐龙，身长超过50米，体重超过130吨，在原野上行走时每一步都会使大地发生颤抖，就像地震一样，所以学界将它命名为‘地震龙’。如此巨大的身体决定了它的食量惊人，但是它却长着很小的脑袋和嘴，也就是说它的嘴根本跟不上身躯的演变。根据推测，它每天必须要用23个小时的时间来进食，为了进食它几乎连睡觉的时间都没有。你觉得这种生物算是成功吗？”

“我不知道。”何夕老实地回答，“不过也许地震龙自己喜欢这样。”

“从进化的角度看地震龙算不上成功，庞大身躯大大降低了它们适应环境的能力，实际上地震龙很快就灭绝了。那个时代的草食恐龙都长着一副庞大的身躯，传统的解释是为了防御肉食恐龙，但实际上肉食恐龙肯定会跟着草食恐龙的变大而变得更加巨大，这种防御方式的作用非常有限，得不偿失。其实真正的原因很简单，这一切都是迫不得已的结果。”

“迫不得已的结果？”何夕重复了一句。

“我说过植物对氮的需求远低于动物，结果是那些恐龙为了从植物中获得足够的氮只能选择增加食量。但满足了氮的需求之后它们却摄入了5倍于基本需要的碳水化合物，这些多余的能量在当时只能通过进化出庞大身躯来承受，所以它们的身体其实是一种无奈的畸形副产品。有一个司空见惯的现象你注意到了吗？世界上所有的蛇都是肉食动物。我想如果蛇选择吃草的话，它们也极有可能进化成巨无霸，重蹈远古祖先的覆辙。”

“如果生物当初一直不越过这道防线会是什么结果？”何夕突然插话。

韦洁如稍稍愣了一下：“只能大致判断在那种情况下生物特别是动物的多样性会大幅减少，动物的行动将变得更迟缓，高级智能的产生也将遥遥无期。总之，那将是一幅显得平淡的世界图像。”

“也就是说造物主原本不希望生物圈多姿多彩？”何夕疑惑地问。

“你肯定知道那个奥卡姆剃刀原理吧？”

“知道，我记得大意是，如果有两个理论能得出同样的结论，那么更简单的理论是正确的。也有人把它概括成简单就是真实。用这个原理可以解释恒星为什么是球形，也可以解释基本粒子的性质。”

“这个原理在众多领域都取得了巨大的成功，一直被奉为科学界的无上法则之一。但是我在研究中却发现它遇到了挑战，进化似乎有一种偏向复杂的趋势，最成功的生命往往是最复杂的，比如人类的大脑就是已知宇宙中最复杂的事物。奥卡姆剃刀原理无疑是正确的，但因为达尔文陷阱的可怕威胁，生命最终竟然超越了这个原本左右着全部物理世界的法则。自然界并没有先知先觉的设计者，氮元素防线体现的是负熵的节约，对任何生物圈来说，负熵都是一个有限的值。根据我的研究，生命在氮元素防线以内处于可控状态，一旦突破这道防线就会失去制约，谁也无法预料生命将去向何方。这就像人类虽然千万年来一直争战不休，但地球生物圈作为整体仍是安全的，而一旦到了使用原子武器时，情况就截然不同了。其实我的很多同行都认为，当地球上产生了人类这种智能生物的时候，这个星球的结局就几乎确定了，它很可能在将来某一天被自己孕育出的智慧生命毁灭。”

何夕沉默了几秒:“那你所说的防线突破事件发生在什么时候?”

“三叠纪晚期,距今约两亿年。听起来很长,但在地球30多亿年的生命史中只占5%。当时出现了摩根兽那样的原始恒温动物,它们选择了一种简单而奇特的方法来解决巨型恐龙面临的难题,它们升高了体温,从而将多余出来的80%的碳水化合物燃烧掉。这件事情称得上是宇宙中的划时代事件,虽然这种事情在宇宙中可能发生过不止一次。”

“有这么夸张吗?”何夕有些难以置信地问。

韦洁如的脸上浮现出一丝敬畏:“虽然我们平常提起宇宙时指的是时间和空间,就像中国古人所说的‘古往今来曰宇,四方上下曰宙’,但相比于时空,能量才是宇宙中至高无上的存在。大爆炸理论已经阐明,包括时空在内的整个宇宙本身其实都是能量的产物,所以能量节约法则一直是宇宙中先验的存在,但现在这个法则却被一种叫作恒温动物的事物打破了,它们为了生存居然学会了抛弃能量,所以我称之为划时代事件绝不为过。而且,在地球上采取这种做法的还不仅仅是恒温动物。”

“还会有别的生物吗?”何夕喃喃低语,他觉得今天在韦洁如面前自己的脑子似乎有点儿不够用了。

韦洁如补充道："某些昆虫为了达到相似的目的采取了另外的方法来处理这些'多余'的能量，最有名的便是蚜虫，它们将大量含糖的蜜露不断地排出体外。"

"可一般性的解释是，它们是为了吸引蚂蚁的保护。"何夕插话道。

"这个解释是典型的本末倒置，那只是附带获得的效果。一些种类的树蝉也大量喷出蜜液，它们可并不需要别的生物的保护。"

"可是有一点，恒温动物的确有生存上的优势啊，它们受环境影响更小，可以在变温动物无法生存的极端地区生存，比如两极地区。"何夕忍不住辩驳道。

"两极地区即使现在也只生存着总量不到万分之一的地球生物。热带和温带已经提供了足够广阔的生存空间，进入极端地区生存并不是恒温动物产生的目的，而只是这一事件导致的附带结果。"

"但是恒温动物有更快的反应和运动速度，这总是优势吧。有些昆虫甚至不能在清晨飞行，必须等到阳光晒暖身体后才能动弹。还有像鳄鱼和蛇等都需要阳光帮助消化。"

"所有的鱼类都是变温动物，你听说过需要暖身后才能运动和消化的鱼吗？要知道有些寒带鲔鱼的游泳速度可以超过猎豹的奔跑速度。"韦洁如脸上露出有深意的笑容，同何夕的争论让她颇感惬意，“这只是因为体内酶的功能差异罢了，只要有酶的支持，变温动物一样可以灵活而敏捷。你也许认为哺乳动物比爬行动物成功，其实这只是一种错觉，爬行动物的进化史远远长过哺乳动物，它们能长存至今足以证明它们是成功的。根据测算，变温动物食物中的能量只有不到 20% 转化为热量散发，而恒温动物的这个比例超过 70%。有些小体型恒温动物对能量的依赖惊人，小鼩鼱每天要吃 3 倍于自己体重的食物，实际上它根本不能停止进食，否则马上就会死于体温下降。恒温动物一方面‘抛弃’着能量，而另一方面它们对能量的依赖又远远超过变温动物，生命进化中总是充满这种怪圈和悖论。”

何夕觉得自己已不能说话，一时间他完全被韦洁如向他展示的这幅奇异的生命图景震惊了。他的脑海里浮现出一颗在虚空中静谧旋转的星球，千奇百怪的亿兆生灵在它的表面聚集成薄膜般的一层，涌动着、嘶喊着、挣扎着。每个角落都潜藏着黑暗的巨手，每时每刻都有无数疲于奔命的个体被拖进无尽渊薮的最深处。隐约中他似乎领悟到当年庄子为什么在《秋水》篇里向往做一只在泥地里自由甩尾的乌龟。

但是韦洁如似乎不准备放过他：“你看到的那些羊是第

一批改造成功的实验品，在同样的生长速度下，它们的食物量是普通绵羊的十分之一。也就是说，在不增加现有饲料的条件下产量可以提高10倍。而且它们还具有冬眠优势，其实自然界中哺乳动物冬眠并不罕见，比如蝙蝠、黄鼠、旱獭等，表现为心率慢至每分钟五六次，呼吸每分钟一次左右，体温比平时降低10℃左右。不过在这种情况下仍然会消耗相当多的能量，比如刺猬经过冬眠后体重会减到原来的三分之二。但你看到的那些绵羊的冬眠完全是另一回事，那些绵羊的新陈代谢几乎停止，就算经过一个冬天它们的体重也没有多大变化，你应该明白这对畜牧业意味着什么。唯一的缺陷是那些绵羊在环境温度低于4℃时会冻死，这一点和某些蛇类相似，实际上它们体内的某些基因片段就是来自蛇类的。不过今后这个缺陷应该能够有所改进。”

“说实话我对你真的很佩服。”何夕由衷地说，“这是可以改变世界的发明。”

“改变世界。”韦洁如神色若有所动，“这个世界上充满了争斗、欺骗、掠夺，善良的人成为牺牲品，穷凶极恶者却享受尊荣。我父母辛苦经营了几十年的工厂在一夜之间就被抢走，我看着他们被活活打死。”韦洁如的声音变得高亢，一种妖异的光芒从她的眼里透射出来，令她全身散发出一种摄人心魄的气息，就像是一个来自洪荒的女巫，“那时我还是一个10多岁的小女孩，小女孩的泪水已经流干了，她不知道为什么会发生这种事情，她就想，是不是因为世界上的工厂太少了，或者是世界上的食物太少了，所以人们才会这么野蛮地掠夺和屠杀。那个小女孩接着想，如果世界上能多一些工厂、多一些食物，也许她的父母就不会死。”

何夕默默地看着面前这个显得有些喜怒无常的女人，等她再次平静下来之后才开口道:“我理解你的想法，而且我也认为你的成果很伟大。但是无论出于什么理由都不应该将这套理论用于人体实验。”

“你说什么？”韦洁如脸色不悦地打断何夕，“我们的目标只是解决食物和能源问题，我从来没有考虑过将这项成果用于人类。”

这下轮到何夕愕然了:“难道说你不知情？但是我这里有一份警方的记录，里面提到过一个没有体温的小孩。”

韦洁如接过何夕递过来的资料，急速地浏览着，脸上阴晴不定。这时何夕的电话传来震动，铁琅的头像在屏幕上显现出来。“你没猜错，我在仓库里有非常惊人的发现。”铁琅语气凝重地说，“你还是自己看吧。”

屏幕上换了画面，在微弱的照明下可以看到地上并列放着一排透明的柜子，仿佛一口口小小的棺材。不知为何何夕陡然感觉一股寒意从背脊处升起，他不禁打了个冷战。镜头移近了些，一张张双目紧闭的稚嫩的面庞映入画面，他们的脸色都苍白无比。

“我的天，怎么会发生这种事情？！”韦洁如转身撑住桌面，极度的震惊下她有些语无伦次，作为业内专家她完全知道非法人体实验意味着什么，“他竟然欺骗了我，这个无耻的骗子！”

“你是说赤那？”

“不是他。是山迪昂万，一个尼雅人。”韦洁如的表情变得复杂起来，“赤那只是他的合作者，没有掌握核心的技术。”韦洁如知道她无比珍视的科学生涯在此刻被终结了，一丝近于幻灭的神色在韦洁如的眼里浮现，短短几分钟时间她仿佛苍老了 10 岁。

“我在尼雅国见到过这个人，他好像还领导着某个势力庞大的党派。”何夕若有所悟地开口道，“没想到他和赤那居然搅和在了一起。”

韦洁如镇定了些：“他今天已经到了乌原国，等一会儿就会到这里来。你快走。”韦洁如犹豫了一下，似乎在下着最后的决心。然后她打开旁边的冰柜，小心地取出两支装着紫色液体的试管递给何夕：“这就是用于生物改造的

'蛇心'试剂，加上你们在转运站仓库里拍摄的资料，可以作为指证山迪昂万和赤那的证据。"

"你——"何夕突然一滞，望着眼前陡然变得无比憔悴的韦洁如，他一时间不知道该说些什么。末了他郑重地点点头说："等你回到家乡的时候，我陪你喝最好的新茶。保重，我的同胞姐妹。"

十一

山迪昂万穿着一身传统服饰，脸上保持着地位尊贵者固有的倨傲。几位随从进门巡视一番之后便自觉出去，只留下山迪昂万和韦洁如。

"怎么他们就一直安排我的首席专家住在这种地方？"山迪昂万的脸上露出了笑容。

韦洁如挪步走开几米："是我自己要求的，这样我可以随时安排实验。"

"'蛇心'试剂不是已经成功了吗？等到这批绵羊春天苏醒之后，我们就向全世界公布这个伟大的发现，你的名字将被载入人类科学史。"山迪昂万大声说道。

一丝亮光从韦洁如眼中升起，但很快就陨落了，她沉默地看着这个喋喋不休的男人在她面前继续表演，似乎想用目光从他脸上剜下一块肉来。

韦洁如冷冷地说："我只是一个许身科学，以求给人类带来福祉的生物学家。"这时仿佛想起了什么，韦洁如突然黯然神伤，"当然，以后不再是了。"

"你什么意思？"山迪昂万狐疑地问。

"你还想骗我吗？"韦洁如悲愤地看着山迪昂万，"你竟然瞒着我进行'蛇心'试剂的人体实验。"

"这从何说起？"山迪昂万打了个哈哈，"再说没有你的参与我怎么能办成这样的事？"

"你还想骗我多久？我已经亲眼看到了证据。我身边的那些助手都是你安排的，他们都是你的爪牙。"韦洁如愤怒地说。

"别说得那么难听。我承认是做了几起实验，只是因为知道你会反对才暂时向你隐瞒的。"山迪昂万知道再否认也没有什么意义，脸上却是满不在乎的神情。

"你明明知道'蛇心'试剂现在的失败率超过 20%，用于人体实验和故意杀人有什么区别？你毁了我，你知道吗？你毁了我无比珍视的科学生命！"韦洁如哭出了声，满头乌发痛苦地颤抖着，"而且现阶段'蛇心'试剂对恒温动物的改造会导致思维迟钝，根本就不适用于人类。"

"既然你都知道了，我也不用再瞒你。实验中是死了几个小孩，算他们命不好。不过也成功了 10 多例，现在他们和那群绵羊一起正经受冬眠实验。以后他们将会在赤那的牧场工作。想想看吧，他们要求极低，而且头脑简单、听从指挥，到了冬天就和绵羊一起冬眠，连那点儿微不足道的饭钱都省了。赤那兄弟非常满意。”

“那几个孩子是怎么死的？”韦洁如反而平静下来。

“还能怎样。你知道‘蛇心’试剂的剂量要求一直是个难题，稍有差池就会造成心脏冷凝破碎，结果那几个小孩就死喽。”山迪昂万语气轻松，仿佛在讲一个笑话，“都是在尼雅国各地找来的孤儿，没引起任何麻烦。”

韦洁如眼前一阵发黑，她感到自己仿佛正在坠入一道无尽深渊：“你是个魔鬼，你毁了我的心血，也毁了我。”

“你别忘了，我也救过你的命，当年要不是我把你藏了起来，你早就被人杀死了……”

“你不要再说了，求求你不要再说了。”韦洁如捂住耳朵，脸色苍白如纸。

山迪昂万舔舔嘴唇，沉浸在得意的往事中：“那时候的你只有10多岁，每天穿着洁白的衣服，坐在漂亮的小汽车里像仙女一般从我面前经过。你一定没有注意到一个浑身脏兮兮的男孩每天都盯着你看。那个男孩看着你，还有你的漂亮房子和车子，心里疯狂涌动着有朝一日占有这一切的欲望。没想到这一切都来得太快，那天早晨当我看到满街的人群，我知道梦寐以求的时刻终于到来了。那时我的亲戚们正在接管你家的工厂，我第一时间冲到了你的面前，那时你刚刚在床上醒来，看到我突然出现你还以为自己在做梦呢。哈哈哈。”

“是的，那个早晨。”韦洁如抓扯着头发喃喃道，“我失去了一切。”

山迪昂万停了一下接着说：“知道我为什么用那些小孩做实验吗？就是因为‘蛇心’试剂会让人的思维变得迟钝。那些聪明的人处处压制着我们，而现在有了‘蛇心’试剂，正好可以改造他们。忘了说一点，我们还可以改造那些能吃苦的工人，让他们干我们不愿意干的活。以后在我的工厂里，将全是一群又听话又能吃苦的劳工，那是一幅多么美好的图景。不仅是我的工厂，还有赤那的牧场和煤矿里，都会遍布这样的劳工，我们的生产成本会大幅下降，我将成为世上最富有的人。”

“你疯了。”韦洁如强撑着不让自己倒下，山迪昂万描述的场景让她不寒而栗，“我要揭发你。”

“你没有机会的。”山迪昂万发出阵阵笑声，“我会很小心地保守所有的秘密。其实就算今后有人偶然发现个别改造后的劳工，那也没什么，因为你的研究是超越时代的，人们只会认为他是得了一种不能调节体温的奇怪疾病。有谁会真正关心他们的遭遇呢？所以你放心吧，谁都奈何不了我的，反抗是徒劳的。”

“是吗？”一个冰冷的声音突然在山迪昂万背后响起，他猛然回头，正好看见何夕罩着寒霜的脸。

“你是谁？你怎么进来的？”山迪昂万斜眼瞄着门口的方向。

何夕的语气比他的面容还冷：“现在该我劝你不要做徒劳的反抗了。说吧，死之前你有什么遗言？”

山迪昂万的脸一下子变得煞白，他本能地感到眼前这个人不是在说笑。死？这个极其陌生的词突然间变得离自己好近，他感到自己背上不由自主地冒出一层冷汗。“我们可以谈谈，你知道我有很多钱。真的，很多很多，你开个价吧。”山迪昂万有些结巴地说。

“这可太好了，我不杀穷人的。”何夕露出残酷的笑容。

“不，不。”山迪昂万努力在脸上挤出谄媚的笑，“杀了我对你没有好处的，你是在吓唬我，你不会杀我的对吧？”

“是吗？”伴着何夕的反问，山迪昂万立刻感到自己的左腿膝盖很奇怪地向后弯折，巨大的痛感让他差点儿晕过去。

何夕抽回脚：“这是替那些受害者还给你的。”

山迪昂万跪在了地上，他拼命抱住伤腿，终于意识到眼前这个人同他见过的那些柔弱可欺的人完全不一样。“求你放过我，我不想死。”他转头朝向韦洁如，“你帮我求求他，那些工厂我不要了，都还给你。快帮我求求他呀！”

韦洁如别过头，脸上满是厌恶的表情。

“那些人哀求的时候你放过他们了吗？”何夕眼睛通红，伴随着一声质问山迪昂万的右脸颧骨立刻挨了一拳，“这是替那些躺在柜子里的孩子们还给你的！”

山迪昂万已经不能说话，只是“呜呜”地大叫，眼里露出极度的恐惧，他看着何夕的目光就仿佛看到了来自地狱的恶灵。

“不过有一点你倒是没说错。”何夕居然露出了笑容，“我是不会杀人的。我怎么能杀人呢？那是你这样的野蛮人才干的事，我是文明人。再过一会儿，这间实验室就会被查封，而你也会得到应有的惩罚。”

这时，山迪昂万突然抬起头看向存放试剂的冰柜，但立刻被何夕的大手按住了，他的脸上泛起一股死灰色。山迪昂万使出最后的力气拼命挣扎，然而无济于事。

“听说这个试剂好像不太可靠是吧，而且剂量也很难掌握。可你却把它们用在那些可怜的小孩子身上，并且声称，如果出现什么不良反应，那只能算是意外。你真的是太无情了！”何夕死死控制住山迪昂万，脸上保持着残酷的笑容。

“你以为这个世界上没有什么可以惩治你，你错了，这个世界上还有正义，它不会放过任何人！”伴随着何夕的话，山迪昂万的喉咙里发出了绝望到极点的嘶吼，最后，嘶吼变成了痛苦的呜咽和喘息。

何夕目不转睛地看着山迪昂万眼里的恐惧渐渐消失，最终变成一片死灰。他松开手，山迪昂万的身体像失去支撑的麻袋般瘫软倒地。

尾　声

5个月后。

大批穿着制服的军警在特尔利煤矿的各个办公地点穿梭往来，手里抱着大量的物证材料。国际组织连同乌原国相关机构对特尔利地区煤矿采取的联合检查行动已接近尾声，凭借手中掌握的证据他们极其强硬地向联合国提请核查生化实验行动，并最终获得采纳。

何夕和兰天羽站在特尔利地区海拔最高的山顶上，眺望着一览无余的北方远处。夏季的强风拂过大地，发出恢宏的声音。青黄相间的草地向着无穷无尽的天边延展开去，显露出同样无穷无尽的生机。

“我还能见到韦洁如吗？”兰天羽问。

“我不知道，调查报告说几个月前她就失踪了，没有人知道她去了哪里。”何夕平和地回答，“不过有牧民说在遥远的并不太适合放牧的北边曾经见到过一位白衣长发的女子，放牧着某种特别适应贫瘠草地的绵羊，一些漂亮的少男少女簇拥在她的身边。”

“这个结局挺好。”兰天羽声音低沉地说。

“当然。”何夕幽幽地说，“谁说不是呢。”

两个人不再有话，在他们极目眺望的北方远处，天似穹庐，笼盖四野。

十亿年后的来客

一

有一种说法，人的名字多半不符合实际，但绰号却绝不会错。以何夕的渊博，是自然知道这句话的，不过他以为这句话也有极其错误的时候。比如几天前的报纸上，在那位二流记者半是道听途说半是臆造的故事里，何夕获得了本年度的新称号——“坏种”。

何夕放下报纸，心里有些无奈。不过细推敲起来，那位仁兄大概也曾做过一番调查，比如何夕最好的朋友兼搭档铁琅从来就不叫他的名字，张口闭口都是一句“坏小子”。朋友尚且如此，至于那些曾经栽在他手里的人，提到他当然更无好话。除了朋友和敌人，剩下的就只有女人了，不过仍然很遗憾，何夕记忆里的几个女人对他说得最多的一个字便是“坏”。

何夕叹了口气，不打算想下去了。一旁的镜子忠实地反射出他的面孔：那是一张微黑的已经被岁月染上风霜的脸。头颅很大，不太整齐的头发向左斜梳。额头的宽度几乎超过一尺，眉毛浓得像是两把剑。何夕端详着自己的这张脸，他最后下的结论是，即使退上一万步也无法否认这张脸的英俊，可这张脸的主人竟然背上了一个坏名，这真是太不公正了。何夕在心里有些愤愤不平地发泄着不满。

但是何夕很快发现了一个问题，他的目光停在了镜子里自己的嘴角上。他用力收收嘴唇，试图改变镜子里的模样。可是虽然他接连换了几个表情，并且还用手拉住嘴角帮忙校正，但是镜子里的人的嘴角依然带着那种仿佛与生俱来、也许将永远伴随着他的笑容。

何夕无奈地发现，这个世界上只有一个词才能够形容那种笑容——坏笑。

何夕再次叹了口气，有些认命地收回目光。窗外是寂静的湖畔景色，秋天的色彩正浓重地浸染着世界。何夕喜欢这里的寂静，正如他也喜欢热闹一样。这听起来很矛盾，但这是真实的何夕。他可以一连数月独自待在这人迹罕至的名为“守园”的清冷山居，自己做饭洗衣，过着最简朴的生活。但是，他也曾在那些奢华的销金窟里一掷千金。而这一切只取决于一点，那就是他的心情。曾经不止一次，缤纷的晚会正在进行，前一秒何夕还像一只狂欢的蝴蝶在花丛间嬉戏，但下一秒他会突然停住，兴味索然地退出，一直退到千里之外的清冷山居中。而另一些时候，他又可能在山间景色最好的时节里同样没来由地作别山林，急急赶赴喧嚣的都市，仿佛要急于融进海洋的一滴水珠。

不过很多时候有一个重要因素在影响着何夕的足迹，那便是朋友。与何夕相识的人并不少，但是称得上朋友的却不多，要是直接点儿说，就只是那么几个人而已。铁琅与何夕相识的时候两个人都不过几岁大，按他们四川老家的说法这叫作“毛根儿”朋友。他们后来能够相处这么长时间，原因也并不复杂，主要就在于铁琅一向争强好胜，而何夕却似乎是天底下最能让人的人。铁琅也知道自己的这个脾气不好，很想改，而一旦事到临头却总是与人争得不可开交。要说这也不全是坏事，铁琅也从中受益不少，比如从小到大他总是团体里最引人注目的那一个，他有最高的学分、最强健的体魄、最出众的打扮以及精彩多样的人生。不过有一个想法一直盘桓在铁琅的心底，虽然他从没有说出来过。铁琅知道有不少人艳羡自己，但他觉得这只是因为何夕不愿意和他争锋而已。在铁琅眼里，何夕是他最好的朋友，但同时也是一个古怪的人。铁琅觉得何夕似乎对身边的一切都很淡然，仿佛根本没想过从这个世上得到什么。

铁琅曾经不止一次地亲眼见到何夕一挥手就放弃了那些许多人梦寐以求的东西。就像那一次，只要何夕点点头，秀丽如仙子的富家千金水盈盈连同水氏家族的财富全都会属于他，但是何夕却淡淡地笑着拒绝了。还有朱环夫人，还有那个因为有些傻气而总是遭人算计的富家公子兰天羽。这些人都曾受过何夕的恩惠，他们最大的愿望就是找机会报答，却不知道应该给何夕什么东西，所以报答之事就成了一个无法达成的心愿。但是有件何夕很乐意的事情是他们完全办得到的，那便是抽空到何夕的山居小屋里坐坐，品品何夕亲手泡的龙都香茗，说一些他们亲历或是听来的来自山外的趣事。这个时候的何夕总是特别沉静，他基本上不插什么话，只会偶尔将目光从室内移向窗外，有些飘忽地看着什么东西，但这时如果讲述者停下来，他则会马上回过头来提醒他们继续。当然现在常来的朋友都知道何夕的这个习惯了，所以到后来，每一个讲述者都不去探究何夕到底在看什么，只自顾自地往下讲就行了。

何夕并不会一直当听众，他的发言时间常常在最后。虽然到山居的朋友多数时候只是闲聚，但有时也会有一些陌生人与他们同来。这些人不是来聊天的，他们会直接说自己遇到了难题，而解决这样的难题不仅超出了他们自己的能力，也肯定超出了他们所能想到的那些能够给予帮助的途径，比如说警方。换言之，他们遇到的是这个平凡的世界上发生的非凡事件。有关何夕解决神秘事件传闻的范围不算小，但是一般人只是当作故事来听，真正知道内情的人并不多。不过凡是知道内情的人都对那些故事深信不疑。

今天是上弦月，在许多人眼里并不值得欣赏，可这却正是何夕最喜欢的那种月亮。何夕一向觉得，满月在天固然朗朗照人却少了几分韵致。初秋的山林在晚上 8 点多已经微凉，但天空还没有完全黑下来，虫豸的低鸣加深了山林的寂静。何夕半蹲在屋外的小径上，借着天光专心地注视着脚下。这时两辆黑色的小车从远处的山口显出来，渐渐靠近，最后停在了 30 米以外那条大路的终点。第一辆车的门打开，下来一位皮肤黝黑、身材高大壮硕的男人，他看上去 30 岁出头，眼窝略略有些深，鼻梁高挺，下巴向前呈现出一道坚毅的弧度。跟着从第二辆车里下来的是一位头发已经花白的老者，60 多岁，满面倦容。两个人下车后环视了一下四周，然后并肩朝小屋的方向走来。另外几个仿佛保镖的人跟在他们身后几米远的地方。老者走路显得有些吃力，年轻的那人不时停下来略做等待。

何夕抬起头注视着来者，一丝若有所思的表情从他嘴角显露出来。壮硕的汉子一语不发地将拳头重重地搡在何夕的肩头，而何夕也以同样的动作回敬。与这个动作不相称的是，两人脸上同时绽放出灿烂的笑容。

这个人正是何夕最好的朋友铁琅。

“你在等我们吗？你知道我们要来？”铁琅问。

“我可不知道。”何夕说，“我只是在做研究。”

“什么研究？”铁琅四下里望了望。

“我在研究植物能不能倒过来生长。”何夕认真地说。

铁琅哑然失笑，完全不相信何夕会为这样的事情思考：“还用问，这根本是不可能的事情。”

“这是两个月前在一次聚会上一个小孩子随口问我的问题，当时兰天成也在，他也说不可能。结果我和他打了个赌，赌金是由他定的。”

铁琅的嘴立时张得可以塞进一个鸡蛋。兰天成是兰天羽的堂兄，家财巨万，此前正是他为了财产而逼得兰天羽走投无路几乎寻了短见，要不是得到何夕相助的话，兰天羽早已一败涂地。这样的人定的赌金有多大可想而知，而关键在于就是傻瓜也能判断这个赌的输赢——世界上哪里有倒过来生长的植物?

“你是不是有点儿发烧?”铁琅伸手触摸何夕的额头,“打这样的赌你输定了。”

“是吗?”何夕不以为然地说,“你是否能低头看看你的脚下?”

铁琅这才注意到道路旁边斜插着七八根枝条,大部分已经枯死,但是有一枝的顶端却长着一个翠绿的小分枝。小枝的形状有些奇怪,它是先向下然后才又倔强地转向天空,宛如一个钩子。

铁琅立时倒吸了一口气,眼前的情形分明表示这是一枝倒栽着生长的植物。

“你怎么做到的?”铁琅吃惊地问。

“我选择最易生根的柳树,然后随便把它们倒着插在地上就行了。”何夕轻描淡写地说,“都说柳树不值钱,可这株柳树倒是值不少钱,福利院里的小家伙们可以添置新东西了。”

“可是你怎么就敢随便打这个赌,要是输了呢?”铁琅不解。

“输了?”何夕一愣,“这个倒没想过。”他突然露出招牌坏笑来,“不过要是那样,你总不会袖手旁观吧,怎么也得承担个百分之八九十吧？朋友就是关键时候起作用的，对吧？”

铁琅简直哭笑不得：“你不会总是运气这么好的，我早晚会被你害死。”

何夕止住笑：“好了，开个玩笑嘛。其实我几岁的时候就知道柳树能倒插着生长，是贪玩试出来的。不过当时我只是证明了两个月之内有少数倒插的柳树能够生根并且长得不错，后来怎么样我也没去管了。不过这已经符合打赌胜出的条件了，这个试验是做给兰天成看的，他那么有钱，拿点儿出来做善事也是为他好。”

铁琅还想再说两句，突然想起身边的人还没有做介绍。他稍稍侧了侧身说：“这位是常近南先生，是我父亲的朋友。他最近遇到了一些烦恼的事情，他一向不愿意求助他人，是我推荐他来的。”

常近南淡淡地点点头，他看上去正是那种对事冷漠，不愿求助他人的人。常近南眯缝着双眼，上下打量何夕，弄得何夕也禁不住朝自己身上看了看。

“你很特别。”常近南说话的声音有些沙哑，不过应该不是病，而是天生如此，“老实说，你这里我是不准备来的，只是不忍驳了小铁子的好意。来之前我已经想好，到了这里打了照面就走。”

何夕不客气地说："幸好我也没打算留你。"

"不过我现在倒是不后悔来一趟了。"常近南突然露出笑容，脸上的阴霾之气居然淡了很多，"本来我根本不相信世上有任何人能对我现在的处境有所帮助，但现在我竟然有了一些信心。"

铁琅大喜过望，他没想到只是初见面的这几分钟竟然让多日来愁眉不展的常近南说出这番话来。

"哎，你可不要这样讲。"何夕急忙开口，"我只是一个闲人罢了。"

常近南悠悠地叹口气说："我一生傲气，从不求人。而且眼下我所遇到的算得上是一件不可能解决的事情。"

"既然是不可能解决的事情，你怎么会认为我帮得上忙？"何夕探询地问。

常近南咧嘴笑了笑，竟然显出孩童般的天真："让植物倒着生长难道不也是一件不可能解决的事情？"

二

常氏集团是知名企业，经营着包括化工、航运、地产等诸多产业。常家位于檀木山麓，面向风景秀丽的枫叶海湾。内景装饰豪华但给人简练的感觉，从中可以看出主人的品位。

常近南将客厅里的人依次给何夕做了介绍。常青儿，常近南的大女儿，干练洒脱的形象使她有别于其他一些富家女。她不愿荫庇于家族，早早便外嫁他乡自己打拼。但天不佑人，两年前一场车祸夺去夫君性命。伤痛加上思乡，常青儿几个月前回到家中，陪伴父亲。常正信，25岁，常近南唯一的儿子，半个月前刚从国外学成归来，暂时没有什么固定安排，就留在常近南身边，帮助打理一些事务。

何夕打量着这几个人，脸上是礼节性的笑容，从表情上看不出他的想法。常青儿倒是有几分好奇地望着何夕，因为刚才父亲介绍时称何夕是博士，而不是某某公司的什么人，印象中家里很少有生意人之外的朋友到来。何夕的目光集中在常正信身上，对方身着一套休闲装，很随意地斜靠在沙发上，他对何夕的到来反应最冷淡，只简单打了个招呼便自顾自地翻起杂志来。何夕并不是全部时间都盯着常正信，只不过是利用同其他人谈话的间隙而已。不过对何夕来说这已经足够获取他想要的信息了，实际上随着对常正信的观察，他对整件事情越来越有兴趣，同时他也意识到这件事情可能不会那么简单。本来当常近南请他来家中“驱鬼”时，他还以为这只是某个家里人有歇斯底里发作的现象，这在那些富人家里本不是什么稀罕事，但现在他不这么看了。按照何夕的观察，这个叫常正信的年轻人无疑是正常的，他应该没有什么精神方面的障碍，那么又是什么原因令他做出那些让他自己的父亲也以为“撞鬼”的事情呢？

常近南的书房布置得古香古色，存有大量装帧精美的藏书，其中居然还有一些罕见的善本。何夕是个不折不扣的书虫，这样的环境让他觉得惬意。

常近南关上房门着急地问：“怎么样？你们看出什么来了吗？”

“老实说我觉得贵公子一切都好好的，看不出什么异样来。”何夕慢吞吞地说。

“我也觉得他很正常。”铁琅插话道。

常近南有些意外：“你们一定是没有认真地看。他一定有问题了，否则怎么可能逼着我将常氏集团的大部分资金交给他投资？虽然……”常近南欲言又止。

“虽然什么？如果你不告诉我们全部实情的话，我恐怕帮不了你。”

“我不知道该不该说出去。”常近南的脸色变得古怪起来，他仿佛还在犹豫着该不该说出来，最终对儿子的担心占了上风，“虽然他本来已经做到了，但在最后一刻他终止了行动。”

“什么行动？”何夕追问道。

常近南叹了口气：“那是七八天前的事，那天早晨正信突然来到我的卧室，建议我将所有可用的资金立刻交给他投资到欧洲的一家知名度很低的公司，我当然不同意。正信很生气，然后我们发生了激烈的争吵。我问他是不是得到了什么可靠的内幕消息，他却不告诉我，只是和我吵。这件事让我心情很糟糕，身体也感到不适，所以我没有到办公室。但是那天上午却发生了奇怪的事情。”

常近南迟疑了一下，然后在桌上的键盘上敲击了几下：“你们看看吧，这是当天上午公司总部的监控录像。”

画面显然经过剪辑汇总，因为显示的是几个不同角度拍摄的图像。常近南正走进常氏集团总部的财务部，神色严肃地说着什么。

“据事后财务部的人说，是我向他们下达了资金汇转的命令。”

“可那人的确是你啊。”铁琅端详着画面说，“你们的监控设备是顶尖水平的，非常清晰。”

“也许除了我自己之外，谁都会这样认为。哦，还有常青儿，她那天上午和我一起在家。这人和我长得一样，穿着我的衣服，但不是我。”

“会不会是常正信找来一个演员装扮成你，以便划取资金？”何夕插话道，“对不起，我只是推测一种可能，如果说错了话请别见怪。”

“世上没有哪个演员有这样的本事，我和那些职员们朝夕相处，他们不可能辨别不出来我的相貌和声音。”常近南苦笑，“你们没有见到当他们事后得知那不是我时的表情，他们根本不相信我说的话。”

画面上常近南做完指示后离开，在过道里踱着步，并在窗前眺望着远处。几分钟后他突然再次进入财务部，神色急切地说着什么。

“那人收回了先前的命令。不知道是什么原因。”常近南解释道。

这时画面中的常近南急促地进到一间空无一人的会议室里，锁上门。他环视了一下四周，然后在墙上做了一个动作。

他蒙上了监控摄像头，但是他不知道会议室里还有另一个较隐蔽的摄像头。

那人面朝窗外伫立。他的双手撑在窗台上，从肩膀开始整个身躯都在剧烈颤抖。从背影看这似乎是一个充满痛苦的过程，有几个瞬间那人几乎要栽倒在地。这个奇怪的情形持续了约两分钟，然后那人缓缓转过头来……

“天哪，是常正信！”铁琅发出一声惊呼。

“砰”的一声，书房的房门突然被拉开了，一个黑影闯进来。“为什么要对外人讲这件事？你答应过不再提起的！”声音立刻让人听出这个披头散发的黑影正是常正信，但这已经不是客厅里那个温文尔雅的常正信了，他直勾勾地瞪着屋里的几个人，眼睛里闪现出妖异的光芒。“瓶子，天哪，你们看见了吗？那些瓶子。”说完这话他的脖子猛然向后僵直，何夕眼疾手快地扶住了他。

“快拿杯水来！”何夕急促地说。

常正信躺在沙发上，喝了几口水后他显得平静了许多。过了一会儿他睁开眼望着四周，似乎在回想刚才发生的事情。

“告诉我发生了什么？”何夕语气和缓地说。

常正信迷茫地望着何夕：“我怎么在这里，真奇怪。”他看到了常近南，“爸爸，你也在，我去睡觉了。晚安。”说着他起身朝门外走去。

“好了，何夕先生，你大概也知道我面临的处境了吧。”常近南幽幽开口，“事后我问过正信，但他拒绝答复我。我现在最在意的就是家人的平安。也许真的是什么东西缠住了他。也许这个世界上只有你能够帮助我了，只要你开口，我不在乎出多少钱。”

“那好吧。老实说吸引我的是这个事件本身而不是钱，不过你既然开口了我也就不客气了。”何夕在纸上写下一行字递给常近南。

铁琅迷惑地望着何夕，虽然何夕的事务所的确带有商业性质，但他从未见过何夕这样主动地索取报酬。不过比他更迷惑的是常近南，因为那行字是“请立刻准备一张到苏黎世的机票”。

铁琅抬起头，正好碰上何夕那招牌般的坏笑。“常正信不是在瑞士读的书吗？”他的目光变得幽深起来，“也许那里会有我们想找的东西。”

三

在朋友们眼中，何夕是一个很少犯错误的人，他说的话或是写的文字需要变动的可能性极小。不过最近他肯定错了一次，他本来叫人准备一张机票，但实际上对方准备的却是 3 张，因为来的是 3 个人，除了他还有铁琅和常青儿。铁琅的理由是“正好放假有空”，常青儿只说想跟来，没说理由。不过后来何夕才知道，这个女人做起事情来“理由”两个字根本就是多余。

苏黎世大学成立于 1833 年，是无数优秀人才的摇篮。何夕看着古朴的校门，突然露出戏谑的笑容：“要是校方知道他们培养了一个不借助任何道具能够在两分钟内变成另一个人的奇才，不知做何感想。”

来之前何夕已经通过各种渠道了解了常正信求学时的一些概况，比如成绩，租住地，节假日里喜欢上哪里消磨，有没有交女朋友等。以至于常青儿都忍不住抗议，要求尊重一下常正信的隐私。

“那些无关紧要的事情就不必查了吧！”她扯着尖尖的嗓门试图保护自己的弟弟。

“问题是你怎么知道哪些事是无关紧要的？”何夕反驳的话一向精练，却一向有效，总是顶得常青儿哑口无言。

卡文先生的秃头从电脑屏幕前抬起来：“找到了。常正信是一个比较普通的学生，没有什么特别的地方。”

“是这样，”何夕信口开河，“他现在已被提名参选当地的‘十大杰出青年’，我们想在他的母校，也就是贵校，找一些不同寻常的经历，作为他的事迹。”

“我再看看。哦，他在本身学的专业上成绩好像一般，但在选修的古生物学专业上表现不错。你们看，他的成绩比本专业的学生还好呢。你们要知道，我校的古生物研究所在世界上都是有知名度的。这对你们有用吗？他的论文是雷恩教授评审通过的。我看看，对了，雷恩教授今天没有课程安排，应该在家里。”

……

“常正信?”雷恩教授有些拗口地念叨着这个名字,“你们确定他是我的学生?”

常青儿也觉得这一行有些唐突了:“他只是在这所大学读书。但是他不喜欢自己的制药专业,而是对古生物学颇感兴趣,而您是这方面的权威,所以我们猜测他可能会与您有较多的联系。”

雷恩蹙眉良久,还是摇了摇头:“也许他听过我的课,见了面我大概能认识,但实在想不起这个名字。其实你们东方人到这里留学一般都是选择像计算机、财会、法律等实用性很强的学科,很少会选我这个专业的。”

“其实我倒是一直对这门学问非常心仪,只可惜当年家里没钱供我。”何夕突然说。

“这倒是实话。”雷恩笑了笑,“这样的超冷门专业的确是只有少数从不为就业发愁的有钱有闲的人才会就读。就连我的女儿露茜,”他朝窗外努努嘴,“对我的工作也是毫无兴趣,不过也许今后我有机会培养一下我的小外孙。哈哈哈。”雷恩说着话爽朗地大笑起来。

何夕顺着雷恩的目光看出去,室外小花园里一个容貌秀丽的红衣女子正在修剪蔷薇,她的左手轻抚着隆起的腹部,脸上正如所有怀孕的女人一样是恬静而满足的笑容。

从雷恩的住所出来,何夕准备找常正信的房东了解些情况。他们已经了解到常正信留学的那几年基本上是住在同一所房子里。何夕让常青儿开车，他想抽空打个盹。就在他刚要放下座椅靠背的时候，眼睛的余光从后视镜里发现了情况。

“我们被跟踪了。别往后看，往前开就行。”何夕不动声色地对常青儿说。

“哪儿？是谁？我怎么看不到？”常青儿惊慌地瞟着后视镜，在她看来一切如常。

何夕没好气地指着前方说：“如果你也能察觉的话，他们就只能改行开出租车了。”

“不知道会是些什么人。”铁琅倒是很镇定，同何夕在一起时间长了，对这样的场面他早已不陌生。

“看来是有人知道我们在调查常正信，本来应该小心点儿才是。”何夕嘴里叹气但神色却显得很兴奋，对手的出现让他觉得和真相的距离正在缩短。

“我们要不要改变今天的计划？”铁琅问道。

“不用，反正别人已经注意到我们了。”

四

戴维丝太太的房子是一座历史久远的古宅，有着宽广的纵深院落，外墙上爬满了翠绿的植物。她是一位退休的护士，大约 70 岁，体态微胖、皮肤白皙，10 年前就一直孀居。听说了这行人的来意后她并没有显得太意外，仿佛早就知道会有这么一天似的。不过出于德裔人的谨慎，她专门从一个资料柜中取出封面上有常正信名字的信封，然后要求何夕说出常正信正确的身份代码。当然，因为常青儿在场，这不算什么难题。

“常的确有些与众不同。”戴维丝太太陷入回忆，“我的房子是继承我叔父的，不算巨宅，但也不小了。由于我一个人住不了那么大的房子，所以一直都将底层出租，这里本来就偏僻，附近大学的学生是我比较欢迎的租客。以前都是 10 多个学生分别租住在底层的房间里。常来这里的时候正好是新学期的开始，常要求我退掉别人的合约，违约的钱由他负责。因为他要一个人租下所有的房间，还包括地下室。看得出他很有钱，但我实在想不出一个人为何需要这么多房间，更何况还有地下室。但常从来不回答我的这些问题，我也就不再问了，反正对我来说都一样。”

“他总是一个人住吗？有没有带别的人来？”何夕插话道。

“这也是我比较迷惑的地方。虽然我并不想关心别人的私事，但他的确从来没有带过女朋友之类的人来。倒是每过些日子就有几位男士来访，而且每次并不总是同样的几个人，但衣着打扮非常接近。怎么说呢，虽然现在许多人在穿着上都比较守旧，但他们这些人也的确显得太守旧了些，都不过二三十岁的人，却总是一身黑衣，就连里面的衬衣都像是只有一种灰色。”

“我的老天，正信不会加入什么非法协会了吧。”常青儿脱口而出。

“应该不是的。”戴维丝太太露出笑容，“他们只是在一起谈论问题。那都是些我听不明白的东西，有时候声音很大，但多数时候声音是很小的。我的耳朵本来就不好，基本听不见他们说些什么。我的房子比较偏僻，除了他们之外没什么人来。”

“光这些也说不上有什么奇特啊。”铁琅说。

“不过有一件事情一直让我觉得奇怪。”戴维丝太太接着说，“就是你弟弟住下之后不久便要求我更换了功率很大的电表，那应该是一个工厂才需要的容量。”

何夕立刻来了兴趣：“这么说他是在生产什么东西吗？”

“我从来没有看到他往外输送过产品，所以肯定不是在办厂。他只是运来过一些箱子，离开的时候他带走了这些箱子。在他租房期间我从没进过地下室。”

“我们能到他住的地方看看吗？”何夕问道。

“这恐怕不行，现在住着别的人，我是不能随便进入他们房间的。”

“那地下室呢？”

戴维丝太太稍稍迟疑了一下：“这倒是可以，不过里面空空的，什么也没有，现在只放着我自己的一些杂物。”

古宅的地底阴冷而潮湿，一些粗壮的立柱支撑着幽暗的屋顶。何夕注意到，与通常的地下室相比这里的高度有些不同寻常。常青儿许是感到冷，有些瑟缩地抱着肩膀。

“我看层高有5米吧。”铁琅也注意到了这点，他用力喊了一声，回声空旷。

一截剪断的电缆很显眼地挂在离地几米的墙壁上，看来这是常正信留在这里的唯一痕迹了。就算这里曾经发生过什么，从眼前的情形看起来也是不得而知。何夕仔细地在四处搜索，但10分钟后他不得不有些失望地摇了摇头。铁琅深知何夕的观察能力，从他的表情看，要从这里再知道些什么已是不太可能的事情。

戴维丝太太突然开口道：“我想起一件事，当时常刚搬走的时候我曾经在角落里捡到过一样东西，是一个形状很怪的小玻璃瓶，我把它放在……放在……”

戴维丝太太的表述突然中止，她微胖的躯体像一团面似的瘫软倒地。何夕和铁琅的第一反应都是像箭一般窜向地下室的出口。前方一个黑影正急速地逃走，何夕和铁琅的百米速度都是运动健将级的，只几秒钟时间他们同那个黑影的距离已缩短到 20 米之内。但就在这时，那个黑影突然蹿向旁边的一棵树，然后何夕和铁琅便见到了令他们永生难忘的一幕：那个黑影居然在树丛之间荡起了秋千，就像一只长臂猿。只几个起落黑影便将二人远远抛下，最后竟然越过高高的铁围栏消失在茫茫的夜色之中。

铁琅转头看着何夕，表情有些发傻，不过话还说得清楚："人猿泰山到欧洲来干什么？"

戴维丝太太的伤显然已经不治，致她于死命的是一粒普通的鹅卵石，长径大约两厘米，就嵌在她的额头左侧。看到这一幕何夕才醒悟到自己有些大意了，不过他的确没料到会到这一步，现在看来事情越来越不简单了。

常青儿正准备打电话报警，何夕果断地制止了她："等一下我们出去用公用电话报警，否则会被警方缠住的。"

"那戴维丝太太最后说的那样东西到底会在哪儿呢？"常青儿焦急地环顾四周，"要不再找找看？"

"不用了吧，这里何夕已经搜寻过了，他都没有发现那样东西。"铁琅抱着膀子说，样子看上去有些不负责，但说的却是大实话。

"我想我知道那样东西在哪儿了。"何夕突然开口道，他径直朝地下室出口奔去，留下铁琅和常青儿两人面面相觑。

这是一个很小的瓶子。它是从一个写有名字的信封里取出来的。

“既然戴维丝太太知道这是常正信遗留的东西，她自然会把它和属于常正信的其他东西放在一起。”何夕用一句话就回应了常青儿眼里的疑问，他正拿着尺子比画着。瓶子是六棱柱形，边长 0.5 厘米，高 1 厘米，虽然透明但不是普通玻璃造的，而像是一种轻质的、强度远高于玻璃的高分子材料。瓶子的顶部和底部都镶嵌着金属片，在顶部还开着两个直径约 1 毫米的小孔，但被类似胶垫一样的东西密封着。瓶子里大约装有一半透明的液体。

“我实在看不出这个东西是干什么用的。”铁琅满脸不解，他左右端详着小瓶，眼睛里有明显的迷惑，“到现在为止我只觉得这像是一个容器，就是装液体之类的东西。”

“这我也看得出来啊。”常青儿插话道，“那两个小孔肯定就是注入和取出液体用的。”

何夕赞同地点头：“不过我还看出这东西应该不止一个，而是数量庞大的一组。”

“这样说好像没什么根据吧。”铁琅说，“它完全可能就是一个孤立的配件。”

“你们注意到它的形状没有？像这种六棱柱形的造型

在加工上比正方形之类的困难许多，容量也没有大的提高，除非是另外能获得好处。”

“对啊，大量六棱柱形拼合在一起是最能节约材料和提高支撑强度的，就像蜂巢的结构。”铁琅恍然大悟。

“那我们不妨假设一下在古宅的地下室里曾经有过巨大数量的这种小瓶子，可常正信到底在干什么呢？记得吗，在常家的书房里常正信曾经说过：‘看，那些瓶子。’”何夕眉头紧锁，“还有，我们见到的那个黑影又是什么呢？”

“我从来没见过那么猛的人，他简直就是在树上飞。”铁琅抓挠着头发。

“常青儿，看来要麻烦你联系一下，我们现在需要一间设施齐全的实验室。”何夕带头往外走，“现在我们还是赶紧离开吧。”

五

常氏集团在瑞士并没有产业，但有生意伙伴。10个小时之后何夕已经有了一间工作室，这是一家制药公司的实验室，鉴于瑞士制药业的水平，这间实验室的配置在这个星球上大约算是顶尖级的。不过何夕很快便发现其实有些小题大做了，因为根据检测，容器里的液体成分实在非常简单。

根据测算，每千克这种液体中大约含有 23 克氯元素、12 克钠元素、9 克硫元素、3 克镁元素，还有不到 1 克的钙元素和钾元素，剩下的就是一些微量元素和水了。现在实验室里就是这么一张化验结果以及 3 张愁眉不展的脸。怎么说呢，它的成分太普通了，就像是随便从太平洋的某个角落里汲取的一滴水。当然这只是一个比喻，因为它和通常的海水之间还是有些不同的，比如硫和镁的含量显得稍高了一些，但没有什么本质的区别，就像是在某个特殊地域采集的一滴海水。地球上类似的地方有的是，比如海底烟囱附近或是像红海之类的特殊海域。

“看来我们有方向了。”铁琅先开口，“我想应该拿它同世界各地的海水进行比对，确定一下他们是从什么地方运来的这些海水。等会儿我到专业网站上查一下。如果他们曾经运送过大量的海水的话，肯定会留下线索的。”

“可我弟弟拿这些海水来干什么呢？”常青儿皱着眉，“他从小对化学就不感兴趣，本来我父亲是希望他在制药业方面有所发展的，但他一直不喜欢这个专业。他总不至于改变兴趣了吧？”

“我倒是觉得整个事件越来越有意思了。”何夕脸上掠过一丝奇怪的表情，他望着铁琅说，“虽然并没什么依据，但我有种预感，你很可能查询不到匹配的结果。”

“你是说这可能不是海水？那我可以扩大范围，顺带查一下各个内陆湖的数据，应该能找到接近的结果吧。”

“但愿你是对的。”何夕若有所思，“也许是我想得太多了。”

“难道你有什么猜测吗？”常青儿追问道。

“我只是在想……”何夕的语气有些古怪，“那个能在树上飞的人是怎么回事？”

“也许他是一个受雇于人的高手。”常青儿插言道，“就像是那些从事极限运动的跑酷运动员。”

“我见过跑酷。但是……”何夕看了一眼铁琅，“你觉得他是在跑酷吗？”

铁琅脸上的神色变得凝重起来：“我有些明白你的意思了。”

常青儿着急地叫嚷起来：“你们在说些什么啊？”

铁琅苦笑了一下：“我是说，世界上没有人能够像那个家伙那样跑酷的，他在树上跳跃的时候不会输给一只长臂猿。”

“你们的意思是……他不是人？”常青儿的眼睛比平时大了一圈。

何夕看了一眼铁琅说：“我只是觉得他在地上跑的时候肯定是个人，在树上跳的时候绝对不是人。”

六

享誉世界的瑞士风光的确名不虚传。铁琅今天要查出神秘液体的来路，至少要大半天的时间。常青儿耐不住等待要游览名胜，以何夕一向的绅士做派当然只能陪同侍驾。直到这时何夕才领教了像常青儿这样的女人有多难伺候。由于出身和见识，她的眼光的确独到，对于一般的寻常景色基本不屑一顾，总是四处寻找出奇的风光。同时由于做事一向泼辣干练，常青儿对于入眼的景色每每又不甘于远望，只要有可能就非得亲自到跟前一睹究竟不可。这就苦了何夕，手里大包自然提着，还得“逢山开路、遇水架桥”，要不是仗着身体强壮早就累趴下了，只能在心里宽慰自己：幸好常大小姐只是在郊外踏青而不是游览瑞吉山或是皮拉图斯山。

现在终于上到一处坡顶，放眼望去是一条平坦的小径徐缓下行，看来前面再无险途。何夕长出一口气，这时他眼睛的余光突然发现斜上方十几米高的地方有一团粉色的影子，几乎是电光石火之间何夕将左手的包甩到肩上。但是已经迟了，他没能挡住常青儿的视线。

“好漂亮的花儿啊！”常青儿叫嚷起来，“你看那儿，我从来没有见过这么粉的蔷薇。”

说到这儿常青儿不再开口，转头热切地看着何夕。何夕望着她绯红的脸颊，微微带汗的几缕发丝在风中颤抖，只得在心里叹着气，认命地放下手里的包开始朝山壁攀援。提包的开口裂开了，可以看到里面已经放了一些“很紫的玫瑰”“又漂亮又光滑的鹅卵石”以及“好青翠的树叶”。

“只要一枝就够了，还有，别伤了它的根！”常青儿对着坡上的何夕喊，看来她并不贪心。而就在这时她的肩膀被一只粗大的手攫住了。

……

“我们谈谈吧，何夕先生。”来者是4个一身黑衣只露出两只眼睛的人，说话的是来人中个头最高的一位。他说的是英语，只是口音有些怪。

何夕看了一眼被反缚双手的常青儿，放弃了反抗的念头。“你们想谈什么？”

“是这样，你们不觉得自己闯到了不该去的地方了吗？”

“我只是想帮助这位女士的弟弟，他的家人很担心他。”何夕斟酌着用词，他还摸不到对方的意图是什么。

“我们调查过你，知道你的一些传奇故事。老实说我们很尊敬你，我们不打算和你成为敌人。这样吧，如果我们保证以后不再和常正信联系，也就是说，他不必再要求他的父亲投资给我们的公司，你能否就此罢手？”

“我们不需要和他谈判！”旁边一位个子较矮、手臂显得有些长的黑衣人插话道，何夕感觉他的眼神就像两把充满戾气的匕首，亮得刺人。“常正信会配合我们的。眼下这个家伙交给我收拾好了。”

“现在是我在说话。”高个子黑衣人的声音变得高亢起来，“难道你要违抗我的命令吗？”

那人不情愿地退下了，眼里依然愤愤不已。

“我好像根本没有选择的余地。”何夕笑了笑，“加上常青儿还在你们手里，我们俩可不想出什么意外。不过，你能兑现你的保证吗？”

“这个不成问题。我们是商人，商人想多得到一些投资也是正常的要求吧。既然现在出了这么多麻烦，我们也觉得得不偿失，所以你不必怀疑我们的诚意。”

“那好吧。我们明天就离开瑞士。现在，请将这位女士的手交给我吧。”

“这样最好。哈哈哈！”高个子黑衣人满意地大笑了几声。常青儿的双手被松开了，她呻吟一声倒伏在何夕的臂弯里，身体仍止不住地发抖。然后 4 个黑衣人以几乎与出现时一样的速度消失在了黄昏的峡谷里，四周只剩下冷风的呜咽。

七

四川南部，守园。

从瑞士回来已过了半个月。这段时间何夕回绝了所有应酬，独自一人留在这处能让他心绪平静的地方，想一些只有他自己知道的事情。铁琅和常青儿天天打来电话，但何夕一直说“还不到时候”。直到前天上午，他突然通知铁琅和常青儿，请他们今天前来，算起来这会儿他们应该快到了。

黄昏的湖畔充满了静谧的美感，夕阳洒落的光子碎屑在水面上跳着金色的舞。所谓“湖”其实是一个有些拔高的说法，眼前的这并不浩渺的一汪水被称作池塘也许更为贴切。何夕伫立在一株水杉树旁凝视着跳荡的水面，像是痴了。

“想什么呢？”不知什么时候铁琅和常青儿已经站在了一旁，当然与这句问候相伴的照例是铁琅重重的拳头。

“阳光下的池塘很美，不是吗？”何夕的声音变得与平时不太一样。

“还行吧。”常青儿环视了一下，“可没瑞士的风景好。”

“你们看过法布尔的书吗？”

“不就是写《昆虫记》的那个博物学家嘛。”铁琅咧嘴一笑，“以前看过，觉得很好玩，一个大人像孩子一样天天对着小虫子用功。不过他真是观察得很仔细。我记得有一篇是写松毛虫的，他发现松毛虫习惯一只紧接着一只前进，就故意让一队虫子绕成圆圈，结果那些松毛虫居然接连几天在原地转圈，直到饿晕为止。当时我边看这一段边想象着一队又胖又笨的松毛虫转圈，肚子都笑痛了。”

“还有这么好玩的书啊！以后我一定要找来看。”常青儿插话道。

“我现在屋里就有一本。不过我最喜欢的是法布尔笔下的池塘，那是个充满生命之美的地方。”何夕的眼神变得有些迷蒙，“我觉得在这个世界上有了阳光、有了池塘之后，所有后续的发展其实都是顺理成章的事情。阳光下的池塘是唯一关键的章节，故事到此高潮已经达成，结局也早就注定，后面的那些蓝藻、草履虫、小麦、剑齿虎、英格兰、晶体管、美国共和党等其实都只是旁枝末节的附属罢了。”

“你在说什么啊，乱七八糟的。”铁琅挠了挠头，和常青儿面面相觑。

“好吧，咱们还是说正题吧。”何夕招呼大家坐下，品尝他喜欢的龙都香茗，“常青儿，我前天说的事情你办好了吗？”

“还说呢。一连很多天谁都不理，突然打个电话来，就是让我去悄悄搜集我弟弟脱落的脚皮。”常青儿忍不住发着牢骚，“这叫什么事儿啊！”

“你没办吗？”何夕有些沉不住气，他实在没把握摸透这女人的脾气。

“哪敢啊，是大侦探的命令嘛！”常青儿调皮地一笑，“那些脚皮都送到了你指定的中国科学院武汉病毒研究所，他们保证结果出来后马上与你联系。可你为什么要这么做？”

何夕沉默了几秒：“你们知道我当时为什么答应离开瑞士吗？”

“问题已经解决了呀。那些人不就是想通过我弟弟得到常氏集团的投资吗？现在他们放弃了。这种事在生意场上很常见，只不过他们的手段比较过分罢了。你帮我们查清了问题，我父亲很感谢你的，还特意委托我这次来一定要邀请你到家里做客。我父亲说了，”常青儿脸上突然微微一红，“常家的大门永远都对你敞开。”

“是啊，问题已经解决了。”何夕低声说道，“我都没有想到会这么快就办到了。可是……”

“可是什么？”

“相比于我以前经历过的一些事件，这件事起初显得非常诡异，但是调查起来却非常顺利，真相仿佛一下子就浮现出来了。但其中还有一些疑点没有得到解释，比如，常正信变脸那次……”

“我分析这应该是一种魔术。”铁琅插话道，“就像当年大卫表演的一些节目，直到现在都没有人说得清楚其中的奥妙。”

“可是我不这样想。”何夕摇摇头，“那些人花费了那么多精力，设计了那么多圈套，最后却轻描淡写地放弃了。这不符合常理。”

“他们不是说了是因为不愿意与你为敌嘛。”常青儿提醒道。

“你太抬举我了。”何夕苦笑，“我没有那么大的影响力。我问你，你们常氏集团有多少资产？常正信名下又会有多少？他们本来已经完全控制了常正信，巨大的利益已是唾手可得，现在为什么会主动放弃？”

“你这么讲我也觉得有些奇怪了。”常青儿不自信地嗫嚅道。

“所以我分析他们的承诺只是拖延时间的权宜之计，他们似乎……在等待着什么事件的发生。也许到那时候这个故事才会真正开始。”

“你把我都说糊涂了。”铁琅显得一头雾水。

“我现在也说不大好，就算是直觉吧。不过我想事情的真相总会弄清楚的。”

这时何夕的手机突然响起来。“是我，崔则元。”一个穿着白色工作服的人出现在手机屏幕上。

“结果出来了是吧？”何夕的语气显得很兴奋。

“我不明白你为什么要和我们大家开这个玩笑。”崔则元表情很严肃，“那位女士说你要求我们在最短时间内给出结果，我的助手放弃了休假，但没想到却是一场恶作剧。虽然我们是朋友，但这也太过分了点儿吧。”

“等等。”何夕有些发蒙，他没想到一上来就劈头盖脸挨了一顿训，“我只是拿了一份人体样品给你检测一下DNA序列，这是你的本行啊，怎么就过分了？”

“可你拿给我的根本不是什么人体样品啊！虽然它看起来和人体脱落的皮肤一模一样。我不知道你玩的什么魔术，可里面根本就不包含DNA，听清楚了吗？它里面没有脱氧核糖核酸，没有双螺旋结构。而且它里面连蛋白质都没有，它根本就不是人体样品，甚至也不是任何生物样品！”

“啊？”何夕转头看着常青儿，“你确定拿的是你弟弟的脚皮吗？”

“我当然确定！”常青儿委屈地叫起来。

何夕蹙紧了眉，仿佛面对一件不可思议的事情。良久之后他从椅子上撑起：“走吧，我们该出发了。”

“到哪儿去啊？”铁琅问道。

“去看看那件不是样品的样品。”何夕有些恼火地捏了捏拳头，“看来故事终于开始了。”

八

湖北省武汉市，中国科学院病毒研究所。

在崔则元看来，何夕近来大概是有些不正常。他俩相交多年，还从来没有像现在这样话不投机。要说起来，崔则元走上现在这条道路还跟何夕有点儿关系。在中学时，崔则元正是受了何夕的影响而对生物学产生了浓厚的兴趣。不过后来崔则元才知道，对何夕来说生物学只是一个普通爱好罢了，何夕后来并没有像其他人那样升入正规的大学，他根本就放弃了考试，一个人跑到不知什么地方逍遥去了。在差不多七八年的时间里，所有人都同何夕失去了联系，等到何夕重新回到原有的圈子里时，原来那个面色苍白、显得有些青涩的少年已经变得皮肤黝黑、目光灼人。关于那些年的经历何夕从来都没有正面回答过别人的询问，有时候被人问得急了就说是到“阿尔西亚山”参禅去了。只有少数相关专业人士能立刻从这句话听出何夕是在胡诌，因为虽然的确是有一座“阿尔西亚山”，却位于火星上。

虽然崔则元认定何夕这次是在胡闹，但凭多年的经验他深知何夕的狡辩本事，所以并不敢太大意。崔则元至今还记得多年前的一件小事，当时几位朋友对何夕那与众不同的左向斜梳的发型产生了兴趣，于是借机追问何夕为什么总是特立独行，连发型都和大多数人的不一样。结果何夕只用一句话便让大家乖乖闭上了嘴：“你们照镜子欣赏时，镜中人的头发不全是往左梳的嘛，说明往左梳才好看。”

这次让崔则元觉得问题不对劲的是何夕居然要求他们重做实验，以便从那些根本不是生物材料的样品里面找出“也许隐藏了的 DNA”。

“开什么玩笑？”崔则元嚷嚷道，“你不会怀疑我们的技术吧？我们这里可是全亚洲最好的生物实验室。明明是你拿来的样品有问题。”

何夕正在电脑上打游戏，这是他休息大脑的一种方式。屏幕上是古老的任天堂游戏《超级玛丽》，那个采蘑菇的小人正起劲地蹦跶着。《超级玛丽》是何夕儿时的一种鼻祖级游戏机上的经典游戏，现在何夕正通过电脑上的模拟器来玩，这是一种在电脑上用软件仿真模拟出一台游戏机的程序。也许是童年时的印象太深，直到现在何夕也只喜欢这些画面简单却充满无穷乐趣的游戏，他觉得这才是游戏的精髓。听到崔则元的话，何夕有些恋恋不舍地关掉程序，开口道：“可常青儿向我保证这的确是人体皮肤样品。”

崔则元不客气地反诘：“女朋友说得总是对的，是吧？”他这句话立刻让一旁的常青儿羞红了脸，她急促地低下头。

“那你们分析出来样品到底是什么了吗？”铁琅恰到好处地转开话题。

“老实说我们也正在伤脑筋。虽然我们知道这不是生物材料，但是并不知道它到底是什么东西。”崔则元困惑地挠着头，“我从来没有见过这种东西。它像是一种全新的高分子聚合体，它的构成元素同蛋白质的相似，也是碳、氢、氧、氮等，但各元素的比例完全不对。而且分子量很大。”

“这么说它是一种高分子化合物？”何夕沉思着，“可怎么会来自常正信的身体？”

崔则元简直无语了，他脸上的表情已经代替他下了结论：感情真的会让人变蠢，即便是一个像何夕这样的所谓聪明人。“我再最后强调一次啊，它不可能来自人体。”

“会不会常正信的体表覆盖了这样一种特殊材料？”铁

琅突然开口说出自己的推测。

“这倒很有可能。”崔则元表示赞同。一旁的常青儿也忙不迭地点头。

一丝神秘的笑容在何夕脸上浮现出来：“虽然这个解释看起来很不错，但我不这样认为。这样吧，我请你们再做一次实验。”何夕转头对常青儿说，“你弟弟应该快来了吧？我们到机场接他。”

“你为什么要我骗他是来武汉旅游，我不能说实话吗？”常青儿不解地问。

“常正信知道的应该比我们要多一些，我们必须有所防备。”何夕转头看着崔则元，“到时候打麻醉剂手脚可得快点儿。”

“哎，我们不能违背当事人的意志采集样品的。这是有法律规定的。”崔则元听出了其中的奥妙，急忙发表声明，“违法的事情我不能做。”

“违法的事你做得来吗？你以为是个人就能犯法吗？那得具备必要的才能，比如像我和铁琅这样的。”何夕面露得意地拍着胸脯。

“那也不行。如果你们不能保证事情合法我是不会配合的。”崔则元很坚持。

何夕同铁琅对视一眼，露出招牌坏笑。他从上衣口袋里拿出一张纸递给崔则元。

“这也能拿到？”崔则元看着纸上的大红印章，隐隐觉得事情越来越不简单。

“所以说崔则元同志，执行命令吧。”何夕语重心长地说。

九

常正信已经进入了深度麻醉状态。何夕端详着常正信的脸，他特别注意观察着常正信的皮肤，但无论他怎么仔细也没能看出有什么特别的地方。这次采集的样品是7个，分别采自常正信不同部位的组织。此前崔则元还从来没有从一个人身上采集过这么多样品，因为按照DNA鉴定的原理采集一个就足够了。但是何夕坚持要这么做，尽管他无法说出理由。不过崔则元已经感觉到这本来就是一件不合常理的事，也许应对的方法也应该不合常理。

检测结果对崔则元来说完全是一场灾难。

“这不可能。”崔则元面色苍白，同众多以技术立身的人一样，他一向有着稳定的心理素质，但他现在面对的是超出了他的全部想象力的事件。7件样品中有6件样品的结果同第一次实验是一样的，只有一件样品表现出了人体生物学特征。如果按照这个结果来看，常正信基本上就不是人类。但这怎么可能，每件样品都是崔则元亲自采集的，为了彻底驳倒何夕他甚至没让助手帮忙。

“你们明白吗？他根本不是人类！”崔则元大叫道，“你们明白吗？”

“那他是什么？另一种生物？”铁琅的脸色一样苍白。之前的结果还可能是常青儿拿错了样品所致，但现在的结论却是通过最严格的实验得出的。

“不，他甚至不是生物体。”崔则元的语调变得异常恐怖，“你们明白我的意思吗？所有生命的基石都是核酸，也就是 DNA 或 RNA，从病毒到野草到大象再到人类，核酸的编码决定蛋白质的性质。可他体内没有核酸，我不知道他是由什么构成的。”

“你们胡说！”是常青儿的声音，“虽然正信近来是有些古怪，但我敢肯定他就是我的亲弟弟。我不管你们的什么科学实验，我只相信自己的感觉。他就是我的弟弟。”

“不是还有一份样品的结果正常吗？”何夕倒是很冷静。

“对对，是这样的。”崔则元看了一眼电脑屏幕上的结论，“它取自脊髓。这份样品部分正常，像是一份混合体，就是说它表现出了人类的部分特征。而且我拿这份样品同常青儿的 DNA 数据做过比对，如果单以这份样品来看，可以判断他们具有姐弟关系。”

“脊髓。”何夕念叨了一声，“那另外几份样品都分别取自哪里？”

“有肌肉组织、皮肤组织、肝脏、血液以及腺体组织等。”

“这么说，常正信身体的绝大部分都出了问题。”

“我不知道该怎么描述。”崔则元无法抑制自己的情绪，“他的生理机能都很正常，在显微镜下他身体的每一个细胞都充满活力。但是，从严格意义上讲他的确不应该称作人类。”崔则元点击了一下键盘，屏幕上立刻显示出电子显微镜下一群活细胞的图像。“这是取自肝脏的部分。”崔则元补充道。

“难道他是机器人？”铁琅分析道，“或者说是一种复合型的机器人，因为他毕竟还有少部分人类的成分。”

“但是你们知道我的感觉吗？”何夕凝视着屏幕，“崔则元，你是专家了，你能看出这群肝脏细胞同正常人肝脏细胞的区别吗？”

“说实话我不能。”崔则元无奈地承认，“你们看这里，液体在流动，线粒体在燃烧，葡萄糖酵解成丙酮酸，并在三羧酸循环中释放出大量的三磷酸腺苷，由此提供给生命能量。一切都井井有条。”

“这也正是我的感觉。”何夕的声音变得有些古怪，仿佛是在宣示着什么，“所以它们不可能是机器，它们是生命。”

“可它们没有DNA，也没有蛋白质，不可能是生物体！”崔则元近乎绝望地想要捍卫自己的信念，虽然他感到自己心中那座曾经坚不可摧的大厦正在何夕的宣示下坍塌。

“我没说它们是生物体啊。”何夕淡淡地纠正道，“我只是说它们是生命。”

十

北京。某地。

“你们怀疑这可能是一次生化事件的前奏？”齐怀远中将在静听了10分钟后发言道。他大约50岁，身形瘦削，目光中闪烁着军人特有的坚毅。

“这正是我们求助军方的原因。本来事情的起因只是有人企图非法获取他人的资金，但现在看来问题远不止如此。有一种奇怪的技术出现了。”何夕尽量让语气平缓。他同齐怀远并不是初识，在以前的一次突发事件中他们打过交道，何夕在事件中起到了重要的作用，虽然出于可以理解的原因这一点在军方档案中没有任何记录。

“他们的目的是什么？”

“现在还不知道。但这个世界上至少已经有了一些怪异的个体。我知道其中一个人能像猿猴一样在树上跳跃，并且能用一颗小石子轻易结束他人的性命。另一个人能够随意改变自己的相貌。”

“听起来就像是神话。”齐怀远目光深邃，如果对方不是何夕的话，他早就对这番奇谈怪论嗤之以鼻了，“那你要我们做什么呢？”

“尽可能地给予我们帮助。”

“在苏黎世我们没有太多力量，你知道那里并不是热点地区。”

“但是你可以动用其他的力量，包括盟友。我是说，包括你能运用的一切力量。”

“有必要吗？现在事情的真相还没有弄清楚，也许这只是一个局部的事件。”

“也许你还没有弄清楚我的意思。”何夕正色道，“如果你看过那些细胞，如果你从生命的角度来看问题，你就会意识到这是一次多么严重的事件。”

“有多严重？”齐怀远被何夕严肃的语气所感染。

“就一般的生化事件而言，往往是某种致病微生物参与其中，导致一定数量的人受到感染并出现病理特征。而现在我们面对的却是一种未知的现象，准确地说我们见到了一种此前地球上根本不存在的生命现象。”

“对不起，你的话让我理解起来有些困难。”

“在我们的世界上存在着几百万个物种，如果加上那些曾经存在但现在已经灭绝了的则数量更为庞大。从直径几微米的病毒到高达百米的美洲红杉，从深海巨乌贼到南极地衣孕育的孢子，生物界按门、纲、目、科、属、种的排列分成了各个类别。生物体之间无论是外形还是功能都存在着巨大的差异。但是从根本上说所有生物具有同一性，即它们都具有相同的遗传物质类型，它们之间的差异只是 DNA 或 RNA 的编码不同罢了。明白我的意思吗？我们不仅和猿猴来自同一个祖先，从最根本的意义上讲，我们同你窗台上栽种的云南茶花也来自同一个祖先。但这次我们却见到了一种完全另类的生命。”

“你是说我们可能遭遇了外星生物的入侵吗？”齐怀远的声音有些颤抖，这在他的军人生涯中是绝无仅有的事情。

“现在我还不知道这到底是一次怎样的事件。”何夕的语气沉重而无奈，“但愿我们能早些知道事情的真相。我们需要时间，但愿我们的时间能够用。现在你明白我为什么请求你动用所有力量了吧？”

“是的，我明白了。”齐怀远拿起旁边的红色电话。

十一

苏珊在快餐店像往常一样点了一份肉馅饼和一杯咖

啡。今天是周日，这个时候的客人还不多。一位头发花白的老人坐在窗户边悠闲地品着红茶。两个学生模样的女孩在窃窃私语，不时发出低低的笑声。苏珊拿着汤匙慢慢地搅动着，回想着出家门时女儿艾米丽稚嫩的笑声。作为一名单身母亲，4 岁的女儿几乎就意味着她的一切。苏珊感到自己的手心很干爽，这是她觉得安全的表现。哪怕是潜意识里有一丝危险的警告，她的手心都会变得潮乎乎的，这是只有苏珊自己才知道的秘密，包括当年在特工训练营里的教官们也不知道这一点。就在这时她看到了那个人，虽然和照片上相比并不一致，但苏珊的直觉告诉她就是这个人了。

“和这位女士一样。”来人一边对侍者说着话一边坐下来，他摘下墨镜，现出灼人的眼睛。来人正是何夕。

“他们给我的照片上你没有胡须。”苏珊点点头算是打个招呼。

“是粘上去的。”何夕笑了笑，“苏黎世有认识我的人。不过看来作用并不大。”

“我接到的命令只有一条，就是执行你的一切命令。”苏珊的声音很低。

“我需要查询今年 4 月 13 日一批货物的流动路径，我知道它们运输的出发地点。”何夕在地图上指明了一个点。

“时间有些久了，不知道沿途的监控录像是否还保存齐全。”

“并不需要全部齐全，只要有一个大概的路线图能帮助我们推测货物的去向就可以了。”

“这应该能办到，我明天给你结果吧。”苏珊突然朝何夕身后努了努嘴，“不是说你就一个人吗？那边那位一直朝我们看的人是谁？”

何夕悚然回头，虽然隔着几排座位，何夕还是一眼就认出了靠着帽子遮遮掩掩的常青儿。常青儿大概也意识到自己已经暴露，有些不好意思地笑了笑。

“是你的搭档？”苏珊仿佛看出了点儿什么。

“算是吧。”何夕低头啜咖啡。

“那我先走一步。”苏珊起身，“但愿我能尽快给你带来好消息。”

何夕慢腾腾地踱到常青儿的座位边：“这边有新的生意需要常大小姐亲自打理吗？”

“就是就是。”常青儿忙不迭地借坡下驴，“碰到你真是好巧啊。”

“事情办完了吗？如果差不多了还是早些回去吧。”

常青儿抬眼看着何夕，黑白分明的眸子里闪过一丝委屈，“我知道我帮不了什么忙，可是，我真的很担心你……

所以……”

何夕在心里叹了口气，老实说近一段时间以来这个有别于一般富家小姐的常青儿已经在他心里留下了印迹。但是他知道这没有太多意义，这种温馨平凡的情感是像他这样的人可望而不可即的。每个人的现在其实都源自他的过去，一些事情虽然已经成为过去，但永远不会消逝。就像多年前那海边古堡里阴冷的风声，这么久了一直还在何夕耳边回响。

“你知道我们面对的是些什么人吗？”何夕尽力使自己的声音显得冷漠，“你留在这里只会让我分心。”

“我能照顾自己。你是在帮助我弟弟，我不能袖手旁观。”

“我以前为你们做事只不过是一种商业行为，那只是我的工作罢了，你们也已付了足够的报酬。我现在已经不是在帮你的弟弟了，我接受了另外的委托。所以请你立刻回去吧，不要妨碍我的工作。”何夕抛下一句话后头也不回地离开了。

十二

贝克斯盐矿位于日内瓦湖以东，总长度超过 50 千米，从 1684 年起一直开采至今。一年前有一位神秘人士买下了盐矿的部分废弃区，苏珊调查的结果表明常正信运走的物品大部分正是被送到了这里。贝克斯盐矿的一部分已经被开发成了旅游景点，但废弃区却终年人迹罕至。

从望远镜里看去，一个守夜人模样的老人斜倚在躺椅上，像是睡着了。何夕和苏珊没费什么劲便潜入到了山脚，现在是夜里 11 点，从外面看上去山壁上的入口一片漆黑，也听不到有什么声音。旁边惨白的路灯的光照在草地上，一棵被锯得光秃秃的梧桐树在地上投下古怪的黑影。

“我进去了，你留在这里。”何夕吩咐苏珊，他收拾着开锁器具。洞外的轻松很可能意味着里面加倍的危险。

“随时保持联系。”苏珊手里紧扣着一支枪，声音有些微的颤抖。

何夕点点头，然后急速地从门口融进了黑暗之中。苏珊警惕地四下张望，然后她退守到那棵梧桐树下，借助树的阴影潜伏了下来。苏珊对这个位置感到满意，周围很空旷，便于她观察，而在昏暗的路灯下没有人会注意到这里潜藏着一个人。但不知怎的，苏珊突然感到手心满是汗水，她觉得似乎有什么事情不对劲。几乎就在这种感觉升起的同时，苏珊感到一个铁钳一样的东西攫住了自己的咽喉。在意识离开苏珊身体之前的那一刹，她终于在挣扎中目睹了欲致自己于死命的究竟是什么东西……

一张鬼脸！这是苏珊脑海中涌现的最后一个意识。

“啊——”一声凄厉的惨叫在黑暗中响起，是常青儿的声音。何夕从入口中冲出来，映入他眼帘的是昏厥倒地的常青儿。

……

“你醒了？”何夕关切地望着常青儿，“喝口水吧。”

“鬼脸！我看到一张鬼脸！”常青儿显然还没有从惊吓中缓过来。

“什么鬼脸？”

“是一张长在树上的鬼脸。”常青儿眼睛里充满恐惧，“太可怕了。”

“树上的脸？”何夕沉吟着，他突然失声叫道，“是那棵梧桐树！我出来的时候那棵树和苏珊都不见了。我知道了，那根本就不是一棵树，而是一个人！守夜的老人只是一个摆设，他才是真正的警卫。”

“对不起，我悄悄跟踪了你。”常青儿嗫嚅着说，“我只是担心你。”

“看来这一次是你救了我。如果不是你突然出现打乱了对方的计划，我也许已经在毫不知情的情况下被暗算了。可是苏珊……”何夕难过地低下头。

“你说那棵树其实是人？这怎么可能？”

“我想那也许应该叫作模拟。想想常正信吧，他曾经在几分钟时间里不借助任何道具变成另外一个人，让所有人都无法分辨。我不认为那是什么魔术。今天我们显然遇到了一个能力更加强大的人，他甚至能模拟植物。现在我都不知道究竟什么地方是安全的，也许这个房间里的某个盆景……”

“别吓我。”常青儿不禁瑟缩了身体，紧张地四下张望。

“没事的，我已经检查过了。”何夕怜惜地抚着常青儿的额头，“你休息一下。”

十三

苏珊只是受了点儿轻伤。第二天上午警方发现一辆车撞在了公路护栏上，昏迷的苏珊就在后排的位置，前排位置上有一摊血，但司机不见了。从医生检查的结果看，她的身体没什么大碍。看来绑架者的驾驶技术不怎么样。

“很抱歉，让你担心了。”苏珊躺在病床上，面容有些憔悴。一个脸上粉嘟嘟的小女孩紧紧依偎在她身上，大大的眼睛里还闪动着害怕的神色，那是她的女儿艾米丽。苏珊充满爱怜地紧握着艾米丽的手。

“是我没有考虑周全。你先休息，别想那么多。”何夕安慰道。这时他的电话突然响了，电话屏幕上铁琅显得心神不宁，他的第一句话便是：“常正信死了。”

何夕悚然一惊，这已经是事件里的第二个死者了。

“是这样的，这些天他本来一直留在病毒所的实验室，情绪也比较平静。但从前天开始他就强烈要求出去，我们当然没有答应。结果今天早上他突然强行逃跑，还抢了警卫人员的枪。就在我们试图劝说他放弃行动时，他突然冲到了马路上，一辆货车刚好经过……”

何夕沉默了，他感觉眼前仿佛出现了巨大的黑影，而且这个黑影还在不断地逼近，行将吞噬一切。

“你怎么了？”铁琅关切地询问。

“噢，没什么。”何夕摇了摇头，“你马上让崔则元他们再对常正信做一次全面的 DNA 检测，还是从以前的那些身体部位取样。”

“什么意思？”

“先别问这么多，照着做吧。我预感到我们离真相更近了。”

“发生了什么事？”苏珊撑起身，“我可以帮忙吗？我已经没什么事了。”

“没什么。”何夕不想吓着艾米丽，“你先休息吧。”

“我真的没什么了。”苏珊执意下床，“有了这次的经验我知道该怎么做了，那些家伙不会再得手了。我现在就能继续工作。”

“那好吧，这次我们白天去。”何夕敬佩地看了一眼这个坚强的女人。

但他们晚了一步，一小时后映入他们眼帘的是已经炸成了废墟的矿场入口。

十四

“常正信的 DNA 检测结果出来了。”电话屏幕上铁琅神情严肃。

“我猜想脊髓部分也一定完全变性了。”何夕先发表了看法。

“正是这样。可见在常正信身体上发生的可能是一个渐变的过程。”

“现在我可以理解当时他在伪装常近南时的表现了，当时那种东西还没有完全控制住他，所以他在最后一刻改变了命令。”

“我还是不明白他身上到底发生了什么事情，难道是一种病毒感染吗？可崔则元说这种东西根本不是生物材料。”

“我想快知道答案了。对了，关于那些海水你调查得怎么样了？”

“说实话我正头疼呢。我找遍了全球各处的水文资料，都没有发现和它成分相符的地方。稍微比较接近的是黑海的海水，但差异也不小。真不知道常正信从哪里搞来的这些海水。”

“记得我曾经说过的话吗？我说你可能找不到匹配的结果。因为……”

“因为什么？”铁琅嚷嚷道。

“因为你没有时间机器。”何夕没头没脑地说完这句话便挂断了电话，留下铁琅一个人兀自在电话那头发呆。

“那我们下一步怎么办？”苏珊正擦拭着她喜欢的P990，这款出自德国瓦尔特公司的手枪是她从不离身的爱物。

“我们的大方向应该没有问题。”何夕皱眉思索，“但是一定有什么地方被忽略了。这个组织虽然神秘，但时间上不像是成立太久。常正信到戴维丝太太那里租房是在他到瑞士第3年之后的事情。”

“你有什么新的想法吗？”

“让我想想。”何夕的神情突然一变，“我现在要出去一趟。你先赶到贝克斯盐矿去等我。”

“那里不是已经被毁掉了吗？”

“总之你先到那里去，再等我的通知。”

……

雷恩刚上车一个黑洞洞的枪口就从后座上对准了他的后脑勺。

“教授，您这么急是去哪儿呢？”何夕似笑非笑地问，“是贝克斯盐矿吗？”

“你是什么意思？我想起来了，你是那天那个中国人。”

“记忆力不错。但我们其实不止见过那一面，还有郊外那一次。”

“我不明白你在说什么。”

“当时你改变了平时说话的语气，加上又罩着黑衣，我完全没有认出你。直到几个小时以前我才受到其他事情的启发想起了你当时的笑声，当时你很得意，人在得意的时候会疏于伪装的。尽管你成功地改变了语气，但笑声暴露了你。”

“是吗？”雷恩镇定了些，“那启发你的又是什么事情呢？”

“是我发现你撒了一个不起眼的谎。我查过常正信的资料，他选修古生物学的研究论文获得了当年的最高分。提到在专业上表现这样优秀的学生时，你却说想不起这个人了，这符合逻辑吗？除非当时你是想刻意掩饰什么。还有，我们刚与你接触就被人注意到了，结果导致戴维丝太太死于非命。”

“这些只是你的推测。”

“不用狡辩了。虽然我还不知道你在那个组织里居于什么位置，但至少你能带我进到贝克斯盐矿去，我想看看里面究竟发生了什么奇怪的事情。”

这时何夕的电话响了，是苏珊：“我已经到盐矿了。但这里的确是一片废墟，我不知道你派我来这里干什么。”

“我马上就到。苏珊你听着，雷恩教授会带我们进去的，他现在和我在一起。”何夕挂断了电话，对雷恩说，“需要我帮你带路吗？我可是杀过人的，而且我不妨告诉你，还不止一个。”

“好吧。”雷恩嘟囔了一声，无奈地发动了汽车。

十五

事实证明，何夕的这次动粗很有效果。

雷恩表现得很配合，他从汽车尾箱里找出了两件黑衣给何夕和苏珊套上，然后引领他们从另一个伪装得极其隐蔽的入口进入了矿场。通道里不时有人对面而过，每个人都非常恭敬地向雷恩致意，可见雷恩在这个组织里一定地位尊崇。

在最后一道门前站着一名警卫，何夕立刻意识到这个人他见过不止一次，因为他有一双明显异于常人的特别长且粗壮的手臂。

“教授您好。”那人挺了挺腰板。何夕注意到他手里握着一把石子，眼前不禁浮现出戴维丝太太的死状。

“把门打开。注意警戒。”雷恩下了命令。3 个人进去后雷恩按下开关，厚重的合金门缓缓关上。

眼前的景象让何夕有些发晕。

在盐矿里存放的不是盐，而是一些瓶子。很小但是很多，多到难以计数，在一排排的柜架上密密麻麻地重叠铺陈。无数这样的瓶子组合成了巨大的阵列，顺着甬道延展开去，直到超出了视线。瓶子组成的“高墙”向上连接到矿井的顶部，让置身于其中的人深感渺小。

“你们应该感到幸福，能够目睹这个世界上最伟大的奇迹。”雷恩显得很镇定。

“我在数这里有多少个瓶子。”何夕的语气很平静。

“你一辈子都数不完的。我来告诉你吧，整个系统的瓶子数量是 10 亿个。”雷恩露出笑容，“这些六棱小瓶的排列方式类似蜂巢，真是一个巨大的巢。老实说如果一个人做了一件了不起的事情却没有人欣赏，那也很无趣，所以今天让你们参观一下也不错。”

“但是这些瓶子里面好像没有什么动静。”

“当然，现在这里只是一个伟大的遗迹，它们的使命已经完成了。”

“什么使命？”

“那是一种你们永远无法理解的使命，是由上帝借我的手来完成的使命。每个瓶子里大约装有1毫升的液体，而10亿个瓶子里的液体成分都是不同的，由计算机在很宽泛的范围里按一定算法随机配制。有些瓶子里的成分非常奇特，但谁又真正知道生命会选择怎样的环境呢。我们给每个小瓶设置的紫外光照射强度各不相同，同时让小瓶内每秒大约发生10次放电现象，那是我们制造的微型闪电。那是一幅多么壮观的景象啊，无数的闪电将整个地下矿场变得比白昼还要明亮。每个瓶子里其实都是一种可能出现的原始行星环境。从理论上讲，我们存放着10亿颗各不相同的行星。你明白我的意思吗？”

“我明白了，许多年前米勒等人就曾经做过这样的事情，他们模仿原始地球的海洋成分，然后通过持续的电击，使无机物中产生了氨基酸等构建生命的有机物质。你是在重复他们的工作吧？”

“不是重复，我所做的工作远远超越了他们。”雷恩的脸上充满了得意之情，“他们仅仅设计了一种可能的行星环境，而我从一开始就站在比他们高出百倍的地方，我做的是他们连做梦都无法想象的事情。”

“其实我猜到了你在做什么。”

“不可能。”

“你是在制造更高位数的生命。”何夕的目光中闪现出洞悉的意味，“我说得对吗？”

5秒的沉默之后雷恩不禁拍了拍手：“你真让我吃惊，居然能够明白其中的真相。你是怎么猜到的？”

“很多人认为常正信能够不借助任何工具改变容貌是一种魔术，但我意识到这可能是一种不可思议的生命现象，是一种超级模拟现象。”何夕注视着雷恩，“而你那位能在树上纵跳如飞的下属更坚定了我的看法。然后是奇异的瓶子，它六棱的形状暗示着数量的庞大。加上瓶子里与原始海洋类似的液体成分，还有常正信身体里的奇异变化……这些线索的共同作用最终把我引到了这里。”

“你真应该做我的同行。”雷恩的眼睛里闪过一丝欣赏的光芒，“我承认你猜对了。”

“那你成功了吗？”

“你以为呢？”

“我猜你应该是部分成功了吧。至少我亲眼看到了一些奇怪的人以及他们奇特的表现。这么说他们真的是另一种生命吗？”

“人们都说DNA或RNA是生命的基石，其实DNA是由鸟嘌呤、腺嘌呤、胸腺嘧啶和胞嘧啶这4种碱基组成的，每3种碱基对的排列组合决定了一种氨基酸的结构和性质，并最终决定蛋白质的性质。碱基才是构成地球生命的终极基础。DNA只不过是一段代码，4种碱基就相当于数字0、1、2、3，它们在双螺旋上的排列组合方式决定了蛋白质的构成，进而决定了地球上千万种生物多姿多彩的表现形式。从某种意义上讲，地球上的所有生命都不过是一段各不相同的四进制程序代码罢了。”

“那你发现的究竟是什么呢？”

“那是一次极其偶然的事件。其实当时我的实验远没有达到现有的规模，行星瓶的数量是1000万个。我永远记得那个编号为637069的行星瓶，它是孕育了新型生命的摇篮。没有人事先能预料到我们的实验会有什么结果，就算在我内心深处曾经有过朦胧的构想，这一事件也超出了哪怕是最大胆的假设。我很快意识到什么事情发生了，X光衍射结果表明有一种呈三螺旋结构的超级类核酸物质出现了。你应该知道，在X光衍射图像中DNA的双螺旋结构呈现为‘X’形，而超级类核酸的三螺旋结构在X光下呈现出清晰的‘*’形。当时我的感觉简直无法用语言形容。”

“那是成功的感觉，对吧？”何夕表示了解地点点头，

“这是好事啊，凭借它没有任何人能和你争夺诺贝尔生理学或医学奖。”

“我曾经这样想过。但是，我想到了更多。在超级类核酸的编码下，全新的氨基酸诞生了。在四进制生命中，氨基酸最大的可能数目是 64 种，而在八进制生命中，氨基酸最大的可能数目是 512 种，这是多么巨大的飞跃。而由此产生的全新的蛋白质种类更是呈现出了爆炸式的扩张，直到此时此刻生命才真正无所不能。”

“不过按照人类现在的标准，这些新的核酸和蛋白质都不能被定性为生物材料。”何夕插话道，“比如我的一位生物学专家朋友就认定常正信不是人类，甚至不是生物体。”

“这很正常，就好比 Windows 操作系统的程序无法在 DOS 操作系统下运行一样，虽然前者肯定高级得多。DOS 操作系统如果有知的话，它一定会认为所有的 Windows 操作系统的程序都不能被称作程序，而是一堆不可理解的无意义的乱码。”

“你说的不无道理。”何夕若有所思地点着头，“那后来呢？”

“我们以那个行星瓶为蓝本，将规模扩大到了 10 亿个。这多亏了像常正信这样的人的帮助。当时戴维丝太太的地下室里有两亿个行星瓶，那是我们一个重要的储存点。最初诞生的超级类核酸是极不稳定的，直到一年之后，你应该能算出来这其实就相当于自然界里10亿年的时间，稳定的超级核酸产生了。然后，我在一种普通的病毒上植入了超级核酸，我称之为‘*’病毒，也可称为星病毒。”

何夕倒吸了一口凉气，他觉得自己的背脊有些发麻：“你知道自己在做什么吗？”

“我当时只是想做个验证。我想知道超级核酸会产生怎样的生命现象。也许你会说我的好奇心太重，但现在看来我当时的行为更像是一种宿命。其实我想，在宇宙中八进制生命迟早会自行诞生，所需的不过是更长的时间罢了。40亿年前地球逐渐冷却，然后大约5亿年之后四进制生命诞生了。从此你们这些低级的四进制生命体就占据了这颗星球，而八进制生命的演化进程就此搁置。现在好了，看看四周吧，我创造了这个10亿年的时间奇迹，现在该是你们让位的时候了。超级核酸自有它强大的生命力，从它诞生的那一刻开始就已经在影响周围的一切了。有时我感觉根本不是我创造了它，而是它找到了我。它在冥冥之中借用我的大脑、借用我的手，创造了它自己，它从10亿年之后来到了现在。”雷恩的神色变得有些恍惚，“它是那么奇妙，拥有那么不可思议的魔力。”

“你这样说让人很难理解。”

雷恩脸上露出高深莫测的笑容，其间还夹杂着一丝不屑："在宇宙万物中没有比生命更神秘的事物了。生命诞生之初是那样孱弱，一丝紫外线、一点儿高温都能彻底消灭它。但是，冥冥中在天意的指引下，生命却能占据一颗颗星球。你看看我们脚下这个直径 1.2 万千米的'小石子'，它的大气成分、土壤构成、地底矿藏、温度、湿度等无一不是几十亿年来生命活动的结果，生命的发展甚至将最终改变整个宇宙的面貌。你永远无法理解我面对超级核酸时的心情，因为你对生命没有我这样的敬畏。"

"但你恰恰没有表现出对生命应有的敬畏。"何夕打断雷恩的话，"没有人可以扮演造物主的角色，你创造了新的生命，但你打算怎样对待这个世界上原有的生命呢？"

一丝略显尴尬的表情在雷恩的脸上掠过，他没想到何夕一句话就说透了他潜藏很深的心思："老实说我很尊敬你，在低级生命里你应该算是佼佼者了。如果你能够合作的话肯定对我们的计划有帮助。在宇宙的生命法则里永远是强者生存，你应该识时务。让我来回答你的问题，原有的生命可以被改造。超级核酸拥有远胜于地球生命的生命力，它有一种强大的生存欲望，带有该核酸的星病毒在极短的时间内就迅速改变了整个病毒种群的基因构成，原有的种群根本无法与之抗衡。而且超级核酸对四进制生命体的感染和改造是全方位的，植物、动物、微生物，无一幸免。我说这些就是希望你能与我们合作。”

“这是绝不可能的事情。”何夕冷哼了一声，“而且我还要阻止你。快告诉我星病毒在什么地方！”

“这么说你真的拒绝我的提议了？其实我不想强迫你，你最好与我们合作。”雷恩脸上掠过一丝诡异的神色。

“你别忘了现在是我说了算。”何夕晃了晃手里的枪，他觉得雷恩大概是急昏了头。但雷恩奇怪的话让他心中怦然一动，的确，雷恩为何毫无保留地说出真相？而且今天的事情似乎过于顺利了些……何夕猛地想起一件事，他下意识地回头看着苏珊。

“对不起，何夕先生。”说话的人是苏珊，她手里的P990寒光四射。

“这么说在这两天里发生了一些我不知道的事情。”何夕喃喃自语。

雷恩上前轻抚着苏珊的细腰：“你怎么就没有看出来我和苏珊已经是同类了？当你找到苏珊的时候她已经被注射了星病毒。我们告诉了她真相，后来的一切都是顺理成章的。而下一个接受改造的人就是你。”

苏珊脸上的表情很平静，她很利落地将何夕铐在了栏杆上：“地球生命很快就会全部被升级成八进制生命，到时候我们都是一样的了。”

“你不是很想知道星病毒在哪里吗？我来告诉你吧。”雷恩得意地大笑，“我已经以协助研究的名义将装有特殊样品的盒子送到了全世界的 7 家研究所，再过 10 个小时它们就会自动打开，释放出星活病毒。它们与注射用的病毒是不一样的，被它们感染的个体将具有高度传染性，这种传染不仅发生在人与人之间，也发生在人与其他生物之间。伟大的超级生命体将从研究所的每一个人开始传播，以几何级数增长，在短时间内占据这个星球的每一个角落。这个世界上没有任何一种药物能够解除星病毒的感染。不，这不是什么感染，而是生命的升华。是八进制生命对地球低级生命的一次崭新升级。那是多么美妙的时刻啊！”

“你不能这样做。”何夕的声音已经沙哑，雷恩的话让他不寒而栗。

“我当然可以这么做。就像是人们都喜欢把自己的电脑升级成高位数一样。而且，升级后你如果怀旧的话还可以随时模拟四进制生命，你可以扮演那些你喜欢的低位数生命形象，这难道不好吗？”

“不是这样的。”何夕试着做最后的努力，“生命不应该分出高低贵贱。每个生命体都是独一无二的个体，它有自己的尊严。这样的做法其实是对原有个体的灭绝，你难道不明白吗？想想看吧，你觉得自己还是原来的雷恩吗？你的灵魂已经被超级核酸控制了，你成了它的傀儡，成了行尸走肉，这和毁灭有什么区别？还有苏珊，你觉得还有自我吗？问问自己的内心，以前的那个苏珊到哪儿去了。别忘了，艾米丽还等着你，快醒醒吧！”

一丝复杂的神色自雷恩眼里一闪而逝：“你不要白费心机来说服我了。我多年来的心愿就将实现，人类即将迎来伟大的新生命时代。也许你现在还不理解我，但是你很快就会认同我了。”一丝奇怪的笑容自雷恩脸上浮现，他的手里多出了一件样式复杂的注射器。

“星病毒已经臻于完美，你的运气很好，整个过程相较于以前已经大大缩短，没有任何痛苦，超级生命将完成对你全身细胞的升级。你会毫无知觉地睡上一觉，但醒来后你会发现自己已经脱胎换骨了，那是一种无比美妙的感觉。”雷恩慢慢逼近。

何夕徒劳地挣扎着，手铐在他的手腕上勒出了血痕。一种从未有过的绝望攫住了他的心，不仅为自己即将成为异种，也为人类将要面临的命运。以何夕的知识水平他当然明白雷恩说的是对的，醒来之后他自己也将异化为雷恩的帮凶，因为任何生命体的心智都从属于自身的物种，就像一只蟑螂永远只会从蟑螂的角度思考一切问题——假如它能够思考的话。但那是多么可怕的结果，从某种意义上讲甚至超过死亡。汗水从何夕的额头上滑下，他绝望地闭上了眼睛。

一声沉闷的枪响。

何夕睁开眼。雷恩捂住胸口缓缓倒地，惊骇莫名地望着苏珊。

苏珊凝望着何夕，目光里有一种奇异的光芒在闪动："你让我想到了我的女儿。她是这个世界上独一无二的珍宝，我不能允许什么东西来替代她。谢谢你。"

"应该说谢谢的是我，还有这个世界上的所有人。"何夕撑起身，苏珊帮他打开了手铐。

"你们阻止不了我的。"雷恩口中流出血沫，他的脸部扭曲得有些狰狞。

"你快走，我坚持不了多久。"苏珊痛苦地指着自己的头，"它们就要完全控制我了，我感觉得到。那边还有一条安全的通道能出去，你一定要阻止雷恩的计划。"

"你不和我一起走吗？"

"不。"苏珊的脸变得惨白，显出可怕的戾气，看得出她正在用尽全身力气挣扎，"我留下来处理一切。"

"我要带你走。"何夕坚持道。

“你快走！”苏珊突然举起枪，脸上的痛苦之色越发明显，“你知道，我已经不是从前的苏珊了，我随时可能杀了你。你快走啊，趁我还能控制自己的时候。”

何夕默然后退，进入通道前他突然听到苏珊最后喊了一声：“告诉艾米丽，说我爱她，永远都爱她！”

“我会的。”何夕答应道，没有回头。

20 分钟后，随着一声巨大的爆炸，贝克斯矿场的一隅连同天才雷恩一起被埋在了地底深处，为他陪葬的是 10 亿颗小小的行星。

尾　声

一个月之后。中国武汉。

销毁星病毒的仪式地点最终选在了中国科学院病毒研究所。实际上在这一个月里，世界各国专家争论的焦点是究竟应不应该销毁它。但是谨慎的一方最终占据了上风，现在 7 个潘多拉盒子已经并排着摆放在了熔炉边上。

“真想亲眼看看里面那东西长什么模样。还有，它们到底是怎么诞生出来的。”崔则元小声嘀咕道。

“估计在座的这些人十有八九都有这想法。”何夕总结道。他至今没有对任何人吐露过其中具体的技术原理，因为他实在没有把握确定这个世界上会不会再产生雷恩这样集智慧与疯狂于一身的天才。

“谁让咱们是干这一行的呢。这一个月心里都快痒死了。”崔则元忍不住叹气。

来自联合国卫生组织的高级官员已经讲完了话，按照安排，下一个环节是由他亲手摁下开关将 7 个盒子送进熔炉。但是他突然停下了悬在空中的右手开口道：“我提议应该由何夕先生来完成这最后的环节，正是由于他的努力才阻止了这场可能毁灭整个地球生物圈的灾难。”

何夕仓促起身上台，一时间他竟不知该从何说起。他仿佛又听到了莽撞无知的常正信那惊惶的嘶喊，看到了地底深窟中苏珊那难以描述的最后一瞥。

“站在这里我想到了雷恩教授，他原本和在座的各位一样，是一位优秀的科学家。但我一直忘不了雷恩临死前说的那些话。他居然能够接受所谓高级生命对自身的替代，虽然他称之为升级。我想，地球上那些比我们人类更低级的生物恐怕不会这样做，因为它们所遵循的本能法则严格禁止了这种做法，而只有人类这种自诩为万物之灵的物种才有这种不同寻常的超越了本能的思想。雷恩教授用他的天才智慧将本应在 10 亿年后才可能诞生的生命体带到了现在，但他真正明白这意味着什么吗？就像我，虽然我遵照自己的选择阻止了雷恩，但我想除了造物主之外其实也没有谁能够判定我做对了没有。人类这种智慧生物是否把生命的进步看得过于透彻了，生命也许并不只是碳和氢，也许不只是碱基对的数学排列组合。”何夕停顿了一下，“生命是有禁区的。”

四下里一片长久的沉默。何夕摁下开关，7个盒子滑进熔炉，幻化成一簇妖异的夺人心魄的火焰。

10亿年后它还会回来，何夕在心里说道。

作者注：因为有朋友对文中10亿年时间的概念提出了疑问，在此做些说明。在10亿种行星环境下做一年的实验确实等价于在一种行星环境下做10亿年的实验。比如现在有许多科研机构都在用实验验证质子的寿命，其中一个很有名的实验是在美国俄亥俄州的克里夫莱德一个地下550米（为避免宇宙射线干扰）的盐矿中进行。实验方法是将7000吨的水（约有10^{33}个质子）灌进矿中，并在周围安装2048个光电管，然后观察有无质子衰变产生的切伦科夫辐射。经过250天的观察，没有发现质子的衰变。这意味着质子寿命的下限至少为1.5×10^{32}年。本作中关于行星瓶的设计用到的也正是相同的原理。

漏洞里的枪

线索太多了

局长一进屋就扔给我一摞资料，他几乎是在咆哮："记住，你是第4个！那3位都给抬到医院去了。知道病因吗？全一样——用脑过度导致的轻度精神分裂。我可是把底牌全告诉你了，以后别来怪我。"

我不作声，似笑非笑地看着这个小老头像耗子一样在我的办公室里乱窜一气。我知道他不想让我接这件案子。他和我爸是多年的老朋友。

过了一会儿，小老头停下来压低了声音说道："我说何夕，咱们把这案子挂起来算了。估计再过100年来破可能会有希望。”

我还是不作声。

小老头总算看出我是下定决心了，他安静下来，五官很庄重地凝固在一起。一看这表情我便知道老家伙怕是要用最后一招了。

果然，他开口了：“我是你上司，对吧？”

我点点头。

“上司之所以成为上司，总得有点儿理由吧？”

我一下子想到一个现成的马屁，已经到嘴边了，让人不拍拍心里还真是怪难受：“理由就是您老破过的案子比我打生下来起犯的错误还多。”

看来没拍到蹄子上去，小老头笑了：“所以听我的话没错。”

“我觉得一定有被我们忽略的地方，我们只要……”

“你是说线索不够？”小老头打断我，“告诉你，这案子最让人头痛的地方就是线索太多了！”

上帝的错

小老头说得没错。

按理说这应该是个很简单的案子：第一，案发现场有众多目击证人，而且都在极严格的方式下录了证词；第二，这一点在很多时候是极难满足的——整个过程都被拍摄下来了。

卷宗上写着：地球格林尼治时间4月16日上午10点，在太空隧道冥王星站附近发生了一起杀人案件，两名当事人均受轻伤。由于技术原因，两人均以原告和被告的双重身份被收容。

“技术原因？什么鬼东西？”我嘟哝着打开了放影仪。画面很清楚，还有旁白。

看上去应该是在太空列车的车厢里，人们闲散地坐着，旁白：“现在调用当事人的画面。”

画面分为了左右两格，左边是一名清瘦的年轻人，右边是一名若有所思的中年男子。旁白：“年轻人是陈文斌，中年人是杨棱，均为生物学教授。两人不在同一节车厢，杨在前陈在后，两节车厢相距300千米左右。将二人置于同一画面是为了方便比较。好，请注意……”

陈文斌的身体突然重重地抽搐了一下，他瘫倒了。而几乎与此同时，同样的变化也发生在杨棱身上。旁白：“虽然肉眼难以觉察，但是据测定，杨棱比陈文斌的中弹时间晚0.2秒。据医院鉴定，二人均受到一种微型基因弹的袭击，而整列太空列车上也只有他们两个人携带了这种私制的尖端武器。以上的画面是由列车上的摄像机记录的。同时，基因武器在发射时会产生特殊辐射波，而车上的辐射监控仪器也表明，杨棱所携带武器的发射时间的确更早。”

“这不结了嘛——”我喃喃自语，按照法律，先开火的人就是凶手，后开火的人算是还击者。

旁白还在继续：“在太空隧道内也安装有监控器，对列车内的一切现象也同样加以记录。不过由于列车和隧道的速差太大，无法得到图像信息，但隧道里的辐射监控毋庸置疑地表明陈文斌所携带武器的发射时间更早。两种记录完全相反。”

我惊呆了。

旁白还在聒噪不停：“20年前开通这种速度高达0.99倍光速、长度达数百千米的巨型太空列车时，著名学者刘未博士就曾指出其中潜在的隐患，现在这个案子可以说是不幸被言中了。”

刘未？该向这位先生请教一下。

看来刘未是被我的前3位同事纠缠得冒火了，他根本不和我通话，而是给我放了一段录音。录音中的理论当然是深奥无比，好在我还算聪明，听懂了十之八九，不过我倒宁愿自己不要懂，因为在这个问题上绝对是不懂不糊涂、越懂越糊涂。

这么讲吧，这里头有 3 个关键的地方，也是 3 个很难凑拢的条件，否则也弄不出这么个奇案来。第一，两人都是生物学家，他们这次用来互相攻击的是具有识别基因功能的专用武器，所以他们才能相距 300 千米相互射击；第二，太空列车的速度达 0.99 倍光速；第三，两人开火的时间差在 0.2 秒之内，微型基因弹在这段时间内跑不了 300 千米。实际上，科学的漏洞已经注定这种案子早晚会发生，只是由于条件苛刻才让我这个倒霉蛋恰好撞上。

相对论的诸多推论中有这么一个公式：运动物体前后两点的时差 = 两点距离 /(光速的平方 – 物体速度的平方)。也就是说，条件适宜时，地面上的人会认为运动物体前端的时间与后端的时间有一个恒定的时差。将本案里的各种数据代入这个公式，会得出这个时差约为 0.4 秒。正好，列车上的记录是陈文斌先于杨棱 0.2 秒中弹；而隧道里的记录则相反，是杨棱先于陈文斌 0.2 秒中弹。两个数据之和也就是 0.4 秒。另外有一点更为重要：后开火的是在自己发射之后才中弹的，也就是说，他不是因为受到攻击而还击的。按照爱因斯坦的观点，两件事之间存在因果关系的前提在于，二者能被种种速度小于或等于光速的信息联系起来。在本案里，两人之间隔有不透光的种种屏障，所以他们之间的因果关系不能通过光而只能通过用来攻击的基因子弹来实现。而要是某一方是中弹之后才还击，即因为感知受到攻击而还击的话，我们绝不会录下两种结果。因为虽然相对论认为时间的先后是相对的，但这种相对性不会违背因果律，即结果不会出现在原因之前，除此便无限制了。所以，这些分析完全可以证明：本案无解，选择不同的参照系将有不同的结果。

我大叫起来：“这太荒谬了！这么讲还有什么正义和真理可言？”

对方半天都没作声，然后我听见一声咳嗽：“我把录音机关了，现在跟你通话的是我刘未本人。其实我一直在旁边听着，本来我不想和你谈的，但我看你在这个案子里已经陷得太深了，我想拉你一把。这么说吧，这个案子很容易毁掉像你这种认定世上只有一种公理而又富有正义感的人。你的前3位同事也是这种人，他们都进了医院，而我什么事也没有，因为我相信科学是至高无上的。我也承认一点，这案子里必定有一个人是真正的凶手，但科学已证明是没有办法查出来的，我们何不就这么让它不了了之呢？这不是我们的错，这是上帝的错。”

漫天迷雾

……先开枪，后开枪，先开枪的后开枪，后开枪的先开枪……

瞧瞧，我此刻正进行着多么严密的推理啊。我咬牙切齿，我上蹿下跳，我揪掉了一根又一根胡须。

一般来说，当我正云遮雾罩地琢磨问题时，别人不使劲拍桌子模仿5级地震，是绝不可能将我召回这个世界的。不过也有例外，比如现在——小梅推门进来了。

小梅看着我（上帝，你把这么漂亮的眼睛给了小梅，难道是存心要害死我？）说："告诉你，本来你这儿我是不愿意来的，也不知我爸爸为什么非要我到你这儿来'学点儿东西'。学什么呀，我这个医生要是学了你那些专门送人上绞架的本事，不出医疗事故才怪！"

啊，我真想大声感谢可爱的局长大人，小老头比我想象得要聪明百倍——前3名警员都是独行其事，这是个教训，而小梅才是小老头的最后一招呢。想想看，有这么一个姑娘共事，就算是封我做疯人国的国王我也不去得什么精神分裂。

"你在做什么？"小梅走到桌前拿起卷宗。

我陡然警醒到这是绝密的，忙伸手按住："哎，别动。"

小梅受惊地抬起双眼，我一下子觉得自己快融化掉了，话到了嘴边也变了样："这……案卷有点儿脏，我先拍拍灰你再看。"

小梅浅浅地笑了。

我突然想扇自己一个耳光，太没骨气了！可又想这也不能怪我，有二十来号人都明确表态要追小梅呢，一个人在只有二十分之一的机会时还像我这么有骨气也够不容易了。

“这案子很难吧？”

我狡黠地看了她一眼：“只比……追你要容易一丁点儿。”

小梅脸红了。我立刻感到一阵阵头晕，我最受不了的就是小梅这副羞涩的样子。想当初我是一个何等洒脱的人物，就因为有一次不留神看见了她脸红，结果便坠入无边苦海至今不得超脱。不过她很快就恢复了，没事般地问道：“那你为什么要接着干呢？”

我对她这种顾左右而言他的态度有点儿恼恨，脱口便说道：“你要是指案子呢，我的回答是因为好奇，我想知道世上究竟有没有没人破得了的案子。你要是指我追你这件事呢，我的回答还是因为好奇，我想知道世上究竟有没有没人追得上的女孩。”

“你——”小梅显然是真生气了，她咬住下唇，我看得出她在强忍着不让自己哭出来，然后她夺门而去。

啪！我真的给了自己一记耳光，我这是犯的哪门子倔啊！这么好的姑娘硬是被我气跑了，看来我这辈子是没戏唱喽！

不过，小梅这一走我倒是不敢回到那种折磨人的思考中去了。说实话，有种名叫“害怕”的小东西已经伴随着我对案子调查的深入而渐渐缠住了我的心。

既然不能乱想，我能做的事只能是见见当事人了。

陈文斌看上去要比照片上老一些，可能是几天没刮胡子了吧，但也正因如此他才显得更成熟，加上那种仿佛与生俱来的书卷气，实在是俊气非凡、令人心折。

“我是何夕，现在你的案子归我管，叫我何警官就行了。”我自我介绍道。

他冷漠地看了我一眼，似乎对这种频繁的人事更替已见惯不惊。

我决定给他一个下马威：“前几次的口供里，你说自己是防卫，但你为什么事先在你的那把基因枪里存入了杨棱的基因信息？”

我料想这个问题一定会把他逼得手忙脚乱，起码也会露出点儿蛛丝马迹。哪知陈文斌想也没想便答道：“我手里只有那么几个人的基因图信息，包括我自己的信息也在里面，只是没在第一发射位而已。当时我根本没有开枪，我想是因为走火才发生的意外。”

“那可以说说你和杨棱的关系吗？”我不得已换了话题。

陈文斌想了想：“你应该知道他是我的老师，现在我仍在他的指导下工作。”

“那么，可以谈谈你们用的武器吗？”

“怎么说呢？”陈文斌沉默了一下，“大家都知道，世界上第一代电脑病毒其实是由当时的电脑专家编制的，并没有恶意，仅仅是一种工作之余的精神调剂。我和杨棱教授一直从事着自20世纪90年代初开始的‘人体阿波罗计划’工作，即把人类的基因组合序列全部排列出来，序列总数达30亿种之多。计划成功之后人类可以征服已知的绝大部分疾病。基因枪，仅仅是一种副产品。”

“好吧，就问这些。”我站起身盯着他的眼睛，“有一点我必须强调，你们两人中总会有人是先开枪的。根据法律，这个人就是凶手。但严格说来，你们两个人中没有一个人是因为受攻击而还击的防卫者。不过我是警官，无权修正法律，我只认定先开枪的人是凶手，后开枪的人算防卫。如果是你先开枪，我只能说抱歉，如果是杨棱，算是你走运。”

陈文斌低声说：“这我理解。不过现在我觉得已经没有必要和他计较了。”

走出收容所的时候我看见了漫天迷雾。

这个人快死了

我再次陷入混乱的思考之中。

不过要说一无所获那是很不确切的，因为我发现了一个有趣的地方——陈文斌撒了个很不起眼的谎。

翻开近年的科技刊物，可以看到杨棱和陈文斌的名字总是并列着出现在学术论文的署名处。问题就在这儿。杨棱有许多学生，如果是他在领导着研究工作，那么他应该有独立署名或是和其他学生联合署名的成果问世。这还不清楚吗？我几乎肯定这些成果的真正创建者是陈文斌，至少大部分功劳是他的，但他却说“我仍在他的指导下工作”。

不要小看这些小地方，实际上我破的案子大多做得天衣无缝，从大处是下不了手的，只有在一些极微小的细节上才能撕开一道口子。比如这次吧，如果陈文斌坦然相告那些论文的实情，我的推测便会是3个：第一，陈由于这种不公正的待遇而起杀心；第二，杨由于嫉恨而起杀心；第三，杨、陈两人联合起来给世界出难题，以满足科学家常有的童心。但现在陈文斌如此强加掩饰，我的怀疑重点便集中到了第一个推测上。而且，我越想越觉得这点最可信。

但是，没有证据！千头万绪最终还得归结到一个问题上来，那就是“到底是谁先开枪”。不解答这个关键问题，我的一切思考、一切心机、一切行动都是可笑又无用的。而我恰恰对此一无所知，甚至可能永远都不会知道了。

线索、疑点、未知，化成了一个个形态古怪的符号在我的脑子里回旋飘荡，它们甚至跑到了我的身体之外，围绕着我发出叽叽喳喳的声音。它们在讥讽我，它们冲着我大笑……

很难说如果不是小梅恰好在此刻推门进来，我会不会像几位前任那样在思考中失去理智。事后当我回想起这一幕时，心中还充满后怕。

“你怎么了？”小梅使劲摇着我的肩。

我一把抓住她的手：“陪着我，小梅。”我的声音近乎央求。

有了这次教训，我只好俯首帖耳地围着小梅转了，看来我是越来越没骨气啦。不过古人都说了嘛……哎，想不起原话了……反正，那意思是像咱这种人是绝对难过美人关的。

现在该和杨棱打交道了。

我和小梅走进收容所时，杨棱正和一个年轻的女人谈天。他介绍后我才知道那是他的妻子林茹，虽然年龄相差10多岁，但看得出他们相处得还是很融洽的。

“我想你们对这件事有很大的误会。”杨棱说话的神态很“专业”，如果把他和100个人混在一起让你选一个科学家出来，你一定会选他的。虽然不知道为什么他显得比照片瘦了许多，但他那股儒雅温和的前辈风范仍然使人如沐春风。他说话的语速很快：“在太空列车上的事我想是走火了，我没有任何理由杀他。”

“你有理由杀他，因为他已经超过了你。”我冷不防冒出一句。

出乎我意料的是杨棱似乎被刺伤了，他的脸涨得通红：“你是不是因为那些论文的署名而做出这个判断的？我告诉你，那些论文的确是我指导陈文斌写的，你可以去查底稿和原始数据记录。我不过是有些偏袒他，但没想到你会拿这个来损毁我的人格。你，你必须收回这句话！”

他真的愤怒了，反正，凭这双眼睛我找不到一丝掺假的地方。难道我的猜想是错误的？

“别这样，注意身体。”林茹站起来扶住杨棱，我这才注意到林茹身上有种叫人说不出但能清楚感受到的韵致。她无疑称得上美丽，但又不止于美丽，有一些说不上忧郁也说不上开朗的东西在她的美丽之外飞舞着，令她给人的感觉有一些微妙，让人觉得她仿佛一枝高山上的百合花。

杨棱看着林茹，爱意浓得几乎要从他眼中淌出来。他平静了。

“我想说声对不起。”我说，“但请相信我只是出于职业习惯才有此一问。我没有恶意。”

“算了。”杨棱摆摆手，“老实讲我根本不想接受这些调查。可惜我称不上原告，否则我会撤诉的。我妻子也是这个意思。我相信陈文斌不会害我的，这里头准有什么地方弄错了。你们应该查查。”

叫我哭笑不得，他竟会猜疑我们搞错了，那些记录都在那儿放着呢。不过我不打算和他争，我告辞了，小梅自然也跟我走了。

我觉得自己一无所获，不过小梅倒是说出一条与案子没什么关系却很重要的信息。她在走出收容所后对我说：“凭我刚才对杨棱的观察，我敢肯定他已经病入膏肓了。”

半小时后我便以警官的特殊身份从医院里查到了一份资料。在此次杀人案件发生前夕，杨棱曾做过一次体检，他的确已身患绝症。换言之，这个人快死了！

我有的是时间

我敢说如果警员考察科的人突然闯进我的办公室，一定会当场赏我一副手铐，因为此刻小梅正像读言情小说一样捧着那些绝密的材料乱翻一气。我对她算是没辙了。

“干脆就判杨棱有罪算了，本来这个案子就破不了，少损失一个人才总是好的。对吧？”小梅突然抬起头，发了一通“妙论”。

看着她那认真又调皮的样子，我真想一口答应她。不过我还是板着脸说道：“这可不行，法律是要讲公正的。”

“我不就是想少点儿牺牲嘛，这么凶！”小梅边说边低下头看“言情”，“想想杨棱也很让人同情，除了我们还没有人知道他的情况呢。”

“是挺可怜的。”

“哎，等等！”小梅突然叫起来，“刚才我说什么了？”

“刚才？你不是说没人知道杨棱生病了吗？”

“不对，你看这儿记录着，陈文斌说‘我觉得已没必要和他计较了’。想想看，这句话无意中不是表明陈文斌可能已经知道杨棱的病情了吗？”

太对了！应该是这样，稍微懂点儿语言心理学的人都能看出这层意思。他怎么会知道？即便是杨棱本人也还蒙在鼓里。

但凭经验我已经知道，这个最新的发现救不了我，它反倒使得形势更复杂了。窗外的黑暗已渐渐成形，而我已没有了方向，所剩的只有直觉，实际上我也只能靠直觉了。我并不认为直觉是什么肤浅的东西，相反，我认为直觉其实是人从万千繁复的事物、起伏跌宕的成败以及时间和经验中磨炼出来的一种能力，它往往指引人们超越过程直达真相本身。当然，直觉也有搞错的时候。而在这个案子里我有着很强的直觉，我完全不相信“走火”之类的原因，我认定存在着一个策划了整个事件的凶手。但是我不知道他到底是谁，他又为什么要这么做，在涉及动机和根源时，我的直觉只是一片空白。

不过我不着急，局长不是说这案子要100年后才能破嘛，我有的是时间。

好像可以了

一个人的确不能过于乐观，尤其是当你的搭档是一个女孩的时候。

推开办公室的门我被吓了一大跳，几十个话筒像是几十把争抢烤肉的叉子一样伸到了我的面前。

“请问……”

“请谈谈……”

“请说一下……”

……

“小——梅——”我大吼一声，全场为之一静。

“你，叫我？”小梅一脸得意地从记者堆里钻了出来。

“是你干的？你跟他们说了些什么？”

“我是想帮你扬名嘛！我也就稍稍透露了一点儿这个案子的奇怪之处，这样记者才有兴趣呀。”

老天！这个小梅把我害惨了！这个案子之所以被列为绝密，就是因为它可能是有史以来第一个可以让凶手正大光明地逃脱制裁的案子，现在这么一股脑儿地把它宣扬出去而我最终又无法破案的话，不知会诱发多少类似的案例。

“出去！统统出去！”我暴跳如雷。

记者们个个面有愠色地走了，我敢打赌明天就会有传票召我去法院接受“妨碍新闻自由”的控告。

小梅走到我身边，仰起脸怯生生地问道：“你没包括我吧？”

我陡然感到男人的骨气都回到了我身上，我用更高的声调吼道：“你也走！”

小梅没走，她慢慢伏到我肩上，低声说：“对不起。”

压力增大了。消息泄露出去后，民众的反应极为强烈，他们对法律产生了怀疑，很多人已经不敢出门了。

此刻，我一筹莫展地傻坐在办公室里，两把基因枪摆在我面前的桌子上，旁边是从枪内存储器中提取出来的基因图，分别是陈文斌和杨棱的。这些就是我所取得的全部证据了，可我根本就不知道它们能证明什么。

该怎么办？眼看就快天下大乱了。局长一天打 10 次电话来询问进展，他也一定被逼得焦头烂额，可我又能做什么呢？我只能坐在比我还高一头的案卷中间傻乎乎地看着天书一样的基因图发呆。

大脑中是糨糊般的一团，我奋力使用这团糨糊进行着所谓的思考。所有的记录闪烁着划过脑海……我感觉到了一个亮点的存在，亮点在扩大，然后……

我猛然站起身来，对小梅说："好像可以了。"

他一下子捂住了脸

几天不见，陈文斌憔悴了许多，他不动声色地看着我、小梅以及林茹。本来杨棱该来的，但他感到身体很不适。

"我不妨直说吧。"我先开口，"陈文斌，我有理由指控你犯有谋杀罪。"

"你不用吓我，虽说我是搞基因工程的，但像相对论这种基础理论我自认为不比你懂得少。"

我没说话，只递给他两张叠合在一起的胶片："这是你和杨棱的基因图，这里还有一台功能强大的显微镜，你自己看吧。"

他低头看了一会儿，脸上显出惊异的神色。

"奇怪吗？其实想想就很平常，你告诉我人类基因的组合有 30 亿种之多，但我想你该知道，现在世界人口超过了 60 亿，从概率上讲，两个人的部分基因排列极其相似是有可能的。很巧，你和杨棱恰好是这样的两个人。"

“可这并不能说明什么。”

“别忘了，你用的是基因枪，是根据基因来确定并攻击目标的。不错，由于你在时间上的安排使得太空列车上的记录和隧道里的产生了矛盾，但矛盾的前提是我们认为你们两个人都开了枪。然而，从你们具有极其相似的基因排列来看，你们当中只有一个人开了枪，另一个人的基因枪因故未能发射。发出的基因子弹分别击中了自己和对方。如果两人都开枪，则必然每人会中两枪，这与实际情况是不符的，而在只有一人开枪的情况下一切就简单多了，我们不必再考虑隧道里的记录。这时那个开枪的人必定先中枪，因为他离枪近。列车上的记录表明，你，就是这个开枪的人！”

陈文斌完全呆住了，他的嘴唇颤动着，汗珠从他白皙的额头上淌下来，他恐怕怎么也想不到自己会败在这样一条“天然”的线索上。他的眼中一片无助，我从来都没有见过一个男人会有这种眼神，那完全是一种崩溃。

我紧盯着他：“还有几个问题我看倒值得一问。你没能杀死杨棱是因为输入的基因信息中有错误，当然，如果没这错误你们俩多半都死了，但你是专家不该出错。还有，我很想知道是谁告诉你杨棱的病情的？”

“不要废话了。”陈文斌粗暴地打断我，他的眼中恨意毕现,“反正我失败了，我认命。我只恨自己没能除掉杨棱这个老家伙，他总以前辈自居，压制我的才能，有他在我永远也出不了头的。我早就想杀他了……”

陈文斌滔滔不绝地说着，一种悲哀而激昂的神色在他的脸上浮动。我知道我这时应该再告诉他一句话，但我不知道也不敢猜想他听了这句话后会有怎样的反应。

但是我必须说。我说:“你不必再帮别人了。”

他一下子捂住了脸。

她仿佛睡着了

“早在我发现基因枪中的基因信息存在错误时，我就开始怀疑是否存在一个被我们忽略了的人，而当我见到杨棱对待你的特殊态度时，我更猜想到这个人必定与你和他都有着某种关系。我想你也感受到了，杨棱对你有种由嫉恨、内疚、赎罪等混合而成的复杂情感，他对你过分的提携和偏袒正是这种情感的表露。他的地位崇高，经济富有，又指导着你的工作，要说欠人情也该是你欠他的。于是，我只能想到感情了。”

“不，你是在胡说！”陈文斌叫起来，脸色如纸，“你们不是已经找到凶手了吗？就是我呀，我都承认！是我，是我啊！”

“别说了，文斌。”林茹的声音如风铃般悦耳，她看着我，“一切都是我安排的，枪里的基因信息也是我输入的，我是真正的凶手。”

“不是的，你不是的！”陈文斌一把握住她的手使劲地晃动，“我不都承认了嘛，不关你的事，你别傻了。”

泪水从林茹的眼中漫了出来，她无声地摇着头，满头秀发飘扬：“你不是，你只是被我利用了，依照法律你的罪很轻。本来，我以为从此可以陪伴你了，可是……”

林茹把手伸给我，我给她戴上了手铐。她的目光一片迷茫：“我失败了。不过，我想讲一个故事给你们听……”

这是一个关于爱情的故事。

一个少年和一个少女在百合花盛开的季节里不期而遇，之后，他们平静地相爱了，花海里洒下了无数幸福的痴语。后来有一天，他们看到了自己的基因结构图，那是个非常残酷的现实——他们俩各自带有一种导致可怕疾病的隐性遗传基因。换言之，他们如果结合必将导致后代的夭亡。正如 20 世纪的人们禁止近亲结婚一样，现在的法律也禁止这种不健康的婚姻。这对可怜的有情人除了在抱头痛哭之后分手，又能有什么选择呢？

我愣愣地站着，这个故事让我感到深深的难过。命运之神啊，你为什么总喜欢破坏人世间的完美？

小梅的眼睛已经湿润了。

“如果一切真是命运的安排我也无话可说。”林茹接着讲道，“可是，几年后我才在一次很偶然的情况下发现我和文斌的基因根本就没有冲突，以前我们看到的全是假的。但这时我已为人妻，而我的丈夫就是欺骗了我们的人。”

我一切都明白了。

“从小，我就听人说我很美，那时我最喜欢听这个。可是，要是我那时能知道我的不幸正是因为我的美丽，我情愿老天给我一副平庸的容貌，那样，我就可以和自己心爱的人不被打扰地度过一生。”

“啊，她晕过去了！”小梅惊呼道。

林茹的脸上恬静如水，她仿佛睡着了。

夕阳醉了

是交差的时候了，调查记录以及口供就在我手中的这张小小的磁盘上。

“刚才有个电话打过来，说杨棱已经病故了。”小梅很恭敬地向我报告。

我叹了口气：“要是他的病早点儿被查出来可能就不会有这个案子了。”

小梅想了一下，突然抬头问道："有件事我一直想问你，如果这个案子真像原先认为的那样是两个人互相射击，你能破得了吗？"

"你的眼睛真好看。"我笑嘻嘻地说。

小梅脸红了："我在问你呢，不许乱说。"

"好吧，我回答你。我想我能破。"

小梅睁大了双眼："能破？别吹牛了，不是说从理论上讲是破不了的嘛！"

"我告诉你两件事：第一，陈文斌和杨棱的基因枪都曾经发射过；第二，我给陈文斌看的两张基因图其实都是他自己的，我只在其中一张上做了很小的改动。"

"原来你是用的计啊！而这个案子从理论上讲本来就是破不了的那种吗？"

"我用的是智慧。"我郑重其事地纠正道，"我觉得无论科技发展到哪一步，人的智慧始终是最可贵的，也是不可战胜的。不过话说回来，单凭智慧也还不够。因为我们的世界是人的世界，了解人的情感也是必不可少的。比如我就用了一个险招。不知你想到没有，其实陈文斌只要多想想就不会中计了，你看，如果当时真的只有一支基因枪发射的话，那么太空隧道的辐射监控绝对不会记录下相反的结果。当时陈文斌一定也快要想到这点了，所以我赶紧抛出几个微妙的问题暗示林茹就要被牵扯进来，于是陈文斌便毫无选择地承认了一切，我这么做似乎有欠光明，但为了破案也是不得已。”

小梅似乎有所感触地点点头，过了一会儿她突然用一种神秘兮兮的口气说道：“可你不觉得自己这次有点儿智慧得过头了吗？”

我愕然了。

“如果你不是挖空心思来破这个案子，那么过不了多久陈文斌和林茹就能开始一种新的生活，真正该受到惩罚的杨棱也死了。你不认为自己完全是破了一个不该破的案子吗？”

小梅的话其实恰好说在了我的心坎上，老实说我现在也有点儿后悔自己聪明过头了，而且我敢说全天下的人都不会希望我破这个案子。

“但这个怎么办？”我指指手中的磁盘。

小梅一把夺过去，再一扬手，磁盘晃晃悠悠地掉进了窗外的小河里，转眼便无影无踪了。是的，应该这样，就让这个不美好的真相在美好的大自然中消亡吧。

“只好对外宣布说本案因为技术问题而无法破获了。只要严守基因枪的秘密，没人能再用这种手段来犯罪。不过，这样一来我在人们心中就成了一个无能的警官了，你还要我吗？”

小梅“嗯”了一声，早已偎入我的怀中，声音轻得几乎不能听见：“反正，在我心中你是最棒的。”

“最棒的什么？”我不放过她，“警官还是恋人？”

小梅不说话，却忽地在我的腮帮上亲了一下。

夕阳醉了。

何夕科幻精品系列

异　域

何　夕　著

科学普及出版社
·北　京·

目　录

假　设

包括这个世界在内的一切其实都可以看作是一种假设。

——摘自《虚证主义导论》

一

“当我们说世界存在的时候，其实只是说明我们认可它存在的假设条件。”皮埃尔教授在黑板上很利索地写下这句话，伴随着粉笔摩擦黑板时发出的令人痛不欲生的吱吱声。讲台下的情形和平时一样，也就是说足够热闹，学生们都在很高兴地干着自己愿意干的事情。不能说大家没有上进心，根本原因在于上进心再多也没用。因为无论多么认真的学生也无法在皮埃尔出的考试题面前感到轻松，如果有谁能够得 40 分以上的话，那是可以大大得意一番的。皮埃尔教的科目是一门选修课，从教材到讲义似乎都是他自己编的。也不知道原本是物理学教授的他，都是什么时候从脑子里冒出那些奇怪想法的。而偏偏他又是掌握全系学生生杀大权的系主任，而且听说他和雷诺校长居然沾亲带故，这多半是有根据的，要不然再开明的校长恐怕也难以容忍一个系主任像皮埃尔这样胡作非为。总之呢，从上学期开始，系里便多了一门谁也不敢不听，但谁也听不懂的名为虚证主义的课程。

何麦坐在教室的倒数第二排，这是他提前半小时占座才抢到的位置。当然，他没忘记给安琪也占了个位子。听皮埃尔的课而又坐在前排的话，那绝对可以称得上是一场噩梦。因为皮埃尔仅次于胡思乱想的第二大嗜好便是孜孜不倦地提问，而他在选择提问对象时，总是用那根轻巧的碳 60 教鞭随便指，指着谁便是谁。在这种情况下，能够让皮埃尔先生鞭长莫及的后排区域自然成了学生们的首选。现在何麦就坐在这样的位置上，紧挨着亮丽可人的安琪，面有得色地看着前排那些如丧考妣的晚到者。处于这种态势下的何麦在心理上是没有负担的，而也只有在这个时候他才可以听得进皮埃尔的几句讲话。比如，现在他就

听到皮埃尔正在信誓旦旦地宣称整个世界其实都可以看作是虚妄的。“它也许只是一种假设。”皮埃尔说，“比如中国古代一个叫庄周的人梦见自己是一只蝴蝶，醒来后他就想，也许自己真的就是一只蝴蝶，而作为一个人的自己只是这只蝴蝶所做的梦。这个问题在逻辑上是无法证伪的，如果我们认为庄周就是一只蝴蝶，那么也能够完全自洽地解释整个事件。正因为如此，这个问题千百年来常常引起争论。所以我们完全可以说世界可能只是一个梦境，或者说是一个假设。”

对于皮埃尔的这些奇谈怪论，何麦的第一反应其实并不是想笑（实际上他主要是不敢这样做），何麦更多的感受是从中悟出了某些诀窍，他甚至判定自己得到的才是皮埃尔的真传。无论如何皮埃尔是第一个敢于将世界建立在假设之上的物理学家（这种事以前只有哲学家才敢干），也就是说无论如何他都可以称得上一代宗师。何麦这个人别的本事没有，但是虚心好学的品质还是有的，这次自认为深得了皮大师的精髓，得意之中竟然眯上眼睛摇头晃脑起来。

问题在于何麦忘记了自己身材的高大，他这副陶醉的样子全都落在了皮埃尔眼里。要知道，皮埃尔先生自从在此登坛说法以来一直都自叹曲高和寡、知音难觅，今日冷不防见到识得个中三昧之人，恰如“久旱逢甘霖，他乡遇故知”，惊喜之情霎时溢于言表。虽在情急之中，但皮埃尔倒还没有忘记自己的提问习惯，加上物理学教授对牛顿定律的准确运用，于是众人眼中只见教鞭横空飞起，空中转体 720 度之后不偏不倚正好敲中何麦的头。

“你，就是你。”皮埃尔喜形于色地叫道，“请问我们有什么理由断定世界只是一个假设？”

何麦终于意识到皮埃尔的确是在对自己说话，他的首要反应是有些尿急，也不知是不是因为刚才教鞭刚好击中了脑部主管排泄系统的中枢。但是他已经没有退路了，皮埃尔提出的问题肯定都是此前讲到过的，也就是说会有一个标准答案存在。问题在于何麦根本就没有认真听过课，就算让他翻书他都不知道在哪一节找。那本教材足有几百页厚，里面是大段大段足以让人发疯的论述。从逻辑上讲，书里都是“庄周梦蝶、蝶梦庄周”之类的无法证明正确，但也无法证明错误的问题。

而皮埃尔教授的期待却很明显地写在了脸上，他眼巴巴地盯着何麦的脸看，弄得何麦益发不敢开口了。不过何麦也知道这样沉默下去的结果肯定不比胡说八道好，但是他又的确不知道该怎么回答。“假设，假设。”何麦心急火燎地四下张望，末了他心一横开口道，“我看有很多事实可

以证明我们的世界存在于假设中。比如我们一向用许多精确的数学定律来描述世界，而从这一点出发便足以证明我们的世界只是假设。”

四周立刻安静得吓人，这是第一次有人说可以用“事实”证明世界是一个假设，而且竟然是以精确与严谨著称的数学！就连皮埃尔自己也不曾这样讲过。所有人的目光都集中到了何麦身上。皮埃尔的眼神有些发蒙，安琪惊愕地仰望着何麦，此刻她大张的口里肯定塞得进一个鸡蛋。

何麦只能豁出去了：“拿最基本的欧氏几何来说，这是数学的基础，而它是建立在 5 个假设公理之上的，这些公理绝对是无法证明的，尽管常规的说法是不证自明。问题在于，我们必须承认全套欧氏几何，否则我们的世界就会变得无从认识。现在我可以下结论了，既然这些用来描述世界的理论都建立在一些无法得到证明的假设之上，那么我们当然可以宣称世界也是一种假设。”

但是一个高亢的声音粗暴地打断了何麦的即兴讲演：“你知道你在说什么吗？我看你是别出心裁，胡说八道！”皮埃尔的神色看上去就像是面对一件不可思议的事情。老实说，能够让皮埃尔认为是别出心裁的人简直就没有，因为这相当于说某人比疯人国的国王还要疯那么一点点。

“下课。”皮埃尔轻轻摇摇头说，脸上一片萧索。

二

安琪是一个典型的美国女孩，有一头褐色卷曲的短发，还有一双闪烁着淡蓝色光芒的眼睛。据她称，自己身上其实有六十四分之一的中国人血统，那是她的一位百年前的祖辈带给她的。不过何麦倒是从来没能看出这一点。安琪与何麦从相识到相好几乎全是她主动的，她对何麦说："我第一眼就喜欢上了你那双很大的黑眼睛。"当安琪这样说的时候，何麦的心里很想说的一句话是"我也喜欢你的蓝眼睛"，不过他从未说出过。也许这就是纯正的中国人与不纯正的美国人之间最大的区别。

"我看你就准备补考吧。"安琪笑着打趣，何麦看上去越是懊丧她越是兴高采烈。

何麦的心情的确不好，他也不知道自己当时有何必要胡诌一通。一想到以严厉著称的皮埃尔他就两腿打战。不过何麦一向是想得开的人，他向来认为，在厄运还没有变成现实之前就过于难过并不是明智的行为。离考试还有几个星期呢，现在还没什么麻烦。

事实证明何麦过于乐观了，因为马上便有人带话称皮埃尔教授要见他。安琪看何麦的眼神立刻变成了告别式。

皮埃尔教授并不像何麦想象的那样大发雷霆，恰恰

相反，他简直热情得过分，甚至连说话的声音都有点儿颤抖。皮埃尔百般殷勤地对何麦问长问短，并且还给了他一个长达50秒、其间换了3个姿势的让人透不过气来的拥抱。何麦惊恐万状地面对这一切，他简直不相信发生的事。

“就是你了，就是你了。”皮埃尔脸庞发红地念叨着，他的目光一直凝视着何麦的脸。

“我，我怎么啦？”何麦小声地问。

“你就是我要找的人。”皮埃尔激动地搓着手，“只有你真正理解我的学说。没想到你那么快就领会了虚证主义的精华所在。”

“让我想想。”何麦抚着额头，他有点儿明白是怎么回事了，“你是说，我答对了老师您的问题？”

皮埃尔打断他：“别这么叫我，以后你不再是我的学生了，我们将是合作者的关系。关于这一点你不会有意见吧？”

何麦轻轻吁出了一口气，皮埃尔教授深情款款的目光正直勾勾地盯着他。“您是说今后我再也用不着回答那些很……精妙……的问题了，是这个意思吧？”

“当然用不着了，而且你也不必参加考试。”皮埃尔语气肯定地说，“你的水平够高了。我现在就可以给你的这门选修课打满分。”

何麦立刻郑重地点点头说："能与您合作是我的荣幸。另外我想向您介绍一位对虚证主义颇有见地的资深学者，她叫安琪。我们经常在一起研究相关的理论，我以我的专业眼光认定，她在虚证主义领域拥有极高的造诣。"

皮埃尔听到这番话时的表情完全可以用来诠释什么叫作"幸福"，都说知音难觅，想不到在一天之内他竟然能够两遇知音。"好，好。"皮埃尔连声道，眼睛眯成了一道缝。

……

"就这些？"安琪睁着大眼睛问道，她差点儿呛得背过气去，她觉得何麦一定是疯了，"你对皮埃尔说我是什么什么虚证主义专家？你真……真的是这么说的？"

何麦点点头，低头啜了口咖啡。学校餐厅里人来人往，不过这个角落倒是很清静。"这下子我们俩不用考试就能过关，这有什么不好？"

"可我根本就不知道什么是见鬼的虚证主义！"安琪叫道，"老实说，我平时听课就像是在唐人街听中国神父做弥撒，你居然说我是什么专家，也太没谱了吧，到时候我说两句话就穿帮了。"

何麦一脸坏笑："你不要怕，老家伙没那么精。你看我三言两语不是也蒙混过关了嘛。我已经总结出来了，他那套理论的主要意思就是证明世界上的每件事都是一种假设。老实说，这听起来复杂，做起来一点儿都不难。想想看，证明一件事情是假的应该比证明它是真的要容易吧。那天课堂上我被逼急了扯了点儿数学什么的不也蒙过去了嘛！还有，在唐人街不是什么中国神父做弥撒，而是和尚做道场。”

安琪稍微镇定了些：“虽然我很想拿学分，但我还是很怕，总觉得心里不踏实。”

何麦压低声音说：“根据我的分析，老家伙搞的这套理论完全是站不住脚的，弄得大家怨声载道，我看他也撑不了多久。不过俗话说，好汉不吃眼前亏，反正我们只想多拿学分，犯不着同他硬碰，这就叫‘曲线救国’。等到以后他撑不住了，我们还可以‘大义灭亲’。这也算卧薪尝胆的现代版本。卧薪尝胆，还记得吧，就是我以前给你讲过的那个中国几千年前的老故事。”

安琪听得两眼发直。“真厉害！”她大声说。

何麦白眼向天，面露得意地说：“那——是——”

“我是说在搞阴谋诡计这方面。”安琪哧哧地笑。

三

虚证主义专家何麦接手的课题是证明虚证主义第二论题：论物理学的虚妄。

皮埃尔教授总共提出了7条虚证主义论题，分别对应着数学、物理学、化学和哲学等。按照皮埃尔的说法，第一条论题已获得证明，即他已经证明了数学的虚妄性，这也是他努力半生才取得的阶段性成果。在皮埃尔教授家中的一间密室里，何麦见到了一摞厚达几十厘米的手稿，上面密密麻麻地写满了几乎没有人能看得懂的内容。皮埃尔自创了许多古怪的符号来表述他那些比符号还要古怪的思想，这让阅读那些手稿的感觉就如同阅读天书。何麦在皮埃尔教授的指导下，花了一个月的时间才半懂不懂地啃完了一小部分手稿。本来老家伙的意思是想让他通读全篇的，但后来看到何麦的确已被折磨得不成样子了，才只好暂时悻悻住手。饶是如此，何麦的感觉也像是死过了一回般难受，那些高高矮矮、胖胖瘦瘦的古怪符号在脑袋里足足莺歌燕舞了半个多月才渐渐息声、渺不可闻。

直到这时，何麦才明白了皮埃尔教授为何会将自己引为同道，原来他那天在课堂上的一通胡诌竟然完全契合了虚证主义的要义，手稿里甚至包含有何麦举的那个有关欧几里得几何学的例子。在这部名为《虚证主义导论之一：论数学的虚妄》的天书里，皮埃尔站在独步古今的理论高度上提出了一个划时代的论点，即数学（它几乎与人类同样古老）这门学科其实是彻头彻尾的假设。什么数字啦，算法啦，点啦，线啦，面啦，都是出于人们自己的臆想和假设。比如说，我们对点的定义是没有长度和宽度的存在，而对线的定义则是没有宽度的存在。按照皮埃尔的观点这纯粹是胡扯，既然是定义就应该从正面阐述，哪能用“没有”这种词语来定义呢？难道我们能够说所谓“物质”就是“非虚无”吗？或者说所谓“虚无”就是“非物质”吗？这样说了不是等于没说嘛。可问题在于，当人们阐述数学的那些最基本公理的时候不得不这样讲，而这恰恰表明数学的确是基于某些无法加以证实的纯粹假设性的东西。

当然这只是一些皮毛性的介绍，虚证主义对此有相当完备的阐述，其强大的说服力甚至足以让像何麦这样神经一向正常的人也对整个数学体系的真实性产生怀疑。有一个一直得不到完全证明却得到众多事例支持的观点，即数学与物理学在本质上是相通的。比如说，广义相对论描述的引力空间其实就是非欧几何学上的黎曼空间，两者在性质表现上几乎没有任何差别。这从侧面增强了何麦论证第二论题的信心和决心。实际上皮埃尔之前的研究也是一直循着这条思路，他找到当今众多物理学理论的数学基础，然后挨个论证这些基础的虚妄性。应该说这个方法的思路并没有错，只要动摇了这些物理学定律赖以存在的数学理论，也就相当于动摇了定律本身。但是皮埃尔很快发觉这样做是一种间接的方法，说服力稍嫌不足。所以皮埃尔教授给何麦提的课题便是直接证明物理学的虚妄。老实说，皮埃尔决定将课题交给何麦的时候是有一些感伤的，他本以为该由自己亲自来完成这件事。

从逻辑上讲，何麦接手的课题是虚证主义的最核心部分。由于物理学的基础地位，一旦证明了物理学的虚妄性，皮埃尔教授梦想一生的虚证主义大厦也就算是建立起来了。皮埃尔自然深知这一点，所以当他做出这番安排的时候，其实已经有近于托付衣钵的意思了。要说起来呢，皮埃尔教授也不过六十挂零儿，倒也不用急成这样，只是他实在是太看重这套理论了，所以才会尽力考虑周详。皮埃尔担心万一哪天天妒英才自己有什么闪失会造成学脉不继，那他岂不成了千古罪人。

四

皮埃尔教授的实验室最大的特点之一便是无法与卧室区分，卧室里有的备件诸如枕头啊、裤头啊之类的东西这里全有。这倒也并不奇怪，因为皮埃尔教授每个月有一半以上的时间是睡在实验室的。何麦刚来的时候还不太习惯，但没过多久他就从中发掘出了一些好处。比如他可以在工作时间堂而皇之地睡上一觉，理由嘛当然是昨晚思考某个命题太辛苦了，反正他现在说什么皮埃尔都信。他们是知音嘛，还说啥呢？就像现在，正是上午10点钟，皮埃尔授课未归，整个实验室就成了何麦打瞌睡的地方。但是天不遂人愿，何麦正做好梦呢——所谓好梦就是指梦里只有何麦与安琪两个人——门突然开了。何麦惊起后发现来人并不是皮埃尔，而是一个身形壮硕的男子，而那人脸上惊诧的神情更在何麦之上。

后来的事情表明这只不过是一场虚惊，来人是皮埃尔教授的堂侄马瑞，他有此处的钥匙，他是来给皮埃尔送支票的。何麦从旁边瞟了一眼支票上那个惊人的数额，内心更加坚定了为虚证主义事业奋斗终生的信念。之前何麦的确有些纳闷儿，只凭皮埃尔教授一个人发疯怎么也不可能建立起这么一个设施完备的实验室，想不到这个疯病原来是家族性的。

不过出于礼貌，确切地说是出于对支票的礼貌，何麦还是热情地给马瑞送上了咖啡。马瑞矜持地啜了一口后放下，探询地问道："何麦先生，您是我叔叔的学生吗？"

何麦挺挺腰板说："我是皮埃尔先生的合作者。"

"合作者。"马瑞低声重复了一遍，目光快速地从何麦脸上扫过，“您确定自己能理解我叔叔的学说吗？”

“当然。”何麦脸上显出了面对真理时的肃穆，“我和皮埃尔教授自合作以来，工作进展很快，就在今天皮埃尔先生还征询过我关于两个问题的意见。”何麦倒不完全是说谎，因为早餐时皮埃尔的确询问过何麦“昨天睡得好吗”“蛋挞是否烤得老了点儿”这两个问题。

马瑞肃然起敬：“我也为我叔叔能够遇到您这样的同道者感到高兴，请转告我叔叔，他上次要求的那批设施已经到位。”

“怎么不搬进来？”

马瑞环视了一下这间装备一流的实验室：“这里太小了，连十分之一也放不了的。遵照叔叔的要求我们找了好多地方，最后是在俄城的一座废弃金矿里安放的，我们将在那里恭候他的光临。当然，还有您。”

何麦眼前立刻浮现出俄城那壮美的风光，他觉得再在这样的背景上点缀一对亲密的情侣的身影真的就完美无缺了：“看来需要说明一下，我们是3个人，我们还有一位资深的专家将一同前往。”

“这样更好，我还有事，要先走了。请转告我叔叔，比尔祝他身体健康——哦，就是我父亲。”

“比尔，是俄城的比尔爵士吗？”何麦脱口而出。

“就是他。”马瑞利索地拉开门。

“这就好办了。”何麦喃喃自语。

“什么好办了？”马瑞不解地问。

“没什么，我随口说的，你走好。”何麦一时半会儿还不能从震惊中清醒过来，他现在觉得自己完全理解皮埃尔了——有这么一个全世界数得着的富豪哥哥作后盾，想玩什么不行啊，不要说证明什么虚证主义了，就算想证明太阳围着地球转还不是一个三段论搞定！

五

让何麦大感恼火的是皮埃尔居然当头给了何麦一盆冷水。

“没有的事，没有的事！”皮埃尔斩钉截铁地否认道，“什么俄城，什么金矿，我一点儿都不知道。”说话的时候小老头嘴唇上的花白胡子乱颤，小眼睛瞪得溜圆，一脸清白无辜的样子。

“这可是您的侄子，喏，就是马瑞，是他亲口告诉我的。还能有假？”何麦大声反驳。

安琪就站在旁边，不明就里地看着他们争执。马瑞刚走何麦就急不可待地在第一时间把旅游计划通知了安琪，在何麦听来，从电话里传来的惊叫声就仿佛在夏天吃了冰激凌般熨帖。可现在老家伙竟敢矢口否认。

“什么马瑞，我哪儿来的什么侄子？”皮埃尔皱眉思索，“让我想想，你说当时那人是自己开门进来的，这就对了，他肯定是一个窃贼，因为进来后看到有人所以才编了一个故事骗骗你，你居然就相信了。”

老实说，老家伙也算是有些辩才，安琪的表情说明她已经充分同意了皮埃尔的这番分析，但是何麦冷笑着慢慢举起一张纸：“教授先生，那这个呢？您见过上门给人送支票的贼吗？”

皮埃尔拍拍脑门子，小眼睛清澈见底：“你看我都忙糊涂了，是的是的，我是有个远房侄子叫马瑞来着，不过好多年没见面了，一时没想起来。看来他是看到我很久没回俄城老家了，所以送这张支票给我买火车票。”老家伙漫不经心般伸手想接过支票，何麦一个转身让他落了空。

“这钱可以买家铁路公司了。请问您想买几张到俄城的车票呢？”

“一张，探亲嘛，一张就行了。”皮埃尔小心翼翼地赔着笑脸，“几天后我就回来。”

“皮埃尔先生！”何麦的声音陡然高了八度，皮埃尔禁不住打了个哆嗦，连旁边的安琪也吓了一跳。这正是何麦想要的效果，他脸上现出痛心疾首的表情：“我真感到难过，我们3个人正在构建的是古往今来最伟大的虚证主义的大厦（皮埃尔喃喃重复：大厦），我们置身于人类6000年文明的巅峰（皮埃尔又重复：巅峰），我们即将实现全人类的梦想（皮埃尔再重复：梦想）。这一切是怎么得来的？除了3颗充满智慧的头脑，我们3个人之间堪称人间典范的合作精神不也起着举足轻重的作用吗？”何麦抬头凝视着半空中的某粒灰尘，“看吧，伟大的虚证主义精神就在那里注视着我们，她美妙的秘密即将由我们来揭示。而现在，您居然当面欺骗您的同路人，您这是在自毁长城。如果伟大的虚证主义事业因此而功亏一篑，您，皮埃尔先生，就是历史的罪人。”

皮埃尔颓然坐倒在椅子上，口里念念有词。

“你不当律师真是便宜法律系那帮家伙了。”出门后安琪真诚地对何麦说。安琪并不知道，仅仅10多个小时之后何麦就因为他说的这段话连肠子都悔青了。

六

一路上皮埃尔都显得心事重重，对车窗外闪过的大平原风光完全没有一点儿兴致。何麦就不同了，他觉得心情从没这么舒畅过，“腰缠十万贯，携美下俄州”，还有比这更滋润的事情吗？唯一美中不足的就是皮埃尔的那张看着就让人烦的苦瓜脸，早知道这样就多买一张票撵他到别的包厢去了。趁着皮埃尔去洗手间的间隙，何麦从包里拿出几页纸，这是他昨天晚上准备行装时拟好的一份协议。安琪关于律师的那番话倒是提醒了何麦，让他感到有必要将与皮埃尔的合作关系以法律的形式确定下来。

安琪看了一眼协议："搞这么复杂干吗？我们不就是想拿点儿学分吗！"

何麦贼兮兮地笑了笑："这个我可没忘，不过我看这项研究没个百八十年怕是完不了，反正现在就业形势也不乐观，咱俩权当是签劳务合同了。你看看，老家伙满世界都有实验室，还有一个只愁钱多没处花的呆瓜哥哥，这样的好东家哪里找去？再说，老家伙是呆了点儿，但世界上智商达到我俩这样水平的聪明人虽然不多，总还有几个吧，说不定哪天就会从某个石头缝里又蹦出个虚证主义专家把老家伙拐跑了。所以还是签一份协议妥当点儿。"何麦摇头晃脑地指点着协议，"来，签个字就完事，喏，就签在我名字旁边。"何麦半强迫地逮住安琪的手签了字，末了还捎带着抠了抠安琪那细嫩的手心。安琪娇嗔地推搡着何麦的肩。

皮埃尔从门外进来，慢腾腾地走到位子前坐下，深深地叹了一口气，何麦讨嫌地白了他一眼。在皮埃尔叹

了 20 声气的时候，何麦终于忍不住嚷嚷起来：“您能不能把您的声带频率调成超声波的啊，有我和安琪同您共同担当，有什么大不了的事情？再说我们又不会妨碍您探亲，如果您要和您的爵士哥哥叙旧，我和安琪可以自己安排到外面……交流几天学术嘛。”看火候差不多了，何麦拿出先前的那几页纸，“为了表明我们 3 个人真诚的态度，签一份合作协议是必不可少的。今后我们对于研究的方向、工作的进度，以及项目资金运用等都应该一起商量，共同承担。我和安琪已经签字了，您不会有什么不同意见吧？”何麦斟酌着用词，注视着皮埃尔的反应。

皮埃尔浏览着协议书，脸上浮现出越来越感动的神色：“当然没有，你们全是为我考虑，你们真是太好了。”皮埃尔郑重地在下方签了名，他踱到门边拉上门又回到桌前，仿佛下定了某种决心般压低了声音说：“有件事情看来必须要告诉你们了，就是这次到俄城可能不会很顺利。这里头，咳，叫我怎么说呢？总而言之这次到俄城我是迫不得已的，我没想到比尔居然真的想办法备齐了那些东西，我本来只是哄哄他的。”

“您到底想说什么？”何麦不耐烦地插话。

“喏，你们知道的，我这个哥哥很有钱。”皮埃尔的神色变得扭捏起来，“为了虚证主义的研究我向他求援，但他根本不理解这个理论的意义，所以拒绝了我。没有办法，为了得到资金我被迫对他说了谎。我对他说虚证主义并不是一项纯理论的研究，很快就能产生现实的并且对他来说很有用的成果……”

“什么……成果？”何麦觉得自己的舌头有些大，他有一种不祥的预感。

皮埃尔就像个做坏事被大人当场逮住的小孩子般涨红了脸，他低下头去：“你知道，有时候人说话是会禁不住夸张一点点的，我只是对他说，按照虚证主义原理设计的机器能让他的寿命变得同质子的寿命一样。”

何麦一屁股滑到了地上，安琪的惊讶程度比何麦的差不了多少。何麦从地上挣扎起来大吼道：“天哪，质子的寿命是多少您不会不知道吧？”

“按得出结果最短的一种理论计算，寿命是 10^{31} 年，不过实验中按这个时限观察，没有发现质子衰变，也就是说实际年限很可能远大于这个值。”皮埃尔老老实实地回答。

“从宇宙大爆炸到今天也不过是 10^{10} 年，您居然对比尔爵士放了这么大的一个卫星？”

“什么大卫星？”皮埃尔和安琪同时不解地问。

何麦一愣，方才想起这个比喻并非全球通用：“我是说撒了这么大一个谎。”

“我完全接受你的批评。其实我这次到俄城就是准备告诉比尔真相的，我不能再骗他了，以后得靠我们自己。”皮埃尔拿出一个小本子，“你们看吧，这几年来他总共资助了这么多钱，每一笔我都记着的。我了解比尔，他也记着账的，事情到今天这种地步他肯定会要我还钱的。你们知道，他这人几乎在世界的任何角落都有影响，势力很大。幸好还有你们两个合作者与我共同分担这一切，在这样艰难的时刻陪伴着我，还和我签协议，我真的太感动了。”皮埃尔说着竟然嘤嘤地哭起来。

何麦的脸变得苍白，几分钟前那种踌躇满志的美好感觉正在急速地离他而去。一时间他都不知道自己和皮埃尔谁才是真正的呆子。

七

俄城的秋天一派金黄。西达多金矿位于俄城北部 30 千米处，这段景色荒凉的路程也许是何麦这辈子感觉最长的一段路了。本来他打算一到车站就和安琪脚底抹油开溜的，没想到迎接他们的奔驰车就停在车厢门口，何麦的脚愣是没机会踩到月台的地面，他面对的完全是无缝对接方式。车站的那个秃头站长亲自前来迎接，口里还一个劲儿地说：“欢迎董事长的客人。”一路上司机都没怎么说话，只专注地开车。经过一块醒目的标记的时候他突然开口道："从这里开始方圆 15 千米都是西达多金矿的区域。"

"比尔从来没提到过他经营的俄城金矿。"皮埃尔嘟囔着。

"以前是没有，这儿的矿藏曾经被开采过 100 多年，早已经枯竭了，没有人能明白董事长为什么花钱来买下这片荒地。这里的土地也很贫瘠，如果转手，恐怕半价也卖不出去。"

"董事长买这片地……花了多少钱？"何麦牙齿打战地问。

司机报了个数，何麦的眼前立时一阵发黑。"是买贵了。几个月前也不知道是什么原因，董事长委派马瑞先生火速办理这件事，你想想，买家要得很急，价格自然贵了。"司机说。

"怎么能这样办事啊？"何麦嚷嚷起来，"也太不会办事了吧。"

"又不是花你的钱，你急什么呀？"司机不明就里地问。

"现在当然还不是，可是……"何麦绝望地扫视着车窗外鸟不生蛋的荒野，不知道古往今来除了自己还有谁能"命薄如此"。当年闯荡西部的人中也有一些不慎购入了贫瘠的荒地，但其中有一些人在后来发现了地底石油之类的矿藏而因祸得福，可何麦知道，眼前这片土地至少在地底1000米之内是不会有任何指望了。

八

比尔爵士衣着休闲，比平时在媒体封面上的形象显得疲倦，也许是由于工作的繁重吧，他看上去很苍老。这位传奇人物陡然现身在自己面前，何麦和安琪都有几分不知所措。一旁的马瑞很热心地介绍道：“这两位是叔叔的合作者，何麦先生和安琪女士。”

比尔刀一样的目光从何麦脸上一扫而过，让何麦有一种心惊肉跳的感觉。他突然笑起来，肥白的脸上显出深长的皱纹：“真让人吃惊，你们都还这么年轻，居然能够从事这么高深的研究工作。说实话，我花大价钱聘的那些科学顾问没有一个能真正搞懂我弟弟的学说。他们总是对我说我弟弟是在骗我，可是我不相信他们。”

“我来介绍一下。”比尔爵士客气地侧身指着身后的一个人说，“这位是麦哲云博士，是我聘请的首席科学顾问。我有些累了，下面的事情请麦哲云先生同你们谈。”比尔说完便朝他的豪华房车的方向走去。

麦哲云抬手做了个邀请的手势：“我们下去看看吧。”几名神色严肃、身着黑色西服的壮汉立刻引领着一行人朝不远处的一幢老旧的灰色建筑走去，那应该是金矿的入口。刚到电梯口，一阵从地底冒出的彻骨的寒意就让每个人都禁不住打了个哆嗦。“在入口处是这样，不过越往下会越来越热的。”麦哲云解释道，“以前的矿工每次都要花两个多小时才能到达工作面，来回就是 5 个小时，真正的工作时间只有不足两个小时。工作面的温度高达 40℃，一次能坚持半个小时就很不错了。”

电梯平稳地下降，粗糙的岩壁在矿灯的照射下泛出亮光，好像是水的反光。何麦朝顶处望去，入口的白光变得微弱，脚底则是黑暗无边的深渊。

“我们要下多深？”安琪忍不住问道。

“控制室建在地底 700 米处。”麦哲云说，“设施的主体就安放在那里。好了，已经到了。你们应该知道的啊，这都是按皮埃尔先生的要求做的。”

电梯缓缓停下，下了电梯经过一条短短的甬道后空间陡然变得开阔，这里的照明显然是自适应的，当人进入后光线立刻明亮起来。

“欢迎来到迷路系统主控室。”麦哲云虽然表示欢迎，但语气里依然没有什么热度。也许是心里发虚，何麦甚至觉得麦哲云说话的语气里有一丝调侃的意味。

何麦环视着四周，大厅宽敞得有点儿过分，四周密密麻麻的装置让他有些眼晕，他心里不禁又盘算起比尔在地底建造这么庞大的工程要花多少银子。安琪一直怯生生地牵着何麦，她的手心里满是汗水。皮埃尔悄无声息地四处转悠，一脸愁眉不展的样子。何麦知道他一定也在心里叫苦。

“我听说你们是皮埃尔先生的合作者？”麦哲云探询地问道。

“这个，怎么说呢？”何麦飞快地转动着脑子，“要是准确点儿讲呢，我们俩都只算皮埃尔教授的学生，只不过对他的研究有些好奇。教授之所以称我们为合作者只是想提携后进罢了，不过，看来我和安琪真的不适宜从事这项研究，他的理论绝大多数我们都不大明白。哎，这可不是谦虚啊，事实就是这样的。对吧，安琪？”

“是啊是啊。”安琪忙不迭地点头。

麦哲云走到皮埃尔面前：“其实我一直期待与您的见面。”他说话的语调不疾不徐，“比尔爵士提供了少量的资料给我，您的理论对我而言是全新的，老实说我看不太明白。不过比尔爵士聘请我的目的主要就是建立这套系统，我在这方面倒是专业的。补充一下，我以前一直在 CERN 也就是欧洲原子核研究中心工作，负责在法国和瑞士边界处的 LEP 对撞机的运行。如果我猜得不错，您要求爵士安放这些设施很明显就是想建造一部粒子对撞机。但恕我直言，LEP 系统一般只建在地底 100 米左右，而像现在这样将整个系统建在地底 1000 多米有必要吗？”

“这个嘛当然是有必要的。”皮埃尔这时立刻显出了他高人一筹的胡诌功夫，“只有中微子才能到达地底这样的深度，但众所周知，中微子只参与弱相互作用，不会对我们产生影响，这样我们才能避开那些宇宙高能粒子射线对实验的影响。你应该知道比尔对这一切的重视。”

当皮埃尔提到比尔的时候，何麦注意到麦哲云脸上露出一丝郑重的表情，看来爵士开出的价码肯定不低。“不过我还有个问题，您准备怎样运转这个系统呢？我已经在这里工作了半年多，那些施工人员一直在惊叹工程量之大，但是，”麦哲云停顿了一下，“我和您都是干这行的，知道什么叫对撞机，像这样的长度以及这样的工程量在这个领域里连小儿科也算不上。LEP 对撞机周长 27 千米，而欧核中心下一个拟建的超级对撞机周长将超过 100 千米，耗资将会是天文数字。”

“你想说眼前的工程太小了是吗？”皮埃尔突然打断了麦哲云的话。

“其实也不算小了。”麦哲云意味深长地笑了笑说，“爵士是有钱，但也不该白白把几亿欧元扔进一个莫名其妙的

工程里……”

何麦总算第一次明确地听到了这个巨大的数额，一时间他简直要晕厥过去了。

“而且，很明显这个数字还将扩大，一直扩大到连爵士也不愿意承受的地步。到时你们便可以推脱说是资金不足导致实验夭折，对吧？老实说，与其这样，爵士还不如把资金用于对超级对撞机的赞助，到时我们也许可以搭载这个系统。”麦哲云的语气变得很冷，眼睛里闪出洞悉的光芒，刺得何麦恨不得当场找个地缝钻进去。

“这是什么意思？”让何麦没料到的是，皮埃尔听了这番话竟然跺着脚跳起来，他的脸涨得通红，像是受到了极不公正的侮辱。“比尔是我的哥哥，你凭什么这样怀疑我？本来我懒得搭理你的，不过现在我倒是有兴趣奉陪到底。去你的什么狗屁中心，我告诉你，用你们的方法是永远不可能达到迷路系统所需的能级的。看来你接受我哥哥的聘请是另有目的，就是希望将他的资金拉到你们的超级对撞机系统里去，我说得没错吧？”

麦哲云明显地一滞，目光有些发虚，看来皮埃尔的一通胡诌也许不是一点儿道理没有。“您怀疑我可以，但总不该怀疑欧核中心吧，难道我们所有人加在一起都比不上您一个人的想法？顺便多说一点，您起的这个名字实在不高明，要知道这是在地底深井中，在这里的人们最忌讳的就是‘迷路’这样的字眼，那些施工人员强烈建议改个名字。”

“那好吧，我只问一个问题，如果你回答得了我马上退出。”皮埃尔突然莫测高深地冒了一句。

“请讲。虽然我们在地下700米，但这里的通信条件很好，即使您的问题我个人无法回答，我也相信没有什么问题能够问倒欧核中心的全体专家。您不禁止我打电话吧？”

何麦刚想开口提醒，不料皮埃尔一口便答应下来：“悉听尊便，我想知道你们怎么处理同步加速器辐射。”

九

“您今天的那个问题真厉害，一下子就让麦哲云哑口无言了。”何麦一进房间便忍不住表扬皮埃尔，“他甚至连打电话求助的勇气都没有了。”

皮埃尔扫视着房车的内部，欲言又止，末了他做了手势示意何麦和安琪到外面说话，看来老家伙真是越来越狡猾了。

“对于他们来说，我提到的是一个不可能解决的问题。”皮埃尔面露得意，“因为他们建造的都是环形加速器，而同步加速器辐射对环形加速器来说就是一场永远无法摆脱的噩梦。随着能量级的提高，大多数能量都将变成

辐射而消耗掉。”

“我当然知道同步加速器辐射会造成能量衰减，但这种辐射与加速器的半径成反比，现在加速器的半径越来越大，不是说下一个超级对撞机的周长已经超过100千米了吗？”何麦问。

“你们做过计算吗？”皮埃尔有几分得意地说，“100千米听起来已经很大了，但这只是个错觉。以前甚至有人提出在地球赤道建造周长为4万千米环球加速器的构想，以此来模仿宇宙大爆炸的初始条件。你们一定觉得这个想法很伟大是吧，觉得只要建成这样的加速器就一定能够模仿大爆炸吧？其实只要做一番简单的计算，就会发现这个想法非常可笑。环形加速器由于需要靠磁场偏转粒子的路径，所以加速的只能是带电粒子，一般是电子或质子。质子的质量约为10^{-24}克，根据爱因斯坦的质能公式$E=mc^2$，一个质子其实就相当于10亿电子伏特当量的能量。迷路系统要求的能量是这个值的10^{19}倍。麦克斯韦电磁学理论证明任何加速的带电粒子都辐射能量，而且辐射的强度与粒子能量成正比。为了平衡这种损失就只能加大加速器的半径，但通过计算发现，要达到足够的能级的话，加速器的直径将超过已知宇宙的直径，这其实就是不折不扣的神话。”

“怪不得麦哲云当时就不作声了。”安琪说，“这下我们算是和他扯平了，谁也赢不了，对吧？”

让人没想到的是，皮埃尔竟然摇头道：“也许我们做得到。”

“教授，您在说什么？”何麦几乎是在大叫。

“我有一个问题。”皮埃尔突然说道，神色与平日里大相径庭。

“什么……问题？”何麦不自然地和安琪对望了一眼。

“你们理解虚证系统最核心的精髓吗？”皮埃尔热切地看着何麦，“也许任何人读到虚证主义的时候都会认为它只是纯粹的理论，老实说我本来也这样认为，但到这里之后发生的事情让我有了新的想法。”皮埃尔的神色变得有些兴奋：“你们看看这周围的一切，金钱的确有它自己的魔力，我原本以为自己交给比尔的设计图永远只能是一张虚幻的图纸，没想到它竟然在很大程度上被变成了现实。比尔天生是金钱的主人，知道怎么发挥它的力量。即使给我5倍于现在投入的资金我也造不出眼前的一切。”

“你想要做什么？”

“做比尔想要的，做我想要的，做我们想要的。”皮埃尔脱口而出，居然像朗诵般流畅。

“您不会真的想让……您那个胖乎乎的哥哥长生不老吧？”

十

“你们玩过纸上迷宫的游戏吗？”皮埃尔问。

“小时候在纸上玩过，我喜欢拿着铅笔从入口一直标到出口。我那时常常和我爸爸比赛。为什么问这个？”何麦有些疑惑。

“知道我怎么玩吗？也许当时能得到的迷宫图相对于我的精力来说少了些，所以我不满足于走出迷宫，而是尽量找出所有可能的路径来。现在凭借计算机穷举法在一秒内就能做到这一点，可当时这常常耗费我大半天的时间。不过现在我想说的不是这个，我是想问一句，当初你发现走错路的时候会怎么做？”

“原路返回，找到最后一个分叉口，然后选择另一个方向。”何麦说。

“看来我们说到点子上了。虚证主义已经给了我们强烈的暗示，真相就在面前。其实宇宙就是一个大迷宫，只不过没有什么所谓的出口罢了。迷路系统就是带领我们找到所有可能路径的机器。”

“就像一台宇宙回溯机，我可以这样理解吗？”何麦怯生生地问道，他觉得用“宇宙”这个词来形容一台机器委实有些冒失。

“就是这样。在迷路系统里我们将尽力回溯到现有物质世界的初态，也就是质子、电子、中微子、介子等所有乱七八糟的东西还没有分离时的那种状态。”

“您说的是大统一理论状态吗？”安琪小心翼翼地插话。

“也许应该说是上一次分叉口更合适。按照虚证主义的分析，每经过一个分叉口定律将发生改变。好比一个大气压时水在0℃以下适用固体定律，而在0℃到100℃之间适用流体定律，而100℃以上时则只适用气体定律。传统物理学的眼睛只能看到最近一次的分叉口，对于我们而言，这个分叉口就是所谓的时空奇点。正如我们知道的，在奇点处现有的所有定律都会失效。宇宙大爆炸是奇点，黑洞也是奇点。当然了，还是那句话，这一切都是假设。如果我们回溯到了上一个分叉口，那物质将可能选择另一条完全不同的道路前进。届时对它而言，原先方向的时空将变得无足轻重，对它毫无影响。而它的一秒便可以相当于原先的亿万年。”

“那会是一种什么物质？”

“谁知道，总之会和我们有很大区别，即使我们和它共处一室也无法相互感知。它们有些类似于现在宇宙中的暗物质，目前也只在猜测中存在。”

“那这么说您并没有骗比尔先生？”

皮埃尔不好意思地笑了：“这个怎么说呢？当时只是想得到他的资金支持。”

“但是，迷路系统真的能帮助比尔先生长生不老吗？”

“如果比尔只是一个粒子我倒有可能兑现诺言，但他是一个活生生的人，”皮埃尔又露出他的招牌苦瓜脸来，“到现在我也想不出该怎么办才好。要不明天我就对他说实话吧。”

“哎，别！”何麦大惊失色，“还不到时候嘛。咱们试试总没错的，为了虚证主义。”

何麦的一句话又戳中了皮埃尔的软肋，老家伙牙齿紧咬一拳头凿在桌子上：“行，就这么定了。”

十一

原野的尽头正上演着落日的辉煌图景，漫天的云彩被镶上了一层金色的边，最靠近那颗光球的地方更是霞光闪动、夺目万分。矗立在这黄昏原野之上的一座半球形金属建筑显得分外醒目，与周围荒凉的景致形成鲜明的对比。

“这全都是按皮埃尔先生的设计图建造的，在地底1300米处也有一个完全相同的半球形建筑，呈镜像对称。”

麦哲云的语气里不带丝毫感情，如同一位严谨的管家正向主人报告近来的收支情况。

比尔满意地靠在椅子上，嘴里叼着一支大号的雪茄。他今天刚赶过来，看得出他对未来充满想象。

皮埃尔仔细地查看着，眉头紧蹙，不时打开手里的激光测距仪测量着各点间的距离。这么忙活了差不多大半个小时后，他笑嘻嘻地回到众人面前说："的确不错，和我的设计完全吻合。"

"我得承认有不少地方我看不太明白，不知道它们有什么用。不过我还是想问一下，什么时候可以开始下一步的工作呢？"麦哲云依然是不紧不慢的语气。

"看来只要最后一件事到位就可以了。"皮埃尔慢吞吞地说。

"什么事？"比尔和麦哲云几乎同时问道。

"迷路系统的加速源啊。"皮埃尔很认真地说，"我在设计里提到过的，我需要一种纵波光。"

"我看到过您的设计说明，可我以为您是在开玩笑。"麦哲云脱口而出，"谁都知道光是一种横波。世界上哪里有纵波的光？"

"我也奇怪为什么没有人来问我这件事，我还以为你们没注意这一点呢。"皮埃尔眼睛里少有地显出洞悉的意

味，“现在看来，是有人故意等着我收不了场吧？”

“等一下。”是比尔爵士的声音，“我不太明白你们说的话，能稍微解释一下吗？”

“是这样。”麦哲云第一个回答，“波有两种，一种是横波，比如池塘里的涟漪是一上一下地向外传播，即它的振动方向与波的前进方向垂直；另一种则是纵波，比如声音，声波是通过压缩空气一密一疏地向外传播，也就是说它的振动方向与波的前进方向一致。”

“那你就给他一束纵向振动的光嘛。”比尔吐了个不成形的烟圈。

“可是世界上没有这种光。”麦哲云斩钉截铁地回答，“我觉得皮埃尔先生提这样的要求分明是在推脱责任，他早就知道迷路系统是行不通的。”

“是吗？”比尔转头看着皮埃尔，目光里带着疑惑。

皮埃尔镇定的神色令何麦也暗暗吃惊。以何麦现有的物理水平，他当然知道麦哲云是对的，但皮埃尔愣是面不改色心不跳地开口道：“看来我要多说几句了。你们都知道我提出了虚证主义，这项研究本来就是主张世界是建立在假设之上的。我们难道不可以假设世界上存在着纵波的光吗？”

“您……您知道自己在说什么吗？”麦哲云几乎语无伦

次起来，也许直到现在他才真正体会到同一个虚证主义专家打交道是一件多么疯狂的事情。在场的人只有何麦保持着平静，这也算拜皮埃尔这个名师所赐。麦哲云仿佛正面对一件不可思议的事情："这种事情也能假设吗？"

皮埃尔微微一笑，竟然酷味十足："物理学不是一直建立在假设之上吗？好比著名的狭义相对论的基础便是两条假设——相对性原理和光速不变原理。而广义相对论又加了一条基础假设——惯性质量等于引力质量，即引力效应与加速运动是等效的。"

"这怎么能对比？那些是有依据的！"麦哲云大叫。

"什么依据？连爱因斯坦本人都说这是假设。狭义相对论并非横空出世，它的前身是洛仑兹变换式。而洛仑兹变换式也有自己的假设，不过不是两条，而是 11 条。爱因斯坦去除了不必要的 9 条，而最后两条是无论如何也去不掉了，所以保留下来作为狭义相对论的基础。这有点儿像欧氏几何里的 5 条假设公理，无法证明却必须承认，否则整个体系将无法成立。还有量子力学的最核心假设便是，物质与能量并非连续存在而是以普朗克能量的形式断续存在的，这也是没有得到直接证明的。那么我现在假设存在纵波光又有何不可？"

"这是……疯了。"麦哲云几乎要瘫倒下去，何麦看得出他简直是拼尽全身力气才保持站立。何麦对此倒是保持镇定，反正他早知道皮埃尔是所有正常人的杀手。

“你不是说我的设计中有些地方你看不明白吗？”皮埃尔说，“现在可以告诉你了，你以常规的眼光是无法认识到它们的用途的，因为它们就是用来产生纵波光的。”

沉闷的一声“咚”传来，何麦不用看也知道这是尊敬的麦哲云先生晕倒在地所激起的一阵纵波。

十二

事实证明这个世界的确充满假设。

谁也不知道造物主到底向我们隐藏了多少秘密，谁也不知道这些秘密会在什么时候以什么方式向人们显露峥嵘。反正当那些让人不明就里的设备“噼噼啪啪”地开动起来之后，这个世界上真的多出了一束前所未有的光线。从外观看它同普通的光线没有什么区别，但是所有的仪器都确定无疑地指出它的每一个光子都是前后振动着前进的。如果粗略地比喻一下，那就像是从枪膛里射出了一串不断振动的弹簧。

不过按皮埃尔的解释这一切就简单多了。当时何麦和安琪多问了几句，老家伙两眼一瞪说：“这有什么奇怪的，当年人们假设有负电子存在，后来不就找着了吗？假设有夸克存在，不是也找着了吗？假设宇称不守恒，不是也证实了吗？现在假设的磁单极粒子和引力子，说不定哪天就找到了。我假设一个纵波光有什么大不了的，真是少见多怪。咱们是虚证主义专家啊，要注意身份啊，别整得跟欧核中心研究员一个档次了。”

虽然皮埃尔轻描淡写，但何麦知道无论用什么语言来形容纵波光的发现都不为过。传统直线加速器加速电子一般是建立一条微波导管，在其中建立频率约为1000兆赫的高频交流电场。电场相位的设计要求必须极度精确，使带电粒子一直缠住波峰不放，从而得到持续的加速。谁都知道光是世界上运动最快的物质，那么很明显用光波来加速粒子是最高效的方法。但很可惜光偏偏是一种横波，无法有效地用于加速粒子。而现在有了纵波光，一切便都迎刃而解了。无论粒子大小，无论粒子是否带电，纵向振荡的光子都将最高效地加速粒子。光子失去的能量将几乎完全地传递到粒子上。

此刻皮埃尔正眯缝着双眼，打量着手里刚从仪器上取下来的一根绿色短棍。何麦满脸敬畏地注视着那小小的物件，准确地说是敬畏地面对又一种“假设”。按照皮埃尔的设计，迷路系统启动时应尽力避开一切干扰，否则谁也说不好会发生什么事情。这并不是杞人忧天，因为迷路系

统里的质子将被加速到难以想象的地步，它们甚至会与绝对温度只有 3K 的宇宙背景辐射发生剧烈的相互作用。道理很简单，这里涉及的是基本的物理过程——多普勒效应。就像人们熟知的那样，急速驶来的火车汽笛声会变高。相同的道理，当速度几乎等于光速的超高能质子向着宇宙背景的低能量长波光子冲去时，质子所见到的光子波长会急剧变短，直至转变成 γ 射线，这种效应被称为光子的相对论蓝移。而这与 γ 射线粒子和质子对撞的过程没有任何区别。皮埃尔给这种绿色的原本只存在于假设中的物体取名“绿基”，它有一个奇妙的特性，可以屏蔽包括宇宙背景辐射在内的几乎一切干扰。也就是说除了中微子和引力子存在外，绿基管的内部几乎是真空。由于中微子只参与弱相互作用，而在微观世界里引力的作用弱小到可以忽略不计，所以它能保证迷路系统的环境需求。

何麦的目光停留在一旁屏幕里不断重复播放的云室图景上，天哪，那么密集的粒子簇射，那么强大的二级衍射，就像是一团团开在虚空里的灿烂焰火，这样的场景足以阻滞任何一位物理学家的呼吸。不用计算何麦也能看出，这次实验产生的粒子能级已经远远超过了此前人类制造的任何粒子能级，而这一切只出自一截 10 厘米长的绿基管，这就是纵波光创造的奇迹。而在迷路系统里，加速路径是这个长度的7000倍，长达700米。加速后的两队质子将在与光速难以区别的速度上对撞，然后，也许就像皮埃尔猜想的那样，人类终于在这宇宙大迷宫中回到了130亿年前的那个分叉口。谁知道那会是一幅怎样的图景呢？

在这个时代，物理学早已是明日黄花，何麦从来就不认为自己平日里学到的那些知识会对今后的生活产生什么作用，和绝大多数人一样，他的目标只是几年后的那张证书罢了。而现在当面对这样的场景时，他第一次对这个领域产生了迷茫。

“如果我们把这些簇射的照片拿给麦哲云看，他会是什么表情？”何麦突然冒出一句。自从那天晕倒之后，麦哲云整个人都沉默了许多，他不再发表什么意见，只是每天仍会出现在隧洞里四处察看。看得出他和那些工人相处得倒是不错，其他人都很听从他的安排——毕竟之前他们在一起工作了这么久。

让何麦没想到的是，这个问题竟然让皮埃尔沉默了半晌：“他会很害怕。”

“为什么？”

“因为我感到害怕了。”皮埃尔脸上显出少有的严肃，“比尔的资金，麦哲云的才能，加上我们，再加上不知从何而来的奇怪的运气……这次我们居然凑齐了这么多个不可能同时出现的因素。”

“这不正是我们想要的吗？”何麦不解地问。让他不解的还有另一件事，那就是眼前的皮埃尔教授与平时大相径庭，仿佛换了一个人。他甚至疑心以前那个熟悉的老天真一般的皮埃尔只是一个精巧的幻象。

“不要这样看我。”皮埃尔仿佛猜透了何麦心中所想，“我知道在你们心中我一直显得有些可笑，我与周围的一切格格不入。我其实知道你和安琪并不真正理解我的学说，你真正骗过我的时间只是很短的一段。不过怎么说呢？也许是人的内心都有一种被人理解的渴望吧，所以我一直没有揭穿这一点。甚至，”皮埃尔淡淡地笑了笑，“我很乐意听到你们对虚证主义的那些推崇的话。老实说，我很愿意拿学分来交换你们对虚证主义的赞美，特别是那些溢美之词，”皮埃尔仰头深呼吸了一下，“听起来真让人陶醉啊。”

何麦瞟了一眼身旁的安琪，两人都不禁有些脸红了。“不过现在我们真的相信您是对的。”何麦辩解道，“虚证主义是不折不扣的真理。”

“但我也许永远都无法证明它了。”皮埃尔低叹一声。

“现在不是进展顺利吗？”何麦诧异地问。

“记得刚才我说过这样的簇射照片让我害怕了吗？在

照片上有 1000 亿个以上的次生粒子，没有 10^{20} 电子伏特以上的能量是无法产生这样的簇射的。这说明刚才在‘绿基’中产生了一种能级非常之高的粒子。在此之前，人类所知的全宇宙最高能级的粒子，是在 1993 年观测到的一颗能量为 3×10^{20} 电子伏特的宇宙射线粒子，当时那颗粒子在观测照片上形成的整体轮廓甚至比当晚的月亮更明亮。而如果能量再高两三个数量级的话，我们将可能创造出人类所知的宇宙间最高能量的粒子……”皮埃尔突然止住话头。

“为什么不说了？”安琪问道。

“这种粒子也许就是我说的上一个分叉口。因为我们现有的所有物理学定律都是在它出现之后才开始有效的。”

“对不起，我好像有些糊涂了。”何麦有些不好意思地插话道。

“在今天，宇宙大爆炸理论已经算得上常识。我们常常说宇宙起源于 130 亿年前的一次壮丽爆发，是这次爆发产生了宇宙万物，其实也就是产生了时空以及物质。但是有一个有趣的问题常常会被提出来，那就是，大爆炸之前的宇宙是什么样的。老实说，即使到了今天，我们也只能回答那是一种非物质状态，因为是非物质，所以这个问题是没有意义的。我曾经不止一次被问及这个问题，而我的回答也总是说这个问题没有意义。这样的回答是很容易打击一个物理学家的自信心的，但这的确是唯一的答案，我们的确永远无法知道在‘0’秒之前发生的事情。但这是否意味着‘0’秒之后的事情我们就能够全部知道呢？答案仍然是否定的。因为根据研究，所有的物理学理论都只能在大爆炸发生 10^{-43} 秒之后才起作用。这个时间似乎是物质开始出现的时间，而这些专门表述物质性质的定律自然也只能在这个时间之后才发生作用。”

“那这和虚证主义有什么关系呢？”

“如果按照虚证主义去理解，这个时间点其实就是一个时空迷宫的分叉口，相对于我们的日常世界不妨把它叫作超时点。我们现有定律的适用性只能回溯至此，就好比我们永远无法用流体力学定律去描述冰的性质一样。不过物质并不是从这个时间点才产生的，而是从这个时间点起改变了性质。在这个时间点之前的物质适用另外的定律。不仅如此，这个时间点可能并不是一条直线的中段那么简单，它更像一根树枝的分枝处。”

何麦和安琪面面相觑。

“可是这怎么证明呢？即使我们得到了那个时间点的物质形态，它肯定也会立即衰变成次生粒子，什么也说明不了啊。”

皮埃尔突然笑了：“你不是已经说明了证明的方法了吗？想想看，如果没有别的分路存在，所有回到超时点的物质都将无一例外地又衰变成我们可以观测到的次生粒子。但如果真的存在别的分路，那我们可能看不到任何衰变现象。也就是说，我们将看到物质一去不回。这是真正的物质消失，比黑洞更加彻底。因为黑洞只是无法看见，但通过引力等效应可以发现它的存在。而回溯到超时点的物质如果没能从原路返回，则将消失得无影无踪。因为它进入了另外的时空分路，在那里受另外的全然不同的定律所支配。我们的宇宙也许并非唯一，而只是众多独立宇宙泡泡中的一个。宇宙泡泡间并不完全独立，它们也许更像是一棵巨树的不同分枝上结出的一个个葡萄。而联系这些宇宙葡萄之间的那些细小的枝丫就是我们寻找的时空分叉口，我称它们为‘时间之缝’。”

何麦的额头上渗出一层汗珠，他觉得自己到现在才算是稍稍窥见了虚证主义的一丝门庭。他完全没想到，从那天课堂上的一番近于玩笑般的问答，竟然得出了今天这样不可思议的结论。

“别这样看着我。”皮埃尔竟然有些发窘，“我其实并不算是完全意义上的开创者，在我之前的某些学者给了我很多启发。比如，曾有人提出过物质世界的历史并不是唯一的，我们看到的只是所有可能的历史的一次求和。另一些历史途径和我们所知的历史并存，只不过由于概率太小或是相互抵消等原因而不为人知罢了。虽然这个观点长期不被人重视，不过我觉得有一个实验其实早就给了人们强烈的暗示，那便是著名的双缝实验。人们让光子一个一个地通过两道缝隙，结果发现每个光子竟然同时通过了两道缝隙并自己与自己发生了干涉而形成了干涉条纹。一般的解释是光具有波动性，其实更深刻的原因在于，每个光子其实是从无数个途径同时向目的地前进的。而从出发点到目的地之间的直线是概率最大的路径，所以人们更容易观察到光以直线的形式到达了目的地。当然，这和我们现在提到的宇宙分叉口概念不是一回事，但其中却有共通之处。从经典学说出发我们会发现一个有趣的现象，那就是时间和空间都存在一个所谓的最小值。也就是说我们无法研究小于 10^{-43} 秒的时间段，也无法研究小于 10^{-33} 厘米的空间段——在那样的情况下，时间将变得没有先后，而空间将变得没有方位之分。这是因为在这样的时空范围内，我们已经受到了上一次宇宙分叉口的制约。我们当前的宇宙是在这个时空范围之外衍生的，自然不可能用当前宇宙的定律来描述小于这个时空范围的现象。如果说我们现在生活的世界是‘水’，那么小于那个最小量的时空段就是

‘冰’，我们是无法对其进行描述的。”

“我现在有些理解您为什么感到害怕了，因为我自己也开始有这种感觉。”何麦擦拭了一下额头的汗水，“因为我们都不知道再做下去会发生什么。”

“我现在最担心的是怎么向比尔交代。”

“也许有一个办法能行。”何麦突然拍了拍自己的脑门，“让我去跟他谈谈。”

“你有把握吗？”皮埃尔担心地问。

“您不会怀疑我的祖国语言的力量吧？”

十三

“这么说你是想劝我放弃，对吧？”比尔慵懒地靠在椅背上，脸上挂着高深莫测的笑容，“在众多名人的讲话中，我印象最深的是一位菲律宾政治家的夫人说过的话。她说如果你算得清自己有多少钱，就说明你还不够富有。忘了告诉你，我上个月才从俄罗斯的空间站度假回来，老实说以我的年龄并不适应那里的生活，尤其是发射和返回地面的时候，我觉得自己都快要死了。这已经是我第二次参加太空旅行了，请不要用这种眼神看着我，也不要以为我是有钱了没处花。你应该知道，我是世界上排名前5位的大慈善家，我很愿意为这个世界尽点儿力。可是，这个世界

上有人为我想过吗？”

“可是现在有很多条件还不具备。”何麦很诚恳地说，“如果实验对象只是一束粒子的话还有成功的可能性，但如果是一个人，那就完全只是冒险了，也许那应该是很多年以后的事情。”

比尔探究地看了一眼旁边的皮埃尔，皮埃尔赶忙用力地点头。

“可我已经没有那么久的将来了，年轻时的生活损害了我的健康，我很愿意用这副残躯做最后一次冒险。我已经否定了皮埃尔提出的用猴子先做实验的提议，其中一个原因是，我担心实验失败后那只猴子的尸体会打击我的信心。但更重要的原因并不是这个。也许你们认为等各种条件具备了再行动才是明智的，可是别忘了，第一个登上火箭的人在当时也不具备什么条件，但现在月球上却有一座叫‘万户’的环形山。怎么样，是不是觉得并不只是所谓的科学家才有那么一点儿执着精神？”

何麦有些发蒙：“我来只是想告诉您这实验非常危险，而且即使成功，结果也无法验证。我们最多只可能让您从这个宇宙消失，但并不能保证您到达一个适宜生存的地方。也许那和死亡并没有多大区别。”

“哈哈哈。”比尔竟然笑了起来，“这已经足够了，孩子。如果你是我的话，就会明白我为什么这样做。在过去几十年的时间里，我的足迹遍布世界各地，我经历过人们所能想象到的任何事情。如果实验失败那么我会死去，不过我知道自己的身体状况，就算什么都不做也活不了多久了，既然我已经精彩地活过，那不妨也精彩地死去。小的时候我们都相信在这个世界之外还存在一个叫作天堂的世界，后来我们长大了，现在我的私人天文台可以看到银河之外，但天堂消失了。我有时候真的很羡慕童年时代的人类，他们相信天堂的存在，死亡对他们来说不是一种终结而只是一次无尽轮回中的稍息。可现在呢，一想到我即将变成一堆无知无觉的尘土我就害怕到极点。我愿意拿现在的一切去换取一个希望，哪怕这个希望源于假设。也许皮埃尔送我去的地方就是天堂，"比尔的声音变得高亢起来，他的眼睛里放射出充满活力的光芒，完全不像是一个迟暮的老人，"我将在那里继续观赏整个世界的变迁，直到永远。我可能将成为第一个见到另一个宇宙的人，这个理由还不够吗？"

"可是，这个实验可能会给我们的世界带来很大的危险。"皮埃尔终于忍不住插话，"我承认以前为了验证自己的成果没有对你说实话，但现在是不得不说的时候了。"皮埃尔脸上的神情很无奈，"人类已经有了很多玩具，宇宙

应该除外。”

“你在说什么？”比尔忽然咆哮道，他的脸涨得通红，眼睛突了出来，“你知不知道我的全部希望都寄托在这个系统上，你们怎么敢欺骗我？现在谁也休想阻止我。”

“我们必须停下来。”说话的人是麦哲云，他不知何时从门外走了进来。“我听到了你们的谈话，我认为皮埃尔先生的意见是对的。”他敬佩地望着皮埃尔，“我已经看到了阶段实验的结果，说实话，你颠覆了我前半生的信念。”

比尔的怒气立刻朝麦哲云倾泻过去：“你忘了在和谁说话吗？难道我付给你几倍的薪水就是让你帮着别人对付我吗？别忘了，你母亲的病还没好，你还需要我的慷慨资助。”

“可是，我们现在的确已经深入到了我们无法控制的领域了。”麦哲云有些勉强地说，也许他意识到自己很可能是徒劳的，声音显得很低，“至少有 10 种理论告诉我们，当达到这种深度的时候就该停下来了。”

“我说过要停吗？你做好自己的事情就行了。”比尔转过头来看着皮埃尔，“虽然是多余的但我还是想问一句，你到底愿不愿意做下去？”

皮埃尔与何麦一起沉默着。过了几秒，比尔突然笑起来，他垂垂老矣的脸庞在这一刻焕然一新：“你们肯定以为只要不配合做下去我就一筹莫展了，看来我之前的安排真是有先见之明。”他转头看着麦哲云，“我说得没错吧？”

麦哲云有些羞惭地埋下了头：“从你们到来的那一刻开始，每时每刻都有无数个摄像头隐藏在你们四周。现在比尔先生已经知道了一切，知道纵波光的奥秘，知道‘绿基’，也知道‘时间之缝’……”

比尔还在大笑：“你是我的弟弟，我不会太为难你的。‘时间之缝’会让我如愿以偿的，我现在全身心地盼望那个美妙的时刻早日到来。麦哲云告诉我还需要再等待 20 天。天啊，我都等不及了。这种感觉就像……”比尔停顿了一下，“就像 17 岁那年秋天的早晨，我在笼罩着薄雾的小树林里等着恋人的到来。那是多么美好的时光啊！”

比尔挥了挥手，立刻有几名壮硕的男子上前架住了何麦和皮埃尔。

“你要做什么？”何麦大叫道。

“没什么，只是送你们回俄城。”比尔不紧不慢地说，“不过为了保证不会有人在这段时间来干扰我，你们的自由会有所限制。比如说，你们不能和外界联系。等到事情结束了会放你们离开的。你们还是为我祝福吧，哈哈哈。”

十四

时间即使过得再慢也终是过去了。

何麦现在已经放弃了一切逃跑的努力，因为事实已经证明这根本没用，以比尔的财力来说，要管住几个人太容易了。皮埃尔整天苦着脸四处瞎逛，口里念念有词，不知道在说些什么。安琪倒是显得很轻松，何麦有时候真是很羡慕她知道的事情没有自己知道的这么多。

今天一开始何麦就觉得有些不对劲，皮埃尔早上起来时的神色显得有些紧张，何麦知道今天是他们被软禁的第 20 天，正是当时比尔预计的实验日期。一天中皮埃尔好几次神经兮兮地四下张望，他看着明媚的天空和苍翠的大地长时间地发呆，仿佛这些司空见惯的景象他此前从未见过。

“刚才我眨眼了吗？”皮埃尔突然大声问道，他的眼睛瞪得溜圆，头发乱蓬蓬地在额角颤动。

“你说什么？”何麦吓了一跳。

“刚才我眨眼了吗？你看到我眨眼了吗？”皮埃尔的声音愈加高亢起来，“快告诉我啊！”他突然埋头闭眼，肩膀开始剧烈地抖动，“我知道，就是那件事了，是那件事情发生了……”

这时安琪突然从拐角处钻了出来，手里还拿着几枝刚采下的花：“真是奇怪，刚才我发现整个天空忽地暗了一下，我敢肯定自己没眨眼。真是怪事。”

何麦惨然一笑，他抬头望了望，黄昏的天空虽然不再刺眼但依然有些明亮，月亮的轮廓在半空中显出了淡淡的影子。原来 3 个人里只有他当时正好眨了一下眼，错过了宇宙“眨眼”的一瞬。

外面的人群明显慌乱起来，守卫们神色紧张地窃窃私语，仿佛得到了什么消息。何麦急切地追问见到的每一个人发生了什么事，但他得到的只是沉默。皮埃尔对身边的一切充耳不闻，他神色木然地呆立着，仿佛沉入了另一个世界当中。

直到夜幕降临之后才有一位神情严肃的老者进到房间里来，房间里的 3 个人不约而同地站立起身，等待那未知的谜底。

“我是蓝江水，是比尔先生的助理，本来同 3 位有关的事情都是由别人经办的，但现在他们不能来了。是这样，发生了一些事，你们不是外人，我也不知该做些什么，我想还是请你们一起去看看吧。”

……

看到过深渊吗？看到过伤痕吗？看到过深渊一样的伤痕吗？

这就是何麦眼前的景象。在西达多金矿的腹心地带，曾经一望无际的平原上突兀地显出了一道深不可测的渊薮，在冰冷的月光下像是一个亘古就存在的神秘符号。

“已经探测过了，整个现场只有微弱的放射性，对人体没什么害处。”是蓝江水的声音，“事情发生的时候有多名目击者，但他们根本说不明白是怎么回事。比较一致的说法是，所有人都在那一刻眨了一下眼，然后一切就变成眼前的这样了。”

切面并不是垂直的，而是呈现一个角度向地下延伸。切面很整齐，并不完全光滑，石头还是石头，沙还是沙，但绝对没有任何一丝物质突出到切面之外，切面上也没有任何被挤压的痕迹。何麦用手摸了一下切面，没有发热的感觉。他摇摇头，放弃猜想是什么力量造成这样奇特的现象。

“已经用激光进行了测绘。”蓝江水拿出一张图纸，这是整个事故区的平面图，“这个坑的深度是 1800 米，平均长度 900 米，平均宽度 200 米，从底部到上面的形状完全一致。真希望有人能告诉我到底发生了什么。”

何麦一听到这几个数字便知道整个迷路系统都不复存在了，出于不可知的原因，它消失在了这个巨大的空洞之中。他转过头，皮埃尔如他所料地沉默着，只不过目光不是望着地面而是投向苍穹，宛如一尊问天的雕像。何麦觉得自己完全理解皮埃尔此时的心情，他们从一个近于笑料的问题出发，一度逼近了造物主的底牌，最终却以这样惨烈的局面收场。

“还有一件事，”蓝江水接着说，“是这样，我们在底部裸露出来的地表上发现了新的金矿床，以前从来没有人能够发掘到这样的深度。”

看来这应该不是最坏的结果。虽然这个世界上莫名其妙地失去了大约 30 亿吨的物质，虽然谁都不明白为什么宇宙会突然眨一下眼，虽然在西达多矿场上平添了一道奇异的沟壑，虽然还有无数个谜团，但除此之外似乎并没有别的损失了——俄城还在，人们脚下这个直径 1.2 万千米的“小石子”还在，而且还有一座凭空而降的金矿。看来这就是故事的结局了，一个还不算太坏的结局。

但是，这不是结局。

十五

当一个人偶尔从纷繁的世事中获得一次仰望夜空的机会，他的目光肯定会被那些谜一般的星星吸引。这些恒星被固定在另外的空间中，远离地球。皮埃尔已经保持仰望的姿势很久了，他完全沉浸到了一个不可知的世界中去了。无垠的苍穹从正上方直垂到地，银河淡淡地划过半空，如同某个巨人的信手涂鸦。

何麦小心地开口：“我现在最想知道的问题是那些人到

哪里去了，包括你的哥哥，包括麦哲云，他们死了吗？”

皮埃尔迟疑了几秒：“我不知道，这不是我能够回答的问题，也许应该说这不是我们这个世界上的人能解答的问题。记者们已经在路上了，我们该走了。”

何麦了解地点点头，伸手扶住眼前这个突然变得软弱的老人，也就在这时他听见了安琪发出的尖叫声。

安琪急匆匆地冲过来，她的嘴角哆嗦着，不知是因为月光还是别的什么原因，她的脸色苍白无比。“我不知道怎么讲，刚才，刚才我只是随便看着玩的，但是，那里，你们还是自己看吧。”安琪将手里的单筒望远镜递给皮埃尔，然后指了指天空。

这是一幅恐怖的异象。

何麦和皮埃尔放下望远镜后，都不约而同地盯着蓝江水，目光涣散而古怪。蓝江水不知所措地站立着，何麦同皮埃尔一道冲到他身边，抢过他手里的那张图纸打开来看。几乎同时两人便如同身受雷击般僵立当场。

他们看到了同样的东西，只不过一个是在蓝江水的图纸上，另一个则是在月亮上，仿佛月亮是一枚38万千米之外的邮戳，曾经在那张图纸上留下过印记。是的，与西达多矿场深沟相同的图景出现在了月球上，就像是被同一把匕首洞穿而过所形成的刀疤。

皮埃尔首先反应过来，他一下子扔掉手里的望远镜，奔向一旁的汽车。设备在最短时间里架设完毕，皮埃尔紧张地操作着，口里又是习惯性地念念有词，但此时看起来更像是在做一种祷告。

“现在我们终于可以确定的是，有某种物质导致了这个坑的形成，”皮埃尔开口道，“之后它并没有消失，而是一直朝上前进，又轻而易举地穿透了月球。对于我们这个世界上的物质来说，它就像一种超级溶液，所到之处万物成空。”

“它到底是什么东西？”何麦几乎能听到自己牙齿打架的声音。

“有一种解释不知是否行得通。它可能是来自另一个泡泡宇宙的物质，也许就是那个另类宇宙里的一束光，我猜想它很大的可能就是以光速前进。”

“凿壁偷光？”何麦脱口而出。

“你说什么？”

“我只是想到了中国的一句成语，大意是一个人凿穿了墙壁，引入隔壁房间里的光线来看书。”

“意思差不多，只是我们这次是无意的。比尔想要的是‘时间之缝’，结果却将另一个宇宙的物质引入进来。”

“后果会是什么？”

“从现象上看，它可以溶解我们这个宇宙的一切物质，但这是无法下结论的，因为它无须遵从我们所知的一切定律。也许那些我们认为消亡了的物质或人此刻依然在某个地方继续存在着，只是我们永远无法感知罢了。不过有一点可以肯定，如果它真的来自另一个宇宙，由于它不遵从我们的物质定律，因此它将会永不衰减地前进，直至世界的末日。”

何麦抬头仰望满天繁星，心中想象着一束“漆黑”的光线正如离弦之箭般渗透这茫茫无际的宇宙，吞噬经行的一切。灿烂的太阳系只是它漫长一生中的小插曲，辉煌无朋的银河也只是它曾经偶然留驻的驿站。

“那这么说它迟早有一天还会回到现在的位置的，因为宇宙是封闭的。”何麦加入了一个自己的结论。

“不过那应该是很久之后的事情了，那时就没人类什么事了，该虫族去操心。”皮埃尔难得地表现了一次幽默，“不过现在看来，蓝江水先生先前的测绘有一点儿问题。那个坑的底部和顶部并不是完全相同的，而是越往上面积会变得稍大一点儿，是很微小的一点儿。但这不能怪他，这个差距很小，我也是在测量月球上那个洞的面积时才发现这一点的。也就是说这束光是稍微发散的，随着走过的距离的增加，它的覆盖面将越来越大，这是一个简单的三角几何问题。”

“那要不了多久它就能吞掉一颗恒星了，然后是整个星系。随着时间的推移，它就会变成一个巨大无比的无底洞。”何麦觉得这些话从自己嘴里说出来是件很费力气的事情，他甚至觉得有些滑稽——在一个好比尘埃的星球上生活着比尘埃更加渺小的某种生物，他们仅仅是出于一种本能级别的欲望居然就给至高无上的宇宙带来了这样的后果。10 万年后，银河系边缘将出现第一个被整体吞没的主恒星。25 万年后，仙女座大星云中将出现第一个被整体吞没的恒星系。10 亿年后呢？50 亿年后呢？而等到它横越整个弯曲空间回到出发点的时候，甚至可能已经吞噬了大半个宇宙。不过，那真的太遥远了，也许就像皮埃尔说的，应该是虫族操心的事情了。

何麦开始和皮埃尔一道收拾装备，他们的眼神偶尔会对碰一下，之后急促地移开。这是一种非常奇怪的眼神，比头顶杂乱的星空更加迷茫。在混乱中一本书突然掉落在地，是皮埃尔的惊世巨著《虚证主义导论》。仿佛有电光石火自脑海中划过，何麦脱口而出：“还有一种假设。”

尾　声

虽然已经适应了很久，但“猎蚁号”飞船领航员威廉姆一直觉得眼前的影像只应该出现在梦境里。在荒寒的月球背面，巨大的环形山和正面一样比比皆是，只是不那么引人注目罢了。而这里让每个人感到最震撼的永远是“西达多海”。月球上的地理命名要么是“山”，要么是“海”，这里只不过是循惯例罢了，因为谁都知道它其实是一个贯穿了月球的巨洞。“西达多海”靠近月球的边缘，它的长度远小于月球直径，只有 1200 千米。通过这个巨洞，地球的蓝色光芒来到了月亮的背面。威廉姆知道，曾经有一个时期月球的背面是可以和地球见面的，但那是亿万年前的事情了。而现在威廉姆面对巨洞中来自地球的光线时，心里却没有欣喜，更多的是恐惧。因为如果不是亲眼所见，他即使在梦中也无法想象这样的事情。

半个月来的工作总算要告一段落了，作为最后一批宇航员，威廉姆和他的小组完成了整个工程的收尾工作。这段时间以来，威廉姆无数次地在“西达多海”中穿行，月球的内部结构在他面前袒露无遗。“西达多海”内部的重力是斜向月心的，这给宇航员的工作带来了很多不便。不过总体来说计划还算顺利——当然，在各次意外中丧生的 7 名宇航员大概不会这么想。

在“西达多海”的两端架设的那些复杂设备将分析出某些特殊粒子的放射性规律。现在可以认定这种放射性是由那次事件引起的，只要能精确测出“西达多海”上下两端粒子放射规律的差异性，也就可以间接确定“黑光”的速度。“黑光速”是现在整个世界最为关注的物理常数，不过只有少数人知道这是来自外宇宙的常数，而更只有寥寥几个人才知道这个常数的值居然决定了世界的真或假。

……

“既然这束光来自另外的世界，不受任何原有宇宙定律的束缚，那我们完全可以假设它的速度超过光速，那又会是一种什么样的结果呢？”何麦问。

“如果这样的话，它依然会横跨整个宇宙，并在封闭空间里回到出发时的位置，但是由于超光速带来的反因果律效应，它会在出发之前就已返回。这意味着，意味着……”

“意味着我们的宇宙可能早已被它溶解过了，而我们实际上就一直生活在一个早已被吞噬的世界里。哈哈哈，这才是终极假设，和庄周梦蝶的故事一样，既不能证明也不能否定。还有啊，说不定比尔和麦哲云现在反倒又回到世界本来的地方去了，哈哈哈……这个连环套真有意思，原来世界真的可以是一个假设，哈哈哈。”

……

“休斯敦，‘猎蚁号’请求返航。”威廉姆发出呼叫。

“我是休斯敦，同意‘猎蚁号’返航。”

“猎蚁号”的腹下被掀起两米多高的尘土急速地落下，几分钟后整个飞船就像是一只巨大的蝼蛄般坠入了深不可测的“西达多海”。极远的前方是一抹微茫的蓝色，在月心浓稠的黑暗的包围下，一切宛如虚幻。

异　域

一

我跨了进去，而后便觉得大脑中嗡嗡地乱响一通，起初眼前那种微微闪烁的白亮忽然间就变成了黄昏。四周长满了高大得给人以压迫感的植物，一种不该出现的慌乱掠过我的心头。我不自觉地回头看了一眼蓝月，她似乎没有什么不适的感觉，于是我又觉得有一丝惭愧。戈尔在我身后不远处整理设备，仪器已经开始工作，当前的坐标显示我们正好处在预定区域。身后 20 米开外有一团橄榄形的紫色区域，那里是我们完成任务后撤离时用的密码门。

我始终认为这次行动是不折不扣的小题大做——从全球范围紧急调集几百名尖端人才来完成一个低级任务，无论如何都显得过分。我看了一眼手中最新式的 M-42 型激光枪，它那乌黑发亮的外壳让所有见到的人都不由得生出一丝敬畏。但一想到这么先进的武器竟然会被当成宰牛刀用，我心里就有一种说不出的滑稽感。

“2 号，你跟在我身后，千万不要落下。”蓝月在叫我，说实话，她的声音不是我喜欢的那种，也就是说不够温柔，尤其是当她用这种口气对我下命令的时候。

“我叫何夕，不叫 2 号，我也不想叫你 1 号。”我不满地看了她一眼。老实讲，我的语气里多少有点儿酸溜溜的味道，在演习时输给她的确让一向心高气傲的我有些沮丧，我本以为凭自己的力量是不会遇到什么对手的。

蓝月有些意外地看着我，微风把她额前的短发吹得有几分凌乱，而她那双黑白分明的眸子不知怎的竟然让我感到一丝慌张。如果站在客观的立场上来评价的话（当然我现在根本做不到这一点），蓝月的确可以算是具有东方气质的美人儿，就连我们身上这种古里古怪的特警服到了她的身上似乎也成了今秋最流行的时装，让人很难相信她竟会是那个又黑又瘦的蓝江水教授的女儿。

从基地出发的时候，蓝江水特意赶来给蓝月送行，一副畏畏缩缩的样子。在这个人才济济的全球最大的科研基地里，蓝江水是个没有出过成果的名不见经传的人物。我听说只因为他曾经是基地的最高执行主席西麦博士的老师，所以才勉强担任了一个次要部门的负责人。蓝江水显然对女儿的远行不甚放心，一直牵着蓝月的手依依不舍。我想他应该知道我们此去的任务是什么，别说危险了，恐怕连小刺激也说不上。当然，做父母的心情我多少也能体谅一些。

后来，西麦博士开始谈笑风生地给我们第一批出发的特警交代此去应注意的一些问题，他的话不时被掌声打断。在此之前我从未这样面对面地见到过西麦博士，他看上去比平时我们在媒体上见到的要亲切得多，言谈举止间展现出大科学家特有的令人折服的风采。我知道西麦博士是这个时代的传奇人物，正是他从根本上解决了全球的粮食问题，现在世界上能养活 300 亿人跟他的研究成果密不可分。像我这样的外行并不清楚那是些什么成果，但我和这个世界上的所有人都知道，正是从“西麦农场”源源不断运出的产品给予了我们富足的生活。西麦农场是这个世界上唯一的农场，像我这种年龄的人几乎从生下来起就受其恩泽。西麦农场最初规模并不大，但如今的面积已经超过了澳大利亚。多年以来，位于基地附近的西麦农场几乎成了人类心中的圣地。当然与此同时，西麦博士的声望也如日中天，他现在是地球联邦的副总统，不过大家普遍的观点认为他将在下届选举中毫无疑义地当选总统。在西麦博士讲话的时候我无意中瞟了蓝江水一眼，发现他眉宇间的皱纹变得很深，目光有些飘忽地看着远处，仿佛那里有一些令他感到很不安的东西。这个场景并没有激起我任何探究的念头，我只是个警察，对此没有深入了解的兴趣。

……

这时戈尔叼着一支雪茄走了过来，他是我们这个小组里的 3 号。戈尔是让我讨厌的那种人，尽管现在世界上多数人都和他一样。他好烟酒，爱吃肥肉和减肥药，不到 50 岁居然已经有了 9 个孩子，而且听说其中有 3 个还是特意用药物产生的三胞胎。当初分组的时候我就不太情愿跟他在一组。戈尔是我们这个小组之中体格最大的一个，背的装备也最多，就这一点还算让我对他有那么一丝好感。戈尔是我们小组中唯一参加过真正战争的人，不过那是 20 多年前的事了。当时几个国家为了粮食以及能源之类的问题打得不可开交，有意思的是，后来西麦博士出现了，一场战争在快要决出胜负的时候失去了意义。于是戈尔从军人变成了警察，他时时流露出没能成为将军的遗憾，不过我觉得他没有一点儿将军相。我记得从被选中参加这项任务时起，戈尔的脸上就一直罩有一团红晕，兴奋得像一头猎豹，他甚至还宣布自己戒了酒。在这一点上我有些瞧不上他，不就是打猎嘛，何必那么紧张。西麦博士说过，我们的任务就是到西麦农场去把那些逃逸了的家畜赶进圈栏，必要时可以就地消灭。不过说实话，我到现在仍然没看出这个地方哪一点像是农场，在我看来这里树高林茂，活脱脱是一片森林。远处浓密的植被间不时跳出几只牛羊来，看见我们就惊慌地跑开了。我叹了一口气，连最后一丝抓枪把的欲望也失去了。

“4 号、5 号、6 号以及第 5 小组在我们附近，他们暂时未发现目标。”戈尔很熟练地浏览着便携式通信仪上的信息，他的声音突然高起来，“等等，6 号发出紧急求援信号，他们遭到攻击。好像有什么东西……”

“我们快赶过去。”蓝月说着已经冲了出去。我抽出激光枪紧随其后。

……

眼前是一片狼藉，3 名队员倒在血泊中。我不用细看便知道他们都已不治，因为那实际上是3具血糊糊的残躯。我下意识地看了一眼蓝月，她正掉头看着相反的方向，我看得出她是强忍着才没有当场吐出来。周围立刻安静下来了，我从未想过西麦农场安静下来的时候会这样可怕。我清楚地听到了自己的心跳声，空气中弥漫着强烈的死亡的气息。尽管我不愿相信，但眼前的情形明白无误地告诉我，他们竟然是被——吃掉的。我检查了一下，有一位队员的激光枪曾经发射过，但现场没有什么东西有被激光灼烧过的痕迹。

戈尔的嘴唇微微发抖，他满脸惊恐地望着四周，手里的枪把捏得紧紧的，与几分钟前已判若两人。其实我又何尝不是一样，事情的发生太过突然，从我们接到报警到赶至现场绝没有超过 10 分钟，但居然有种东西能在这样短的时间里袭击并吞吃掉 3 名全副武装的特警战士。世界上难道真有所谓的鬼魅？

差不多在一刹那间，我们 3 个人已经背靠背地紧挨在了一起，周围的风吹草动也突然变得让人心惊肉跳。我这时才发现周围的景物是那样陌生而怪异。那些树！天啊，那都是些什么大树啊？几乎同时，蓝月和戈尔也都转过头来，我们 3 个人面面相觑。

良久之后还是蓝月打破了沉默，她有些艰难地笑了笑："这里果然是个农场。"

蓝月说的是对的，这的确是个农场，而我们正好就在农场的某块田地里。那些先前我们以为是树的植物竟然都是——玉米。

二

戈尔在前面探路，他故意发出一些很大的声音。我想这应该是他原先就设计好的行为，因为这是猎人驱赶野兽时常用的一招。只是我不知道现在这招是否仍然管用，3名特警的死状让我甚至怀疑自己到底是猎人还是猎物。我们这一批特警的任务是到7000米外的管理中心检修设备，那里是西麦农场的中枢所在。本来每隔几分钟西麦农场就会向外界输出一批产品，但在一天前这个惯例突然被打破了。也许我们心中的所有谜团都要在管理中心才能找到答案。行动之前我们给其他4个小组发出了通知，但一直都没有收到任何回音。当然，我们谁也不愿去深想这一点意味着什么。

一路上蓝月显得心事重重，她的嘴一直紧抿着，似乎还没从刚才那恐怖的一幕中挣脱出来。她的这副模样让我的心中不由得生出一些软软的东西，我走上前去，从她的肩上取下补给袋放到自己的背包里。她看了我一眼，似乎想推辞，但我坚持了自己的意思。蓝月看了看前面咋咋呼呼一路吆喝的戈尔，心事在脸上显得更重了。

“别太紧张了，”我用满不在乎的口气说，“刚才我给基地发了信号，援助人员就快到了。”

“援助？”蓝月突然用一种很奇怪的声音重复了我的

话，“你真认为会有援助人员？”

我意外地看着她：“当然会有。出发时西麦博士不是说过，当遇到危险时我们可以发求助信号嘛，你忘了？”

蓝月深深地看了我一眼，没有搭腔，而是低下头去，似乎在想什么问题。过了一会儿她抬起头来，仿佛下了很大决心般地说：“不会有什么援助部队的，那是根本不可能的事情。”

我大吃一惊：“你的话我不太明白，包括我们在内这次只派出了5个小分队，大部分特警都在基地待命，怎么会派不出援兵？”

蓝月没有回答，她拿出一张纸条递给我：“这是我父亲在咱们出发前偷偷给我的，你看看吧。”

我接过纸条，上面的字迹很潦草，看得出是匆匆而就：“西麦农场里很可能发生了超出人类想象的可怕事件，万望小心从事。如遇危险速逃，绝对不可抵抗。切记，切记。”

“这是什么意思？”我问道，“科学家的话好难懂。”

“说实话我也不太明白。”蓝月若有所思地说，“也许是有什么难言之隐，再加上当时的时间实在太紧，他才会写下这么几句莫名其妙的话。不过有一点我是可以肯定的，基地是不会派遣援兵的。”

“为什么？”

“虽然我所知不多，但我能确定基地不可能收到我们的求救信号，无线电波无法在基地和西麦农场之间穿越。”蓝月很肯定地说。

我如坠迷雾：“可我们就在基地附近呀，要是没记错的话，我觉得基地和西麦农场中间好像只隔了一道墙而已。”

“可你知道这道墙隔着的是什么东西吗？这些奇怪的玉米树，还有那种在 10 分钟之内吃掉 3 个人的……”蓝月语气一顿，看来她也不知道该用什么词汇来描述那个东西，“你不觉得这一切太不正常了吗？”

“你是说……”

“是的，我要说的就是，这根本不是一个正常的地方，”蓝月的语气越来越怪，“或者说，这根本不是我们的那个世界。”

“可这会是哪儿？”我差点儿大叫起来，蓝月的话里暗示的东西让我感到某种未知的恐惧，“我们到底在什么地方？”

戈尔突然在前面喊道：“你们快跟上来，我们到达管理中心了！”

三

周遭安静得过分，管理中心的大门敞开着，安全系统显然早已失去了作用。我们径直由大门进入，发现里面也是死一般的寂静。我以前从没见过这样宏大的建筑，感觉天花板的高度超过了 30 米，这里简直就像室内大平原。硕大无朋的机械四处堆放着，如同一块块岩石，一时间看不出它们的用途。

“大家小心！”蓝月突然喊道，她手里的激光枪立即发射了。差不多在同一时刻我也发现了危险所在，在我倒地的瞬间我手里的武器也开了火。一时间烟尘飞扬，一股焦臭的味道弥漫开来。

激战的时候时间过得很慢，等到我们重又站立时才发现，我们遇到的敌人其实是一种足有两米高的造型像怪兽的机械。它长有 6 只脚和两只手，嘴的部位安有锯齿状的高压放电器。刚才我们击中了它的头部，一些散乱的集成电路块暴露了出来，显然，它是个机器人。

“快来看！”是戈尔在惊呼。我和蓝月奔上前去，然后我们立刻明白他为何惊呼了。那个怪兽的脚爪和口齿间残留着许多残碎的动物骨骼，再加上它那副狰狞恐怖的模样，真让人胆战心惊。

我倒吸了一口凉气，转头看着蓝月。她一语不发地环顾四周，脸上写满疑虑。

“是它干的？”我喃喃地说。有关机器人失去控制进而

酿成大祸的事情近年来时有发生，西麦农场的变故也许就是因为这个。

“准是这种东西干的！”戈尔恨恨地说。他似乎不解气，又用激光枪打掉了怪兽的一只爪子。“干吗要造出这种武器来？”

“我还是觉得不对。”蓝月说，“你们注意到没有，这个家伙的标牌上写着‘采集者294型’，从名字看它不像是武器，倒像是一种农用机械。它会不会是用来捕捉牲畜的？而且你们看其他那些巨大的机械像不像收割机，正好用来收割玉米树？”

我点点头：“这样讲比较合理。可是这些东西好像都失灵了。”

“它们自身的元件都完好无损，失灵的原因肯定是管理中心的计算机中枢被破坏后，它们再也接收不到行动指令了。我们先搜索一下周围，看看有没有别的线索。”蓝月很沉着地指挥着。

我们3个人呈一字排开，在杂乱无章的机械群中搜寻，如同穿行在丛林中。由于电力供应中断，大厅的绝大多数地方都是漆黑一团，我们的工作进行得很慢。除了偶尔传来的金属碰撞声外，这里静得就像一座坟墓，我能很清晰地听见每个人的喘息声。虽然这一路上见到的机器和最开始看见的没有什么不同，但不知为何我的心中渐渐生出了一种异样的感觉。有几次我都忍不住停下脚步想找出这种感觉的来处，但我什么也没能发现。

差不多过了 15 分钟我们才到达管理中心的计算机机房，里面所有的设备都死气沉沉的。我打开背包，取出高能电池接驳到机房的电源板上，一阵乱糟糟的闪光之后，机器启动了。

蓝月娴熟地操作着，她的眉头紧蹙。我的电脑水平比戈尔高一小截但比蓝月低一大截，于是我很自觉地和戈尔一起承担起警戒工作。

“怎么会这样？”蓝月抬起头喃喃低语，“整个系统是因为能源供应受到破坏而中断运行的。系统最后一次工作的日期是……917402 年的 7 月 4 日。”

“等等，你是说哪一年？”我大吃一惊地问。

蓝月急促地看了我一眼说：“我弄错了，对不起。”

我狐疑地看着重新低头操作的蓝月，她刚才的这句话分明是在掩饰，她肯定对我隐瞒了什么。917402 年又是什么意思，这个时间难道会有什么意义吗？如果有意义又意味着什么呢？我越发觉得这次的任务不会是那么简单，甚至透着一股邪气。看来蓝月似乎知道某些秘密，她本该对我讲出来的，但她显然顾虑着什么。

戈尔在一旁很焦急地来回走动，并不时催促着蓝月。看起来他已经没有了当初的雄心。不过这时我反而没有了一点儿轻看他的念头，我知道像他这样经历过残酷战争洗礼的人都不是胆小鬼，他们并不害怕危险，但我们现在面对的仿佛是某种超自然的东西，而这正好戳中戈尔这种人的弱点。

“你们能快点儿吗？”戈尔大声说道，“这里我是一分钟都不想待下去了。”

蓝月从沉思中惊醒过来，她对戈尔说：“我正在复制系统瘫痪前的数据记录，以便带回基地进行技术分析。现在我同何夕要到机房背后的区域看看，等复制完成后你带上磁带与我们会合。”

机房背后和管理中心的其他地方一样也是堆满了收割机之类的机械。不知怎的，先前那种奇怪的感觉又来了。我不由得放慢了脚步。

蓝月幽幽地看了我一眼：“你也感觉到了？”

我一愣：“感觉，什么感觉？”

蓝月指着那种似乎叫什么“采集者”的机械说：“你看它跟我们最初见到的那一台有什么不一样？”

我立刻就明白是什么东西一直让我感到不安了。眼前的这台“采集者”在外形上和最初的那台没有什么不同，但在体积上却要大得多，足有6米多高。我这才回想起来，一路走来见到的“采集者”的确是越来越高大。我走近这台庞然大物，它的标牌上写着“采集者 4107 型”，从型号序列上看，它是比“294 型”更新的产品。我有些不解地望着蓝月，她对此却是一副仿佛有所预料的样子。我想开口问她这是怎么回事，但她那副拒人于千里之外的神情让我打消了这个念头。

蓝月突然停了下来，像是被什么东西击中了般僵立不动了。

“怎么了？你……”我开口问道，但我立刻就知道是怎么回事了，因为我也看见了那个耸入云天的东西——“采集者 27999 型”。如果说世界上真有什么东西能称得上巨无霸的话，我看也就是它了。相形之下“采集者 4107 型”只能算是小不点儿了。尽管我一再提醒自己这个足有 20 米高的大家伙其实根本动不了，但是我仍然不由自主地颤抖。按照蓝月的分析，它应该是一种捕捉牲畜的机械，可那会是一种什么样的牲畜啊？一时间我的背上冷汗涔涔。

这时我们听到了戈尔的呼喊声，他已经复制完了数据。蓝月拉了一下仍在发呆的我说：“走吧，我们先返回基地再说。”

四

返程的路在我的感觉中比实际的要长得多，我想在蓝月和戈尔的心中一定也有这样的感受。有几次我们都听到一些奇怪的响声从周围的农作物丛林中传来，以至于我们3个人都曾开枪射击。当然，除了在玉米树的茎上穿出几个洞来之外，这样做没有别的任何效果。开始我们还保持着合适的速度，到后来尽管我不愿承认但我们已的确是在狂奔。就在我感到自己已经快要崩溃的时候，我们终于远远地看到了密码门。

“别忙。”蓝月拦住就要进入出口的我和戈尔，“我们应该再和另外4个组联系一下，一旦我们出去就再也和他们联系不上了。大家是队友，说不定他们需要帮助。”

戈尔咻咻地喘着气，看上去他是累坏了：“那可不成，这个鬼地方我一秒也不想待了。我只想早点儿出去。”

蓝月咬住下唇，漆黑的眸子看着我。我有些慌张地低下了头。说实话，戈尔说的正是我的意思，也许我比他还要急着出去。

戈尔大声对蓝月说：“这是关系到我们3个人的事情。现在我们两个打平，就看何夕的那一票了。”

我沉默了几秒，感觉快要虚脱了。但最终我还是说：

“就等一会儿吧。”

蓝月感激地看了我一眼，没有说什么。她发出了联系信号，并把重复发送时间的间隔定为40秒。“我们等30分钟，看看有没有回应。”

我在蓝月的旁边坐下，默默地看着她。过了一会儿她不自在地回过头来问道：“你干吗这样看着我？”

“为什么不把你知道的事情告诉我们？这不公平。”我尽量使自己语气平静。

蓝月的脸上微微一红：“你在说什么？我不太明白。”

她的态度激怒了我，我有些失控地大声吼道：“你一开始就瞒着我们很多事！你根本就知道这是个什么地方，你也知道这里发生了什么事，你为什么不对我们讲明呢？难道我们出生入死却无权知道一点点真相？”

戈尔走过来，他无疑是站在我这一边。我们两个人直勾勾地瞪着蓝月。

蓝月怔怔地盯着远方，似乎对我的话充耳不闻。良久之后她才轻轻地叹出一口气说：“我并不是存心欺骗你们，从西麦农场开始运转以来，从没有人进来过。我也是到了这里之后才明白了许多事情的。而在此之前我并不像你们认为的那样知道所有事情的前因后果。既然你们那么想知道真相，那我就把自己知道的全说出来吧。反正一旦回到

基地你们马上就会想清楚是怎么回事的。这件事情的源头要从 32 年前说起，当时我父亲取得了他毕生最大的研究成果。在那一年他发现了‘时间尺度守恒原理’。这个名字听起来复杂，其实意思很简单。根据这个原理，只要不违背守恒性原则，人们可以改变某个指定区间内的时间快慢程度。举例来说，人们可以使包含一定数量物质的某个区间的时间进度变为原先的两倍，与此同时将包含同样数量物质的另一个区间的时间进度减为原先的二分之一。”

我倒吸了一口凉气：“你是说西麦农场正是一块被改变了的时区？”

“准确地说是一块被加快了的时区。”蓝月纠正道，“从我们进入西麦农场算起已经过了 5 个小时，可是等到我们返回基地时你们会发现，时间停留在了 5 个小时之前。送别的人群还在那里，在他们看来我们只是刚走进传送门就立刻出来了。这 5 个小时只是对我们才有意义。就算我们在西麦农场过上几十年甚至老死在这里，对他们来说也不过是过去了 10 多个小时。还记得在机房里我念到的那个‘917402 年’吗？对人类来说，西麦农场是在 20 多年前修建的，但对西麦农场而言，它已经春播秋收了 90 多万年，也就是说西麦农场的时间进度是正常世界的 4 万多倍。西麦农场里的一年差不多只相当于正常时区里的 10 多分钟，所以在我们的世界里会觉得西麦农场总是按照这个时间周期循环输出产品。你们无法体会我见到机房里那个时间时的惊心动魄的感受。正是西麦农场 90 多万年的生产保证了地球上 300 亿人这 20 多年来富足的生活。”蓝月说着转头看着戈尔，“你好像说过，你有 9 个孩子。”

戈尔一愣：“是啊，我带着他们的照片，你想不想看？”

“等等，”我打断了戈尔的话，“有一点我不太明白，既然是你父亲发现了这个原理，那为什么却是由西麦博士创建的农场？”

“这件事正是我父亲心中的一个结。当年他刚一发现这个原理，便立刻意识到它在解决食物能源等问题上有应用前景，但几乎就在同时他意识到了另外一个问题，一个称得上可怕的问题。想想看，我们人类其实也是从低等生物逐步进化而来的，如果我们把那些暂时比人类低等的生物放进一个比我们快了许多倍的时区……”蓝月不再往下说，也许她也知道根本不用再说了，因为我们已经见到了后果。

“所以我父亲忍痛放弃了他毕生为之奋斗的成果，对整个世界秘而不宣。但他没想到的是，他最得意的学生和助手却背叛了他。”

“你是说西麦博士？”

“就是西麦，”蓝月苦笑，“他创建了与外界隔绝的西麦农场，用高度聚集的太阳光束作为农场的能源。老实说，西麦也是少有的天才。从‘时间尺度守恒原理’到西麦农场之间其实还有不短的距离，就好比从爱因斯坦的质能方程到核聚变发电站之间还有莫大的距离一样。等到我父亲发现时，一切都来不及了，西麦已经成了人类的英雄。我父亲唯一能做的事就是尽可能地避免他所担心的事情发生。可是这一切还是发生了。”

“为什么没有早一点儿发现问题？”我有些多余地问道。

“刚开始时西麦农场的时间只是比正常时间快两倍左右，但是人们很快就不满足了，他们不断提出要过更高水平生活的要求，于是西麦加快了农场的时间。但是人类的要求越来越高，以至于后来成了以需定产，人们只管对西麦农场下达产出计划，由农场的计算机自行安排时间速度，最终导致一切失去了控制。没有谁愿意到西麦农场工作，因为这实际上意味着和亲人的永别，所以人们将一切都交给计算机来管理。你们也看到那些机械了，它们都是农场的计算机根据需要自行设计的，单凭机械的升级换代速度你们就能想象得出农场里的生物进化得有多快。如果你有一种办法能站在正常的时区里观察西麦农场，你将会看到怎样的一幅图像呢？”

蓝月没有再往下说，她的目光有些迷离了。其实根本用不着她来描述，因为我想象得出那是怎样一幅可怕的情景：白天与黑夜飞快更替以至于天空像是灰色，人造太阳在空中飞快地划出道道连续不断的亮线。风雨雷电、云来雾去等自然景观走马灯似的频繁出现，永无终结。植物像是慢录快放的电影般疯长和枯黄，看起来就像是动物一样，而那些真正的动物则如同跳蚤一样来来去去，所有的生物都在以成千上万倍于人类进化的速度生长、繁殖、遗传、变异。死亡以不可想象的速度追逐着生命，同时又被新的生命追逐，造物主在这加速的实验室里孜孜不倦地验证着生命最大限度的可能性……

良久都没有人说话，我只感到阵阵头晕。蓝月描绘的情景让我不寒而栗。戈尔的情况也不比我好多少，他无力地瘫坐在地，身体仿佛虚脱了一样。

蓝月看了一下时间说:“30 分钟已经到了，我们回基地吧。不过我们今天的谈话内容一定要保密。”

就在蓝月低头去取通信仪的时候，戈尔突然跳了起来，他的目光“钉”在了我身后。与此同时，我看到自己脚下出现了一片巨大的阴影。我马上明白发生了什么事。几乎是在本能的驱使下，我立刻把蓝月扑倒在地并一同向旁边滚去，手中也已多出了一把激光枪。但戈尔先开火

了，我听到了一声令人肝胆俱裂的喊叫，就像是由千万只野兽一起发出的声音。等到我回过头去的时候，只看到一片犹自摇摆不定，被践踏得狼藉不堪的玉米林，而我和蓝月刚才所在的地方则留下了几道深达一尺的爪痕。

戈尔的眼睛瞪得很大，仿佛要从眼眶里掉落出来，地上血迹斑斑。我默默地走过去把耳朵贴在他仍在嚅动的嘴唇上，想听清他在说些什么。许久之后我抬起头来，用手合上了戈尔那双不肯闭上的眼睛。

“他说什么？”蓝月脸色苍白地问我，“他看到了什么？”

“他一直在重复着两个字。”我低低地说，“妖兽。”

五

我有两天没有见到蓝月了，作为此次行动唯有的两名生还者，我们一回到基地就被分开了，然后便是无休止的情况汇报。我的头上被接上了各式各样的仪器设备，以帮助我回忆那段经历，由此整理出的一切材料会直接报送给西麦博士本人审阅。我当然不会违背我和蓝月的约定，从我的嘴里谁也套不出我们之间的那段谈话。这两天，蓝月的样子时不时地在我眼前晃来晃去，她的眉宇和长发，她的声音，还有她若有所思的神情。尽管我不愿承认，但是我内心有一个快乐的小声音在执着地追问：你是不是喜欢上她了？有时候这句话甚至通过我的口突然地冒出来，吓了自己一跳。

今天看起来比较清净，都过了10点了还没有什么人来烦我。我当然不会让时间白白流逝，和往常一样我无论如何都要干些有意义的事情，也就是说接着想蓝月：想她现在在干吗，吃了没有呀，吃的什么呀，还想象她如果穿上普通女孩的衣服会是什么样子……如果没人打搅的话，我可以这么神神乎乎地想上一整天，我到现在才发现，男人婆婆妈妈起来也是蛮了得的。不过今天我刚神游了几分钟就被拉回了现实，蓝月一身戎装地出现在了我的面前。我得出的唯一结论就是她不是走正规渠道进来的，因为随后我便看到负责看管我的几个人全都很无奈地躺在了外面房间的地板上。

"等等。"我用力挣脱蓝月拉着我一路狂奔的手，"我不能就这样不明不白地跟着你逃走。"

蓝月也停下脚步，她的脸上因为奔跑而泛起红晕："你太天真了。西麦是因为西麦农场而成为人类英雄的，难道他会让你揭露其中的隐情？你还不知道，为了巩固自己的地位，西麦正在筹划再建一个新的农场。"

"那原先那个农场怎么办？尽管密码门暂时把农场和我们的世界隔开，但如果那种……东西……再进化下去，密码门迟早会被突破的。现在西麦博士去创建的新农场，岂不是在几十年后又和今天的西麦农场一样？”

蓝月含有深意地笑了笑：“如果西麦还是一个科学家的话，他肯定也会这么想，可是他现在已经是一个政治家了。西麦农场是他全部的资本，他如果放弃马上就会一文不名。”

“那他至少应该先把西麦农场的时间恢复正常，否则这样下去的话结果太可怕了。”

“如果能够做到这一点，我父亲当年就不用保守秘密了。”蓝月冷冷地说，“我们还是快走吧，车就在前面。我父亲在一个安全的地方等我们。”

……

蓝江水教授比我上回见到他时又瘦了一些，一见面他就握住了我的手：“听蓝月说你救过她一命，真谢谢你。”

蓝月飞快地看了我一眼，脸上微微一红：“谁说的，当时我自己已经发现危险了，他只是看起来像是救了我一命而已。”

蓝江水正色道：“受人之恩不可忘，还不过来谢谢人家。”

我自然连声推辞，同时把话题转到我向蓝月提的那个问题上去。

蓝江水一怔，他没有立即回答我，而是点起一支烟来。我注意到他的手有些发抖。“和现在相比，我年轻的时候对许多问题的看法都很不一样。简单点儿说，我那时在对待科学的态度上是非常乐观的，我相信科学能最终解决人类面临的所有问题。同时我还认为，就算科学的发展带来了一些负面影响，那也不过是暂时的，而且随着科学的进一步发展，这些负面问题都会由科学自身来圆满解决。可是在几十年后的今天，我却再也无法这么乐观了。”

“为什么？”

“到现在我仍然认为，所谓科学研究其实就是不断揭示自然的谜底。我常常在想，造物主为何要把它的谜底深深地埋藏起来？核聚变为何必须要在几百万摄氏度的高温下才能发生？微观粒子为何必须要在几千万亿电子伏特的能量撞击下才向人类展现其内部结构？反物质又为何要在极其苛刻的条件下才能产生？不过我现在已经想清楚了，或者说我认为已经想清楚了这个问题。你可以设想一下，如果上述这些反应能在很‘常规’的条件下发生，那么在石器时代或是青铜时代的人类，甚至远古的一只玩火的猿猴，都可能已经把这个世界毁灭了。即便是现在，又有谁敢保证人类有绝对的把握可以万无一失地操纵一切呢？”

我有点儿明白他的意思了，但我还是问道：“那个‘时间尺度守恒原理’也是这样的谜底之一？”

“好久没听到这个名词了，是蓝月对你讲的吧。世界上知道这一原理的人不超过10个，而真正掌握它的核心内容的人就只有我和西麦。西麦农场里发生的事情是无法逆转的，它的时间可以继续被加快却再也无法被减慢，而与之对应的那块时区的情形则正好相反。”蓝江水的脸上不自觉地抽搐了一下，他猛吸一口烟，氤氲的烟雾中他的脸变得模糊不清，“对一个从事科学研究的人来说，如果一生中都没有成果，那确实是一件很痛苦的事，但最痛苦的却不止于此。就好像一个农艺师辛勤一生才培养出新的作物品种，却发现它的果实虽然芬芳可口但包含剧毒。我当时就是那种心情。后来的事你都知道了。直到今天我有时仍然忍不住问自己在这个问题上到底后不后悔，让我感到欣慰的是，在多数情况下我都发自内心地回答：‘不。’”

“那我们现在应该怎么办？”

蓝江水灭掉香烟说：“我要去和西麦谈一谈。”

蓝月叫起来：“不行，西麦是不会回心转意的，他已经不是科学家了！”

蓝江水笑了笑，脸上的皱纹使他看上去比实际年龄要老得多：“要是我说在这个世界上最理解西麦的人其实是我，你们一定不会相信。”

“我当然不相信。”我大声说道，“你和他完全不同。”

“可事实上我的确理解他。”蓝江水幽幽地说，“因为我自己知道我只是差一点点就成了西麦。放心吧，我不会有事的。这件事已经拖了20多年了，现在到了必须解决的时候了。”

“那我们该做些什么？”我追问道。

“你们唯一能做也是必须去做的一件事就是——回西麦农场。”蓝江水无比肯定地说。

六

我做梦也想不到自己在两天后居然有胆量回到西麦农场。说实话我不能算是有英雄气概的人，但正如蓝江水教授所言，除此之外我们别无选择。

临行前，蓝江水对我和蓝月说：“西麦农场里的某种生物显然已经进化到了惊人的地步，根据上次从‘采集者’身上提取的部分组织标本做的分析来看，这种生物的智慧水平已和人类不相上下，更不用说它还有着那样强大的自然力量。如果现在不把问题解决的话，那么恐怕过不了多久人类的末日就会来临。”

现在我们又置身于西麦农场了。正常时区里的两天在西麦农场里相当于200年。看着四周那片我们曾在200年前出没过的丛林地带，我的胸臆间涌起了一种无法言表的感受。“沧海桑田”这个词在这里找到了最好的注释。由于缺乏管理，当年的农作物大部分都已消失，把土地让位给了生命力更为强大的高达数米的野草。物竞天择的理论在这片土地上充分显示了自己的力量。

我们这次回西麦农场的目的很简单。蓝月对上次复制的系统数据进行了分析，证实了西麦农场计算机系统的能源供给部分曾经遭到了某种生物的恶意破坏，很可能就是那种妖兽。仅凭这一点就足以见得它们已经具有了多么发达的智慧。我们在这次行动中计划修复系统，以便利用西麦农场里的这些超级机械来对付那些我们至今都不知道长什么样子的可怕的东西。由于有过惨痛的教训，这次我和蓝月的防护措施要严密很多。但即便如此我的心里仍然忐忑不安，不知道蓝月的感受会不会比我好点儿。

去管理中心的这段路上虽然有过几场虚惊，但总算没出什么事。我们见到了不少已经变得有点儿不一样了的牛羊之类的牲畜，经过 200 多年不受管理的自由生长之后，它们显然应该算是野兽了。这些家伙不时急匆匆地从我们附近跑过，一副警惕性很高的样子。在任何一个生态系统里，位于食物链顶端的只会有一种生物，看来它们也不过是妖兽的美食而已。

现在蓝月已经坐在管理中心的电脑前开始修复系统。

一切都还比较顺利，太阳能电站首先开始了工作，紧接着管理中心的照明也恢复了。从外面不断传来机器启动的声音，大屏幕红外遥感监视器上显示出了西麦农场的全图，上面一个个移动的黄色亮点表示机器都动起来了。蓝月得意地冲我一笑，竟然美得让人头晕。

这时突然传来一阵号叫，正是那种让我一想起来就要发抖的声音，蓝月的脸色也是倏地一变。从声音判断，妖兽离我们不会超过 100 米。

“快，下达采集命令！”我大声喊道。

“我正在找命令菜单项，正在找……”蓝月急速地操作着。

大地开始剧烈地颠簸，让人几乎站不稳。在这样的情况下电脑很容易损坏，如果在更大的麻烦发生之前不把采集命令发出去的话就来不及了。我大声催促着蓝月，由于过度紧张，我的声音有些变调。

“我正在找。”蓝月艰难地回应，她的语气像是在哭，“……找到了，我……”

一阵更大的颠簸袭来，我和蓝月被掀翻在地。与此同时机房的房顶被揭掉了，然后我们就看见了那种足有 15 米高的东西，我想那就是妖兽了。我看不出它是由哪种生物进化而来的，只看得出它是四肢动物，分化出前肢和一

对用于行走的后肢。它的前肢显得很灵活，长着黑色的利爪，后足肌肉十分发达，有 6 米多长。它的脖子长度超过 1 米，上面支撑着一颗硕大无朋的头颅，咧开的嘴里露出尖利的牙齿，看得出来这是它强大的武器。黏糊糊的涎水从它口中滴落下来，散发出腐臭难闻的气味。这时候我看到了它的眼睛。在我看到它巨大的头颅时，我还不敢相信它是一种高级智慧生物，但当我看到它的眼睛时我相信了这一点。我和它对视着，我看到它眼睛里有着藐视的意味，是那种居高临下的洞悉了对手全部心思的目光。这是唯有智慧生物才具有的目光。巨大的震撼之下我无法准确描述自己此时的感受。我想我的第一个也是唯一的感觉就是它太强大了，在它面前我们简直弱小得可笑，就像是两只蚂蚁。我甚至没有了一丝拔枪的念头，因为我知道那根本不会有什么用。

蓝月突然转身抱住了我，我感到她的脸上满是泪水。她的这个表明心迹的举动让我感动不已，巨大的幸福充斥了我的胸膛。一时间我几乎忘记了死神就在眼前，或者说我的眼中已经看不到死神了。不过我仍旧无法抑制地流出了眼泪，并不是因为我就要死去，而是因为我的族类将要面临的灾难。我从来都不认为自己是一个高尚的人，但我相信任何一个人处于我现在的境地时，都会流出意义相同的泪水。相形于整个物种而言，个体生命的命运其实是微不足道的。这时候妖兽缓缓举起了它的右前肢，然后以无法用语言形容的速度向我们劈了下来。风声凄厉。

……

但奇迹出现了，一台“采集者 4107 型”冲了过来，看来蓝月在最后的时刻点中了命令。它显然不是妖兽的对手，只两三个回合就变成了一堆废铁。不过这点儿时间已经足以让我和蓝月脱离险境了。我们一路飞奔，四周传来阵阵令人毛骨悚然的号叫。

西麦农场变成了战场和屠杀场，这是无生命的“采集者”和有生命的妖兽之间的战争。机器的爆炸声和妖兽的号叫声交织在一起，火光与血光纠缠在一起。妖兽张开巨口撕扯着“采集者”的合金身躯，如同撕扯着一张薄纸。除了“采集者 27999 型”外，妖兽显然没有任何对手。

“采集者 27999 型”的轰鸣声震耳欲聋，而每当它的锯齿间突然拉出一道蓝白色的弧光时，天空中就会响起让大地也战栗不已的一声霹雳，与之同时传来的血肉被烧焦的气味令人恨不得把胆汁也吐个干净。相形之下，“采集者 27999 型”比妖兽要残酷得多，因为它是一种收获并加工肉类食品的联合机器。每当一只妖兽被击倒后，“采集者 27999 型”就会启动整套加工程序。

我和蓝月一路奔跑着朝密码门的方向逃去，随身带着的与管理中心无线联网的便携式电脑不断显示着这场战争进行的状况。代表“采集者”的黄色亮点和代表妖兽的红色亮点都在急速地减少着。我焦急地关注着力量对比的变化。有几次“采集者”明显占据了优势，但很快又被超出。我在心里为“采集者”加油。我不敢想象“采集者”输了这场战争会是什么样的结果，我也不敢想象那些嗜血的妖兽又会怎样对待我们的世界。红色的亮点逐渐占据了优势，黄色的亮点一个个地熄灭，我的心向着深渊沉落。最后，有6个红色的亮点留了下来，那是6只妖兽。

我无意识地回头看着蓝月，她的眸子一片死灰。我有些歇斯底里地说：“它们都是雄性，要不就都是雌性！一定是这样的，一定是的！上帝会保佑人类的！”我无法自制地重复着这几句话，就像在念着一种维系着唯一希望的咒语。

蓝月苦笑：“妖兽也有它们自己的上帝。6只妖兽全为同一性别的概率实在太小，但愿我们能活着逃出去报信，除了原子武器，恐怕没有什么能消灭它们了。”

我绝望地摇头：“人类准备好核进攻起码还要一段时间，要知道正常世界里的一天在西麦农场里就是100多年，到时候妖兽的数量还不知道会有多么庞大。而且在西麦农场这么广大的范围内使用核武器，就算能消灭妖兽，接下来持续数年的核冬天也会让人类付出无比惨重的代价。”

蓝月沉默半晌：“那我还是和你一样祈求上帝吧，这是我们唯一能做的事。”蓝月做了个祈祷的姿势。这时她突然想起了什么似的指着屏幕说：“这 6 个红点一直待在原地不动，会不会是受了伤？”

我观察了一下，然后抽出激光枪说：“走吧，不管怎样先去看看再说。”

……

当我们穿过荒凉区域来到南部的一片开阔地带时，眼前的景象让我们不禁大吃一惊。很明显，我们已经置身于某个雏形初具的城市中：整齐的洞穴，完备的供水系统，储备了大量食物的仓库，用于聚会的广场……看来，妖兽们已经具备了自己的社会系统，它们和人类社会已经没有质的差距而只有量的差距了。

在城市角落里的一个洞穴中，我们发现了我们要找的东西。直到现在我才明白为什么在红外显影图像里它们会待在原地不动，因为它们是 6 只幼兽。一只身躯庞大的妖兽倒毙在不远处，嘴里犹自撕扯着一台“采集者 27999 型”的躯壳，看得出它是为了保护这几只幼兽而流尽了最后一

滴血。6只幼兽显然不明白发生了什么事情，它们也许只是感觉很久没有得到父母的哺喂了，一只只焦急地在洞穴里嘶叫着。看到我和蓝月，它们并没有显出害怕，相反还很卖力地围拢来，把头往我们的身上蹭，讨好而焦急地发出索取食物的声音。

“四雌两雄。”蓝月简单地说道，然后回过头来看着我，一语不发。

我知道蓝月的意思，实际上我也正陷于一种不得不决断的境地中。说实话，我现在很难把眼前这6只嗷嗷待哺的幼崽与那些嗜血的妖兽联系起来，尤其是它们把毛茸茸的头蹭到我的脚踝上的时候。这种感觉很奇特，即使是狮虎等猛兽的幼崽也是惹人爱怜的。但是我的内心有一个清晰的声音在大声地说：它们是妖兽，它们是人类的死敌，它们必须死——尽管它们的产生根本就是由人类一手造成的。

“让我来吧，如果你不想看的话就去看看风景。”我轻声对蓝月说。然后我抽出枪，依次对准每只幼兽的额头扣下了扳机。它们至死都以为我是同它们逗着玩。

一切终于都结束了。现在我站在山坡上有些后怕地环视着四周，仍不敢相信我们居然完成了这个几乎不可能完成的任务。空气中的血腥味正在消散，黄昏的原野上拂过阵阵清风，人造太阳正朝着地平线上连绵的草浪里滑落，那些无害的小兽们出没其间。我仿佛第一次意识到，西麦农场也具有和普通农场一样的田园风光。想到我和蓝月即将离开这里永不再来，我心中居然有些不舍。我转头望着蓝月，她也同我一样眺望着四周，若有所思。

“你在想什么？”我低声问道，“是你父亲的事？”

蓝月没有回答我，她转过身去：“走吧，回我们的世界去，感谢上帝，这个地方我们再也不用来了。”

不久以后我便发现蓝月和我都错了，西麦农场其实是一个幽灵，从一开始它就用无比强大的力量给我们织了一张密密的网，我们注定生生世世都无法逃脱了。

七

我们在西麦农场的这场10多个小时的历险只不过是正常世界里的一秒钟，这样的反差总让人感觉是在做梦。当然，如果梦中总是有蓝月的话，我倒是无所谓要不要醒来。想到这一点时我不禁朝蓝月咧嘴一笑，却发现她的目光里也闪现着同样的意思——这就是所谓的心有灵犀吧。我喜欢这样的感觉。

“我们去哪儿？”我问蓝月，这段时间以来我已经习惯了由她拿主意。

“去找西麦。”蓝月似乎早有安排，她的语气中有隐隐的担心，“不知道我父亲和他谈得怎么样了。”

……

西麦在基地里的官邸戒备森严，我和蓝月这样优秀的特警也费了不小的劲儿才潜入进去。幸好只要过了门口的几关，我们就没有什么障碍了——有谁愿意像在牢笼里一样地生活呢?

“快过来。”是蓝月的声音。我飞奔过去，在会客室的角落里我看到了倒在血泊中的蓝江水和西麦。蓝江水的手中拿着一支老式的枪，显然他是在射杀了西麦后自杀的。

在蓝月连声的呼唤之后，蓝江水的眼睛缓缓睁开，他嗫嚅着问道:“他死了吗?”

我过去查看西麦的情况，他的瞳孔已经放大，平时充满睿智的眼睛看上去有些怕人。然后我又退回来对蓝江水说:“他死了。”

一丝很复杂的表情在蓝江水脸上浮现出来，他足足沉默了一分多钟。但他最后还是露出了高兴的神色说道:“那就好，这个世界上掌握‘时间尺度守恒原理’的两个人终于都要死了。我本来只是想劝他放弃重建西麦农场的念头，可是他不同意，我没有办法只好这样做。我了解西麦，他并不是一个坏人，在整个事件里他并没有多少错。要说有错的话，也只是因为他顺从了人类的需求。实际上，在我所有的学生里他是最让我得意的一个。西麦只比我小 5 岁，更多的时候我都只当他是我的助手而不是学生。”蓝江水一边说着一边伸出手去拽住西麦已经冰凉的手，有些痛惜地摩挲着，“现在我们俩一同死去倒也是不错的归宿，也许在九泉之下我们还能续上师生的缘分，还能……在一起做实验。”

蓝月痛哭出声：“你不会死的，我们想办法救你。”

蓝江水的目光渐渐发散：“我自少年时便许身科学，以求造福人类，没想到我这辈子对人类最后的馈赠竟然是亲手毁去自己的成果。其实我到现在也不敢确定自己做对了没有，我只能说我也许避免了更大的浩劫发生。没有了西麦农场，地球上的 300 亿人会在几个月内以最悲惨的方式死去一大半，看来面对他们，我的灵魂是永远都得不到安宁了……”

蓝江水的声音越来越低，两滴浑浊的泪珠自他苍老的眼角缓缓滑下，最后融入了脚下这片他深爱的曾经掩埋过无数像他一样的默默无闻者的土地。

逝者已矣。

只过了几天的时间我便意识到蓝江水临死前所预见的是一幅多么可怕的场景。储备的食物很快告急，这颗星球

上自从人类诞生以来最可怕的饥荒开始了。300亿张嘴大张着，就像是无数个黑洞。政府下令大规模地退耕还田，但这对大多数人来说肯定是来不及了。养尊处优的人们在灾难到来时尤其脆弱，大规模的死亡场面就要出现了。过不了多久，这颗星球的每个角落都将堆满人类的尸体，那是一幅何等恐怖的场景啊！不过我毫不怀疑我和蓝月挺过这场灾难的能力，因为我们是训练有素的特警，生存能力远胜于常人。随着人口的减少，粮食的压力将逐渐得到缓解。只要熬过了最困难的时期，一切都会好转的。世界一片混乱，我和蓝月在这颗饥饿的星球上四处流浪。

“我快要疯了。”蓝月痛苦地伏在我的肩头，由于营养不良和精神上所承受的巨大压力，她瘦了许多，“这一切真是我父亲造成的吗？”

我安慰地拍着她的背：“这不是他的错。这是人类向自然界索取所付出的代价。这样的索取自古以来就没有停止过，而到了创建西麦农场这一步则更是在向自然界的未来索取，人们索取的是大自然根本就给不起的东西。如果没有西麦农场，世界上根本就不会有这么多人。现在死于饥荒和将来死于妖兽是两枚滋味相同的苦果，人类必须咽下其中的一枚。”

说到这儿我突然愣住了，我朝远方大张着嘴却说不出话。蓝月用了很大劲儿才让我回过神来，她快吓哭了。

“你怎么啦？”蓝月有些害怕地抚着我的脸。

我艰难地笑了笑：“我想起一件事。看来才过了10多天我们又要旧地重游了。”

八

1000年过去了，西麦农场里一片蛮荒景象：“采集者”不锈的身躯依然伟岸地耸立天宇，妖兽的残骸都已荡然无存，而当年埋骨于此的队友们却音容宛在。想到差不多1200年前我和蓝月在这片诡异的土地上由相识到相知，以及1000年前那场惨烈绝伦的决定人类命运的大战役，我不禁有种恍如隔世的感觉。我甚至怀疑那些都只是梦中的场景，但此刻掌中所握的蓝月的纤纤小手又肯定地告诉我，这一切都是真实发生过的故事。

是的，我们又回来了，而且这一次我们将不再离去。我和蓝月正在写一封信，再过一会儿等我们将这封信通过密码门发出去之后，我们将永久性地毁掉这个唯一的出口。在这封信里，我们把关于西麦农场的所有事都向世人做了说明，而蓝江水和西麦这两位天才之间的是非恩怨恐怕也只能任由世人去评说了。

……我们并不清楚会有多少人看到这封信，更不知道会有多少人能理解我们的行为。今天我们回到西麦农场其实是迫不得已的事情，妖兽虽然不存在了，但这只是暂时的。在一个比人类世界的时间快了4万多倍的时区里，任何事情都可能发生。按照严肃的进化观点，在现在西麦农场里的这些无害的动物甚至植物中，最终肯定会产生出比人类高级得多的生物，人类将永远不会是它们的对手。不要让我相信不同智慧生物之间和睦相处的神话，就算可能那也不过是因为高一级生物的施舍，就好比我们人类也为别的生物建造国家公园一样。而将来最大的可能却是西麦农场里的这些生物会在某个时刻冲出西麦农场，给人类带来真正的灭顶之灾。如果那一天成为现实，先父蓝江水先生的灵魂将永堕地狱的底层。

所以我们决定回到西麦农场，最起码我们现在还是西麦农场里最高级的生物。我们将活在这个时区里，以和这里所有生物一样的节拍进化。如果不出现大的意外，我们和我们的子孙将继续或者说一直保持进化上的优势（但愿我们的这种乐观估计是正确的）。凭借这种优势，我们就能为人类守护西麦农场这块脱缰的土地。我们多灾多难的家园是那样美丽，让人留恋万分，想到就要与之永别，我们潸然泪下。现在我们最想问的一句话就是：这一切到底为何要发生？难道人类对自然的索求真的是永无止境？

也许过不了多久（相对于你们的时间感来说），我们这一族将进化成某种和人类大相径庭的生物，甚至当有朝一日相逢时，你们根本就认不出我们曾经是人类，谁知道造物主会怎样安排呢？但是请相信，我们的心是永远和人类一起跳动的。而且我们要把这颗心代代传给我们的后人，要让他们和我们一样永远记住自己的根。

何夕，蓝月

绝笔于西麦农场时历 918653 年 12 月 7 日

六道众生

引子

厨房闹鬼的说法是由何夕传出来的。

何夕当时才不过七八岁的样子，他们全家都住在檀木街 10 号的一幢老式房子里。那天他玩得有些晚，所以到半夜的时候饿醒了。他迷迷瞪瞪地溜到厨房里，打开冰箱想找点儿吃的东西，而就在这个时候他看见了鬼。准确地说是个飘在半空中的忽隐忽现的人形影子，两腿一抬一抬地朝着天花板的一角走去，就像是在上楼梯。何夕当时完全不明白发生了什么事，他的第一反应并不是害怕，而是认为自己在做梦。等他用力咬了咬舌头并很真切地感到了疼痛时，那个影子已经如同穿越了墙壁般消失不见了，何夕这才如梦初醒地发出了惨叫。

家人们开始并不相信何夕的说法，他们认为这个孩子准是在搞什么恶作剧。但后来何夕不断报告说看到了类似的场景，每次出现的也是那种人形的看不清面目的影子。而厨房里仿佛真的有一架看不见的楼梯，那个影子就在那里晃动着，两腿一抬一抬地走，有时是朝上，有时是朝下。有时甚至会有不止一个影子悄无声息地出现在那架并不存在的楼梯上，它们盘桓逗留的时间一般都不长，和人们通常在楼梯上停留的时间差不多。家人们无奈地看着这个可怜的孩子越来越深地陷入恐惧之中，他们看到他整天都用那种惊恐的眼神四处观望，就像是随时准备着应付突如其来的灾难。

尽管其他人从来就看不到何夕描述的怪事，但这样的日子让家里每个人都感到难受。于是 5 个月后何夕全家都搬走了，他们一路走一路冒着被罚款的巨大风险燃放古老的鞭炮。

几年过去了，何夕已经成了 14 岁的少年，他觉得自己长大了。有一天傍晚，他出于某种无法说清的原因又回到了檀木街 10 号——他以前的家，但是他只驻足了几分钟便逃也似的离去。

何夕看到在厨房上方的虚空里，有一些影子正顺着一架不存在的楼梯上上下下。

一

很普通的一天，很凉爽的天气，在这个季节里这是常有的事。大约在凌晨3点钟的时候，何夕就再也睡不着了。他走到窗前打开窗帘，一股清新的空气透了进来。但是何夕的感觉并不像天气这么好，他感到一阵隐隐的头痛，太阳穴一跳一跳的，就像是有人用绳子在使劲地拉扯。

何夕正在努力回忆昨晚的梦境，那架奇怪的隐形楼梯，还有那些两腿一抬一抬地走动的影子。多少年了？也许有 20 年了吧，那个梦，还有梦里的影子仍时常伴着他。经过这么多年，何夕也有些怀疑当初自己看到的东西的真实性。也许那只是幻觉，但他其实也很清楚，没有什么幻觉能达到那么真实的程度。只要闭上眼睛，何夕就能清楚地看到那些影子的形态，它们奇怪的步履，以及影子与影子之间相遇时明显的避让行为——就和人们在楼梯上对面相逢时的情形一样。一般来说，何夕并不是在梦里能意识到自己是在做梦的那种人，但是与影子有关的梦除外。每当这样的梦出现的时候，何夕就会意识到自己做梦了，并且会在梦里焦急地想要醒来。有的时候他很快就能达到目的，但有的时候他不管用了什么方法——比如说拼命大叫或者是用力打自己耳光——都不能从梦魇中挣脱出来。那个时候他只好充满恐惧地一遍又一遍地重复观赏影子们奇异的步态，并且很真切地感受自己“咚咚”的心跳声。

但是昨天的梦有点儿不同，何夕看到了别的东西。当然，这肯定来自他当年的目睹。可能由于当初极度的害怕以及只是一瞥而过，这么多年来他都没能想起这样东西，而是到了昨夜的梦里他才又重新见到了它，如同催眠能唤醒人们失去的记忆一样。当他在梦里重新见到它的时候，简直要大声叫起来，他立刻想到这个被他遗忘了的东西可能正是整个事件里唯一的线索。那是一个徽记，就像T恤衫上的标记一样，印在曾经出现过的某个影子身上。徽记看上去是黑色的，上面是一串带有书法意味的中国文字——枫叶刀市。这无疑是一个地名，但是何夕想不起来有什么地方叫这个名字。

何夕激动地打开电脑，在几分钟的时间里，他对所有华语地区进行了地名检索。在做这一切的时候，何夕始终处于非常兴奋的状态，想到一个埋藏了多年的秘密有可能马上被揭开，何夕的心里就按捺不住地感到紧张。

由于那个事件，许多年来在家人的眼里何夕都不是一个很健康的人，尽管他们并没有因此而嫌弃他。但是他们显然把何夕看成是和他们不一样的人，何夕至今还记得父亲去世前看着他时的眼神。当时父亲已经说不出话了，但他对这个自小便与众不同的儿子显然放心不下。何夕读懂了他的这种眼神，如果翻译成语言的话，那就是“你什么时候才能和别人一样正常”，正是这一点让何夕至今不能释怀。何夕从来都认为自己是正常的，但他也不明白为什么只有自己才看得到那些影子。出于可以理解的原因，家人都非常小心地保守着这个秘密，但还是有一些传言从一个街区飘到另一个街区。当何夕走在大街上的时候，他会很真切地感到有一些手指在自己的背脊上爬来爬去，每当这个时候何夕的心里就会升起莫名的伤悲，他甚至会猛地回过头去大声喊道：“它们就在那儿，只是你们没看到！”一般来说，他的这个举动要么换回一片沉静，要么换回一片嘲笑。

当然，还有琴，那个眼睛很大、额前梳着宽宽的刘海的姑娘。想到这个名字的时候，何夕的心里滚过一阵绞痛。她离开了，何夕想，她说她并不在乎他的那些奇怪的想象，但无法漠视旁人的那种目光。她是这么说的吧……那天的天气好极了，秋天的树叶漫天飘洒，真是一个适合离别的日子。有一片黄叶沾在了琴穿的紫色毛衣上，看上去就像是特意做出来的一件装饰。琴转身离去的背影真是美极了，令人一生难忘。

检索结束了，但是结果令人失望，电脑显示这个地名是不存在的。何夕感到自己的心脏在往低处沉落。他不死心，重新放宽条件做新的检索。这次的结果让他彻底失望了，不仅没有什么“枫叶刀市”，就连与它名称相似的城市也是不存在的。

何夕点燃一支烟，然后非常急促地把它吸完。他不明白，为什么那个城市是不存在的，它应该存在，他明明看到了它的名字。它肯定就在世界上的某个地方，而海市蜃楼或是别的什么很普通的原因让何夕看到了在这座城市里生活的人，一定是的。何夕有些发狠地想，我是正常的，和别人一样正常，我会证明给所有人看。但是，那座城市究竟在什么地方？那座“枫叶刀市”。

就在这个午夜梦回的晚上，何夕做出了一个大胆的决定——他要去寻找一座叫作“枫叶刀”的城市。秋虫还在窗外不知疲倦地鸣叫，月光把女贞树以及盆栽龟背竹的身影剪裁后贴在窗帘上，当晚风拂过的时候，那些植物的影子就会很有韵致地摇曳。何夕那时还不知道，为了这个决定他将经历那么多常人无法想象的事件，并且付出无比沉重的代价。

二

天亮之后何夕没有到他工作的报社去上班，他打电话请了假，然后便开始在电脑上写一封信。信的大意是向每一位收到这封信的人询问关于“枫叶刀市”的线索，同时希望他们能够把这封信发给另外一些他们认识的人。信写好之后何夕做了一些必要的润饰，以便不显得过于唐突，做完这些何夕便向他能找到的所有电子邮箱发出了这份邮件。本来何夕还想在这封信里简单交代一下自己为何想要去寻找这座城市，甚至包括那些影子的事情，但是他最终没有这么做，同时他还在互联网的多处电子公告牌上发出了询问信息。做完这些事情之后何夕有了一种如释重负的感觉，他坚信自己能够达到目的。几天之后这个世界上起码会有好几万人知道“枫叶刀市”这个名字，而且随着时间的推移知道的人会越来越多，就像是从山坡上往下滚一个雪球。何夕感到满意的还有另外一点，那就是以前是他一个人为这件事感到苦恼，而现在苦恼的应该不只是他自己了。

快了，就快有消息了。何夕非常惬意地想，反正这个世界上是有“枫叶刀”这个地方的，现在通过世界各地这么多人去打听，一定找得到的。这样想着的时候，何夕觉得自己真是聪明。何夕曾经设想过那封信将会招致的各种后果，但他从没有想过那封信竟然会招来警察。发出信息后的第二天下午，20名武装到牙齿根部的警察冲进了报社，以涉嫌危害公共安全的罪名带走了他。何夕当时正闲着没事，他看到一群警察进屋来根本没想到和自己有什么关系。待到人家如临大敌且目标明确地冲上前来的时候，他还下意识地朝自己身后看去——当然，他的身后没有别的人了。

何夕没料到警察会抓走自己，同时他更想不到，警察并没有把自己送往警察局。当何夕眼前蒙着的黑布被除去的时候，他发现自己处在了一个完全陌生的环境之中。这是一间很大的屋子，装饰风格是那种简单的豪华，通过这样的品位可以看出此屋主人必定不是常人。何夕局促地站了一会儿，一直没见有什么人进来。从窗户看出去，外面山清水秀，风光迷人，从高度上判断，这是一幢建在山腰上的建筑。何夕正想仔细探究一番的时候，门突然开了。

来人是一位40岁出头的男子，衣着样式考究、做工精良，目光中显露出只有地位尊贵者才具有的非凡气度，整个人都给人一种高高在上的感觉。“下午好，何夕先生。”来人彬彬有礼地点点头，“我是郝南村。”

“是你让人带我来的？”何夕小心地问道。

“虽然显得有点儿虚伪，但我还是要纠正一个字，不是带你来，是请你来。”郝南村不紧不慢地说，他给人的感觉就是那种做事不紧不慢的人。

“就算是吧。”何夕含糊地答道，他并不想惹眼前这个人，“可是你们，请——我来有什么事？”

“是为你发布的消息。我们在互联网的电子公告牌上看到了那则消息。”郝南村眯缝着的双眼给人的感觉像是两把锋利的刀，“你在找一座城市。”

何夕来了精神，他甚至忘了自己当前的处境：“难道你有那个地方的线索？快告诉我。说实话，这个问题已经困扰我很久了。”

郝南村不易察觉地皱了一下眉：“你还是先说说你为什么想要去找这个地方吧。”

何夕犹豫了一下，他在想有无必要把自己的秘密告诉对方。但是对真相的渴望压倒了一切，何夕最终还是把整件事情的前因后果交代了一个彻底。说到兴头上的时候，他就连那个离他而去的姑娘也抖落了出来，他实在是太想知道这一切都是为什么了。

这回郝南村的眉头明显地皱到了一起，他一副百思不得其解的样子。他紧盯着何夕的脸，目光里有毫不掩饰的怀疑。

“从你小的时候……”郝南村喃喃地说，“也就是说有20多年了。”

“唔，”何夕点头，“我看也差不多。那会儿我才七八岁，现在我都快30岁了。喏，就因为这事我连女朋友都找不到。人家都以为我不正常。”

“你是说只有你能看到那些影像？”郝南村问道，“你确定别人都看不见？我是说在那些影像出现的时候。”

“那些影像从来就没有消失过，它们一直在那儿，只不过别人看不到而已。”何夕出神地说着，“我觉得那些影子仿佛就生活在那里，那座叫枫叶刀的城市。”

“是吗？”郝南村笑了笑，“可是并没有那样一座城市。”

何夕一愣，他没想到对方会这样说：“这不是你的真心话，一定是有那么一个地方的。你带我来也一定是因为这个。”

“这只是你的想法。”郝南村摇摇头，“这个世界上并不存在那样一座城市，不信的话你可以去周游世界来求证。你的古怪念头是出于幻觉。忘了告诉你，我是一名医学博士，这里是一所顶级的医院，负责治疗有精神障碍的病人。我是医院的名誉院长，我们愿意为你支付治疗费用。”

“你的意思是……”何夕倒吸了一口凉气，“我是病人？”

“而且病情相当严重。”郝南村点点头，“你需要立刻

进行治疗。我们已经通知了你的家人，他们听说有人愿意出钱给你治疗都很高兴，并且他们也认为这是有必要的。喏，”郝南村抖动着手上的纸页，“这是你家人的签字。”郝南村揌下了桌上的按钮，几秒后4名体形彪悍的身着白大褂的男人走了进来。

“带他到第三病区单独病房。他属于重症病人。”郝南村指着何夕说。

何夕看着这一切，他简直不相信发生的事情。自己转眼间成了一名精神病人，他感觉像是在做梦。直到那4个男人过来抓住他的胳膊朝外面走时，他才如梦初醒般地大叫道:“我没有病！我真的能看到那些影子，它们在上楼梯。它们就住在那里，住在枫叶刀市。我没有病！”

但是何夕越是这样说，那4个男人的手就握得越紧。走廊上有另外几名医生探头看着这一幕，一副见惯不惊的模样。郝南村笑着耸耸肩，做了一个表示无奈的动作，然后他回身进屋关上了门。几乎与此同时，他脸上的笑容便立刻消失了，代之以阴鸷的神色。

三

牧野静出门的时候显得很慌张，她几乎是一路小跑着冲到地下停车场的。进到车里后她立即拨通了可视电话，屏幕上欧文局长的神色相当紧张。

“第 36 街区 148 号，华吉士议员府邸。知道了。”牧野静大声重复着欧文的话，“我立刻赶过去。还有别人吗？”

“这件案子暂时由你一个人负责。”欧文又强调了一句，“根据初步的情况判断，这件案子可能又与‘自由天堂’有关。”

牧野静悚然一惊。“自由天堂”，新近崛起的神秘组织。与别的组织不同，这个组织出世之初简直就像是警方的盟友。因为它只做一件事，那就是铲除别的组织。在不到一年的时间里，它接连不断地颠覆了不下 10 个警方一直束手无策的老牌非法社团组织，但是谁也不知道它用的是什么办法。总之在这一年里警方的日子真是好过得很，每天都有好消息传来。但是这样的情形没有永远持续下去，警方很快发现，这个神秘组织的势力越来越大，那些被颠覆的组织实际上是被它吞并了，而它后来的几次行动更是让警方认识到真正可怕的对手出现了。

应该说这些都只是警方的猜测，因为没有任何证据能够证明这个组织与近来发生的几起恐怖事件有关。警方只是发现，凡是与“自由天堂”作对的人或组织，最终都莫名其妙地遭到了打击。两个月前的一个雨夜，主张对所有非法组织采取更强硬态度的刘汉威议员突然死于家中。一个月前，与刘汉威持相同观点的另一位议员也暴毙街头。而现在轮到了华吉士议员。

“那我原先负责的那些案子怎么办？”牧野静问道，“尤其是我最关心的那件。”

欧文皱了一下眉：“你是说那个热带沙漠发生雪崩的谣传？”

牧野静忍不住插言道：“我不认为那是谣传。我相信那些当地人的说法，他们不像是在编故事。我已经花了近一年的时间来调查这件事了，现在可不想半途而止。”

欧文淡淡一笑：“还有比赤道沙漠雪崩更离奇的故事吗？我老早就想劝劝你了，有些事情就算是还有疑问也没必要去过多地深究，因为这是违背常识的。最终你会发现，这只是早期的某些陷阱让你误入歧途罢了。”

“可我当初去过现场。”牧野静坚持道，“我见到了冰雪融化后留下的冲击的痕迹。”

“谁能保证所谓的冰雪不是那些企图制造假新闻来促进旅游业的当地人撒上去的？”

“可是气温呢？当时那里的温度明显低于正常值，这肯定是冰雪融化造成的。”牧野静涨红了脸，几乎是在喊叫了，“而且雪崩还压死了两个当地人，那可是两条人命！我可不相信这是什么假新闻，除非那些人都疯了。”

欧文面色不豫："我不想争执，你已经在那件事情上耗了太多的时间。我们没有太多闲钱来做一些看起来毫无希望的事情，必要时有些案子只能先停下来。这样吧，你自己选择，要么负责调查眼下这件事，要么继续调查神奇雪崩。"

牧野静懂事地闭上嘴，露出无奈的表情。过了一会儿她点点头说："那好吧，雪崩的事情以后就算是我的业余爱好。我现在就去第 36 街区。"她甩甩头发，竟然有种潇洒的味道，"现在这件事听起来也很有趣。"

"不是有趣，是危险。"欧文正色道。

第 36 街区是一片环境优美的居住区，有不少知名人士住在这里。整个街区笼罩在翠绿的树影里，显得幽静而舒适。但是现在这里不再平静了，因为发生了恐怖事件。在街区的东北角正围着一大群人，警车的嘶鸣打破了这里固有的宁静。

"请让我进去。"牧野静一边举起自己的证件一边往里挤。

这时一名体形彪悍的警员走过来，非常负责地查看她的证件，他有些迟疑地看着牧野静的脸说："好吧，你可以进去，不过里面可能有危险。"

"什么情况？"牧野静问道。

“我们接到华吉士议员家人的报警，称华吉士议员被劫持了，我们立即赶了过来。现在我们正在想办法和对方谈判。”

“是什么人干的？”

“不知道。”警员指着不远处的一扇门说，“那是洗手间，华吉士议员就在里面。我们已经封锁了所有出口。”

牧野静朝门的方向走过去。有几名警员正用枪对着门，大声地朝里面喊话。从门缝里可以看到灯光的闪动，说明里面还有动静。同时一些沉闷的声响不时从门里传出来，像是有人在挣扎。

“你们已经被包围了！”一名身材高大的警员一遍接一遍地喊道，“立即放下武器，出来投降，否则一切后果自负。”

这时突然从门里传来一阵很大的响动，之后便再没有了丝毫动静。牧野静心里暗暗叫了一声“糟糕”。几乎与此同时，警员们开始了行动。他们开枪打掉门锁冲了进去，但进门后立刻僵立在了当场。

牧野静紧跟着上前，她立即明白了警员们为何会呆若木鸡——洗手间里居然只有华吉士议员一个人。窗户紧闭着，其实就算窗户打开也不可能有人能从那里逃逸，因为窗户上打着钢条。华吉士议员面朝上倒在血泊中，身上只穿着睡衣，一把样式古怪的小刀贯穿了他的右胸。牧野静冷静地看了一眼华吉士议员的伤势，然后摇了摇头。很显然，他的伤已经不治。这时华吉士议员的嘴唇突然翕动了一下，牧野静急忙将头埋下去，想听清楚他最后的遗言。

“……那个人……要我撤销提案……我不同意……”

“他人呢？”牧野静急切地追问。

“朝那儿走了……”华吉士一边说一边将目光扫过房间，牧野静知道这就是那个人离去时的路线。但是华吉士的目光斜向了房间的上方，最后停在了天花板的左上角。华吉士的目光渐渐迷离：“……他两腿一抬一抬地……走上去了。”

“然后呢？”牧野静大声问道，她感到自己正在止不住地冒汗。

“然后……”华吉士议员的嘴里冒出了带血的浮沫，“然后……不见了。”他的头猛地一低，声音戛然而止。

四

“2074，来拿药！”胖乎乎的格林小姐扯着大嗓门叫道，她推着一辆装满药品的小车。躺在床上的男人立时条件反射地弹起，伸出瘦得像鸡爪一样的手接过格林小姐手中的小口袋。

格林满意地点点头，在她的印象里2074还算进步得比较快，刚来时他不仅拒绝吃药，并且看每一位医务人员都像是见到了仇人一样。第一次给他喂药还是凭着几个壮汉才成功的。

“把药吃了。”格林柔声道。其实格林也并不清楚2074到底吃的是些什么药，感觉上他的药好像和其他病人的完全不同，都是些没有见过的奇怪的小丸药。当然，这是院长亲自安排的，格林小姐并不打算弄明白。自从一年多以前2074入院，她每天都给他送药，但让她心里有些不解的是，一般病人的药都会随疗程不同而更换，但2074的药却一直没有什么变化。但是这药无疑是有效的，因为现在的2074安静得像是一头小绵羊。

2074把药倒进嘴里，然后接过格林手上的水杯。他吞下药丸之后以一种讨好的表情指着自己的腹部，对格林小姐露出了笑脸。“吃了。”他说，“都在这里了。”

格林小姐心里滚过一阵柔柔的感情，相比之下，2074算是那种比较好照顾的病人，用非专业的话来说，他是一个“文”疯子。一般说来，像他这种病人都是住在集体病房的，但2074却一直享受单间。

“乖。”格林很少有地拍拍2074的手说，“吃了就好。”

2074受了表扬之后有些脸红，露出几分害羞的神色，憨憨地低下了头。一缕口涎顺着他的嘴角流到了被子上，与原先的那些污迹混在了一起。他对口涎拉出的亮线显然有了兴趣，伸手揽住那道悬在空中的黏液，一牵一牵地把玩着，两眼笑得发痴。

格林小姐看到 2074 一边玩儿一边在念叨着什么，她注意地听了几秒，那好像是一个词。

“楼梯……那儿有个楼梯……”

格林小姐叹了一口气。楼梯，又是楼梯，从 2074 入院开始，他就不停地告诉身边的每个人“有一个楼梯”。格林小姐撑起身，推着小车准备出门到下一个房间去。这时突然有一个男人拿着一页纸冲了进来，他一边走一边大声地喊：“何夕，谁是何夕？”

格林拦住来人：“马瑞大夫，你找谁？”

来人没有回答，他的目光四下搜索着。然后像是有大发现般地叫道：“2074，对啦，就是你！”他冲到床前对那个干枯瘦削正在玩口水的男人说，“恭喜阁下，你的病全好了，可以出院啦！来，签个字吧。”

何夕一脸茫然地看着这个突然闯入的男人，有些害怕地往格林小姐身后躲去。“吃了。”他露出讨好的笑容指着腹部说，“我吃过药了。”

马瑞不耐烦地把一支笔朝何夕手里塞去：“你已经病

愈了，该出院了。”他厌恶地皱了一下眉，“我就知道免费治疗只会养出你们这些懒东西，好吃好喝又有人侍候，这一年多可真是过的好日子呢！别装蒜了，检验报告可是最公正的。”

何夕不知所措地看着手里的笔和面前这个嗓门粗大的男人，像是急得要哭。过了一会儿，他突然调转笔尖朝嘴里塞去。

“这不是药。”格林小姐急忙制止了何夕，她转头对马瑞说，“你是不是弄错了？虽然我只是一个护士，但我一直负责看护这个病人。我确信他还不到出院的时候。”

“那我可不管。”马瑞摆出公事公办的样子，“反正上面安排这个病人出院。如果是病人自己出钱的话，他愿意住多久就住多久，不过这可是免费治疗。现在上边让他出院，以后也不会给他拨钱了，你叫我怎么办？”

“可是他的病真的没好。”格林看着何夕，“如果他这个样子出去的话，只能是一个废物。”

“这不是我管得了的。给他收拾一下吧，病人的家属还等在外边呢，以后自然由他们来管他，可没咱们什么事。”

格林小姐不再有话，马瑞说得对，这不是她管得了的事情。她摇摇头，给何夕换上了一套干净的衣服。马瑞做了个手势，从门外走进来一个理发师模样的年轻人。然后他便很娴熟地操着家伙给何夕理发。格林小姐沉默地看着这一切。随着何夕乱糟糟的头发逐渐被理顺，格林小姐才发现何夕其实是一个相当英俊的男人，如果不是因为这个病的话，他一定会迷死许多女孩子的。

理完发，格林将何夕的手放到马瑞的手里说："你跟着他去。"

何夕害怕得想要挣脱马瑞的手，但是格林小姐用严厉的目光制止了他。片刻之后，这间狭小的病房里便只剩下了格林小姐一个人。她低头理着床褥，却静不下心来。走了，那个病人，格林有些神思恍惚地想，他还是一个病人，谁都能一眼看出来。可我们居然让一个根本没有痊愈的病人出院，谁来告诉我这到底是怎么回事？

五

牧野静刚刚走进会议室，就感受到了巨大的压抑。在这间足以容纳 100 人的房间里只坐了不到 10 个人，但是他们中的每一位都是令人无法轻松面对的人物。在此之前，牧野静从未想过自己有朝一日竟然可以这样面对面地见到这些大人物，同时她立即意识到，自己此次的任务绝不是上司交代的那样简单。今天她受命向国际刑警总部专程前来的高级官员汇报华吉士议员遇刺案。

牧野静详细地叙述了华吉士议员遇刺案的经过，尤其是他最后那番奇怪的话语。牧野静注意到她的听众都很认真，其中大多数是她的同行，只不过他们之中每个人肩上的徽章都令她不敢大口喘气。另外有几个身着便装的老人，虽然看不出他们的身份，但从其他人对待他们的态度上看，他们的地位似乎极为尊贵。面对他们，牧野静心里有种奇怪的感觉，怎么说呢，他们举手投足间都有一种令人无法漠视的威严，就像是——法老。法老？牧野静愣了一下，为自己心里突然冒出的这个词。但是这几个人的确让她有这种感觉，只是她也不知道自己为什么会有这种感觉。

“等等。”这时一位头发雪白的老人打断了牧野静的发言，“我是江哲心博士，我想确认一下，那位叫华吉士的议员真是那样说的吗？他当时的神志是否清醒？”

牧野静点点头：“他的确是那样说的。至于他是否清醒，我很难判断，因为他当时就快死了。不过，”牧野静停了一下，“凭我的感觉，我认为他的话是可信的，因为当时他简直是拼尽了全身的力气对我说的那些话。我觉得他正是为了说出这几句话才硬撑着没有立刻死去。所以，要是说这只是些濒临死亡的人的幻觉的话，我是决不会相信的。”

会议室里的几位老人交换了一下眼色，似乎接受了牧野静的说法，但是他们脸上的神色变得更加凝重了。

另一位表情刻板的老人开口道："我是崔则元博士，我想知道华吉士议员是否提到了那个人的性别。"

牧野静想了一下，然后摇摇头："从他的话里判断不出那个人的性别。"

"看来出现了一个奇怪的人。"江哲心小声地对旁边的几个人说，"可怕的概率，我们有大麻烦了。"

牧野静迷惑不解地看着这群人表情严肃地议论，她不明白发生了什么事，不过从直觉上她能感觉到这是一件非同小可的事情。她忍了一下但还是开口问道："你们可不可以告诉我这是怎么回事？"

正在讨论的人们停了下来，一起注视着牧野静。过了一会儿江哲心说道："对不起，这件事涉及政府最高机密，我们不能对你说明。现在你可以走了。"

牧野静不再有话，这里每一个人的级别都能够叫她乖乖闭嘴。她左右看了一眼，知趣地退出了会议室，不过还是有一些絮语钻进了她的耳朵。

"以前的那个人现在在什么地方？"一个嘶哑的声音问道。

"让我查查……唔，就在本市。第47街区61号。"

“能否联系上？”

“这……恐怕没有什么意义。”

“为什么？”

“因为当时按照‘五人委员会’的指示，已经做了常规处理。”

牧野静只听到了这些，因为她刚退出会议室，门就关上了。但是这几句话已经在她的心里埋下了一个很大的结。她回到办公室，想要稍微整理一下近来这个案子的进展情况。突然电话响了，她拿起听筒，是欧文局长打来的。

“什么？”牧野静大叫，“要我交出这件案子？那怎么行？我一直都负责‘自由天堂’的案子，现在一点儿眉目都没有就让我交出来，那可不行。”

“这是命令。”欧文的语气不容商量。

“难道是怀疑我的能力？”牧野静不想退让，“你准备把案子交给谁？”

“你错怪我了。这件案子以后不归我们管了，上边另有安排。你把卷宗整理一下，准备移交。”

牧野静放下电话，咬住下唇怔怔地站立了半晌。在她5年的职业警官生涯里，这已经是第二宗被强行终止调查的案件，而且这种强迫行为都发生在最近几天。更要命的是，这件案子又是那么吸引人，这样的案件对于一名尽忠职守并且渴望成功的警官来说，其诱惑力简直是大得没治了。

“这件案子是我先接手的，我不能就这样交出去。”牧野静突然说出了声，她自己也被吓了一跳。但是她的决心就在这一刻下定了。

六

第 47 街区在这座城市里算是比较破败的区域，充斥了大量低矮老旧的公寓房子。牧野静花了好几个小时才找到 61 号在什么地方。那其实是一片行将拆除的老式院落，住着三四户人家。牧野静打听到这里有一个人患有精神疾病，曾经有不明身份的人出资给他治疗过但是没能治好，除此之外这里再没有什么值得注意的人物。牧野静直觉中感到，自己要找的也许就是这个叫何夕的人。

牧野静推开没有上锁的门走进院子，地上到处流着脏水，散发出难闻的气味，几盆失于照料的蔫兮兮的花儿在院子的角落里瑟瑟地颤抖着。牧野静看到在院子左方的墙边坐着一个满脸络腮胡的男人，他正半眯着眼惬意地晒着太阳，一丝亮晶晶的口涎从他的嘴角直拖到显然已经很久没有洗过的衣领上，在那里濡湿出一团深色的斑块。有一些散乱的硬纸板摆在他面前的地上，旁边还有半桶糨糊和一些糊好的纸盒。

这时一个老妇人突然从一旁的屋子里走了出来，猛地朝那个正在打瞌睡的男人肩上搡了一拳。“死东西，就知道吃饭睡觉，干一点儿活就晓得偷懒。”老妇人说着话不觉悲从中来，眼睛红红地用力吸着鼻子，“30多岁的人了，就像个废物。不知道上辈子造了什么孽，老天爷叫你来折磨我。”

那个男人从睡梦中惊醒，万分紧张地看着老妇人挥动的手，一旦她的手靠近自己的身体，他就会惊恐地尖叫。过了一会儿他确认老妇人不会再打自己了，便慌忙火急地拾起地上的家什开始糊纸盒，眼睛却一直紧盯着老妇人的手，丝毫不敢放松。

“请问……”牧野静小声地开口，“这里有没有一个叫何夕的人？”

老妇人怔了一下，这才注意到有人走进了这个院子。她露出疑惑的神情看着牧野静：“你找他有什么事情？”

牧野静一滞，她其实也不知道自己找到何夕又能做些什么，她甚至不知道何夕到底是个什么样的人。那天她只是无意中听到了这个地址，并且凭猜测认为那些人提到的“另一个人”就住在这个地方，就连这个人同一个名叫何夕的精神病患者之间存在联系也是猜测的结果。除此之外，她根本不知道其中到底有什么奥秘。

“何夕。”老妇人念叨着这个名字，仿佛在咀嚼一件年代久远的事物。一些柔软的东西自她眼里泛起，她的目光投向那个被她称作“死东西”的男人。“何夕。”她轻轻地呼唤了一声，然后转头看着牧野静说，“他就是何夕，他是我的儿子。他本来是很好的，最多算是有点儿小毛病……”老妇人悲伤地揉了揉眼睛，“可现在却成了这个样子。”

那个男人并不知道旁边的两个人正在谈论他，现在他的注意力已经全部集中到了糊纸盒的工作里。蘸着糨糊的刷子在他手里飞快地运动着，只几秒的时间便有一只形状整齐的纸盒从他手里诞生。不过当老妇人眼里的泪水滴落在地上浸出小块水渍的时候，他的动作会不由自主地放慢半拍，仿佛被什么东西触动。但是这个反应很快就会消失，一秒后他便又沉浸到了那种单调而无休止的工作之中，一丝口涎在他的嘴角与衣领之间牵扯着。

牧野静正要说些什么的时候，突然听得院外传来一片嘈杂声，像是有一大群人在朝这边走来。

“就是这里！”有人高声叫嚷着。过了一会儿，院子的门被推开了，不下 20 个人一拥而进。牧野静惊奇地发现在这些人里她居然认得一些，比如说江哲心，还有国际刑警总部的几名高级官员。另外一些人竟然是荷枪实弹的士

兵。牧野静想不到这些人会突然来到这个地方，而且他们显然也是冲着这个叫何夕的精神病人而来。

“你怎么在这儿？”江哲心意外地看着牧野静，“是你们局长派你来的？”

牧野静摇头：“这是我自己的主意。”

“你知道些什么？”江哲心脱口而出，但他立刻意识到这样问反而显得事情复杂，“我是问你来这里做什么？”

牧野静心念一动，她决心不让对方知晓自己其实什么都不知道。她有一种直觉，这件事会跟“自由天堂”的案子有关。牧野静淡淡地笑笑：“我只是在同何夕聊天。”

“聊天……”江哲心狐疑地看着牧野静的脸，目光犀利得绝对不像是一个老人。过了足有几秒他才重又开口：“那我不得不打断你们了。现在我必须带走这个人。”

牧野静紧张地在心里打着主意：“刚才我们正谈到关键地方，这件事情可能会和‘自由天堂’有关。”

江哲心愣了一下，看上去有些无奈：“好吧，看来我们除了带走他，还必须连你也一块儿带走。”他做了个手势，然后那些全副武装的士兵围拢过来。站在一旁的老妇人这时才明白发生了什么事，她挡在儿子面前说：“你们不能带走他。”士兵们不知所措地回头看着江哲心，等他下命令。

江哲心放低了声音说：“我们只是带他去治疗。”

老妇人警惕地看着那些士兵，脸上满是不相信的神情。她的态度影响了何夕，他站起身，不信任地看着每一个人。这时牧野静才发现何夕的身材相当高大，如果要强行带走他，肯定会费上一番周折。

江哲心博士想了一下，然后回头拿出对讲机低声说了几句什么。过了几分钟，一个胖乎乎的妇人从门口进来，她的目光一下子就盯在了那个仍在糊纸盒的男人身上。

“2074。”她说。

何夕稍微愣了一下，然后便露出讨好的笑容并摊开了手。

七

这是格林小姐见到过的最为漂亮的病房：超过 500 平方米的面积，设施齐全，生活用品应有尽有，豪华程度绝对不亚于五星级饭店的总统套房。而整间病房只住着一个病人，一个月以来格林小姐也一直只护理这一个病人，相对于她以前的工作来说，这真算是享福了。

何夕正在吃药，品种花色相当复杂。按照格林小姐的经验来看，这些药肯定不是治疗精神病的，因为治疗精神病的药通常会使服药的人表情越来越淡漠，脾气也会越来越趋于平和。而何夕现在却是变得越来越烦躁，有时却又长时间地沉默着发呆，像是在想什么问题。江哲心和另外一些格林小姐不认识但显然身份显赫的人每天都会来探望，他们注视着何夕的眼神让人觉得仿佛何夕是他们在这个世界上唯一的亲人。格林看得出他们的这种关心的确不是做作，因为何夕的每一个变化都能够极大地左右他们的情绪。他们的内心似乎正在受着某件事情的煎熬，而何夕可能正与这件事休戚相关。

现在的何夕已经与一个月前判若两人，格林小姐如果不是一直陪着他的话，肯定认不出现在这个时时眉头紧锁、眼睛里含着深意的男人竟会是当初的那个病人。也许他的病真的被治好了，格林想。不过有一个念头盘桓在格林小姐的心里挥之不去，她觉得现在的何夕与她第一次见到他时没多大不同，也就是说何夕当年被送进那所医院时，可能是一个正常人。这个念头让格林小姐觉得可怕，因为如果承认这一点的话，就意味着正是医院给何夕吃的那些药将他变成了白痴，而格林小姐正是亲手给他喂药的人。这个假设同时也可以解释为什么后来会匆匆忙忙地让何夕出院，因为那正是治疗的目的。每当格林意识到这一点时，背上就会出一层冷汗，然后她会立刻半强迫地甩甩头，扔掉这个不该有的念头。

今天何夕并没有像往常一样在吃完药之后立刻休息，

而是点起了一支烟。格林以前从不知道何夕会吸烟，但是在大约10天前何夕突然对香烟产生了兴趣，并且真的燃起了一支烟。当时格林小姐所下的结论就是这绝不会是何夕的第一支烟，因为他的姿势及享受的表情都老练至极。

何夕旁若无人地吐着一个个烟圈，仿佛根本不知道格林在一旁注视着自己。过了一会儿，他像是下了决心般地对着面前的空气说了句："叫他们来。"

……

江哲心的内心并不像他的外表那样镇定，当他听到格林小姐传话说何夕想要见他时，内心的狂跳简直无法自已。尽管他不愿承认，但是这个叫何夕的人对他以及所有人而言都是极为重要的，从某种意义上讲，整个世界的未来可能都与这个人息息相关。

"你是说……"江哲心擦拭着额头上的薄汗，现在房间里只有他和何夕两个人，他没有让别的人进来，"你完全想起来了？"

何夕冷冷地看着面前的这个老人，说："是的，我想起来你们是怎样把我抓走又是怎样宣布我是一个疯子的了。"他的声音渐渐变低，"当然，我后来的确变成了疯子和白痴……"

江哲心沉默着坐下，他的腿有些软：“我知道这件事伤害了你，但是你现在必须帮助我们……”

“帮助你们？”何夕打断了他的话，“我为什么要帮助你们？”他大声吼道，“你们毁掉了我的人生，是你们把我变成了一个废物！我的天……”何夕涨红了脸，“而现在你居然说要我帮助你们？”

江哲心尴尬地笑笑：“我只能说抱歉。我知道没有什么能够弥补你的损失，但是你真的要帮助我们。”

何夕平静了些，他直直地看着江哲心的脸：“这样吧。你先告诉我这一切到底是因为什么。如果你们对我做的一切有正当理由的话，我会考虑这个问题。”

江哲心的面部肌肉不易察觉地颤抖了一下，他像是陷入了一个极难下决断的问题之中。过了一会儿他迟疑地开口道：“这件事情不是我一个人能够做主的，同时这个地方也不安全。除非‘五人委员会’集体同意，否则我不能告诉你真相。”

“那好吧，我跟你走。”何夕点点头，“还有件事，我希望见到那天比你们早一些找到我的那个女警官。”

“为什么？”

何夕叹了一口气：“因为我实在不想那么漂亮的一位女士变成白痴。”

八

“五人委员会”是一个充满神秘色彩的机构，它的成员是5名年龄从四十几岁到八十有余的著名专家。它实行的是终身制，只有某一位委员去世了才会由另外几名委员推选新的成员。谁也不知道这个机构到底是干什么的，人们只知道它的级别很高，而且也许是此类机构里级别最高的，因为谁也没有听说过这个委员会隶属哪个部门。本来它的成员都各有各的工作，但近来这几个人却是联系频繁，这种情形已经许多年没有出现过了。

何夕一直不肯走进密室，直到他见到了江哲心带来的牧野静。找到何夕的那天她被带到了一个荒僻的处所，然后接受了足有半个多月时间的询问，这时她才意识到问题的严重，但事情的发展已经不由她控制了。3天前她被带到一所医院，大夫宣布她需要治疗。当时她用尽全身的力气挣扎嘶喊，但都无济于事。而就在这个时候，江哲心来到医院带走了她。这两天她一直住在酒店里。

何夕之所以让江哲心把牧野静带到今天会议的现场，也是为了保护她，何夕想让她真正介入到这件事情中来。对秘密一无所知的人和对秘密了如指掌的人常常是安全的，而对秘密一知半解的人却多半处境危险——何夕自己的遭遇就是一个例证。尽管现在下结论还为时尚早，但何夕直觉中感到，整个事件里隐藏着一个很大的秘密。

密室的门在人们身后缓缓关闭。进入密室的人第一眼便会看到大厅正中那个直径超过10米的由三维成像技术制造出来的半透明的地球影像。它缓慢而静谧地转动着，如果仔细分辨的话，甚至能看到海洋巨浪掀起的小小波纹，淡淡的经纬线标志在球体的表面浮动着。屋子里只剩下7个人——何夕、牧野静以及“五人委员会”。在这些人里何夕认识两个——江哲心和郝南村。何夕的目光落到了郝南村的脸上，久久都没有移动，令郝南村有些不自在地左右四顾。

“我知道你的感受。”江哲心用规劝的口吻对何夕说，“当年郝南村博士只是尽自己的职守，有些事我们其实也是迫不得已。”

这时座位在左首的一位满头银色卷发的老妇人开口道：“何夕先生，我是‘五人委员会’的凯瑟琳博士。”她又指着坐在她旁边的两位身着黑色西装的瘦高个儿男子说，“这是蓝江水博士和崔则元博士。我想另外几位就不用介绍了，你都认识。出于安全考虑，虽然我们5个人以前经常联系，但还从未像今天这样同时出现在一个地方，所以，请你一定相信我们的诚意。现在由我来解答你的问题。当然，如果你愿意的话，也可以向别的委员提问。”

何夕想也没想地就开口说：“我想知道枫叶刀市在什么地方。你们谁来回答都行，喏，”他指着蓝江水说，“就是你吧。”

“何夕先生，你的历史学得怎么样？”蓝江水没有立即回答，而是反过来提问道，“我是说近代史。”

何夕不知道蓝江水为何有此一问，他想起了自己羞于见人的考分：“老实说不太好。我对历史缺乏兴趣。”

蓝江水微微一笑：“你还算诚实，你的回答和我们调查的结果一样。当初你在中学读书时，历史成绩没有一次及格。”

“为什么调查这个？这有什么关系？”

“你如果处在我们的境地，说不定比我还要小心，我们有必要知道你过去的一切。好了，暂时不说这个。我想问的是，你知不知道‘新蓝星大移民’？”

“是这个呀？”何夕有点儿小小的得意，因为这件事他正好知道，“那是150年前发生的事件。当时人类已经发现宇宙中有众多适宜生命存在的行星，于是他们挑选了一颗和地球环境差不多的，然后让许多人接受了冷冻，移民到那颗新行星上去。我记得那颗行星与地球的距离是40光年，以光子飞船的速度算下来，第一批上路的人已经到达

很久了。而且我还知道，在 130 年前的时候，还有一些人移民到了另外一颗行星上。”

蓝江水博士看着侃侃而谈的何夕，不禁摇头苦笑道：“我不得不佩服政府高超的保密手段，这么多年过去了居然还能让人不起一点儿疑心。天知道我们哪里来的什么光子飞船，而且就算是有什么‘新蓝星’，又有谁能保证它没有被其他智慧生物所占据，难道准备去打星球大战吗？”

何夕立即打住，他不明白蓝江水这句话是什么意思。“你说什么，你不会是在告诉我那只是一次骗局吧？这可是载入了史册的伟大事件，正是这件事彻底缓解了地球生态与发展的危机。”

凯瑟琳插话道：“如果说那是一次骗局的话，那它也不是出于恶意，最多算是一种手段而已。政府花了大力气把某个蛮荒星球描绘成一片充满生机的新大陆，以此来吸引人们自愿移民。说实话，当时的地球确实已经相当糟糕了，超过 200 亿人居住在这颗其实最多只适宜居住 100 亿人的星球上。”

“如果这是骗局的话，那么那些人都到哪里去了？”何夕倒吸了一口气，“总不会是被消灭了……”何夕的脸色变得发白，“我记得前后加起来超过了 150 亿人。”

江哲心博士在一旁摆摆手说：“你的想象力未免过于丰

富了。‘新蓝星大移民’计划虽然是场骗局，但并不至于那么恐怖。至于说那些人……”他的目光投向了面前地球上深黄的一隅，“他们就生活在类似枫叶刀市的城市里。那里和我们生活的城市并没有什么不同。”

“枫叶刀市。”何夕念叨着这个名字，这个城市已经与他产生了千丝万缕的联系，甚至改变了他的人生。但是他又的的确确对这个地方一无所知。

“他们生活在许多像枫叶刀市那样的城市里。”蓝江水的语气像是在宣读着什么，“他们一样地呼吸空气，一样地新陈代谢，一样地出生并且死亡。他们和我们没有任何不同——除了一点，”蓝江水直视着何夕的脸，不放过他的任何一丝情绪变化，“组成他们的世界的砖和我们不同。”

九

何夕觉得自己越听越糊涂，他打断蓝江水的话：“你还是没告诉我枫叶刀市到底是个什么地方。”

凯瑟琳博士笑了笑：“我来告诉你吧。枫叶刀市是海滨的一座中型城市，人口差不多有 90 万，大部分是华人。”

何夕有些恼怒地补充道：“我是问它的地理位置！”

凯瑟琳的神色变得严肃起来：“它大约位于东经 105 度、北纬 30 度。”

“等等。”何夕打断她的话，他的目光正对着那个三维地球，“这不可能，那个地方是内陆，而且，”他深吸了一口气，“就在我老家附近。”

“不对。”凯瑟琳执着地说，“枫叶刀市位于枫叶半岛南端，临枫叶海湾。”

何夕有些头晕地看着凯瑟琳博士一张一合的嘴唇，有气无力地说：“我们两个要么是你疯了，要么是我疯了。”

“你们都很正常。”是郝南村的声音，“凯瑟琳博士说那里是海滨，这是对的。你说那里是内陆丘陵，这也是对的。你甚至还可以说那里是雪山或是负海拔的盆地，这都是对的，因为那里的确有雪山和盆地。”

“你……你说什么？”何夕扶住自己的额头，他看不出郝南村有开玩笑的意思。“你知道自己在说什么吗？”和他同样吃惊的还有牧野静。

“我当然知道自己在说什么。”郝南村毫不迟疑地点头，“你们只要听完其中的原因，就会明白我为什么这样讲了。”

“知道什么是普朗克常数吗？”凯瑟琳博士轻声问道。

何夕在自己的脑海里搜寻着，那个东西大约位于大学阶段。他点点头：“我以前学过，那大概是一个常数，所有物体具备的能量值都是它的整倍数。”

凯瑟琳颔首:“你说得不算离谱。那的确是一个常数,具体数值约是 6.626×10^{-34},单位是焦耳·秒。按照量子力学的基本观点,世界并不是连续存在的,而是以这个值为间隔断续存在。间隔部分的能量值都是没有意义并且也是不可能存在的。这个世界上所有物质的能量和质量——你应该知道按照质能方程这两者其实是一回事——都是这个值的整倍数。如果我们把这个常数看成整数 1,那么这个世界上任何物体所具备的能量值都是一个很大的整数。比如说是 15000,或者是 940000076,这些都可以。但是绝对没有一个物体会具有诸如 8.54 这种能量值。从这个意义上讲,我们不妨把普朗克量子数看作是一块最基本的砖,整个世界正是由无数块这种砖堆砌而成的。”

何夕很认真地听着,他的嘴微微翕动,样子有些傻。应该说凯瑟琳讲得很明白,但何夕不明白的是她为何要讲这些,何夕看不出这些高深莫测的理论和自己能扯上什么关系。

“等等。”何夕终于忍不住打断了凯瑟琳博士的话,“我只想知道枫叶刀市在什么地方。你不用绕那么多圈子,我对无关的事情不感兴趣。”

凯瑟琳博士叹了一口气:“我说这些正是为了告诉你枫叶刀市在什么地方。”她的目光环视着其他的委员,似乎在做最后的确认，“枫叶刀市的确就位于我说的那个位置。”

“这不可能！”何夕与牧野静几乎同时叫出声。

“这是真的。”江哲心博士肯定地回答。

“你是说它是一座建在地底的城市？你们在地底又造了一座城市，甚至——还造出了地下海洋？”何夕有些迟疑地问，也许连他自己都觉得这个推测过于荒谬，他的声音很低。

凯瑟琳摇头：“我说了那么多，你应该能想到了。我看得出你的智商不低。”

何夕心中一凛，凯瑟琳的话让他想起了一件事。是的，还有一种可能……但那实在是——太疯狂了。

“不可能的。”何夕喃喃道，他的额头沁出了汗水。

凯瑟琳的表情变得有些幽微，她的心思像是已经飞到了很远的地方，银白的头发在她的额头上颤巍巍地飘动。她的目光停在了三维地球上的某处，那里呈现出一片深黄色：“枫叶刀市就在那里，一座很平常的城市。但是……”凯瑟琳顿了一下，“它是由另一种砖砌成的。”

十

“量子力学的基本原理给了我们一个强烈的暗示，那就是我们并不像自己通常认为的那样占满了全部空间。实际上，即使这个星球上已经不再有一丝缝隙，它仍然是极度空旷的，因为在普朗克常数的间隙里还可以有无数的取值，就好比在‘1’到‘2’之间还有无数的小数一样。”凯瑟琳博士露出了神秘的微笑，“你明白我的意思吗？”

“在枫叶刀市所在的那个世界里，普朗克常数有另外的起点。如果把我们的普朗克常数看作整数 1 的话，枫叶刀市的普朗克常数的起点大约是 1.16。”江哲心语气艰难地开口道，看得出他每说出一个字都费了不少劲，“这就是答案。”

“另外的……值？”何夕仍然如坠迷雾，“这意味着什么？”

“你不妨想象一下一队奇数和一队偶数相遇会发生什么事情。”江哲心像是在启发，他注视着何夕的神情变化，“你应该想到，那种情况下其实不会发生任何事情，因为它们都将毫无察觉地穿过对方的队伍。而我们与枫叶刀市之间正好相当于这种关系。”

“也许我的表述会引起误会。”江哲心补充道，“枫叶刀市的物质与能量仍然按普朗克常数的值呈现出量子化的分布，但与我们的世界之间有一个确定的偏移量。如果把构成你的身体的物质看作 1，2，3，4，5……的一个整数等差数列的话，那么在枫叶刀市生活的某个人的身躯则是由

1.16，2.16，3.16，4.16，5.16……构成的一个非整数等差数列。如果你和这样的一个人相遇的话……”江哲心做了一个停顿，“你认为会发生什么事情？”

何夕的表情有些发傻：“发生……什么事情？”他用力思索着，“我是不是会看到他身上有很多小洞？”

江哲心博士缓缓摇头：“答案是你根本就感知不到他。他在你面前只是一团虚空。”

“可是他总会反射光线吧。”何夕插话道。

“问题是他所在的世界的所有物质都和他具有同样的普朗克常数偏移量，光也不会例外。”江哲心指指头上的灯光，“我举个例子。红色光的波长大约是0.0000006米。一个光子具有的能量值是：普朗克常数乘以光速再除以光的波长。在我们的世界里，一个红色光光子的能量值大约是3.31×10^{-19}，由这样的光子组成的光束能够被你的感官所感知，只是因为你的身体处于与之相同的能量序列之内。而来自枫叶刀市的光线则不然，它们具有完全不同的能量序列，在那里同样波长的一个光子的能量值约是3.86×10^{-19}，而这个能量值对我们这个世界来说根本是不可能存在的。包括光线在内的那个世界里的所有物体都可以毫无阻碍地穿越你的身躯，对它们来说你也只是一团虚空。你们之间的关系就像是数学里的平行线，永远延伸却永远不能相交。”

“你的意思是想告诉我，就在我身体的周围还生活着另外一些奇怪的东西，”何夕神经质地伸手在空中抓挠着，“它们可以任意穿过我的身体，就像是我并不存在？”何夕突然哈哈大笑，他盯着自己的手说：“这太荒唐了，你们不会是在告诉我，现在我手里可能正好托着某个妙龄少女的芳心吧？”

“理论上的确有此可能。”江哲心博士严肃地说，“我们现在这间密室的位置在枫叶刀市所在的世界里是另一座中型城市的市区，这样的话，你的手此时刚好放在某位少女的胸腔里也未可知。”

汗水自何夕的额头上沁出来，他颓然地扶住墙壁，防止自己倒下去。牧野静的情形也不比他好到哪儿去。何夕吁出一口气：“好吧，我相信你们了。虽然从理智上讲我难以接受这一切。”他转头环视着屋子里的另一些人，“我想你们花这么多工夫告诉我这些，不是为了让我长见识吧。说实话，你们要让我做什么？”

江哲心博士没有直接回答这个问题，而是自顾自地往下说：“有件事情我还要告诉你，记得郝南村博士说过在枫叶刀市所在的位置上还有高山和盆地吗？”他停下来，“你明白我的意思吗？”

何夕想了一下：“难道说还有另外的世界存在？”

“在200多年前的那个动荡不安的年代里，由于人口问题和对自然的过度开发，我们的地球已经不堪重负。”江哲心的语气变得很沉重，“不知道在你心中怎样看待我们这些以科学为职业的人，不过我倒是觉得我们之中的大多数人都是良知的奴隶。当我们目睹人类的苦难时，内心总会感到极大的不安——哪怕这种处境根本就是咎由自取。就在地球不堪重负的时候，我们的一位伟大的同行出现了，他是一位名叫金夕的华裔物理学家。金夕博士找到了一种他称作‘非法跃迁’的方法，可以将物质跃迁到另一层本来不可能的能级上。在他的方程式里总共找到了6个可能的稳定解，我们原有的世界只是其中的一个解罢了。”

“那另外的5个解岂不是对应着5个不同的世界？”何夕插话道。

“可以这样理解。当时的世界已经无法承受人类这一重负，金夕博士唯一的选择是立即把所有的解都用上，尽管连他自己也不知道这样做到底是福还是祸。也许你现在不理解这一点，但我理解他的心情。作为一位严谨的科学家，当面对这种重大问题的时候总是希望万无一失。但是他没有时间做进一步的验证了，人类的现状迫使他不得不尽快做出决定。政府全力支持了这项计划。从某种意义上讲，我们现在的世界其实是由 6 层世界构成的。”

“6 层世界。”何夕喃喃而语，似乎有所触动。

江哲心仿佛看透了何夕的心思，他的目光停在虚空中——那个孤独的地球影像开始闪烁起来。浩瀚的太平洋的腹心突然涌现出深黄色的陆地。北美洲眨眼间消失得无影无踪，就像是被一场灾难吞没。而北冰洋成了北极洲，南极大陆则成为一片汪洋。

这是一个全新的地球！但这一幅新的版图并未保持太久，十几秒后另一幅完全不同的地球景象出现了……如是循环往复。

十一

“众生门”国家实验室位于南太平洋的一座孤岛上。从外表看，这只是一座平常的热带岛屿，但是附近的渔民都知道这里是不能随便靠近的。而每天都有一些行踪不定的神秘船只和直升机从岛上驶向外界。

一号实验室位于小岛东侧约 20 米深的地底。在江哲心的身后有几十个人正在忙碌着，他们中除了少数的几个外，大多数何夕都不认识。

“我们已经很久没有启用过‘众生门’了。”江哲心走到何夕的身后，他的思绪显然已经飞到了往昔的年代，“我

的前辈们设置了这个装置，用来把当时过多的人口发送到另外5个新创的世界去。”

“恕我直言。”何夕半开玩笑地说，“从感觉上讲，我觉得你们的方法有点儿像是做‘千层饼’。”他看了一眼江哲心博士，“你是华裔，应该知道什么叫作‘千层饼’吧。实际上还是那么多面粉，不过是人们凭借高超的手艺把它做成了一层层的样子。赏心悦目倒是不假，但对于肠胃而言，它仍然和‘一层饼’毫无区别。也就是说，它骗得了眼睛但骗不了肚子。”

但何夕没料到的是江哲心竟然发了火，他涨红了脸说：“我不喜欢把严肃的科学研究同一些无关的事物相类比。况且这也不是你应该关心的问题。”

何夕感到意外，他不知道自己的这个比喻怎么就冒犯了江哲心。从内心讲，何夕倒是觉得江哲心是一个可亲近的人，至少他对江哲心的印象比对郝南村的要好得多。

江哲心平静下来：“请原谅，我不该发火。我可能是有些紧张。”他转头看着不远处高大的“众生门”装置说，“这套装置还从未有过失败的记录。它的原理并不复杂，你应该知道，如果一个电子吸收了光子的话，它就会跃迁到某个新的能级轨道上去。在‘众生门’里将会有一种具备特殊能级的粒子辐射你的躯体，其能级不到普朗克常数的十分之一，在自然界中是不存在这种能级的。通过控制其强度，我们可以让你到达其余 5 个新创世界中的任何一个去。实际上我们之所以知道另外5个世界上的大概情形，也是因为有这种粒子传递信息，比如说我们知道在其中一个世界上存在着一座叫作枫叶刀的城市。”

“如果失败了会怎么样？”何夕急促地问。

江哲心笑了：“我知道你最关心这个。如果失败的话，你将会被送往非预期的某个世界，但肯定是另外 5 个世界中的一个。放心吧，我们能够让你回来。”说完江哲心急匆匆地朝忙碌的人群走去。

牧野静若有所思地看着江哲心的背影：“我觉得有些地方不对。”

“你说什么？”何夕吃了一惊。

牧野静小心地看了一眼四周，同时压低了声音：“你不觉得这里有些事情不能解释吗？”

“解释？解释什么？”

“你知道我是个警员，我是因为调查‘自由天堂’的案子才牵涉到这件事情里来的。”牧野静说得很认真，“如果把这些事情同那件案子联系起来想的话……”

何夕愣了一下，那件案子他是知道的，这段时间他和牧野静几乎无话不谈。这也难怪，同是天涯沦落人嘛。当

牧野静知道自己险些面临当年何夕的命运时，吓得直吐舌头。而何夕也是从牧野静口中知道了整个案子的详情。当他听到华吉士议员死前描述的场景时，很自然地想到了自己曾经目睹的怪事，但他并未从中悟出什么来。现在牧野静突然提到这一层倒是让他心中一动。

“我甚至还有个更大胆的想法。”牧野静兴奋得满脸发红，“大约在一年前，我调查过一件发生在热带沙漠里的离奇雪崩事件。你想想看，这里边会不会有联系？”

“你不会是在说……”何夕欲言又止，他觉得这个想法太荒唐了。

牧野静却点头道：“也许那就是真相。”

“我还没说呢，你怎么知道我想说的是什么？”何夕禁不住笑了。

“这就叫‘身无彩凤双飞翼，心有灵犀一点通’嘛！”牧野静得意地跟着笑起来，以何夕的眼光来看，她这副自鸣得意的笑靥真是动人极了。“哎哟。”她突然轻叫一声，双颊泛起红晕。

“怎么啦？”何夕问，但他立刻明白了，因为他想起了牧野静刚才的那句话里包含着的另一层意思。这样想着，何夕也不禁有些讪讪然：“你别多心嘛，说错了就说错了，我们，我们之间什么事也没有嘛。”话一出口他就知道自己又错了，遇上这种场面只能装糊涂，哪能有意卖弄明白呢？

“谁说错了？”果不其然，牧野静当即白了何夕一眼，“要你多事。”

“还是说正事吧。”何夕换了话题，“如果把雪崩看作是位于另一层世界的物质由于某种原因突然进入了我们这层世界的话，那问题也就好解释了。同样，如果把议员事件中那个人的突然消失解释为瞬间进入了另外一层世界的话，那我们也就没有什么奇怪的了。”何夕的眼中放着光，“可是那个人根本没有凭借什么‘众生门’之类的装置，难道，”他的脸色有些变了，“他能够在6个世界里自由往来？”

牧野静的声音有些发抖：“而这个人居然还是个——杀人凶手！”

何夕虽然表面上很平静，重复着牧野静的话，但他觉得这一切简直令人发疯：“是的，他是个凶手，来无影去无踪，执掌‘六道众生’生杀大权的凶手。”

十二

江哲心博士颓然坐倒。他本来就是个老人，但现在看上去他仿佛又老了一点儿。过了好半天，他才回过神来幽幽开口：“原来你们叫我过来就是说这个。你们终于还是想到了。不错，这就是我们眼下的处境。”

何夕注视着面前这张苍老的脸庞，他知道这个老人还有许多话要讲。

“我们刚刚听到‘自由天堂’的案子时，就知道发生了什么事，因为除此之外没有别的解释。‘五人委员会’本来就是一个管理层叠空间的组织。”江哲心注意到了他的听众的茫然，“层叠空间就是指包括我们这个世界在内的6层空间。‘五人委员会’成立于200年前，当时世界刚刚凭借人类智慧的伟大力量分化为6层平行的物质空间，其后人类又花了几十年的时间让另外5层世界变得适宜人类居住。我想强调一点，我们说到空间分层的时候，其实是指物质与能量的分层。站在我的观点上看，空间和时间都是并不存在的抽象概念，空间只是对应着物质的存在，而时间则对应着物质的运动。当物质世界分层的时候，空间和时间自然也就分层了。空间分层的时候，我们现在这个世界看上去并无变化，而另外5个世界则是全新的。整个空间范围以地球为中心，包括了地球以及大气层。如果区域之外的物质进入了该区域的话，它们也将被分层。比如说，太阳光照射进这个区域时将被分为6层，并分别被每一层世界所感知。在这个空间范围内的原有物质元素都另外被分出了新的5层。新的物质元素层次在新的空间里组合出另一层世界。从理论上讲，在那一刻它们甚至可以组成生命，但是这种概率实在太小。那些世界和我们这层世界相当类似，它们在初创之时拥有除生命之外的一切，比如水和空气，适宜的温度，还有土壤——虽然相当贫瘠。不过这已经足够了，因为它们是行星，是和地球有着同样规模的气势磅礴的超巨系统。对于一个行星级别的系统来说，这些条件已经足以承载宇宙间无与伦比的奇迹，那便是生命。由于出自同一原始物质，所以这 6 层世界在位置上始终是大致重合的，但在效果上我们却感觉仿佛有了 6 个地球。”

“那‘五人委员会’又是做什么的？”何夕插入一句。

“当时成立‘五人委员会’是为了应付可能出现的异常情况。应该说 200 年来这个组织虽然地位崇高却无事可干，因为没有出现过任何异常情况。不过金夕博士倒是预言，由于按照量子力学的观点这个世界在本质上是按概率存在的，故而任何事情都可能发生，只不过是概率大小不同罢了。所以我们不排除存在某些可以穿梭于不同能级空间的特殊物体的可能，比如说某一个质子，或是某一个光子，其概率按方程式解出的值都小于千亿分之一。”

何夕心念一动：“如果是一个大的物体呢，比如是某个人？”

江哲心的身躯颤抖了一下：“以人这样大小的物体来说，出现某个可以自由穿梭层叠空间的人的概率不到百万亿分之一。这种概率可以被认为是不可能发生的。”

“你撒谎！”何夕突然说道，声音之大令他自己都有些吃惊，“我们这个世界上现在大约有100亿人，我想另外几个世界也差不多，都加起来就是不到700亿人。但是现在居然出现了可以自由穿梭层叠空间的人，这和概率的反差也太大了吧。”

江哲心的脸色立时变得惨白，汗水从他的额头上淌下来，他的眼里充满了复杂的神情。过了半晌他才叹了一口气说：“看来我必须告诉你们另外一些事情。当初我告诉你金夕博士的方程式有6个稳定解并非实话，真正的稳定解只有5个，这也是让自由物质出现概率足够小的解。当年世界只是被分成了5层，这样的情形保持了近200年。但是——”江哲心再次叹了一口气，“在现在的委员会里我算是资格最老的一名委员，我是在50年前进入‘五人委员会’的，当时我把这看作是至高无上的荣誉，我从心里真诚地希望在这个位置上为人类做出自己的贡献，当时的我可以说是雄心万丈。”江哲心突然露出惨淡的笑容，“如果我能够知道事情后来的发展的话，我倒是宁愿自己是个胸无大志的人。”

“后来到底发生了什么事？”牧野静小声问道。

“我不知道金夕博士遇到这种情形会怎么办。”江哲心陷入了对往事的回忆之中，“也许他也会和我们一样。大约在50年前，5层世界的人口增长到了600亿，几乎是‘新蓝星大移民’之前的3倍。自从‘新蓝星大移民’之后，人们认为宇宙应该自然而然地为人类准备下舒适的居所，然后只等着人类去发现。但在日趋强大的压力面前我们屈从了，于是有了第6层空间。”

“我明白了。”何夕扶住自己的额头，心里升起一股寒意，“那是一个不稳定的解。”

“当时‘五人委员会’以三对二的表决结果通过了这个决定。”江哲心的目光看着高处，“我投的是赞成票。现在第6层世界正处于生态改造的最后阶段，第一批移民计划将在3年后实施。本来一切都是好好的，没有什么事情发生。从理论上讲，这个举动加大了自由物质出现的概率，对人而言大约是两千亿分之一。”

“两千亿分之一。”何夕喃喃而语，“也就是说从理论上讲并不到一个人。”

江哲心苦笑一声：“那是理论上的概率，但是我们中彩了。实际上不仅出现了这样的人，而且是两个，当然，我想也不会再多了。其中一个是那个可怕的凶手，而另一个人就是——”江哲心的声音颤抖了一下，“你。”

十三

“我？”何夕惊奇地反问，尽管他心有预感但还是受到了巨大的触动，“你是说我就是那种可以自由穿梭层叠空间的人？”

江哲心郑重地点点头：“两千亿分之一的概率让你遇上了。”他沉吟了一下，补充道，“相当于连中几千个六合彩。你可以将自己连同周围小范围的空间一起跃迁到另一层世界去，比如说你自己连同身上的衣服或是一些小玩意儿。当然，也不会更多了。”

何夕回头看了一眼忙碌的人群，江哲心的比喻让他觉得好笑却笑不出来：“不会吧。如果我是那种人，你们又何必花这么多精力来启用‘众生门’？”

“我们是为了帮你。通过‘众生门’你可以尽快发现自己的全部潜力，‘众生门’只是起一个引导作用，过不了多久你就能够凭自己的力量自由来往于层叠空间了。”

何夕若有所思：“但是那个人是怎么做到这一点的，你们总没有帮助过他吧？”

江哲心博士蹙紧了眉头，像是在思考一件令他费解的事情，过了好半天才说：“关于这一点我们不知道。他并不一定来自我们这一层世界。”

这时凯瑟琳博士在不远处招手道：“可以开始了。”随着她的话音落下，大厅中响起了一阵奇异的声音，半分钟之后一个巨大的深不可测的黑色圆洞突兀地浮现在了大厅正中。四周安静下来，所有人都目不转睛地注视着黑洞。它是人类智慧最伟大的发现，它是奇迹，它通向宇宙中原本不存在的物质区域。

江哲心博士满脸虔诚地注视着这一切，一种近于神圣的光芒在他的眉宇间浮动着：“这是一个小的装置，当年用于传送大批移民的‘众生门’比这大得多。”

何夕突然露出一个奇怪的笑容，他对江哲心说：“你们很自信嘛。凭什么就认为我愿意做这个实验呢？”

江哲心吃了一惊，他看着何夕的目光就像是看一个陌生人：“这是什么意思？我们不是有约定吗？”

何夕脸上仍然是那种奇怪的笑容：“你不妨回忆一下，我何曾说过一句同意的话。我只是保持沉默罢了。”

江哲心沉不住气了，他看上去就像是一个因为棋错一招而面临着满盘皆输局面的人：“你，你不说话就是默认。”

何夕倒是气定神闲：“我只不过是想知道整件事情的来龙去脉，现在我的目的达到了。至于别的事情嘛，与我无关。”

江哲心涨红了脸，他指着何夕的脸想说什么，却反而引起了一番剧烈的咳嗽。不远处有几个人想过来看看发生了什么事，但是江哲心摆手制止了他们。

何夕有些怜悯地看着这个老人，但是他的语气却冷得像冰：“你也许认为我是一个反复无常的小人，抑或是一个疯子，这些都不重要。你知道吗？因为你和你的那些同行们的开创性研究，我从小就被认为是一个怪人，一个精神病人。我失去了正常人应有的生活，失去了一切。当我想要弄明白这是为什么的时候，你们甚至真的让我变成了一个白痴。”何夕的脸变得扭曲了，看上去有些狰狞，“我看过自己病中的照片，我像是一块面团似的靠在肮脏的床头，嘴里牵出几尺长的口水，脸上却在满足地笑。我的天——”何夕闭上眼睛，“那是什么样的笑容啊，就像是一头吃饱了泔水的猪。可那就是我，的的确确就是我啊！如果不是因为现在你们有了麻烦需要我帮助的话，我的一生都将那样度过。这就是你们对我所做的一切，而你们全部都心安理得。”这时何夕的目光落到了牧野静的脸上，她的眼里有莹莹的泪光闪动，“还有她，你们当初是不是也打算让她变成那样的白痴？”

江哲心的声音变得很低：“我只能说抱歉，为了保守秘密我们没有别的办法。”

何夕粗暴地打断他："那是你们的事。自始至终我有什么过错吗？我根本是无辜的！我不知道你们在研究些什么，也从来不想知道。但是你们却不放过我。两千亿分之一的概率，相当于连中几千个六合彩，这是你说的，可对我来说这根本不是什么六合彩，而是一场厄运。如果现在要我去选择的话，我宁愿去做另外那个人。"

江哲心又是一惊："你说什么？另外那个人？"

何夕捉弄地看着江哲心，就像是一只猫看着一只老鼠："你不觉得那个人比我聪明得多吗？他没有像我一样傻乎乎地到处去寻找答案，也没有寄希望于别人。现在他能够自由往来于'六道众生'之间，在每一层世界里他都是一个不受拘束的人，而这实际上就相当于——神。"何夕注意观察着江哲心的脸，对方的表情让他的心里涌起阵阵快意，"他掌握了对'六道众生'生杀予夺的无上权力，他可以随心所欲地主宰这个世界。而这一切都是你们造成的。"何夕大笑起来，"如果说他是魔鬼的话，那么你们就是造就并且放出魔鬼的人。"

何夕咧咧嘴："还有一件事。我想清楚了，发生在撒哈拉沙漠的离奇雪崩也是你们造成的，来自另一层世界的冰雪——对了，你们管这叫自由物质吧——压死了两个人。"他残酷地笑了笑，"那次算运气好，如果雪崩发生在某个上千万人的大城市的话——比如说纽约——不知道你们有没有胆量欣赏自由女神像手中的火炬从无边的雪原下面伸出来的画面。”何夕凝视着江哲心的眼睛，“是的，这种概率很小，可是你说的概率产生的条件里没有考虑时间。随着时间的推移，这种机会将越来越多，直到成为一种必然。就好比某一个地方在某一时刻发生地震的概率很小，但只要时间够长，任何地方都终将会发生地震一样。”

江哲心的脸已经变得苍白如纸，何夕说的每一个字都像是一把锋利的刀割在他的心上，何夕说的每一句话都是实情。帮凶，你是帮凶！有一个声音在他耳边萦绕着，是你放出了魔鬼。江哲心博士再也站立不稳，他缓缓地瘫倒在地。而与他的身躯同时倒塌的还有他自己的世界。

十四

花香扑鼻的林荫道，风中飘洒的落叶，执手并肩的英俊男子和漂亮女孩……一幅很协调的画面。但是还有——荷枪实弹的士兵，目光鹰隼般警惕地扫视四周的警卫，吐着红舌挂着口涎的警犬。

“好啦，别送了。”牧野静放开何夕的手，“你看那些人，一个个都紧张死了，生怕你有什么意外。你跟他们回去吧。”

何夕回味着手掌里的余温："让他们等着，反正我是不会配合他们的。这段时间那个郝南村看我的眼神就像是要吃人一样。"

"当然了，江哲心因为你的那番话心脏病突发，这里恨你的人肯定不少。"

"我才不管。只是这段时间连累了你。"何夕歉疚地说。

"哪儿的话。"牧野静伸手拂去何夕肩上的一片落叶，"我只是想回去干老本行，我在这里闲得都要生病了。你回去吧。"

"好吧。"何夕转过身，但是走了几步又回过头说，"有件事我得问清楚。"

"说吧。"牧野静笑嘻嘻地看着何夕。

"我们都老大不小啦，凑合着就行。我是说——"何夕甩甩头，"当我女朋友你没什么意见吧？"

还没等牧野静有所表示，何夕已经回过头去大步走开了，他一边走一边嚷嚷，声音之大恐怕所有人都听得清清楚楚："你不吭声我就当你是愿意了，可不许反悔呀！以后没事儿可不能随便和男同事搭腔！"

牧野静突然也大声说："我要是吭声呢？"

何夕一愣，他的脚步停了下来。

牧野静接着说："我现在就要吭声了。"她的声音变

得很低，但每个字何夕都听得非常清楚。“我愿意。”她柔声道。

……

郝南村反手关上了门，然后他转过头来有些恼怒地瞪着何夕的脸，他的语气冷得像冰：“按照章程，现在由我接替江哲心博士执行委员的职务。他是我的老师，没有他的提携就没有我今天的一切。如果他有什么不测的话，我绝对不会放过你。我说到做到。”

何夕满不在乎地看着面前这个面色阴沉的中年人：“我是不会合作的。”

“也许你对我有成见。”郝南村不紧不慢地开口，“老实说我并不想为自己辩解，谁让我当年是一个执行者的角色呢。你要是恨我尽管恨好了，但是我不希望你因此而违背自己的意愿。”

“违背自己的意愿？”何夕重复着这句话，“我不知道你在说什么。”

郝南村洞若观火地笑笑：“何苦强撑呢？我知道你的性格。你和江哲心博士其实是同一种人。”他稍稍停顿了一下，“你们对世界和他人的苦难绝对不可能做到置之度外。我知道你会同意的，只是时间早晚的问题。”

何夕的表情有些发呆，郝南村的话让他有一种异样的感觉，就像是被人点中了要害。

“这次反复只是你内心不满的表现，你只是痛恨当年我们那样对你。”郝南村悠然开口，“实际上你早就已经妥协了。不过我觉得，与其说是向我们妥协，倒不如说是你向自己内心深处潜藏的某些东西妥协了更为恰当。我说得对不对你自己知道。”

何夕有些惊恐地看着郝南村，在这个人面前，他感觉像是被人剥光了衣服。妥协，他回味着这个词，然后他极不情愿地发现郝南村说的居然是对的，这个人竟然完全看透了他的内心世界。

郝南村递给何夕一支烟，自己也点上一支，袅袅上升的烟雾中他棱角分明的脸庞柔和了许多：“和我的老师不同，我从不认为科学家们应该为这个事件负什么责任。”郝南村用目光制止了何夕想要反驳的举动，“你先听我说完。我知道你想说这是我在为自己开脱，但这是我内心真实的想法。人类缺乏能源，于是我们找到了原子能；人类缺乏粮食，于是我们又找到了转基因食品；人类缺乏生存空间，于是我们找到了层叠空间。我们许身科学以求造福人类，难道能够对人类的苦难不予理睬？不错，我们同时给人类带来了核爆炸，带来了新变异的可怕物种，带来了自由物质和‘自由天堂’，可是这难道是我们愿意的吗？我们其实就像是一头在麦田里拉磨的驴，为了给人们磨麦子而转着永无止境的圆圈。同时，因为踩坏了脚下的麦苗，还必须不时停下来想办法扶正它们。这就是我们的处境。”

何夕叹了一口气：“好吧，我承认被你说服了。实验可以继续了。”

……

“众生门”再次开启，如同一只怪兽大张的嘴。何夕朝黑洞走去，他突然觉得一阵心慌，仿佛有什么地方让他觉得不放心。别紧张，他安慰自己，这个玩意儿传送过上百亿人呢。但是那种感觉越来越强烈，他觉得浑身都不舒服起来，就像是用一把很钝的锯在他的耳边锯钢条，让他起鸡皮疙瘩。

何夕突然逃也似的退回来，脚步踉跄，险些摔倒。

直到面对凯瑟琳博士的眼睛时，何夕才醒悟到这件事多么难以解释，他讪讪地笑着说：“可能是有点儿热。”

郝南村倒是没有说什么，他看着何夕只是摇了摇头，然后对其他人摆摆手，示意行动取消。

“等等。”何夕突然说，“可能是因为我没有经验，心里有点儿不踏实。”何夕脱下身上的外套扔进黑洞，它立即消失在了那片神秘区域中。“不如先拿它做个试验。”何夕说。

郝南村轻蔑地哼了一声，不知道是针对这个想法还是针对何夕刚才的举动：“你知不知道做一次跃迁要花多少精力和费用？请不要总是用试验这个词，在 200 年前可以这么说，而现在已经不是试验而是实用了。”他转头对着另外几个人下了命令，“关闭能源。”

何夕拦住他：“我只是一个俗人，不敢相信自己没见过的东西。就当是给我点儿信心。”

“我看就依他吧。”蓝江水没好气地说，“否则他是不肯合作的。”

黑洞的方向发出低沉的声音，控制台上的提示灯开始急促地闪烁。十几秒之后一切静止下来，黑洞消失了。何夕第一个冲上前去，身后传来凯瑟琳平静的话语：“那里什么都不会有的，你的衣服已经不在这个世界上了。”

但是何夕转过身来，他的手里拿着一样东西——是他的外套，只不过上面已经是千疮百孔。那些孔洞都有一个特点，它们的边缘相当整齐，这个世界上绝没有任何一把裁衣刀能切出这样整齐的孔来。“看来——”何夕古怪地笑笑，“试验是部分成功。”

所有人都面面相觑。“我的上帝，有人破坏了‘众生门’！”凯瑟琳博士低声惊叹。郝南村警惕地环视着四周，他的目光停在了大厅的一角，那里堆放着一些很大的仪

器，在灯光的照射下它们在地上留下了大片的阴影。这时突然从那里传来一声响动，郝南村立刻冲了过去，蓝江水紧随其后。

两声枪响。

人们这才反应过来，乱糟糟地朝着那边赶去。但是一个奇景出现了，有一个影子凌空朝着大厅的天花板走去，两脚一抬一抬的，就像是在上楼梯。等到警卫们冲进来开始朝这个影子开枪射击时，那个影子突然消失在了天花板的一隅。

人群愣住了，枪声还在回响着。这时何夕才猛地想到郝南村和蓝江水。他疾步朝前走去。

郝南村倒在一台仪器的背后，他的肩上中了一枪，人已经昏迷。蓝江水的情况更糟，子弹穿过了他的头颅。

十五

清晨的太阳从东方升起，慷慨地将喷薄万丈的光芒倾泻在大地上。云彩被阳光染成了火红的颜色，生出无尽的变幻。

何夕走在一条已经废弃不用的道路上，周围没有什么人，道路两旁是一望无际的原野与低矮的山丘，四周分布着浓密的植被。微风起处，送来一股潮湿的带点儿咸的味道。何夕走得很卖力，他已经出汗了。在他的正前方已经可以隐隐看到一些高大建筑的身影，这让他受到了鼓舞。

这时旁边的一块路牌吸引了何夕的目光，他停下来注视着这块朽烂不堪的牌子，然后点燃了一支烟。何夕一直等到这支烟燃完且他的两指间产生了剧烈的灼烧感时，才如梦初醒般地把烟扔掉。他重新把手揣到裤兜里，朝前走去。

何夕的身影渐行渐远，只留下一块朽烂的路牌在风中颤抖。这时一阵风将路牌吹得变换了方向，阳光照在上面，使其显出一行已经不太清晰的字迹：

7000 米，枫叶刀市。

……

“实验对象没有按期返回。”凯瑟琳博士注视着“众生门”，时间显示何夕此行已经超出应该返回的时间近 6 个小时。她没来由地一阵阵担心，如果这个何夕不愿意回来的话，他们是一点儿办法都没有的。问题还不止于此，这个何夕实际上可以做他愿意做的任何事情。因为他是可以自由穿梭的另一类人，从某种意义上讲，他就是想扮演上帝也不是不可能。

牧野静坐在旁边的椅子上，她咬着下唇一言不发，但眼睛里的焦急却是人人都看在眼里。

江哲心博士坐在轮椅上，才过去短短几天可他看上去苍老了许多。那天与何夕的争论引发了他的心脏病，如果不是因为郝南村博士正在接受治疗而导致人手不足的话，他本是不用来的。

“有没有重点观测枫叶刀市所在的地区？”江哲心博士轻声问道，他自然明白凯瑟琳博士的心思。他补充道：“我的直觉是何夕是可以信赖的，他的晚归一定是因为到那座城市里去了，如果换成我，可能也会这样做。”

凯瑟琳明白了他的意思，对身边的人说：“继续观测。”

但是何夕突然出现在了“众生门”里：“我回来啦。”他别有深意地看了一眼轮椅上的江哲心，显然他听到了他们的对话。

凯瑟琳博士指挥众人围着何夕做一些数据测量：“对一般人来说，穿梭一次层叠空间就如同脱胎换骨一样，最起码也像是大病一场。而且他们体内残留的辐射会持续很长一段时间。而你就没有那么多麻烦，那些特殊能级的粒子可以被你的身体包容，而不产生一点儿辐射。你可真算是有运气。”

何夕反驳道：“我可从来没碰到过什么好运气，我有的只是被人当成疯子和白痴的坏运气。”

凯瑟琳一时无话，她沉默着做自己的事。江哲心直视着何夕的脸说："你感觉怎么样？现在如果没有'众生门'，你能不能穿梭层叠空间？"

何夕迟疑了一下说："还没那么快。我想起码还需要两三次实验吧。"

出乎何夕意料的是，江哲心竟然笑了起来："你别想骗我，我是相信理论的人，通过'众生门'获取一次经验就足够了。"

何夕有些尴尬地点点头："看来瞒不过你。我只是不愿意看到你们高兴的样子。"

江哲心叹了一口气："如果我是你的话，也不愿意看到我们这些人高兴，甚至我还巴不得这些人撞得头破血流，整天哭丧着脸才好。"

何夕也学着叹了一口气："你比我想象得要聪明得多。"

江哲心笑笑，这使得他脸上的皱纹越发地沟壑纵横："这不关聪明的事，而是近不近人情的问题。我站在你的立场上，自然就能够猜得到你的心思。"

何夕愣了一下，过了一会儿幽幽地说："你真的是一个好人。"他环视了一眼四周，"有件事我想单独同你谈谈。"

……

何夕推着轮椅走进密室，从这个角度看过去，江哲心脑后的头发已经所剩无几。何夕关上门，转身来到江哲心博士面前。他看上去有些情绪激动。

“可以说了吧。”江哲心探询地望着何夕。

“我……”何夕给自己倒上一杯水，“实际上我这次去了两层空间。”

“为什么？”

“因为我在枫叶刀市看到了很不寻常的事情。你知道‘自由天堂’吧，在我们这里它还是一个没有被正式承认的非法组织，但是在枫叶刀市的那个世界里它已经合法化了。”

江哲心的脸色阴沉了，他望着墙角一语不发。

何夕继续说道：“在那一层世界里，‘自由天堂’已经成为第一大组织，有近30%的人口成为其成员，而且人数还在急速增长之中。我同其中的一些人谈过，据他们说，‘圣主’是受命拯救世界的，力量无边，可以操纵世间众生的生死祸福。他们中的一些人还目睹过‘圣主’显灵。”何夕叹了一口气，“你不知道他们有多么虔诚，我觉得即使‘圣主’要他们马上去死，他们肯定也不会有丝毫的犹豫，因为他们相信‘圣主’将令他们永生。我感觉‘自由天堂’主宰那一层世界是迟早的事情。”

“你不是说你还去过另一层世界吗？”江哲心插话道。

何夕艰难地笑笑：“情况更糟。‘自由天堂’在那个世界里的影响更大，几乎所有人都陷于狂热之中了，站在教堂的神坛上接受礼拜的已经不是上帝，而是一个影子一般的雕像，他们说那是‘自由天堂’的‘圣主’。”何夕回想着他目睹的情形，“我觉得并不是那些人愚昧，因为他们目睹的的确是超出想象的事物，陷不陷入狂热由不得他们。”

江哲心摇摇头，脸上的肌肉不住地哆嗦着，他想说什么但终究没有开口。过了一会儿他稍稍平静了些：“还有别的事情吗？这次你到枫叶刀市去还有没有别的收获？”

何夕的身体抖动了一下，江哲心的问询触动了他。这次他违反了计划私自跑到枫叶刀市，只是顺应了内心一个声音的要求。当何夕面对着枫叶刀市那宏伟壮观的城市风景时，当他看到巨大的玻璃幕墙反射出万丈阳光时，当他的手真切地在粗糙的建筑物表面划过时，当他的眼睛被滚滚红尘带起的喧嚣所灼痛时，他清楚地听到自己心里有一个声音在大声地说：“我看到枫叶刀市了，我亲眼看到枫叶刀市了，我不是疯子！”他的心思飞回了檀木街10号那幢老式的建筑，耳边回响着母亲的叹息，眼前划过漫天黄叶和黄叶里大眼睛姑娘离去的背影。两行滚烫的泪水顺着何夕的脸庞滑了下来，滴落在异域的土地上，发出清越的声音……

“你怎么了？”江哲心关心的询问惊醒了何夕。

何夕摆摆手说：“没什么。我只是想起了一些事情。”

他喝了一口水，平静了一下心绪，“我想说的是另一件事。你有没有发觉事情不对？我是说关于上次‘众生门’被人破坏那件事。”

“我知道的，看来‘自由天堂’的确势力庞大，我觉得那个影子——他们就是这样告诉我的——就是我们要找的人。”

“问题是他怎么会进来？”何夕焦急地表述着。

江哲心不以为然地笑笑：“你这样问反倒让我奇怪。对能够穿梭层叠空间的人来说，整个世界都是透明的，他可以天马行空、往来无碍。如果别人这样问还情有可原，而你本身就是具备这种能力的人。”

“你没听懂我的意思。”何夕强迫自己冷静下来，“他自然是想上哪儿就上哪儿。问题是他怎么知道我们那天刚好要进行跃迁实验？事先知道这件事情的只有几个人，他还不至于能跑到别人的脑子里去吧？”

江哲心的表情有些迷茫，他喃喃道：“是啊，除了‘五人委员会’之外，只有你和那位叫牧野静的女士事前知道这件事。会不会是牧野静？”

何夕大大咧咧地打断他：“我可不这么想，那女孩虽然有些莽撞，但是心地好着呢。”

“那你是认为问题出在我们这边了？”江哲心低声说。

“我也不是武断的人。现在我只是提出这种怀疑，毕竟事情过于巧合了一点儿。”何夕稍稍停顿一下，“我不知道该怎么说。”

“你就直说怀疑谁吧。”

何夕迟疑了一下：“跃迁实验那天崔则元博士为什么没有来？”

江哲心悚然一惊：“你怀疑他？”

十六

送走客人之后，崔则元博士独自走进书房，他的神情显得很疲惫，自从3年前过了70岁生日之后，他自感精力已经大不如前。是时候考虑退下来的问题了，他想，同时他在脑海里搜索着一些后学之辈的面孔。他根本没有注意到有一个人已经站在他的背后很久了。

“你好。”来人大方地打着招呼，他整个身体都站在大书架的阴影里，让人看不出面容。

崔则元只是稍微表示了一点儿奇怪，几十年来他见过的东西太多了。

“如果不介意的话，请将门反锁上。”来人不紧不慢地吩咐道。等到崔则元从命之后，他低头拖过去一张椅子坐下来，竟是一副打算长谈的架势。

“你是怎么进来的？”崔则元决定一个问题一个问题地

搞清，他知道自己作为“五人委员会”的成员一向受到最高级别的保护，一个人想要混进来即使从理论上讲也几乎是不可能的。

来人笑了，从笑声里崔则元听不出恶意：“我是大摇大摆走进来的，没有人能够阻止我。”来人说着话走出了那片阴影，崔则元立刻知道来人的话并不是夸口了，因为那个人是何夕。

但是崔则元的惊讶之情反而胜过了刚才：“你来做什么？”

何夕若有深意地沉默了几秒：“我想弄清楚一件事。现在我怀疑‘五人委员会’里有‘自由天堂’的人。”

崔则元博士想了想：“这么说你怀疑我？”他环顾四周，“这里没别人了，你直说吧。”

何夕没料到崔则元竟会这么直接，他反而有些被动地嗫嚅道：“我也不是这个意思。我只是觉得只有做这个假设才能解释一些事情，实验出事那天只有你不在场。”

崔则元博士叹了一口气：“原来你是因为这件事。”他摇摇头，指着桌上一叠厚厚的文件说，“两个月前我因为身体原因正式提出退出‘五人委员会’。你知道以前我们一直是终身制，所以这次的变化应该算是很大的。这段时间我一直忙于这件事情，不想反而惹得你怀疑。”

何夕愣住了，凭他的眼睛看不出崔则元博士有丝毫的隐讳之处。

崔则元接着说："江哲心博士知道这事情的，他没有告诉你吗？"

"江哲心博士？他没有对我说过。"何夕苦恼地回忆着，他不明白自己那天向江哲心提出对崔则元博士的怀疑时，他为什么没有说出其中的缘由。这时何夕的脑子里突然闪过一个念头，一时间他的两腿几乎站立不稳。

"我必须走了。"何夕匆匆转身，"如果冒犯了你的话，请多原谅。"

崔则元刚想要表示自己并不介意的时候，何夕已经突然消失了，就像是他根本没有来过。尽管知晓其中的技术原理，但是崔则元还是立刻就僵立在了原地。

十七

何夕驾着车一路狂奔，窗外的景物飞一样地朝后逝去。走过两个街区，突然道路被阻断了，一些拉着横幅的游行队伍鱼贯而过。所有的横幅上都写满了"自由天堂"这几个字，横幅边是无数表情狂热的人。他们喊着口号喧哗而过，更多的路人加入其中。何夕知道，近一段时间以来"自由天堂"的活动已经日趋公开，政府里也有不少人支持这个组织。这个日益庞大的组织取得合法地位只是迟早的事情。

游行队伍好不容易过去了，何夕急不可待地踩下油门。刚才崔则元博士的话提醒了他，现在他终于想清楚了事情的前因后果。“五人委员会”里肯定有“自由天堂”的人，这是何夕早就认定了的。因为在另外5个新创空间里根本没有“众生门”，而如果没有“众生门”作为引导的话，没有人能够达到自由穿梭层叠空间的境界，所以这个人一定来自这一层世界。更为关键的一点是，如果有这么一个人，那么他一定也会和何夕一样从小就目睹到一些奇怪的现象。从人之常情出发，他也一定会发出询问，想要找到答案。但是他却没有这么做，而是采取了另外一种完全不同的利用这种能力的方式。这就说明他是一个知道内情的人，而且很可能知道何夕的悲惨遭遇。除了“五人委员会”，还有谁能具备这些条件？

何夕一分神，车头碰上了前面一辆车的尾部。镇定，他在心里对自己说，同时不无歉疚地看着已被自己超出而兀自在后边骂不绝口的那位司机。如果撞车的话，你不会有事但别人会死，要珍惜生命。何夕对自己说。自从知道自己拥有特殊能力之后，何夕曾经恶作剧地突然冲上公路，惹得那些惊出一身冷汗的司机臭骂一顿，他觉得这就像是一场游戏。

5 个人中蓝江水已经不用怀疑了，而江哲心，何夕是怎么也想不到他头上去的。凯瑟琳在实验出事时一直没有走出过何夕的视线。现在如果崔则元没有嫌疑，那么就只剩下一个人了。当天在实验室里，他第一个朝大厅的角落跑去，他和蓝江水到底看到了什么事情已是死无对证。他那天如果不那样做的话，人们很容易会想到“众生门”被破坏是内部出了问题，他那样做便可以引开人们的视线。他可以先打死蓝江水，之后再故意显出一个身体的影子来吸引人们的注意力，然后他从另一层空间里快速返回原地，再给自己补上一枪。当时警卫们一直在外面开枪，屋子内外的枪声是根本无法区分的。何夕感到一阵阵心悸，郝南村阴鸷的脸在他眼前晃呀晃的。

何夕没有从正门进入基地，他点起一支烟，望着门口森严的守卫。过了一会儿，他转身钻进了小车。片刻，一名警卫踱着方步过来，他拍着小车的前窗大声嚷嚷道：“快开走，这里不能停车的！”他埋下头，“咦，人呢？我明明见到有人进去的。妈呀，大白天见鬼了！”

十八

江哲心微微喘息着，他感到自己的心脏一阵阵地紧

缩。自从何夕同他谈过对“五人委员会”内部的怀疑之后，他就知道发生了什么事情，他几乎是凭直觉想到了郝南村。但是要他怎么能正视这一点？郝南村是他最得意也是最心爱的学生和助手。

“这么说你承认了？”江哲心低声问，他脸上的肌肉止不住地哆嗦。

郝南村面无表情地看着自己的脚，江哲心的询问让他心烦意乱。什么地方出了差错，他仔细地回想着。他并不怕江哲心发现这个秘密，实际上这也只是迟早的事。在他的计划里他迟早会露面的，因为他将主宰6层世界——谁会愿意当一个不能见人的主宰呢，那还有什么意义？问题是他不想这么快就和江哲心摊牌，毕竟他是对自己恩重如山的老师。

“我在问你。”江哲心提高了声音。

“我没什么好说的。”郝南村开口道，“你不会明白的。”

江哲心气得浑身发颤：“你说什么，我有什么不明白的？”

郝南村突然站起身，他有一种一吐为快的感觉：“你不会明白的。一个人从小就被迫目睹无数说不清来处的奇怪的影子，它们无时无刻不在你的眼前飞舞。我不敢对任何人讲自己亲眼看到的东西，如果那样做的话，我就会被当成疯子。你知道吗？我从几岁的时候起就每天陷于这种无法摆脱的恐惧之中，我怕他们把我关进疯人院去，我怕极了。”郝南村捂住了头，他的眼睛里充满了痛苦，“你不会明白的。”

江哲心的神色平静了些，他轻抚着郝南村的肩头：“我知道你受过很多苦。在整件事情里我们都是有责任的。只要你解散‘自由天堂’，放弃那些荒唐的做法，以后你就还是我的好学生，还是我的合作者。你的前程是不可估量的。”

“前程。”郝南村仿佛有所触动，他直愣愣地望着墙，目光像是痴了。叫他怎么跟江哲心说得清楚？江哲心知道站在神坛之上享受亿万人的顶礼膜拜是什么滋味吗？知道自己脚下的尘土被人亲吻的滋味吗？可他知道，那种感觉真是令人永远难忘。如今在 6 层世界里已经建起了无数“自由天堂”的神龛，当他降临其上的时候，四周狂热的欢呼声响彻云霄。他的一笑一颦、一喜一怒都可以左右亿万人，他们愿意为他生、为他死，无数人愿意为他献上金钱。在“自由天堂”的世界里他的话就是圣典，就是金科玉律，那个时刻他就是世界的中心，就是亿万人的主宰——而现在江哲心居然要他放弃这一切。

江哲心的神情有些恍惚：“这些日子以来我一直在想，也许我们和金夕博士都大错特错了，我们实在是过于迁就

人类的意愿，总是想尽一切办法满足他们。”江哲心悲叹一声，“何夕说得对，随着时间的推移，自由物质出现的总体可能性将越来越大，如果那次雪崩或是某一次火山爆发发生在某个大城市的话，后果真是不堪设想。”江哲心闭上双眼，显出痛苦的神情，“倘若如此，我们的灵魂将永堕地狱的底层。所以，我决定了一件事。”

“什么事？”郝南村有些紧张地问。

“我决定由我们这一届委员会来终止‘众生门’计划。”江哲心睁开眼，“我已经和凯瑟琳、崔则元谈过，他们已经同意了。”江哲心凝视着郝南村，“现在，就差你的一票。”

“如果我不同意呢？”郝南村幽幽地说。

江哲心脸上显出决绝的神色，他明白了郝南村的意思。这个时候他看上去不再像是一个风烛残年的老人，而更像是一名斗士。一丝痛苦的表情在他苍老的脸上浮动着，但他的语气里不再有丝毫的感情。“那我们只能恩断义绝。”他拿起桌子上的电话。

但是江哲心立刻捂住了胸口，一把样式古怪的刀子贯穿了他的右胸。他看着殷红下滴的鲜血，脸上的表情像是面对一件不可想象的事情。

“不——”何夕突然从墙角现身出来，刚好目睹了弑师的一幕。郝南村的脸一下子变得惨白，他惊恐地朝后退去。

何夕看了一眼江哲心的伤势，他愤怒地瞪着郝南村：“你还算是人吗？”他悲愤地问，“他是你的老师，你说过他对你恩重如山。”

郝南村镇定了一些，他神经质地叫喊着：“他要阻止我！无论谁要阻止我都是死路一条！我是神，是至高无上的神——”

“你是魔鬼！”何夕狂怒地打断他，与此同时他的手里多出了一把枪，“你该下地狱。”

郝南村突然笑了，他满不在乎地盯着何夕手里的枪：“你应该知道这没有用。我们两个人都是上天凭借概率之手选中的人，世界上没有什么东西能够伤害我们。等你的子弹打过来时，我早就跃迁到另一层空间里去了。”

“我相信报应，报应啊——”何夕虔诚地大喊，似乎想借助上天的力量帮助自己除去眼前这个恶魔，几乎就在同时，他手里的枪喷出了长长的火舌，震耳欲聋的枪声充斥着整个密室。

硝烟散尽，对面的墙上布满了弹孔，但是郝南村不见了。没有报应，也没有上天的力量，什么也没有。何夕扔掉枪绝望地跪倒在地，掩面长泣。

“你是……谁？”是江哲心的声音。他苏醒过来，迷茫地看着何夕。

何夕急忙迎上去：“是我，何夕。”他握住江哲心的手，感觉生命正一点点地从这个老人身上消失。“我该怎么办？”何夕痛苦地呻吟，“他是超出6层世界的恶魔，任何力量都奈何不了他。告诉我，我该怎么做？还有什么能阻止他？还有什么？告诉我——”

一丝淡然的近于彻悟的神色自江哲心苍老的脸上漾开，他低垂着眼睛一字一顿地说：“天——网——恢——恢——疏——而——不——漏——”他的头猛地一低。

何夕一动不动地跪在原地，他的心中麻木得没有一丝感觉。没有人知道这里发生的事情，密室对外界隔绝了刚才发生的一切。不知过了多久，一阵急促的电话铃声突然响起，何夕抓起听筒。

“江哲心博士，”听筒里是一个焦急的声音，“几分钟前凯瑟琳博士和崔则元博士在实验室里遇刺身亡。据郝南村博士分析，这是一名叫作何夕的恐怖分子所为，政府已经发出了通缉令……”

何夕不禁哈哈大笑，这太荒唐了，自己居然成了通缉犯，而真正的恶魔却依然正人君子般高高在上。他大笑着对着听筒说：“我就是何夕，江哲心博士就在我旁边，他已经死了，来抓我吧。哈哈哈……”

何夕扔掉听筒，继续放声大笑。密室的门打开了，荷枪实弹的警卫冲了进来。但是何夕的身躯渐渐变淡变空，最终消失不见了，只有凄厉的、绝望到极点的笑声还在四处回荡……

十九

牧野静穿过拥挤的人群，她的目光须臾都不敢从前方的那个身影上滑落。四周充满了男人的汗臭与女人的香水混合而成的刺鼻气味，让人呼吸不畅。天知道这么多人怎么会突然聚拢来，看上去人数也许超过了 10 万。这里本来是一片荒凉之地，现在却变得像是在开交易会。不同的是这里没有什么货物，只有狂热的人群。所有人的精神都健旺至极，他们的脸上充满兴奋，一个个红光满面的样子就像是过足了瘾的吸毒者。四下里的火堆照亮了天空，噼噼啪啪的木头爆裂声清晰入耳。松枝燃烧析出的油脂“吱吱”地往下淌，恰如人们高到极点的情绪。在广场的前方搭有一个几米高的平台，台子正中是一具巨大的十字架。在十字架的中心处悬挂着一张精美的座椅。在平台的四周都牵着条幅，上面书写着血红的大字——“自由天堂”。

牧野静不知道何夕为何一到晚上就到这里来，自从 10

多天前他突然失魂落魄地找到自己之后，就每天都要到这里来。找到自己的那天，何夕的样子就像是刚刚走了几十里路似的，人刚一倒在床上便人事不省了。那一觉他睡了将近20个小时，醒来后他便像是换了一个人似的，脸上是一种大彻大悟的神情。牧野静问他到底发生了什么事，为什么政府现在要通缉他，他是不是真的杀了人。对于这些问题何夕的答案只有一个，那就是一语不发。不过他每天都会消失一段不算短的时间，回来的时候总是面色苍白，疲倦得像是散了架，有时身上还带着青紫的伤痕。牧野静问他到底在干什么，但他只是笑着摇摇头，然后便是蒙头大睡，醒来之后又是一副大彻大悟仿佛看透了一切的神情。

人群中突然爆发出一阵巨大的欢呼声，牧野静知道准是快到那个时刻了。往日里，每到这个时候人群都会像炸锅一般掀起震耳欲聋的狂喊，而到那个什么“神”突然出现在高台的椅子上时，四周却又立刻静得好像连一根针掉在地上的声音都能听得见。接下来便是更加声嘶力竭的呼喊和狂热的掌声。那时的人群就像是疯了一般且歌且舞，无数的人朝那个高台冲过去，口里嘶吼着“带我走吧”“你与我同在”“我愿意为你死”。片刻之后“神”却悄然逝去，就如同他的出现一样神秘。牧野静感到这里的人明显一天比一天多，她记得10多天前还只有几百人而已。听别人说，以前这里的“神”是极少现身的，但是近一段时间以来却从未让人失望。

牧野静心里有一个猜想，虽然她实在不愿相信这是真的。每当“神”现身的时候，她就会发现何夕不知上哪儿去了，而当“神”离去之后，何夕却又会悄无声息地突然出现，脸上是一种极度满足的神情。那种神情让牧野静没来由地感到恐惧，她疑心那个“神”就是何夕自己。她甚至想过，如果何夕真的决定去当一个“神”的话自己应该怎么办。她知道何夕不是常人，甚至可以说他本身就是一个神。这样想着的时候，牧野静觉得何夕就像是一个令人不安的陌生人。

牧野静咬咬牙，她决定今晚一定要眼睛一眨不眨地看住何夕。她快步向前几步，拽住了何夕的手。何夕悚然回头，见到是她立刻轻松地吁出了一口气，脸上露出明朗的笑容。牧野静看着他的笑容，心里想，为什么有着这样明朗笑容的人会想到去做一个“神”？她轻声叹了一口气说：“你今晚一直陪着我好吗？”

何夕怔了一下，笑容消失了，他低头看看表：“等一会儿吧。我办完事情就回来陪你。”

牧野静盯着何夕的眼睛：“什么事情？是不是比我重要？”

有一丝亮光自何夕的眼睛里闪过，但立即就变暗了，他缓缓地将手从牧野静手里挣脱：“比什么都重要。”他停了一下，眼里划过一丝无奈，“包括你。”

说完这句话，何夕就无声无息地从牧野静面前消失了。周围的人群都狂热地盯着高台的方向，没有人注意到这奇怪的一幕。

但是人群突然安静了下来，所有人都拼命地伸长了脖子，朝着高台的方向望去。牧野静擦干顺着脸庞流下的泪水，她的心已经碎了，她终于知道，一个女人的柔情在男人的所谓理想面前是多么渺小可笑。她真想一走了之，离开这个伤心的地方。但是她还是本能地望向了高台的方向，她知道“神”就在那里，不，应该说何夕就在那里，享受着万众的膜拜。

但是事情变得有些古怪，因为高台上突然凭空出现了两个身影——两个“神”?！他们居然还在说着什么，只是无人能够听清他们的话。其实就算听得见，也没有人听得懂他们在说些什么，因为那是“神”与“神”的对话。

二十

“你怎么会在这儿?”郝南村坐在高台的椅子上，一条长长的披风斜拖在身后。他居然化过妆，这使他的面容看上去更加威严和神圣，如果不仔细看的话几乎认不出他是郝南村。

“我为什么不能在这儿？”何夕惬意地伸了个懒腰，环视着疯狂的人群，“这里很不错嘛。”

郝南村突然笑了：“我听说每天都有‘神’在这个盛大的聚会上现身，原来是你在这里。”他露出了解的样子看着何夕，“你终于想通了。其实你何必冒我之名来偷偷享受这种无上之福呢？凭你的实力你可以另起炉灶的，我保证和你井水不犯河水。不过也好，像今天这种规模的盛会并不多见，说起来我还应当谢谢你才对，毕竟你帮我扩大了‘自由天堂’的影响。”郝南村陶醉地聆听着震耳欲聋的欢呼声，“想想看，造物主待你我不薄。世界就在我们的掌中，众生也在我们的掌中。这真是妙不可言的感觉。”

“我不大懂你的意思。”何夕淡淡地说。

“这有什么难懂的！”郝南村轻慢地指着黑压压的人群，“我知道你迟早会想通的。我和你属于另类，相对于这些人来说我们是‘神’。人生短促如朝露，何不利用上苍的恩赐享受？”他志得意满地大笑，“我和你都将有精彩的人生。这些人心甘情愿地让我们驱使，这个世界上的一切都将属于我们。”

“可是你想过没有，这样的世界是不稳定的。”何夕插话道，“随着时间的推移，6 层空间的世界将面临越来越多的问题，也许在下一个时刻灾难就会降临。”何夕指着狂热的人群，“这里有 10 万人，如果地下突然冒出火热的岩浆来将会是怎样的一副情形？”何夕紧盯着郝南村的眼睛，“就算是炼狱也不过如此吧。”

郝南村稍稍愣了一下，也许何夕描述的情形让他有些害怕，但仅在瞬间之后他即恢复了常态：“这对你我都是没有影响的，我们可以马上穿梭到另一层安全的世界去。”

“可他们呢，这里有 10 万人，你就看着 10 万人在火海里挣扎着死去吗？”何夕激动地大叫，他的脸涨得通红。过了几秒后他平静下来，用同样平静的口吻说：“不过我倒是很满意你的回答，简直可以说是满意透顶。”他的脸上露出奇怪的笑容。

“满意？为什么？”郝南村问道，他隐隐觉得什么地方有些不妥。

“因为这使我永远都不必为自己下面要做的事情感到后悔。”何夕的手指微微一动，一道亮闪闪的金属圈从椅子上弹出来，箍住了郝南村的身体。

“你这是什么意思？”郝南村迷惑不解地看着何夕，“你要做什么？”

何夕看了看那道亮闪闪的金属圈，又看了看椅子上的郝南村。

“这把椅子已经不再是原来的椅子了，它能够捉住魔鬼。”何夕认真地说。

郝南村哑然失笑，他觉得何夕大概是受刺激过度，因而有点儿神经不正常了：“不要玩这些噱头了，你知道这不会有用的。这个世界上没有任何东西能够伤害到我，子弹不能，这玩意儿更不能。”

何夕没有理睬郝南村的话，他一脸虔诚地朝前逼近：“你没有试过怎么就知道不行？等到你真正被捉住的那一刻肯定就不会这么说了。记得我说过一句话吗？”何夕顿了一下，“我说过我相信报应。我知道你是不信报应的，这正是你和我之间最大的不同。不过快了，你马上就会知道什么是报应了。”

郝南村有些惊慌地盯着何夕，就像是看着一个疯了的人：“你准是疯了。我不想和你纠缠。我奈何不了你，可你也同样奈何不了我。你慢慢玩吧。”说着话郝南村的身体开始变淡，轮廓也开始消失。只一瞬间的工夫何夕的面前便只剩下了一团虚空。

但是何夕的姿势没有变化，他依旧站在那把椅子旁边，脸上满是虔诚地望着苍穹，目光里有希冀的光芒闪现，他的口里念叨着什么，就像是在祈祷。

大约只过了几秒的时间，郝南村突然重新出现在了何夕面前的金属圈里，他的脸由于极度的惊恐已经扭曲变形，看上去令人害怕。

“你做了些什么？”郝南村挣扎着大叫。

何夕低叹了一口气：“你终于知道害怕了。你知道你的老师江哲心博士临死前对我说了什么吗？他说，天网恢恢，疏而不漏。”何夕指着那个金属圈说，“我给它起的名字就是天网。它并不是单一的，在6层世界里的同一位置都有这样的一个圈，所以无论你逃到哪一层世界，都会发现自己刚好被它牢牢地箍住。这就是天网。”

“天网。”郝南村面无人色地重复着这个词。

“你以为我每天到这里来就是为了享受这种令人作呕的狂热崇拜吗？”何夕鄙夷地看着郝南村，“我承认那种滋味的确让人飘飘欲仙，但是它不值得我留恋。你想主宰这个世界，可我不这么想，我从不认为哪个人有权那样做。而且我说过的，我相信报应。我每天来这里只是为了等你。如果你想避开我的话我是毫无办法的，所以我设计了这一切，我知道这样的盛会对你的诱惑力是不可抗拒的。你不是喜欢万众的膜拜吗？你不是喜欢坐在宝座上面高高在上的感觉吗？这些我全给你。当然，还有天网。为了布置好这些，我在每一层世界里费尽周折。”何夕撩开衣袖露出伤痕，“这个位置在其中一层世界里甚至是火山口。”何夕扫视台下激动无比的人群，“这些人都是你的信徒，你是他们心中至高无上的‘神’。不过——”何夕露出冷酷的表情，“你马上就不是了。”

郝南村彻底瘫软了，他的身体剧烈地哆嗦着，汗水从他的脸上大滴大滴地滚落下来。“你放过我吧。”他呻吟着哀求，“我不是人。”

何夕用更高的声音打断了他的话：“到现在才说这些已经太迟了。”他的眼里有隐隐的泪光闪动，他的眼前晃过一些故人的面孔。“想想为你而死的那些人吧，想想你将把世界引向的去处吧。这就是你的报应。一切都结束了——恶魔！”何夕高声喊道。

全场轰动了。

“以上天的名义——”何夕紧紧抓住了郝南村。

郝南村在惨叫。座椅跌落在地，摔得粉碎。人群发出惊呼。

“以10万人的名义——”何夕睁大了双眼。

郝南村喉咙里发出咕咕的响声，他已经说不出话来。

“以死难者的名义——”何夕的手更加用力。

郝南村的身躯扭曲着忽隐忽现，他在6层世界里左应该存在。它只是空中楼阁，就如同镜子的反光。但是它毕竟存在过，并且在那么长的时间里承载过无数人，连同他们的爱与悲哀。只是，现在不需要它了。

何夕看了一下时间，再有几分钟，当“重归计划”结束之时，位于另一个世界的一些人将启动巨大的机器湮灭5个新创的世界。何夕周围的一切将消逝无痕，就如同它们根本就不曾存在过。在这个时刻何夕想了许多，无数思绪在他的脑子里匆匆而过。他仿佛看到了百余年前那个惊梦的童稚少年，仿佛看到许多故人向他微笑着走来。

何夕抬起手，做了一个挥手道别的动作——向往昔的一切，也向这座令他永世难忘却终将在繁华落尽之后归于虚幻的城市。微风吹过来，掀动着他的白发。当何夕的手还停在空中的时候，他的眼前突然闪过一阵亮到极点的白光，他不自觉地闭上了双眼。他知道那件事情发生了。

等到何夕重新睁开眼睛的时候，刚才的一切都已消逝不见，他发现自己身在一间亮着灯光的屋子里，脚下是真正坚实的大地。何夕跺跺脚，享受着沉闷踏实的声音。不会有雪崩了，也不会再有离奇的大灾难，这很好——他想。

这时房门突然窸窸窣窣地被推开了，一个小脑袋小心翼翼地钻了进来，那是一个七八岁的长得胖乎乎的小男孩。

周围安静极了，所有人都静静地站立着，就像是一座座雕像。

“后来的事你们都看到了。”何夕轻声叹了一口气，他像是要虚脱了一般，“这就是真相。也许你们现在还不愿意相信我，但是迟早你们会明白的。”何夕龇牙笑了一下，目光惨淡，“有时我会忍不住想，人类真是伟大，能够凭借智慧发现那么多自然的秘密，用以造福自己。但有时我又想，如果大自然是一位母亲的话，那么人类就是她最聪明但也是最可怕的一个孩子。这个小家伙顽劣不堪却又自以为是，他总是不断地向母亲要这要那。母亲疼爱自己的孩子，但是她并不想纵容他。可是这个孩子实在是太‘聪明’了，他总能变着花样地从母亲那里得到自己想要的东西，而有些东西是母亲本不愿意给，不能给，同时也给不起的东西。但是因为‘聪明’，他总是如愿以偿。他每一次背着母亲偷偷地火中取栗都是有惊无险，每次都自以为得计地享受着自己的‘聪明’，却不知母亲一直就站在他的身后，为他将来的命运暗自垂泪。”

何夕说不下去了，他的眼中淌出了泪水。泪光中他见到一个人走上高台，轻轻地依偎在他的胸前——那是一个姑娘。这就是结局了，何夕想。

奔右突却无路可逃，他的眼睛瞪得很大，就像是要暴突出来。

“以正义的名义——”何夕继续说。

郝南村抽搐着，眼里满是绝望。

何夕停下来，但是立刻又补上一句：“以我的名义——”

郝南村的身体渐渐软了下去。何夕已经筋疲力尽，但是他还是强打精神转向已经惊呆了的人群。一时间何夕有些茫然，他不知道应该如何向人们解释发生的一切。是该让所有人知道真相的时候了，尽管这个真相并不美好，里面浸透了人类的贪婪与疯狂。但是，它是真实的。

“这就是你们的‘神’。”何夕走到麦克风前，“但是他并不是万能的，和所有人一样，他也会死，现在他不再是‘神’了。”何夕任郝南村无力地倒在地上发出巨大的声音，“我来告诉你们这一切究竟是怎样发生的吧。这个故事实在太长了，它从 200 多年以前蜿蜒至今，但几乎所有人都对它一无所知……”

……

四下里的火堆已经燃尽，收敛了曾经喧嚣直上的妖冶的火光，有气无力地冒着烟。而东方的天空已经现出了淡淡的天光，预示着真正的光明就要来临。

何夕还在讲述着。

尾　声

微风扫过无人的城市，蓝色天幕上巨大的云影缓缓移动。

134 岁的何夕已是白发苍苍，他站在宽大的街道上环视着雄伟壮观的枫叶刀市。一座高大而荒凉的过街天横亘在他的面前，昔日人流上下奔忙的景象已是苍狗云。周围没有一个人，也没有有人的迹象，这里就像是座死城。死城，何夕回味着这个词，是的，这里是一座城。“重归计划”是从 100 年前启动的，也就是郝南村后不久。何夕想着这个时间，他在心里惊叹自己居然这么久。也许是因为他的身体异于常人，但是他知道确实老了，他已经能够看到死亡的身影。在这个计人们用了 100 年的时间返回故里——谁能想到回家的然这么长。

牧野静已经离开这个世界很久了，在不太遥远的某一天，何夕自己也终将离开这个世界。但是这将继续存在下去，连同他们的子孙。何夕想到这内心充满宁静。

阳光还在，反射万丈光芒的玻璃幕墙还在，已经归去了。这片异域的土地本来就是不存在的，

男孩见到屋里有人先是一惊，但是立刻问道："你在我家厨房做什么？"

"厨房？"何夕一怔，他环视了一圈，这里果然是个厨房，"我……路过这里。"他来了兴趣，"那你到这里又是做什么？"

小男孩不好意思地笑笑，他指着肚子说："我饿了，想找东西吃。我妈妈只要过了吃饭时间就不准我吃东西。"

何夕心念一动，他这才发觉周围的景物是那样熟悉。时光的流逝终止了，窗外小园子里花草的身影随风摇曳。"告诉我，这是什么地方？"他轻声问道。

小男孩打开冰箱，食物的香气扑鼻而来，他的脸上立刻写满幸福。"檀木街，10号。"男孩咽了一口唾沫，嘟哝着说。

作者后记

向来没有写后记的习惯，主要是因为我一直认为作者想说的话应该通过作品反映出来，除此之外不必多言。不过写完《异域之六道众生》（不知道编辑会不会用这个俗套而奇怪的名字）之后，我倒是有了写点儿东西的想法。这篇小说可以看作是发表于《科幻世界》1999年第8期的《异域》的姊妹篇。《异域》发表后我常觉得还有些话想说，因为自己比较喜欢《异域》表达的主题，所以这篇作品应该说是对这个主题有所深化。这两篇作品都反映了人类对自然的过度索取带来的后果,《异域》里的“异域”是时间上的，而《异域之六道众生》里的“异域”则是空间上的。能够在时空两个方面写出自己心里假想的“异域”，我个人是感到愉快的。

顺带在这里和读者诸君讨论一下文中的科幻成分。《异域之六道众生》的幻想比较大胆，一眼看上去有点儿神怪的味道。不过我只想申明一点，就是我没有打算写怪力乱神的东西，因为我不愿意给读者讲述我自己也不相信的东西，这是我给自己定下的几条写作原则之一。关于物质空间可否分层这个想法，其实它在我脑中存在已久。当代科技面临的难题之一就是物质的连续与断续。相对论作为一种场论，所描述的世界是连续存在的。而与它同样伟大的量子力学却认为，世界是按照普朗克常数断续存在的。而这也是两者至今无法统一的根本分歧之一。问题的关键在于两者都是正确的，它们在各自适用的领域都可以得到无数现象的证明。像这样富有挑战意味的带有某种“终极”特性的谜题永远都能给人以激情和灵感，而我也一直认为，正是因为宇宙间有这些伟大谜题的存在才有科幻的存在，而科幻的魅力也如同这些谜题的魅力一样永恒。

奔右突却无路可逃，他的眼睛瞪得很大，就像是要暴突出来。

“以正义的名义——”何夕继续说。

郝南村抽搐着，眼里满是绝望。

何夕停下来，但是立刻又补上一句：“以我的名义——”

郝南村的身体渐渐软了下去。何夕已经筋疲力尽，但是他还是强打精神转向已经惊呆了的人群。一时间何夕有些茫然，他不知道应该如何向人们解释发生的一切。是该让所有人知道真相的时候了，尽管这个真相并不美好，里面浸透了人类的贪婪与疯狂。但是，它是真实的。

“这就是你们的‘神’。”何夕走到麦克风前，“但是他并不是万能的，和所有人一样，他也会死，现在他不再是‘神’了。”何夕任郝南村无力地倒在地上发出巨大的声音，“我来告诉你们这一切究竟是怎样发生的吧。这个故事实在太长了，它从 200 多年以前蜿蜒至今，但几乎所有人都对它一无所知……”

……

四下里的火堆已经燃尽，收敛了曾经喧嚣直上的妖冶的火光，有气无力地冒着烟。而东方的天空已经现出了淡淡的天光，预示着真正的光明就要来临。

何夕还在讲述着。

周围安静极了，所有人都静静地站立着，就像是一座座雕像。

“后来的事你们都看到了。”何夕轻声叹了一口气，他像是要虚脱了一般，“这就是真相。也许你们现在还不愿意相信我，但是迟早你们会明白的。”何夕龇牙笑了一下，目光惨淡，“有时我会忍不住想，人类真是伟大，能够凭借智慧发现那么多自然的秘密，用以造福自己。但有时我又想，如果大自然是一位母亲的话，那么人类就是她最聪明但也是最可怕的一个孩子。这个小家伙顽劣不堪却又自以为是，他总是不断地向母亲要这要那。母亲疼爱自己的孩子，但是她并不想纵容他。可是这个孩子实在是太‘聪明’了，他总能变着花样地从母亲那里得到自己想要的东西，而有些东西是母亲本不愿意给，不能给，同时也给不起的东西。但是因为‘聪明’，他总是如愿以偿。他每一次背着母亲偷偷地火中取栗都是有惊无险，每次都自以为得计地享受着自己的‘聪明’，却不知母亲一直就站在他的身后，为他将来的命运暗自垂泪。”

何夕说不下去了，他的眼中淌出了泪水。泪光中他见到一个人走上高台，轻轻地依偎在他的胸前——那是一个姑娘。这就是结局了，何夕想。

尾　声

微风扫过无人的城市，蓝色天幕上巨大的云影缓缓移动。

134岁的何夕已是白发苍苍，他站在宽大的街道上，环视着雄伟壮观的枫叶刀市。一座高大而荒凉的过街天桥横亘在他的面前，昔日人流上下奔忙的景象已是苍狗浮云。周围没有一个人，也没有有人的迹象，这里就像是一座死城。死城，何夕回味着这个词，是的，这里是一座死城。“重归计划”是从100年前启动的，也就是郝南村死后不久。何夕想着这个时间，他在心里惊叹自己居然活了这么久。也许是因为他的身体异于常人，但是他知道自己确实老了，他已经能够看到死亡的身影。在这个计划里，人们用了100年的时间返回故里——谁能想到回家的路竟然这么长。

牧野静已经离开这个世界很久了，在不太遥远的未来的某一天，何夕自己也终将离开这个世界。但是这个世界将继续存在下去，连同他们的子孙。何夕想到这一点时，内心充满宁静。

阳光还在，反射万丈光芒的玻璃幕墙还在，但是人们已经归去了。这片异域的土地本来就是不存在的，它也不应该存在。它只是空中楼阁，就如同镜子的反光。但是它毕竟存在过，并且在那么长的时间里承载过无数人，连同他们的爱与悲哀。只是，现在不需要它了。

何夕看了一下时间，再有几分钟，当“重归计划”结束之时，位于另一个世界的一些人将启动巨大的机器湮灭5个新创的世界。何夕周围的一切将消逝无痕，就如同它们根本就不曾存在过。在这个时刻何夕想了许多，无数思绪在他的脑子里匆匆而过。他仿佛看到了百余年前那个惊梦的童稚少年，仿佛看到许多故人向他微笑着走来。

何夕抬起手，做了一个挥手道别的动作——向往昔的一切，也向这座令他永世难忘却终将在繁华落尽之后归于虚幻的城市。微风吹过来，掀动着他的白发。当何夕的手还停在空中的时候，他的眼前突然闪过一阵亮到极点的白光，他不自觉地闭上了双眼。他知道那件事情发生了。

等到何夕重新睁开眼睛的时候，刚才的一切都已消逝不见，他发现自己身在一间亮着灯光的屋子里，脚下是真正坚实的大地。何夕跺跺脚，享受着沉闷踏实的声音。不会有雪崩了，也不会再有离奇的大灾难，这很好——他想。

这时房门突然窸窸窣窣地被推开了，一个小脑袋小心翼翼地钻了进来，那是一个七八岁的长得胖乎乎的小男孩。

男孩见到屋里有人先是一惊，但是立刻问道：“你在我家厨房做什么？”

“厨房？”何夕一怔，他环视了一圈，这里果然是个厨房，“我……路过这里。”他来了兴趣，“那你到这里又是做什么？”

小男孩不好意思地笑笑，他指着肚子说：“我饿了，想找东西吃。我妈妈只要过了吃饭时间就不准我吃东西。”

何夕心念一动，他这才发觉周围的景物是那样熟悉。时光的流逝终止了，窗外小园子里花草的身影随风摇曳。“告诉我，这是什么地方？”他轻声问道。

小男孩打开冰箱，食物的香气扑鼻而来，他的脸上立刻写满幸福。“檀木街，10号。”男孩咽了一口唾沫，嘟哝着说。

作者后记

向来没有写后记的习惯，主要是因为我一直认为作者想说的话应该通过作品反映出来，除此之外不必多言。不过写完《异域之六道众生》（不知道编辑会不会用这个俗套而奇怪的名字）之后，我倒是有了写点儿东西的想法。这篇小说可以看作是发表于《科幻世界》1999年第8期的《异域》的姊妹篇。《异域》发表后我常觉得还有些话想说，因为自己比较喜欢《异域》表达的主题，所以这篇作品应该说是对这个主题有所深化。这两篇作品都反映了人类对自然的过度索取带来的后果,《异域》里的“异域”是时间上的,而《异域之六道众生》里的“异域”则是空间上的。能够在时空两个方面写出自己心里假想的“异域”,我个人是感到愉快的。

顺带在这里和读者诸君讨论一下文中的科幻成分。《异域之六道众生》的幻想比较大胆,一眼看上去有点儿神怪的味道。不过我只想申明一点,就是我没有打算写怪力乱神的东西,因为我不愿意给读者讲述我自己也不相信的东西,这是我给自己定下的几条写作原则之一。关于物质空间可否分层这个想法,其实它在我脑中存在已久。当代科技面临的难题之一就是物质的连续与断续。相对论作为一种场论,所描述的世界是连续存在的。而与它同样伟大的量子力学却认为,世界是按照普朗克常数断续存在的。而这也是两者至今无法统一的根本分歧之一。问题的关键在于两者都是正确的,它们在各自适用的领域都可以得到无数现象的证明。像这样富有挑战意味的带有某种“终极”特性的谜题永远都能给人以激情和灵感,而我也一直认为,正是因为宇宙间有这些伟大谜题的存在才有科幻的存在,而科幻的魅力也如同这些谜题的魅力一样永恒。

故乡的云

一

航程比何夕预想的要长。

窗外是明媚的天空，嫩蓝嫩蓝的颜色穿过雕花的窗户透射进来，让人禁不住有一股想要融进去的冲动。但这一切都是显示屏和人开的一个玩笑，在屏幕的背后只有广漠无垠的虚空。何夕像以往一样伫立在窗前，右手支在下颌上，眼睛里流露出难以言述的神情。何夕一直沉默地注视着前方，大约过了1000个心跳的时间后，他突然开口说道："红毛，出来吧，我知道你在后面。"

帷幕后传来响动，红毛慢腾腾地挪了出来。他有些尴尬地耸耸肩，这个动作让他本来就长得有点儿过分的脖子变成了S形。“别介意。”他辩解道，“我只是关心你。猫也在旁边呢。”红毛朝另一个角落努了一下嘴。

“这可不好，自己暴露了就把别人也扯出来。”猫嘟哝着现身，手里照例拿着他那支片刻不离身的手枪。不过谁都知道里面是没有子弹的，猫这样做只是习惯性动作。整艘飞船上只有他们3个，要是在武器里装上子弹的话，万一走了火只会给自己带来麻烦。

“你们找到我们现在的方位了吗？”何夕慵懒地问，目光只对着红毛一个人。他们3个人中红毛是专家，猫是骁勇无敌的战士，其任务主要是护卫。

“在最近的一次跳式飞行中，我们跨越了15个‘宏围’的距离。”红毛稍停了一下，“大约相当于你们的30光年。系统测定的方位与计划相符。现在飞船正在收集游离氢，准备进行下一次跳飞。”

何夕淡淡地说：“也就是说，我们还要找下去？”

红毛点点头：“外面那颗恒星只有10亿岁，它太年轻了，周围不可能存在有生命的行星。”

“说话别太绝对，说不定会有病毒。”猫在一旁嘀咕。

“你是在抬杠。”红毛恼恨地瞪着猫，“你知道我们的目

标不可能在这里。”

何夕没有马上开口，从出发至今已经 6 年多了，对类似的场面他早就见惯不惊。这并不表示红毛和猫之间有什么大不了的过节，这只是长期孤独的环境下的一种发泄方式而已。但是，这算得上是孤独吗？何夕的嘴角向下扯动了一下，眼睛里泛起一股死灰色的光芒。30 年，一个人，只有黑色天幕上沉默的群星，只有仿佛自洪荒时便已开始的死寂……

“我们还需要两天时间才能收集到足够的游离氢，下一次跳飞的目标星系在 90 光年以外。”红毛说到专业内容的时候恢复了平静的表情。

“最好别又是一个什么也找不到的鬼地方。”猫毫不掩饰自己的讥讽，“别的我早不敢指望了，只希望您老人家还记得回去的路。”猫说到这里的时候流露出想念的表情。

何夕不想理会他们无聊的争吵，目光回到窗户的方向。这时他突然发现，一缕白色的棉絮一样的东西飘荡着从左上角掠过。

红毛注意到了何夕的诧异：“我发现这个房间原来的天空显示程序中漏掉了一样东西，刚刚它才被加上去。咱们中间只有你会用到这套程序，我和猫通常只是在屏幕上看娱乐节目。没有云的天空虽然也是天空，但显得不那么真实。”

“你是说——云？”何夕低声道。

红毛稍愣了一下，但立刻就释然了：“我忘了，你不认识云。是的，这就是云。大气中水汽比例一般在万分之一到百分之四之间，云就是由水汽形成的。”

何夕注视着那缕缱绻的云，感觉它轻薄得就像随时都会被周围的蓝色融化似的。“云……”何夕伸出手去，但冰冷的屏幕挡住了他。

二

公元 2204 年，统一的地球联邦建立。联邦的最高管理机构是地球议会，首任议长是一位名叫何纵极的华人，他超凡的工作效率及能力为他赢得了崇高的威望。刚刚建立的联邦并不稳定，议会时时都面临着各种难题。其中最大的一个难题是分裂势力的活动，这种势力来自各个方面。议会竭尽全力对抗这种势力，并力图避免战争的出现。

但是战争还是爆发了，议会能够明断很多事情，但战争除外。人类的历史早已证明，战争中充满了偶然。在几个月的时间里联邦军队节节败退，坏消息不断传来。叛军攻占联邦首都是在一个晚上，何纵极命令那些最坚定的议员撤退，但是他选择了留下来。何纵极忠诚的助手威廉姆试图强迫他逃离，但是何纵极挣脱他的手，以一种淡然的口吻说："我的确已经尽力。也许在你看来，现在留下来是愚不可及的行为。但是很遗憾，统一的大同世界是我毕生的梦想，我很愿意在这个梦中死去。"何纵极回头凝视自己的妻子——一位美貌的斯拉夫族金发女子，她象牙般洁白的面庞上清晰地展示出追随丈夫的决心。

一声啼哭打断了他们的对话，何纵极像是被电击中般低头朝妻子怀中看去，那是一个尚未足月的婴儿。一丝痛楚的神情浮现在何纵极的脸上，但只是一刹那而已。之后他低声细语道："何夕，除了这个名字之外我什么都还没来得及给你，如果来生我们还能成为父子的话，我保证做一个好父亲。"他抬起头惨然一笑，"他还什么都不懂，还不知道害怕死亡，这倒是让我心里好过一点儿。"何纵极挥挥手说，"你们走吧。"

威廉姆挥泪退下，心中已知此去便是永诀。何纵极挥动的手停在空中，久久不能放下。就在此时，一件意料之外的事情发生了，美貌的斯拉夫妇人突然奔上前，将襁褓中的婴儿塞到威廉姆的怀中。"带他走！"妇人凄惶地嘶喊道，然后她迅速退到何纵极身边，扯住了他的衣袖。何纵极用力挣扎想夺回婴儿，但居然无法挣脱，末了他仰起头叹了口气说："覆巢之下岂有完卵，他又能到哪里去呢？"

没过多久，威廉姆便意识到了何纵极预见的正确性。

叛军攻占首都后，何纵极夫妇双双从容就死，但是叛军发现，何纵极的死反而加大了他的影响，世人都知道何纵极的儿子尚在人间，有人开始借着他的名义组织力量对抗叛军。谁都明白消灭这种影响的最简捷的方式便是找到这个婴儿并且杀死他，于是大搜捕开始了。威廉姆很快发现世界虽大却已经无处容身，他和最后的追随者们带着何夕四处躲藏，但只坚持了几个月，他便知道自己面前只剩下了最后的一条路。

以核聚变反应为能源的飞船的飞行寿命几乎是无限的，同时，只要能源足够多，水和氧气都可以循环使用，能源还可以支持模拟生态圈中的作物生长。一句话，从某种意义上讲，能源足够的飞船相当于《鲁滨孙漂流记》中的孤岛。威廉姆怀抱孤儿，仰头注视着眼前高耸入云的飞船潸然泪下。与《鲁滨孙漂流记》中不同的是，现在就连这座孤岛本身也将是“漂流”的。它面临的不是风暴，而是宇宙间永无止境的幽暗空间以及无数潜藏的危险。

……

何夕将目光从电脑屏幕上收回，对他来说，每一次重温威廉姆留存的日记都会带来难言的痛苦。何夕曾经试图不这么做，但他很快发现这将导致另外一种痛苦。因为这些日记记录着他的根，如果离开这些文字，何夕便无法知

道自己来自何方，又将去向何处。在何夕生命中的前 30 年，除了照顾他生活的电脑之外，他无法与任何人交流，有时他甚至觉得自己就像是宇宙中一粒无根的灰尘。何夕曾经不止一次地试图结束自己的生命，有一两次若不是电脑及时发现他就成功了。聪明的电脑后来自行总结了一个规律：虽然那些日记每次都令何夕痛苦不堪，却能很意外地令他挣脱死亡的诱惑。于是电脑便不定期地自动播放那些日记的片段。从某种意义上讲，正是电脑的这个举动才让何夕活到了今天，但是这个举动也结出了另一个果实，那便是仇恨。世上有无数的仇恨，但如果仔细分辨便会发现，真正的仇恨只有两种：一种仇恨使人蔑视生命，另一种仇恨则使人顽强地活下去。

三

跳飞的原理在本质上是能量的瞬间转化。

时间与空间的关系是宇宙最后的底牌之一，古往今来无数的智者为了翻开这张底牌而殚精竭虑。但是某一天，当某一位智者最后一次回首那些折磨了他一生的线索时，他突然发现这张底牌消失了。于是他顿悟到时间与空间只是两个概念中的幻象，它们从来就没有真正存在过。真正存在的只有一样东西，那便是能量以及能量的流动。宇宙可以没有时间与空间（比如它诞生的时候），但能量却万古长存。

“宏围”是菲星人的能量尺度，在他们眼中，宇宙间的距离是以能量来计算的。如果一个“宏围”的能量能够将某个物体送到20光年之外，那么两个“宏围”的能量则可以将同质量的物体送到40光年之外，但两者所花的时间都是0。这便是跳飞。

“跳飞刚刚结束，一切正常。探测器已经出发。”红毛简洁地说道，他尽量不去看猫满脸讥讽的表情。

“银河系直径超过8万光年，恒星超过1500亿颗，你是不是准备全部都探测一遍？”猫捉弄地开口，“好在我的寿命还有至少2000年，只是不知道我们的王子殿下有没有福气验证你的判断。”

何夕没有搭腔，他当然知道猫所说的王子指的是自己。当年威廉姆将他送入太空时并没有设定任何目的地，按照威廉姆的想法，如果何夕能够终老太空，那便是最好的结果了。但在超过20年的漂流之后，飞船误入了某处类似虫洞的引力旋涡之中，结果被抛离到了银河系里另一个完全不可知的地方。正是在这里何夕与菲星人的远征飞船相遇。菲星人很快查清了事情的缘由，从母星赶到的使节告诉何夕，菲星人愿意帮助何夕回到地球，并且帮助他

成为领袖，条件是地球从此被划入菲星帝国的版图。由于跳飞的出现，菲星帝国的版图不再保持传统中的空间连续性，而是由若干散落在广袤银河系中的适于生命存在的小点组成。宇宙如此之大，而生命又如此罕见，即使以菲星强大的能力，在这么长的时间里也只找到了少数适宜的行星。而现在，菲星帝国伟大的女王已经发誓要将那颗还不知道存在于何处的生命星球镶嵌在她的权杖之上。

王子，何夕回味着这个词。是的，我是王子，浑身燃烧着复仇的烈火。何夕忍不住想起莎士比亚笔下的那个人——另一个复仇的王子，那是他在漫长的流浪生涯中读到的故事。王子的选择是正确的，何夕想，仇恨之火必须找到它的去处。何夕只在电脑里见过叫作“父亲”的那个人，何夕金色的头发和棱角分明的面庞更像他的母亲，但是不知什么原因，何夕总觉得照片里那个黑头发黄皮肤的人与自己的心灵更为接近。何夕在流浪中的大部分时间都花在学习上，最为令他着迷的便是有关古老东方的一切。少年何夕第一次从日记里看到父亲宁愿死去也拒绝逃亡时，内心充满迷惑，但是后来他才发现，这不过是无数东方故事中的一个而已。

人杰或者鬼雄，对有些人来说这是世上唯有的两项选择。

明亮的恒星光线被过滤掉紫外光的部分后从舷窗外照射进来，室内的温度开始升高。看上去这应该是一颗中年恒星。探测资料已经传回，在这颗恒星上没有生命存在的迹象。

“这种方法的确很慢，不过你带来的资料里只记载了太阳系位于银河系的旋臂区，距离银河系中心约3万光年。要知道，银河系里符合这个条件的恒星数量至少有几十亿颗。不过根据我们设计优化的寻找方案，在可行的时间里一定能够找到。”红毛依然保持着神情的倨傲。

“等我们找到了地球又该怎么做？”何夕问。

“当然是建立宇宙航标。”红毛解释道，“跳飞是有一定危险的。因为我们对目的地的情况了解得很少，所以一旦误入类星体或是黑洞等强引力物体的附近，那就等于踏入了地狱之门。如果是我们这样的小目标飞船进行跳飞，那情况要好得多，而对于大型舰队来说，盲目的跳飞无异于自杀。”红毛显出少有的害怕的表情，“只有建立了航标，帝国军队才能安全到达。”

“可要是我们一直找不到地球怎么办？”

红毛犹豫了一下，似乎在决定要不要往下说，但是猫已经开口了：“告诉你也好。我们接受的命令是同你一道寻找地球，如果找不到也会一直找下去，直到你的生命结束。”猫伸出舌头舔舔鼻子，“不过，你的生命只有区区几十年，对我们而言实在是太短了，我现在都有些担心任务无法完成。但愿别让我们伟大的女王陛下失望。”

四

探测器又一次出动了。

何夕的两鬓已是一片斑白，深长的皱纹从他的额头上划过。此刻猫正在打瞌睡，何夕知道，经过这么多年的时间，猫在心里早就放弃了这项任务，猫现在等待的不过是哪一天何夕寿终正寝之后的早日返航。红毛躲在他的房间里看已经重复看了很多次的菲星肥皂剧，自从他将何夕培养成半个专家之后，他就清闲了许多。实际上从几年前开始，像这种例行的探测工作就已经是何夕一个人的事情了。

恒星资料首先被传回。年龄：50 亿年；半径：约 70 万千米；中心温度：1500 万摄氏度……从舷窗看出去它很普通，但不知什么原因何夕觉得它非常明亮，而且很……温暖。是的，温暖，就是这样的。恍惚间何夕突然发现面前这颗光球让他有一种似曾相识的感觉。

何夕的目光停在了 4 号探测器传回的数据和图像上。他的嘴角开始哆嗦，眼睛里有清清的液体聚集并且成行，喉咙里发出野兽受伤时的呜咽声。何夕伸手捂住脸，但是泪水还是从指缝间不可抑制地涌了出来，在人造重力的作用下滴落在地，发出清亮的声音。

赤道半径：6378 千米；质量：5.9 亿亿亿千克；表面 29% 为陆地，71% 为海洋……这些数字像电击一样向何夕袭来。这些数字是那样熟悉，何夕曾在无数个孤独的日子里咀嚼过它们，并且清楚地感受到它们在自己心中激起的撕裂般的痛楚。

深远的群星背景映衬出一颗孤独的淡蓝色星球，它缓慢而静谧地转动着。黄色的陆地浅浅地凸显出来，仿佛一块块粗糙的浮雕。亚欧大陆，苏伊士地峡，然后是冈瓦纳古陆的核心非洲大陆……西格陵兰岛——地球最古老的地壳正缓缓进入视野，它地底的岩石寿命已经超过了 37 亿年。壮丽的海洋无比平静，如同一位柔情初露的少女。而在整个蓝色星球的表面，那比大地更高远、比海洋更宽广的则是云，洁白、轻灵，挣脱世间万物的束缚而上升。它们连绵、轻柔地缠绕在星球的四周，如同一位细心照看自己孩子的母亲。

云，故乡的云。何夕的眼睛再一次湿润了。

旁边的另一个屏幕突然亮了，红毛的声音传来：“探测结果该回来了吧？我一分钟后过来。”屏幕上红毛正在起身。

“是的。”何夕的口吻平静得令他自己都不敢相信，“结果已经出来了。”

红毛站在何夕的身后，面对屏幕，脖子扭成了S形。一颗火红色的行星充斥了整个画面，巨大的尘暴激起的旋流遍布星球的表面。光线照射到的地方亮得刺眼，而阴影处却一片酷寒。整个星球没有一丝水的迹象。

“我不认为这会是我们想去的地方。”红毛转身离去，“我现在更关心的是这个区域游离氢的丰度。”

五

垂垂老矣的何夕独自躺在房间里，弥留之际的目光痴痴地望着窗户的方向。窗外是明媚的天空，嫩蓝嫩蓝的颜色穿过雕花的窗户透射进来，让人禁不住有一股想要融进去的冲动。但这一切都是显示屏和人开的一个玩笑，在屏幕的背后只有广漠无垠的虚空。

一缕缕洁白的云不断从窗户的各个方向游过来，飘荡着又游出窗户的范围。何夕的目光被那些飘逸的云左右着，它们真是漂亮，令人着迷。在云的下面就是那个地方了，那些浮雕般的陆地山冈，那些柔媚如同少女的海洋。也许威廉姆已经实现了他的理想，也许叛军还统治着一切。但是，这真的重要吗？

何夕常常回想起当年那一分钟里发生的事情。时间太仓促了，他根本来不及思考，但是内心的声音引导他做出了自己的选择。父亲母亲给了他鲜明的地球脸庞以及古老东方的心灵，他庆幸自己的选择。赤子从远游中归来，只是为了看一眼魂牵梦萦的故乡，他怎么忍心祭献那些美丽的山冈与海洋？而现在，漂流一生（人的一生是多么多么长啊）的游子已经疲惫了，他只想带着满身累累的伤痕在母亲温暖的怀抱里长眠。

……

“就这么把他抛出去？”猫低头俯视着安详躺在宇航服里的何夕。

“只能这样，难道将尸体带回菲星吗？那样做对他有什么意义呢？他又不是菲星人。再说，他的一生都在漂流……”红毛说到这里突然顿住了，这句话让他 1000 岁的心灵也禁不住颤抖了一下。红毛发出输送命令，何夕无声地滑向隔离舱。几秒后，舷窗外广漠的宇宙空间里多出了一件物体。

“我们该返航了。”红毛表情复杂地叹了一口气，“这次任务用的时间也的确长了点儿。”

“可那是怎么回事？”猫突然指着窗外发出惊叫，“不应该是这样的！”

“怎么啦？”

“我发誓他是被平放着发送出去的。可现在，他站立起来了。”

“可能是发送的时候受到扰力的原因，这很正常。”红毛有些不屑地说。

“可要是那样的话，他应该继续旋转下去，而不是像现在这样停住。”菲星最勇敢的战士——猫——的脸上显出了红毛从未见过的惊惧之色。

红毛望向舷窗，然后他也愣住了。在他的专家生涯里，从未见过这样的事情。

背景是天鹅绒般繁星闪烁的宇宙，相对于飞船的状态，何夕以一种奇特的站立姿势稳稳地停在了虚空中。他背对着星辰密布的银河中心，面向斜上方某条银河旋臂展开的方向。猫说得没错，何夕是被平放着发送出去的，无论如何都不可能停留在现在的这个姿势上。但是，出于不可能得到解释的原因，他朝向了现在的方向，在无扰动的宇宙空间里，这个方向将近乎永远地被保持下去。

红毛和猫顺着那个方向望过去，映入他们眼帘的是无数颗燃烧着的谜一般美丽的太阳。

何夕科幻精品系列

天生我材

何 夕 著

科学普及出版社
·北 京·

目　录

蛇发族

一

空气越来越潮湿了，而且带着一股浓浓的水腥味。呼吸这样的空气的感觉就像是在长满了水藻的池塘里游泳，而那些水藻长长的身躯正在不断地朝你缠绕过来，如同无数只黏糊糊的手。

何夕有些夸张地大口吐气，他觉得浑身都不自在，像是要窒息了。这所医院里的设施很好，至少何夕应该这样认为，因为他的身体是在这里康复的。作为一名探险爱好者，何夕的生命一直充满传奇。何夕同那些与他一样狂热的爱好者一道在广漠的宇宙空间里四处流浪。与传统的能源加时间的宇航概念不同，他们选择了另外一种更刺激更疯狂，几乎算得上玩命的方法，那就是虫洞。虫洞是宇宙间的一种特殊的空间结构，人类对它的研究只能说刚刚起步。比如说人们知道虫洞可能连接着距离以光年计算的两处空间，因为通过虫洞能瞬间在二者间穿梭往来。当虫洞这些奇异的特点几乎还只能算作是种猜想的时候，那些一生都在追求心跳感觉的宇宙流浪者们便开始行动了。他们安排好身后的一切，然后驾驶飞船在理论公式推导出的最可能出现虫洞结构的区域里徘徊，虔诚祈祷上苍的垂怜。在这个过程中大多数人最终退却了，回到地球度过自己安稳而平庸的余生。而另一些人仍然坚持着，就如同古往今来的那些寻宝者一样。事情渐渐开始明朗，大约在 40 年前产生了第一个穿越虫洞的成功者，当他平安归来宣布自己的壮举时，简直就像是引发了一场地震。地球联邦为发现者塑造了纯金的雕像，他的名字载入了人类史册。此后更多的人投入到历险中来，但是绝大多数人收获的只是满身伤痕，很多人甚至搭上了自己的性命，成为茫茫宇宙中飘浮的垃圾。原因只有一个：虫洞是极其稀少的时空结构。这么多年来人们仅仅发现了 4 个虫洞，而其中有价值的则只有一个，也就是说这个虫洞通向的是与太阳系结构

类似的恒星系，而另外的几处虫洞的目的地则只有寂如死灰的原始尘埃。令人稍稍感到遗憾的是，那个恒星系已经生存有智慧生命体，人类不能随意占有那里的资源或是移民，而只能进行星际外交和外贸活动，但是这已经足以让经历了亿万年孤独的人类为之欢呼了。这处虫洞的两位发现者理所当然地被视为人类英雄。在当年盛大的欢庆仪式上，他们站在 100 米高的纪念塔顶端向望不见边的人群挥手致意，修长壮硕的身躯沐浴在夕阳的万丈光芒里，宛如两尊金色的天神。少年何夕那时就站在无边的人潮里用全身力气呼喊，一时间他觉得自己和周围的人群都变得很小，小到几乎不存在，而天地间只剩下那两尊伟岸非凡的金色的天神……

“嗨，你又在想什么好事了？是不是在想那个大眼睛‘美杜莎’？”

一个声音将何夕从沉思中惊醒，他转头朝向声音的来处。在病房左边的一张床上躺着一个看上去很奇怪的人，说他奇怪主要是指他身体左侧的肢体都比右侧的小很多，就像是一个成年人却生了一个婴儿的左手与左脚。现在这个怪人正慵懒地倚在床头打量着何夕，脸上带着几分让人难以捉摸的笑容。

何夕不屑地哼了一声，有些夸张地转过头对着墙壁。

何夕这么做是因为他知道如果随便搭腔的话，那个叫陈天石的家伙会越说越来劲，对付他最好的办法就是冷处理。何夕实在是太了解陈天石了，他们是少年时的同学、成年后的同事、冒险生涯的同伴，以及现在事故发生后的同病相怜者。

“不理人？！”陈天石的脸上显出气愤的表情，“我早知道你厌烦我，我在跟前碍着你的事了，要不我申请换病房？我就想不通，你右腿的伤明明不轻，怎么恢复得比我快几倍，你都能满地跑了我还哪儿也去不了。一定是‘美杜莎’让人偷着给你用了什么值钱的好药！”

“好啦好啦，算我怕你。”何夕无奈地走下病床，安慰地拍拍陈天石那只正常的右手，“我天天用药都当着你的面，哪儿有你说的这种事？恢复快慢肯定是由于咱俩体质不同。以后别乱开玩笑，盖娅是来帮助我们的，怎么能用‘美杜莎’这种女妖的名字来称呼她？”

“这一点你就不如我了。”陈天石面露得意，“在希腊早期神话里，美杜莎、斯忒诺和欧律阿勒是三姐妹，住在遥远的西方。美杜莎背生双翅，头发上缠绕着毒蛇，若见了她的面孔和目光就会变成石头。但在后来的神话里美杜莎却是美丽的少女，还成为海神波塞冬的爱人。我只是觉得盖娅的头发太像传说中的美杜莎了。”陈天石稍停了一下，

又补充道，“不仅是她，这里所有人都长着蛇一样的头发，真的很奇怪。”

“最好别乱打听。”何夕正色提醒道，“还记得前几天我问盖娅这个问题时她的反应吗？这里的人似乎都不大愿意回答这个问题。”

陈天石下意识地点头：“我总觉得这里有些让人不明白的地方，很怪。空气的湿度和温度都很不正常，而且我看那些人似乎也并不习惯这种天气。”他的肩膀抖动了一下，“所有人都显得很忙乱，似乎要发生什么大事情。还有一件事……”陈天石有点儿不自信地开口，“也许是我自己过敏，我总觉得天空中太阳划过的轨迹线不太对劲。有时候下午的太阳看上去比中午的还高，真是活见鬼了。”

何夕没有搭腔，他默默地朝窗外看去，映入他眼帘的是一座壮观程度无法用任何地球语言来形容的菲星城市。

二

盖娅再一次到来已经是两天以后了。何夕的伤腿已经好得差不多了，行动自如。而陈天石的情况的确要差一些，他左侧的肢体还只相当于十来岁少年的，几乎连何夕自己都要怀疑陈天石当日的猜测究竟是不是真的了。关于这一点，陈天石的反应当然很强烈，他一见到盖娅就毫不客气地抱怨起来。

盖娅淡淡地笑笑，用标准的地球语言说：“你的伤就快好了，断肢生长需要时间。”她的神情变得有些迷茫，“其实，我们比你们更希望你们能早日痊愈。”

“为什么？”何夕有些不解地问。

“因为……”盖娅稍停了一下，“你们必须在 5 天之内离开。这次我来就是为了通知你们这件事。”说完话她转身离去。

何夕急忙追出去，他完全不明白这到底是怎么一回事。10 天以前的那一刻，他和陈天石几乎同时从短暂的昏迷中醒来，这才发现他们已经完成了穿越虫洞的疯狂举动，代价是一只手和两条腿，而舷窗外是一颗同太阳别无二致的壮丽恒星。接下来的一切就像是在做梦，发出的无线电波竟然得到了回应，而且对方显然洞悉了电波的编码方式，因为对方以相同的方式发了回电。何夕至今还记得着陆当日的盛大场面，热情的菲星人用最隆重的礼仪表达了对异星来客的欢迎。人们拥挤着拼命挥手，口里大声喊着肯定是刚刚学会的地球词汇：“兄弟！兄弟！”看着那一双双舞动的手，何夕一时间竟然有些伤感。他理解那种情感，理解那种身为智慧生命但千万年来在广漠宇宙里难觅知音的沉重的孤独。一位光彩照人的菲星女子缓步上前朝何夕伸出手，这一刻，两处亿万年来生而隔绝的生命终于凭借着智慧的力量相会了。这名菲星女子正是盖娅，那一刻的欢呼声犹在耳畔，但今天盖娅却下了逐客令。

从背影看，盖娅的身躯显得很瘦，蛇样的褐色头发随着她的步履有了小小的起伏，就像是一丛随波浪摇曳的水草。几名目光机警的警卫人员若即若离地伴随她左右。何夕知道，盖娅是菲星联邦政府要员，地位尊贵。不过眼下何夕顾不了许多，他追上前，几乎有些放肆地拖住了盖娅的手臂："你还没有告诉我为什么要我们离开。"

何夕听不懂盖娅对围上前来的警卫说了些什么，但警卫们立即退到了远处。盖娅这才皱眉说道："你弄痛我了。"她半真半假地扬了扬长着锋利指甲的左手，"如果用强力你占不了便宜的。"

何夕急忙松手："对不起，我是太着急了。为什么要赶我们走？"

盖娅沉默了几秒："来这里后你没有发现一些奇怪的现象吗？"

何夕一怔，第一个想到的便是越来越潮湿的空气，但是，这意味着什么呢？

"我来告诉你吧。菲星现在正面临极大的变故。不过说起来也算不了什么，同样的事情已经发生过很多次了。简单地说，就是菲星所有的陆地都会在不久以后被水淹没，菲星将成为一颗表面全部被液态水覆盖的星球。”

“为什么？”

“这正是菲星的宿命。”盖娅的语气像是在叙述一个年代久远的传说故事，“宇宙间几乎所有的行星都是扁圆的球状，如同你们的故乡。但菲星是一颗特别扁的星球，这可能与几十亿年前菲星形成时的条件有关。这种形状就使得它的两极面积很大，温度极低。在过去10万菲星年的时间里，菲星上超过半数的水都被冻结在两极，如果这些冰全部融化的话，整个菲星将不会剩下一块陆地。”

何夕倒吸了一口气：“你的意思好像是说那些冰就要融化了？是谁造成的？”

“和人无关。远在菲星人诞生之前这样的变化就发生过很多次了。我曾经听你说过你的故乡星球上有一种叫作冰川期的周期性气候变化，你可以拿来同菲星做类比，不过相比之下菲星上的变故要大得多。菲星的自转轴线每隔大约10万菲星年会发生缓慢但幅度很大的振动，其状态有点儿像陀螺将要停止转动时发生的摇摆。这种振动会持续大约10万菲星年。在这种情况下菲星两极的光照会急剧增加，从而导致两极的气温大幅上升，所有的冰都会融

化，并最终淹没每一块陆地。”盖娅幽幽地看了何夕一眼，“其实在你们到来之前事情就已经开始了，当你们第一眼从外层空间看到菲星时，它已经失去了接近三分之一的陆地。现在的情况更进了一步，你也许不相信，你们着陆那天的那座基地现在已经是一片汪洋了。”

何夕听得出神，直到现在他才终于了解了所有问题的根源，想不到脚下这片土地将要面临灭顶的命运。在茫茫宇宙里有无数的星球，但孕育了生命的星球极其罕见，而像菲星与地球这样拥有智慧生命的星球更是如同沧海一粟。谁能知道造物主为何会有这样的安排，竟然要亲手毁灭自己最杰出的创造。

“那你们怎么办？”何夕急切地问，“你们有什么措施来阻止这一切？”

盖娅一愣，突然大声笑了起来：“我们为什么要阻止它？这是自然规律，很正常的，就像天上会刮风下雨一样。”

“难道你们就眼睁睁地……等死？”

“谁说我们会死。”盖娅吃惊地睁大眼睛，“是有部分生物会灭亡，但菲星人不会，我们能在海底生存，而且……生活得更好。”

“你是说你们早已建好海底城市？”

盖娅摇摇头（何夕猜想这个动作应该是盖娅学来的地

球风俗）说：“在海底不会有什么城市，只有……”她稍稍想了一下接着说，“只有自然。”

三

由于海平面不断上升，陆路交通已基本中断，菲星上所有的岛屿都已不复存在，而原有的曾经占菲星表面积50%的9块大陆也有5块被淹没，剩下来的6块陆地与其说是大陆不如说是大的岛屿。这里的计算并没有出错，大陆只剩下4块，但其中两块大陆已被海水拦腰隔断。何夕从飞机上向下看去，映入他眼帘的是望不到边的汹涌海浪。辉煌的母星停留在天顶，不断地将热量辐射到这颗溢满海水的星球。何夕从来没有想过，被视作生命之源的水也有让人感到极度害怕的时候，但是他现在的确感到了害怕。海水掀起数十米的巨浪扑向空中，如同一只只疯狂挣扎的猛兽。无数巨浪相撞在一起，在撕裂空气的同时也将自己撕得粉碎，发出的声音远远盖过了飞机的轰鸣。海水在靠近陆地的地方则显得平静一些，但这只是从表面上看，平静却不断上升的海面具有更加令人胆寒的力量。海边那些曾经巍峨的建筑物大半已经只剩下小小的尖顶，正在心有不甘地走向它们最终的归宿——海底堡礁。

“想不到我们会在这里见面。”盖娅轻轻牵住何夕的手

离开人群，来到一处僻静的角落，“我没料到你会专门来同我告别，谢谢你！”

何夕回头注视着不远处的人群，他听不懂那些人在说些什么。他只看到每当一个人走到一处黑色的入口前，便有人不断上前同他依依不舍地拥抱，他们的关系有的像是夫妻，有的像是父母与子女。

“他们在说什么？”何夕问。

“他们说来世再见。”盖娅的神色变得恍惚而忧伤，“其实就算可能的话，也会是很多个来世之后的事情了。”

“可你说过没人会死，而且还会过得更好。”

“我是说过，这是事实。”盖娅变得有些激动，蛇样的长发像是有生命般地跳动，“海水提供无穷尽的食物，环境永远温暖而湿润，海中没有任何生物具备攻击我们的能力，残酷的生存竞争与社会竞争同时消亡，繁衍更加迅速而便捷，我们的后代将更加广泛地遍布整个星球……”

“但是，既然这样那些人又是何必呢？”

“因为他们将要放弃一样东西。”

“是什么？”何夕陡然紧张起来，他感觉已经接近了最终的答案。

“是智慧，因为它很快就没有用了。”

何夕觉得自己的头有些晕，盖娅的话让他如坠迷雾。

他第一次听到这样的奇谈怪论，而且出自一个智慧生命之口。

“不要这样看着我。”盖娅叹了口气，“如果你今天没有来向我道别，我永远都不会同你说起这些菲星的秘密，但我现在已经当你是朋友了，希望你能够保守秘密。你曾经对我讲述过你的故乡那颗星球的历史，我想问你一个问题，你真的认为你们地球人类是因为智慧而成为万物之灵的吗？”

“当然是，我能肯定。”

“我是从你们带来的资料上了解到你们地球的历史的，结果发现它同菲星的历史有不少共通之处。你们对生命的发展有一个标准的说法，叫作进化。这种理论认为，生命必定经历从简单到复杂、从低级到高级的发展过程。我说得没错吧？”

何夕下意识地点头，但他不太明白盖娅到底想说什么。

“但你想过没有，这种理论其实是有问题的。你肯定认为哺乳动物比6亿年前的三叶虫高级得多，但是，哺乳动物如果置身几亿年前的世界能够生存吗？稀薄的氧气，致命的紫外线辐射，陆地上一片荒凉，在这样的环境里，如果这些高级生物的后代发生变异的话，更可能幸存的将

会是那些结构趋向三叶虫这样的简单生命的个体。那么这到底应该称为进化还是退化？再比如你们受伤后，我们给你们用的断肢生长剂便是采自所谓的低等生物，你总得承认至少在这方面它们表现得比人类更适应生存吧。”

何夕不屈地辩解道：“进化理论里本来就强调适者生存，你最多可以说‘进化’这个词汇不妥，我们可以改成‘变化’。但总体趋势上生命的形式的确越来越复杂和高级。”

盖娅的目光变得高深莫测：“那你能不能回答一个问题——宇宙中产生生命乃至出现智慧生命的意义是什么？从原始星云里诞生一颗恒星历时数亿年，然后是围绕它运行的行星。在绝大多数的情况下事情到此为止，但出于我们永远无法知道的某些原因，在极个别的行星上经过几十亿年的无数次漫无目的的物理化学变化，竟然造就了一种亘古未有的物质形态。这些奇特的分子聚合体获得了从外界吸收能源的力量，凭借这种力量它们终于从热力学定律给宇宙万物设定的宿命里挣脱出来。生命的产生与发展令人惊叹不已，但这一切到底有什么意义？相对于直径以百亿光年计算而至高无上的宇宙而言，小如尘埃的几个星球上存在的更渺小的那些生命个体真的具有什么意义吗？难道宇宙里存在某种先验的精神，规定生命必须产生并且必须向着高级的方向发展？”

何夕觉得自己根本无法插话，他从来没有想过这样的问题。

“你们地球人类曾经观察到一颗叫木星的行星被一颗彗星撞击，其中一个坑洞的面积超过地球截面积的3倍。如果这颗彗星撞向地球的话，你们那些关于地球生命将越来越高级的进化理论将显得多么可笑。其实生命只是偶然地产生，它最终也将偶然地灭亡。有机生命的源头是无机世界，最后的归宿也一样。生命从来就不是宇宙的目的，智慧生命也不是什么万物之灵。在地球的恐龙时代哺乳动物便已经诞生，从智力上讲它们比恐龙高级，但至少在几百万年的时间里它们一直是恐龙的美餐。如果没有后来突然的小行星撞击灾变，它们未必能够取代那些庞然大物。如同鸟类选择了翅膀以及野兽选择了锋利的爪牙一样，地球人选择了智慧也很偶然。但这个选择成功了，因为它最终使得你们人类的基因遍布到地球生物圈的各个角落。”

“既然你也同意智慧的选择带来成功，那为什么你们又要放弃它？当你们回到海洋之后继续保留智慧不好吗？”

盖娅没有立刻回答，她凝视着不远处波澜壮阔的海洋，目光里流露出既依恋又迷茫的神色。“根据我们的研

究，菲星人已经经历了许多次类似的变故，也就是说菲星人是以大约10万菲星年为间隔轮流在陆地与海洋里生活的。菲星生命与地球生命一样诞生在水中，当菲星人生活在温暖舒适的海洋里的时候，根本不用面临残酷的生存竞争。看见我的头发了吗？在海洋里它会展开成为巨大的叶子，我们自身就能够通过光合作用获取能量。在那样的情况下智慧是不重要的，不仅如此，甚至一些感觉器官也变得多余，成为奢侈的累赘，就好比穴居动物常常放弃它们的视力一样。正如宇宙的目的不是生命一样，生命的目的也不是智慧，而是基因的传递。只要能够最大限度地传递基因信息，生命的形式根本就不重要。就好比地球上的病毒，按照你们的分类法，它们是最低等的生命，没有神经系统，当然就谈不上有什么智慧。但是它们已经成功地生存了几十亿年，相比之下人类区区几百万年的生存史根本不值得一提。而且严格地讲，它们相对于人类而言一直扮演着捕食者的角色。我说得对不对？”

“应该……是吧。”何夕有些难堪地承认。

“还是说菲星上的事吧。”盖娅换了话题，“相比之下，陆地上有更丰富的信息刺激，更明亮的光线，以及相对严酷得多的生存环境。当菲星人的祖先周期性地登上陆地生存时，他们必须面对这一切。”盖娅伸出手向何夕晃动，“我们渐渐拥有了尖利的指和趾，还有强健的肌肉组织，以及敏锐的感官，以此来适应严酷的陆生环境。但是我们最终很偶然地选择了智慧，而正是这一点使得菲星人超越了无数几乎同时登上陆地的物种，成为菲星的主宰。而当菲星人重回海洋之后，将只保留必需的很少的一部分智慧。但我们已有的智慧器官并不会消失，只是暂时被封存起来，代代相传，直到属于陆地的下一个 10 万菲星年到来。”

直到这时，何夕才有点儿明白盖娅向他讲述的其实是菲星人的宇宙观和生命观，这和他熟知的地球人的观点是多么不同啊！这一切对于何夕来说是难以想象的，但是盖娅的每一句话都令他难以反驳。

“我该走了。”盖娅拂了一下蛇样的长发，“如果你不介意的话请帮我一个忙。”

“我很愿意。”

“看到那边的人群了吗？他们聚在一起互相帮助只是为了让不幸者能够得到安葬，而不是尸沉大海。菲星人重返海洋并不是没有风险的，有些人会在这个过程中死去，毕竟有些功能已经 10 万菲星年没有用过了。”

“你的意思是……”何夕大吃一惊。

“我很荣幸能够得到一位外星人的帮助。”盖娅已经朝

着大海走去，“如果 10 分钟后我的头发没有展开的话，你知道怎么做。你不必太担心，我应该没事的。”

何夕紧紧地跟在盖娅身后，水越来越深，何夕眼看着盖娅的身体被水淹没，但她仍然义无反顾地朝造物主在冥冥中指引的方向走去。水漫过了她的腰，然后是胸，然后是肩。盖娅突然停住了，她缓缓地回过头来望着何夕说：“我们……”

何夕仓促地回应：“我们……”

盖娅露出笑容说：“谢谢。”然后她的身体猛然向下一沉。

何夕急忙划过去，透过水面他看到盖娅的身体正在激烈地扭动，她的脸白得像纸，大串的气泡从她的口鼻里冒出来，蛇样的长发剧烈地摆动，她的眼睛里装满恐惧。但一切很快静止下来，盖娅停止了挣扎，双手朝上直立在水面下。何夕强迫自己平静地注视着这一切，他几乎不敢眨一下眼睛。

时间过得很慢，但何夕却希望时间能够再慢一点儿。盖娅的长发如海草般散开，散开，越来越大，越来越宽，而她身体其余的部分却在明显地萎缩。陈天石说过，美杜莎是个美丽的少女，她后来成为海神波塞冬的爱人。而现在，美杜莎正在走向她的归宿。

四

太阳的光芒遥遥在望。

几天来何夕一直很沉默，除了工作以外他几乎对任何事情都不感兴趣。陈天石却是一副兴高采烈的样子。地球已经越来越近，现在凭肉眼也能看到它淡蓝色的外表了。

陈天石一直想办法让何夕开口，但总是没有什么效果。陈天石的手脚还没有完全康复，依然一副怪模样，不过他根本不在意这一点，相对于即将到来的成功，这点儿小事算不了什么。

“你再不理我的话，我可要使撒手锏了。”陈天石威胁道，说实话这些天他简直憋闷死了，一心就想找人说话。

何夕依然沉默。

“别以为我什么都不知道。”陈天石露出贼兮兮的笑容，“海边长谈，依依告别，好浪漫啊。”

“你怎么知道这些事？”何夕大吃一惊。

“那天我想知道你要干什么去，所以在你身上安了个窃听器。”陈天石得意地笑，“大家都是老朋友了，我也是关心你。不过要不是这样我哪能获得这么价值连城的信息呢？”

“什么价值连城？我不明白你的话。”

“看来感情的确会降低人的智商。想想看，菲星人既然放弃了智慧，那么菲星上便不再生存有智慧生物。而我们地球人作为智慧生物，理所当然就可以任意支配菲星上的所有资源，其意义将远远超出前几次的发现。我已经向地球发出信号，报告了菲星的存在，我们将成为人类宇航史上最伟大的英雄。你明白我的意思吗？”

何夕猛然一震：“你把一切都告诉他们了吗？”

陈天石得意地笑：“我没那么傻。无线电波很容易被窃取。具体的情况得等到我们着陆以后，而且还得答应我们提出的条件我才能给他们。”

“你的智力水平的确很高。”何夕慢吞吞地说，“你真的很聪明。”

“我得睡会儿了。”陈天石打了个哈欠，“最近休息不好，一睡着总梦见到处选豪华别墅，唉，累死了。”

……

何夕呆呆地看着手里那个标着 X-35 的软瓶，他在下最后的决心。过了几分钟，他终于颤抖着挤出白色的药液混合到了另外几只软瓶中。在何夕前方的操作屏上，一颗淡蓝色的星球几乎充斥了整个屏幕。下方有一行小字：目标已锁定。

“可怕的智慧。”何夕最后嘟哝了一声。

尾　声

艾克将军简直不能相信自己的眼睛。从收到陈天石的报告起，联盟总部就沉浸在巨大的期望之中，但是现在被抬下舷梯的却是两个只会拖着一行口水傻笑的白痴。

“报告将军。”副手急促地跑过来，“检查结果已经出来了，他们的智力受到大量X–35药剂的破坏，思维和记忆能力完全丧失，已经无法挽救。即便使用催眠或是测谎仪器也不可能得到任何有用的结果。”

“查出来是什么人干的了吗？”

“无法查明。而且我们找不到飞船的航行日志，从这个意义上讲，”副手的声音变得幽微，“他们的飞行根本就没有存在过。”

人生不相见

领路人

午休时间的基地安静了许多，训练的喧嚣已经散去。这里是美国凯斯国家海洋保护区的基拉戈海岸，范哲一直警惕地扫视四周，因为叶列娜现在正在“工作”。怎么说呢，反正范哲现在算是叶列娜的同谋，档案馆的门禁系统是他突破的，现在也是他在给叶列娜望风。按章程规定，档案馆的网络与外界形成了物理隔离，自成一体，只有在内部才能调阅档案。严格说来，叶列娜就算进到里面也没法调阅，因为她根本不具备相应的资格权限。叶列娜已经潜入档案馆快一个小时了，也不知道情况如何。范哲可不想成为被好奇心害死的猫，再说他对那些档案也没什么好奇心，他最多只是对叶列娜有那么一点儿好奇心罢了。不过虽然是在犯规，但范哲心里并无多少愧疚之感，其他学员一个月前都如期离开，偏偏只剩下他们两个人，而且不管找谁询问都是一句冷冰冰的“无可奉告”。范哲的脾气还好点儿，他只是一名工程师。叶列娜以前可是特警出身，天生就是个惹事丫头，反正闲着也是闲着，正好练练手艺。

范哲心虚地四下张望，就在这时他见到了那个人。范哲敢肯定，就在一分钟之前周围都是没人的，估计刚才这家伙是隐身于某个角落。对方显然发现了自己，因为他正点头示意。问题是范哲心里有鬼，他强迫自己不要望向档案馆的方向。

“这里真美啊。”来人应该是一位亚洲人，四十七八岁的样子，脸上的皱纹宛如刀削。但他的语气让范哲觉得有些奇怪，因为这样的抒情口气就像是出自一个青涩的少年。

“当然。”范哲强作镇定地接过话头，“你刚才一直在这里……看风景？”

“我来了一阵了，我们这个星球上的大海很壮观，不是吗？”来人几乎是有些贪婪地四下眺望，一丝复杂的神

色在他脸上浮动。

“当然，你慢慢看。”虽然来人透着古怪，但范哲没有心思追究，心里只盼着这家伙早点儿离去。

来人望着远处：“宝瓶宫还在原来的地方吧？”

范哲悚然一惊，离海岸8000米外的海面之下就是宝瓶宫。宝瓶宫始建于20世纪80年代，是元老级的宇航员训练设施。其生活舱和实验室就建在一个深海珊瑚礁旁边。宝瓶宫长14米、宽3米、重约81吨，建在27米深的水下，模拟了空间站的各种生活条件。虽然这些年来它经过了多次维护，但面积一直保持在42平方米，这并非是技术上无法扩建，而是刻意保持了与太空狭小居住环境的相似性。生活设施当然是很齐全的，但是只要想象一下让人在里面一连待上几百个小时（所谓的饱和潜水技术），就会明白那是什么样的滋味。宝瓶宫的建设主要是为了训练宇航员的太空运动能力，但显然对宇航员的心理素质也是一个考验。据说在未公布的档案里，就有宇航员因长期幽闭出现精神疾病而被淘汰的记录，当然这样的资料不是一般人能看到的。不过范哲知道，也许再过一会儿自己就能目睹那些神秘的资料了，希望叶列娜一切顺利。

“你是新来的教官？”范哲试探地问。

“不。”来人意味深长地摇头，“很多年前我是这里的学员。”

“啊？”这回轮到范哲吃惊了，曾经有人向教官问及以往学员的现状，但被告知这属于绝密。而现在居然来了一个活的。

“不用怀疑。”来人淡淡开口，“不过我出现在你面前的确属于前所未有的特例。”

“为什么告诉我这个？”范哲不禁有些紧张，出于本能他也明白某些事情知道了不见得是好事。

“因为我们将一起合作。你、我，还有叶列娜。自我介绍一下，我是何夕。你们之所以一直待在基地，就是在等我，因为我是你们的领路人。”

范哲的嘴微微张开，样子有些傻。这时他手里的电话响了一声，上面显示出一条正在传输资料的横条。看来叶列娜已经有了收获。

“跟我来吧。”来人说完大步朝前走去。

“去哪儿？”范哲不知所措地问。

“当然是去档案馆。”来人眼里闪出洞悉的光芒，“你通知叶列娜终止行动吧。我会解开你们心中谜团的。”

参　宿

档案已经发黄。

在恒星际时代出现“纸”这种东西的机会是极少的，此刻它的出现只是因为在个别场合按照规定必须使用所谓的“硬”复制材料。何夕早已从电脑里知晓了档案袋里的内容，但现在他仍然必须在办理烦琐的手续后，才能从机要员手里接过它。蓝色的菱形印章覆盖在档案的封口处，代表着某种至高无上的权威。印章已经有些斑驳，50多年的时光顽强地在上面留下了自己的力量痕迹。其实所有人都知道真实可靠的文件内容只能通过电子副本获得，因为在这个时代，只需入门级的原子组装技术便可无法分辨地复制出连同这个印章在内的全部纸质档案，谁也不敢确定手上这套东西就是以前封存的原件，只有基于数论的电子加密技术才能完全确保文件的安全。但这并不妨碍何夕一脸郑重地抽出文件从头阅览，因为这是规则。

看着那些文字，何夕心里涌动出一丝难以言说的情绪，他知道20年前的那个人也曾经翻阅过这套编号为“145”的档案。范哲和叶列娜亦步亦趋地跟在何夕的身旁，脸上的激动无法掩饰。何夕瞄了一眼范哲，不禁想起当年的自己何尝不是这样。何夕知道，他们俩能跟随自己进入这里看到“乐土计划”的档案的确是一件不容易的事情，这意味着他们至少要淘汰掉2000名竞争者。但何夕不知道的是，当这两个年轻人完全明了自己下一步的使命后，是否还能像现在这样志得意满。从道理上讲应该影响不大，至少何夕知道在测试题目中已经隐晦地暗示了某些线索。

“好了。该进入正题了。”何夕示意两位年轻人坐下，“从拆开这份文件开始，你们便正式加入了‘乐土计划’。也许你们也知道一些内情，但我还是按规定从头说起，因为我是你们的领路人。在未来的这段时间里我将陪伴你们，直到任务完成。”

“还是不用了吧。”叶列娜突然打断何夕，“基础的背景知识我刚刚在电脑里看过了。”她转头看着范哲：“我还传给你看了，对吧？”

范哲有些错愕，他没想到叶列娜竟这样坦诚。

这回轮到何夕吃惊了，“乐土计划”可是被归入了联邦绝密级，他略带狐疑地看着这个斯拉夫血统、头发微卷的女孩。他知道叶列娜有特警的经历，但没想到她居然还是一名技术超群的计算机黑客。

“你不用怀疑。”叶列娜落落大方地开口道，“我潜入档案馆，用自己写的一个工具软件搜索到了系统的小漏洞，从而看到了少量密级不高的资料，但也到此止步，总体来说那个什么‘乐土系统’还是非常强大的。不过所有事情是我一个人干的，与范哲无关。”

何夕不动声色地问：“那你们知道些什么？”

叶列娜似笑非笑地答道：“至少我知道了我们这趟旅程并非一般的考察，和其他人不一样，这条航路曾经发生过重大事故，充满未知的危险。”

“你……”何夕顿时语塞。眼前这个文弱的女孩显然具有与她外表不相称的内在力量，她无所畏惧地对视着何夕的眼睛，竟然让后者生出一丝躲闪的念头。一旁的范哲保持着沉默，但看得出他是站在叶列娜一边的，他看叶列娜的眼神混合了欣赏与关心，甚至还有隐隐的依恋。这也难怪，他们一起接受训练，特别是这最后一个月他们一直单独相处。何夕心中一凛，这是一个让人感觉不好的苗头。

“恐怕基地的头儿也是有所顾虑吧。”叶列娜幽幽地开口，眼里有洞察的光芒闪现，“我们这次考察本该在一个月前开始，可一直拖到现在。其实基地并不缺领路人，但他们专门将你从46光年之外召回来，这是因为那些人缺乏经验，难以胜任这次的特殊任务。”

何夕颓然坐下。叶列娜的话没错，这次行动的确非同寻常。接到基地的命令何夕也相当意外，从来没有人会第二次执行“乐土计划”的任务，这是没有先例的。20年来何夕一直生活在天蝎座里海星——天蝎座18号星的第二颗行星。天蝎座 18 号星距离太阳系 46 光年，地球天文学家很早就开始关注这颗恒星，原因在于它和太阳太相像了——具有几乎相同的年龄、质量、直径，甚至表面温度。就连自转周期也非常接近，都为 25 天左右。这颗位于天蝎座的左螯上的恒星理所当然成为人类优先纳入考察计划的星球。在“虫洞通道”技术进入成熟阶段不久，人类就向天蝎座 18 号星发出了探测飞船。正如英国谚语里常说的“坏运气连着坏运气，好运气连着好运气”一样，人们惊喜地发现这颗恒星的第二颗行星竟然具有良好的生态环境，而更可贵的是这颗行星上还没有进化出具有智能的生命体。一句话说就是：人类中大奖了，奖品就是一颗直径 1.1 万千米的后来命名为“里海”的生命星球。

但是叫他怎么对两个年轻人说呢，他们只是好奇，只是对世界上的未知充满向往，却不明白他们的人生其实一直行进在雷场之中，无法察觉的灾难随时可能吞噬一切。经历过危险的人才能加倍珍视生命，为了执行这次任务，基地总共向 12 位“老人”发出了非强迫性的召集令，但最终只有何夕一个人接受了命令。

“先生，你怎么了？”范哲关切地问。作为一名工程师，他不像叶列娜那样咄咄逼人。

“没什么。只是里海星的氧气含量略高于地球的，我这次回来时间不长，还没完全适应。”何夕抚了抚有些发闷的胸口，“其实就算你们没有突破系统，有些事情我也是会告诉大家的，所以我不打算将这件事情上报。当然我会提醒他们系统出了漏洞。不过也请你们不要再对其他人提起这件事好吗？”

叶列娜的目光在何夕脸上停留了一秒，声音突然变得低回：“谢谢！”

“还是让我们说说渤海星的事情吧。”何夕戴上数字手套，房间里顿时暗下来，一幅全拟真的星图浮现在半空中。淡淡银河垂地，仿佛某个超级巨人的信手涂鸦。“看那里，猎户座。也就是中国古人所说的参宿。”

何夕手指微动，星图在急速地拉近。“这颗编号为HP26762的红色恒星距离地球168光年，光谱类型F，而太阳的光谱类型为G，所以它的表面温度略高于太阳的。”

镜头拉近，红色的灰尘被放大，显出模拟的细部结构，可以看见丝丝缕缕的日珥偶尔喷出星球的表面，宛如条条纱巾。那是另一颗光明星球，是太阳远在亿兆千米之外的兄弟。何夕注视着这颗美丽的空中宝石，眼里有某种难以描述的神情显现，即使以范哲的粗疏也能看出这个中年男人分明对这颗远在168光年之外的星球怀有某种奇特的情感。叶列娜记下了这一幕，她隐隐觉得此次的任务透着一些诡异。

“恒星 HP26762 的第二颗行星就是渤海星，是在 50 多年前被发现的，在例行的 20 年观测实验期后正式被纳入‘乐土计划’。渤海星形成于 30 亿年前，比地球年轻。与地球的主要差别在于它的铁镍质核心偏小，这导致地核冷却速度更快，所以虽然它更年轻但它现在的地磁强度只是地球的二分之一，并且每年仍以一定速率减少。将来渤海星也会像火星一样彻底失去磁场保护，到时候在恒星粒子流的作用下，它最终将失去绝大部分液态水。不过那是 20 亿年后的情形，在未来几亿年内它依然算得上人间的‘乐土’。”何夕例行规定地进行介绍。

“等等。”叶列娜插话道，“HP26762 恒星表面温度高于太阳的，渤海星的磁场又弱于地球的，那上面的恒星辐射一定比地球的更强。”

何夕赞同地点头：“准确地讲渤海星表面的平均恒星辐射强度是地球的两倍，在两极地区还要高很多。渤海星在 30 度左右的低纬度地区偶尔也能出现极光，这就好比在地球上的上海市看到北极光。”

“那肯定很美。”范哲露出悠然神往的表情。

“当然，毫不夸张地说，美得令人呼吸不畅。”何夕淡淡一笑，“可惜我们欣赏不了多久。高能粒子会让我们的眼

睛很快患上白内障，我们的骨髓细胞会迅速被摧毁，接下来便是顺理成章的结果——死亡。”

“所以才需要先行者对吧？”叶列娜插话道。

何夕这次没有表现出诧异，他料到叶列娜已经查明了先行者的资料：“是的，先行者率先登陆并征服这些星球，如果有必要他们还承担着改造星球环境的任务。总之先行者是值得我们永远尊敬的一群人。他们为全人类的美好前途付出一切……”何夕陡然止住，脸上浮现出萧索之意。

叶列娜与范哲面面相觑，何夕凝视着虚空中的猎户座群星，心里不禁滚过一阵悠长的感叹。在168光年的时空阻隔之下，彼端已然是另一个世界。

“资料里提到了通道事故的事情……”范哲小心地提起话头。

何夕从短暂的失神中回过头来：“是的，通道，那是一次事故。发现渤海星的时候虫洞技术已经非常成熟，人类在坐标点之间的跃迁有过无数成功的经验。虫洞技术的基石是引力，正是靠着对强大引力的精确操控才能将空间‘穿孔’，从而实现超距跃迁。虽然虫洞跃迁的理论耗时为0，但在实际中至少要维持15秒稳定态才有足够的时间完成一次操作。不过虫洞的理论基石已经隐含着虫洞跃迁的一个危险，虫洞总是成对出现的，如果在虫洞对之间的直线空间上存在着强引力物体，那么在跃迁之前就必须考虑到这种引力的影响，将其代入到计算中，否则建立的虫洞对将陷入紊乱状态，跃迁目的地将变得无法预料。”

叶列娜插话道：“的确，在这种情况下，一旦误入巨星系的核心区域肯定会导致灾难性后果。”

何夕摇摇头：“你说的情况并不常见，就总体而言，宇宙中物质的分布非常稀薄。现在发生的几起事故是另外一种更复杂的情况。”

“什么情况？”范哲问。

“偏移并不只是发生在空间上。”何夕神色凝重地说，“第一艘事故飞船发现自己偏离预定地点约 20 光年，当他们和地球建立量子通信之后才发现，虽然他们只感觉过去了一瞬间，但在地球上时间已经过去了一个月，人们当时都以为他们遇难了。所以他们是同时在空间和时间上都出现了飘移。”

“他们穿梭了时空？”叶列娜倒吸一口气。

“穿梭这个词容易使人产生误解，没有人能够回到过去，只可能往后飘移。”何夕接着说，“根据事后分析，这种效应类似于物质以光速运动时发生的情形，对他们而言时间停止了。迄今为止相同的事故发生了 6 起，时间飘移最短的是 10 个小时，最长的是 70 天。”

“渤海星任务也是事故之一，对吗？”叶列娜幽幽地问道。

“是的，就是猎户座渤海星。”何夕点头，“也是我们这次的目的地。当年渤海星任务彻底失败，是迄今为止发生的最严重的事故。”

“威胁来自黑洞吗？”范哲插话道。

“并不是那么简单。”何夕缓缓点头，“在现有技术条件下，虫洞对之间的距离不能超过 10 光年，所以到某个外太阳系的行程实际上由一系列的跳飞组成。而对强引力物质的探查就是建立航道最重要的工作。10 光年虽然是一个非常广大的区域，但现有技术对于包括普通黑洞在内的强引力源的探查是很准确的，唯独对那些形成于宇宙大爆炸初期的微黑洞束手无策。那些尚未完全蒸发的太初黑洞的视界往往不到一微米，具有的引力却非常强大，要完全排查极其困难。好在这种特殊结构并不常见，而且根据计算，单个微黑洞并不足以扰乱虫洞对的运行，除非是遇到散布的微黑洞群落，否则虫洞跃迁依然是安全的。实际上，之前往渤海星发射的几艘飞船的运行都是成功的。”

“资料上讲，飞船成员发回了遇险信息。”叶列娜开口道，“当时他们不仅在时间上飘移了 12 天，而且在空间上误入了一颗超强辐射脉冲星的势力范围。两名成员当即死亡，剩下的那位女性成员在发出航线上存在高危险微黑洞群的警报信息之后也死了。”叶列娜注意到何夕脸上露出了难以掩饰的痛苦，她接着说，“这直接导致到渤海星的航道从20年前中断至今。”

“是的。”何夕调整了一下情绪，“航道的重新探查是一个漫长的过程，尤其是在已经发生了悲剧的情况下。现在的新航道在距离上远了一些，但应该能够绕过那个可怕的微黑洞群落区域。”

“能确定是微黑洞造成的事故吗？”叶列娜探究地问。

“这个，当然了。”何夕有些诧异地看了一眼叶列娜。

“可之前的航行都是成功的，现在新航线只是绕道，并没有确切发现微黑洞群落的位置，为此居然白白耗费了20年时间……”叶列娜止住话头，因为她突然发现眼前的何夕仿佛变成了另一个人。

“你说什么？”何夕瞪大双眼，须发怒张，“你有什么资格怀疑于岚的判断？这是她付出生命代价才送回的信息，你……”

叶列娜忙不迭地摆摆手，她也觉得自己的怀疑有些过分：“对不起，我只是有些好奇。”

何夕撑住额头，20年了，一切仿佛昨天才发生，包括于岚最后那凄美的微笑……

商　宿

宇航中心一派繁忙，渤海星飞船将在这里升空进入外层空间后再转入虫洞飞行。虫洞飞船的主体就像是一颗巨大的枣核，周围悬浮缠绕着 3 个交叉的线圈。领路人马维康带着他的组员加腾峻和于岚一字排开站在飞船前面，接受人们的祝福。

何夕面无表情地注视着站在飞船前面的 3 个人，准确地说他的目光只是落在那个娇小的身影上，心里麻木得没有一丝感觉。就在昨天之前他的心还被幸福的憧憬填满，而现在一切都已无法挽回。

是的，就在昨天，何夕当时刚刚从减压舱出来。在宝瓶宫受训的宇航员由于长时间生活在水下，他们的身体体液被高压氮气所充斥，在返回海面前要进行 17 个小时的减压，这是最让人难受的环节。何夕一出减压舱便忍不住仰头深吸了一口气，感觉自己这才算活过来了。等他再次平视前方时，一眼便看到了于岚那俏丽的身影。

绿树、草地、衣袂飘飘，这是一道风景。

于岚扬起脸有些调皮地看着何夕："谢谢你这段时间对我的照顾。"

"咱们的生物学博士什么时候变得这么客气了？"何夕

略显木讷地笑笑，他们相差 10 天进到宝瓶宫，在那里共同训练了 20 天。其实何夕觉得，应该说感谢的是自己，因为自己晚到 10 天，正是于岚告诉他许多有益的经验。不过，在一起突发事故中，也的确是何夕帮助于岚脱离了险境。

“我是来同你道别的。”于岚轻声道，她低头看着地面。

何夕有些意外：“道别是什么意思啊？我们可是分在同一个组的，应该是半个月后一起出发吧。”

“基地进行了调整，我被改派了别的任务。”于岚明亮的眸子里闪过难以言说的神色，一种称为痛楚的感觉在这一瞬间从她心头划过。20 天前的一次训练中，于岚的潜水设备发生了紧急故障，几乎与此同时，何夕将自己的呼吸器拉开接驳到了她的面罩上。那个时刻于岚心里某个最柔软的地方被深深触动了，她没想到这个世界上真的会有一个人视她胜过自己的性命，她本以为这样的情节只存在于赚人眼泪的小说里。那是怎样一种天雷地火般的触动啊！

“哦，怎么会这样？”何夕语气里有难以掩饰的失望，他觉得自己的心正在往下沉。

于岚咬住下唇，叫她怎么跟眼前这个比自己小一岁的大男孩说呢？其实正是她自己要求改派的。当 10 天前回到基地知晓了任务的全部内涵后，她只能做出这样的选择，等何夕知道真相后应该也会同意这是最好的选择吧。

这个世界上有许多很伟大很崇高的东西，跟它们比起来，爱情虽然美丽却只是一件渺小的装饰品。于岚想到这一点的时候，突然觉得有一丝什么东西从身体里被抽了出去，渐行渐远，仿佛多年前的某一天，她眼睁睁地望着心爱的布娃娃飞出了列车车窗。

“再过 24 个小时我就出发了。”于岚的脸上挂着空洞的笑容。

“我们以后还能见面吗？”话一出口何夕就发现自己问得太蠢。刚受训时他们就已被告知，不同小组成员的后况属于机密，彼此是无缘再见的。

“知道我要去的是哪里吗？”于岚的声音像风铃一样动听，“是位于猎户座的渤海星，中国古人称其为参宿。而你要去的里海星位于天蝎座，中国古人称之为商宿。”

何夕陡然间明白了什么。“人生不相见，动如参与商。”参星在西，商星在东，千百年来地球上的人们从未同时见到参宿和商宿，当一个上升时另一个便下沉，永世不能相见。

于岚的心里也是滚过宿命般的浩叹，10 天前她只是请求改派任务，到渤海星去是上面的人决定的，却那么不可思议地映照到千年前的诗句里，仿佛冥冥之中真有天意的存在。

……

送别的人群一一上前告别，祝福3位人类的勇士。这时领路人马维康注意到了于岚的沉默：“我们基地最美丽的女士不想跟大家说点儿什么吗？”

于岚被突如其来的提问拉回，她静静地巡视全场：“谢谢大家来送我们。其实，我要说的话昨天已经说完了。”于岚望向人群中的何夕，脸上是一朵带泪的笑容。

何夕的嘴唇翕动，那是只有他们两个人才能听到的诗句：“人生不相见，动如参与商。今夕复何夕，共此灯烛光。”

是的，这就是人生的宿命。当何夕第一次打开属于他自己的里海星任务档案时，立刻就明白了于岚做出的是怎样的决定，他现在赶到发射场只为最后同于岚告别。这并不是什么一般性的考察任务，在那个无比崇高的目标之下，需要他们付出的很多，这其中就包括——爱情。

水星球

预定目的地设定为距渤海星60万千米的外层空间，这是为了尽量避开渤海星两颗卫星的干扰。作为领路人，何夕完成了90%以上的操作。每一次10光年跳飞后的方位确认、航道修正以及能源补给需时约两天。其实一切都是在计算机程序的安排下进行，领路人所能做的也不过是

摁下确认按钮。这虽然只是一个表象，却让人觉得仿佛是自己在掌握着命运。何夕摆摆头将这个念头甩开，拇指毅然摁下，启动最后一次跳飞。

35个地球日之后，虫洞飞船突兀地出现在渤海星的外层空间，就像一只从遥远虚空中钻出的幽灵。防护罩缓缓打开，母星明亮的光线经过过滤之后照射进来。叶列娜和范哲迫不及待地解开束缚，飘移到舷窗旁，渤海星巨大的身影悬浮在远处漆黑的深空中，像是一只绘满蓝色花纹的瓷盘。

是的，蓝色覆盖了渤海星的全部表面，这是一颗没有陆地的水星球。虽然这是从资料里已经知道的事实，但同地球的巨大反差还是让人一见之下难以相信自己的眼睛。

“真美啊！”叶列娜如痴如醉地赞叹道，“哎，范哲，你看它像不像一颗矢车菊蓝宝石？”

“真想把它镶嵌在一枚戒指上送给我的新娘。”范哲幽幽开口，“不过它真的太奇特了，竟然没有陆地。”

何夕的动作比年轻人慢了半拍，他凝望着渤海星，一时间难以表述自己的心情。“渤海星并不奇特，恰恰相反，是地球更奇特。”

“你说什么？”范哲不解地问。

“宇宙中的行星无非两种，要么有液态水，要么没有。相比之下存在液态水的行星是小概率事件，根据现有资料来看概率小于一亿分之一。因为这要求行星具备一系列极难满足的条件，比如行星与恒星的距离、恒星所处的年龄阶段、行星自转的速度、行星的质量大小以及大气层厚度等。这些条件的苛刻程度足以与宇宙常数所具有的奇异精确程度相提并论。你们想想看，在太阳系里存在那么多行星、小行星以及卫星，但确定拥有液态水的却只有地球。”何夕耐心地讲解，“但另一方面，由于宇宙无比巨大的物质数量，存在液态水的行星数量实际上却又是一个天文数字。而在以 10 亿年计的时间条件下，如果我们认可生命的自发论是正确的，那么液态水和生命存在几乎就是一个等同的概念。所以人们很早就认为宇宙中生命绝非地球所独有。”

“这个我大概是知道的。”叶列娜插话道，“可刚才你说地球才是奇特的又是什么意思？”

“你们应该知道地球表面 71% 是海洋，29% 是陆地。我的意思是，在拥有液态水的星球里这是一种非常奇特的小概率现象。”

叶列娜和范哲面面相觑，表情都有些发呆。

“实际上水这种物质在地球总的物质中占有比例相当

低。这些水大致有几个来源：地球形成时的太初尘埃、几十亿年来引力俘获的星际水分子、撞击地球的小行星或彗星带来的水分。正是这些极其复杂的来源共同形成了地球上现在的水分。地表水的重量还不到地球重量的万分之六，地核中则基本可以肯定没有水的存在。为了测出地幔的情况，2002 年日本的研究者在高温高压环境下，创造出 4 种和地幔矿物相似的化合物，然后向这些化合物中灌水，测试它们吸水后重量的变化如何。结果表明，在地幔处溶解的水，是地表水量的 5 倍多。所以地表水的重量加上地幔水的重量，占地球重量的比例约为千分之一。这显然是一个非常低的比例。我们完全可以想象得出有水占比高得多的行星，理论上甚至不能排除百分之百由水构成的星球，有些小行星和彗星的构成比例差不多就是那样的。那么从道理上讲，绝大多数存在液态水的行星的含水量都应该高于地球。”

范哲听得有些发呆，而叶列娜也罕见地保持沉默。

何夕笑了笑：“别这样看着我，要知道我的专业就是天文学，我当年的毕业论文就是研究地外含水行星的，题目就叫《水星球》。让我们回到正题吧，而即使以千分之一这样低的占比来看，海洋也占据了地球的大部分表面。如果我们假设哪怕某个行星的水重量为星球总重的千分之二，那么按照一般化的原理来看，大陆已经不大可能存在了。而如果行星含水比例再上升一些，就连岛屿也将完全消失。也就是对于所有存在液态水的星球来说，大片陆地的存在只是一个小概率事件，而表面基本被海洋覆盖才是一个常态。实际上迄今为止在人类发现的 200 多颗地外生命星球中，只有一颗星球具有大片陆地。”

“在哪里？”叶列娜按捺不住激动。

“就是我生活了 20 年的里海星。它的表面 90% 被海洋覆盖，具有一片面积接近亚洲的大陆。当初发现它时人们的重视是空前的，人类委员会启动了最紧急预案。”

“为什么？就因为它有陆地？”范哲插话道。

“还能有别的原因吗？就是因为陆地。”何夕肯定地点头。

乐观派

飞船已进入近地轨道。从这里看上去渤海星占据了大半个视野，它静谧地转动着，丝丝缕缕的云带间断连环，勾勒出大致的大气运动图案。叶列娜的目光扫了一下控制台，信号已经发出，但是还没有收到任何回应，这显得有些不正常。虫洞跃迁结束后是一段常规航程，大约 4 天后才能抵达渤海星，宇航员进行的培训就是为这种常规航程

准备的。叶列娜转头欣赏着舷窗外的风景，她已经知道，由于没有大陆，渤海星的气候是比较温和的，除了在赤道附近偶尔形成台风外基本上没有极端的气候状况。由于没有大陆的阻拦和消减效应，台风在渤海星的存续时间比地球的长很多。不过就算是有台风，也对生物圈构不成多大威胁：巨量的液态水保护了所有的生灵。但是，这真的是种保护吗？

“我还是对水星球能永远封锁智能生命的产生持有怀疑。”叶列娜看着何夕，“如果时间足够，也许生命会找到一条我们未知的进化道路。”

“时间不是问题，某些小质量恒星可以稳定存在几百亿年。但你能告诉我，在水星球上怎样得到火吗？不是稍纵即逝像闪电的那种，而是能持续不断地被使用的火。”何夕的声音变得低微，“燃烧的 3 个条件是有可燃物，与氧气接触和温度达到可燃物着火点。在水中没有游离氧，而且水温也低于多数可燃物的着火点，自然条件下无法获得火。至于现在人们实现的水下燃烧，实际上是基于精巧设计的机器，这种火其实是智慧的产物。”

叶列娜泄气地摇头，她当然知道火对于智能生命进化的意义。那可不仅仅是提供保护和熟食，包括煅烧器具、冶炼金属，甚至包括后来人类的化学物理等一切科技，没有一样不是发端于火的应用。

“以前有种观点，认为人类作为智能生命的标志，是人与其他生命相比大脑重量占体重的比例是最高的，但现在我们知道宽吻海豚的这个比例是大于人的，可是几百万年来宽吻海豚也没能产生自己的文明，最多算是有些社会的雏形罢了。”何夕接着说道，“所以你们现在可以明白，为何当年发现里海星时地球联邦如临大敌，因为大陆的存在极有可能导致智能生命的产生。不过那只是虚惊一场，里海星没有高智能生命存在，那里最高级的物种是一种生有脊椎、长着 6 条腕足的陆地章鱼，智力接近地球上的长臂猿。如果人类更晚发现里海星，这种生物可能会成为星球的统治者，但现在它们的腕足是里海星的一道名菜。”

叶列娜心中不禁涌起巨大的骄傲与庆幸。如果认可何夕的论点，水星球对生命的保护最终将变成一种近乎永恒的禁锢。处于这颗蓝色星球的顶空，叶列娜知道这几天与领路人的交谈已经彻底地改变了自己。她几乎是有生以来第一次意识到生为人类是一件多么奇异的事情，或者按何夕的说法，是一件概率多么小的事件。

“但为什么人类会这么害怕另一种智能生命？难道不能成为朋友吗？”叶列娜吐出心里的疑虑。

何夕古怪地笑了笑：“其实在这个问题上一直存在悲观

与乐观两派。悲观派认为宇宙间的智能生命一旦相遇将立即导致落后的一方被掠夺、杀戮乃至灭绝，现在这种观点获得了很多人的认可，是主流。”

“那乐观派呢？”叶列娜急切地问。

“我就是乐观派。”何夕注视着叶列娜的眼睛，“这也许和我自己的天文学专业有关。但是现在我的这种观点出了点儿问题。”

“我不太明白你的话。”叶列娜蓝汪汪的眼睛里写满了好奇。

“我们乐观的原因只是因为宇宙本身的宏大。离地球最近的恒星系是 4.3 光年之外的比邻星，但因为它是一个引力系统非常复杂的三星系统，通过计算就能发现，大行星不可能在那里稳定存在。而已知的拥有行星的恒星都离地球 10 光年以上，但基于生命产生和进化的苛刻条件，这些行星上面恰好拥有智能生命的可能性几乎为零。上百年来，地球上最强大的射电望远镜还没有从这些星球上接收到一丝有意义的信号，这实际上已经否定了地球周围数十光年内存在智能生命的可能性。”

“那再远一些呢？”范哲插话道，“可观测宇宙的范围可是超过 130 亿光年。”

“再远一些当然会有可能。”何夕肯定地说，“虽然智能生命产生的概率极低，但由于宇宙物质数量的无比巨大，所以拥有智能生命的星球是一定存在的，而且其中一些智能生命肯定远远超过了地球人的水平。那么问题来了，如果这些进化水平可能超出人类上百万年的外星种族来到地球，它们会干什么？”

叶列娜和范哲对望一眼，都老实地摇了摇头。

“乐观派的结论是它们什么都不会做。因为对于能够跨越成千上万光年距离的高级文明来说，地球以及现阶段的所谓人类文明除了有一点儿观察意义之外，根本就没有任何用处。这样的超级文明早就洞悉了物质的全部秘密，也许它们为了来到地球看一眼，而顺手熄灭了上百颗影响它们航行的太阳大小的恒星，这样的种族又怎么会在意地球那沙砾般的一丁点儿所谓的资源呢？”何夕露出一丝戏谑的笑容，“我常想，这就好比人类建造了能抵抗深海压力的高科技潜艇，来到大西洋海底烟囱观察那些靠硫化细菌生存的管虫，如果管虫中也有悲观派的话，它们一定会惊呼：‘糟糕了！人类来抢我们的硫化氢和美味酸水了！’”

叶列娜“扑哧”一下笑出声来，何夕的比喻让她忍俊不禁，她当然知道人类的屁里就充斥着硫化氢。不过她想起了一点：“那你为什么说自己的观点出了点儿问题呢？”

“是虫洞。”何夕的表情转为严肃，“这都是因为虫洞这

种超越了时代的技术，至少我认为这种技术提前让人类进入了本来还不到时候进入的领域。”

“我有些明白了。”叶列娜点头，“这种技术可能让还不够成熟的文明和种族发生碰撞，结果导致悲观派预见的结果。”

“还没有回信吗？”何夕转头问范哲。

“的确没有收到回信。”范哲很肯定地报告，他已经全面检查了设备。作为一名合格的工程师，他很相信自己的能力。“哎，等等，有信号答复。”

何夕和叶列娜急速地飘过来，他们的目光都锁定在了屏幕上。

“这里是渤海星接引驻地，先行者欢迎来自地球的客人。驻地坐标东经 115 度，北纬 30 度。重复一遍：东经 115 度，北纬 30 度。”

“登陆飞船准备就绪，请领路人指示。”范哲掩饰不住心中的激动，有生以来将第一次登上另一颗星球，这是多么奇妙的境遇。

但是何夕却微微蹙眉，仿佛面对一件奇怪的事情，脸上阴晴不定。

“范哲留在主船，我和叶列娜登陆。”

“为什么？”范哲失望地问，“按章程我也应该下去的。”

“你的任务是立刻对整个渤海星建立毫米级扫描观测。”

“计划书里根本没有这一条啊！”范哲大惑不解。

“这是命令。”何夕面色阴郁，口气不容置疑。

驻地

驻地像一片漂浮在无边池塘里的巨大树叶，登陆舱渐行渐近，在巨大树叶的映衬下像极了一只小小的瓢虫。这时驻地的表面分开一道窄缝，吞下登陆舱。

面前居然是一片浅丘草地，不知名的野花正在绚丽绽放。小溪淙淙流淌，一只草原黄鼠“嗖”地一下从旁边蹿出，惊起几只蚱蜢，在渤海星相当于地球五分之四的引力条件下自在飞行。一幢四面透明的房子很突兀地矗立在平地上。

一个满头银发、皮肤黝黑的高个子从房子里走出来：“欢迎你们，我是先行者李高。”

“你好。”何夕淡淡点头，“你的先行者编号可以告诉我吗？”

来人沉默了一下：“当然，我是渤海星先行者 42 号。”

“那好，42 号，我们现在要到大船去。”何夕简短地说。

“现在还不行，大船在圣地。”

“圣地？”何夕疑惑地问，“那是什么地方？”

来人的语调变得庄严：“圣地是世界上最美丽的地方。”

何夕用眼睛的余光扫视了一下自己手臂上的那个扣子，那是一个发射机，此处的一切情况已经传送到了虫洞飞船。“我想看看这个圣地，请带我们过去。”

来人再次沉默了几秒：“好的，我去安排。现在就请你们先在此等待。驻地的环境和地球的相似，领路人应该知道的。”

李高进了屋，叶列娜刚想开口却被何夕叫住，他取出仪器四下扫描，确定没有监视之后开口道：“你马上联系范哲，让他准备建立和地球的量子通信。”

“现在就准备吗？”叶列娜吃惊地问。在虫洞飞船中携带有一组用于量子通信的电子，它们被保存在接近绝对零度的超低温环境中。它们都是一对双生电子中的一个，对应的另一组电子留在了地球上。双生电子诞生于纯粹能量的碰撞，呈现出量子纠缠态，由于泡利不相容原理，它们的物理状态永远是相反的，这便是超空间量子通信的理论基础。量子通信要求的能源巨大，实际上虫洞飞船只能支持最多两次量子通信。按照规定，第一次量子通信应该是在登陆第 7 天初步掌握目标星球总体情况后进行，所以现在何夕就要求做好启动准备的确让叶列娜感到不解。

“我觉得有必要。”何夕的语气不容置疑，“渤海星让我有一种不安的感觉。”

叶列娜环视风景怡人的四周，不明白何夕指的是什么。但她知道何夕曾经执行过里海星任务，这样说一定有道理，她需要做的就是执行命令。

“我也觉得那个先行者有些傲慢。”叶列娜四下张望，“不过这里真的布置得和地球没什么差别，他们为了迎接我们是用了心的。”

“这只是章程的规定。”何夕冷冷说道，“按照《乐土宪章》，先行者必须在本星建造一处面积不小于一平方千米的地球环境，作为星球政府的永久驻地。在渤海星还没有到设立政府的时候，这里应该是驻地的前期雏形。”

“我知道这部《乐土宪章》，上面的规定都很死板。”叶列娜有些不以为然地撇嘴，“比如政府驻地这条，渤海星明明是一个水星球，像这样永久性地维持一块地球环境肯定不容易。”

何夕心中涌起面对淘气的晚辈时的那种宽容，但他的语气却依然不容辩驳：“《乐土宪章》是整个‘乐土计划’的核心，其第一条就明确规定《乐土宪章》不容违背，否则会被视为人类公敌。”

“这么严重？”叶列娜吐吐舌头，“我看《乐土宪章》细则里面有些很细的规定，那些也不能违反吗？”

“我知道你指的是什么，那些规定的确很烦琐，但却是‘乐土计划’顺利施行的保证。”何夕表示了解地点点头，“比如刚才的先行者 42 号，你看出他和我们有什么不同吗？”

叶列娜摇了摇头：“只是觉得他的皮肤颜色较黑，但比起地球上中非共和国的班图人还要浅一些，这应该是为适应恒星辐射的缘故吧。别的好像没什么了。”

“难道你忘了渤海星是一颗水星球吗？”何夕问，“这些先行者大部分时间生活在水下，他们都有鳃，那才是他们的主呼吸器官，肺只是辅助器官。”

“对啊。”叶列娜恍然叫道，“可是怎么没看到呢？”

“这便是缘于《乐土宪章》的相关原则。”何夕说，“比如大熊座黄海星的引力是地球的 1.4 倍，很明显人类必须经过改造才能在上面生存。黄海星的原生生物都普遍矮小，身体多呈扁平状。先行者是经过设计的人类，很显然，将身躯设计得低矮是最方便的办法。但是人类采取了另一种方法，就是加固先行者的骨骼等支撑系统，当然还包括提高血管壁强度等相关措施。虽然这样做的代价高了很多，但可以保证现在黄海星人的平均身高只比我们低一点点，也就是说从形态上能一眼看出他们是我们的同类。”

“那渤海星人的鳃在哪里呢？”叶列娜问道。

“在我掌握的资料里，他们的腋下便是鳃的所在。”何夕肯定地说，“虽然这样做造成了呼吸道的部分冗余，但显然外观上更能让人接受。”

“其实也可以不采用基因改造的方法啊。”叶列娜想起了什么，“采用水下呼吸器不也可以在渤海星上生存吗？”

“如果那样做的话，人类根本不能算是移民成功，充其量只是一个过客罢了。”何夕说，“只有凭借本能的力量自由生存才是真正征服并融入了这颗星球，这也是‘乐土计划’的根本宗旨所在。”

“那万一有些星球环境过于古怪怎么办？”

“已经有过一些放弃的先例。”何夕显然很满意叶列娜能提出这个问题，“比如离地球59光年的死海星，由于大量硫化物的存在，死海星的海洋呈较强的酸性，上面生活着一些奇怪的低等生物。基因工程师从一种水生螨虫身上得到启发，设计出了可行的先行者方案，但最终被听证会否决了。现在死海星已经被废弃60年了。”

“为什么？既然都有了可行方案为什么不实施？”

何夕的嘴角抽搐了一下：“在方案里，先行者为了适应那里的环境，将必须是一种全身布满黏液的有鳞物种。我的朋友威廉教授就是听证会的成员，他是一位人类学家，据他说当时100多名听证员全票否决了方案。”

这时李高从屋子里走出来，叶列娜注意到他的笑容

有些谦卑：“大船正在赶过来，根据速度计算，20 分钟之后对接。”

何夕蹙了蹙眉头：“据我所知，大船都是作为永久驻地的一部分，怎么在渤海星会分隔得这么远？还有，这里既然是政府驻地，怎么只有你一个人？”

“大船只是例行巡视。另外，我不知道什么叫作政府。”李高的语气不卑不亢，说完便低下头去。

这个回答让何夕感到放心，他也知道政府是在验收之后才会成立。何夕没有注意到，李高低头的瞬间一丝阴鸷的神色从他脸上划过。

中央电脑

“我们现在上船，你请自便。”何夕扭头对李高说道。“驻地这里平时是你在管理吗？”何夕又淡淡地问了一句。

“没有，中央电脑认为，我还需要学习更多的知识，我现在只是配合机器人管家做些外围的事情。”

大船的主控室位于甲板之上，是一处透明的半球形穹顶式建筑，四面的海景一览无余，当然，这里已经对有害辐射进行了过滤处理。正前方控制台的屏幕上显示出一个虚拟的长得胖乎乎的头像。

“你好，中央电脑已经准备就绪。”头像的语气很平静。

“有一个问题，为什么那个42号先行者具备了某些不该具备的知识？”何夕的语气变得咄咄逼人，“你解开了伽利略封印？”

头像回答得很快：“45年前，我同4000枚先行者胚胎一起来到渤海星，我的使命本该在20年前完成，但你们迟到了20年。那些帮助我管理的机器人逐渐发生了故障，我只好向先行者传授了少量封存的知识，否则不可能在这颗星球上坚持到现在。”

何夕喟然长叹，担心的事情还是发生了。从上次冰河期结束算起，人类文明已经发展了1.3万年，现在人们认为严格意义上的科技文明鼻祖是伽利略。在伽利略和波义耳之前，人们一直禁锢在古希腊的短暂辉煌中难以前进，而之后的牛顿等人则是凭借站在他们的肩膀之上才得以进到科学的殿堂。所谓的伽利略封印是一个比喻，按照章程，在验收之前任何移民星球所掌握的知识以农耕文明为上限，这也正好对应着伽利略之前的时代。也就是说，验收之前先行者会掌握完备的经典几何知识，会有朴素的物质元素观念，能够有浅显的农业和医学知识。但是没有牛顿定律，也不会明白天上的星星是些什么东西。因为渤海星的特殊情况，之前人类委员会已经预料到可能会出现意外的事情，但没想到出现问题的居然会是伽利略封印。

“他们知道运动三定律了？”何夕尽量保持语速平缓。

“是的。”中央电脑说，“16 年前大船在海啸中受损，为了尽快修复，我解开了牛顿定律的封印。”

“那热力学三定律呢？”

“很抱歉，先生，这是能源应用中必须用到的。”

何夕沉默了一会儿，小心翼翼地问：“那麦克斯韦方程呢？”

“电磁学、相对论、量子论以及虫洞理论没有解禁。”中央电脑说。

何夕吁出一口气，看来情况还不算无可挽回。其实等到验收完毕，这一切都不是问题。从现在掌握的情况来看，验收应该不会有大的意外。何夕心里打定主意，等验收完毕就把这段插曲删除掉，毕竟中央电脑也是在与地球失去一切联系的情况下采取的应急措施。按照章程，这台违规的中央电脑应该被格式化后重新编程，但何夕不打算那样做。虽然没有什么道理，但在心里他甚至有点儿喜欢上了这个自作聪明的胖家伙，尽管它实质上只是一台由“0”和“1”驱动的智能机器。

“先行者说的圣地是怎么回事？”叶列娜突然问道。

“大船在 16 年前的那次大海啸中受了损，为了避免类似情况再次发生，我指挥先行者建造了一处海底停靠点。

至于他们称之为‘圣地’，那可能是出于对大船的敬仰。”

“那好吧。我的问题完了。”何夕觉得轻松不少，脸上露出了笑容。

“但是我有一个问题。”中央电脑突然说。

“哦。”何夕的眉头一挑，“你问吧。如果我们解答不了，还可以与人类委员会联系，求得他们的帮助。”

“不必。”中央电脑说，“如果你不能回答就算了。我想知道现在的渤海星先行者还能不能得到改进，因为经过这么多年，我发现他们在设计上有个别不太完善的地方。”

“基因设计是系统工程，针对每个移民星系的基因设计至少都要花费 5 年以上的时间来施行，要改变设计除非是通盘重新调试。”何夕有些不耐烦地回答，他没想到会是这种幼稚的问题，“个别地方不完善没有多大影响，世界上从来就没有尽善尽美的设计。”

大船行进了 10 分钟后，海面上开始出现一些绿色的伞状漂浮物，先是三三两两，但很快就变得密集起来。大的直径超过 5 米，小的也有几十厘米。

“这是海浮萍。”不等何夕询问，中央电脑便给出了解释，“这片海域是渤海星的无风区，所以会聚集这么多。”

“渤海星的植物有根吗？”叶列娜突然问道。

中央电脑迟疑了一秒：“从我现有的资料来看应该没

有。这颗星球上的所有生物都处于漂浮状态。渤海星最浅海域的深度是 83 米，最深处超过 10 万米。”

“我好像看到天空中有鸟在飞。”何夕插话道。

“渤海星没有同地球类似的鸟类，但是有类似昆虫一样的飞行生物。它们也可以在水面上停留，应该是从水生生物进化而来。这些昆虫也是先行者食物的来源之一，据他们说，有一种大飞蝗的后腿烤制后很美味。”

叶列娜皱了一下眉，似乎有些担心先行者会拿虫子款待自己。何夕指着远处一块不断起伏的巨大黑影问：“那是什么？”

“那是土鲨。”中央电脑解答道，“根据研究，这个物种类似于地球上的鲨鱼，已经有差不多 10 亿年的历史了。”

“10 亿年。”何夕倒吸了一口气。他知道地球上某些种类的鲨鱼存在于世已经超过 3 亿年，属于地球最古老的物种之一，相比之下人类几百万年的进化史简直不值一提，实际上地球上的陆生物种的存在时间往往比海洋生物的短很多。“经过这么长时间还没有灭绝，真的可以算是奇迹。”何夕感叹。

“的确是奇迹，化石资料表明，这么久以来这个物种几乎没有什么变化。”中央电脑补充道，“也许是渤海星的环境太平静了，进化的动力太小。”

“应该是这样。”何夕点头，“地球上至今仍有些人因为某些生物几千万年来变化甚少而否定达尔文的进化论，多年前一位叫哈伦·叶海雅的人甚至还因此掀起一股反进化论思潮，其实这不过是因为这些生物几千万年来的形态仍然很适应环境罢了。生物进化是因为生存环境带来的选择压力，看来水星球的确是生命的舒适摇篮。”

“我们已经到达坐标位置附近。现在开始下潜。”伴随中央电脑的提醒，穹顶外陡然一暗，片刻之后四周已是一派海底风景。阳光透过海浮萍的缝隙照射下来，形成道道明亮的光柱。光柱中大片悬浮的巨海藻飘来飘去，宛如无根的森林。

“它们虽然没有根，但在下部却普遍长有一团沉重的组织体。”何夕对叶列娜说，“这是许多水星球植物的共有特点，它们以此来调节自身在水中的高度。”

“我们已经发现至少上百种植物具备初级运动能力，它们可以通过蠕动部分枝干缓慢前进，以便选择适合生存的环境。”中央电脑补充道。

“那是什么？”叶列娜突然指着一个方向问道。何夕望过去，他立刻就看到了奇怪的一幕：在一丛巨海藻的中部呈现出膨大的一团，就像生出了一枚直径 10 多米的卵。在轻浪起伏中，这个巨大的物体缓缓漂荡，阳光照射在上面

波光流动、熠熠生辉，就像一块用翡翠雕琢的艺术品，散发出梦幻般的不真实感。一时间何夕不禁看得有些痴了。

“那是花房。”中央电脑的语气保持着固有的平静，“是孩子们用巨海藻建造的，他们喜欢待在里面。”

话音未落只见两个小巧的身影像游鱼般从花房里冲出来，他们有些惊慌地望着大船，脸上混合着羞涩和不安。何夕一眼看出他们的年龄都只有十五六岁，看来大船的到来打搅了他们。

“是秋生和星兰。”中央电脑说道。

两个大孩子镇定了些，他们向着这边动了动嘴唇。

“他们在说什么吗？”叶列娜问道。

“我们听不到的，在水底他们发出的是一种次声波声音。”何夕解释道。

“他们说，刚才有一批银贼鱼袭击牧场，大人们都赶过去了。”中央电脑说。

何夕犹豫了一下：“这些人都有名字吗？难道用编号不好吗？”

“从20年前开始，第一代先行者给自己起了名字。”中央电脑回答道，“当时起名一般是根据各自的特点自己选择，其实更像是将原来的绰号确定成了名字。比如李高原来的绰号就叫高个子。不过现在孩子们的名字就正规多了。"

"孩子。"何夕念叨了一声。在验收之前这本来是不应该存在的事物，但 20 年联系的中断改变了许多事情。不过这也只算小小的意外吧，从道理上讲，这些孩子也是先行者的 ·员。

窗外开始掠过一些悬浮在水中的结构精巧的建筑。这些建筑都呈现六棱柱形，有些是单独的，而更多的则是相互拼接成更大的建筑。这片建筑连绵开去，占据了很大一片空间，俨然就是一座海底的立体城镇。可以想见平日这里应该是一派熙熙攘攘的景象，不过现在大多数人都赶到牧场了，只有稀疏的 10 多个人有些好奇地望向大船。

"这里就是渤海星的城市吗？"叶列娜问道。

"现在还只能称作聚居点，渤海星现在有 8 个这样的聚居点。"中央电脑说，"我们的人口还很少。"

"那现在先行者总共有多少人？"何夕仿佛不经意地问，"加上那些孩子。"

"原有先行者 4000 人，现在加上孩子总共是 8754 人，这不包括几十年来因为意外事故失去的人口。"

"从 20 年前算起，人口年增长率大约是 4%。"何夕在电脑上做了一下简单的演算，"人类向处女地移民时人口增长率一般都很高，当年英国皇家海军'邦蒂号'上的反

叛者在皮特凯恩岛上的人口增长率曾经高达 4.3%。”

“需要建设的东西很多，劳动力明显不足。”中央电脑继续做着汇报，“机器人大多出现故障，备用零件已经告罄。”

“这都是意外造成的，正常情况下渤海星 20 年前就已经解除伽利略封印，现在早该有自己的制造业体系了。”何夕表示了解地点着头，“不过这一切就快改变了。”他转头望向叶列娜：“让这颗蛮荒星球沐浴到文明的光辉，这就是我们的使命。”

叶列娜身躯微震，她从何夕的语气里听到了一种不容置疑的决心。在拿到《乐土计划书》的时候，她已经知道了自己此行的目的，但在此之前她更多地将这看作是自己必须完成的一项任务，和此前自己曾经执行过的那些任务虽有区别但本质并无不同。但这段时间的经历让叶列娜有了不一样的感觉，她意识到自己的人生已经和这次任务密不可分，她甚至没来由地隐隐觉得自己的命运也会因之而改变。叶列娜其实不喜欢这种似乎带有神秘意味的感觉，但她无法摆脱这种感觉。

圣地和死亡

伴随一个明显的减速过程，大船停了下来，窗外昏暗的光线表明这里至少已在海平面下几十米的深处。

前方的地板缓缓打开，现出一列向下的台阶。“前方也有我的终端，你们随时可以同我交流。”中央电脑保持着例行公事的腔调。

甬道里的照明条件很好，何夕注意到墙壁的材质类似于地球上的花岗岩，每隔一段距离就矗立着一根粗壮的显然是人工材料的支柱作为加固。何夕估算了一下，从离开大船算起现在已经又向地底深入了几十米，在这样的深度任何海啸都不再成为威胁。

眼前豁然开朗，这是一个圆形大厅。在正中的平台上悬浮着一个直径约一米的淡蓝色球体，何夕觉得那应该是代表渤海星的雕塑。

中央电脑胖胖的头像再次出现在前方的一块屏幕上，头像旁边站立着 3 个身着黑衣的人。

叶列娜突然满脸惊奇地望向何夕，仿佛不知所措。何夕完全明了叶列娜何以如此，因为他自己也感到几分震惊——面前居中的那人长得同他颇有几分相像，年龄也差不多，就像是他的一个失联的兄弟。现在同样吃惊的表情也浮现在那人脸上，显然他也没料到现在的场面。

“我叫秦忘。”那人恢复了平静，“先行者编号 17。在这里大家也叫我酋长，欢迎来自地球的尊贵客人。”

何夕立刻明白，经过这么多年，在先行者中间已经产生了自己的领袖，看来这个秦忘就是这样的人物。“那好，中央电脑应该告诉过你我们的来意。另外纠正一下，我们似乎不应该算是客人吧。”

叶列娜悚然一惊，她这才想起最初收到的信息里称他们为“客人”时，何夕好像也是满脸不悦。

秦忘脸上掠过不易觉察的一丝尴尬：“我这样说只是出于尊敬，我们已经盼望很久了。我们凭现有的力量在渤海星生存显得太弱，迫切需要来自联邦的帮助。”

何夕的脸色缓和过来，一路过来，他的心情早已轻松了许多，到现在为止没有什么不满意之处，看来此行的任务会很顺利。“这里是什么地方？你们称这里为圣地有什么含义吗？”

“这里是我们的议事厅。”秦忘解释道，“圣地是大家的习惯称呼，并没有什么特别含义。”

何夕环顾四周：“这里有监控设备吗？就是那种可以从远处看到这里的东西。”

“没有。”秦忘很肯定地答复。这个回答让何夕感到满意，其实叶列娜身上就带有检测设备，刚进来时她就已经向何夕发出了安全信息，他向秦忘提问只是一次小小的试探罢了。

秦忘迟疑了一下开口道：“按章程似乎你们还应该有一

个人的。”

对方主动提到章程规定让何夕感到很踏实，他也觉得是让范哲登陆的时候了，毕竟范哲在“渤海星计划”里也是不可替代的一分子。“我现在就下令让范哲登陆，让大船接他过来。”何夕兴奋地转头看着叶列娜，“‘渤海星计划’正式开始了。”

秦忘谦和地点头：“我现在就去安排。”

范哲一进门就高声大嚷：“你们肯定不相信我看到了什么，那些用巨海藻编织的房子是我这辈子看到过的最漂亮的别墅。还有……”

“好啦好啦。”叶列娜打断他，“还有巨大的海浮萍是吧，少见多怪。”

“原来你们也看到了啊。”范哲挠挠头，“不过有个东西你们肯定没见过，我在轨道上可是观测到了几十米长的潜艇……”

“那是土鲨吧。”叶列娜哈哈大笑，“渤海星可是农耕时代，哪来的什么潜艇！”

“先别说这些了。”何夕忍不住打断了两个年轻人的斗嘴，“我们还有正事要办。你们不会忘了自己此行的任务吧？”

叶列娜的脸色变得有些奇怪：“当然没忘，不就是让我和范哲来渤海星和亲嘛，而你这所谓的领路人其实就是个星际媒婆。当初我看到参加选拔的条件是未婚时，就觉得十分古怪，像宇航员这种高风险职业一般都是选择有了孩子的人。”

何夕陡然一滞，在叶列娜嘴里，至高无上的“乐土计划”竟然成了老古董式的“和亲”，自己也当上了媒婆。可细一想这话却让人无从辩驳，一时间他竟然有些哭笑不得的感觉：“这个，‘乐土计划’事关全人类未来的福祉。”

“我知道，《乐土宪章》上讲了的。”叶列娜接过话头，“如果人类永远困守地球则必将走向灭亡，像超新星爆发、小行星撞击、高能试验事故、生化事件、太阳灾变等无法预料的偶然事件，随时可能在未来某一天毁灭全人类。只有实施‘乐土计划’才能让人类散布宇宙，永世长存。”

“对啊。”何夕的语气变得郑重，“能够在这样伟大的事件里承担一份自己的责任是我们的荣幸。”

范哲幽幽地看了一眼叶列娜：“我们知道这是自己的使命，其实从看到计划内容的时候起，我就觉得自己变得和以往不同了。我们将注定承担很多以前不明白的东西。”

“20 年前我曾经有过同你们一样的感受。”一缕雾样的神色浮现在何夕的眼里，“而且由于另外的某个原因，我的感受比你们的更加刻骨铭心。”何夕停顿了一下，似乎有些犹豫该不该吐露这个尘封已久的秘密。

“发生了什么事情？”叶列娜突兀地问，她的脸上若有所悟。

“事情很简单，当年我爱上了一位姑娘。但不幸的是她也是‘乐土计划’的成员之一，所以注定了这是一个不会有结局的故事。”

范哲忽然轻轻问道：“那她也爱你吗？”他的目光有些飘忽地瞟了一眼叶列娜。

何夕一怔：“我想是吧。其实我们认识的时间并不长，但怎么说呢？也许感情的确是世界上最盲目的事情吧。当时我看着她乘坐的飞船在视线里渐渐模糊消失，觉得自己心里的某一部分也在那一刻永远地随她而去了……”

何夕突然停住话头四下张望。“你们听到了什么吗？”他的脸上浮现出困惑的神色。

“我也听到了，好像是一声很轻的叹息。”叶列娜回应道。

范哲有些茫然地站着，他没有听到什么，但是四周的情况却让他陡然紧张起来。不知何时，四壁的门已经全部紧闭，范哲上前试图打开那些门，但无一例外地失败了。

叶列娜惊呼道：“快看，那些烟雾！”

何夕这才发现房间里已经充斥了一层淡淡的雾气，与此同时范哲身上的便携仪器也亮起了红灯。“天呀，是神经毒气梭曼，这样的浓度3分钟内就能致人丧命！”范哲大叫起来。

何夕这才发现自己铸成了大错。当初在飞船上收到的信息里先行者称他们为“客人”，按照《乐土宪章》，所有移民星球在验收之前是不能视作人类家园的，但先行者的这种称谓却有以“主人”自居的意思，也就是说他们已经视渤海星为家园了。这个细节本来让何夕有所警觉的，所以他安排范哲留守在飞船上，但后来的接触让他放松了警惕。现在看来，渤海星上的确是发生了异乎寻常的事情，说不定范哲观测到的真的是潜艇之类的东西。中央电脑的程序肯定被人动过手脚，对方是有意进行了安排，等到他们聚齐之后才采取的行动。但是何夕不知道先行者这样做究竟是因为什么，而现在看来，这也许将是一个永远的谜了。屋子里的3个人脸色惨白地面面相觑，眼睛里都是难以置信的绝望。死亡，就这么来临了，在这遥远的异星之上。不仅突然，而且透着不明不白的诡异。

在意识离开何夕身体之前的一瞬，划过他脑海的是一个奇怪的念头：那声叹息怎么那么熟悉？之后纯粹的黑暗袭来，将一切吞噬。

当年情

这就是死亡吗？像飘浮在云团里，又像是沉浸在温暖的海水中。斑驳的光影在眼前四处跳荡，宛如一幅让人不明就里的抽象画。

“不——”何夕突然大叫一声醒来，这才发现自己躺在一张柔软的椅子上，虽然没有充足的理由，但第六感觉清晰地告诉他旁边有一个女人。这个判断很快有了依据，因为何夕立刻发现一个纤弱的身影就伫立在他的面前。

即使是最善于想象的人也常常在面对命运的安排时感到意外，谁都难以知道会在什么时间以及在什么地点遭遇不可预料的人和事。当于岚的身影突然间映入何夕眼帘的时候，他真切地感受到了这句话的正确。20年的隔膜在那个瞬间被穿透了，何夕觉得天地间突然恍若无物，只剩下了两个人。无论用什么样的语言也无法述说何夕在那个瞬间的感受，因为他见到的是一个自己已经与之永诀的人。多年前的伤口还在隐隐作痛，但是那个人居然回来了，她穿透的不仅是时间，还包括死亡。

何夕此时还不知道与于岚的重逢最终成了他心里第二道痛入骨髓的伤口，而且永世难愈。

“是你吗？”何夕喃喃地问，“这简直像是在天堂里的重逢。”

“是我。”于岚温柔地回答，眼里装满欣喜。

何夕四下张望，发现这里是大船的主控室。现在已近黄昏，太阳的光线变得柔和，绚丽的云彩挂在天边。但他没有看到范哲和叶列娜。

“他们现在很安全。”于岚仿佛看透了何夕的心思，“我根本没想到你居然会是领路人，如果再晚一点儿可能就……”于岚止住话，似乎仍然心有余悸。

“我不明白发生了什么事。”何夕不太肯定地开口，“好像我们差点儿死了。但这怎么可能呢，一切都很正常啊。是不是发生了什么故障？”

于岚没有开口，像是没有听见何夕的话，但谁都能看出她眼里的喜悦发自内心。

“当年的事故里你不是已经死了吗……”何夕急促地问，几乎与此同时，一道灵光自他脑海里闪过，他猛然想清楚了一些事情，“我知道了，并没有什么事故，一切都是假象。”

于岚迟疑了一下，终于点头承认了何夕的猜测。

但是何夕心中的疑惑更甚了：“可为什么会这样？是先行者扣留了你们吗？”

“怎么可能呢？”于岚摇头，“他们都是善良而无害的，老实说，地球人在他们面前至少在道德层面上肯定会感到自卑的。”

何夕想起一路上的见闻，先行者纯朴的风貌的确给了他很深的印象：“但那个警报信息又是怎么回事呢？那可是你亲自发出的。”

“马维康和加腾峻并不是死于脉冲星辐射。”于岚幽幽地说，“而是死于一次突发事件。当时我同他们发生了激烈的争执，先行者站在我这一边。他们两人先动手杀死了几十位先行者，但是最终寡不敌众。后来我发出了那条信息。”

何夕彻底震惊了，他没想到 20 年前竟然发生过这样惨烈的一幕：“是因为什么事情而发展到这种地步，难道不能协商解决吗？”

“不能。”于岚冷酷地说，“是生死存亡，没有调和的余地。当时马维康和加腾峻正准备向地球报告渤海星任务彻底失败的信息。”

何夕倒吸了一口凉气，他当然知道这个信息意味着什么。“乐土计划”实施以来还从未发生过这种情况，一旦信息发出，后果的确不堪设想。

“是那种情况发生了吗？”何夕平静了些。

“还能是别的什么呢？就是那种情况发生了。”于岚的

神色变得古怪，就像一个来自黑森林的女巫，她一字一顿地吐出剩下的 4 个字，仿佛那是一句恐怖的咒语，“生殖隔离。”

虽然有所预感，但这几个字还是像重锤一样打在了何夕的心上：“这怎么可能，我一直以为《乐土宪章》里关于这一条的规定只是为了法律的完备性而准备的，没想到真会发生这种情况。要知道每个先行者方案都是经过至少 5 年的时间、上千次的实验才确定的。”

于岚的思绪已经回到了 20 年前。“当时我们顺利到达了渤海星，这里世外桃源般美丽的风光稍稍让我感到安慰。我想就这样忘了过去，开始新的生活。”于岚的神色变得有些迷茫，“后来的事情都是按部就班的，加腾峻同他的心上人一见钟情，而我居然遇到了一位和你颇有几分相像的先行者……”

“是秦忘吗？”何夕陡然想起那位酋长。

“就是他。”于岚苦涩地笑笑，“渤海星第一代先行者的名字都是自己决定的，唯有秦忘的名字是我给他起的。”

“秦忘。情忘。”何夕若有所悟地低语，一时间他的心里涌起痛楚的感觉，情真的能忘？

于岚平静了些，接着说道：“如果一切正常我们就会像在地球上一样，恋人们交往一段时间后在领路人的主持下缔结婚约，然后在几个月后的某一天诞下生命的结晶。由于先行者的所有重要体征都被设计成显性基因，所以孩子肯定能够适应这里的环境，孩子顺利出世便是整个计划圆满成功的标志，”这时于岚像是想起了什么，“你的家人都好吗？”

何夕有些猝不及防地回答：“当然，他们都在里海星。”他低声补充道，“我和妻子已经分手，现在我同女儿生活在一起，她非常可爱，像个天使。”

于岚流露出羡慕的目光，不知为什么这目光让何夕觉得心中酸楚。“也许是我的专业使然吧，我一到渤海星便采集了先行者的生殖细胞进行分析，想观察它们同人类的生殖细胞结合时的行为。”

“这好像没有任何必要吧，在地球上的时候早就进行过无数次类似的实验了。虽然我不是这方面的专家，但也知道用先行者胚胎细胞制造他们的生殖细胞是一件很容易的事情，进行一次减数分裂就行了。”何夕有些不以为然地插话。

于岚没有理会何夕：“受我自己的排卵期影响，第一次实验是在到达渤海星的第 5 天才进行的，我同时也以实验的名义取得了加腾峻的生殖细胞。我说过当时只是专业兴趣使然，我根本没有想到会发生意料之外的事情。”

何夕的心渐渐下沉：“实验结果是什么？”

“相当可怕。”于岚的语气显得有些冷酷，“在显微镜下我看到的完全是异种生殖细胞相遇的情形。精子漫无头绪地乱撞，完全不像遇到同类卵子那样舍生忘死地冲锋。而卵子则是完全彻底地封闭了表面的一切通道。也就是说它们排斥的程度甚至超过了马和驴，尽管后者也无法孕育出能正常繁殖的后代。”

“异种。”何夕从牙缝里挤出这个词，“可我知道类似的实验在地球上是全部成功的。”

“我当时也非常震惊，但事实就摆在面前。接下来，我采集了更多的先行者标本做实验，结果完全一样。经过进一步的分析我找到了原因所在。”于岚竖起食指指了指天空。

何夕立刻明白了于岚所指：“你认为是渤海星上特殊的恒星辐射造成的？”

“只能是这个原因。”于岚点点头，“其实恒星辐射超过地球的行星并不少见，但以往从没有发生过以这种方式影响生殖细胞的情况，可见宇宙中还存在许多人类未知的奥秘，我想可能是因为这里的恒星辐射中具有某些特殊频率的射线吧。不过我观察到先行者生殖细胞之间的结合却又完全正常，甚至当时已经有了一对偷尝禁果的先行者，他们一岁大的孩子在水里游得比银贼鱼还快。”

“再后来发生了什么事？”何夕强迫自己保持语速平缓。

“我确定实验结果无误后便报告了马维康。他当时不相信，但在亲眼看到实验结果之后接受了我的结论。然后我们 3 个人在一起开了个会，其实根本不需要什么讨论，按照《乐土宪章》的规定，一切都是明摆着的。要知道任何违背《乐土宪章》的行为都被视作反人类罪行。”

何夕打了个冷战，他用有些奇怪的眼神看着于岚。

“他们两个人的意见是立刻向人类委员会汇报，准备启动抹除程序。我想那一刻自己可能是疯了，我无法接受几千个活生生的有血有肉的人在我面前被杀戮。我冲出了门，对先行者大声嘶喊，说他们已经被人类视为异类，将被毫不犹豫地抹除掉。我告诉他们，如果要拯救自己就必须制止屋子里的人发出信号。”于岚痛苦地摇着头，乌发变得凌乱不堪，当年那可怕的景象让她至今不能释怀，“然后人群向屋子冲过去，然后我看到不断有人倒下，遍地是血……”

于岚的话戛然而止，在极度的激动之下她突然晕厥倒地。

非　人

于岚苏醒的时候发现自己正好同何夕换了位置，自己躺到了椅子上，而何夕正注视着遥远的天边若有所思。

“你醒了。能告诉我现在我们所处的方位吗？”何夕俯身下来，眼里是毫不掩饰的关切之情。

“我们现在就在圣地的上方，先行者称这里为圣地是因为我住在这里，我没有抵抗辐射的基因，多数时候都生活在地底。”于岚起身站立，“他们对我当年的行为充满感激，对待我像神一样充满尊敬。他们是知道感恩的人。”

何夕点头表示理解，20年来于岚遗世独立，对渤海星的确付出太多，同时他也听出了于岚话中的维护之意。“我相信他们都是善良的，但他们是异种，这是不可否认的事实。”

于岚沉默了好一阵，像是在思考某个问题。“你看到这个了吗？”她突然指着桌子上一座半米高的拱桥模型，脸上浮现出萧索的神色，“渤海星上没有河流的概念，当然也不会有桥这种东西，这个模型是我平时摆着玩儿解闷的。”于岚说着用手轻轻一拂，拱桥立刻散落成十几块大大小小的配件，“这座桥没有用黏合剂，完全是靠配件组合成型的。你试试能还原吗？配件上面有编号，你可以按顺序来做。”

虽然何夕不明白于岚为什么突然扯到这个模型上，但他还是依言摆弄起那堆配件。何夕知道于岚的老家是中国南部著名的水乡，那里有着很多这样的石拱桥，少女时的于岚曾经日日从桥上走过。何夕想象着那时伫立桥上看风景的于岚是怎样一副纤弱的模样，而现在的她却只能在

160光年之外摆弄一座石桥的模型，这样的联想突然让何夕有些心酸。何夕定定神，将注意力放到眼前，所谓配件其实就是一堆梯形的塑料块。何夕试了几次都失败了，模型总是在垒到一定程度的时候崩塌掉。何夕有些郁闷地盯着这堆不听话的配件，按理说这应该是一件很容易的事情，这些配件的形状肯定是能够组合成一座拱桥的，就像他刚才亲眼见到的一样，而且这些配件也的确和现实中的石拱桥一样不需要什么黏合物。

“你不会成功的。”于岚含有深意地开口，“配件一块不少，但你会发现你的工作总是进行到某一时刻就崩溃了。”于岚从抽屉里拿出一个盒子：“你做不到只是因为还缺少一些东西，这个盒子里面的构件可以搭建一副脚手架来帮助你。翻开《拱形桥建筑手册》你就会发现，在造桥之前你需要搭建脚手架之类的辅助设施，但这些东西最后会被拆除，不留一点儿痕迹。”

“为什么和我说这些？”何夕若有所思地问，他觉得自己正在接近某个隐藏的真相。

于岚的眼睛变得很亮：“其实建造这座桥的过程和人类的进化过程非常相似。这本来是进化应有的常态，30多亿年的时间里，我们身体的所有部件其实都经历了这样的过程。那些曾经出现但最终消失了的部件并不是无用的，没

有它们也就不会有现在的人类。但是我们现在对先行者的改造却完全违背了这种自然规律，跳开了所有中间环节。人类凭借着已经堪比造物主的强大技术，直接依据移民星球的环境需要设计制造出了先行者。”

“你是说先行者是非自然产物？”何夕问。

“先行者完全就是计算的产物。”于岚的脸上露出一丝悲戚，“他们不过是从移民星球的环境倒推得到的产品罢了。在人类委员会的眼里，他们就是一群小白鼠，根据人类的需要被发送到一个个开拓地。出于开拓的需要，他们先天就被赋予了各种特殊的能力，但是这些能力却可能在几十年后带给他们灭顶之灾。”

何夕沉默了好一会儿才开口道：“你说的这种极端情况并没有出现过。”

“只能说在渤海星之前没有出现过。”于岚直视着何夕的眼睛，“技术不是万能的，它不可能预见所有的情况。你认为渤海星先行者会面临怎样的结局？”

何夕感到喉咙发干：“《乐土宪章》……《乐土宪章》里提到过的。”

“《乐土宪章》。”于岚的语气冷得像冰，“要我背给你听吗？这些年里我早就把《乐土宪章》翻烂了。不错，《乐土宪章》里写满了公理正义，它的每句话听起来都代表了人类文明的最高法则，让人无从辩驳。它对所谓移民失败的先行者只说了两个字：抹除。”

“实验总有失败的可能，既然明知是失败了……”何夕艰难地吞了口唾沫，“这也是迫不得已的做法。”

“问题在于渤海星先行者们失败了吗？”于岚逼视着何夕，“你看到过他们，连同他们的孩子。这么多年来他们自由自在地生活在这颗星球上，没有任何不适应的地方，他们建立了自己的家园，同万物和谐相处，如果没有大的灾难，他们还能这样生活 100 万年。你看到过孩子们建造的那些花房吗？”于岚眼里放射出动人的光泽，“我觉得它就像是一件无比精美的艺术品，是这颗蛮荒星球上最动人的事物。你敢否认自己曾经被它打动过吗？”

“是的。”何夕低声说，“那些花房的确非常漂亮。还有，那些孩子也非常可爱。他们让我想起了自己的女儿。真的，我真的这样认为。”

“但是按照《乐土宪章》的定义他们都是失败的样品，应该完全不留痕迹地被抹除掉。就是因为他们同我们产生了生殖隔离。”于岚话锋一转，“可这能怪他们吗？是人类在操纵这一切。”

“从生物学意义上讲他们的确不能被称作人类了。”何夕肯定地说，“我承认这是人类犯下的错误，也许最严密的设计方案也会有出错的时候，人类毕竟还没有洞悉生命的全部秘密。这里发生的一切已经证明渤海星的环境超出了某个阈值，适合生存的先行者将注定异化成非人类。按照《乐土宪章》的规定，这座星球在抹除先行者后也不会再用于移民，它将成为又一个死海星。”

蓝色的雪

“你已经做出了决定吗？”于岚幽幽地问，一丝奇异的光芒在她的眸子里浮动。

何夕努力控制自己的目光不要四处躲闪，他知道从道理上讲自己没有必要感到一点儿愧疚，恰恰相反，他现在正是站在绝对正确的立场上。“我明白你的心情，这的确不是一个容易下的决心。但是我们不能被感情左右，那些先行者……他们……他们的确已经不能算作人类了。”

“不——你不会明白的！”于岚突然歇斯底里地大叫道，“你还是站在最狭隘的立场上看待眼前的一切。我认识这里的每一个人，熟悉他们的声音和微笑。秦忘很腼腆，李高喜欢吹牛，星兰正在为自己长得太瘦而发愁……他们体内的基因有 97% 和我们的完全相同，他们和我们一样有智慧，有灵魂，还有——梦想。他们不是机器，不是小白鼠，他们是有血有肉的人！你明白吗？”

何夕面色惨白地看着这个狂躁的女人，一语不发。等到于岚变得平静一些之后何夕慢慢开口道：“他们不是人类。按照门、纲、目、科、属、种的划分，我想他们最多只能到灵长目人科，到不了人属和智人种，他们和我们不是同一物种，生殖隔离是最有力的证明。我们同他们的差别之大也许超过了同为猫科动物的猎豹和非洲狮之间的差别。想想吧，只要有机会，草原上的雄狮会毫不犹豫地杀死并吞食猎豹，反过来也是一样。”何夕的喉结艰难地动了一下，“我们和黑猩猩也有 96% 的基因相同……他们不是人，他们是绝对的异种。”

于岚颓然倒在椅子上，她的理智告诉她，何夕说的都是真理。

“人类很幸运，掌握了虫洞这种超越时代的伟大技术，得以一窥浩瀚宇宙的面貌。而更幸运的是，在运用这种技术的过程中人类还没有遭遇到智能胜过自己的可怕异类。但在开拓异星的过程中，人类却可能创造出这样的异类，谁敢保证他们不会在某一天向创造者举起屠刀？”何夕冷酷地问。

“不会这样的。”于岚无力地嚅动嘴唇，头上的乌丝剧烈地摆动着。“他们很善良，我一直教育他们对地球怀有感恩之心。”于岚仿佛抓住了一根救命稻草一般抬起头来，

“我会告诉他们地球人类是他们的根，我会让他们永远记住这一点。他们永远不会对抗人类的。”

何夕有些怜惜地看着憔悴的于岚：“永远是什么？世界上有永远的事情吗？对人类的历史你应该比我清楚。现代欧洲人都来自非洲，但当他们的后代在 15 世纪重返非洲的时候，带去的却是无尽的杀戮和种族灭绝。还有一个时间间隔更短的例子——公元 1000 年左右，一些波利尼西亚农民移居新西兰成为毛利人，其中又有一部分移居查塔姆群岛成为莫里奥里人。但不久之后的某一天，毛利人冲到查塔姆群岛杀光并煮食了那些莫里奥里人，因为他们视那些人为异类。一个毛利人解释说：‘我们捉住了所有的人，一个也没有逃掉……我们抓住就杀——这符合我们的习俗。’”何夕露出残酷的表情，“这些例子里的双方其实还属于同一物种，人类自己的历史已经证明了一切。我承认现在的渤海星先行者都是善良而无害的，而且我心里甚至很喜欢他们。但是，人类绝对不敢冒险去养大一个拥有智能的异种。”

“我要阻止你！”于岚有些失控地嘶喊，“你一定认为我是一个被感情冲昏了理智的巫婆，我已经当过一次人类公敌了，我不怕再当一次。”

“别这样。”何夕扶住于岚瘦削的双肩，“你已经尽力了，真相不可能永远隐瞒下去。”

“但是如果能多给先行者们一些时间，再给他们几十年时间，我可以教给他们更多的知识，让他们拥有自己的先进技术，他们就能进步到足以同人类抗衡的程度。”于岚突然痛苦地抓扯头发，脸上是无所适从的绝望，“天啊，我在说些什么啊，他们永远都不会同人类对抗的，不会的！”

“你说出的正是真理。”何夕知道现在不是心软的时候，于岚已经执迷太深，他有义务唤醒她，“其实你自己早就看到了一切，只是不愿意承认罢了。”

于岚一步一步朝门外退去，脸上满是无助与决然：“你们都是屠夫，我不会让你们毁灭这里的一切的。”

“你打算怎么做，就像20年前一样？让先行者们撕碎我？”何夕脸上挂着冰冷的笑，仿佛想掩饰内心的什么东西，“我知道他们现在就在外面，他们的武器应该比20年前进步多了。”

“求求你别逼我。”泪水从于岚眼中不可遏制地流淌而下。一边是曾经的挚爱，另一边则是无数她必须保护的生灵。一时间她仿佛听到了自己的心碎裂滴血的声音。

“是结束一切的时候了。”何夕突然扬了扬手，“人类委员会在20分钟前——也就是你昏厥的时候，已经收到了关于渤海星情况的报告。我和你都是小小的棋子，只有人类委员会才有权决定渤海星的未来。”

“这不可能。启动量子通信至少需要两个小时，你在骗我。”于岚惊骇莫名地摇头。

“也许世间真有所谓宿命的存在，出于某些难以说清的原因，我在几个小时前就让范哲启动了量子通信。”何夕接着说，“我忠实地描述了渤海星的状况，其中也包括你所强调的渤海星先行者的‘善良’和‘无害’。人类委员会是最终的决定者，我想再过一会儿我们就知道渤海星的宿命究竟是什么了。”

于岚不再有话，实际上何夕的话已经让她完全僵立。何夕缓步上前温柔地围住她的肩膀，然后他们一同望向外面的黄昏，就像一对看海的恋人。

在 120 千米的高处，虫洞飞船以黑丝绒般的太空为背景缓缓划过，宛如一只巨眼君临万方。飞船核心处有一个内部冷到极点的黑匣，里面的温度甚至低于宇宙的背景辐射。在这样的温度下运动几乎终止了，就连电子这种不可捉摸的轻子也表现迟滞。

突然，像是获得了某种古怪的魔力，其中一些电子开始无视低温的禁锢执着地骚动起来，它们迈开了奇异的舞步。电子们的舞蹈并不是无意义的，它们跟随亿兆千米之外孪生兄弟的脚步拼出了一条无比清晰的指令。几秒之后，整个虫洞飞船震颤了一下，在指令的召唤下它的周围伸出一圈发着蓝光的管子，就像是一头从沉睡中苏醒的怪兽正在舒展四肢。

片刻之后，很多道流星般的亮迹破空而至，在黄昏的天空中显得夺目非凡。进入大气层之后亮迹急速地湮灭，与此同时无数淡蓝色的雪花开始在黄昏的天空中飘落，这幅无声的场景美得令人窒息。

天地间的异象迅速吸引了先行者的注意，许多人浮上水面争相目睹这从未见过的蓝色雪花。孩子们开心地大叫，他们甚至像海豚一样迫不及待地跃出水面去触摸满天美丽的雪花，却不知道这是与死神的致命邂逅。

“终结者病毒……他们还是做出了决定。”于岚喃喃开口，她的脸上一片幻灭。

何夕没有说话，在这个时候语言根本没有任何意义。他知道这场雪会一直下 12 个小时，直到这个星球的每个角落都覆盖上足够的病毒。人类对应于每种先行者都预先设计有一种终结者病毒，它们是高度特异定向化的，一种病毒只能感染并杀死对应的先行者，当先行者全部死亡后病毒自己也无法存活。按照实验结果，先行者感染后的存活率低于十万分之一，而现在整个渤海星人口只有几千，也就是说这将是一次完全彻底的饱和歼灭行动。

人生不相见

夜很深了，在两个月亮的辉映之下可以看到近处的雪花仍然稀稀疏疏地飘洒着，这幅静谧的图景让人很难把它同无数的死亡联系在一起。

“我们终于看到了渤海星的宿命。”何夕再次提起话题，于岚像现在这样一言不发已经10个小时了。

“他们都死了，对吧？”于岚终于开口说话，这让何夕觉得稍微放心了些。

“终结者病毒攻击神经系统，感染者将很快因为神经系统瘫痪而窒息死亡。”何夕小心翼翼地说，“这是一种快速的低痛苦死亡方式。现在先行者应该都已经死去了，包括个别深海里感染得稍晚一些的。”

于岚机械地走到10米外的控制台边坐下，何夕知道从那里可以跟踪到每一位先行者。但于岚现在的举动已经毫无意义，在屏幕上她只能看到8754个一动不动的小点——那是先行者横陈的尸体。

“一切都结束了。”于岚从控制台前站起，脸上表情麻木，“从渤海星被发现算起已经过去50多年了，在这颗星球上发生过那么多故事，而现在一切都回到了原点，就像做了一场梦。”

“这就是结局了。”何夕低声说，他转身指向夜空中的一个方向，“从这里看过去太阳系只是一个暗淡的白点，那里是人类共有的家园。在这个故事里最幸运的是，经过那么多事情后我们的家园还在。”

于岚突然叹了口气，像是有所触动：“知道吗？以前我觉得所谓的星座只是古人奇特想象力的组合，但现在我却不这样想了。也许其中真的隐藏着某种我们永远无法彻底弄明白的东西，它超越了所谓的科学定理，也超越了人类全部的理解能力。”

何夕哑然失笑：“怎么我们的生物学博士改行研究哲学了？”

于岚转头看着何夕：“就像现在，我们站在这个位置，能看到太阳系连同半人马座还有旁边的群星，你看它们像什么？喏，稍微把头偏左一点儿……”

何夕凝视着那个方向，饶有兴致又不以为意，然后天地间突然沉寂了，何夕感觉到有滚烫的泪水从眼睛里涌出——他看到了一个小小的摇篮，下面是篮身，上面有一条提臂，那颗火红大星则是悬挂点……小小的摇篮就那么孤单地悬挂在这广袤无垠的宇宙中。

从这个位置何夕其实也看到了在地球上永远无法与猎户座同时看到的天蝎座群星，火红的大星便是天蝎座 α

星，中国古人称之为“大火”，曾经专门设立“火正”一职观察它的位置确定节气。天蝎座群星参与了太阳系摇篮的组合，这幅图景是那样美妙绝伦却又蕴含着人类智慧永远不能理解的无尽深意。

良久之后何夕回过头来：“该回家了。”何夕爱怜地望着于岚并且加重了语气，“是我们两个人的家。”

“回家。”于岚若有所动地重复一句，“我也很想回家，但是我再也回不去了。”

何夕有些意外：“虽然你违背了章程，但毕竟没有铸成大错，我想联邦政府也不会太难为你的，我有把握替你脱罪，至少会是比较轻的判决。”

“你认为我们还能回到从前吗？不可能的。渤海星改变了我的一生，我已经同这里的一切有了永远无法分离的血肉联系。太阳系是人类温暖的摇篮，但孩子长大后终有放手的一天，不应该让摇篮成为永远的桎梏。正是几万年前来自非洲的先行者闯进旧大陆，几百年前来自欧洲的先行者挺进新大陆，才有了后来人类历史中一幕幕壮丽的篇章。终有一天人们会明白，宇宙的法则也许并不是汇聚，而是分离，就像地球现在已知的几百万物种其实都来自 38 亿年前的同一个体。渤海星先行者不在了，但是我要留在这里，用我剩下的生命守护他们无根的灵魂，我怕他们会迷路。”于岚转头凝视着何夕，星星在她的眸子里闪烁着动人的光芒，“我们的人生分开得太久也太远了，就像参宿与商宿，东升西落，已经无缘相聚。”

于岚说完这番话，从何夕的围抱中抽身，轻轻地然而也是决绝地步入了门外的黑暗。何夕孑然伫立，仿佛一座被抽空了魂魄的雕像。

最后的音节

登陆舱缓缓升腾，越来越高，渐渐成为湛蓝天空中一个不可见的小点。于岚面无表情地注视着这一幕，这时主控室的地板滑开，两个纤细的身影扑进于岚的怀里大声哭泣，过去的这 10 多个小时他们一直生活在炼狱里。于岚紧紧搂住两个吓坏了的孩子，就像是搂着两样失而复得的珍宝。几小时前，她在主控室屏幕上看到了两个移动的小点，也许是恒星辐射的缘故，这两个孩子竟然具有了抵抗终结者病毒的突变，也就是在那一瞬间于岚做出了最后的决断。

“虫洞跳飞进入倒计时。”叶列娜向一直失魂落魄的领路人汇报，她忍不住提醒一句，“还有 10 分钟时间，如果想道别请抓紧。”这时她猛地瞪了范哲一眼，“跟我出去呀，真是没脑筋。”

范哲稍愣了一下，随即听话地跟着出了门，他正好觉

得有许多话想对叶列娜说。

屏幕上的于岚已经不复昨天憔悴的模样，似乎还淡淡地化了妆，看上去明艳照人。“我已经在这里等了一阵了，我知道你会出现的。”

“再有几分钟飞船就会启动，这一别我们恐怕再也无法见面了。”何夕深深凝视着于岚，似乎想将她的容颜镌刻在自己的视网膜上。“我会在亿兆千米之外想你的。”

“我也是。”于岚柔声道。

何夕迟疑了一下，似乎在做什么决定，末了他平静开口道：“秋生和星兰都好吗？”

于岚悚然一惊，脸色一下变得苍白：“你、你说什么？”她的心急速地沉向无尽深渊的底部。

“虽然你离开的时候关闭了控制台，但是后来我破译了启动密码，所以我知道有两位幸存者，很巧的是我居然见过那两个孩子。我一直在回想你说的那番话。”何夕稍稍停了一下，“也许放手也是一种爱，而且是隐含着宇宙的至高法则的，因而也是最深沉的爱。我知道该怎么做，不会有人来打扰你们的，就让人类和先行者各不相见吧。永别了，我的渤海星女神。”

“谢谢你，我会用心守护着他们，不让他们迷路。”于岚眼里流露出依依不舍的神情。时间飞逝，永世的分别就在眼前，两人透过屏幕深深凝望，口唇微动中不知不觉吟诵的正是那已经刻入彼此灵魂的诗句：

人生不相见，动如参与商。

今夕复何夕，共此灯烛光。

千年前的绝唱道尽了世间的离合悲欢，泪水开始在两张面庞上聚集成行、肆意流淌，冲刷经行的一切，将心中无尽的块垒抚平。

少壮能几时，鬓发各已苍。

昔别君未婚，儿女忽成行。

前尘旧事在何夕眼前一一晃过：地球的初遇，20 年的分离，渤海星短暂的重逢，紧接着的永远的诀别，还有人类与先行者的离合际遇。无数的慨叹划过心头，这一刻就像是历尽一生。

十觞亦不醉，感子故意长。

明日隔山岳，世事两茫茫……

炫目的闪光突然亮起，模糊了眼前的一切，宣告这个冗长的故事走到了终局。而空气中还停留着那最后的音节，在相隔亿兆千米的两端——盘桓、萦绕。

天生我材

引　子

事情源于那次事故。

当时俞峰同往常一样进入了“脑域”，这么讲并不太准确，因为对俞峰这样的人而言与其说是进入倒不如说是一次融合。俞峰本身就是一个中心，F32 实验室只专属于他一个人，出于安全等原因兆脑级研究员分散于世界各地。大约 30 名警卫忠诚地守卫在实验室四周，“鹰眼”监控系统不会放过任何可疑的物体。每时每刻都至少有 20 名助手围绕着俞峰进行工作，他的所有要求都必须在第一时间得到满足。而这一切只有一个原因，那就是他叫俞峰。这两个字是他的名字，非常地普通，在这个世界上谁都可以叫这个名字。但是问题却不止于此，因为在“脑域”里他也叫这个名字，而在那个世界里这却是唯一的。

“名字与口令字。”一个声音在俞峰耳边响起。俞峰报出名字以及长达 64 位的密码。

“正确。”那个声音说，然后伴着“轰”的一声（长期以来俞峰一直以为这只是一种幻觉），那个无限广阔而美妙的世界便立即在俞峰面前展开了。

“脑域”。

一

傍晚的檀木街行人很少，只有忙碌的出租车往来不停。由于下着小雨，卖小吃的摊贩们也稀稀拉拉的。何夕深一脚浅一脚地走在人行道上，就像是随时都会倒下一般。他一直走到一栋棕红色的老楼前，有那么一个瞬间他停了下来，踟蹰不前，但是他的身影最终还是融进了楼道里。

“这次打算待多久？”黄头发阿金一见到何夕便大大咧咧地问。他同何夕是老熟人了，有时候还会帮何夕开个后门，比方说像现在这种何夕稍微沾了点儿酒的时候。

“老规矩，50分钟。”何夕老练地躺到3号那间屋子的平台上，并且自己从脑后牵出导管连上了接驳器。黄头发阿金摇摇头，但没有说什么。他仔细地检查了一下设备，然后返回控制台准备开始。

“哎！”黄头发阿金叫起来，他盯着面前的屏幕说，“你这个星期已经是第8次了，这可不好。按章程你已经超限了。”

何夕不耐烦地应了声：“我没有事，我不是好好的嘛。完事了我请你喝酒。”

黄头发阿金叹了口气，同时又忍不住咽了口唾沫。的确，章程是有的，就在墙上贴着，而且还有政府的大印。但是，现在已经没有谁会来管这事了。实际上在黄头发阿金的印象里，只要愿意谁都可以来，并且愿意待多久就待多久。就像上回那个叫星冉的女孩，不就是在1号间里一连待了30多个小时嘛。当然，她出来的时候脸色可是没法看了，而且又喘又吐。黄头发阿金摇摇头，不愿再想下去了，他回头看着何夕。“这可是你自己要求的，”他说，“出了差错别来怨我。”

“你还有完没完了！”何夕大声地打断了黄头发阿金的话，“再不开始我就自己来了，反正这一套我全会。”

阿金不再有话，他知道何夕说的是实情。实际上他的工作一点儿也不复杂，每个人都会做。从某种意义上讲，他更多只是起一个设备保养员的作用。

“名字。”一个声音说道。何夕急速地键入“今夕何夕”4个字。到这里来的人起名很随便，有些人甚至是每次来想到什么用什么，因为系统是不会核实的。他们都是些匆匆的过客，因为各种千差万别的原因而来到这里，在这里待上几十分钟或者几个小时又匆匆离去。谁也不会去考察他们的身份，谁也不会有兴趣知道他们为何要到这里来，他们每个人又有着怎样的故事。这里只关心一件事，就是他们会在这里待多久。包括黄头发阿金，包括系统，都只关心这个。不过何夕每次来都用这个名字，没有别的原因，他只是喜欢。

何夕感到一丝浓稠的倦意正从后颈的部位袭向大脑，看来一切正常，何夕等待着那个时刻的到来，他知道同步调谐的时间大约是一分钟。空灵的不明来由的声音在何夕耳边回响着，让他渐渐不知身之所在。太阳穴的部位一跳一跳地发出尖锐的疼痛，就像是有个力量在那里搅动他的脑浆。每次都这样，何夕想。他觉得思维正在一点点地离自己而去。快了，只要那道白光一来就没有这些不适了，但愿它快一点儿来。

白光。

如同黑夜里突然从天际划过的闪电，伴着电影镜头切换般的阵阵让人不明所以的混沌画面。就像是一个人仰面躺在流动的水里，看着越来越模糊的天空，并且一点点地下沉。今夕何夕，今夕何夕。在思维最终离开大脑前，何夕的脑中又习惯性地划过自己的别名。

然后是昏沉。

二

事故发生的时候没有一点儿征兆。从“脑域”建立至今，近 10 年来从未发生过任何意外，谁也不会想到它也有出现故障的时候。这并不是人们太大意，而是因为“脑域”的原理决定了它出现重大故障的概率几乎为零。所以当俞峰思维里突然出现了不明来由的混乱信号时，他简直不知道发生了什么事。当时研究正进行到最为关键的时候，连同他在内的全球 400 名兆脑级研究员正在“脑域”里紧张地工作。每秒数以亿计比特的信息束在世界上最强大的 400 个大脑里流动、共享，并被加以分析。有用的结果迅速转入储存，闪念之间迸出的思想火花立刻在第一时间被捕获，接受进一步的检验。无穷无尽的存储区域中有所有实验的数据，只要需要便可以马上将它们提取出来。功能强大的计算区域更是一派繁忙景象，从最基本的开方、乘方、微积分到最复杂的高阶方程式求解，都被作为请求发送到这个区域，计算结果则被回送到发出请求的区域。如果某一位研究人员因故突然退出系统，他的工作将立刻被无缝地接替，对整个系统来说，谁也察觉不到有什么变化。只有遍布全球的400名研究员都在同一时刻突然离开“脑域”，整个工作才可能停顿下来，但这显然是不可能发生的事情。

今天的工作也许是近两个月来最重要的，按照进度，“脑域”将在近期推导出“时间尺度守恒原理”的可逆修正方程式。这一原理是在数十年前由一位叫蓝江水的人发现的，根据这个原理，只要不违背守恒性原则，人们可以改变某个指定区间内的时间快慢程度。之后，蓝江水的学生西麦博士依照这一原理建立了在时间上加快了4万倍的西麦农场，以此来满足人类对食物能源的需求，但是由此带来的物种超速进化问题给人类造成了极大的威胁。后来两位富有牺牲精神的青年人选择了终老于西麦农场，并毁掉了农场与现实世界的通道，以此为人类守护这片脱缰的土地。这些年来，世界与西麦农场一直相安无事，但是近两个月来出现了反常的情况，似乎有某种生物试图突破屏障。尽管还不知道是何种生物，而且这种试探行为仅仅发生过几次并且都不成功，但谁都能看出这件事情对人类的

威胁有多大，只有找到终止时间加速现象的方法才能最终解决问题。

面对这一危机，“脑域”系统立即暂停了其他工作而全部投入到此项研究之中。近一段时间的工作进行得很顺利，当然与此成正比的是，送往存储区域和计算区域的数据量呈几何级数上升。俞峰也知道，这其中有不少请求从系统优化上讲是不可取的。有些研究员为了节省时间将一些简单却极其消耗系统资源的请求也发向了计算区域，比如说很随意地让“脑域”计算 123 的 700 次方或是不加优化地做一次超大规模的排序等，而这本应该采取子调用的方式向同“脑域”连接的专用电子计算机中心发出请求。但这已经是习惯做法了，其实俞峰自己也常常发出类似的请求，尽管经常在结果传来之后才发现这根本就是一次不必要的计算。谁让“脑域”的性能总是这样优秀呢，它简直就是一台超级智慧机器，总是能神速地满足每一个请求。每当俞峰进入“脑域”的时候总是有一种奇妙的感受，他觉得自己就像是一个插上了翅膀的思想巨人，在未知的领域自由飞翔。头脑里充满了无穷无尽的知识与智慧，全部心灵似乎都被解放了，他可以纵横八荒，俯仰宇宙，整个世界在他面前纤毫毕现。

忽然间有一种整齐划一的振奋从遥远的地方传来，

400 颗充满无尽智慧的大脑在同一时刻达到了妙不可言的统一。“时间尺度守恒原理”的可逆修正方程式终于向人类显露出了它隐藏至深的身影。这是量变终于成为质变的瞬间，长久以来的艰苦努力终于得到了应有的报偿。一时间，俞峰几乎听到了这个星球上最聪慧的 400 颗大脑的齐声欢呼，就像以往每一个“脑域”项目取得成功的时刻一样。此时此刻，在俞峰的心里升腾起的不仅是成功的欢乐，更多的是面对神圣的赞叹：人类的智慧到底成就了多少的不可能？

今夕何夕……今夕何夕……

剧烈的头痛在最初几秒的时间里令俞峰根本无法呼吸，他觉得就像是有一把钢锯在锯自己的头。眼前爆裂的光斑就像是黑幕上撕开的一个个不规则的小洞。出什么事情了？他的意识里划过这句话，然后他便感到自己就像是从一架高速旋转的游乐设施上被甩了出来。今夕何夕，今夕何夕，是那个声音，它又来了。俞峰禁不住呻吟了一下，轻灵而曼妙的思想翅膀被粗暴地抽掉了，世界显出了平庸的真相。光线映满了他的视野，大脑立刻变得像铅块一样沉重。

俞峰揉揉眼睛，世界的光线变得更加真实了。我被扔出来了？俞峰有些发呆地抚着脸颊，这怎么可能？俞峰几

乎是下意识地报出名字和口令字，但是回应他的只是长久的沉默。看来“脑域”里发生了异常的事情，可能是一次故障。俞峰想，应该很快就能修复。只是千万别毁掉这几个月来的工作成果，还有那么多珍贵的数据。俞峰有些生疏地拿起电话拨了一个号码说：“请接总部。”

三

黄头发阿金一看到眼前的场景就忍不住想，准是出了什么事，因为在此之前他从未看到过这么多人会同时醒来。当然，用“醒”这个词肯定不是很贴切，因为这些人并不是睡去。不过单从表面上看，这些人躺在那里的样子和睡着了也差不了多少。最大的不同在于，当他们恢复行动的时候总是显得相当疲惫，而不是像睡了一觉之后那样精神饱满。但是眼下，这些人突然在同一时刻醒来了，正不知所措地面面相觑。过了好半天大家仿佛才明白发生了什么事情，然后人群便像是一个被搅动了的蜂窝般发出了嗡嗡的声音，并且像马蜂一样朝门口的方向涌去。每个人走到黄头发阿金面前的时候，便伸手取走插在一排插槽上的属于自己的蓝卡。有几个人似乎觉得什么地方不对劲，和阿金发生了争执。听上去大概和时间有关。“是 38 分钟！”一个声音说。“不对，是 31 分钟！”黄头发阿金的声音听上去比所有人的都洪亮。何夕摇摇头，觉得一切都很无聊。他取下脑后的接驳器，直到现在他仍然感到阵阵头痛。何夕知道这只是幻觉，只要取下了接驳器就不应该有这种感觉了。不过他也知道这并非自己独有的幻觉，实际上接驳器幻痛学研究已经发展成当今很发达的一门学科了，描述这种幻觉的专著可称得上是汗牛充栋。

“还不想走啦？”黄头发阿金开玩笑地打趣了何夕一句，因为没有了别人，他们说话显得随便了些。在阿金心里，何夕与别人有所不同，阿金觉得何夕懂得不少事情，同他谈话让人觉得长学问。更重要的是，何夕也愿意同他谈几句。像他这种在脑房里工作的人，一天到晚就面对着一个个纹丝不动的挺尸样的人，能找个同伴说说话真是一件让人愉快的事情。在黄头发阿金看来，何夕一定也是愿意同自己交谈的，要不然他怎么总是来这间脑房呢！要知道现在脑房可不是 20 年前的稀罕物了，如今在大街上脑房可以说遍地皆是。早年间这可是收入可观的行业，那会儿的黄头发阿金可是很令人羡慕的。算起来阿金干这一行已经 10 多年了，其实现在的阿金只是一个花白头发的普通中年人，那个染着一头黄发的阿金只是人们习惯说法里的一个旧影罢了。

“36 分钟 24 秒。”阿金说。

何夕无所谓地笑笑，接过蓝卡。“看来出了点儿问题。”何夕说，他用力拍着后脑勺，那里仍然在一跳一跳地痛。好像黑市上有一种能治这种幻痛的药，叫什么“脑舒”，价格贵得很。不过听吃过的人讲，那药效果很好，就是服用后的感觉很怪，头是不疼了，可一阵阵地发木。

“人都走了？”何夕边问边递给阿金一支烟。

阿金接过烟别在耳朵上，然后指着最靠里的1号间说：“还有人啦，是那个叫星冉的。”

何夕稍愣：“就是那个曾经创纪录地连线30多个小时的女孩子？”

“就是她了，还能是谁！”黄头发阿金见惯不惊地说，“她好像完全入迷了。”

“入迷？”何夕反问一声，他的头还在痛，“这不可能。”他说，“我才连了一个小时不到脑袋已经痛得像是别人的了，有人会为这个事入迷？我不信。”

1号间里传出了窸窸窣窣的声音，过了一会儿一个很瘦的人影儿慢慢推开门出来。这是何夕第一次亲眼见到这个曾经耳闻过的有点儿奇怪的叫星冉的女孩，第一印象是她有一张苍白的小瓜子脸，相形之下眼睛大得不成比例。她的衣服有些大，让整个人看上去十分弱小，仿佛风里的一株小草。

“出什么事了？”女孩开口问道，她说话时只看着黄头发阿金。她边说边往嘴里倒了几粒东西，一仰脖就着水吞了下去。

“你在里面做什么？”何夕突然问，“我是说系统断了之后的这十几分钟里。”

星冉的肩猛地抖动了一下，她像是被何夕的问话吓了一跳，而实际上何夕的语气很温和。

“我……在等着系统恢复。”星冉说，她看着何夕的目光有些躲闪，她似乎很害怕陌生人。

何夕突然笑了，他觉得这个女孩真是有趣得很。“这么说你打算等到它恢复后马上连入？”

星冉想了想，然后点头。

何夕怔住了，他转头问阿金：“能不能告诉我，这丫头总共已经连了多长时间了？”

阿金敲了几个键说：“星冉总是用同一个名字连线的，唔，差不多快 4 万小时了。”

何夕立刻吹了声口哨说：“看来我认识了一个小富婆。不过你最好休息一下，我倒是建议你现在能够和我去共进晚餐。放心，是我请客，我知道凡是能挣钱的人都不喜欢花钱。”

星冉有些发窘地低下头，这让何夕反倒有点儿后悔开她的玩笑了，而且他突然发现，这个奇怪的女孩子低头的模样让他不由得在心里生出些柔软的东西。但是星冉明确地朝1号间的方向退去，这等于是拒绝了何夕的邀请。阿金的目光从屏幕上移开，他大声朝星冉的背影说："上边刚刚发来消息，这是一次事故，起码要明天才能恢复。我可不想待在这儿，得找个好地方美美地喝两口。"

星冉猛地停住脚步。"你们都要走？"她回头问道，虽然说的是"你们"，但目光只看着黄头发阿金。"那是当然。"阿金满意地咂着嘴，"这种名正言顺休息的机会可少得很。"

星冉环顾着四周，被隔成了许多小间的屋子安静得吓人，灯光摇曳下隔墙形成的大片阴影在地上可疑地晃动着。星冉沉默了一会儿之后低声问何夕，声音小得几乎听不见："刚才你说的话还算数吗？"

她看了一眼何夕迷茫的表情补充道："我是说关于晚餐的事。"

四

"脑域"紧急高峰会首先做了一个关于此次事故的情况分析。兆脑级研究员共到场134人，其他的人则已经重新进入了系统。事故的原因说起来很简单，亚洲区的赵南研究员发出了一次计算量过于庞大的请求，结果造成系统超载崩溃。分析人员对此有两种不同意见：一方认为这次事故说明“脑域”的性能有问题，应该加以改造提高；而另一方则认为这只是一次偶然事件。

俞峰坐在后排的位置上，他一直没有发言。但当苏枫博士表态倾向于支持对“脑域”的升级改造时，他猛地站了起来。36岁的俞峰在兆脑级研究员中属于后学之辈，他突然站起来的举动不仅令在场的人吃惊，也令他自己吃惊。但是他既然站起来就已经不能坐下去了。

“问题的关键在于，经过我的分析，这次请求根本就是错误的，错误的请求肯定也是不必要的。”俞峰说出第一个字之后显得镇定了些，“我仔细分析了整个事件的经过，结果发现赵南研究员发出的计算请求是不可理解的，他发出的超大规模计算请求对当时的研究工作而言是完全没有必要的。所以我认为这只是赵南研究员的错误举动导致的偶发事件，我们需要的是完善操作规程，而不是改造‘脑域’。在正常应用的情况下，‘脑域’的整体能力绝对是足够的。”

赵南研究员就坐在前排，从俞峰发言起他的脸上就一直保持着一种吃惊的表情，眼睛死死盯着俞峰，嘴角不时牵动一下，但始终一语不发。他的工作涉及3个主要的专业，分别是分子生物学、高能物理学和数学，而他由于业余爱好音乐同时又成了全球一流的音乐大师。从各方面看，赵南都比俞峰的资历更深，几乎可以算是俞峰的前辈。

“我有不同意见。”赵南等俞峰落座之后开口道，“我承认是我发出了一个非常复杂的计算请求而导致了这次事故，但那肯定是有必要的，如果说‘不可理解’的话，那只是由于个别人的水平不足以理解而已。”

这句话立刻让俞峰冒了火，他腾地又站了起来，声音也变得失去了控制：“承认自己的错误并不可耻，可耻的是挖空心思掩饰它。事情究竟如何你应当很清楚，你不能为了自己的面子而让我们付出巨大的代价！”

会场立刻有些乱了，支持赵南的人开始大声地向俞峰发出嘘声，相比之下俞峰就显得很孤立了。这更让俞峰的情绪失去了控制，他拉开架势准备大干一场。但是苏枫博士站了出来。“大家都冷静点儿，”他说，“这不是今天的主题。”苏枫的威望起到了巨大的作用，虽然有传闻这位“脑域”的元老及奠基人已经开始考虑退休的问题，但谁也不敢在他面前放肆。

“好吧，我先道歉。”俞峰举起右手，“我太冲动了。不过我依然坚持自己的观点。”

赵南研究员若有深意地瞪了俞峰一眼，没有说什么。

“还是讨论最关键的议题吧。”苏枫接着说，“由于此次前所未有的事故，我们丢失了许多相当重要的成果。大家知道，‘脑域’从诞生以来就从未中断过，它总是处于高效的动态平衡之中。每时每刻都有人离开，但与此同时又有差不多相同数量的人进入，准确的说法应该是稍多一点儿的人进入。从来没有发生过像这次一样的全部人员离线的情况，所以在那个瞬间我们全部的数据都丢失了。”

俞峰忍不住插话道：“难道备份机制没有起作用？”

苏枫露出一丝苦笑：“你应该知道，除了‘脑域’本身外，没有任何设备能够存储下‘脑域’里的全部信息。实际上我们以前都只是在某一项研究完成之后记录下最终的结果。至于那些浩如烟海的中间过程的信息，只能让它们留在‘脑域’里自生自灭。”

“你的意思是我们真的在最后的时刻丢失了全部信息？”俞峰有些气馁地问，“可是那些信息总还在吧，能不能想办法恢复？”由于从来就没有经历过事故，俞峰觉得需要弄清楚的问题不少。

“是的，信息还在。但是它们分布式地存在于当时在线的每一个人的脑海里。”苏枫盯着俞峰的脸说，“你的脑子里有，在座的人的脑子里也有，但是你们只是其中的亿万分之一。我们都知道‘脑域’的日常状态是10亿脑容量，那是怎样的情形你们都清楚。你们是兆脑级研究员，你们都不会去记忆那些过程数据，所以在你们的大脑里几乎没有储存这些信息。更何况脱离了‘脑域’的管理，每个人根本无法对这些散布的信息进行处理。每个人都只知道相对来说极少的片段，甚至可能只是其中的某些错误指令导致的垃圾数据。”苏枫瞟了一眼赵南，“根据分析，工作实际上已经完成了，最终的结果也已产生，但是我们却因为最后的突发事故而失去了它。”苏枫说到这里时的语气就像是叙说一个荒谬的玩笑。

“这么说我们真的没有办法了？”俞峰觉得身体有些发软，“那我们应该怎么办？”

“‘时间尺度守恒原理’的可逆修正方程式对这个世界的重要性不用我多说。”苏枫接着说，“现在我们已经计划重新开始前两个月的工作，但是，”他稍顿了一下，“我们最缺的就是时间，因为我们都知道正常世界的两个月在西麦农场里意味着什么，那里的时间进度是我们的 4 万多倍。”苏枫的脸色变得苍白如纸，“现在试图冲出西麦农场的生物极有可能就是当年两位自我牺牲者的后裔，他们的这个举动表明他们已经背弃了他们祖先的意愿。”苏枫再次停顿了一下，目光中显出无奈，“从理论上分析，他们在进化上比我们超前了至少 10 万年，当然这是从纯粹生物学的意义上来讲。虽然考虑到他们是在一片蛮荒上起步，以及地域狭小也会对生物发展不利，但无论如何他们都远比人类先进得多。”

会议室里鸦雀无声。过了一会儿赵南缓缓举起一只手。

五

“我上回同你吃过一顿饭并不代表我这一次也要接受你的邀请。”星冉的拒绝并不坚决，她看上去似乎只是因为疲倦才这么说。她的眼睛有些无神。

何夕知道星冉根本就不是那种坚决的人，所以他丝毫没有退却的意思。他已经不记得上次的晚餐都吃了些什么，他当时好像光顾着看星冉吃东西了。“走吧。”他接着说，尽量使语气显得有鼓动性，“你一个人也没什么意思。”

“我已经买了份快餐。”星冉仍朝着脑房的方向走，并且已经看得见站在门旁边的黄头发阿金了，他似乎在同什么人说着话。

“你还去脑房？”何夕作势拦住星冉，“我觉得你不应该一天到晚都待在那个地方。”

“那你说我应该待在什么地方？”星冉突然笑了，似乎

觉得何夕的说法很可笑，“我不觉得这有什么不好，这是我的工作。”

何夕一滞，他无法反驳星冉的话。过了几秒他才幽幽开口道：“原来那是你的工作。可你知道我的工作是什么吗？我不在脑房的时候就在码头上卸货。大多数时候我是开着机器去卸，不过遇上机器去不了的地方就用肩膀。”

“你是码头搬运工？”星冉并不意外，“怪不得你的身体看上去很棒。不过能多份工作总是好的。”

何夕咧嘴笑了笑说：“在那里做一天下来的钱刚够吃3份快餐。”

星冉有些不明白地看着何夕，她清秀的眼眸让何夕禁不住有些慌张。“你这是何必，这样算起来在那儿干一天还比不上在脑房里待上一小时。”

何夕的语气变得有些怪：“我知道在脑房里能挣更多的钱，可问题在于……”何夕有些无奈地看了一眼天空，“我觉得只要躺在脑房里就有人付钱这件事，让人感到害怕。”

“这有什么？”星冉似乎释然了，“大家都这样，我觉得这并没有什么不好。也许你是那种过于敏感的人，就是报纸上说的那种——脑房恐惧症。我听说这是可以治好的，你应该去试试。”

何夕不想同星冉争下去了，他觉得这不是主题。“我们还是说说晚饭怎么吃吧，我的脑房恐惧症还没有确诊，不过独食恐惧症倒是肯定有的。你不会拒绝一个病人的请求吧？”

星冉忍不住笑了，何夕费了很大劲才管住自己的目光，让它不要死盯着她的脸不放。“好吧。”她柔声说，就像是面对一个耍赖皮的朋友。

但是这时阿金突然喊着星冉的名字向这边招手。“出什么事了？”何夕念叨了一声。

“我是俞峰。”说话的人看上去30岁出头，手里拿着一台袖珍型的笔记本电脑，一边问一边在记着什么。有十几个看上去似乎是警卫的人一脸警惕地守卫在他的身后。“你就是星冉吧？”俞峰很客气地问。

“我是。”星冉在陌生人面前显得有些紧张，说话的声音都有些抖。

“根据我们的调查，你总是在这家脑房登录，而且总是用这个名字。”俞峰的语气很柔和。

“是的。”星冉镇定了些，她不解地看了一眼俞峰，“为什么调查我？”

俞峰没有立刻回答，他手脚麻利地做着记录。“接近4万小时的连机时间。”他有些惊奇地念叨了一句，端详着星冉的脸庞说，“你也就20多岁吧。就算一天平均连线10

个小时，也得差不多10年。”

星冉红着脸低下头，看起来她似乎无法应付这样的局面。何夕有些恼火地开口道：“这好像不关你什么事吧！”

“哦。”俞峰愣了一下，意识到了自己的唐突，“请问你是谁？”

“我是何夕。”

“是这样。”俞峰紧盯着何夕，仿佛他的脸上有什么东西，目光显得有些奇怪，“我奉命做一次调查，这位女士的某些情况引起了我们的注意，简单地说是在某些指标上表现十分优秀。”俞峰递给星冉一页纸，对她说：“请你明天早上带上这份通知到市政府大楼去，到时候会有人安排一切。”

“我？表现优秀？”星冉突然抬头，她的眼睛睁得很大。她这副惊诧的样子真是动人极了，“我明天一定去。”

“那就这样吧。”俞峰淡淡地笑了笑，他觉得这个叫星冉的女孩身上有一种与年龄不相称的天真。其实俞峰经常都会觉得在他面前的人显得天真，但那只是智力的原因，而此时的感觉却肯定不是因为这个。星冉的天真让人觉得亲切，还带有那么一点儿好玩。还有，她的眼睛真大。俞峰摆摆头，抛开这些与工作无关的念头。“我该走了，”他说，“明天的事情别忘记了。”

“你听到了吗？”星冉看着俞峰的背影对何夕说，“我表现优秀。”她兴奋地转头看着不明所以的阿金，更大声地说，“我表现优秀，你听到没有？”

何夕从鼻子里哼出一声。“想不到你还挺有上进心的嘛，我一直没看出来。”何夕说的是真话，这段时间以来他从未看到过星冉这样高兴，就像是换了一个人。在何夕的印象里，星冉一直是羞怯而内向的，甚至还有些自闭。他没有想到，那个叫俞峰的人说了几句话就让星冉高兴成这个样子。

“我们好好去吃一顿。”星冉拉着何夕的手便走。不过令她没料到的是，何夕居然一动不动。“怎么啦？”她疑惑地问，“你不是一直想吃东西吗？”

何夕闷了一会儿，然后小声嘟哝了一句：“那个叫俞峰的家伙真厉害。”

星冉稍愣：“说什么呢，不想请客就明说嘛，小气鬼！”

六

这是一家离码头不远的餐厅，属于比较有档次的那种。其实何夕是那种讲求实惠的人，很少来这种地方。不过星冉说今天她请客，并且亮出了荷包，里面满是大叠的钞票。按照何夕的生活水平，这起码可以很舒服地过上半年，而这只是星冉随身带的钱。

“小富婆。”何夕嘀咕一声。

“你说什么？”星冉回头问道。何夕慌忙闭上嘴。

从二楼的窗户望出去能看到码头的全景。晚风拂过来，带着海边特有的潮味。

“喏。”何夕指着远处说，“白天我有时就在那一带干活。”

星冉“唔”了一声，忙着吃东西。她似乎从来没有过像今天这样的好胃口，只觉得样样东西都好吃。“这个再来一盘。”她含糊不清地指着一个已经空了的碟子说。

“你有没有觉得今天叫俞峰的那个人有些怪？”何夕边喝汤边说，“他的话说得模棱两可，明天你可要小心点儿。还有……”何夕神秘地指了指右方说，“那边有两个人一直盯着我们，已经很久了。你别不信，我可是说真的。”

“我看你是过敏。你不要总是不相信人嘛！”星冉瞪了何夕一眼，“我看俞峰根本不是坏人，我今天觉得很高兴，你可别破坏我的好心情。”

“你以前是做什么的？”何夕突然没头没脑地问了一句。

“以前？”星冉怔住了，她没想到何夕会问起这个。“你知道我已经有接近 4 万个小时的连机时间，我以前当然也是在脑房。怎么啦？”

“我知道这个。我是说更早以前。”何夕很坚持。

星冉的手里叉着一块食物但悬在了半空中，她的目光迷蒙了。“更早以前……”她喃喃地说，“那是多久以前的事了？那钢琴，黑色的表面亮得能照出人影来，真漂亮——”星冉突然停住了，就像是被什么东西从睡梦中惊醒了一样。

“我听见你说钢琴。”何夕探究地看着星冉，“你是钢琴师？”何夕的声音很小，他知道自己问得很没道理。这个世界上除了赵南，还有谁会是钢琴师？

星冉镇定了些。“就是钢琴。”她简短地说，“以前我练过整整 10 年的钢琴。我觉得自己从生下来起就喜欢这种世界上最漂亮的乐器，在钢琴面前我觉得自己充满灵感，人们都说我有天赋。我那时的梦想就是当一名钢琴教师，坐在光可鉴人的琴凳上轻抚那些让人着迷的黑白琴键，让美妙的音乐从自己的手指缝里流淌出来，而我的学生们就坐在台下静静地倾听。”星冉突然笑起来，她指着自己的脑子说：“你一定认为我很傻，是吧？后来我真的借钱开过一家很小的钢琴训练班，开张的那天我觉得自己真的是世界上最幸福的人了。不过只经营了不到一个月就维持不下去了，没有一个学生。”星冉还在无力地笑，“我太傻了，对吧？”

何夕专注地看着星冉的脸说：“我能理解。”何夕回头看着餐厅角落里一架蒙尘的钢琴。“今天你想不想弹一曲？”他问星冉。不等星冉回答他便起身招来侍者说：“请关掉音乐，对，就是赵南的那一首。我的朋友想给在座的各位送上一曲。还有，麻烦你们替我录下来。”

“别。”星冉着急地阻止，但是何夕已经半强迫地将她送到了琴凳上。星冉还想挣扎，可是那仿佛具有魔力的黑白琴键立刻抓住了她的心。她的双手不知不觉地抬了起来，一时间她已经不知身之所在。《秋日私语》那简单而优美的旋律如流水般从星冉的指尖流淌出来，美妙的音乐将她带到了另一个世界，她已经浑然无我。所有人都安静下来了，整个餐厅里除了琴声之外没有别的任何声音。

《秋日私语》渐渐远去，良久之后都没有人出声。星冉站起身来，两行清亮的泪水顺着她秀丽的脸庞流淌下来。何夕起身鼓掌，他觉得这真是一个可爱的夜晚。

但是人群发出了嘘声，他们放肆地大笑着，对星冉指指点点，脸上是鄙夷的神情。“这样的水平也来出丑。”有人大声地说，“和赵南比差得太远了，快离开这儿吧！”

星冉像是被雷击中一样愣立在钢琴边，她死死咬住下唇。何夕冲上去，用力拍打着星冉的肩。“你怎么了？”何夕大声地说，“你不要理会他们，你弹得很好，相当地好。那些人根本不懂什么是音乐。我不是都鼓掌了吗？你知道我是不会骗你的。”

但是星冉一直都没有说一句话，她低着头，双唇紧闭。

七

“他们说有人想见我，想不到会是你。”俞峰看上去有点儿不耐烦，他身边两名全副武装的警卫不放心地上下打量着何夕。

何夕穿着一件很旧的夹克衫，站在台阶下显得身材比实际的要矮。“我今天早上陪星冉去了市政府，我觉得她的情绪不大好。”

“你找我就是说这件事情？”俞峰哑然失笑，“我还有重要的工作要做，你知不知道我的每一分钟都是很宝贵的。”

“问题是你要她这样做的。”何夕有些焦躁地说，“我觉得这件事有些古怪，我想单独同你谈谈。你不答应的话我是不会罢休的。”何夕的表情看上去很执拗。

俞峰四下里看了一下，回头对身后的人说：“带他到我的办公室。”

“你们到底想从她那里得到些什么？她只是一个普通的女孩子。”何夕开门见山地问。

“出于规程我不能说太多。”俞峰倒是很坦然，“几天前

‘脑域’系统出了一次事故。因为星冉是一个长时间连线的人，所以我们希望她对我们修复系统有所帮助。这一次我们总共找到了300多名类似情况的人，她只是其中之一。我们要筛选出最适宜的人，然后对其进行更深入的分析。”

“是什么事故？”何夕刚一问出口便醒悟到这个问题是得不到答案的，俞峰能够说到这一步已经算是破例了。

不出所料，俞峰听了这句话只是摇摇头一语不发。这时，电话铃响了，俞峰拿起听筒。过了一会儿他抬起头对何夕说：“好了，有几个人比你的朋友更合适，她已经离开了。”俞峰笑了笑说，“现在我应该可以去做我的事情了吧？”

……

“这样做是严重违反章程的行为！”黄头发阿金瞪着何夕，似乎不相信对方会提出这样的要求来，“你知道任何人都不得改变当事人设定的连线时间。我可一直都是模范管理员。”

“我不管那么多！”何夕简直是在大叫，“我要你立刻让星冉下线，我有话同她讲。你不帮我就不是我的朋友！”

“不能等时间到了再说吗？”阿金的口气已经没那么强硬了，他没什么朋友。

“你让我在这儿等10个小时？”何夕看了一眼屏幕，“你知道星冉是个连线狂。你不帮我那我就自己动手了。”

“好啦，算我怕你。”黄头发阿金无奈地选中了一个指令。1号间的方向传来轻微的声响，过了一会儿门开了，星冉蓬松着头发没精打采地走了出来。

“这不能怪我。”阿金指着屏幕解释道，“是何夕要我这么做的，他找你有事。请不要跟上面说这件事，要不我非丢了这份工作不可。”

“你不能整天这样。”何夕大声说，“你每天躺在这里一动不动，人生对你失去了意义。我不能看着你变成这样！”

“这不关你的事。”星冉与何夕对视着，她的脸色很苍白，“我愿意这样，时间是我自己的，人生也是我自己的，我怎么支配是我的事。你是我的什么人，凭什么管我？”星冉转头对阿金说：“我要马上连线，10个小时。”

阿金看了一眼星冉，欲言又止，他低头准备开始。何夕猛地按住阿金的手说：“我不准她这样做。”阿金无奈地叹了一口气，他想抽出手来但是何夕的力气很大。

星冉突然冲上来用力掰何夕的手。“你走开。”她说，“你没资格管我。我愿意这样。我一直过得很好，我挣的钱比所有人的都多。我不比别人差，我一点儿也不比别人差！”

“你这是为什么？”何夕没有放开手，他的目光里充满

柔情。

星冉终于伏到何夕肩上并且哭出了声，泪水顺着她的脸往下淌。“我没用，我什么事都做不来。”她大声地吸着鼻子，“人们嘲笑我的琴声，他们叫我滚下台。”星冉泪眼朦胧地看着窗外，身体蜷缩成一团。“昨天我听到自己表现优秀的时候真的好高兴，从来没有人说过我优秀。你知不知道昨天晚上我一直都没睡着，可是——今天他们却说不要我了。”

何夕轻轻揽住星冉的肩，他觉得就像是扶着一张薄纸，一阵风都能把她吹走。“你并不比任何人差，你只是有些傻。”何夕柔声说，“以后你应该多出去走走，不要成天待在这里。从今天开始我要你陪我到码头去上班。”看着星冉惊奇的目光，何夕笑了笑：“放心，不是让你当搬运工，你那小身体干不了这个。我只是想让你散散心。”

八

俞峰觉得眼前的情形让人感到害怕。一字排开的平台上依次躺着 4 个一动不动的躯体，就像是 4 具死尸，唯一的不同之处在于这 4 个躯体上不断渗出豆大的汗珠。连线时间已经超过了 24 个小时，本来很少会用到的生命维持系统也已启动。

赵南在另一端的仪器前忙碌着。这次的补救方案是他提出来的，赵南认为，“时间尺度守恒原理”的可逆修正方程式既然已经得出，那么它就必然存在于当时连线的某些人的大脑里。最终结果不同于中间过程，其数据量是相当有限的，从理论上讲，一个人的大脑肯定足以完全存储下来。不过由于“脑域”是一种分布式结构，所以全部的最终结果信息可能会分别存储在某几个人的大脑里。因此，他建议寻找那些当时正处于长时间连线的人，他们之中最有可能找到这样的人。现在看来，一切都很顺利，根据目前的情形来看，从这 4 名受试者的脑中足以获得可逆修正方程式的全部内容。虽然这做起来很麻烦，但总比重新研究要好得多。苏枫站在场外，不时朝这边投来满意的目光。尽管已经连续工作了这么久，赵南却一点儿也不觉得疲倦。

俞峰的工作只是协助性的，他已经睡过一觉，此时刚醒来。仪器正在地毯式地对 4 名受试者的大脑进行搜索，不放过任何一丝可能有用的信息。俞峰看过 4 名受试者的履历，其中有一名是出租车司机，还有一名是 12 岁的小学生，另两名是文盲兼无业者。但是他们却不知道自己的大脑中竟然存储着人类迄今为止最复杂最尖端的知识。俞峰禁不住在心里感叹一声：是的，这就是“脑域”。也许当初苏枫博士将它带到这个世界上来的时候，根本没有想到它会给人类社会带来这么巨大的改变。说起来“脑域”的原理相当简单，但是这种简单的思想却带来了人类智慧的飞跃。在“脑域”里，无数的大脑通过接驳装置连接成了一个整体，当一个普通人连入“脑域”之后，他的140亿个脑皮层细胞便不再专属于他了，而是成了“脑域”的一部分。他的脑细胞可以被用作存储器和计算器，或者用作思维的载体。

兆脑级研究员则是具有“脑域”思维权的连入者，他们的大脑在连入后用于思维而不是用于存储和计算。兆脑级研究员平均一个人可以得到超过100万个大脑的强大支撑，当他们连入“脑域”后，每个人的智力都足以无所顾忌地嘲笑人类历史上的所有人。在他们面前，牛顿和爱因斯坦只是两只未脱蒙昧的猿猴。由于本质原理的不同，就综合功能而言，人的大脑不亚于世界上全部电子计算机的总和。而“脑域”则是由亿万人的大脑整合而成的超级计算机，如果非要用一个词来形容其功能的话，那便是：魔幻。无数人连入后的“脑域”成了一台无与伦比的智慧机器，它包含了超过1000亿亿个脑皮层细胞，可以存储浩如烟海的数据，可以在一瞬间进行超高精度的复杂运算，可以从这些信息与计算分析中得出唯有“脑域”才可能得出的结论。“脑域”诞生不过 10 多年的时间，它进入成熟应用的时间更晚，却永久性地改变了这个世界。

这时，那名 12 岁少年的身躯突然剧烈扭动起来，口里发出急促的喘息声。“出什么事情了？”俞峰边问边朝那边跑去。他看了一眼监视器后说：“赶快停止，受试对象的细胞组织过于疲劳。”

“不用。”说话的是赵南。他沉着地指挥助手给少年注射了一剂针药。少年的扭动舒缓下来，重新恢复了平静。那位助手开始给另外 3 位受试者注射相同的针药。

“这是我的小组开发的新药，能够缓解人们因长时间连线而造成细胞疲劳所带来的不适。”赵南对闻讯而来的苏枫解释道。

俞峰心念一动。他知道黑市上一直在卖一种叫“脑舒”的药物，当初他特意找来进行了分析，结果发现里面含有一种虽然能暂时让人舒缓痛苦但经常使用却会让人思维能力日益减退的成分。

“这么好的药物为什么不早点儿申报？”俞峰冷冷地说，“否则人们也不用去买黑市上那些损伤智力的药物了。”

赵南脸上有些挂不住了，他讪讪地说：“我们还在做进一步的药理分析。不过，”赵南停了一下说，“对普通人来说，就算智力受到一点儿损失也不算什么，反正他们也用

不着多高的智力。”

这时，4 名受试者同时发出了呻吟声，看来药物已经不能缓解这种超长时间连线所带来的痛苦了。“快停止吧。”俞峰几乎是恳求地看着苏枫说，“他们已经受不了了。”

“可是如果这时候停下来，一切都要重来。时间紧迫。”赵南的额头上渗出了汗水，但看得出他很想坚持，“他们是这个世界的希望。”

赵南最后的这句话起了作用。苏枫苍老的脸仰向了天空。过了差不多十几秒的时间，他叹了口气说：“继续吧。”

九

何夕觉得腿肚子的地方一阵阵地痉挛，就像是肌肉突然打了个死结。吊车的操控把手由于被汗打湿，也显得不听使唤，耳朵边震天响的轰鸣声就像是一把刀要刺进脑髓里一样。从高高的吊车控制室望出去，远处身着粉红色长裙的星冉就像是开在地面上的一朵小花。起吊，放下，起吊，放下，起吊，放下……就在何夕觉得自己快要累得垮掉的时候，终于听到了救命的收工铃。

“原来这就是你的工作。”星冉的样子有些揶揄，聪明的她似乎看透了何夕的气定神闲只是伪装出来的假象，“不像你平日说得那么有趣嘛！”

何夕憨笑着挠头："是有些累，不过我已经习惯了。反正，我觉得有意思。"何夕很认真地从衣兜里摸出皱巴巴的几张纸币说，"这是我今天的工资，是比较少，不过，"何夕直视着星冉的眼睛，"我保证这里的每一分钱都是我自己辛苦挣来的。"

星冉的目光有些迷茫："我不太懂你的意思，难道我的钱不是自己辛苦挣来的吗？"

"你知道在脑房里发生了什么事情吗？"何夕低声问。

"我不明白你在说什么。"星冉看上去有些害怕，何夕的语气令她不安。

"你知不知道有极个别的人在连线后并不会完全失去知觉，少数时候他们会在系统中恢复部分感知能力，从而获得部分不公开的信息？"何夕的语气像是在讲述一个秘密，"而我就是这样的一个人。"

星冉突然笑起来，露出编贝样的牙齿。"你逗我呢？"她笑着说，"我不信。哪有这种事情，我怎么全不知道？"

何夕愣了一下，印象中星冉不是这种随意打断别人讲话的人，尤其是在自己不在行的问题上。他有些急地补充道："这是真的，我没有骗你。"

"这么说你比我们这些普通人知道的东西多喽！"星冉还在笑。

“我也只多知道一点点而已。”何夕很老实地说，“绝大多数情况下我同大家一样，只在某些极个别的情形下会略有知觉。那种情况有些像做梦，隐隐约约明白一点儿，但细追究起来却又含糊得很。不过我还是知道了一些事情，比如我知道，我们连入的其实是叫作‘脑域’的一个人脑联网系统，里面有许多兆脑级研究员从事着研究工作，而我们这些普通人的大脑在其中似乎是相当于……”

“算啦！这些我都不喜欢听。”星冉不耐烦地嚷起来，“没什么意思。你还是说准备请我吃什么吧，这个我爱听。”她转动着眼睛有些捉弄地拍了拍自己的提包说，“要是没钱可别打肿脸充胖子哦。”

何夕不解地看着星冉，这个容颜秀丽的女孩身上一直有些他无法看透的东西。有时候她就像是一潭清水，让人能一眼望见池底，而有时却又像天上的浮云般让人捉摸不定。不过，也许正是这样才让何夕觉得和星冉在一起是很愉快的事情。

“你干吗……这样看着我？”星冉有些脸红地颔首，声音也低了许多。

正在这时，有人来了。

“我是赵南。”来人摘下墨镜，显得很有礼貌，但他身边的警卫人员却表现傲慢。

惊喜的光芒立刻从星冉的眼睛里放射出来，一时间她简直不敢相信自己的耳朵。星冉目不转睛地仰视着这个她一直想要见到的音乐大师。“你一直是我的偶像，从来没有人弹奏的音乐能够像你弹奏的那样深深地打动我。”

赵南脸上保持着矜持的笑容。他常常不得不面临这种局面，音乐对他而言纯粹只是带有玩儿的性质的爱好，他也根本没在这上面花多少工夫。但是凭借“脑域”的力量，他能够用任何一种乐器将任何一段音乐演绎到炉火纯青的地步。而且可以毫不夸张地说，如果愿意的话，赵南可以毫不费力地找出古往今来每一首曲子的缺陷所在。不过出于对昔日大师们的尊重，他无意这么做。个中道理很简单，包括音乐在内的一切艺术活动其实都可以归结到智力上来，当一个人的脑力提高了上百万倍之后，他眼中的世界就会是另一副完全不同的模样了。实际上，他只是多年前的某一天心血来潮在连线时弹奏了一支曲子，结果却成了举世闻名的音乐大师，而他本身的专业却只有很少的人知晓。不过严格说来，在他专攻的 3 个专业里只有分子生物学是他本身所学，但因为“脑域”，他可以游刃有余地同时在另外两个原本不算熟悉的领域获得建树。

“我们到处找你。”赵南说，“你今天好像改变了日程，平时这个时候你通常都在脑房里的。你对我们很重要。”

星冉有些受宠若惊，她想不到赵南会这样说，她觉得自己有点儿头晕。“我……很重要？你真的是在说……我？”她不敢相信地重复着。

“我希望你能够跟我们走。”赵南期待地看着星冉，“我们需要你的帮助。”

“你们是不是想从星冉那里得到一些东西？”一直没有说话的何夕突然开口道。

赵南一怔：“你是谁？是谁这样告诉你的？你知道些什么？”

“我是何夕。我只是这样猜测。我想知道她有没有危险。”何夕平静地说，“星冉是我的朋友。”

“何夕？”赵南狐疑地转动了一下眼珠，似乎这个名字勾起了他的一些记忆，“你连线时用过‘今夕何夕’这个名字吗？”

何夕淡淡地摇摇头说：“我不知道你在说什么。”

赵南吁出一口气，低头将一份文件递给星冉：“如果你没有意见的话请在上面签字，表示你自愿与我们合作。”

星冉接过文件飞快地扫视了一眼便签下了字，她的脸红红的，还没有从兴奋中恢复过来，整个人都显得很激动。何夕在一旁不动声色地看着这一幕，他尤其爱盯着赵南的眼睛看，他的这个举动让赵南显得有些不自在。

赵南满意地收好文件对星冉说:“你现在就不用回去了，跟我们走吧。”

十

前方的远处是一道墙。墙看上去是黑色的，是那种纯粹的、绝对的，不反射一丝光线的黑色。墙体突兀直上、高耸入云，充满着神秘莫测的味道。

直升机悬停下来。“我们不能再靠前了。”俞峰说着，同时眼睛仍然盯着那道奇怪的墙。

“这是什么地方？为什么要带我跑几百千米到这儿来？”何夕问，同时伸了个懒腰，“那道墙是什么东西？”

俞峰叹了一口气。“只有在这里我才有决心坦白地告诉你一些事情。”他指着远处说，“那道墙其实是一道隔离层，里面就是堪称人类最伟大的创举之一的西麦农场。”

“西麦农场？”何夕悚然朝着舷窗外望去。虽然政府加以保密，但关于西麦农场的事情他多少知道一些，想不到自己今日竟然能够亲眼见到这传说中的秘境。

“你知不知道，就在那道墙的背后，现在有某种也许比人类先进了不知多少倍的诡异生物正在试图冲破屏障来到我们的世界。你觉得它们会怎样对待我们这些低等生命体？”俞峰的话语里有调侃的意味，“我觉得只有人类这种疯狂的生物才能造出像西麦农场这种集奇迹与灾难于一体的智慧结晶。”

何夕静静地看着俞峰，他等待着下文。

俞峰接着说：“星冉的大脑里可能正好存有能够阻止它们的方程式。通过这个方程式我们可以让加快了的时间停下来，简言之，我们可以冻结西麦农场的时间，让里面的一切相对于我们来说变成一动不动的雕塑，直到它们不再对人类构成威胁为止。”

“为什么对我说这些？”何夕不解地问，他预感到有事情要发生了。

“我们刚刚让4个活生生的人精神崩溃丧失了智力。”俞峰的语气失去了控制，他无助地望着那道黑色的墙，“实验失败了，为了扫描出他们脑中的信息，我们让他们超长时间地连线，结果发生了悲剧。”

何夕倒吸了一口凉气：“那个叫赵南的音乐家带她走的时候可没说这些。”

“赵南是3个学术领域的专家，音乐只是他的业余爱好。”俞峰苦笑，“虽然现在我对音乐只是略知皮毛，可是只要让我连上‘脑域’，我马上可以成为音乐大师。”俞峰露出崇敬的神色说：“这就是‘脑域’时代的奇迹。”

何夕突然大笑起来，他知道这样做很没道理，但他管不住自己。他觉得俞峰的话真是好笑极了。“我也有个故事要对你讲。”何夕边笑边对俞峰说，“我认识一个女孩子，很普通的那种。她花了很多年的时间去练钢琴，她觉得自己从生下来就喜欢这种世上最漂亮的乐器。她的梦想就是当一名钢琴教师，坐在光可鉴人的琴凳上轻抚那些让人着迷的黑白琴键，让美妙的音乐从自己的手指缝里流淌出来。但是后来她的梦想破灭了，就因为‘脑域’的存在。我肯定她永远都不会再去碰钢琴了。这个女孩就是星冉。”

俞峰沉默了，他听懂了何夕的意思。他有些无力地辩驳道：“她不用这样的，作为爱好何必放弃。”

何夕从衣兜里拿出一个小录音机，一阵轻快的琴声从里面流淌出来。“这是星冉最后一次弹琴，我费尽心思才令她鼓起勇气这样做，结果人们嘲笑她的琴声。我承认赵南弹得更好，我也承认只要你连上‘脑域’就能成为大师。可那真是你们的琴声吗？你们拥有百万倍于常人的智力，音乐这样的事情对你们而言只是小试牛刀。”何夕的脸涨得通红，“可是我要说，星冉的这首曲子胜过你们何止千百倍，这是她练习了无数次，流淌了无数汗水才换来的琴声，是她发自灵魂的真实的声音。”

俞峰叹了一口气，没有反驳何夕。过了一会儿，他疑

惑地看着何夕说:“我能肯定自己连上‘脑域’之后的智力远在你之上，但是我倒是很怀疑自己正常的智力是否及得上你。”

何夕若有所思地说:“那天赵南听到我的名字后，突然问我有没有用过‘今夕何夕’这个名字连线，我没有告诉他这正是我用的名字。”

俞峰惊讶地叫出了声:“你就是‘今夕何夕’? 那你是不是有时会在‘脑域’里保持知觉? 我就曾经不止一次在‘脑域’里感觉到你的活动。这种情况相当罕见，根据分析，只有少数心智水平很高、极度聪明的人身上才会发生这种事情。”

“极度聪明。”何夕自嘲般地哼了一声，“在你们这些兆脑级研究员面前还有谁敢自认聪明?”何夕的语气变得悲凉:“在‘脑域’的时代，天才和傻瓜已经被同时消灭了。即使是一个智商低下的人成了兆脑级研究员，他都可以嘲笑任何一位天才的智力。这让我想起蜜蜂。其实除了雄蜂之外，所有的蜜蜂刚生下来时，彼此间都没有任何不同，但是吃蜂王浆的幼虫成了无比尊贵的蜂后，哪怕它本来是其中最差的一只。”

俞峰明白了何夕的意思，一时间他有些讪讪然。何夕说的虽然偏激却让人无法反驳，这正是“脑域”时代的写照。由于命运的安排，自己成了兆脑级研究员，成了金字塔的顶端，可是这一切能说明什么呢？那无穷无尽的智慧真的是自己所有的吗？那无与伦比的思想光芒真的出自自己的内心吗？

“算了，还是说正题吧。”俞峰换了话题，“星冉答应了参与补救计划，你打算怎么办？”

何夕背上立刻惊出了一身冷汗。

十一

“是你带他进来的？”赵南问俞峰。

没等俞峰回答，何夕便说：“我只想同星冉说几句话。”何夕的目光四下搜寻着，“我是她的朋友。”

“她已经连线了。”赵南摇摇头，“你如果愿意的话，可以等。”

何夕冲动地往里面闯，他的额头上满是汗珠。几名警卫人员迅速围过来，用身体阻挡住他。但是何夕已经无所顾忌了，他试图冲破警卫的阻拦。在抓扯中他的外套袖子被拉破了，领带也偏到了一边。不过这显然都是徒劳的，尽管他身体很壮实，但毕竟一个人的力量太小了。

“星冉！”他一边同警卫厮打一边喊着这个名字。不知什么时候，何夕的鼻子受了伤，血流了出来，在胸前的白

色衣领上浸染了点点血迹。

“你不要闹了。没有人强迫我，我是自愿的。”一个女孩的声音立刻让何夕安静了下来。说话的人是星冉，她站在几米开外的地方。看来她还没有连线。

何夕急切地招手：“我有话对你说，就几句话。你听完之后就会改变主意了。”

“那好吧。”星冉有点儿无奈地拉着何夕的手来到一处没有人的房间，“这里没别人了，你想说什么就说吧。”

何夕面带欣喜地上下打量着星冉：“你不要留在这里，这个实验很危险，上次的几个人现在都丧失了智力。跟我走吧。”

星冉默不作声地盯着地面，过了一会儿她缓慢却坚定地摇了摇头：“我不想走。你放心，我不会有事的。我有过超长时间连线的经历。”

“赵南没有对你说实话。”何夕焦急地说，“你根本就不知道什么是‘脑域’。我们这样的普通人只是在里面提供脑细胞的活机器。”何夕无助地看了一眼天花板，“上帝如果知道人类居然发明出了‘脑域’这种东西的话，不知道会有何感想。”

“你错了。”星冉突然抬起头，一时间她的目光简直可以用明如秋水来形容，“我知道什么是‘脑域’，很早就知道了。你还记得吗？那天你想告诉我‘脑域’里发生了什么事的时候我打断了你，因为我知道你要说什么。”星冉的声音渐渐变低，“其实，有时我也会在脑域里保持知觉。”

“那你为什么还同意做这次实验？”何夕真的吃惊了，“你应该知道这有多么危险。”

星冉突然露出了笑容，这使得她的脸庞焕发出一种无法形容的美。“其实现在正是我长久以来最快活的时候。”她轻声说。

“你说什么？”何夕如坠迷雾。

“我一直都觉得自己很没用。”星冉继续说，“我没有专长，没有学识，唯一的爱好就是钢琴，但还只会惹人嘲笑。其实我一直都很努力的，小时候我读书很用功，很卖力，大人都说我聪明。但是等我长大才发现，这个世界根本就不需要我的聪明，需要我做的只是提供自己的脑细胞。”

这时候，星冉流出了一滴眼泪，眼泪掉落在地很快便被吸干了。“长久以来我都是躺在脑房里挣钱，充当着提供脑细胞的活机器。其实我根本用不了那么多钱，我只是想证明自己是有用的。我没有别的办法证明这一点，只能这样做。你骂过我，叫我不要这样生活。可我又能怎样生

活？而你呢，虽然你在码头上有份工作，但是那不过是寻求心灵的平衡罢了，单靠那份工作你养不活自己。我们出售自己的脑细胞，价格还算合理，同时百万倍地放大兆脑级研究员们的智力，生产出无数有用的知识。其实这世界上的人都是这样生活的。”

何夕完全愣住了，他根本没有想到在星冉的心里会埋藏着这么多不为人知的思想。

“所以当赵南告诉我，在我的脑子里可能存储有关系到人类命运的知识时，我唯一的反应就是喜悦。我不想去管赵南是个什么样的人，也不在意是否被人利用。这些都不重要。”星冉接着说，“我只是第一次感到自己是一个有用的人。你明白我的意思了吗？”

何夕深埋下头。他明白了星冉的意思，同时他也知道，无论如何他都不可能让星冉回头了。一时间他的心里乱得像一团麻，星冉的这番话简直让他无法评判。

“我该走了。”星冉轻轻地说，与此同时她那一双明亮的眸子中依稀闪过不舍的光芒，似乎还有话想对何夕讲。但是她终于什么也没有说便转身离去。几名警卫立刻封锁了门，留下何夕独自一人处在空荡荡的房间里。何夕一动不动地站立着，他的心已经被那双若有所诉的秋水般的眼睛填满了，再也没有一丝缝隙。

十二

黄头发阿金满脸疑惑地看着何夕像一阵风似的冲进脑房。

“30个小时。”何夕急促地说。

“你小子是不是打牌输惨了？”阿金乐呵呵地打趣，他还从来没有见过何夕这样急着连线，而且何夕从来没有要求过这样长的连线时间。

“如果你想救星冉的话就快点儿。”何夕已经进了3号间。这是他唯一能想到的办法了。他也知道这样做的可行性很低，因为他也只在偶尔的情形下才会在“脑域”里保持知觉。不过他只能如此了。何夕这次想做的还不止于此，要救星冉唯一的办法只有入侵“脑域”。这样做的难度可想而知，因为他的对手是集亿万智慧于一身的“脑域”，是人类迄今为止建立的最为复杂的超级系统。在“脑域”里保持意识与思维是兆脑级研究员的权利，普通人要想如此就必须破译出“脑域”为研究员设定的密码。何夕知道这样做的希望等于零，但他没有别的选择。

白光闪过。

就像是黑夜里突然从天际划过的闪电，就像是一个人仰面躺在流动的水里，看着越来越模糊的天空，并且一点

点地下沉。然后昏迷。

“今夕何夕。今夕何夕。”

“星冉。星冉，你在哪儿？”

庞大的数据流像潮水般涌来又退去，意识的碎片闪动着，23 的 193 次方，排序，计算，无穷尽的计算，存储……

“口令字错。请输入口令字。”

无边无际的信息海洋。

“星冉。星冉，你在哪儿？”

“口令字错。请输入口令字。”

“今夕何夕。今夕何夕。”

……

苏枫面对监视器一语不发。信息显示有人正试图突破“脑域”的身份管理系统，而且已经有了一些效果。多年来有无数的人出于各种原因这样做过，但从来没有人取得过任何进展。但今天的这个入侵者似乎不容轻视，因为系统显示他已经连续尝试了许多次。然而要想突破系统是绝对不可能的事情，这就好比一只草履虫想要战胜一头包含亿万个细胞的抹香鲸。

“口令字正确。身份已确认。”“亚洲区研究员俞峰在线。”“亚洲区研究员赵南在线。”

俞峰与赵南面面相觑。绝无可能的事情在他们面前发生了。他们两人明明没有连入“脑域”，但系统却显示他们已经连线了。入侵者破译了他们的专有密码，取得了兆脑级研究员的特权。

“这不可能。”苏枫注视着屏幕，汗水从额头上渗出来。他看着俞峰和赵南的目光就如同他们两人是两个假身。

“他是谁？”赵南面色苍白地喃喃说道，“他是怎么做到的？”

俞峰显得更理智些，他启动了“脑域”反入侵程序，一场看不见但却是这世界上最复杂激烈的战争立即展开了。这是一个大脑与10亿个大脑之间的战争，是一个人同整个世界的对抗。时间分分秒秒地过去，所有人的目光都注视着屏幕上的变化。入侵者艰难地扩展着自己的立足之地，有时候他几乎快被战胜了，但不知从何而来的力量又令他绝处逢生。他站住了，不仅如此，他还向四周伸展出了无数的触手，这个情形看上去就像是一张从中心处开始变色的蜘蛛网。

“亚洲区研究员俞峰被驱逐。”“亚洲区研究员赵南被驱逐。”“欧洲区研究员陈天石在线。”“美洲区研究员威廉姆在线。”“欧洲区研究员戈尔在线……”

苏枫长叹了一口气，皱纹深刻的脸上露出无奈的表情。入侵者破译了众多研究员的密码，中心刚驱逐掉一个，他立刻又用另一个身份登录。“他是谁？”苏枫喃喃道，“他怎么能做到这一点？他破译了拥有1000亿亿个脑细胞的‘脑域’所设定的密码，这怎么可能？”

仿佛是回应苏枫的话，屏幕上显示出了一行信息：何夕在线。

“是那个人。”苏枫惨笑一声，“谁能告诉我怎么会发生这种事情。他想干什么？”苏枫直视着俞峰，声音更大了：“他想做什么？”

俞峰的目光有些躲闪：“我不知道。他战胜了‘脑域’，他已经获得了‘脑域’的最高控制权。从理论上讲他现在可以令整个‘脑域’自毁。”

“你是在告诉我单细胞的草履虫战胜了抹香鲸？”苏枫猛地开始剧烈咳嗽，咳出了血丝。“这不可能。”他一边咳嗽一边说，然后他整个人便倒在了地上。

十三

……

“是你吗，何夕？”

“是我，终于找到你了。星冉，快醒过来。星冉，离开这里。”

“我太累了。结果快出来了吧？我的大脑全部搜寻过了吗？”

“快醒过来。你已经尽了自己的力了，快醒过来。”

“我好累，何夕。我是不是快死了？”

“不会的，你不会死。我在等你，星冉。”

“何夕，其实离开你的时候我想对你说一句话。我想说，如果这辈子能够再见面的话，我再也不离开你了。我是不是特别好笑？你一定在心里笑话我……我太累了，我想睡觉。”

“不，星冉，千万不要睡过去。不要睡——”

“我真的想睡，想睡。”

“不，星冉。不——”

何夕猛地撑起身，映入眼帘的是黄头发阿金关心的面孔。窗外的光线照进脑房，时间是正午。

“你已经在这里躺了 15 个小时了。”阿金轻声说，“事情怎么样了？星冉不会有事吧？”

何夕没有说话，他目光漠然地看着周围的一切，任凭汗珠从额头上大滴大滴地流下来。他历尽艰辛终于在广阔无垠的神秘“脑域”中找到了星冉，但是最终却眼睁睁地看着她被吞没在“脑域”的深处。

“我要去找星冉。”何夕朝外面跑去。“等等我，我同

你一起去。”阿金追过来。

……

星冉安静地躺在平台上，脸上还挂着几滴水珠，几缕汗湿的头发在她光洁的额头上卷曲着，长长的睫毛在脸颊上投下细小的阴影。看来她曾经有过一番挣扎，但是现在她已经平静了。

何夕冲上去握住星冉冰冷的手，感觉不到一丝热度。“怎么会这样。”何夕面无人色地说，“她怎么了？”

“她坚持到了最后，比所有人都坚持得久。”说话的人是俞峰，他的面容带着深深的惋惜，“我从来没有见过像她这样意志坚强的人。我们找到了要找的东西，是她救了这个世界。”

何夕死死地盯着俞峰，目光里像是要冒出火来：“你的意思是星冉这样死去是很值得的？像她这样的小人物能够有这样的结局真是莫大的福气？”

在主控室里安放有数百台监视器，可以看到所有兆脑级研究员的情况。这时候他们都已停止了工作，关注着这里发生的一切。

何夕悲愤地对着全场的每一台监视器用更大的声音说：“我知道你们就是人类思想的全部，在这个世界里实际上只有你们才拥有思想的权利。你们有足够的理由嘲笑我们，因为在你们的智慧面前，我们只是一些过于低级的生命，就像是人类眼里的动物一样。唯一不同的是，动物是提供蛋白质的机器，而我们则是提供脑细胞的机器。你们只要愿意便可以让我们去计算 23 的 500 次方，还可以让我们陷在死循环里永不超脱。我们在‘脑域’里永远地失去了自己，成了一粒粒没有任何分别的灰尘。”何夕说到这里的时候身体开始颤抖，他觉得世界真是充满了荒谬。而问题的关键在于，就连何夕自己也不知道到底应该仇恨什么。其实说到底，正是“脑域”最大限度地解放并发展了人类的智慧，创造出了前所未有的奇迹。

“谢谢你没有毁掉‘脑域’。”俞峰插了一句，他的表情是真挚的，“我现在仍然无法知道是什么力量支持你做到这一点的，也许永远都无法知道了。我们马上要着手加强‘脑域’的安全性。”

何夕怔了一下。其实他也说不清楚自己为何没有毁掉“脑域”，尽管当时他的心里有一万个理由这样做。他只是实在无法下这样的决断。

“星冉并没有死。”是赵南的声音，他的目光有些躲闪，“但是，她的大脑受到了损害，她成了植物人。”

何夕爱怜地轻抚着星冉光滑的脸庞柔声说道：“你不是想救世界吗？你真的救了世界。”两行泪水顺着何夕的

眼角淌下来，滴落在星冉的脸上。过了一会儿，何夕吃力地抱起星冉，对已经呆若木鸡的阿金说：“我们走吧，离开这个地方。”

人群自动分出一条道，默无声息地目送何夕离去。俞峰似乎想说什么，但最终只是摇了摇头，他觉得此时说什么都没有意义了。

尾　声

正是黄昏时候，血一样红的夕阳缓缓坠入苍茫，天地开始合围世界。

“这间脑房陪了我这么久，就这么关了它，一时还真有些舍不得。”阿金感慨地叹了一口气。

“其实你不用这么做。”何夕平静地说。

“就算没有这件事情发生我也早就有这个心思了。这么多年过去了，我直到现在才感到轻松。”阿金如释重负地笑笑，“我也算不清有多少人在这间脑房里出售过他们的大脑，他们以后只好换地方了。”

“‘脑域’始终是人类最伟大的创造，但是我现在只想远远地离开它。”何夕环顾着四下繁华的街道，“这是不是很可笑，就像是当年工业革命到来时怀念田园牧歌式生活的那些人一样。”

阿金摇摇头，表示对何夕的理解：“你带着星冉准备去哪儿？”

“不知道。我只是想远远地离开。我想这也是星冉的意思。”

“不知道还有没有再见的那一天。”阿金的语气里已经有了人生无常的意味，他的手向上一抛，一道亮线划过天空，阿金的目光一直跟随着那道亮迹，直到它落地——那是脑房的钥匙。

当黄头发阿金回过头来的时候，他的身边已经没有人了。夕阳将远行者的身影拉得很长。随着晚风飘过来隐隐约约的钢琴声，清灵，曼妙，充满缥缈梦幻的味道，就像是传自天边。阿金觉得天地间像是有一双看不见的手轻轻抚过，使万物宁静。

那是秋日私语。

一夜疯狂

一

2013 年 1 月 1 日凌晨。中国科学院兰州分院。

秦剑一路小跑，正要踏上大楼前的台阶。

一辆通体乳白的小车如飞一般驶来，缓缓停在楼前。

“嗨！”车上的姑娘从窗户里打了个招呼。

“陈橙。”秦剑惊喜地叫起来，“你怎么知道我在这儿？现在才早上 5 点。”

“卫星定位又不是什么难事儿，我就想给你来个突然袭击！”陈橙调皮地晃着头，“我订了两张冰罗度假村的旅游券，这个时节那儿基本没什么人，肯定很幽静。我们一起去怎么样？”

“现在不行。”秦剑很郑重地说，“我有非常重要的工作，所以……”

“工作工作！”陈橙委屈地叫道，“你什么时候才能有空！不去算了。”说完，她赌气似的发动了车子。

“你现在就去吗？”秦剑大声问道。他当然不会介意，这么久以来在陈橙面前他一直是好脾气的邻家大哥形象。

车已走远，随风飘来一句：“当然，你忙完了记得来找我。”

秦剑走进控制大厅，立即感受到一种严峻的气氛。分院所有相关领域的研究员全部在场，还有几位专门从北京赶来的专家，这是极其少有的情形。

“秦剑，就等你了。”院长陈汝南急切地说，“现场资料拿到了吧？”

“现场保护得很好。”秦剑掏出一个小盒，“地点并不偏僻，事件几乎是当众发生的。这是目击者拍摄的照片。”

他走到图案描微仪前，将小盒放了进去。几秒后，对面墙上的屏幕显示出了经过描微处理后的图像。

“椭球形飞碟！”四座响起一片惊叹之声。的确，这种形状的飞碟大家还是首次见到，它看上去像是一个巨大

的橄榄球。参照一下周围的景物可以看出，其横径至少有100米。虽然经过了处理，但画面还是不很清晰，难以看清更细微的结构。

“啪”的一声，图像消失了。秦剑走到台前讲解道：“这次事件发生在20分钟以前，有3名目击者，他们说被劫持的是一名20岁左右的女性。搜救人员在附近找到了上一位被劫持的19岁男性，同前16个一样，他也疯了，是一种彻底的疯狂，那情形非常可怕。”

秦剑停下来，稳定了一下自己的情绪，接着说道：“自昨晚9时许以来，这已经是第19起劫持事件了，分布地点目前已经涉及山西、陕西和甘肃3个省。每隔24分钟发生一起，分秒不差，只有最近这次拍到了现场照片。除了飞碟降落荒漠地带的那一次无人可劫以外，其余每次都有一名年轻人被劫持。所有被劫持者都在下一次事件发生时被放回来，但此时他们都已处于疯狂状态。在那24分钟的时间里，肯定发生了一些极可怕的事情，但我们却对此一无所知。警方那边也是一筹莫展，他们迫切需要我们的帮助。”

四座哑然。大家都感到一场前景莫测的劫难已经降临了。

几台中型电脑正在一旁紧张地运行着，几名研究员正通过它们来计算飞碟的行动轨迹。的确，事件发生的时间实在太有规律，而地点的分布也绝非盲目。特别是其中一次的飞碟降落点是一片无人地带，而那里距最近的居民区不过两千米。实际上，当时有不少人从远处目睹了飞碟降落，但飞碟最后却没有劫持人类。这就是说，飞碟一方面如此先进和神奇，另一方面却带有某种奇特的机械性。它似乎是完全按照事先制订的计划执行任务，严格到刻板的程度。

“出来了。”计算机专家林钢开口道，“电脑得出了 9 条可能的轨迹，要最后确定是哪一条还必须再有两个劫持地点。”林钢语气稍顿，“而从轨迹的远期发散来看，它们都是全球性的！”

“那我们现在必须向相关国家发送紧急通知。”陈汝南首先站起来，“我去办这事。林钢，你继续计算轨迹。其他人各司其职。就这样。”

二

18 名地球人先后在这 19 次劫持中沦为牺牲品。他们的资料一一显示在了屏幕上，他们都是 20 岁左右的年轻人。20 岁，正是做梦的年龄，可现在他们却都已疯狂，他们的人生就此毁灭。照片里那一张张脸庞上的青春气息都同陈橙何其相似，这更使秦剑感受到了肩上的重任。

秦剑在冥思苦想：为什么劫持者对20岁左右的人特别感兴趣？20岁的体力？智慧？20岁……做梦的年龄……啊！难道是“梦”，或者说是感情，他们是想研究人类的感情？而20岁正是人的感情最丰富最纯真的时期！

想到这儿，秦剑几乎叫出声来。但他一向是个谨慎的人，并不轻信自己的直觉。于是他把被劫持者的资料又重放了一遍，仔细搜寻着突破口。果然，他发现这18个人的医学体检档案里记录的“脑外波强”全是B级，这个级别在正常人中是最高的了，在正常人中的比例低于千分之一，只有患精神病，比如妄想症的人才可能达到更高的A级。这说明所有被劫持者的感情都是相当强烈而丰富的。

这时电视电话的屏幕忽闪了一下，现出林钢的头像：“秦剑，打扰一下。”

“什么事？”秦剑本能地感到林钢有了突破。

“第21次劫持在3分钟前发生，轨迹确定了。我已经发到你的电脑上了。”伴着林钢的话，电脑屏幕上显现出一条醒目的红色，在地球的几块大陆上盘旋出诡异的曲线。“一个小时以后这条线还将穿过本市附近呢。”林钢补充道。

秦剑思索片刻，向电脑发出了指令：“查找本市市区和市郊人口，‘脑外波强’B级，精神正常。”一秒不到屏幕上显示出几百个人名。

“你在做什么？”林钢好奇地问。

“我发现劫持者选定目标的标准跟对方的‘脑外波强’有关，条件十分苛刻。”

“这么说来劫持者在本市的这一次行动很可能会扑空。”林钢补充道，“落点是在冰罗度假村附近，但这个时节那里人烟稀少。加上你分析的这个原因……”

“你说什么？冰罗度假村！”秦剑下意识地把目光移到电脑屏幕上。果然，中间有一行显示着：“陈橙，20岁，‘脑外波强’B级。”他的心猛然一沉。

越野车发疯似的摇晃着前进，速度已达极限。电话打过去一直无人接听，秦剑知道陈橙喜欢游泳，现在她很可能正泡在温泉池做着美妙的白日梦，根本不知道巨大的危险正在袭来，即将吞噬她的人生。秦剑一秒秒地在心里读着时间，他有一种透不过气来的感觉，豆大的汗珠不断地从额上淌下来……

冰罗度假村一派冷清的景象，报时大钟显示着：早上6点20分——离预计中的劫持时间只剩4分钟了。秦剑直奔温泉游泳池。

果然，身着泳装的陈橙正躺在浅水中，脸上满是惬意的表情。

“陈橙——”秦剑高声喊道。

陈橙惊愕地回过头：“秦剑！你怎么来了？”说着便得意起来，“不工作了是不是？我没说错吧，这儿是避暑胜地，眼下真是没有什么人，太宁静了，你一定也会喜欢的。”

秦剑冲至陈橙身旁，不由分说地拉起她就往回跑。

“什么事嘛！”陈橙不满地问，“这么急……”

说到这儿，她突然停住脚步。不仅陈橙，秦剑也停下了。他知道，一切都太迟了。

因为，在斜上方的天空中突然出现了一个通体橘红色的橄榄形发光体，带着神秘、怪异的气氛。一束光射下来，将他们罩住……

秦剑觉得身体轻起来，轻起来，轻得几乎没有一点儿重量。眼前闪现着一些混乱的光环，不时爆出几点耀目的斑块，他感到自己在飘、在飘，却又不知身之所在……

三

一段恍惚的时光，一段莫名其妙的时光。不知过了多久，秦剑才从迷乱中渐渐清醒。他发现自己躺在一间半球形的房间里，身体轻飘飘的。

秦剑掏出一把钥匙，松手后任其自由落下，钥匙下落的速度同在地球上大致是一样的。这就怪了，既然此地的模拟重力加速度接近于地球表面，何以会觉得体重只是平时的几十分之一呢？难道，体重的减轻是由于——质量消失？

“这不可能——”秦剑喃喃自语，脑海里迅速闪出了爱因斯坦质速方程。

……失去质量，运动质量小于静止质量……唯一的可能是当前速度的平方是个负数，也就是说速度必须是一个虚数，天哪，虚值的速度！想到这里，秦剑一时竟被“震”住了，地球上任何最伟大的科学天才都无法解释的现象就发生在眼前，这强大的冲击波让秦剑的思想顷刻间处于了另一种“失重”状态。

然而秦剑无暇细想，因为他发现房间里只有自己一个人。陈橙呢？她在哪儿？秦剑不安地想。他打量着这个半球形的房子，觉得它仿佛是个“容器”。然而这“容器”衔接得太紧密了，根本找不到什么缝隙。秦剑不假思索地抽出了激光枪。“容器”被割开了，显露出一道闪烁着莹莹蓝光的走廊，秦剑一头便冲了出去，他身后的切口很快便自动愈合如初。

在走廊尽头的一间充斥着各种仪器运行声的屋子里，秦剑终于见到了陈橙。她昏迷着躺在一块平台上，周围站着几个“人”，他们的头上都长有一对触角。秦剑不顾一

切地闯了进去，一把握住了陈橙的手——然而他感到自己握住的仿佛是一块冰。难道陈橙已经……

“不——”秦剑连声呼喊，“陈橙……你怎么了……你快醒醒啊……陈橙……”滚烫的眼泪不受控制地流下来，滴在陈橙的脸上。

一旁的几个“人”显然没有料到这种局面，以至于有几分不知所措，他们头上的触角频频摆动起来，互相碰触着。每一次接触都伴随着闪烁的淡淡蓝光。

然后他们似乎取得了某种默契，触角停止了摆动。其中一个“人”举起一件武器样的器物对准秦剑的后背。就在这个时候，室内却突然静了下来，所有的声音都消失了，只留下荒原般的沉寂。

那几个“人”似乎感受到了什么，默默地往后退去。

秦剑也察觉到了这变化，他抬起头来。与此同时，一侧的墙无声地分开了，外面又是一条蓝幽幽的通廊，在通廊的尽头，很耀眼地显露出明亮的光芒，仿佛那里放置着一枚璀璨的水晶球。秦剑感到惊讶，但他此时绝无一丝探奇的心情，因为陈橙还生死未卜。

忽然，秦剑听到——不，是“感觉”到了一个冰冷的声音：“进来——地球人。”显然，这个“进来”指的是那条通道。

心灵感应？秦剑暗暗思索。他看看那条通道，说：“可是陈橙……”

“不必担心，她很安全。”又是那“声音”。

仿佛事实印证了这“话”，秦剑感到陈橙的手渐渐温暖，血色从她苍白的面庞上慢慢显露出来。生命正一点一点地回到陈橙身上，秦剑不禁满心欢喜。

终于，陈橙悠长地“嗯”了一声，睁开了眼。

“秦剑——”她撑起身来，拉住秦剑的胳膊，“这是哪儿？我怎么在这儿？”

“我们——”秦剑如释重负地拭着汗，“在飞碟上。”

“进来——地球人。”

陈橙怔了一下，显然，她也“感觉”到了。她转过来，吃惊地望着秦剑，似乎想知道些什么。

“没什么，”秦剑冲她露出一个不太真实的笑容，“有我呢。”

“进来——地球人。”

四

秦剑不再犹豫，他紧紧揽住陈橙的后背，似乎想给她增加一些勇气。他感到陈橙的身躯在微微发颤，于是心里油然升起一种男子汉的气魄，那是一种自然的保护欲、责

任感，这种感觉古老、原始而永恒。然后他们一起走进了那条神秘的通廊，向着远处耀目的那点光芒走去。前途的莫测像一块巨石沉沉地压在秦剑心上，让他的脚步也是沉沉的了……

四周的蓝光渐渐弱下去，快到出口了。秦剑不由得感到一阵莫名的紧张，他深深地吸气，促使自己平静下来。然后他转过身面对着陈橙，静静地凝视她的眼。无声无息，然而此中何止万语千言。或许，这就是诀别了。陈橙仰起脸来，泪水在她的眼里莹莹闪动，这哀婉的神态赋予她一种不可抗拒的美丽，那可以说是绝世的。

秦剑顿住了，因为这样的哀婉。然后他的头慢慢地俯下去，俯下去，他紧紧抱住了她。在宇宙里，在另一种时空中……

一段痴迷如醉的时光，一段逝去也是永远的时光。秦剑几乎忘了一切的一切，这一刻无与伦比地美好、圣洁，却又带着几分悲壮……

然而秦剑还是渐渐清醒过来，他抬起头，重又揽住陈橙的肩，相依相偎着迈出最后的一步。尽管谁也不知道前面究竟是天堂，还是——坟墓……

面前是一间空旷的屋子，四周的“墙”微微有些透明，亮得刺眼。在如此强的光线下，秦剑眼前只是白乎乎的一片，什么也看不清。他正想说明自己的不适应，光线却自动地暗下去了，想来又是那个冥冥中的“人”所为。

一个披着白纱的女人远远地站在墙边，她头上戴着一个亮闪闪的环，脸上毫无表情，僵硬得像块冰。

“你是第一个与我见面的地球人。”她先开口，两眼只看着秦剑，仿佛陈橙是不存在的一样。

“那么——请你告诉我，这是幸运还是不幸？”秦剑直视着她问道。

“这很难预料，以后的事好比‘克玛罗变数’。”她偏过头，似乎不愿和秦剑正视。

然而就在正视的瞬间，秦剑发现她那莫测高深的眼底深处闪过一抹莹蓝，就像先前通道中的金属光泽一样。

莫非她只是外星人制造的机器人？秦剑暗忖。

“你错了，我不是机器人。你刚才看到的头上有触角的才是机器人。我叫‘卡琳’。”她转过头，不再躲避秦剑的目光，此时可以更清楚地看到那蓝光。

“但是——”她接着说，“你也并非全错。你具有非常敏锐的洞察力和分析力，你实在是个非常优秀的地球人。”

尽管此时卡琳是在夸奖秦剑，但话语中却依然没有一点儿热度，而秦剑倒是有几分不安了。

“我将告诉你一些非常重要的问题。”卡琳接着说，“这

不仅因为你的优秀，更因为你和这个地球人之间的举动令我们很感兴趣。”

说到这儿，她瞟了一眼陈橙：“比如在‘离解室’里，你的眼里流出了某种液体。还有刚才在通道里，你们在做什么？”

“你……你怎么可以偷看我们？”陈橙羞恼地嚷起来，“你不可以这样的！”

“这要怪你们自己。”卡琳说，“如果愿意，我的视线可以穿透这飞船上的一切，那些墙——只能挡住你们。”

“你们是否想——研究人类的感情？”秦剑审慎地问。

“你实在不凡。”她冷冷地说道，“研究的目的是为了拯救我们自己。”

五

拯救！？秦剑几乎以为自己听错了。如此先进的生物怎么会靠地球人来拯救自己？他顿时如坠迷雾。

“我们来自克玛罗星，也就是地球人命名为‘LB-0140’的星球……”

“可是——”秦剑不胜惊讶地说，“观测分析表明，‘LB-0140’几乎全部是由各类金属构成的，而且均温达500℃以上，环境条件比太阳系的水星更加恶劣，怎么可能产生生物？”

“我们的确来自克玛罗星，实际上，克玛罗星所有的生物都是由金属构成的，终有一天你们会明白生命并不挑剔物质。你现在看到的‘我’已经过改型，我本身很小，可以装在现在的‘头’里。”

“但是，‘拯救’是指什么呢？”秦剑插了一句。

“金属的有序化、晶格分布以及其余一些良好的性能使我们的进化相当迅速。我们具有远胜于你们碳基生物的记忆力、分析力和逻辑判断力等。但与此同时，我们不得不接受两大缺陷。”

卡琳顿一下，接着说道：“我并不完全清楚‘机械性’在地球上的确切内涵，但用这个词却可以描述我们的一个缺陷。这其实是由我们的金属本质决定的。好在随着进化的继续，我们正逐渐弥补和克服这一缺陷，前景并不坏。但是，我们的另一缺陷却是自身无法弥补或者是来不及弥补的。”卡琳的语气越发冰冷，“不知是由于金属本质所致还是进化过于迅速所致，反正，我们的进化漏掉了或者说是基本上漏掉了一个环节，那就是——情感。”

原来如此，怪不得她的声音冰冷而机械，并且没有任何表情。

“在过去我们还很弱小的时候，生存的本能使我们聚集在一起。在我们长达500个地球年的寿命中，交配和繁衍也仅仅是一种义务，只是为了求得种族延续，抵抗外星球的入侵。这些完全都是本能的需要，而不是地球人患难与共、生死相依的感情。然而到了现在，到了力量强大到足以使我们中的一个‘人’便可以控制一个星球的时候，这种靠本能来维系的种族关系面临着严峻的考验，目前的克玛罗星成了一个随时可能分裂的生物团。我们的种族一旦分裂，必然造成科技的停滞和文化的衰落，最终使整个克玛罗种族遭到淘汰，并走向灭亡。”

卡琳叹了一口气，想要继续说下去。秦剑却突然问道：“但是你能叹气，怎么能说没有感情？”

“你有敏锐的洞察力。”卡琳并不意外，“我说过，我们的进化基本上漏掉了一个环节，并非绝对。克玛罗人中有极少数进化到了有感情的地步，其中包括我。这其实不能叫感情，只能称之为类感情磁电脉冲。这种原始的感情使我们中的极少数人隐隐觉察到了威胁的存在，并开始寻求解救的办法……”

“于是你们就找到了地球人，因为我们无力反抗可以任随宰割！”秦剑涨红了脸，相当地激动，“你们劫持、杀戮，搞你们的研究！牺牲地球人来拯救你们自己……”

“对此我只能说抱歉——尽管我体会不到什么是抱

歉。”卡琳很平静，“唯一的办法是破译出‘感情密码’，对所有克玛罗智慧生物进行改造，使之成为有感情的生命体，从而挽救整个克玛罗种族……”

“你们不是有少数生物已经具有感情了吗？”秦剑再次插入一句，“怎么不用他们来做实验？”

“这行不通。”卡琳摇头，“没有哪种生物能彻底弄懂自身，就如同地球人完全清楚金属的结构，却未能明了人脑的思维过程。而感情比思维更复杂更微妙，我们只能通过研究其他种类的生物来达到目的。另外，我说过，我们的感情非常原始，根本不能与克玛罗文明相适应。”

卡琳的语气平缓却不容置疑，她的话无懈可击，秦剑竟一时语塞。

“我们的实验成功率应该在 50% 以上，所以本来最多只需要两名地球人就足够了。但由于他们拒绝合作，盲目反抗，所以结果就是陷于疯狂。”

秦剑想起了那些可怕的人：“这是怎么回事？”

“我先讲述一下破译密码的过程。虽然人的感情千差万别，但感情密码却是相同的，只不过在不同的人身上的表现有所侧重而已。我们将人的大脑离解至分子水平，在这一阶段破译出密码。随后再重新合成大脑，同时输入先前破译出的密码。如果该地球人的情感状态同离解前相比

无明显变化，则说明破译出的密码正确。但是由于地球人的不合作，在所得密码中，恐惧和敌意的情感因素大大超过了正常状态，而其他的诸多因素则受到抑制。因此将其输入大脑后，脑中即充满了敌意和恐惧的信号，也无法再进行任何正常的思维活动，这其实就是疯狂。”

原来是这样！

“那你们要我做些什么呢？”

“帮助我们。”卡琳说，“我们测定出你的理性系数远高于一般人，这足以保证不会因你的脆弱而令实验失败。这也是我们经过前面的实验后得出的教训：太丰富的感情往往是脆弱的。但我们不勉强你，因为你是地球人中的佼佼者和智慧者。如果实验中出了差错，对地球人来说是一大损失。所以，如果你不愿意，你可以和她一起返回地球。但我们的实验必须继续下去，只要不断改进，我们终会成功的。”卡琳直视着秦剑，“你现在需要做的就是回答我，你愿意吗？”

“我——愿意。”秦剑答道，语调从容而坚定。其实，他也不很清楚自己为什么要这样抉择。或许因为同情，或许是为了阻止一个星球的分裂与侵略行为，或许是为了别的地球人不再被劫持，或许是想解救那些可怜的疯狂者……但不管怎样，他既然这样回答，也就必须这样去做了。

“那你跟我来。”卡琳说完便转过身去了，“出于慎重，这次的实验不再交给机器人，而是由我们亲自操作。”

这时陈橙突然抓住秦剑的手臂，言语里带着哭腔：“你一定要回来……一定。”

秦剑扳住她的肩：“怎么哭丧着脸啊？笑笑。”

“嗯——”陈橙点着头，却流泪了。

六

一条深远的通廊，四周静寂无声。或许是因为陈橙的哭泣，秦剑的心情有点儿乱。不知怎的，他心里有一种不祥的预感。

“飞行的目的地在哪儿？”秦剑轻声问。

“我们只是在宇宙中画着圆圈，并无目的地。”

“为什么？”秦剑大感困惑。

“我们以地球人所认为的虚值速率飞行，也可以说我们的速度是光速的60倍虚值，这意味着物质内能场强的降低，目的是产生反时空效应，飞船上的时间流速是外面的60倍。当飞船上经过了24小时，外部世界只过去了24分钟，这样能节省大量时间。要知道我们的克玛罗星随时都可能发生种族大分裂。”

座下的小车自动拐进了一条侧廊，温度忽然升高了许多。热浪袭来，带着炙人的力量。

“戴上！”卡琳命令般地递过一个金属环，同她头上的那个一样，“它能阻止热传递。前面有许多我的同类，你知道，我们的体液是熔融的金属。”

秦剑眼前仿佛浮现出了沸腾的金属液，宛如火山喷发时的岩浆。先前那份不祥的预感更强烈了。

眼前是一个平台，两个橙色的椭球发着刺眼的光，无声地飘浮过来，盘旋在卡琳的身体旁边，似乎正与她交流。几秒后一个银色的直径两米左右的环从天棚上降下来，宽宽地圈在了秦剑胸部的周围。虽没有任何接触，但秦剑却立刻感受到一种柔性、缠绵却又极强硬的束缚，他像是被一种场“固定”在了环的中央，绝无动弹一下的可能。然后，环开始带着他一起翻转，过了 90 度后停下来，秦剑也就横着悬在了空中。几秒后，一个透明的套子移过来，罩住了他的头。于是他听到了一种奇异的声音，尖细而又空灵，带着几分梦的境界。他知道这是在催眠，于是他配合着这声音尽量放松自己，渐渐接近了催眠状态……

就在这时，秦剑看见卡琳取下了头上的金属环，顷刻间她的身体就发生了可怕的变化：肌肉“吱吱”地翻卷，血液以沸腾的姿态向周围飞溅，却又无一例外地在空中化为了焦臭的气体。一团阴惨的火焰渐渐燃起，渐渐转旺，并以宛如疯狂的姿势跳起了死亡之舞。

一枚橙黄色的“橄榄球”出现在原来卡琳头部的位置，她变回了“原形”。

太可怕了！一个活生生的肌体就这样化为灰烬。秦剑心里感受到一种不可抑制的恐惧和恶心。这种感受彻底摧垮了他的镇定和从容。秦剑的身躯开始颤抖，他想逃，他大声地狂叫，他有大祸临头的感觉。

预示警情的红灯亮起。

“注意平衡你的情绪，这样太危险。”秦剑又感受到了他所熟悉的意念，但不再是卡琳，而是那个橙色“橄榄球”发出的。“实验的程序已按时间之‘矢’排定，要提前终止实验，就必须逆转时间，也就是必须克服一个无限大的熵垒，这一点我们目前还做不到。”那个“声音”说。

但是，照目前的情形继续下去——秦剑不由得想起那些疯了的人：狂乱的眼神，毫无人性的面庞。太可怕了！自己不也快成那种样子了吗？

还有陈橙，她以后会怎样？有回地球的可能吗？没有了自己她会幸福吗？

秦剑的思绪渐渐飘开去，对陈橙的关切盖过了别的一切。她的笑靥、娇媚、调皮、小心眼儿，都是那样可爱。

还有他俩共度的那些刻骨铭心的时光，那些用心的誓言熔铸的时光，那些除了美好还是美好的时光……

所有这一切都如此自然，自然得仿佛是命中注定。生与死，存与灭，这些残酷的问题似乎都消失了，秦剑完全沉浸到了最美好、最珍贵的情感之中了……

“陈橙——”他低声喊道。然后就是黑暗，什么也不知道了的黑暗。宇宙的万物都隐去了，冻结成万载寒冰，只剩下一片虚无、原始的混沌，渺渺冥冥，无边无际……如同死亡。

七

同一时间，克玛罗星球。

这是一个金属的世界。星球的外壳上布满了奇形怪状的文明的产物，在 3 颗太阳的照耀下泛起刺目的光芒。没有花木也没有鸟兽，甚至没有微生物。很久以前，这些“与我们争夺生存空间的无用东西”已被无情地消灭了。在这里，到处是奔涌的车流，车与车之间永远保持毫不相干的姿态。没有朋友，没有爱人，大家都聪明而理智地独来独往，仿佛“他人即是地狱”。

3 颗太阳加上由于星体庞大而产生的地心热核反应使这颗星球滚烫如火。然而，它不也具有寒冷如冰的一面吗？而且是那种彻骨蚀心的人与人之间的寒冷。这样下去，总有一天全部生命都会被冻死的。

此刻，全星球最高的建筑——全星通信塔的尖顶上突然亮起刺目的紫光，这意味着有极其重要的节目向全星球播出。所有的量子通信卫星都已准备就绪。

……

秦剑猛地睁开眼——映入眼帘的是陈橙关切的脸。

“秦剑，你醒了……吓死我了。”陈橙张着小嘴，仿佛心有余悸。

秦剑伸出手，轻轻抚弄陈橙垂落下来的长发，露出淡淡的笑容：“陈橙，你知道吗？是你救了我。如果不是想起你，我恐怕已经疯了。”

“不是的。”陈橙不解，“我没有用，让你一个人去冒险，我……”

“是真的，我现在还清醒着真是因为你。对了，他们呢？实验有结果了吗？”秦剑看看四周。这儿已不是实验室，而是刚来时的那个半球形房间。

“卡琳说实验没有成功。”陈橙答道，“我偷听到他们说有个设备早就出了毛病。过一会儿他们要接着做实验。”

出了毛病！这简直是拿地球人的性命开玩笑啊，这些没有感情的冷血动物！秦剑愤怒了。

透过舷窗向外望去是一片无垠的戈壁，那里正沐浴着明媚的阳光。飞碟又停泊在地球上了，看来克玛罗人的劫持行动仍在继续。

“陈橙，”秦剑下了决心，“我们赶快走！”

从被切开的舷窗跳下去时，陈橙一个踉跄，跌倒在地。飞碟推进器的喷口正对着她的身体。巨大的轰鸣声突然响起——飞碟启动了！

秦剑已奔出好几步远，他猛一回头——

“陈橙——”秦剑惊呼一声，随即转身冲向陈橙，也冲向死亡。然后，他一把抱起陈橙，跑到了几十米外一个安全的土包后面。几乎与此同时，飞碟的下部喷出了强劲的火柱，烧得大地热浪滚沸。几秒后飞碟拔空而去，留下一片烧成了釉质的红色土地。

命运在这一瞬间显露了最大的仁慈。

陈橙痴痴地望着秦剑：“你救了我，要是再慢一点儿我们都会死的。”

“傻瓜。”秦剑笑了，轻轻拥她入怀，那么温柔，那么珍惜。

“你的心跳得好快。”陈橙的声音低如梦呓。

秦剑心头一阵荡漾。不，现在还不是温存的时候，秦剑强迫自己清醒过来。前途险恶，他们俩乃至整个人类所面对的是一群绝对强大、绝对理智同时又绝对冷酷无情的对手。

八

他们凭借着太阳辨别方向后向东跋涉，渐渐筋疲力尽。荒原里找不到一点儿食物，更糟的是没有水。

一天一夜之后，陈橙先倒下了。正是上午时分，太阳明晃晃地刺人眼目，死神已经张开了黑色的羽翼，缓缓逼近。

“陈橙。”秦剑喘息着抱住陈橙，“你一定要坚持住。有句话，你还没听我说过呢。”

“是什么话？”陈橙用力睁开眼睛。

“是很古老的一句话了，但我是第一次说。”秦剑停顿了一下，“我爱你。不管怎么样你都不能放弃。”

陈橙身躯一震，仿佛获得了额外的力量，第一次听到恋人最炽烈的表白也许就是这样奇妙的感觉吧。

突然，秦剑看到不远处有一大蓬葱绿的草，凭经验，他知道下面也许有水源。

他俯下身，艰难地一步步挪过去。然后，一股不知从何而来的气力激励着他扯起了那蓬草，挖出下面粗糙干硬的泥土。秦剑用力地挖掘，狂热地重复着单一的动作。指

甲裂了、掉了，殷红的血涌出，染红了手上的泥土。

气息奄奄的陈橙转过头，呆呆地看着这一切。

秦剑还在掘土。或许他已经不知道什么叫疼痛。

终于，一丝浑浊的泉水从湿土中缓缓渗出。秦剑忙用手巾捂住细流。

大地是那样吝啬，好久好久，手巾才被浸透。秦剑看着坑底，惨然一笑。他俯身拾起手巾，用胳膊肘支地爬到陈橙身边。

“喝，你喝……”秦剑拧动手巾，水一滴滴地落到陈橙焦裂的唇边。水来了，滋润生命、延续生命的水来了。陈橙舔着嘴唇，睁开了眼。她痴痴地看着秦剑，吞咽滴滴甘泉。怎么水总滴不尽？水变红了，是血，是秦剑的血顺着手巾流下来了！

“秦剑——”陈橙突然撑起身，不顾一切地投入秦剑的怀中。她的身躯不可阻止地战栗，似正被一种神奇的火焰焚烧。她的脸颊灼热，眼中放出动人的异彩。

“我明白了！我终于知道了！”陈橙用嘶哑的声音嘶喊道，话中满蕴了笑，也满蕴了哭。

秦剑突然愣住了，他死死盯住陈橙的眼睛：“你……不是陈橙！”

亿万年仿佛过去，无限的宁静笼罩一切。

“我……是卡琳。我眼里的蓝光以及防护环都被隐藏起来了，没想到还是被你发现了真相。”伴着这句话，四周的戈壁渐渐隐去，太阳、草丛等也都消失不见，就连秦剑的身体也重新变得轻飘飘的。淡蓝色墙壁显露出来，原来周围的环境都是克玛罗人在实验室里营造出来的幻象，但滴血的手指和钻心的疼痛告诉秦剑，这一切其实真的发生过。

“你没有流泪。”秦剑喃喃而语，他了解陈橙。

“是的，我骗了你。可是，我终于明白了感情的真谛，我们的星球有救了。”

“怎么会？实验不是失败了吗？”

“其实，感情密码已经破译出来了，实验是成功的。包括我在内的许多克玛罗人已经接受了译码输入。但是，译码没有起到预期的效果。单靠译码不能彻底改变亿万年来冰冷的金属世界所给予我们的无情。我们必须受到有血有肉、生死交织的感情冲击，才能使译码同自身的心灵世界融合，才能真正拥有并懂得感情。所幸现在这个目的达到了。这段时间里曾经发生的一切连同我的亲身感受都被传送到了克玛罗星，相信我的族人也受到了与我相同的冲击。我们得救了！译码我们会留给地球人一份，用于治疗那些因为我们的实验而陷入疯狂的人。”

“你不该骗我。”秦剑阴沉地说。

“我不是恶意的。”卡琳的声音在颤抖，“希望我们能成为朋友。知道吗？现在我想到家人和朋友时和以前完全是不一样的感受，以前他们在我心里只是一些不得不依靠的外在力量，而现在我才真正知道他们对我有多重要。拥有情感真是一件美好的事情，从现在开始，我的种族获得了新生。”

九

大厅。

卡琳已经恢复了本来面目——一枚橙色的椭球。现在其他的克玛罗人都到飞船的动力舱做返航的准备了。

“说再见吧。”卡琳再次发出思维传感，“但愿还能再见。”

“会的。”秦剑肯定地说，他心里也正牵扯着一丝难遣的离愁。

这时，外面的通廊上突然传来脚步声和连续不断的呼喊：“秦剑——你在哪儿？”

是陈橙！秦剑一走就是20多个小时，对恋人的牵挂令她变得异常胆大，竟一个人找了过来。

“快锁住大门！这里温度太高！”卡琳发出传感。

太晚了！感情也会让人犯错的，而且往往不可挽回。

门被“哗”地拉开了。

“退回去，陈橙！”秦剑向门猛冲。

炙人的热浪把陈橙的身躯掀翻在地。与此同时，奔跑中的秦剑一把取下了头上的防护环。他要把环戴到陈橙的头上，他要救她，用自己的命救她。

烈火即将燃起……

突然，一道银亮的液柱从顶壁上倾泻而下，在半空中迅速化为无色的气体，喷涌声裂人心胆。

秦剑扶起躺在地上的陈橙，这才陡觉房间里一片清凉。怎么回事？

一枚黑色的椭球静静躺在控制台上。难道，这会是卡琳？

“卡琳，是你吗？”秦剑奔过去，试探着问。

“是……我……”卡琳传感的声音此时变得如游丝般细弱，“我打开了……液氮喷口……降温，只是，没戴防护环，我不能承受低温……我的血凝固了……”

“为什么？卡琳！你为什么这么做？”秦剑心如刀绞。

“我们……是朋友，对吧？从你的身上……我懂得了……世间真挚的感情是需要献出点儿什么的……你说，我这样想……对不对？”卡琳的声音越来越小，她的身躯

也越来越冷，渐渐成为一块冰凉的黑色金属，仿佛石头。

卡琳死了，她刚刚懂得什么叫情感便为之做出了如此之大的牺牲。秦剑突然痛恨自己，痛恨自己让她懂得了情感。哥白尼提出日心说，烧死的却是布鲁诺；“布道”的是自己，而“殉道”的却是卡琳。世界上为什么总是充满这样的悲剧？

卡琳安静地躺着，没有了热，没有了光，如一颗黑色的星星。

尾　声

依然静悄悄的草地，小鸟开始唱早起后的第一支歌。秦剑和陈橙又站在了冰罗度假村的温泉小径上。飞船离去了，消失在目不可及的远方。

秦剑双手捧起一个小盒，很不起眼的小盒，但里面却储存着他在生与死之间几番来回所换来的——感情译码。有了它，世上从此将不再有疯狂者……

度假村的报时大钟显示着 1 月 1 日 6 点 48 分，从第一次劫持事件发生到现在，已经经历了一个晚上。地球在一夜疯狂之后重新又回到了它本来的轨道上，好像什么都不曾发生过……

秦剑看着自己超前了 23 个多小时的表，不置可否地摇摇头。

这就是反时空效应吧——他想。

陈橙却不解，她正望着钟上的日期发怔。

“相信吗？”秦剑问。

陈橙转过头，脸上是不可思议的表情。

“别研究了。”秦剑岔开话题，他指着东方，“看——太阳。”

真的，太阳升起来了。透过树叶的缝隙，在草地上撒下斑驳的光影，让空气中也带上了一种好闻的气息。

“昨天的太阳。”陈橙低语。

秦剑仰望着吐露晨曦的天空，他又想到了卡琳，他已经永远忘不了她。他转过头，发现陈橙也正看着自己，眼中有与自己相同的光芒在闪动。这一生他们将共有为卡琳所筑的心碑。

按照克玛罗人的习俗，卡琳的身躯被送入了茫茫太空，成为一颗小小的星星。她曾经有500年的时间活在无情无欲的世界，她也曾经在几个小时里体悟到人间美好的真情。但一切都已经过去了，现在她只是一颗星星，在空漠而永恒的宇宙里——优美地流浪。

何夕科幻精品系列

审判日

何 夕 著

科学普及出版社
·北 京·

目　录

审判日

一

“如果你上辈子是一个坏人，比如说总是忘记太太的生日或是爱占别人的小便宜，那么公正而万能的上帝就会在这辈子让你事事不顺，处处吃亏忍让。也就是说你这辈子将是一个好人。而如果你有幸在上辈子过着坏透了的生活的话，那么毫无疑问，因果的力量恐怕会让阁下这辈子除了诸如解放全人类之类的苦差事外无事可干了。请欢迎我们‘前世的罪人’何夕先生！”

何夕并不知道蓝一光是什么时候变得这么会调动气氛

的，印象中他的这个助手并不能言善道。何夕缓缓走上前台，恍惚间他觉得这几米的距离长得就像是人的一生。

“女士们，先生们，今天我站在这里首先想起了一个人，那就是我的母亲。关于她，我最不能忘记的是她离开这个世界的时刻，甚至可以说我一直都在赞美那一刻。”何夕停顿了一下，一阵意料中的嘈杂声响了起来，“请原谅我这么说，不过这是真话。那无疑是我一生中最重要的时刻，其重要性肯定超过了我的诞生。在那之前，我和无数生活在这个科技时代的人过着几乎一样的生活。我知道地球是圆的，宇宙中有无数的星球，科学还告诉我生命是由遗传密码控制的大分子序列，是由那些冰冷的元素在亿万年的亿万次碰撞中偶然聚合出来的。我也相信这一切，即使是在今天也没有谁能说这一切是错的，但我觉得这一切也许还可以换一种角度思考。”

“我丝毫没有跟各位开文字玩笑的意思。我不妨问各位一个问题，从这些正确的科学理论出发，我们应该怎样生存呢？很显然，我们可以得出最重要的一点就是，生命的两极是生与死，生前死后对生命而言没有意义。这听起来像是废话，但我倒是觉得这人人皆知的道理恰恰是我们这个世界多灾多难的最大根源。当年法国国王路易十五曾说过：‘在我死后哪管洪水滔天。’如果一个人多读几遍历史的话就会发现，这个世界上最可怕的事情正是像他这样的人干出来的。当一个国王像路易十五那样思考的时候，他唯一的可能便是成为恶魔一般的暴君，历史也正是如此。而如果一个普通人也这么想，那么他就会毫不犹豫地把糖水当成奶粉卖给那些贫穷的母亲，然后心安理得地看着婴儿死去。至于说到我的母亲，她只是一个普通的基督徒。我永远记得母亲去世时的每个情景——她从连续几日的昏迷中突然苏醒，吩咐我们去找牧师来。但牧师来了之后她却拒绝忏悔，她说这一生没有做过需要忏悔的事情。直到今天我仍无法形容当时的感受，只觉得母亲的脸庞四周笼罩着一层淡淡的光芒，也许是幻觉，我觉得她的脸庞白净得透亮，让人感到必须要仰视。除去那些在昏迷状态中告别人世的人，母亲的去世是我所见过的最宁静祥和的死亡。奇怪的是，我心中没有一丝面对死亡的感觉，倒像是送母亲到一个美好的去处。后来我常想，也许人的死亡本来就该这样，也正是从这一天起，我开始相信，在我们的智慧以外的某个地方存在着我们永远无法了解的力量，这种力量是这个世界上真正的智慧者和审判者。或者说应该存在这样一种力量，因为丧失了最终审判的世界不是一个公正的世界。我们要让好人享受福报，让坏人得到惩罚；让死者开口，让沉冤昭雪。当审判日到来的时候，过往的一切会如同重放的电影般展现在人们眼前。”

何夕停了下来，四周安静极了。他挥挥手，示意助手协助，大厅正前方的半空中立刻出现了一个何夕的三维头像。听众席上出现了一些议论的声音。

何夕笑了笑：“现在我要在这里演示一下我们多年来的工作成果。这是一套叫作‘审判者’的系统。它的原理非常简明，谁都能听懂。现在各位看到的这个人并不是通常我们所认为的一个虚像，严格地说那就是我本人，因为在这个人像后面起支持作用的计算机里储存着我全部的记忆。”

何夕撩起额前的头发，一根黑色的细管显现出来：“这是一根天线。我想先阐明的一点是，大约在20世纪的时候人们就已经知道，思维和记忆活动作为精神运动，其实总是伴随着脑电波以及细胞间物质交换等物质运动。换言之，我们能够通过分析可以定性定量的物质运动来达到洞察精神活动的目的。当时的人们已经通过脑电波的形状来分析人的精神状态的好坏，比如他们认为阿尔法波形表示人的精神状态最佳。简单扼要地讲，这实际上是个解码的过程，只不过现在我找到了一些更完善的方法，可以精确解释每一次物质运动后所对应的精神运动。我的脑中被植入了一块叫作‘私语’的生物芯片，它能截取我脑中每时每刻的记忆，并通过这根天线将其实时地发送到当代功能最为强大的电脑中储存起来。”

听众席再度传出低低的讨论声，何夕不得不停下来。这时一个年龄很小的记者模样的人突然站起来说：“你是说这机器是一台读心器？”

“大致是这样——如果你愿意这么说的话。”

小记者走上前凑到何夕耳边低声说：“何夕是个骗子。”然后他走到头像跟前问道，“说吧，刚才我最后一句说的是什么？”

“何夕是个骗子。”头像的声音由电脑合成，显得有些瓮声瓮气。

四周传来一阵意料之中的讪笑，小记者已经有了十分的得意。

何夕平静地问道：“你是说的这句话吧？”

小记者胸有成竹地说：“这句话没错。不过这种把戏几十年前就有人玩过了。我打赌在你的身上藏有微型窃听器，头像的话只不过是你的同伙做的配合罢了。”

人们的笑声变得有些肆无忌惮了。

但是一个声音很快结束了这种混乱场面。头像瓮声瓮气地说：“你一定喜欢吃大蒜，刚才我闻到你的嘴里有高浓度的臭味。”

周围立刻安静下来，小记者不自觉地捂住了自己的嘴，这次他的脸真的红了。众目睽睽之下，头像的这种感受除了直接从何夕的大脑中取得外别无他途。一丝很浅的笑意自何夕的嘴角漾起，他在想，小记者口中的大蒜味的确难闻，头像的抱怨一点儿也不夸张。

于是接下来的一切自然而然地变成了喜剧。观众沸腾了，他们对头像提出一个个稀奇古怪的问题，诸如“何夕有多少钱”“何夕是不是处男”“何夕睡觉磨牙吗”……不过对这样的问题，他们得到的回答一般都是一句“无可奉告”。何夕不得不站出来解释道：“不要说是一个活着的人了，即便是一个死去的人的内心世界都应该得到保护。如果没有得到法律的许可，我认为谁都无权公布他人的内心世界。今天为了这场发布会，我们特意开放了部分数据，但只限于一些很平常的记忆。请大家不要再询问刚才那些问题了，那都是些没有开放的数据。不过不管政府以后制定什么样的法律，反正等到我离开这个世界的那一天，我倒是不反对解答各位的所有类似问题。”

二

过道被挤得水泄不通，闹哄哄的人群始终不肯散去，组织者不得不动用警卫才将何夕护送回60千米外的实验室，其实这里也算是何夕多年来的家。何夕刚走进办公室，政府方面的代表马维康参议员就走过来和他握手。马维康 60 岁出头，头发花白，精神矍铄，眼睛看人的时候常眯成一条刀样的缝。在政坛上的多年沉浮让他脸上的表情没有任何可供他人参考的东西。何夕知道这都是表象，说起来他们是患难之交，马维康是政府方面少数几位对“审判者”系统持支持态度的人，并且因此还受到不少非难。他一直会同几名议员游说政府，要求批给研究经费，在几年前何夕处境最艰难的时候，还让他的女儿马琳中断了医学博士的学业，将她推荐给何夕当助手。

“欢迎我们的上帝先生。”马维康半开玩笑地说，“在你面前我感到自己就像是真理，我的意思是说，赤裸裸的。”

何夕撩起自己额前的头发指着那根黑管说：“那得等到你们批准给所有人都装上这个东西才行，至少到目前为止你还是穿着衣服的。”他顿了一下，“到时候给你选个花白颜色的天线使其与头发匹配。”

马维康议员想了一下：“但愿人们能够理解这一切。”

“没有人会理解。”何夕接着说，“没有几个人会喜欢把自己脑子里的东西翻出来晒太阳，即使里面早就长满了霉菌。这也是我愿意同政府合作的原因。如果政府不通过立法来推行，我是毫无办法的。”

“你想把我们拉进来当你的挡箭牌？”

“我敢肯定，只要实施这个计划我马上就会成为众矢之的，但我是不会后悔的。‘审判者’虽然防不了天灾，但绝对可以避免给人类带来巨大灾难的人祸。实际上人类到现在为止的历史完全就是一本糊涂账，我以为仅仅依靠像中国古代的司马迁一样的几位敢于拼命的史家，是无法还历史以真面目的。脆弱的真相常常无法得到保留。”

“我懂你的意思。不过政府内部对这套系统持反对意见的人占大多数。”马维康耸耸肩。

何夕冷笑着，情绪有些激动：“如果当年有‘审判者’系统的话，希特勒根本就上不了台，他脑子里的那些东西如果预先让德国人民见到的话，又哪来的第二次世界大战？”

这时马琳从门外走了进来，她二十八九岁的样子，明眸皓齿，长发飘飘，一身得体的衣服将身材的娇美衬托得恰到好处。看到何夕正在她父亲面前发火，她有点儿不知所措：“怎么吵上了，好像你们俩一见面就没有清静的时候。”

当何夕情绪激动的时候，马琳是少数几个能令他平静下来的人，马琳是何夕见过的女人中称得上“美丽”的少数者之一。何夕一向认为，这世上漂亮女人不少，但“美丽”的女人就很罕见了。漂亮只涉及外表，而美丽与否却关乎整体。

“我已经说服政府给你追加了一些经费，不过我不能向你保证什么。政府方面由我去努力，你们专心搞好自己的研究就可以了。”马维康说到“专心”两个字的时候似有深意地瞪了马琳一眼。

马维康走后，屋子里就只剩下何夕和马琳，马琳看了他一眼说:“如果没有别的事我先出去了。明天上午实验室见。”

何夕按捺住心中的失望点点头，然后便听到了她出门后合上门锁的声音。他刚掏出香烟准备点上却又犹豫了，因为屋子里还残留着一股好闻的气息，何夕知道那是马琳最爱用的香奈儿香水。10年前他在事业上放逐自己的同时，也将自己放逐到了感情的荒漠地带，但是10年后的今天，在这个值得纪念的日子，一些久远的东西却在他的心中不可抑制地泛起，让他体会到自己身上其实还蕴藏着另一种让人无法抵抗的情感。

但是门铃响了，何夕简直就是满怀期待地上去打开门，然后他看到了马琳如花的笑靥。她手里拿着一壶新鲜的咖啡。

三

上午 8 点 10 分，何夕进入位于基地主楼的一号实验室。在过道里，他听到窗外传来一阵喧哗，中间夹杂着蓝一光的声音。何夕好奇地向窗外望去。警卫正在阻止一群人进入基地，他们手里都拿着抗议条幅，上面出现最多的几个字是“神圣思权阵线”。这好像是一个新近成立的组织，抗议目标正是“审判者”。

对方的领导者是一个名叫崔文的年轻人，何夕知道以现在人类的心智水平，没有谁会愿意让他人探知自己的内心世界。但常人的隐私无非分两种：一种是于人无害但于己有羞，一种则于人有害。对后一种，无疑是正义社会本来就要千方百计调查清楚并提早预防的，对前一种的态度则完全受社会进步程度的影响。何夕认为，当“审判者”系统获得广泛应用之后，人们的思想将随之发生极大的改变，届时人们对他人的一些闪念中的恶念将持比现在宽容得多的态度。

单从相貌上看，崔文可以说是相当吸引人：30 岁刚出头的样子，蓄着顺眼的络腮胡。“魅力男子”，不知为什么何夕心里突然闪过这样一个词，一丝按捺不住的笑意从何夕的嘴角漾出来。他说：“我觉得你们并不清楚什么是‘审判者’。”

崔文摆摆手：“请不要用这种居高临下的态度和我们讲话，在这个问题上，我并不认为你比我懂得多。我曾经在政府科研部门工作过，和你的研究方向是一样的。”

何夕来了兴致：“我知道政府以前开发过一个类似的系统，后来因故停止。你怎么会和自己曾经努力的目标过不去？”

“我只认定一点，那就是任何人都无权透视他人内心所想。”

看着崔文，何夕心里居然很奇怪地有一种面对老友的感觉。何夕知道个中缘由很简单，因为崔文真是像极了10年前的自己。那种语气，那种自以为只要手中持有真理就敢于向整个世界挑战的让人想笑却又有几分感动的激情，还有那脸红的样子，飞扬的眼神。何夕根本就是目不转睛地盯着崔文的脸看，他觉得自己简直是喜欢上这个“持不同政见者”了。

崔文真的感到愤怒了，何夕莫名其妙的态度让他无法平静下来，他大声说道：“尽管你现在是一个名人，可是在我看来你表现得又狂妄又虚伪。我们来这里只是想告诉你，也许你认为自己可以扮演一个救世主的角色，但那只不过是一厢情愿罢了。实施你的系统只会禁锢人类的思想，把所有人都变成头脑空白的伪君子，后果比中国古代的文字狱要严重百倍。你的失败只是迟早的事情。”说完他转身离去，背影竟然潇洒得令人过目难忘。

何夕还在那里愣着，过了几秒他突然大声对那个潇洒的背影说道：“那你为什么不留下来亲眼看看狂人的覆灭？”

四

墙上的大屏幕正在演示记忆的物质过程。实验的样品采自两天以前，受试对象同以前一样，也就是说是何夕自己。何夕愿意看到自己内心不可见的记忆被“审判者”系统通过可观测的物质运动抽取并归纳成条理清晰的内容。何夕曾经花时间考证过人类对自身思维的认识，结果发现一个有趣的现象，那就是世界上许多民族的祖先最早都是把心脏当成思维器官的。像中国古代的大哲学家孟轲曾说过：“心之官则思，思则得之，不思则不得也。”而古希腊哲学家亚里士多德也认为心脏是思想和感觉的器官，大脑的作用只是让来自心脏的血液冷静而已。直到公元2世纪的时候，古罗马一位名叫盖伦的著名医生才开始认识到大脑才是思维的器官，但对他而言，大脑究竟如何产生思维的记忆还是一个不解之谜。直到19世纪之后，人们对大脑功能的研究才真正走上正轨，法国医生布罗卡、俄国生理学家贝兹、谢切诺夫、巴甫洛夫等人的卓越研究让大脑的神秘面纱初步被掀起。当何夕想到这些先行者的名字时，心里很自然地升起敬慕之情，因为他现在就站在这些巨人的肩膀上。但他同时也不无自信地想到，自己很可能将成为这场旷日持久的奋斗历程的终结者，因为何夕对自己将要成为揭开大脑思维记忆这一千古之谜的人毫不怀疑。

屏幕上是部分脑细胞的三维显微图像，可以进行任意角度的旋转、任意比例的放大和多种效果的演示。如果何夕愿意的话，他甚至可以把镜头推到其中的某个大分子内部去做一番游历。实际上，何夕之所以能取得目前的成果，和眼前这种分辨率达到原子级别的计算机仿真显微技术是分不开的。经过几代人的努力，人们已经知道人的思维和记忆都是由大脑的多个部位来共同负责的。就记忆而言，大脑皮层的颞叶和额叶以及海马体都与记忆的产生有关，也就是说当这些部位受损后人将无法记住刚刚发生的任何事情，但不一定会遗忘以前记住过的事。研究发现，长期的记忆对应着神经元细胞的结构性改变，这一点正是“审判者”系统的理论基础。“审判者”系统正是通过分析神经元细胞的这种结构性改变来抽取人的记忆。几年来，何夕领导着这个实验小组记录并分析了几十亿个神经元细胞的结构图谱，包括它们之间相互组合所形成的更为复杂的网络，从中破译出了各种不同结构所对应的记忆内容。任何人都可以想象出这是一项多么庞大的工程。他们终于走上了正轨。正如演示的那样，“审判者”已经是一个接近实用的系统了，现在剩下的只是一些后期完善工作。

在充满了整个屏幕的细胞内，观看者可以看到棒状的线粒体正在剧烈地“燃烧”，由葡萄糖酵解而来的丙酮酸在三羧酸循环中释放出大量的三磷酸腺苷，这是一切生理活动的能量来源。人们可以看到长有几千个到上万个突触的神经元细胞相互纠结着，如果仔细观察，会发现没有任何两个神经元细胞之间有原生质联系，也就是说它们都只是通过突触“碰”在一起。每一个神经元细胞内都遍布着无数钾离子、有机大分子及少量钠离子和氯离子，而细胞外则布满无数的钠离子和氯离子，离子间保持着动态的电化学平衡。何夕知道此时在细胞膜上的电压是 -70 毫伏，正是这个电压维持着离子间的平衡。忽然，从某个树突传来刺激，导致神经元细胞膜上某个局部的电压突然减小到了临界值，细胞外的钠离子开始向细胞膜内扩散，膜电位也由负变为正。随着膜电位的升高，细胞膜对钠离子的通透性急速下降，对钾离子的通透性增加，最终细胞又回复到了初始的平衡状态，整个过程都在一毫秒内完成。虽然一切还原如初，但并不意味着什么事情都没有发生过，因为刚才的那个电位倒转将造成毗邻的细胞膜发生相同的过程。从效果上看就是，刺激导致的电信号会沿着神经纤维以每秒 90 米的速度不衰减地传输出去，直至下一个相邻的神经元细胞，并最终到达神经中枢。就在这个瞬间，最原始的记忆已经产生了，由于神经细胞的惰性作用，电信号实际上已经轻微地改变了神经元细胞突触的结构。其原理非常类似于眼睛的视觉暂留现象。当然，如果事情到此就结束的话，这种结构变化会很快消失，如同一根被外力压弯了的树枝会逐渐复原一样，结果表现为记忆消失了，比如人们并不会记得自己眼里看到过的每一幅图像。但是如果这种改变因为某种原因受到强化的话，那就可能发展为长期的记忆。这时的神经元细胞的突触将形成复杂网络，如果日后感受到某些相关刺激的话，复杂网络的活动就会被激起，重现过去的经验，这也就是所谓的“想起”的机制。

大约又过了 20 分钟那个片段才演示完，而这实际上只是发生在神经元细胞里的不足 0.1 秒的过程。同时计算机的分析结果也出来了，电子合成的声音听起来有点儿发嗡：“高温，灼烧，肘部皮肤，132℃，时间持续 0.2 秒。”何夕满意地点点头，实验样品正是采集了他被一个高温物体短时灼烧的过程。当然他自己是不可能知道物体的准确温度以及持续的准确时间的，但计算机可以根据刺激的强弱程度测出这个温度和时间。何夕想，这也不能算是什么缺陷，最多可以说是“审判者”系统在对人的记忆描述上的拟真度还不够高而已，看来马琳还应该在模糊计算模块上再多做些改进。

这时有一名警卫走进来低声对何夕说：“马议员打电话说他马上要来，另外——”他转头看了看不远处的崔文——他正目不转睛地看着屏幕——欲言又止。

何夕有些不悦地皱眉：“这里没有外人，你尽管说。”

警卫踌躇了一下，还是凑到何夕耳边用很低的声音说：“总统先生和他在一起。”

五

总统看上去比媒体上的形象要显得疲倦，一丝忧虑的神色在他的眉宇间浮现。这是何夕第一次这样近距离地看到这位拥有巨大权力的人。

“听说你们搞出了一样新奇的东西，可以读出别人的思想。”总统温和地微笑着，“我觉得这很有趣。”

何夕觉得总统的话里有一处他很想提出异议的地方，他犹豫了一下还是开口道：“请原谅，总统先生，我以为‘审判者’不应该只用来读‘别人’的思想，我的意思是说，如果政府在最后的立法里使任何一个人享有审判豁免权的话，都是不公正的。如果是那样，我不介意亲手毁掉这个我为之努力了 10 年的系统。”

总统很明显地感到了吃惊，眼前这个目光坚定的科学家让他很有些意外。本来他没有到这个实验室来的计划，只不过因为马维康议员竭力建议并且顺路罢了。但他现在倒是来了兴趣，而且是大大地有兴趣。他直视着何夕说：“你真认为我们有必要去审判每个人的内心世界？我是说，以前我们没有这样做不也过来了嘛，让每个人独享自己的心灵不好吗？”

“问题在于这个世界上每一颗心灵并非都是无害的，其中的一些肮脏龌龊乃至剧毒的东西是需要用审判的形式来彻底荡涤干净的。想想古往今来的那些欺世盗名者，那些自诩救星而背地里却是男盗女娼、丧心病狂的独裁者，那些创立邪教为了害世人的骗子，这些丑恶的心灵都应当得到审判。”

总统的脸上闪过一丝尴尬的笑容：“你说的这些我也有同感，问题在于，严格地讲这个世界上可能没有一个人能禁得起审判。有谁一辈子都没有做过亏心事呢？”

何夕点点头：“我承认你的说法。但你用了‘亏心事’这个词，如果一个人在记忆里对某件错事有亏心的感觉，那么起码来说他还是有良知的。而如果这件事并非十恶不赦的话，那么我想‘审判者’系统把这件事情从他的记忆里发掘出来，对他而言并不纯粹是一件坏事。我不同意这个世界上没有人可以禁得起审判的说法。对真正有良知的人而言，审判不会是一件对他们有太多影响的事情。如果‘审判者’系统能让人们的行为受到向善的规范，那么又有什么不好？”

总统很认真地听着，没有插一句话，在马维康的印象中这是很罕见的事情。许久之后他才有些不舍地站起身，对马维康说：“我看可以给这个系统追加一些经费，你叫人写一份报告给我。”他转过头看着何夕，“我必须要说的是，你让我想到了以前不曾注意到的一些东西，改变了我对某些事情的看法。”

何夕淡淡地笑了笑，握住总统伸过来的手：“你也改变了我的一些看法，原来世界上还有可以理喻的政治家。”

总统用力握了握手：“如果这算是恭维的话，我接受它。当然，如果那个叫作‘审判者’的系统能证明这番话是出自你的真心的话，我将更加高兴。”

六

蓝一光冲进办公室，脸上的神色很焦急：“这段时间我调查了一下崔文的背景，我发现他很不简单。崔文曾经是‘深思’系统的一名助理研究员。”

“深思。”何夕念叨着这个名词，他知道这是政府在几年前资助过的一个项目，后来因故停止。“崔文说过他从事过与我们类似的工作，这么说他很诚实，没有撒谎。”

蓝一光不想掩饰自己的不满，他实在想不通何夕为什么信任崔文，那个大胡子崔文根本就是一个危险人物。

“问题在于，”蓝一光不自觉地提高了声音，“有报告称，崔文可能就是最终导致‘深思’系统失败的人。我们还是赶他走吧。”

“可是我们并不能肯定他就是破坏者。有一点你们想过没有？现在‘审判者’系统面临的最大难题已经不在技术上，而在于人们接受与否。这个视‘审判者’系统为洪水猛兽的崔文正好可以作为一个代表。我正是因此才留下他的，我希望能说服他。”

这时突然从门外传来一声异样的响动，何夕警觉地走过去拉开房门。他看到崔文慌张的背影正飞快地离去。

今天是《世界新论坛报》预约采访的日子，何夕简单地准备了一下，便随同两名警卫一道前往报社。快要出门的时候何夕想了一下，然后朝着正在不远处闲逛的崔文招了招手说：“和我一起去吧。”

崔文稍稍犹豫了一下，似乎不明白何夕为何叫上自己，但他并没有问什么。

汽车在海滨公路上飞驰着，一名警卫负责驾驶，另一名则警惕地注视着周围一切可疑的事物。道路两旁秀丽的景色不断向后退去，湿润的空气中充满了海边特有的清新味道。何夕发现身边的崔文身体坐得笔直，与自己也保持着相当的距离，他不禁哑然失笑，觉得这个年轻人简直有趣得很。

“你是不是觉得我是一个偏执狂之类的角色？”何夕饶有兴致地看着崔文。

崔文没有回答，眼神仍然直视着前方，但这种态度等于默认了何夕的问题。

“我们有麻烦了。”这时坐在前排右边的警卫突然说道，他抽出了腰上的手枪，“后边有一辆白色轿车已经跟了我们足有 10 分钟了。”

何夕回头看去，的确有一辆车跟在后面。当前正是最荒僻的路段，警卫的担心不无道理。正当何夕还在犹疑的时候，只听到耳边响起了震耳的枪声，在本能的驱使下他伏下了身体。

警卫开启了卫星定位紧急报警系统。枪战仍在继续，汽车在公路上剧烈地扭动着前进，有几次何夕的头都撞到了坚硬的物体上，差点儿令他晕倒。他听到其中一个警卫发出了中弹的惨叫。就在何夕以为这次自己就要在劫难逃的时候，他听到了直升机的轰鸣声。

一切都过去了，何夕站在了道路旁，面对着山崖下犹自冒着浓烟的白色轿车的残骸。荷枪实弹的士兵还在做最后的检查，听他们说白色轿车里共有 4 个人，但都已经死了，两名警卫一死一伤。崔文的额头上擦了一道口子，并不碍事，但显然惊魂未定。

七

《世界新论坛报》的资深专栏记者廖晨星快人快语地说:“我主要想知道‘审判者’系统的实用性。我听说你似乎很热衷于审判我们的政治家。恕我直言，我总觉得‘审判者’系统像是一把双刃剑，一方面它可以像你说的那样惩恶扬善，但另一方面，如果它被人利用的话，又会带来更大的恶行。不知道我是否准确表达出了我的意思。”

何夕一怔，但他马上就明白了廖晨星的意思，同时他也意识到，廖晨星之所以能够成为资深记者，的确有他的过人之处。“你是说当有朝一日‘审判者’成为我们这个世界上评判善恶的唯一标准之后……”

廖晨星的目光中含有深意："你能保证'审判者'系统能够毫无错误地行使它至高无上的审判权吗？"

何夕神情自若地说："虽然我想不出你担心的情况会如何发生，因为在技术上我认为'审判者'系统是无懈可击的，但我可以肯定的是，如果有朝一日'审判者'系统有愧于它的名字的话，我愿意亲手毁掉它。"

廖晨星有点儿意外地抬起头来看着何夕，他听出了何夕这句话里的诚意。

何夕接着说："我们最终的目的是让每一个人都接受审判。在我们先民的时代这并不是必要的，那时人类的灵魂里还没有那么多罪恶到需要用审判这种最为极端的形式来荡涤的东西。而到了今天，我觉得除了审判之外没有什么事情能让这个世界有所改观了。在大街上，在世界的各个角落，你能看到什么呢？反正我总是看到无数末世浮华的东西。审判将是人类最终的宿命。"

尽管整个采访过程都有录音，但廖晨星还是飞快地在小本上写着什么。以廖晨星多年的经验，他觉得何夕这个人是足以信赖的。在他看来，何夕也许应该算是一个愤世嫉俗者，不过却是那种希望这个世界变好的愤世嫉俗者，这就和另外那些站在世界的边缘诅咒这个世界的人有了天壤之别。

八

这段时间何夕感到蓝一光对自己有点儿冷淡，几乎到了他不主动询问就无话可说的地步。何夕心知自己的这个助手脾气十分倔强，但他想也许过几天就会没事了。今天是休息日，马琳说她打算趁这个机会陪蓝一光出去散心，顺便劝劝他。何夕当时毫不犹豫地表示同意，因为这正是他的想法。

蓝一光和马琳离开后，何夕突然感到有想要立刻工作的冲动。实际上何夕很少会在休息日这样想，但今天他不想浪费这种热情。与一般的计算中心不同，“审判者”并没有一个统一的主机系统，环绕在控制台四周的几百台计算机共同构成了“审判者”系统的神经中枢。它们都是平权的，也就是说它们之间是合作而非从属的关系。它们的这个特征类似于脑细胞之间的关系。“审判者”系统的全部信息资料以及用于分析破译人类记忆行为的电脑软件就储存在这个机群里。平时何夕很少过问程序细节，因为自从马琳加入“审判者”系统的开发并且表现出了极高的计算机水平之后，何夕就很少有机会展现他在电脑方面略低于马琳的才能了。

何夕随意地打开了一段程序快速地浏览，马琳行云流水般的编程风格令他赞赏不已。电脑屏幕上不断滚过一行行代码，在何夕看来那简直就是一串串悦耳的音符。何夕突然停了下来，他的目光盯在了屏幕上。有一个地方有被改动的痕迹，记忆非真实性的判断阈值从 94 变成了 89。应该讲这只是一个极小的改变，带来的结果在于对受试对象的记忆非真实性的判断要求降低了 5 个百分点。当阈值为 100 的时候，受试者全部的记忆都将受到最严格的检验，即便是有 99%的可能性是想象或是梦境的记忆，都会被认为是有效的必须予以注意的记忆，也就是说每个人的每一丝记忆都不会被放过。由于这个世界从本质上讲是一种概率性的存在，所以引入阈值是绝对必要的措施。何夕主张尽可能高地设立阈值，他曾一度将判断阈值设成了 99，但他很快发现这样做的结果是“审判者”系统变得极端幼稚，在实验中记录下了无数莫名其妙的东西，根本无法使用。比如说系统将何夕从小到大所做过的梦全部写进了实验报告——即使它们荒诞离奇到无以复加的地步。

在阈值这个问题上，何夕还与蓝一光有过一次不大不小的争论，蓝一光认为应该设定较低的阈值，比如说九十一二或者八十几就能够达到审判的要求了，这样可以剔掉受试者那些毫无意义的记忆内容。结果是大家都做了让步，何夕放弃了他曾坚持的 96，蓝一光也同意采取一个相对较高的阈值，这也是后来采取的94这个阈值的由来。

但是现在这个阈值被更改了。进入计算中心大门的密码每天都不一样，它由一个精心设计的密码公式而产生。知道这个公式的人只有3个，除了何夕就是蓝一光和马琳，看来更改者应该是他们中的一个。不过何夕想不明白他们有何必要瞒着他做这样的修改。何夕不自觉地摇摇头，心想也许因为出了崔文的事情，马琳和蓝一光变得有点儿害怕与自己商量了。想到这里何夕不禁感到微微的汗颜，他想自己是不是应该找时间和他们俩心平气和地谈一谈。

这时突然从合金门的方向传来开启的声音，何夕有些吃惊地回过头去。走进门的那个人看到何夕时，脸上的惊讶程度也丝毫不亚于何夕的。

那个人是崔文。

"怎么——你会在这里？"崔文有点儿语无伦次，由于事变仓促，他有些脸红。

"你是说我不该在这里？"何夕保持着平静，他觉得今天崔文脸上的络腮胡看上去没有以前那样顺眼了，"你的确很善于观察，知道我在休息日都是不工作的。"

"噢，我不是这个意思。"崔文挠挠头皮，似乎也觉得此情此景不好解释，不过他很快就恢复了正常的语气，"我是无意中知道计算中心的密码公式的，当然，没有经过你的允许我不应该使用这个密码。可是，谁都会有点儿好奇心的。”

“无意中知道的……”何夕重复着崔文的话，意味深长地说，“如果无意地试探差不多700万亿次的话，你的确可以找出这个密码公式。”

崔文仍然是满脸无辜的样子，凭何夕的阅历竟然无法看出他的这副表情是装出来的，而他越是这样越是让何夕感到他的可怕。

“好吧。”过了一会儿崔文缓缓开口道，“现在我要走你总不会再拦着我了吧。”崔文顿了一下，语气变得幽微，“不过说实话，你令我难忘。”

九

和心仪的恋人在海滨漫步总是令人感到惬意的，即便是你的身后不远处牢牢跟着两名身形彪悍、荷枪实弹的警卫人员。夕阳的斜晖把沙滩染成了金黄色，海浪一波波地涌上来，又一波波地退下去，在沙滩上留下道道鱼尾样的花纹。

何夕斟酌着开口，他的眼神停在马琳娇美的脸庞上：“以前为了工作，我曾经放弃了‘家’这个东西，并且自以为这样做非常正确。但是现在我不这样想了。”何夕轻轻执住马琳的手说，“嫁给我吧。”

马琳低下头，过了许久才轻声地说道：“就在前天，也是在这个地方，蓝一光说了跟你几乎完全一样的话。”

何夕有些颓然地坐在沙滩上。蓝一光，怎么会是蓝一光？尽管已经是好几年前的事情了，但何夕还记得自己最初见到蓝一光时的情景。那时何夕的实验室还只是一处租住的狭小公寓，刚从一所名牌院校毕业的蓝一光从朋友那里听到了关于何夕的一些事情，然后这个本来不用为前程忧愁的年轻人便鬼使神差地找到何夕，要求加入他的研究。用蓝一光自己的话来说就是：“这件充满风险的工作听起来让人着迷。”当然，因为这句话，蓝一光后来陪着何夕吃了足够多的苦头，但他从没有动摇过。在何夕看来，蓝一光无疑是一个好助手，他也知道，蓝一光的智力水平虽然不算低，但对于从事“审判者”系统的研究还显得不太够，比如说，马琳或是崔文都在他之上。但是何夕在心里是非常喜爱这个助手的，他虽然不够聪明，却既专一又踏实。

“算了。”何夕洒脱地站起身，“这个问题太复杂了，超出了我的控制范围，还是把它放在最后来解决吧。现在我想到一个问题，从你的角度看，‘审判者’系统对于记忆真伪判定的那个阈值应该定为多少？”何夕说到这里停顿了一下，“这段时间我一直在想这个问题，我的意思是，可能我这个人有时会显得太偏激了，那个 94 的值会不会高了点儿？”

“那个值的确太高了。其实根据我们的实验，取值为 86 或是 87 是最恰当的。那些实验都是你亲自参与的，我承认世界上有你所说的那种极具心计的人，就像以前在测谎仪下也有少数逃脱者一样。但是‘审判者’系统远非当年的测谎仪可比，如果什么人能够凭借心智的力量逃脱审判的话，”马琳轻轻叹口气，“那他根本就不是人而是神。”

何夕望着天边，沉默了半晌之后说：“也许我这个人最大的缺点就是刚愎自用。好吧，等回去后我们就把阈值定到 86。”

这时有一个稍大的浪头涌来，打湿了他们的鞋和裤脚。浪头退去的时候意外地留下了一条身上镶着淡蓝色花纹的小鱼，在沙滩上痛苦地挣扎。何夕轻轻拈住它的尾巴提到眼前，注视着它半透明的身体，然后在第二个浪头涌来的时候把它放回了广阔无垠的大海。

十

何夕特立独行的思想与廖晨星犀利无匹的文字结晶而

成的报道获得了强烈的反响，在一片毁誉声里，“审判”这个并不让人愉快的字眼立即成了这个世界上最为流行的词汇。人们已经开始猜度审判将会在什么时候以及会在什么情况下来临，某种既紧张又热切的情绪渐渐蔓延开来，像一场传播速度很快的疾病。有个别政府官员甚至惶惶不安地递交了辞呈。

是的，也许那个日子就要来临了，那个审判日。

但是无论是谁都没有料到，第一个接受审判的人竟然会是总统。当马维康议员向何夕转达了总统的这一意愿时，何夕简直不敢相信自己的耳朵。

“总统先生说，如果审判不可避免的话，不妨由他来带这个头。当然，我的建议也起了一些作用。”马维康语气平静地说着。

何夕没有掩饰自己的意外：“这样是不是风险太大了？毕竟他的身份过于特殊，如果因此造成社会动荡不安岂不是得不偿失？”

马维康突然很少有地笑了：“我记得你是最热衷于把政治家们都押上你的审判台的，怎么现在机会来了反而退缩了，是不是有什么顾虑？或者是不忍心对总统先生第一个下手？我不想对你隐瞒什么，新一届总统大选就要开始了，现在的民意测验对执政党不大有利。总统先生自认为这辈子没有做过什么该下地狱的坏事，如果能通过‘审判者’系统让人们知道总统先生是一个表里如一的人，形势将会向对我们有利的方向发展。”

何夕本能地大叫道：“我不会让‘审判者’成为你们的工具！怪不得你们一直向我们提供经费，原来都是为了达到你们的目的。”

马维康毫不吃惊地等着何夕平静下来：“你太激动了。总统先生所做的不正是你一向期望的事情吗？这件事对‘审判者’来说正是一次难得的契机。总统这样做其实是需要极大勇气的，如果有人觉得不公平的话，他们也可以来试试审判的滋味。”

何夕回想着马维康的话，然后他不得不承认马维康说出了真理。“‘审判者’系统已经具备了足够的实用性，总统先生只需要接受一次脑部手术以植入记忆采集芯片，然后就……”

马维康摆摆手说：“你不用对牛弹琴了，这些我都听不懂。”

十一

威廉姆博士是何夕长期的合作伙伴，不过这并不意味着他了解“审判者”系统，实际上他只是一位著名的显微手术大夫，他在“审判者”里充当着实践者的角色。威廉姆博士其实并不清楚他的工作有什么作用，他只是严格按照何夕的要求将那种叫作“私语”的生物芯片植入受试者的脑部。这种奇特的芯片看上去有些像蜘蛛，当然，自然界里不会有任何一只蜘蛛能长有这么多只脚。对任何一位大夫来说，要将“私语”芯片上327条细丝一样的引脚与人的神经系统天衣无缝地连接起来，无疑是非常具有挑战性的工作，即使他有最为先进的仪器作为帮助。

如果一个不明就里的人突然见到威廉姆博士的话，他一定会以为这位头发花白、服饰整洁的大夫正在打太极拳。因为威廉姆博士面前很开阔，也没有病人，而且他一直就那么站立着，两只手伸到面前的虚空之中，一动一动的，就像是在理一团线。不过这些只是表象，实际上威廉姆博士正在进行最为复杂的虚拟现实脑部显微手术。从病人脑部拍摄的三维图像被送到数字眼罩里，同时他手部的每一个动作也通过数字手套传送到真正位于病人脑部的微型机械手。每次手术完毕威廉姆博士满意地取下头盔时，他总会从心中升起一股感念之情——他庆幸上帝让他出生在这个伟大的时代并让他成了医生。

手术进入了关键时刻，威廉姆博士的表情看上去让人害怕，他一会儿龇牙咧嘴，一会儿又露出呆滞的笑容，汗水不断地从他的额头上沁出来，他身边的助手不停地给他擦拭。看样子威廉姆博士已经完全沉浸在了那个由三维摄影机和计算机共同构筑的亦真亦幻的世界当中。手术进行得漫长而没有尽头，当威廉姆博士成功缝合了最后一根引脚的图像传来时，蓝一光兴奋地打了一个响指。是的，手术成功了。现在“私语”芯片的每一根引脚都天衣无缝地同总统的神经系统连接到了一起。从这个时刻起，总统成了世界上第二个与“审判者”系统相连的人。

总统从手术台上坐起，在最初十几秒的时间里他的表情看上去显得呆滞。何夕上前去握住他的手说：“从今天起，你和我就是同类了。”

总统想了一下说：“你知不知道，在手术进行的过程中我时时感到眼前飞过一些很奇怪的亮点，耳边也听到了某种非常空灵而神秘的声音。也许站在你们科学家的立场上会认为这只是人的神经系统受到刺激之后的正常反应，但是从我的角度却无法这样理性地去看。作为普通人，我只会相信自己的亲身体验。我觉得那些影像和声音都仿佛有所暗示，它们在告诉我，从今往后我就不再是以前的那个我了，现在我的全部内心都不再专属于我一个人，而是——”总统停了一下，似乎想找到一个恰当的词来形容他此时的感受，“怎么说呢？中国古代的圣人曾经说过，当一人独处或是处在一个谁也不认识自己的陌生环境的时候，尤其需要注意自己的行为举止，因为在这种情况下人很容易做出可怕的事情来。他们用了一个词，叫作‘慎独’，并且说如果能做到这一点的话，就离圣人的标准不远了。现在的我再也不可能有所谓的人前人后的区别了，当我意识到这一点时的第一感觉是害怕，但与此同时我又觉得这种‘举头三尺有神明’的真实感受正让我远离一切邪恶的力量。”

十二

“你如果后悔现在还来得及。”何夕向总统提醒道，与此同时他瞟了一眼正在进场的人们。

“我早上起床的时候的确感到有些后悔。”总统笑了笑，脸上浮现出刀削样的皱纹，“不过有一点你肯定弄错了，现在后悔已经来不及了。如果我此时拒绝审判的话，各大媒体马上就会以最大篇幅发表这一新闻，同时还会发布不知多少有关我的逸事——肯定会比‘审判者’以及我自己知道的还要多。”

何夕伸出手同总统握别，然后他立刻赶往实验室。蓝一光和马琳已经就位，再过一会儿一个三维的头像将代表总统回答人们的提问。由于总统身份特殊，其记忆中有大量国家机密，所有获准前来旁听的人都被禁止提出涉及类似方面的问题。

大厅里的灯光暗了下来，虚空中浮现出一张面孔。

马维康拿过话筒："请允许我成为第一个提问的人。"他说，"你是谁？"

头像瓮声瓮气地说："我是总统。"

……

很久之后何夕都难以忘却发生在议会大厅里的那一幕。那天开始的时候一切正常，头像坦然地回答了人们写在纸条上的各种问题。包括他的生活、童年、学生时代，还有工作。其中有些事情听起来温馨可人，让人觉得总统也是一个普通的人。而有些事情听起来令人不快，比如少年的任性以及成人之间的激烈竞争与钩心斗角。不过在何夕看来，这些都是人们可以理解的，算不得什么恶行。更多的时候，人们通过头像的回答看到了一位心中充满理想的有责任感的人。但是后来出了点儿问题，有一位记者问到了总统的私人生活。有一个女人，是的，似乎在总统的生活中曾经有过对婚姻不忠的行为，那是很多年前的事情，当时他还很年轻。提出问题的记者简直兴奋到了极点，以至于声音都有些变调。"快点儿讲，"他急促地说，"都在什么地方？有多少次？"

何夕记不起那天的审判是什么时候结束的，他只记得记者们狂热而兴奋的欢呼声，还有当头像回答了某次幽会的过程之后全场充满嘲弄意味的哄笑。有些人跳上了桌子，有些人刚刚向报社传完稿件就开始畅饮啤酒，有些人则露出了幸灾乐祸的表情。当然，还有一些人感到了失望，政府官员们有的黯然退场，有的则对总统怒目相向。他们并不是介意总统的那些韵事，而是认为总统不该接受这次莫名其妙的实验。不知不觉中，人潮渐渐地分开，一个孤独的身影凸显出来。那是总统，他一直站在原地。从他的表情谁也看不出他在想些什么，这是多年政治生涯锻炼的结果。但是现在这种毫无表情的脸庞再也无法给他以保护了，因为“审判者”正在忠实地向所有人讲述他的内心世界。尽管如此，此时他的身体仍然站得笔直，神态仍然显得高贵而庄严，即便是那些肆意大笑的人，如果从他面前经过仍然会有想要仰视的感觉。

但是那些人并不打算放过他，有一名记者带着捉弄的口气向头像提问道：“现在你在想些什么？是的，就是现在。是不是想故作镇静啊，你脸上那种清高的神情是不是故意装出来给大家看的呀？啊哈哈哈。”

何夕在监视器里看到了这一幕，然后他立刻非常清醒地伸出手去关掉了开关。头像消失了。“系统出现故障，预计短时间无法修复。”他说。

十三

议会大厅里已是人去楼空。没有了辉煌明亮的灯光，这间巨大的厅堂显得空旷而荒凉。

而那个人仍然站在那个地方，一动不动。何夕清楚地从那个人略显佝偻的身影里读出他此时的心境。这个身影显得苍老而无奈，就像是突然之间——垮掉了。

何夕走近了些，轻轻地咳了一下。那个人仿佛吃了一惊，瞬间的第一反应是挺直了自己的身体，如同他平日里的样子。不知为何，他的这个举动竟然差点儿让何夕落下眼泪。

“今天的事我感到抱歉。”何夕缓缓开口，“我不知道事情会变成这样。”

总统回过头来：“你不用抱歉，你没有什么过错。”他说话的时候开始用手在衣兜里搜索，何夕理解地递过去一支香烟。这时立刻听到不远处的一名警卫高喊道：“总统先生，这支烟没有经过安全检查！”总统苦笑着点燃香烟说：“就让我相信一次自己的判断吧。”

“他们仍然忠于自己的职守，仍然把我管得死死的。”总统接着说道，“只不过我不知道他们还能管我多久。”

何夕听出了总统话里的意思，他摆摆手说：“今天的事情未必就无可挽回。如果人们理智的话，他们应当多看你的政绩，而不是看那些与他们无关的事情。”何夕顿了一下，“你明白我的意思吗？”

总统叹了一口气：“你不用安慰我。有些事情一旦发生就是不可更改的，今天‘审判者’挖出了我内心深藏的秘密，我反而有种解脱感。我早已从那件事情里挣脱出来，就连我自己都基本上忘记这件事了。”总统停了一下，声音变得低沉而虚弱，“现在我觉得最对不起的人是我的妻子，我现在感到后悔不是因为别的，就是因为她。”说到这里，这个到目前为止仍是这个国家最有权力的人突然用手蒙住了自己的眼睛。

这时马维康议员走了过来，他看上去显得疲惫而苍老。他低声对总统说：“我们应该回去了。按照今天的日程安排，您和企业界人士还有个会晤。”

总统立即挺了一下身板，就像是换了一个人似的，他再次握了握何夕的手说：“不管怎么说你都令我敬佩。我真想知道你们是怎样做到的，这一切太神奇了。”

第二天，几乎所有的报纸都用极大篇幅报道了一则新闻——“总统宣布退出下届竞选”。何夕看到报纸之后的第一个反应便是拨通了马维康议员的电话，他说：“我想见总统。”

……

从总统官邸出来之后，何夕感到了深深的失落，因为他没能劝说总统回心转意。总统回绝了何夕的建议，他的神情就如同一个看破了世事的人。

“就让这一切成为我的结局吧。”总统说，“你可以认为我懦弱，但是我觉得这是我正确的做法。”

何夕感到自己无力说服眼前的这个人了：“但是你有没有为你的政府想过？”

总统慢吞吞地说：“我退出竞选之后将会有新的人选代表执政党参选。你的老朋友，马维康议员。有件事我想提前告诉你，马维康议员提出他准备接受审判。”

“不——”令何夕想不到的是，自己竟然惊呼起来，“这不行。”

十四

后来的事情证明何夕错了。在同样的地方，几乎同样的观众，但是结果却完全不同。个中原因却是相当简单——马维康是一个品行高尚的人。

是的，就是这个原因。“审判者”系统忠实地表明了这一点，马维康出生至今的记忆也都清楚地证明了这一点。在总统的事情之后马维康还有勇气走上审判台，单凭这一点他就已经通过了一半的审判，除了内心无畏的人还有谁敢这样做？他没有让人不能接受的恶行，除了年轻时的青春幻想之外也没有什么绯闻。有的是对民生的关注，对清明政治的向往，当然，还有对世界没能变得更好的遗憾。那些花尽心思提出刁钻问题的记者最后的结果都是自取其辱，除了暴露自己的小人之心外，他们别无所获。

现场安静得能听到人们的呼吸，所有人在这一刻都沉入到了另一个人的心灵当中，感受他的温和、正义，以及面对不公不义时的愤懑。马维康面色如常地坐在头像的旁边，同所有人一道聆听自己的内心世界。他看上去是平静而自信的，就像是在听别人的故事，甚至不时露出着迷的神色。

最后一个被允许提问的人站起来，因为激动他的声音有些颤抖，他仰视时的神色就像是面对圣人。“请问，如果你成为总统的话，你最想说的一句话是什么？”

“我将效忠于我的国家和人民。”头像和马维康同时说出了这句话。

掌声的海洋淹没了整个大厅。

……

“以审判的名义，”电视屏幕上马维康一字一顿地说，“我宣誓永远效忠于我的国家和人民。”

马维康议员以从未有过的巨大优势当选为下一任总统，他最后的得票率超过了99%。在大选结果公布后的第

5 天，总统递交的辞呈获得通过。而与此同时，为了保证政府的连贯性，马维康宣誓就职。也就是说，本届总统的任期比以往提前了一些。

总统的离去多少影响了何夕的心情，所以他只是委托蓝一光和马琳前去参加就职仪式。电视里闪过不少熟悉的面孔，包括蓝一光、马琳、廖晨星，还有威廉姆博士。马维康的“私语”芯片植入手术也是由威廉姆博士做的，他的技术的确已经到了炉火纯青的地步。这时镜头重又对准了马维康，他还在宣誓。

这时何夕突然有一种奇异的感觉，他觉得马维康的样子和威廉姆博士看上去有几分相像，但他又说不出是在什么地方。响彻大厅的掌声经久不息，记者们手里的闪光灯几乎亮成了连续的一片。马维康容光焕发地走下台来，接受着人们的祝贺。他所过之处，人们都以面对圣人般的崇敬目光注视着他，有些人甚至流淌出了热泪。

电话铃突然响了起来，何夕拿起听筒，他立刻听出是崔文的声音。

“很早就想同你联系。”崔文说，语气竟然有些害羞，“但每一次都觉得下不了决心。通过这两次事件我想了很多，也许你是对的。有一件事情要告诉你，”崔文犹疑了一下，“当天在海滨公路上发生的事情是我一手安排的。”

何夕愣了一下，他想起了那天自己邀请崔文时他的迟疑和一路上他坐立不安的情形。何夕突然大笑起来，而且是那种非常彻底的足以舒筋活血的笑。

崔文大惑不解地问道：“你笑什么？这有什么好笑的？”

过了好一会儿何夕才平静下来说：“这么说来，那一次你本来打算陪我一块儿死？”

“当时情况紧急，我如果不陪你去怕会让你怀疑。当时你在我心中是——”崔文斟酌着说，“一个将要危害世界的狂人。”

何夕沉默了半晌之后叹了一口气说：“这个世界上像你这样的人已经很少见了。一个人只要能忠于自己的原则就是可敬的，相比之下他的原则是否正确我看倒在其次。我佩服这样的人。现在我倒是有一个请求，我想请你加入‘审判者’系统的研究。”

崔文在电话的那一头几乎没有任何犹豫地说：“我明天就过去。”

何夕感慨了一番，然后他出门朝计算中心走去，他准备在计算机里给崔文建一个用户帐户。

十五

“口令错。”“口令错。”

何夕有点儿不相信地看着屏幕上的几排字。他没想到自己作为“审判者”系统的缔造者居然会被拒绝访问。何夕觉得脑子有些乱，他怔怔地坐了一会儿，像是在想什么问题。末了，他抬起头来俯身到键盘前，坚定地敲出了一个字符。

大约40分钟之后何夕取得了突破，他破解出了系统的口令字，尽管这几乎令他耗尽脑汁。然后他简直迫不及待地朝系统隐藏最深的地方寻找。

“审判者”系统核心程序代码、阈值维护、“私语”生物芯片构造、神经元细胞突触结构图谱……一个个重要的模块资料自何夕眼前掠过，他目不斜视地搜寻着任何可疑的地方。现在到了受试者记忆存储区，1号受试者的资料何夕一扫而过，然后是2号受试者也就是总统的资料，何夕没有发现什么值得注意的地方。接下来便是马维康的，何夕放慢了浏览的速度。资料按照阈值分为两大部分：一部分是按阈值被判断为有效记忆的部分，大约占了十分之九。何夕看了一下，基本上是在上次审判中都见到过的东西。他把注意力集中到剩余的那十分之一上，这些都是按照阈值被判定为无效记忆的部分。

时间一分一秒地过去，何夕不知道自己是什么时候才又回到这个世界上来的。他擦了擦满头的汗水，心里是虚脱了一般的感觉。是的，就是这种感觉，就像是一个人刚刚从一场可怕的梦魇里拼命挣脱出来的感觉。我的上帝，何夕几乎听得到自己内心里发出的惊悚的叫声，那都是一些什么样的记忆啊——

死尸遍布的荒原，可怕的森森白骨，血丝密布的眼球。黑漆漆的树林，灰尘满布的老宅。面色苍白的少年，灰色的天空，黑色的大鸟怪叫着飞远。镜子里古怪而扭曲的笑容，杀手冷酷的脸，巨大的蘑菇云。恶毒的诅咒，对世界极度的绝望与仇恨……

……89%的可能性为梦境等非真实记忆。

……87%的可能性为梦境等非真实记忆。

……91%的可能性为梦境等非真实记忆。

……87%的可能性为梦境等非真实记忆。

……

在每一个单元的后面都跟着这么一段说明文字。按照现在的86这个阈值取值的话，这些记忆都是无效的。但是何夕感到了极度的害怕，尽管他知道这个阈值是足够高的，但他的身体仍然一阵阵地发抖。那些地狱般的场面就像是无数只鬼手般攫住了何夕的心脏，令他感到喘不过气来。太可怕了，他知道那些情形应该只是梦境或是想象中的场景，可是什么样的人才会做这样的梦和想象出这样的场景啊！

这时何夕才突然注意到有一个黑色的影子出现在了面前的地上，看来这个影子已经在那里站立很长时间了，过度的投入让何夕没有听到这个人进门的声音。从眼睛的余光里，何夕看出那是一个身着白衣的人。

何夕缓缓抬起头来，然后他便看到了掩藏在头发里的一张苍白的脸以及失神的双眼。

那是马琳。

十六

亿万年过去了，地球停止了转动，世界化为了乌有，静谧的荒原成为万物的归宿。高扬的旋律充斥了何夕的耳孔，灯光在他眼前旋转，幻化成无数闪烁的亮点。天堂的轻风与地狱的烈焰同时向他袭来，一切都变得不那么真实，就像是在梦里……

不，只是一瞬间。何夕定了定神，前因后果开始在他的脑海里急速地翻转。

“那个值的确太高了。”马琳的声音在回响，“如果还有什么人能够凭借心智的力量逃避审判的话，那么他根本就不是人而是神。”是的，马琳是这么说的。“取值为 86 或是 87 是最恰当的。”回忆中马琳的声音如银铃般悦耳。

何夕痛苦地摆摆头，他的心正在往无尽深渊的最深处沉落。是的，他竟然忘记“魔鬼”也是可以做到这一点的。他遇见的是“魔鬼”，那个人竟然骗过了“审判者”。老天，何夕在心里哀叹一声，我竟然亲手给“魔鬼”装上了天使的翅膀，并且将他送上了亿万人顶礼膜拜的神坛。

“这是为什么？”何夕喃喃地说，他的眼睛直视着马琳，仿佛要用目光从她的脸上剜下肉来。现在一切都可以解释了，包括阈值，包括她在何夕与蓝一光之间制造的芥蒂。现在想来，从一开始她就是抱着不可告人的目的进入到“审判者”系统中来的。白嫩的肌肤，艳丽的红唇，雾蒙蒙的像是会说话的双眼，飘飞的长发，让人热血沸腾的娇媚体态，她依然是那样美丽动人，但此刻马琳看上去越是美丽就越是让何夕感到可怕。他的心脏一阵阵地痉挛着收缩，像是要收缩成一个点。

“你不要再难为马琳了，她只是按我的安排在做。”马维康突然从门口走了进来，他的手里拿着一支乌黑的手枪。同时他反手关上了计算中心的密码门。

“马维康议员……”何夕微微一惊。

“怎么不称我为总统先生？”马维康有几分揶揄地开口，他的脸上写满了得意，“我能有今天，可以说有大半功劳都是你的。”

“这是为什么？”何夕直视着马维康，就像是看着一件难以理解的事情，“怎么会这样？你到底是个什么人？你内心的那些东西……”

马维康大笑道：“我当然就是我自己。是的，我的内心世界绝不是上回审判表现出来的那样。可我要说，这世上真有什么圣人吗？我只知道这个世界已经无可救药了，你选择的道路是当医生，而我只想顺时势而动。”

何夕反而平静了下来，他觉得自己又能思考问题了。“有一点我能确定，你不可能凭意志来骗过‘审判者’。这倒不是在为我自己的成果辩护，我只是从理智出发认为那是不可能的事情。告诉我吧，你们是怎么做到的？反正，”何夕注视了一下马维康手里的枪，“我也活不了多久了，就算是让我死得瞑目。”

十七

马维康露出得意的神色：“其实答案很简单。你只要多想想你的老朋友威廉姆博士做的那些手术，就应该知道真相了。”

“手术。”何夕讷讷地重复道，他的眼前浮现出威廉姆博士奇异的表情和古怪的动作，他的手伸在虚空里，一动一动的，就像在理一团不可见的线，脸上是呆滞的笑。刹那间，一道亮光有如电光石火般自何夕脑海里掠过。“虚拟现实。”他脱口而出。难怪当初他会觉得马维康和威廉姆博士有几分相像，其实相像的不是他们的相貌，而是他们不经意间流露的那种神情。

“不错。”马维康抚弄着手枪的枪把，“差不多有 4 个月的时间，我每天都要花近 7 个小时在一套精心设计的虚拟现实环境里生活。那真是一套了不起的系统，它将‘审判者’和虚拟现实技术结合在了一起。我让女儿加入你的研究的目的之一也在于此。”马维康拍拍头，面露得意，“我早就由另外的医生植入了一套‘私语’芯片，我脑子里的记忆被抽取出来作为搭建虚拟环境的素材，我的脑神经与系统沟通后，那个世界和真正的现实没有任何区别。我以前经历过的所有事情都在这套系统里得以重演，而我就如同一个可以反复出场的演员般生活在其中。在那个世界里畅游真是一种妙不可言的体验。”

“并且你还可以按照意愿重新改变事情的本来面目，你扮演编剧的角色。”何夕倒吸了一口凉气，他全身都在不可抑制地发抖，“重新设计了人生的剧情，可以让自己的全部恶行都得到纠正，还可以虚构本来并不存在的善举。你就是凭这些欺骗了全世界。原来这一切都早已在你的安排之中，甚至连总统也被你算计了——你居然有脸说你是他的朋友？你真是一个伟大的天才，相比之下我们简直就是一群白痴！”

马维康并未因何夕的讽刺而脸红：“老实说我自己也是这样认为，不知道我这种坦率算不算是你所说的善举。不过假的总是假的，用虚拟现实技术造就的记忆不管怎么说总是有漏洞的，所以后来才会有那个阈值之争。比方说‘制造记忆’本身这件事情也是我的记忆之一，但是不可以让人知道。为了掩盖这一事实，我们便在后来的实验里设计了一些场面来消解它，比如将其设计为一场梦境等。多做几次实验之后，这件事情就成了一件半真半假的事情，然后我们便可以通过设定阈值来控制它了。唯一麻烦的地方是，我总共做了3次手术，一次植入，一次取出，再加上后来的这一次植入。”

何夕现在才知道当初自己的确是冤枉崔文了，当然，他也知道自己永远也无法当面向崔文道歉了，除非能出现奇迹——何夕下意识地看了一眼不远处的密码门。

何夕的这个小动作没能逃过马维康的眼睛，他举起了枪：“不要枉费心机了。现在最少有10个警卫眼睛一眨不眨地盯着蓝一光。告诉你，我会让所有人一个个地走上审判台，他们其实是接受我的审判——感谢你给予了我这个权力。所有人都不可能对我的权力提出异议，因为我是圣

人。到时候我可以随心所欲地主宰这个世界。”马维康说到这里笑起来，他的手指用上了力气，“好了，说再见吧，我的上帝先生。”

何夕听出了马维康最后一句话的意思，他叹了一口气闭上了眼睛。其实真正让何夕坠入深渊的并不是马维康手里的枪，而是他描述的世界未来的可怕情形。但愿这只是一场噩梦，但愿我此时不在此地，何夕想，与此同时从他的眼中淌出了绝望的泪水。万劫不复，这个词是何夕听到枪响前的最后一个念头，是的，这将是他最后的归宿。何夕自己知道，马维康说得并不对，他根本不是“上帝先生”，他是“魔鬼”的帮凶。

十八

荒原，陵墓，晦暗的树影，天空中飘荡的生者与死者。

怪异的笑声，青紫色的脸，沾着腐肉的利齿，腥臭的气味。

绿色的火焰环绕四周，发出炙人的热度。滚烫的红色岩浆遍地横流，吞噬着经行的一切。

还有似乎永不停止的颠簸，颠簸。

……

何夕大叫一声，从梦魇里醒来，一时间竟不知身之所在。他急促地看着四周，这才发现自己躺在一辆熄火汽车的后排座位上，右肩散乱地缠着从衣服上撕下的布条，一些滑腻的液体正慢慢地从布条里渗透出来。何夕撑起身体，他看见前排方向盘上伏着一个男人，那是崔文。

崔文的下腹部有一个很大的伤口，直贯后背，没有经过包扎。何夕想起了发生的事情，枪响的时候正是崔文冲进来救了自己。

“何夕，是你吗？”崔文的眼睛慢慢睁开。

何夕正在从衣服上撕下布条给崔文包扎，右肩的疼痛使他的动作很不协调：“是我，你先不要讲话。”

崔文用力地摆头，他的脸色白得吓人：“我本打算明天再到基地去的，但我放下电话想早点儿和你见面。没想到会发生这样的事情。”崔文露出了笑容，“那个密码公式居然还能用，你真是太信任我了。否则，我也救不了你。这真是天意。”

何夕难过地埋下头，他知道眼前这个昔日的“持不同政见者”的伤势已经不治，当初崔文神采飞扬的情形又浮现在了何夕的面前，一切就仿佛发生在昨天。

“你是对的。”何夕说，“我不应该研究‘审判者’，事情到了现在的地步我真的很难过。”

“这不是你的错。”崔文吃力地喘了一口气，“马维康不会得逞的。”

“可是他已经得逞了。”何夕悲伤地说，“现在还有谁能阻止他？我恨我自己，是我亲手把世界推向了深渊。”

“你能阻止他。”崔文一字一顿地说，“你必须阻止他。我们不能让披着天使外衣的魔鬼主宰这个世界，如果是那样的话，我会死不瞑目。”

何夕还没有想清楚应该怎样回答这个请求，崔文的身体已经软了下去，他的眼睛直视着虚空，从他口腔里吐出了最后的两个字：“审……判……”

何夕给廖晨星打了一个电话，他几乎是出于本能地认为廖晨星可以信赖，而实际上他们仅仅才交往过一次而已。这也是何夕决定和他联系的原因之一，因为他知道自己平日里的社会关系已经无一不在政府监控之中。电话里廖晨星一个劲儿地问到底发生了什么事情，但何夕只约了见面的时间和地点便放下了电话，他知道时间稍长就可能暴露自己的行踪，甚至还会祸及朋友。

这是一家叫“雨栏”的小酒吧，生意很冷清。何夕进门后稍稍闭眼才适应了光线的变化。廖晨星坐在深处角落的一个小间里等他。何夕伸手摸了摸唇上的假胡须，走到廖晨星身边落座。

“……原来是这样。”廖晨星听完何夕的讲述后倒吸了一口凉气，“想不到马维康会这样可怕。这不是帮不帮你的问题，这只是我的天职，”廖晨星想了一下，“这里面肯定会涉及很多技术性问题，我怕自己讲不清楚，你现在能不能到我家里去一趟？”

何夕知道廖晨星说的是实情，但他还是摇摇头：“如果你有地方感到不明白就在这里问吧，我尽量说得浅一些，那样做对你来说太危险了。我已经失去了一个朋友。”

廖晨星有几秒没有说话，然后他低头在随身带来的提包里找出采访录音设备以及纸和笔。廖晨星做着这一切的时候显得有条不紊，当他郑重其事地将纸和笔铺开的时候，一丝近乎虔诚的光泽在他瘦削的脸庞上浮动着。正是这种光泽将他与那些平庸的同行们区别开来。何夕完全相信，对廖晨星来说新闻报道就是他生存的意义所在，就如同“审判者”在何夕心中的位置一样。但不同之处在于廖晨星的新闻报道此时仍然是他手里的长剑，可以掷向敌人，而“审判者”此刻却已成为“魔鬼”手里的刀叉。这样想着的时候，何夕的心不禁如坠深渊。

出于安全的考虑，何夕叫廖晨星比自己晚5分钟离去。出门之前何夕习惯性地摸了摸唇上的假胡须，同时回头与仍坐在原位的廖晨星相视一笑。天已经黑了，但路灯正将金黄色的光线洒在热闹的街道上，整个世界显出温暖的样子。何夕看了一下表，再过不到 10 个小时早报就会上市。邪恶终究压不过正义的，廖晨星是这样说的吧。何夕感到自己的心情已经同几小时之前判若两样。

何夕走到街道拐角处的时候听到了一阵惊天动地的爆炸声，他几乎是出自本能地匍匐倒地。几秒过后何夕慢慢地挣扎着起身，同时他下意识地朝自己的来处看去。

“雨栏”酒吧已是一片火海。

何夕的嘴里满是苦涩的咸味，在巨大的悲伤冲击之下，他完全没有注意到有几个黑色的身影正从不同方向朝他逼近，他们手里的武器在火焰的映照下闪着森冷的光芒。

……

十九

小车在公路上一路狂飙，夜色笼罩下的景物飞一般地向后逝去。

何夕坐在车子的后排，自责的心情如同一条毒蛇般缠住了他的心，让他完全没有精力去想此时自己何以会身处这样一辆汽车上。

车子突然停在了路边。速度的变化让何夕从沉思里惊醒过来，他有些发怔地看着蓝一光的背影——爆炸，火光，呛人的烟雾，杀手冷酷的脸，然后蓝一光赶到，拖他上车。

“你只能在这里下车。”蓝一光没有回头，车内没有开灯，虽然月光从车窗外投射进来，但是仍然看不清他的脸，“警察在公路的出口处设了卡，你只能翻过公路护栏，然后步行到下一个小镇。”蓝一光递过来一张卡片，“这是信用卡，你可以在小镇里提取现金。”

何夕没有伸手去接：“你是叫我逃亡？”

蓝一光点点头：“只能如此，这是为你好。也许你还应该考虑整容。世界这么大，马维康想找到你也不是很容易的事情。”

何夕冷笑道：“那你呢，现在想来你应该早就知道其中的秘密了，却一直瞒着我。”他的脸上痛苦地抽搐了一下，“我们合作了这么多年。”

蓝一光的肩头不引人注意地抖动了一下，他的头埋了下去。“对不起。我并不知道事情会发展到今天这一步，如果知道的话我早就对你讲了。马琳当初只是对我说那个阈值太高了而你又不可理喻，所以让我私下里和她一起做些改动。又说你只信任崔文，眼睛里根本没有我和她的位置，我们跟着你是没有前途的。”

“马琳——”何夕轻叹口气，“她还对你说过些什么？”

蓝一光犹豫了一下说：“她还说，她喜欢我。”蓝一光的神色渐渐痴了，“她的眼睛那么大那么深，她离我好近，她的头发散发出阵阵幽香……”

何夕再次叹了一口气，他感到自己已经原谅了蓝一光。一个人在诱惑之下要想超脱实在是难之又难，就连他自己也曾经陷入对马琳的迷恋之中差点儿不能自拔。何夕直视着蓝一光说：“你是不是打算永远和马维康待在一起？永远把自己的灵魂出卖给‘魔鬼’？”

蓝一光全身剧烈地颤抖了一下：“我该怎么做？现在还有谁能和马维康对抗？马维康已经控制了一切，他现在是总统，是所有人心中的圣人。凭借着‘审判者’，他拥有了对任何人和任何事的最终评判权，和他对抗的人只会有失败的结局。”他神经质地大叫，“想想廖晨星的下场吧！当我看到廖晨星死去的时候简直快疯了，我当时觉得在火海里哀号着死去的人仿佛就是我自己。太可怕了！”

何夕仿佛没有听到蓝一光在说些什么，他的目光转向车窗外面。那里是黑漆漆的田野，树木的影子在薄纱般的月色笼罩下仿佛是一张张剪纸。不知名的夜鸟啾啾地掠过天空，道路上不时有几辆车疾驰而过。

“你是不是对‘审判者’系统很失望？”何夕突然开口道，他的目光仍然看着窗外，就像是在自言自语，“你是否后悔和我一起缔造了它？”

“审判。”蓝一光下意识地念叨着这个他一度自以为相当熟悉但在经过许多事情之后却变得有些陌生的词，一种不曾有过的感受自他的胸臆间升起，但更多的只是茫然。

二十

今天是政府组阁后的第一次新闻发布会。

马维康站在前台，按照惯例向人们介绍他身旁的几位高级官员，他的脸色略显苍白。半个月前在术后例检中，威廉姆博士查出当初植入马维康脑中的“私语”芯片产生了轻微的免疫排异反应，所以两天前刚刚给他做完一次修补手术，现在还处在恢复期。当人们得知马维康抱病来到现场时，掌声变得更加热烈而真挚。

记者招待会有条不紊地进行着，气氛非常活跃。看得出马维康及其下属们得体的回答让大多数人都感到满意。

“总统先生，”这时坐在后排的一位年轻记者站了起来，“你如何保证政府能够秉公办事？我是说，无论如何，是我们这些纳税人出钱养活了你们。”

“这点不成问题。”马维康脸上带着慈祥而甜蜜的微笑，“我和我的部属都经历过最严格的审判，一定可以忠诚地履行职责。纳税人的每一分钱都会物超所值，我尤其欢迎新闻界对我们的工作实行全面的监督。”

台下响起愉快的轻笑，年轻记者坐下来开始往本子上记东西。

“你这个没见识的家伙！”扩音器里突然传出一个高亢的声音，虽然有些变调但仍然能听出是马维康。“政府是我的，连这个国家都是我的，用得着你来操心吗！”

全场所有人立刻惊呆了，谁也想不到这样不可思议的话竟然从总统口中说出。每个人的目光都朝台上看去，马维康惊慌地捂住了嘴。

“有人破坏。这不是我说的。”马维康紧张地辩解道。

马维康的嘴刚刚闭上那个声音又来了：“哼，是谁在搞鬼？等我查清了我要让他全家死得和那个叫廖晨星的记者一样。”

这回人们不仅听得相当清楚，而且也看得清楚，这些话的的确确是从马维康嘴里说出来的。只不过似乎不是他自己想说出来，好像是有一个力量控制了他，一旦他停止说话这个力量就会操纵他的嘴说话，而且专说内心的真话。这一回马维康显然惊呆了，他甚至忘了捂嘴。

“各位，这是有人恶意破坏。请相信我，这不是我在说话。一定是有人控制了音响系统。”马维康面色苍白地解释。

高亢的声音："糟了，这件事情如果传出去怎么办？干脆让卫兵把他们抓起来，一个都不能放过。"

全场立刻炸了营，所有人蜂拥而至地朝外面跑去。

"噢，这不是我的意思。我怎么会这样想？我是一个品德高尚的人！"马维康用力摆手，声嘶力竭地大叫道。

高亢的声音："事到如今，只有一不做二不休。宁可我负天下人，不可天下人负我。"

"快叫卫兵，快把所有人都抓起来。一个都不能放走！"马维康大汗淋淋地对身旁的人嚷道。荷枪实弹的卫兵冲进屋来，他们手里乌黑的枪管起到了强大的威慑作用。所有人都安静下来了。局面很快被控制了，人们惊恐地缩成一团，面面相觑，不知什么样的命运在等待着他们。

"都在这里了。"一名卫兵报告道，"没有一个跑掉。"

马维康如释重负地擦了擦汗："很好，这些人都涉嫌危害国家安全，现在把他们都带走，路上不准他们讲话。"

卫兵们开始押着人们朝室外走去，外面已经清场。哭丧着脸的人们开始一个接一个地上车，有些人刚刚哭出声便被卫兵们粗暴地呵斥住了。马维康吁出一口气，脸上露出了笑意。现在好了，他想，一切都在掌控之中了。那些人正一个个地被带出大厅并被带上车，他们将终生保持沉默。是的，终生，直到他们死。马维康的脸上露出了得意的笑容，面目在灯光下竟然显得有几分狰狞。

我控制住了形势，我还是胜利者，马维康想，他的笑意加深了。

二十一

人群还在移动着，朝着马维康安排的方向。

高亢的声音："对了，还有这些卫兵怎么办？他们也都听到了。等事情完了之后，另外找人把他们也干掉。"

卫兵们停下了脚步，一个个转过身来，连同他们手里乌黑的枪口，就像是突然被一阵风吹过来的一样。马维康这次是真的感到了惊恐，他面色惨白地捂住嘴，但是已经迟了。所有人都目不转睛地看着台上，悄无声息地盯着马维康惨白的脸，空气里充满了紧张的气息，沉闷得令人感到窒息。

"我是总统……"马维康语无伦次地说，看得出他的双腿在不住地发抖，"我是你们的总统……"

但不知是谁首先发出了一声呐喊，然后愤怒的卫兵连同人群开始冲向前去。马维康惊慌地挣扎躲藏，但很快便被人潮淹没了。

"揍他！"

“快打这个魔鬼！”

“别打了，饶命啊……啊，我不会放过你们的……不，这不是我在说……饶命啊！”

“天哪，你听听，他一边求饶一边还在心里诅咒我们。”

“撕烂他的嘴！”

“把他的心挖出来看看到底有多黑！”

“……我不敢了……我不会放过你们的……哎哟……”

……

有一个人没有动，他远远地站在大门边上，面无表情地看着这一切，就像是一尊石像。过了一会儿他伸手撕去了嘴上的假胡须。他是何夕。

是的，现在这一切都是何夕的安排。他在那次故意安排的修补手术中对马维康脑子里的“私语”芯片做了改动，蓝一光和威廉姆博士帮助了他。公道自在人心，一个人的内心世界便是他自己的终极审判台。何夕所做的只是在10分钟前启动了这个新增的功能。当然，这个功能只会用来对付这个世界上那些特殊的人。

不知过了多久，人群终于慢慢散去了，他们一边离去一边回过头来吐着唾沫发泄心里的余恨。在何夕面前的平地上蜷伏着一个黑色的身躯，那是马维康。马维康双手抱头蜷曲在地上，血污和着灰尘糊满了他的脸。看上去他的伤势并不会致命。“救命，饶了我吧！”他有气无力地喊叫着，就像是一只丧家犬。何夕皱了一下眉，然后拿出电话拨通了急救中心的号码。

天作孽犹可恕，人作孽不可活。何夕心里滚过一句感叹。他摇摇头，最后看了一眼脚下瘫软如泥的马维康，然后便头也不回地朝门外走去。

走出几步远之后，何夕突然听到马维康在身后念叨着什么，仔细听去却是一些非常古怪的句子。

“……今天天气好……晴天……我吃过了吃过了……杀死他杀死他……不，这不是我在说……天气好……吃过了……我叫马维康……男……62岁……我要你们都不得好死……噢，不敢不敢……从前有座山……山上有座庙……吃过了吃过了……啊，鬼，你们不要找我，别过来……救救我……吃葡萄不吐葡萄皮，不吃葡萄倒吐葡萄皮……天气好天气好……山上有座庙，庙里有个老和尚，老和尚说从前有座山……”

何夕有些纳闷儿地放慢了脚步，但他立刻又大步朝前走去。何夕想清楚这是怎么一回事了：只要马维康的嘴稍有空闲的话，他心里的那些令所有人——也许包括他自己在内——都会感到作呕和恐惧的脏东西就会不可遏制地通过他的嘴冒出来，于是马维康想到的唯一办法便是强迫自己不断地说话，以此来摆脱这种地狱般的精神折磨。看来这辈子马维康都将在这种令人发疯的无休止的唠叨中生活下去了，一直到他死。何夕深叹了一口气。

何夕没有看到后来发生的事情。他离开之后不久，有个身影缓缓走进了大厅。马维康害怕地捂住头低声地呻吟道："饶了我吧……从前有座山，山上有座庙……"来人的身体颤抖了一下，然后便有几滴水珠样的东西落在了马维康面前的地上。马维康若有所悟地想要抬头看清来人的面孔，但等他抬起头来时，大厅里已经变得空荡荡，只有地上的几滴水渍表明刚才的事并不是出于他的幻觉。

"你下一步打算怎么办？"大厅外传来隐隐约约的一个男人的声音。

"我已经心灰意冷。"是一个女人的声音，"这是我咎由自取。世界之大，不知何处可以容下我这有罪之身。"

"不管你相不相信，我会一直陪着你。"

"你不该这么做，你还这么年轻，前途不可估量，何必为我做出这样大的牺牲。何况，我算不上是一个好女人。"

"我知道你心里也是充满无奈。老实说，就算你是一个十恶不赦的人，我也会陪着你。"

"你终究会后悔的。"

“也许吧。但我知道如果不陪你走的话，我现在就会后悔。”

声音渐渐远去，大厅里只剩下马维康在永无休止地絮语。

“……今天天气好……晴天……我吃过了，吃过了……吃葡萄不吐葡萄皮，不吃葡萄倒吐葡萄皮……天气好，天气好……山上有座庙，庙里有个老和尚，老和尚说从前有座山……”

尾　声

这是一座位于城市近郊的小公墓，很冷清的样子。一根石柱上钉着一块小小的塑料牌，上面写着：“南山公墓”。一圈不大整齐的石头墙把公墓围绕起来，地上打扫得还算干净。一些墓前放置的鲜花已经凋谢，瑟瑟地在风里颤抖着。下一场雨水到来的时候，这一切都会被掩埋。这时，从城市的方向驶来了一辆白色的汽车，停在了道路旁。然后一个人从车上下来，手里拿着一束说不上漂亮的花。

何夕慢慢走着，风吹乱了他已经很久没有理过的头发，有几次还遮住了视线。在公墓的一角何夕找到了他的目标。这是两块并列着的新墓碑，上面刻着两个名字：崔文，廖晨星。这时故人的面孔浮现在了何夕的眼前，带着他曾经熟悉的笑容。何夕环视着周遭，到处充满着宁静，只有树叶在微风里沙沙作响。

“你们好吗？我的朋友。”他低声对着墓碑说道，“你们知道吗？经过这么多事情之后，人们终于认识到为何要进行审判。新一届政府刚刚通过了一项提案，从明天起，我们将开始实施我和你们都盼望已久的审判，不是对某一个人或某些人，而是对所有人。理想社会的光芒终于要照亮这个世界了。明天，明天就是审判日。”何夕目光深邃，“现在想起来真是可怕，差一点儿我们就把自己出卖给了‘魔鬼’，好在这一切都过去了。”何夕合拢了双手，做了一个表示庆幸的动作。他慢慢地站起身，然后恋恋不舍地朝车子的方向走去。“还有我。”他继续低声说道，“我的灵魂终于可以安宁了。”

何夕启动了汽车，朝来时的方向驶去。这时他眼睛的余光看到有两个人在后视镜里一脸祥和地向他缓缓挥手，一如他们生前，何夕的眼泪立刻流了下来。他们静默无言地站在那里，好像很柔弱的样子，但何夕知道他们才是这个世界上最强大的力量，同时这种力量也正是这个世界得以长存至今的唯一理由。

何夕有意把车开得很慢，欣赏着一路的风景。今天是个艳阳高照的好天气。高大的行道树自由自在地舒展着繁茂的枝叶，阳光从树叶的缝隙里投射下圆圆的斑块，平坦的草地绿得发亮，空气里散布着清新的味道。快乐的人们与何夕擦身而过，他们脸上的笑容感染着何夕。所有的男人和女人都健康而富有力量，老人充满爱怜地牵着孩子们的手，他们的目光里充满对生命与生活的信任。一切都会变得美好，谁也不能破坏它，何夕想。

这时有一个两三岁模样的小女孩蹒跚着走过，吸引了何夕的目光。女孩伸出粉嘟嘟的小手，一晃一晃地指点着明媚动人的天空、高低远近的山峦、错落有致的楼宇，以及熙熙攘攘的人群，她稚嫩的语气里充满骄傲：“看，丫丫的家。”

我是谁

一

我是谁？当那天何夕生平第一次想到这个问题的时候，事情已经很糟糕了。当时他坐在一只小圆凳上，两手并拢放在膝上并随着膝头一起颤抖。如果他仰起头来，就能够见到四五张凶神恶煞的脸，他们都是保安人员。这些人从头到尾就问何夕一句话：你是谁？

“我是何夕，身份密码 015123711207。”何夕从头到尾也只会说这一句话。他不仅这样说，同时还把衣兜里所有的物品都翻了个遍，以此来证明自己的身份。那里面有他的名片、公司发的员工证、他的手绢，甚至他的手纸。所有能找到的东西何夕都一股脑地掏了出来，满满当当地摆了一桌子，仿佛是在办一个杂物展览。

尽管何夕忙了半天才搜出这些东西，但是保安们连看都懒得看一眼。其中一个胖子摆摆手说：“别找啦，这些没用，我问你，你身体里的‘号’到哪儿去了？”

于是何夕立刻像泄了气的皮球般瘫软下来。

是的，何夕身体里的“号”丢了。不知道是什么原因，也不知道是在什么时候，总之他把它丢了。现在想来，他倒宁愿把自己弄丢。不过这实际上差不多，因为没有了“号”也就等于把自己弄丢了，甚至还要糟糕得多。

何夕不知道从什么时候起人们开始启用现在的身份制度，听说那是一套叫作“谛听”的人类身份识别系统。总之，打记事起，他就知道那个看不见也摸不着的“号”可是一件了不得的东西。其重要性绝对超过贾宝玉的通灵宝玉，说它是命根子一点儿都不为过，因为这是一个人在世界上唯一可以用来证明自己身份的东西。

当一个孩子不小心降临到这个吵吵嚷嚷的世界上的那一刻，他或她就面临着这个时代的难题，即要怎么证明自己就是自己。这并不是一句有意饶舌的话，因为这是一个伟大的时代，技术的进步让人们已经可以近于随心所欲地创制出任何事物来。这样讲抽象了点儿，有些难以理解，其实意思很简单。比如说，千百年来我们总是靠一个人的容貌来辨认他，而后来我们又会通过查证一个人的指纹来指认他，而在100年前的亚科技时代我们还常常通过声音分析或是DNA测定等方法来确定某人的身份。问题在于，这些方法在现今的时代通通都失去了用场。不消说容貌可以通过手术变更，指纹只需戴上一双定做的手套便能改变，声音可以通过在喉部加装微型处理设备加以改变，即便是DNA鉴定法，在这个克隆技术已经普及的时代也已经全面失效（实际上对于同卵孪生子来说，DNA鉴定法早就被证明是无用的）。而问题也就来了，在这种情况下一个人又该如何证明自己是谁呢？谁能证明自己就是自己而不是别的什么人，并且还得让别人相信这一点？不过有句话说得好，伟大时代造就的问题也只能由伟大的时代来解决。几乎在人们提出这种担心的同时，新一代人类身份识别系统启用了，这就是“号”。

“号”其实是一组对应着每个人的密码。有一个事实也许表明当初造物主将人类带到这个世界上来的时候就已经想到了这一天，那就是人类的DNA双螺旋链并不是全连续的，上面有大段无意义的空白碱基对，而这正好可以被用作“号”。大约30年前“谛听”系统开始实施，当时

“上自九十九，下到刚会走”的每一个人都接受了一次手术。过程相当简单，即从每个人的体内取出少量造血干细胞，将每个人独有的识别码以加密的形式修补到这些细胞中 DNA 链的无意义段上，然后再将其送回人体内。由于干细胞具有造血机能，一段时间之后，大量具有这一识别码的血细胞便布满了人的全身。剩下的事情就简单多了，比如说两个人见面握手的动作就可以让每个人身上与神经相连的超微型识别器获得足够多的信息，以识别出对方的身份。政府每过 3 年就将密码及算法升级——据称，这种频度其实是没有必要的，但这让想要冒充他人身份的意图从理论上成为不可能。

就拿何夕来说，他的名字是父母给起的，但细想起来这个名字根本就没有用，因为谁都能叫这个名字。这个世界上叫何夕的人何止万千，就算加上一些附带的描述性的词语也仍然无法分辨。在何夕心中对自己的详细说明大致是以下的样子：一位中国血统的有几分魅力的名叫何夕的男士。但是这能够说明什么问题呢？而 015123711207 这串数字就不同了，它是具有全球唯一性的密码，在这个生活着几十亿人的星球上，这串数字只属于何夕一个人。当然，别人也可以宣称自己就是 015123711207，但是身份识别器能够在 0.1 秒内就戳穿他的谎言。说到底，所谓姓名只是人类原始的身份识别方式，何夕一向认为它应该被淘汰，而现在已经到了淘汰它的时候了。现在绝大多数人同何夕的主张一样，不过也有少数人还在留恋名字这种无用的玩意儿。前一种人通常被称作革新派，以便与被称作保守派的后一种人相对应。两派遇到一块儿的时候常常为此发生争论，性子烈的还会动动老拳。不过这是一场力量悬殊并且注定会越来越悬殊的比赛，革新派几乎每一次都占尽上风。现在人们普遍的意见是，本次系统升级之后便会永久性地取缔个人原始名。这件事一直让何夕感到挺得意，因为他显然站对了立场。

现在何夕回想起来，感觉一切都发生得太突然。当时他抽空到常去的那家店里，想吃点儿东西。开始一切都是好好的，刚一推门（这个动作已足以让门上的微型识别器辨认出何夕的身份）热情的侍者便打招呼说“下午好，何夕先生”，片刻之后，何夕便一边享受他最喜欢的重度烘焙的炭烧咖啡一边看新闻了。整个过程中何夕根本不用说一句话，身份一经识别，包括他的口味习惯、对器具的要求以及资信程度等信息店家都能够从全球个人数据库中获得，需要他做的事情只是舒舒服服地坐下来享受，所有的花费也自动记入了他的账户。电视里正播放对商维梓博士的专访，他是“谛听”系统在本地区的节点负责人之一。从画面上看，他 40 岁出头，目光睿智，对记者的提问对答如流。今年又轮到 3 年一次的密码升级年，每到这个时候电视里就会报道一些相关的新闻。不过已经没什么人会对此感兴趣了，因为几十年来大家对这件事情早已经见惯不惊了，对商维梓的采访差不多只能算是一种例行公事，只是用来发布一则消息罢了。何夕不想看新闻了，他开始拨打楚琴的电话，想商量一下婚期的事。电话号码是 02492721029，这也正是楚琴的身份密码。现在标准的做法是人们生活中用到的各种数字都和个人的身份密码相同，比如说社会福利号码以及个人银行账户号码等，又方便又省事。这听起来好像没什么，可你知道这意味着什么吗？正是到了这一步，每个人才真正成为这个世界上独一无二并且绝对不会混淆的个体！如果一个人死了，他的身份密码仍然属于他，以便让后世的人们很准确地提起他，避免以前那些小仲马和大仲马之类的疑难。而就在何夕刚同楚琴说了几句话之后，那件事情发生了。先是电话突然断线，接着座椅右侧闪起了红灯，刺耳的警报声响了起来。

那位衣饰整洁、态度可人的侍者立刻走了过来。他惊诧莫名地盯着何夕，就像是看到了世上最可怕的怪物。“你是谁？”他厉声问道。

何夕被座椅的尖叫声吓得跳了起来，而就在他的身体离开座椅的一刹那警报声便停了下来。“我是谁？我当然是何夕。”他有些语无伦次地对侍者说，“我每天都来，你认识我的。”

侍者满脸狐疑地握了一下何夕的手，然后就像是被火烧了一样缩了回去。“不，你不是何夕，你是个冒牌货。”侍者果断地朝前台挥挥手，“保安，请过来一下。”

“我真的是何夕，身份密码 015123711207。”何夕脸色煞白地辩白道。他环视着四周，看到公司里的一位同事也在场。“老刘！”何夕像是捞着救命稻草般喊道，“你来告诉他们我是谁。”

老刘迟疑地走过来，怯生生地将手伸给何夕，就仿佛何夕不是共事了几年的知根知底的同事而是一个陌生人。他接下来的反应同那位侍者一模一样：惊叫，缩手。

何夕这才觉得事情有点儿麻烦了，然而等不到他想出办法来，全副武装的保安已经围拢过来捉住了他。

二

我不能待在这儿，何夕暗暗想着。他环视着这间临时用来拘禁他的办公室。保安守在外面，他们已经报了警，再过一会儿警察就会到来。何夕想，自己这次麻烦大了，天知道是怎么回事。警察对冒名者可是不会客气的，说不定自己还会受皮肉之苦。准是有人陷害自己，如果不洗清冤枉的话，搞不好会当屈死鬼的。何夕朝窗户看过去，窗户很大，人过去是没有问题的，但这是在二楼。何夕的目光停在了窗帘布上。

……

楚琴刚进汽车，一个人影便冲过来挡在了前面。是何夕。

“你下来，我有事找你。”何夕使劲挥手。

“你干吗不上车来说？”楚琴有些奇怪地问，她记得半小时前何夕同她通电话时突然断了线，这是从来没有过的情形。

何夕的表情有些古怪：“我不能上来，车座上的识别器会报警的。还有，你暂时别碰我。”

“你说什么？”楚琴如坠迷雾。她从车窗伸出手去，但何夕立即朝后退去，与她保持一定的距离。

“到底发生了什么事？”楚琴意识到何夕不像是在开玩笑。

“我不知道。”何夕的额头汗津津的。“就在我同你通电话的时候突然发生了奇怪的事情。”何夕咽了一口唾沫，“总之我现在被认为是一个冒牌货。”

楚琴这才注意到何夕身上披着一张奇怪的薄膜，连双手也包在里面，模样显得很滑稽。“别开玩笑了。”楚琴没好气地摇头，记忆中何夕常常都会玩些新花样，“我正准备回家，一起走吧。”

“我不是开玩笑。”何夕着急地说，“一定是有人害我，毁了我的身份识别密码。我现在回不了家了，碰什么东西都报警。”

楚琴有些发愣，她觉得何夕不像是在说笑。她迟疑地揭起薄膜，握住何夕的手。刹那间她的面色变得惨白，口里发出惊叫。“你是谁？”她尖声问道，手闪电般地回缩，就像是碰到了一条蛇。

何夕的脸色比楚琴的更加苍白。“连你也这样问。”他喃喃道，“你难道也不能确定我是谁吗？我们已经交往了两年多，而且还计划下个月4号就举行婚礼。”

“你怎么知道我的婚期？”楚琴稍稍镇定了些，“这是刚刚才商量好的事。”

何夕只有苦笑：“不仅如此，还有很多事都是只有你和我才知道的。这还不能说明我就是何夕吗？不信你可以拿这些问题来验证我的话。”

楚琴紧张地转动着眼珠：“我来问你，我们计划到哪里去度蜜月？”

何夕想都不想便张口道:“复活节岛，这是我先提议的。”

楚琴轻轻地吁出口气。“可是怎么会出这种事？我同你握手时只感觉到一片空白，我得不到你的身份密码确认。那种感觉——”楚琴的神情变得有些古怪，“让人觉得害怕。这辈子我还从来没有碰到过这种事。”

“我也不知道是怎么回事。”何夕摇着头，“不过我只想说一点，我真的就是何夕，这一点你该相信吧？”

楚琴还没有回答，车载收音机里的音乐播放突然中断了，一个急促的男中音传了出来:“现在插播新闻：现有一男子冒充联邦公民 015123711207，原始名何夕。此人长相与声音均酷似何夕本人，并且盗用了何夕的一些证件。唯一可供识别之处在于此人不具有何夕的身份密码。警方分析，何夕本人可能已被此人藏匿。此人曾被抓获，但后又脱逃，现不知下落。请市民们小心防范。”

何夕绝望地看着楚琴变得恐惧的双眼，看着自己如何成为她眼里的陌生人。他纵身想抓住车门，准备上车再做解释，但这个动作起了适得其反的效果——他只抓到了小车卷起的一溜灰尘。“你听我说！”何夕边跑边嚷，“我真的就是何夕啊！”何夕身上的那层薄膜绊住了他的脚，他的身体平飞起来，然后重重地跌在了路上。

三

一阵痒痒的感觉将何夕从短暂的黑暗中唤醒，那是一股温热的气息。何夕睁开眼，映入视线的是一双充满友好的又大又黑的眼睛。

“原来是你，贼胖。”何夕一边搔搔隐隐作痛的头一边撑起身子。一只肥滚滚的黑色小狗惬意地在他脚下撒着欢。这正是楚琴的宠物，看来是刚才从车里跑出来的。

“总算还有你能认得我，不枉我以前喂了你那么多骨头。”何夕喃喃说道，心里不知道是什么样的滋味。何夕俯下身，贼胖温顺地任由他抱起，并且很热烈地舔着他的大拇指。何夕有些凄凉地将脸偎到贼胖那浓密的毛丛上，一滴泪从他的眼角流了出来。

“我是何夕，我就是何夕！”何夕突然神经质地朝着天空大吼几声，吓得贼胖一个翻身从他怀里跳到了地上。这时，一个大胆的想法从何夕的脑海里冒了出来，他想，会不会真是有人打算冒充他，从而侵入了“谛听”系统做了破坏。说不定过几天就会有一个同他长得一模一样的人冒出来，凭着篡改的身份密码占有原本属于他的一切。到时候那个人就会代替何夕在这个世界上存在，而真正的何夕却失去了一切，成为一只丧家犬到处流浪。这个突然冒出来的念头就如同一只鬼手攫住了何夕的心脏，令他有一种透不过气来的感觉。这个时候何夕突然想起了他慈爱的母亲，这样的情形下也许只有母亲还认得自己，但是她已经离开了人世。那是多久以前的事情了？7 年，也许是 8 年。当时他正在一座陌生的城市里出差，突然收到信息称 00132819014 去世了，何夕对着这个数字看了半天才想起这正是母亲的身份密码，而他的泪水这才不受抑制地流了下来。母亲的归宿同其他人一样都是电子公墓，在那里她的编号仍然是 00132819014，只要输入这个号码，关于她的一切资料便都重现在屏幕上，供人瞻仰。但何夕很肯定，如果母亲地下有知，对此肯定不会高兴，就如同她在世时并不喜欢那个加在她身上的号码一样。她的这种观点并不奇怪，因为与何夕不同的是，那一代人是在人生过了一小段的时候才有了那个“号”。而何夕就不一样了，从他记事时起身份密码就已经完全普及，他从小的经验便是对一个人的判断必须以身份密码确认为准。

何夕至今还记得在他 4 岁时发生的一件事情。那是一个雨天的傍晚，何夕在幼儿园里等待着母亲。后来他见到母亲笑容满面地朝自己走来，他奔跑着朝母亲扑过去，带着满脸的委屈。但当他扑进母亲温暖的怀抱时却突然觉得自己触摸到的只是一块冰凉滑腻的石头，带着难以言说的空洞。他惊恐地抬头，却看到一丝诡异的神色在母亲脸上掠过。几乎只在一刹那间，何夕幼小的心灵就明白了这是一个阴谋，这不是他的母亲。后来的事实证明，何夕是正确的，这只是一个精于易容术的试图拐骗儿童的惯犯。这件事给何夕的印象如此之深，以至于20多年后的今天他仍然能够回想起那一天的雨声，空气里那种潮湿的味道，以及那种让人脊背发凉的空洞的感觉。从这个意义出发何夕完全理解楚琴的反应，如果是他处在那样的位置，也只会那样做，因为那是来源于人生最真实可靠的经验。

可问题的关键在于何夕居然丢了“号”，这个“号”越是重要何夕现在的处境就越糟糕。何夕弯下腰重新抱起贼胖——它是这个世界上唯一认得他的生灵了。何夕不知道自己下一步该去哪儿，他现在甚至不能回到自己位于檀木街10号的家，他根本就进不了门。

“我们去哪儿？”何夕望着贼胖说，他的语气里满是无奈。贼胖友好地看着何夕，目光里的信任一如从前，湿热的小舌头一伸一伸的。

“要不我们去找你的主人。”何夕建议道，他立刻便被这个提议所鼓动，是的，他应该去找楚琴，她说不定会给他一个解释的机会。再说他首要的任务便是取得楚琴的认可，相对来说这应该算是容易一点儿的，毕竟他们相处过那么长的时间。不过楚琴刚才的反应无法让何夕感到乐观，因为他知道这实际上是在向楚琴与生俱来的世界观挑战。

四

下午的太阳依然保持了相当的烈度。

何夕擦着汗，他的衣服已经湿透了。贼胖赖在他的怀里不肯下地，如果强行让它下地的话，它便委屈地呜咽着在地上蜷缩成一团。也难怪，过去的一小时它已经走了很长的路。何夕不敢坐车，幸好路面上没有装微型识别器（当初这种无处不在的令他生活舒适的东西正是他现在最大的敌人），否则他连路都没法走。

何夕的目的地是楚琴的家。他其实也没把握一定能在那里见到楚琴，但是他没有别的办法，他甚至无法预先打个电话了解楚琴的行踪。现在的情况是，他认得这个世界，但这个世界却压根儿就不认得他。一句话，除了一双手两只脚之外，何夕此时没有任何可以仰仗的东西。

大约步行了一个半小时之后，何夕见到了楚琴，但何夕只能远远地从窗外望着她，因为她的旁边一直跟着一名高个子的女警。看来她报了警，这个发现让何夕感到泄气——楚琴真的将他当成了歹徒。这个发现让何夕有些不满，但他只能在心里发泄这种情绪。

何夕苦恼地谋划着下一步的行动，他突然想起贼胖就在自己怀里，这下他有主意了。何夕拿出纸笔飞快地写下几行字，然后将纸条塞在贼胖的耳朵里将它放下地。贼胖高兴地吠了一声便窜了出去。

太阳已经落下去了，先期而至的黑暗正在逐渐笼罩这个世界。何夕这才觉得置身黑暗之中居然会带给人一种安全感，但他马上想到这正是古往今来的诸如盗贼之类的人的感受。现在何夕一身臭汗，肚子里更是饥肠辘辘。但是他没有任何办法改变这种处境，他有生以来的全部人生经验都无法应付此时的状况。不远之外的街灯亮处，几家餐馆里飘来阵阵诱人的香味，这更加重了何夕的饥饿感。现金钞票早就被淘汰了，所有的消费都依赖于个人信用度，而何夕现在的信用度就算还存在也肯定为零。何夕咽了一口唾沫，强行将目光从那个方向收回来。这时浓浓的倦意逐渐袭上来，他的头慢慢地垂了下去。

……

“何夕。是你吗？”

一个声音将何夕从短寐中惊醒，他本能地朝声音的来处望过去。楚琴就站在离他 3 米开外的地方，怀里抱着贼胖。

“我知道你一定会来的。”何夕高兴地低呼，他撑起身子，由于动作过快加上饥饿，竟然两眼发黑险些栽倒在地，他连忙扶住墙壁稳住身体。

楚琴关切地看着何夕，脚挪动了一下，但很快止住了，仍然站在 3 米开外。

何夕禁不住苦笑一声。“看来你还是信不过我。”他的目光瞟了一下楚琴的身后，“不过你总算没有带警察来。”

楚琴怔怔地看着何夕，声音小而颤抖：“我报了警，我实在不知道应该怎么办才好。你根本不知道当我碰到你的手时是一种什么样的感觉。”

何夕哼了一声：“感觉？我的手上有刺还是有毒？”

楚琴摇头：“不是那样的，比那更让人害怕。”她想了想，似乎在找一个词来形容，“就像是摸到了一团虚空，不知道那是什么。没有响应，没有任何可知的东西。我不知道为什么会这样。”

“你不会是说在你面前我就像是一个幽灵吧？”何夕有些嘲弄地说。

但是楚琴却立刻僵住了，她的表情有些发呆。“幽灵。”她重复着这个词，“是的，就是这种感觉。”

何夕彻底愣住了，他不相信地看着自己的双手。它们很红润，肌肤也挺柔滑，而且很温暖。但是现在有人却说它们摸上去就像是幽灵的双手，而且说这话的人正是自己的未婚妻。

五

“这不是真的。”何夕痛苦地叹了口气，“我真的是何夕，我不知道出了什么事，但是的的确确是你认识的那个何夕。我记得我们之间发生的每一件事，你可以考问我，我能证明给你看。”

“本来我也是这么想。”楚琴说，“我对警察说过，你似乎对一些我与何夕之间的秘密知道得很清楚，但是他们说，这可能都是你逼迫何夕告诉你的。”

何夕沉默了几秒。这时贼胖急切地从楚琴的怀中挣脱下地，蹦跳着跑到何夕跟前热切地吠着，不知疲倦地朝何夕的膝头上一扑一扑地蹿动。何夕抱起贼胖，听任它湿漉漉的舌头舔着自己的手背。“只有它认得我。”何夕自嘲地笑了笑说，“幸好上帝没有让世上的狗学会数学。”

楚琴轻轻拢了拢长发，俏丽的脸庞显得她镇定了许多。她看着贼胖在何夕身上嗅来嗅去，这曾经熟悉的场景让她觉得心里踏实了不少。这时她才想起自己一直都忘了一件事。她拿出一个纸袋，一阵诱人的食物香味散发出来。“我给你带来的，吃吧。”她柔声道。

何夕一把接过，动作之粗鲁就像是抢劫。何夕把整个头都埋进了纸袋里，大口咀嚼吞咽着，喉结一上一下就像是开足了马力的机器，而那种呼哧呼哧的不雅的声音则足以让贼胖也生出些优越感来。

吃完这顿有生以来最香的晚餐后，何夕的精神明显好了些。他这才发现楚琴的双眼竟然有些湿润了。何夕抹抹嘴，这才有些为时已晚地感到几分害臊。不过楚琴的目光已经变了许多，不再像刚才那样充满了警惕和提防。两人的距离也从 3 米开外不知不觉地缩短到了一米左右。

楚琴甩甩头，仿佛做了决定般地说道："你真的很像何夕。"

"我到底要怎样做你才会百分之百地相信我就是何夕？"何夕带点儿怨气地说。

"百分之百？除非……你有何夕的'号'。"楚琴有些为难但是很坚决地说。

"那好吧。"何夕妥协地摆摆手，"不过你总算有些相信我了。只要你能帮忙，我很快就可以洗清冤屈。我现在什么都没有，哪儿也不敢去。说实话，如果没有人帮助，我要么活活饿死，要不就活活憋闷死。"

楚琴忍不住抿嘴一笑，至少到目前为止，除了"号"之外这个何夕与她记忆中的何夕并无二致。"我当然会帮你。"她说，"不过今天太晚了，我想还是等明天吧。我给你带了一个睡袋，你先将就一晚再说。"楚琴看了一眼时问：“我该走了，明天见。”

楚琴转身欲走，但又突然止住了脚步。她回过头有些迟疑地说：“有件事……我还想试试。我想再同你握一次手。”

“为什么？”何夕不解地问。

楚琴有点儿不好意思地低下头：“也许那种感觉多经历几次就不会显得那么可怕了。我知道下午的时候我表现得很不好，当时我从汽车后视镜里看到你摔了一跤，但是我不敢停下来。真对不起。”

何夕犹豫了一下，但还是伸出手去。“先说好，不许尖叫。”他很严肃地警告。

但是何夕没有想到，两手相握的瞬间发出惊声尖叫的人并不是楚琴，而是他自己。同时他就像是一匹遭受火烙的野马惊跳起来，立刻一溜烟地跑得不见踪影。

六

雨声，空气里潮湿的味道，让人脊背发凉的空洞的感觉，露出诡异笑容的妇人。手，楚琴的手，红润的肌肤，光滑而柔软。但是——空洞，只有一片空洞。就像是一个人突然回过头来，脸上却空空荡荡的没有面目。

四周是一片黑暗。何夕停下已不知跑了多久的脚步，大声地喘息着，他的眼前一阵阵地发黑。出什么事情了？他在脑海里问自己，直到这时他才恢复了一点儿思考能力。他想起自己今天与楚琴或是其他人接触时，总是对方反应惊恐，但是自己却没有异样的感觉。何夕紧张地回忆着，不放过任何一个细节。是的，答案出来了，他一直都能认出对方。也就是说他身上的识别器能够采集他人信息并判断出对方的身份，所差之处只是自己的身份无法被别人确认。但是刚才，当楚琴与他握手的时候，他却突然无法进行判断了。他的感觉就像是握住了一块石头，如果说那是一双手的话，那也只能说是幽灵的手。

大滴大滴的汗珠从何夕额头上淌下来，他已经艰于呼吸。越是接近分析结果他越是感到害怕。尽管他不愿相信，但是事实已经摆在了他的面前，那就是——楚琴也刚刚失去了她的“号”，所以何夕才会有那种怪异的感受。这是唯一合乎逻辑的解释了，但是叫何夕如何面对这样的处境？本来何夕还指望着楚琴的帮助，毕竟她是正常人，但现在看来情况简直糟到了极点。楚琴还不知道这一点，她现在也许只是诧异何夕为何会突然跑开。何夕突然有些站立不稳——楚琴一定会回家，而那个警察现在就在她的家中。不行，得阻止她，否则她会被抓起来的。何夕急急忙忙地转身朝来处奔去。

谢天谢地，楚琴还站在原地。看来她也是被何夕的举动搞蒙了，不知道出了什么事。看到何夕重新露面，她有些埋怨地问道：“你又在搞什么花样，都什么时候了还开玩笑？”

何夕默不作声地盯着楚琴。她看上去和几分钟前并没有什么不同——齐肩的黑发，小小的脸庞，白色的长裙。但是何夕忍不住上下打量她，总是觉得仿佛有什么地方显得不大对。

“你干吗老盯着我？”楚琴微微脸红，目光也有些躲闪。

“你是谁？”何夕突然喃喃道，他显得有点儿神不守舍。

“你问我是谁？”楚琴吃惊地看着何夕，“什么意思？”

何夕回过神来。“噢，没什么。”他岔开话题，“还是商量一下明天的安排吧。”

“先等等再说。”楚琴依然关注着何夕之前的那句话，“我听见你问我是谁。你怎么这样问？”

何夕搔搔头皮：“我没问。你听错了。”

“我没听错。”楚琴很坚持，“你一定是有事瞒我。”她紧张地回想着，突然她的脸色变得煞白。“难道刚才你跑开是因为……”

何夕无力地瘫坐在了地上，他的目光已经证实了楚琴的猜测。

“不会的。”楚琴摇头，她用尽力气露出笑容，“不可能的，你是在开玩笑。”

“我没有开玩笑。”何夕终于开口，“你很可能也失去了‘号’。刚才握手时我得不到你的身份信息。”

“肯定是因为你自己的原因才会这样。”楚琴想了一下说。

“我只是无法被别人识别，但一直都能识别别人的身份。”何夕认真地说，“不过为了确认这一点你可以到一处安装有识别器的地方试一下。对了，你打个电话试试。”

这句话提醒了楚琴，她拿出口袋里的手提电话。但是尖锐的报警声立刻响了起来，并伴随着一个发嗡的电子合成声：“身份不符。请将电话交还主人。”

楚琴立刻僵在了当场。“这不可能，这不是真的。”她反复地说这句话。“我该怎么办？”她望着何夕说。

“让我想想。”何夕也有点儿乱了方寸，他死盯着楚琴的脸看，“让我来分析一下。你能肯定自己是楚琴吗？”

“那还用说。”楚琴急得顿足，“我当然是楚琴。”

“但是不能排除别的可能性。”何夕忙着分析，“谁能保证这一点呢。我今天下午跟楚琴握过一次手，当时那个楚琴肯定是真的，但她未必是你。从那之后我有一段时间没见过她，说不定楚琴今晚根本就没有来，来的只是一

个……”何夕稍停了一下，声音很低但是很清晰地吐出3个字，“冒名者。”

楚琴急得要哭：“你胡说。亏得我还给你带了晚饭来，早知道真该饿死你这个没良心的。”

“说的也是。”何夕深以为然地点点头，“你冒充楚琴来见我也的确没什么好处。好啦，我姑且相信你就是楚琴。现在该谈谈咱们俩的处境了。情况很明了，由于某种不知道的原因，我们两人的‘号’都丢了。如果不解决这个问题，我们肯定不会有好日子过。至于这种日子会有多坏，我多少有点儿体会。”

“我还能回家吗？”楚琴问了个她最关心的问题。

“肯定不行。”何夕回答得很干脆，“门禁系统是最早引入身份识别器的，只要你走近家门，马上就会警声大作。这一点我最有发言权。”

“那我该怎么办？”楚琴可怜兮兮地望着何夕，两滴泪珠在眼眶里转啊转的。

楚琴的这副模样让何夕禁不住生出想要揽她到怀里的愿望，实际上他真的这样做了。楚琴的头一碰到他的胸膛便立刻爆发出一阵地动山摇的号啕大哭，就像是一个受尽委屈的小孩子。“我们怎么办呀？”她一边哭一边问，泪水在何夕的胸前濡湿出很大的一片。

“别这样。”何夕有些手忙脚乱，他不怎么会应付这种场面。他们以前几乎没有像眼下这样直接地交流过，在现代的身份识别模式下，人们已经很少有机会这样直接地表达情感，实际上也没有必要这样做。何夕同楚琴成为恋人是出自中心计算机的匹配建议。作为身份识别系统的副产品，包括爱好以及性格等个人资料全部都储存在计算机里，当一个人希望交友时，计算机将会提出合适的建议。实践证明，这样做的效果远远好过一个人自己到处瞎撞，可以减少许多“恨不相逢未嫁时”的遗憾。比如说何夕对于楚琴成为自己的未婚妻这件事情一直都是非常满意的。

何夕掏出纸巾擦拭着楚琴的脸，他感觉触手所及仿佛美玉，令他怦然心动。脑中照例是一片空洞之感，但何夕不想理会。而他的另一只手正与楚琴柔滑的小手相握，何夕心里此时只剩下奇怪——这样的小手居然会吓得自己落荒而逃。楚琴安静了一些，她泪眼婆娑地仰视着何夕，目光里充满了信任。

七

“这样行不行啊？”楚琴害怕地左右四顾。在她面前并没有人，只有一辆车，有一双脚从车底伸出来。

“就快好了。”是何夕的声音，车下的人正是他。“嗯，弄妥啦。”何夕从车底钻出来，脸上很脏。

楚琴满脸狐疑地看着这辆古董般的汽车：“我们就坐这个？没问题吧？”

“不坐这个又坐什么？”何夕摊开手，“至少它上面的识别器全不管用啦。看来是天无绝人之路，居然能在这个修车场里让咱们找到这么一辆车。我已经给它加了点儿油，开始不能加多，怕出事。”

“我们去哪儿？”楚琴不安地问，她发现有一种自己不认得的神色在何夕脸上浮动着，这让她感到有些害怕。楚琴从没想过何夕身上还有自己不了解的东西。当她还没有见过何夕的时候，便已经通过全球数据库认识了何夕。当时计算机将何夕推荐为她的朋友，他们拥有许多共同的兴趣爱好，自动匹配系统给出了95的高分。后来她与真实的何夕见了面，这不过像是计算机信息的实物化，因为真人和楚琴在数据库里认识的那个何夕没有任何不同——高大，文雅，有教养，稳定的工作和收入，还有偶尔的脸红。这些全都一样。但是现在，楚琴却发现何夕身上竟然还有一些自己不曾知道的东西，比如说他居然会——偷车！？尽管那是一辆值不了几个钱的旧车。

“我们只能靠自己洗清冤屈。”何夕的目光紧盯着前方的路面，像是蛮有主意的样子。何夕的这副模样同先前相比倒是发生了很大的变化，也只有他知道产生这番变化的原因。他一直在思考不久前发生的那一幕：究竟是什么原因会令他在握着楚琴那又柔软又温暖的小手时吓得落荒而逃？何夕觉得这真是一个越想越有味道的问题，他甚至一边想一边笑出声来。

“你笑什么？”楚琴不安地问，她不明白何夕为何一脸古怪的表情，“你不该是这样的。”

何夕又笑了笑：“那你说我该是什么样的？”他看起来很愿意谈这个话题。

楚琴想了想说：“你的礼貌值是97，怪僻值只有4，不良记录为0。”

“对啊。”何夕一边开车一边点头，“你的记性不坏。对了，我记得你的智商值是109。”

“可是。”楚琴局促地说，“你居然会偷车。而且，还古怪地笑。当然，我知道这不算什么，我只是说你不该是这样的。”

何夕怔了两秒：“我懂你的意思了。看来这里有个地方你大概弄反了。”何夕认真地看了一眼楚琴，“我是个什么样的人在先，计算机数据库里将我描述成什么样的人在后，我这样说没错吧？要说这中间有地方出了差错，那错也不在我。”

“可是，可是……”楚琴嗫嚅着不再往下说，但是她眼里的疑虑却是一望便知。

何夕腾出一只手，猛地抓住楚琴的胳膊，动作近乎粗暴。他感到那一瞬间楚琴全身的肌肉都不自主地颤抖了一下。“对，你的反应很正常。”何夕大声地说，“不管你在心里多么愿意相信我就是何夕，不管你的情感怎么告诉你我就是何夕，都控制不了你的身体发出自然的颤抖。问题是，你愿意相信自己身上的识别器，还是愿意相信自己的心灵？我们是不是把一切都弄得反过来了？刚才我为什么会发笑？因为我实在不明白你的那双小手怎么会吓得我像是撞了鬼一样地逃走。我们认识很久了，知道彼此的爱好、资信程度、社会地位。不仅如此，还有彼此的年龄、住址、电子邮箱、爱喝哪种牌子的咖啡，以及爱穿哪种品牌的服装。我们是一对恋人！《诗经》里描绘恋人的语句是‘执子之手，与子偕老’，可是，今天当我们握着对方的手时，竟然会吓得惨叫。”

何夕突然止住，他已经没有力气往下说。楚琴目瞪口呆地盯着他，仿佛重新认识他一般。过了良久楚琴才幽幽开口：“我有些明白你的意思了。是我不好，是我最先不相信你的。”

何夕稍愣，突然又大笑起来。

楚琴不解地望着何夕："你又笑什么，我哪里又说错了？"

"不是不是。"何夕摆摆手，"我只是想起全球数据库里面说你性格很倔强，从来没有当面认错的记录。"

楚琴也禁不住笑了，她记得好像是有这么一条。"算啦，说正题吧，我们现在是往哪儿去？"

"找人问清楚这到底是怎么一回事。"何夕恨恨地说。

八

商维梓出门前照例在看电视新闻。时间还早，他不用太急。这个周日过得真是愉快，周末的聚会让人回味。商维梓是那种能够将工作与生活彻底割裂开的人，也就是说，当他置身于朋友聚会时，能够完全忘记自己是一名行政人员，反过来也是一样。其实这也是一种长期锻炼后才具有的本领，对于像他这样常常面对繁重工作的人来说，如果不能在假日尽情放松，那么人生就真的太无味了。

这两天出了一起与身份密码有关的新闻。先是一名叫何夕的男子突然失踪，然后马上就有一个人试图冒充他，但是没有身份密码。当然谁也不会去怀疑身份识别系统出了什么问题，虽然当前正在进行密码升级，但相同的操作在过去几十年中已经做过许多次了，从来都没出过差错。所以当昨天有人问到这个问题时，商维梓的反应是不屑一顾。

商维梓看看表，该动身了，还有几十千米的路程。几分钟后，商维梓已经风驰电掣地朝办公地出发了。和许多人一样，他选择住在乡间，这让他能够时常欣赏到美景，即使是在上班途中也不例外。乡间的道路一般很少堵车，但这次似乎是个例外，前面那辆车好像坏掉了。商维梓用力摁动喇叭，如果不是旁边靠河的话他就绕过去了。对方没有反应，商维梓只好下车看个究竟，但他刚一下车便立刻被一只不知从哪里冒出来的拳头打倒在地，然后又像一只麻袋般被扔进了前面那辆车里。

“你们是什么人？”商维梓清醒过来后才看到劫持自己的是一男一女，并不十分彪悍的样子，看上去不大像是强盗，但是刚才的手法却是干净利落，堪称典范。

“我是何夕。”那个男人恶狠狠地回过头来，“你大概听说过我吧，这两天我的照片是频繁上镜的。”

商维梓抚着隐隐作痛的腮帮子。“你不是失踪了吗？”他突然想起了什么，不自觉地往后瑟缩着身体，“你是——那个冒充者？”

“看来你也不怎么聪明。”何夕说，“如果没有何夕的身份密码又怎么冒充他，谁会这么笨？你为什么就不能设想一下我也许就是何夕本人，而出错的原因在你们那里，是你们的系统出了差错？”

商维梓哑然失笑："这不可能，'谛听'系统从来没有出过错。像密码升级这种常规操作已经有了很多次实践经验，想出点儿错都难。你肯定是冒充者。"

何夕恨不得当场掐死这个冥顽不化的家伙，他用尽全身的力气才管住自己没有一巴掌扇过去。"去你的破系统！"何夕大叫起来，"我是何夕，我是015123711207，这不需要证明，我生下来就是何夕！这事谁都知道！"

"你没有何夕的身份密码。"商维梓摇头，"你不是何夕。"

"你够了！"何夕恼怒地瞪着商维梓，"真该让你也遇到这种事情，到那时你就会知道什么叫后悔了，连这条狗都比你明事理。"何夕指着贼胖说："亏你还是专家，你的判断力连动物都不如。你和那个什么系统都是傻瓜。"

商维梓并不恼怒，他不紧不慢地说："你可以贬低我，但请尊重人类身份识别系统。这是值得载入人类史册的伟大成就，正是基于这个系统，我们每一个人才真正成为唯一，它提供给世人无数的便捷，同时避免了无数的犯罪。也请不要拿我与动物相比。其实动物大多具有自己的身份识别系统，只不过你们不知道而已。"

楚琴不相信地问道："你说动物界有这样的例子？这怎么可能？"

商维梓有些倨傲地说："大多数动物都同人一样有视

觉、触觉和嗅觉，但它们常常将其中一种视为最高的判断依据。如果你走近一只带着小火鸡的雌火鸡，它马上就会为了保护小鸡而攻击你。这时你一定会因为它深厚的母爱而感叹。但是我在实验中曾亲眼见到雌火鸡极其残忍地啄死了它的每一个孩子。”

“为什么？”何夕问道。

“原因很简单——我们破坏了它的听觉。雌火鸡对入侵者的判断标准是‘任何在自己巢穴附近活动的却不能发出小火鸡叫声的物体’，这是奥地利动物学家沃尔夫冈·施莱特最先发现的。尽管那些小火鸡不仅看起来像小火鸡，动作像小火鸡，并且也像小火鸡那样充满信任地跑向它们的妈妈，但最终成了雌火鸡对入侵者所下严格定义的牺牲品。它为了保护它们把它们全部杀死了。”

“会有这样的事？”楚琴喃喃问道。

“这种事情在生物界其实非常普遍。”商维梓接着说，“在许多昆虫之间也会发生类似的事情。蜜蜂的触角上有一些感觉细胞对油酸很敏感，死去的蜜蜂尸体上会产生油酸，刺激蜜蜂把死尸从蜂巢中清除出去。实验者如果向一只活蜜蜂身上涂一滴油酸，虽然这只蜜蜂明显活得挺精神，但还是蹬着腿挣扎着被拖出去，和死蜜蜂扔在一起。还有狼，这种动物对事物的判断总是以嗅觉为第一位。如果气味令它觉得陌生的话，它会毫不犹豫地咬断自己亲生孩儿的喉管。”

“等等！”何夕大叫着打断商维梓，“这不正好说明这些所谓的身份识别系统有问题吗？”

商维梓摇头：“问题在于，这是自然界亿万年进化演变的结果。火鸡也好，蜜蜂也好，正是凭着这样的身份识别系统才延续到今天，如果没有这样的身份识别系统，这些物种也许早就灭绝了。就算这种系统偶尔会造成个别的悲剧，也没有谁能否认它的合理性。如果一个物种没有一个有效的身份识别系统，那么对外将无法抵御侵害，对内则无法延续种族。这个道理你们还不明白吗？”

何夕的额头上沁出了冷汗，他有一种张不开嘴的感觉。可是这太荒谬了，自己是无辜的受害者，却面临着被说服的境地。他回头看楚琴，她也是张口结舌、目瞪口呆。

“所以对包括人类在内的所有物种来说，有一种有效的身份识别系统是相当必要的。”商维梓不紧不慢地接着说，“现代科技的发展使人类原有的那些相对低级的识别系统面临全面失效的危险，而‘谛听’识别系统正是在这种情况下应运而生的。其实正是因为‘谛听’系统的存在我们的这个世界才能稳定地运行了这么多年，否则早就因为秩序混乱而全面崩溃了。”

九

同所有的“谛听”系统二级节点一样，M206 实验室具有相当大的自主权。即使是市政府也只能对它提出要求而不能直接下命令，在行政关系上它只从属于更高一级的“谛听”系统节点。道理很简单，因为就连市长本人的身份也必须经由“谛听”系统确认后才是有效的，否则他立刻就会从办公室里被赶出去。

早上 8 点，商维梓准时来到节点中心，脸上像往常一样不苟言笑。与往常不一样的是，这次他身后跟着两位衣着很奇怪的人，他们身上都罩着一层塑料薄膜。当然，由于商维梓作为严厉上司的形象给人留下的印象太深，所以没有一个人上前了解这是怎么回事。

办公室的门关上了，商维梓这才喘了口气瘫坐在椅子上。“只能到这里了。”他对那两个正在脱掉塑料衣服的人说。“我早说过你们是不可能得逞的，靠那层薄膜你们最多只能够到达这里，想进入中心实验室根本就不可能。”商维梓稍停顿了一下，目光变得有些调侃的意味，“到时候会要求全裸通过 5 米长的检查走廊。”

但是商维梓没料到何夕突然笑了，这笑声令他心里发虚。“你笑什么？”商维梓有些不安地问。

何夕没有回答，而是径自开启了桌上的一台计算机。何夕偏着头看着商维梓说：“我估计这台电脑和本节点中心的计算机是联网的吧。我知道这肯定有违规定，不过人总是难免会贪图方便的。”商维梓刹那间的脸红让何夕证实了自己的猜想，他有几分得意地舒出一口气，“不用我再教你怎么联上中心计算机吧？”

“可这根本没有用。”商维梓大声说，“我们只是二级节点，不要说更改数据了，就连只读访问也是受到许多限制的。你们想让我更改数据库以便让你们具有合法身份，这根本就是办不到的。”

“你在撒谎。”何夕打断商维梓的话，“我不相信这是真的，你肯定有办法。”但是何夕的声音渐渐走低，几颗汗珠从他的额头上往下淌。楚琴一语不发地愣在一旁，她看上去像是没了一点儿主张。

“我没撒谎。”商维梓苦笑道，“其实‘谛听’系统采用的是一种相当传统却相当完善的加密算法 RSA，你们应该知道这种算法吧？”

“我只是听说过。”何夕老实地回答，“我的数学一向不大好。”

“看来我要多说几句了。”商维梓擦了擦头上的汗，“许多数学中的函数都具有某种‘单向性’，这就是说，有许多运算本身很简单，但如果你想做逆运算就极其困难了。最简单的例子是除法比乘法难，而开方又比乘方难。在 RSA 算法中，首先要选择足够大的两个质数，也就是两个只能被自己和 1 整除的数，算出它们的乘积，再通过系列运算后得出两套数字，其中一套是公开密钥，另一套则是秘密密钥。用公开密钥加密的信息只有用秘密密钥才能解开，反过来也一样。每个人可以选择一个独有的公开密钥，并公之于世，而秘密密钥则只有自己知晓。当别人与你通信时则利用公开密钥将信息加密，你收信后便用秘密密钥将其解开。他人即使截取了密文也无关紧要，因为只有你自己才知道唯一能够将其解码的秘密密钥。同时，由于 RSA 算法具有对称性，它还能被用作数字签名，这实际上就是所谓的身份识别。在‘谛听’系统里正是这样做的。”

“我不太明白。”何夕插入一句，“能说详细点儿吗？”

“我举个例子吧。”商维梓理解地点点头，“比如说何夕的身份密码是 015123711207，这是我们大家都知道的。不过谁都可以宣称自己就是 015123711207，我们又该如何鉴别呢？其实只需要任意选择一段信息，比如说指定‘12345’这个数，然后请对方用他的秘密密钥将这个数加密成密文。只要我用何夕所独有的公开密钥能够将密文正确地还原为‘12345’这个数字，则证明此人货真价实，否则就是一个冒牌货。这一点正是‘谛听’系统的基础，只不过为了方便起见，系统将很多操作都屏蔽在后台。比如说何夕的公开密钥已经存放在了中心的计算机里，同时一系列的运算过程也是自动进行的，对一个人来说，完全察觉不到中间的过程。虽然从理论上讲，通过两个质数的乘积可以运用分解因数的方法求出这两个质数，但问题在于，对大质数乘积进行因数分解的计算量非常非常巨大，用最快的计算机也不可能在合理的时间内算出来。当前‘谛听’系统的密钥长度是8192位，我们拍马屁的最高水平便是祝对方‘寿与天齐’，而现在看来，即使寿与天齐也无法攻破‘谛听’系统，因为就算以当今运行速度最快的计算机来破译这个密码，所需的时间也已超过已知宇宙的寿命。”

何夕点点头，表示自己还跟得上。楚琴却已然是满头雾水。

“每个人的秘密密钥被嵌套在了部分血细胞的空白基因链上，这是相当安全的。”商维梓接着说，“这些知识你们如果平时稍有留意的话，应该听说过一些。当然，对于另一些个体来说会有些差异，比如说对于机器人的身份识别也基于同样的原理，只不过密钥的载体不同而已。”

“如果有人输入了他人的血液会不会造成混乱？”何夕插话道。

“不会。虽然现在医院里都是使用人造血液，但即使发生你说的情况也不会出现差错。因为那时人体内将出现带两种不同密码的血细胞，系统将自动进行正确的取舍。也就是说，在这种情况下仍然只有人体原有的密码被作为判断依据。”商维梓的语气变得像是宣判，“我说了这么多其实只是想强调一点，那就是‘谛听’系统的正确性是绝对不容怀疑的。”

十

屋子里真正地安静下来了，几乎能够听得到每个人的心跳。

应该说商维梓具有相当不错的讲解才能，能够在这么短的时间内让何夕这样的门外汉也懂了不少有关“谛听”系统的知识。但是何夕却宁愿自己一点儿都不懂，因为他发现自己对“谛听”系统的了解越多就越是感到绝望。何夕到现在才真正理解为何商维梓会那么自信地嘲笑任何尝试更改系统数据的企图，因为那的的确确是痴心妄想。

何夕的脸色白得像纸，显得很虚弱，如果此时手里有武器的话，他肯定会毫不犹豫地把所有的子弹都朝着“谛听”系统节点中心所在的方向狂射。他转头凶狠地瞪着商维梓，像是在诅咒他。楚琴不知所措地愣着，一副失去了主见的样子。商维梓有些害怕地朝椅子上靠了靠，他不知道这个正在失去控制的冒名者下一步会做些什么。这时一个奇怪的念头从商维梓脑海里冒出来，他在想，眼前这个人也许真的就是何夕本人。如果说这真是一个冒名者的话，那他的演技就太精良了，简直是大师级的水平。但是立刻有一个坚定的声音从商维梓脑子里传出来并且盖过了一切：这个人没有何夕的密钥，他不可能是何夕。商维梓突然有些自惭，为自己片刻间的动摇——怀疑“谛听”系统！？还是等到自己活到宇宙终结那一天再说吧。

何夕一语不发地面朝计算机坐下，他注视着屏幕上的画面。过了一会儿何夕转头看着商维梓，用目光示意他来操作。商维梓无可奈何地走上前，嘴里嘀咕着：“你应该相信我，这是根本做不到的事情。”

何夕拿出口袋里的手提电话，电话立刻发出报警声。何夕面无表情地对商维梓说：“我不管你用什么方法，反正你必须让我能够像以前一样安静地使用这个家伙。”

商维梓再次苦笑道：“这件事我肯定不行。除非你是015123711207本人，或者是‘谛听’系统的计算机学会了像人一样贪赃枉法。”

“我再问一句。”何夕的声音已经有些变调，“难道那个所谓的什么系统就真的不会出现误认的情况吗？我敢保证这一次它真的弄错了。你不要啰唆了，快做该做的事吧。”

“这样做是没有意义的。”商维梓加上一句，然后开始操作。但这一次他并没有说实话，因为试图非法入侵的举动并不是无意义的，这样做会触发反入侵系统。只需几秒的时间“谛听”系统便能测知非法入侵行为的发生地，虽然从理论上讲这种试图闯入的行为不可能得逞，但按照法律将会受到严厉的惩罚。

四下里看不出异样，但商维梓知道反入侵程序很可能已经启动，全副武装的警察此时正在向这间办公室的四周集结，说不定此时这间屋子里的每个人都处在几十支武器的瞄准之下。商维梓尽力让自己镇定，不露出任何让人起疑的神色。现在看来，那两个人似乎都未意识到危险已经临近，他们只是眼睛一眨不眨地盯着屏幕，目光里充满焦渴般的期望。尤其是何夕，他的双手一直合十，就像是在做祈祷。商维梓急速地扫视了一眼左方，透过百叶窗的缝隙他看到有几个人影一闪而过。看来事情正如他预料的那样发展，胜券已经稳操在了他这一边。但是商维梓突然想到一件事，他张口惊呼了一声。

“什么事？”何夕被吓了一跳。

“没什么。”商维梓镇定了些，“我刚才差点儿触发报警系统，不过总算绕过去了。”

其实只有商维梓自己才知道为何发出惊呼，按照法律，对于公然危害“谛听”系统安全的行为，警察有权采取任何必要的措施，包括击毙入侵者。本来像这种最极端的措施是不大可能用上的，但是现在的情形就很难说了。因为这两个人没有密码，警察将无法确定他们的人类身份，而这在“谛听”时代就意味着他们将不会被当作人类来看待。商维梓无法确定室外的警察是些什么人，但他知道现在有超过半数的警察是机器人。对于一个人类警察来说，开枪射击一个人形的个体多少会有些犹豫——即使他没有身份。但对于机器警察来说，这根本就是用不着考虑的事情，甚至在它事后的作战日志里也不会留下曾经射击过人类的记录，在它看来，这只不过是击中了一个会动的物体而已。

商维梓想到这里的时候禁不住流出了冷汗，尽管以他的知识水平可以判定这两个人就是冒名者，但是一想到他们被打成一团马蜂窝后血肉模糊的模样，他还是感到阵阵心悸。这时窗帘的方向突然传来一阵轻微的机械的“咔嗒”声，商维梓悚然一惊，他大喝道：“谁？”

“你们已经被包围了。”屋外立刻传来喊话声，听上去是一名机器警察的声音，“请立即交出武器投降。”

何夕被这突如其来的喊话声惊得蒙了，他第一个反应是拿着枪指向了窗户的方向。

“不要这样，快放下武器！”商维梓惊叫道。但是已经晚了，受控于“谛听”系统严密逻辑之下的某一名机器警察手里的武器发射了。何夕手里的枪“当”的一声掉在了地板上，楚琴发出尖叫，不顾一切地向何夕扑过去，她要帮助他。

何夕很奇怪自己竟然没有感到害怕，像所有受到攻击的人一样，他的反应是弯腰去捡枪，这只是一个本能的行为，但他根本没有意识到这个举动实际上是在自杀。商维梓想要阻止但是来不及了，他眼睁睁地看到何夕的左手已经抓住了地上的枪，而就在这时楚琴也正好扑在了何夕的身上。商维梓无奈地低叹一声闭上了双眼，不忍目睹两个冒名者横尸当场。

他看得出，他们是一对恋人。

十一

警声大作。

商维梓睁开眼，他看到两位冒名者脸贴着脸紧紧拥抱在一起，他们似乎并不在乎周围发生了什么事。商维梓不知道此时他们的心里是什么感受，就商维梓的经验而言，与一个没有“号”的人发生身体接触是一件相当可怕的事情。眼前的两个人都没有“号”，却抱得那么紧，他们看上去很亲密。亲密？商维梓愣了一下，是的，就是这个词。原来这就叫作亲密。

百叶窗帘已经掉在了地上，可以看到屋外的情况。至少有 20 名警察守在各个角落，其中大约有一半是机器人。但是不知为何他们都僵在了当场，震耳欲聋的警报声是他们手中的武器发出的。

“身份不符。请将武器交还主人。”

“身份不符。武器无法使用。”

“……不符……”

“……不符……”

商维梓有些发呆地看着这一切，他不明白出了什么事情。这时一阵近在耳畔的警报声惊动了他，那是他的手提电话发出的。

“身份不符。请将电话交还主人。”

商维梓撑住额头，大颗的汗珠从他的脸上滴落下来。呆若木鸡的警察面面相觑，让人发疯的报警声此起彼伏，巨大的声浪几乎要将整幢大楼淹没。

“不符……”“不符……”“不符……”

不仅是这幢大楼，包括整个街区、整座城市在内的世界都已经被这种声音淹没了。武器、工具、办公室里的桌椅，还有每个人随身携带的各种小玩意儿都不约而同地发出了报警声。惊慌失措的人流开始向大街上涌去，而原本在街上的人群却又朝建筑物里挤进来，谁都不知道发生了什么事。相识的人们本能地想走到一处，但身体刚一碰触便立刻白日撞鬼般弹开，脸上也是一副撞鬼般的神情。你是谁？满世界都响着同一句话。你是谁？

银行账户全部失效。一大半的人被关在了自己的家门外（另外的人被关在了家门里）。工厂瘫痪了，商业活动也全部终止。全球每一条公路上都挤满了失灵的汽车，交通全面堵塞。亿万富翁转眼间一文不名，而负债累累的人却陡然浑身轻松。无法支付费用的急诊病人死在了医院里。一些正在服刑的犯人冲出了失常的监狱大门，肆无忌惮地趁火打劫，由于武器失灵，警察对此也无能为力。食物被锁在了装着钛合金门的仓库里，而门外的人却饿得发昏。

“你是谁？”所有人都声嘶力竭地问遇见的每一个人，“你到底是谁？是谁？！”

世界成了一个巨大的问号。

唯一与此不同的景象是一对亲密的恋人依然沉浸在

拥抱里，他们浑然忘记了身外的一切。是的，他们没有“号”，他没有，她也没有。可这有什么关系呢？他们的胸膛都很温暖，他们的头发散发出阵阵幽香，他们的脸庞很光洁，他们的嘴唇柔软。她知道他是何夕，他知道她是楚琴，尽管这得不到承认，但是这并不重要，只要他们自己知道就行了。他的气息灌进她的鼻孔，她的容颜蚀刻着他的视网膜细胞，他们几乎是同时明白了一件事情，那就是从这一刻起他们才是真正相识相知了，而从今往后他们各自的心灵里将再也无法抹去对方的身影。

商维梓注视着眼前这反差强烈的一幕，一时间他的大脑不能思考，更不能判断，只剩下一片空白，这在他的专家生涯里是从未有过的情形。

你是谁？你是谁？谁？

……

这场史称“密钥之乱”的意外事件持续了 3 个小时，根据事后的调查，造成此次事件的原因是“谛听”系统升级中的错误。此次升级有一个与以前很不一样的地方，即除了例行的密码升级，还应绝大多数公众的要求增加了“取缔个人原始名”这项内容，由于相应的操作没有设计周详才酿成了这场大事故。根据估计，全球今年的经济总量将因此降低 7%，何夕与楚琴的遭遇只是整个灾难事件小小的前奏。

不过一切还是慢慢平静了下来。“谛听”系统中枢以最快的速度排除了故障，3 个小时后秩序开始恢复。父母认出了自己的子女，丈夫找到了妻子，正在打官司的不共戴天的仇人也重新揪住了对方。人们争先恐后地查看自己账户的金额。重新装备上武器的警察很快便收拾了那些逃犯。办公室里的同事们开始热烈地相互拥抱，庆幸灾难已经过去，同时用最夸张的语言表示对对方的关心。

事件的相关责任者均被判以重刑，以此来保证今后不再发生类似的事情。整个“谛听”系统重新进行了最严格的安全测试，任何细微的地方都没有被放过，按照验收专家组的测评，改造后的“谛听”系统的年事故发生概率为 10^{-11}，这意味着 1000 亿年才可能有一次事故，这个时间已经数倍于宇宙的年龄。

世界重新归于和谐，就像什么事都没有发生过，而且看起来再也不会出什么事情了。

尾　声

檀木街 10 号是一幢稍稍显得老式的房子。

走过街道，能够看到院子里一家人正在享受他们幸福的时光。一个胖嘟嘟的男孩兴奋地提着浇花的水壶疯跑，嘴里“咯咯”笑着，全然不顾水淋得一身都是。好脾气的祖母宽容地看着自己的晚辈，脸上带着满足的笑容。已经上了岁数的男主人惬意地蜷在躺椅上，头上戴着耳机，眼睛盯着面前的袖珍电脑，口里念念有词，皱纹密布的眼角蕴含着笑意。一些带着货币符号的数字从屏幕上闪过，看来他是在抽空打理一下财产。

这时一辆车开过来，下来一个穿绿色制服的邮差。他四下瞅了瞅，将一叠东西放进了信箱。

男主人冲着那个疯跑的胖男孩嚷嚷：“128013644103，去把报纸拿过来。”

但是胖男孩正玩得起劲，没有理会祖父的安排。男主人无奈地起身，朝信箱走过去。他的手轻放在编号为015123711207的信箱上，信箱门立刻自动打开了。男主人伸手进去拿出一摞报纸。这时一封信从报纸中滑落到了草地上。

男主人有些意外地捡起这封表面已经发黄的信件，邮戳上的日期是好些年前，看来这是一封补投的死信。地址很模糊，但仔细辨认能看出写的是“檀木街10号”，这应该没错，但问题出在收信人上。

“何夕……”男主人有些拗口地念叨着信封上的这个名字，花白的头发在微风中晃动着。

“何夕是谁？”他茫然地看了一眼四周，低声自语道。

万能时代

“噢，出来了。”贝兹博士两眼放光地盯着正从钛合金轨道上缓缓滑过来的一堆庞然大物，“休伦里，你瞧它多漂亮。”

那个叫休伦里的高个子青年满脸都是谦卑和崇拜：“这是您的杰作，万能时代已指日可待。”

贝兹博士满意地咂咂嘴：“真是个好东西，应该给它起个名字，我看就叫‘贝兹’得了，哈哈哈……”

“是的，先生，就叫它‘贝兹’。”

一

邱先伸了个懒腰，说："起床了。"这个声音通过拾音器钻进了家庭电脑那万分灵敏的"耳朵"，于是，伴着悠扬的音乐，床头开始慢慢翘起，让人感到无比舒适。

的确，舒适！实际上，现在除了M80区外，你进入宇宙中的任何一个人类聚居地都可以实实在在地体会到这个词的意义。自从当年可敬的贝兹博士建立了"意愿完成体系"，人类的生活就已翻开新的一页，任何难点、任何问题都能从体系中找到答案，并由体系所辖的机器着手解决。体系的核心是一台名叫"贝兹"的智能光子电脑，从社会到每个家庭，从计算恒星寿命到享受一杯自动进嘴的果汁，几乎整个宇宙的生灵都承受恩泽。

从穿衣服到被抱到卫生间洗脸，邱先始终处在一双"手"的温柔动作中。接着，他的口中被塞上奶嘴以便吮吸早餐——使用奶嘴是家庭电脑的意见，总之是对身体有好处。

"今天干点儿什么呢？"邱先琢磨着，过了一会儿他终于发现根本无事可做。本来嘛，可敬的"贝兹"早把一切都安排妥了，用不着他瞎操心。如今，"失业"在家休息和享受的人已是绝大多数，这是很正常的，人类从茹毛饮血的年代便为之奋斗的不就是这种生活吗？

不过邱先今天的确想干点儿事。他其实很喜欢这种万事不愁的生活，所以这么想就跟小孩子觉得邻居家的饭好吃一样，不过是换换口味的需要。

“送我去 M79 区。”他随口下了指令。

“此刻的最佳舒适点不在那里。”电脑提出忠告。

“就去那儿。”邱先很有派头地强调。

电脑不再吭声，和所有的同类一样，它的天职是服从。

从外观上看，邱先的住所就像一只巨大的爬虫。实际上，这是家庭电脑的躯体，而且它的确可以像动物一样移动。此时，“爬虫”突然被一团稍纵即逝的光芒裹住。

它消失了。

M79 区，菲星九〇大道。

邱先惬意地观赏着舷窗外的景物，身下多足三栖飞船行走时的微微颤动令他感觉很好。

道路很宽，两旁的林木姿态婀娜。

邱先看了下表，他下午要回家等候宇能机器人公司给他送妻子来。根据“贝兹”的核算，有一部分人必须和不能生育的机器人结婚才能保证人口数量的适度，从而保证每人都获得一份高质量的生活。瞧瞧，它为人类考虑得多周到。可这世上竟还有人以此来攻击“贝兹”，说了好些难听的话，邱先真不知道这些人的良心被扔到哪儿去了！时间还早，邱先又把目光投向窗外。然后，他的眼睛一下子发直了——前面有个男人居然在地上走！他难道有毛病？要知道，邱先从生下来就没沾过一寸土地。电脑早为人安排了各种很受用的居室和活动场所，而外面——有细菌、病毒，还有风！风可是顶可怕的东西，邱先小时候不小心被它吹了几秒便染上了严重的感冒，差点儿丧命。可这人居然会待在外面。

“喂！”邱先通过传呼器喊道，“你需不需要帮忙？”

那人愣了一下，回过头来，他有一张很清秀的脸，看上去 30 多岁。他笑着摆摆手。

“你上来吧！医院在附近。”邱先很认真地说，“飞船上有隔离设备，我不会被传染的。”

那人的笑突然放肆起来，他简直是在——开怀大笑。过了好一会儿，他才有些喘息地说：“你好啊，朋友。我是 M80 区的，来这儿散散步。”

“你——是匪徒？”邱先的眼睛一下子睁大了。“贝兹”说过，M80 区的人都是匪徒，不但拒绝接受“贝兹”的照顾，还处处作对。

邱先觉得全身发软。天哪，这家伙是匪徒，咋就叫自己遇上了呢？真该听电脑的忠告不来这儿的，这下该咋办？他一辈子哪见过这号阵势。

“我……我是规矩人，你可别……”邱先拼命在脸上堆出一朵笑容。

“放心，我只想散步。其实我现在手无寸铁，又能对你怎样？”

这话有道理，邱先的心跳不那么乱了。

“那，我走，你慢慢玩……”邱先手忙脚乱地按下加速钮，多足飞船奔跑起来。

“你倒是个好心人，有空到 M80 区来做客。”

做什么客！逃命要紧！邱先一路都不敢回头。

宇能公司的人如期而至，是个胖子，他带来了一只狭长的箱子。

“哈哈，你老婆就在里面。”胖子忙不迭地介绍，“容貌、身材都按你的要求设计制造，可谓绝世佳人，来，打开看看。”

箱盖打开的一刹那，邱先简直呆住了。天！这正是他的梦中情人——有西方女人的丰满和典雅，也有东方女人的娇柔与风韵。宇能公司的确太棒了！

“你好，邱先。”佳人从箱子里走出来，脸上带着醉死人的微笑，“我叫凯丽，我爱你，我愿做你的妻子。”

她尽情倾吐着痴情的话儿，完全不顾胖子在场。邱先有些发窘，这些话他当然想听，只是……

“我先告辞。”胖子终于识趣地走出门去。

邱先迫不及待地抚住凯丽温软的肩，一股奇妙的冲动使他禁不住想亲亲凯丽。

“不行。”凯丽拒绝道。

“为什么？”

“我在恋爱中的举止已经被编定，5 天后你才可以吻我。恋爱期是一个月，到时我们再举行婚礼，然后你便可以和我一起生活……”

邱先大惊失色地捂住了她的嘴，他的耳朵已经烧乎乎的了。

“好吧，听你的。”邱先有些扫兴，但当他看到凯丽的容颜时又满心释然了。是的，她太美了，简直无可挑剔。这是“贝兹”送给他的福气，“贝兹”真好！

二

掺了各种补剂的咖啡喝起来又甜又腻，这才是正味儿，真不懂祖宗们为啥喜欢喝发苦的咖啡。邱先刚通过电脑网络给父母发了一封有关凯丽的邮件，他们不在家，是家庭电脑代收的。他快 3 年没和父母见面了，不过细想也没啥，反正通过电脑屏幕看看不也和见面差不多嘛。

电视屏幕自动亮了，正是新闻时间，邱先一向很关心时局。

凯丽端着托盘进来收拾咖啡杯。

“喝完了吗？”她性感十足地笑笑，大眼睛里透出荡人心魄的魅力。

邱先倾尽全力才压住涌起的心潮，嗯，要等明天才能吻她呢！

“瞧你那样子。”凯丽娇嗔一声转过身去，这个动作显露出的美妙曲线令邱先的心怦怦直跳，要不是此刻电视里突然出现表明有重要新闻播出的红三角的话，邱先恐怕要奋不顾身地拥抱凯丽了。

“10 分钟前，我联邦卫队在 L05 区击毁据信载有匪首唐仁之妻方玲的飞舰，这是一次不小的胜利，宇宙的最终和平不会太远了……”

听起来是个好消息，邱先想，是啊，谁都盼着和平早日来到。

用于监测的蜂鸣器突然尖叫起来。邱先把目光移到了红外线监控电视上。

是个女人，胖而臃肿。她朝着这边走来，身后几十米之外停着一艘小飞舰。看来是个迷途的人，怪可怜的。邱先顺手解除了建立在房子四周的防护场。

门铃响了。

“进来吧。”邱先打开门说道。

女人怯生生地走了进来。邱先立刻发觉这女人并不胖，她看上去很累赘是因为她那高高隆起的腹部。显然，她是个真正的女人，而且怀孕了。

“快请坐。”邱先忙上前扶住她，这时他才看清楚这女人实在称不上漂亮，脸上还散布着一些褐色的妊娠斑。

“放开她。”一个怪异的声音从邱先身后传来，是凯丽。

邱先回头看去，凯丽的脸上正罩着一层严霜。他一下子乐了，想不到机器人老婆也会醋劲儿十足。

邱先笑着说道：“我只是帮帮她，没别的意思。”他又转头对着那女人，“要不要吃点儿东西？”

“我只是休息一会儿就行了。”女人的声音低而无力，“飞舰没燃料了，太冷，我担心胎儿受不了。”

“放开她。”凯丽的声音有些变调，透出寒气入骨的冰冷。

“你到底怎么啦？我说过我只是……”邱先埋怨着回过头，然后他僵住了。

凯丽的手中不知何时多出了一支炽温枪。

“你……干啥？”

“请离她 5 米远，她是匪徒！”

“你……怎么知道？”

“除了匪徒，每个人胸前都印有隐形字码，只有机器人才能看见，她没有字码。”

邱先下意识地摸了摸胸前。他知道每个小孩生下来都要接受一次胸部照射，据说这是检查身体。

“你是个好人。”那女人微微仰头看看邱先，她的脸在灯光的照射下泛出洁白的光泽，如大理石雕像，“她没说错，我的确是所谓的匪徒，谢谢你给了我休息的一刻。谢谢你。”

“邱先，请走到 5 米之外。”

邱先感到那女人往他手里塞了样东西并猛地推了他一下，他立刻踉跄着退开。

“如果有机会，请你告诉我丈夫唐仁，说我……爱他，到死也爱他……”女人突然流着泪喊出这句话。邱先恍然觉得这个哭泣的女人才是真正的美丽绝世，相形之下不仅令凯丽黯然失色，就连日月星辰也不再生辉！

蜂鸣器警报声再次响起，而与此同时，亮光一闪。

没有血肉横飞，只是，也没有了那女人。炽温枪射出的 3000℃的高能光在刹那间已创造出了惊心动魄的一幕：两具尸体蜷伏在房间的地上，这是那女人连同她未出世的孩子。

邱先浑身颤抖。

门被推开了，几个人冲了进来。邱先一下子认出了领头的那人——他们有过一面之缘。

双方手中的炽温枪同时一闪。

倒下的是凯丽，没有了外表那些美丽的人造物，她完全就是一堆丑陋的垃圾。

领头人一见到两具尸体便明白了一切，泪水顷刻间在他刚毅的脸颊上奔流成河。

“方玲……”他猛地跪下了身躯，膝盖与地面撞出“咚”的一声。

他身后的几个人纷纷别过脸不忍目睹——除了一个戴镣铐的金发女人。只有她直视了这悲惨的一幕。

半晌，另一个人走到那尊跪着的身躯后说道：“唐仁，该走了。”

唐仁终于慢慢站起，铁青的脸上罩着令人不敢对视的光芒，那是毁灭的光芒。他转身，直愣愣地盯住了邱先，炽温枪在他手中隐隐发亮。

邱先差点儿没哭出来。这可咋说得清？妈呀！上帝呀！太上老君呀！保佑保佑吧！

“我还以为……你是个好心人。”唐仁的语气中杀意毕现。

“啪”的一声，有样东西从邱先正乱抖一气的手中坠落在地。

是一块血红的心形玉佩。

唐仁迅速捡起它：“方玲的信物！你从哪儿得到的？”

“是方玲小姐，啊不，是方玲阿姨亲手给我的。”邱先巴结道。

唐仁犀利的眼神紧紧盯住邱先，握枪的手渐渐垂落。

“跟我们走吧。”唐仁说。

“我，我还是就待在这儿吧。”邱先满脸堆笑，“我会给你们添麻烦的，我这人很讨厌，专拖累人。我……”

“这个机器人死在你家里，你以为联邦卫队的人会放过你吗？做梦。”

三

M80 区的确不太舒适，没有衣来伸手、饭来张口的居室，也没有可以任意放肆的玩乐场所，邱先真搞不懂这里的 1000 亿人怎么能过得惯，而且还个个看上去都安于现状，不求改善。

邱先没有被剥夺自由，他想这跟自己来这儿以后连得两场感冒有关（风的确是个厉害的怪物）。病人嘛，总该受点儿优待才行。但令他气恼的是，他病成这样——虽然没发烧，可嗓子疼得很——还让他去侍候那个叫贝贝娜的女俘虏。这些人是不是眼瞎了，最需要人侍候的正是他邱先啊！

“给。”邱先没好气地把餐盒撂在贝贝娜面前的桌上。贝贝娜吓了一跳，她抬起头，一副受惊的样子：“对女士应该讲点儿风度。”

“风度？我——”邱先刚一发火便止住了，一方面是卫兵就在门外，另一方面，这个金发女郎那双波光流转、美丽绝伦的眸子令他实在发不起火来。

“其实——”贝贝娜幽幽开口，“我们都是落难的人，该交个朋友才对。”

这话挺受用，邱先觉得心中的委屈好似有了点儿慰藉——世上毕竟还有个同病相怜的人。

“吃吧，趁热。”邱先柔声道。

贝贝娜微微一笑，风情无限。

门忽然开了，是唐仁。

“没事儿少和她搭腔，”他命令般地说着话，把邱先拉到一边儿，“要不是人手不足，哪儿会让你们在一起。”

“不关他的事，是我要他陪我聊聊的。”贝贝娜说道。

邱先感激地看了她一眼，在这儿，他觉得就贝贝娜还算好人。

“贝贝娜，枢纽究竟在哪儿？”唐仁问道。

“我怎么知道？我只是个文员。”

“你知道的，你还知道人类即将面临的处境。”唐仁打断她的话，“我现在还有别的事情，明天请你给我们答案。”说完，他头也不回地走出去了。

“什么是枢纽？”邱先小心翼翼地问。

“他们问错了人，我真的不知道。”贝贝娜摇摇头，她的眼睛明澈见底。

“他们全是糊涂虫！”邱先下了结论，他站起来打算将餐盒移近一点儿，好方便贝贝娜用餐——她的一只手被复合金属链锁在了一旁的柱子上。但是，邱先站起来的时候没注意绕开贝贝娜的脚，一个趔趄跌入了柔软的旋涡，而他的嘴竟鬼使神差般地找了个无比正确的位置——贝贝娜的唇。这个祸可闯大喽！邱先恭候着一顿臭骂的降临。

他没有等来臭骂，只等来了——吻。这是邱先的第一次，他本该和凯丽这样的，而今却换了另一个女人，难道这就是天意？他的心怦怦乱跳，他口干舌燥，他不由自主地回应着对方……

“你……有 11000 个味蕾……”贝贝娜低语。

“……什么……味蕾……”邱先没听清楚。

“没什么……我喜欢你……”

邱先感觉仿佛置身于云霄之上，正飘啊飘……

良久良久，她轻轻推开他。

邱先怔怔地看着距离自己不足一尺的娇美的脸：“怎么会这样……”

“我……喜欢你，真的。”贝贝娜低下头去，面颊上娇羞一片。

噢，云霄！佳人、软语、温香，邱先又仿佛飞到了云霄中。

四

第一个爆炸声惊天动地地传来，然后是第二个……

通过透气窗，邱先看见难以计数的飞行物正风驰电掣般飞来，道道象征死亡的光束将暗夜的天空照得通明一片。

又一声爆炸，天花板上簌簌落下粉尘。

“我们会死的。”贝贝娜突然哭了起来，“快带我逃吧。他们现在乱了，此刻正是机会。你去把卫兵叫进来，然后——”贝贝娜在头发里摸索一阵后，抽出一根金黄色的细针，“用这个刺他一下。别害怕，只是让他睡上一觉。”

爆炸声接连而来，但相对于飞行物的数量，这次袭击实在算不上倾尽全力，对方似乎留了一手。可是为什么？战争中的任何一丝犹豫无异于自杀，难道他们在等待被打击者争取到时间后以同样不可计数的飞舰升空迎战？

邱先趴在旷野中的一个小土包后，心头老是回想着刚才那骇人的情形。那哪里是“睡上一觉”？那根细针究竟是什么东西？为什么一刺进卫兵的身体，他就浑身冒烟、惨叫不绝，末了竟变得像截木炭？

贝贝娜也伏在一旁，她看上去坚定而自信。刚才她眼睛眨也没眨地看着卫兵死去后只说了句：“把钥匙取下来。”

“我要走了。”贝贝娜转过头来说道。

“走？你要去哪儿？”邱先看着血火连天的四周，茫然问道。

他话音未落，一束明亮的光线射过来，将他们照得纤毫毕现，一艘代表死亡的飞舰已高高在上。

邱先此刻突然迸发出了不知从何而来的力量，贝贝娜的身躯被他一下子推出了光圈。

然后，与这个富有男儿血性和英雄色彩的举动很不相称的是，邱先竟绝望地闭上了眼，开始号啕大哭：“我才22岁呀……我死不得呀……”

光圈跳离了邱先，转而裹住贝贝娜。接着她开始沿着光柱缓缓上升。在没入方形入口前的一刹那，贝贝娜突然从额部对着邱先放出一线短促的绿光。

邱先闭着眼哭得死去活来。

……

真正的战争开始了。

人类嗜好相互残杀的历史可以追溯到远古的氏族时代，人类文明的进步又何尝不是伴随着杀人武器的完善和残杀规模的升级，如今到了人类可以创造神话的万能时代，战争的惨烈与悲壮可想而知。

大到由凿空的行星改造成的超巨战舰，小到体积为原子级的机器人特工，还有爆炸后能波及整个星系的能量弹，集聚恒星光能的冲撞流……

M80 区几乎在和整个宇宙对抗。

没有血泊，没有受伤的人，任何人一旦被击中便只能留下一撮灰。

整个世界只听见机器在轰鸣，只有机器在喷吐血舌。没有人的声音，只有人的灰；没有了家园，只有无数弥留之际的眼睛——与天同泪。

这是 M80 区所经历的第一场也是最后一场战争，或许若干年前与若干年后这里也有战争，但那时这里不会被叫作 M80 区。

邱先艰难地站起来。

眼前，是无穷无尽的废墟，没有喧闹，只有宁静，正如死亡本身。那曾经有过的繁华与笑语欢歌如今在何方？难道，那都是些水中月、梦中花？

“你！”是唐仁的声音。他发狂地向这边冲来，面如死灰。

“那个女人在哪儿？我要杀了她！”唐仁号叫着揪住邱先的衣领。

邱先感到了莫名的无聊，他甚至觉得世人都很无聊，这片无言的废墟让他懂得了很多。

“我放她走了。”邱先无所谓地说道，然后，他立刻看到了满天的金星——唐仁的拳头实在比风还厉害。

“你这个帮凶，刽子手！”唐仁痛不欲生地蹲到地上，使劲地撕扯着头发，“M80区完了……全完了。1000亿人呀……就剩下我们两个……”

邱先惊呆了：“你……怎么知道？”

“我当时在地下室工作，那里能知道全M80区的情况……完了……都死了……”

荒原、废墟、两个人……不久以后邱先终于明白，此情此景其实是一句谶语。

五

贝贝娜跨过了禁地入口处的红线，除了极少的几个人以外，任何人这样做都将被激光切成无数张薄纸。

由“1”和“0”组成的徽标悬在大厅的顶部，这是二进制的基本元素，也是联邦的标志。大厅正中宛如祭台的方墩上有一个洞，准确地说那是个球形的区域，但无论从哪个角度看上去都是光明灼灼、深不可测，仿佛有限，更仿佛无限。

“你好，进入禁地的主人。”一个发嗡的声音从光源内传出，“功能到位，可以接收指令。”

“观察 M80 区还有多少人活着。”

一秒钟。

“两个人。”

“怎么多出一个？”贝贝娜低语。

“难道您早准备放过一个？”

“啊不。”贝贝娜笑着说道，“我在想我们应该斩草除根。”

“是，主人，‘贝兹’听从您的吩咐。”

……

“你说的都是真的？贝贝娜真是……”邱先倒吸一口凉气。

“她的确切身份我们并不很清楚。当时，联邦舰队已经击毁了方玲所在的考察飞舰。我们赶去后发生了冲突，贝贝娜是在首席舰的总统舱内被俘虏的，其地位可想而知。”

“不会吧，她挺随和的，心肠也好。”邱先忍不住插言，他心里老翻腾着贝贝娜那迷人的一嗔一笑。

唐仁惨然一笑：“现在想来，当时她有的是机会脱身，我想她是故意被俘的，并趁机将 M80 区的各种情况发送回去。我现在才知道，这个女人的心机与胆识简直不是常人所能企及的。”

“看哪，飞舰又来了！”邱先叫起来。

大片阴影正轰鸣而至……

“快，到地下室去，那里是我们的总部，比较安全。”唐仁拉着邱先狂奔。

太迟了！足以毁灭千万血肉之躯的火舌已经伸出。地下室远在数百米之外。

奇迹出现了！他们竟然跌跌撞撞地回到了地下室，一切只能归于奇迹！

惊魂稍定。

这是怎样的一间屋子呀，除了四周一圈的控制屏还算整齐外，其余的空间都胡乱地堆着数不清的电脑。方的、圆的、奇形怪状的、完整的、残破的……仿佛是电脑收容所。

“这比外面还恐怖，怪不得叫你们匪徒，你们的确很有点儿破坏才能。”死里逃生之后，邱先有了点儿幽默感。

唐仁没有争辩。他静静地站了一会儿，然后说道：“你来这儿以后有没有什么留下点儿印象的事？想想再告诉我。”

邱先想了想，再想了想，然后他觉出了M80区的可爱：这儿没有极度的近于放浪形骸的舒适，却也没有懒惰和弱不禁风（现在他已经不怕风了）。这儿的苦咖啡喝起来别有风味，没有被精制到只剩下营养单元的食物也更为可口。尤其是这儿的人，虽然各有脾气，但都透着亲切感，不像“那边儿”，人与人的交往只剩下微机网上的联系，甚至声音容貌尽知却老死不相往来。就说那位曾看管他的卫兵吧，小小的个子，一张娃娃脸，特别爱帮助人。最后那次，一听他说脚扭了卫兵便立刻开门跑进来，又毫无戒心地替他按摩。可自己却悄悄抽出了针……

“我想，还是……”邱先嗫嚅着说。

“你不用说了。”唐仁直视着邱先的眼睛，“我知道你的感受了。”

他顿了一下：“想不想知道M80区的历史？”

……

“再次观察M80区。”贝贝娜下了命令。

一秒钟。

“看不到人了，但我感觉……”

贝贝娜的脸上陡然焕发出欣喜若狂的神色：“你……感觉？你知道这意味着什么吗？要是爸爸能活着听到你说这句话该有多好！”

“我一直在为谋求真正的万能而不断发展自己，10 分钟前，我突破了思维的最后一关：潜意识层，即感觉能力。今后将不再有任何东西妨碍我向万能靠拢。”

“你感觉那两个人没有死？”贝贝娜抑制住激动。

“是的，主人。”

“只是两个人，出不了事的。”贝贝娜自信地说，“我想其中一个应该死得很快，另一个，胆子蛮小。”

“‘贝兹’请求休息。”

“懒虫。”贝贝娜宽容地笑了。

……

“50 年前，我父亲取得了他一生中最杰出的成就。他改变了一只无尾巨猿的生命基因，使它的大脑占身体的比重达到了人的水平，并让它学会了思维和说话。结果那只叫休休的巨猿说的第一句话是叫电脑‘妈妈’，并说‘世界的主人是电脑，人类是依附于电脑的寄生虫’。休休还向我父亲转述了另一些猿类的与此相同的看法。这件事大大震撼了我父亲，他因此历尽艰险来到了当时还荒无人烟的 M80 区。他发誓要向宇宙证明，人，绝非寄生虫，而是万物之灵！”

唐仁的脸上一片神圣与庄严，显然，他是他父亲的忠实追随者。

“后来，在父亲的感召下，越来越多的人来到 M80 区生活，在这儿也有许多电脑在工作，但我们从未想过让电脑有决定一切的万能力量，那样做其实是把人的命运卖给了电脑。我们最大的错误在于没有想到战争的可能性。”唐仁低下了头，“M80 区引起‘贝兹’的注意是在两年前，而后，冲突便开始了。不过，称得上战争的只此一次。1000 亿人，就这么……完了！”

是的，完了！上帝安排他们活下来恐怕就是让他们品尝“完了”的悲伤。

“你还想活吗？”过了一会儿，唐仁轻轻问道。邱先盯着空气：“你呢？”

“我想。”唐仁提高了嗓门，“我知道现在冲出去乱扫一通然后死去会更光彩，可我想活下去。我不是英雄。”

“我也是。”邱先老老实实地说，“我怕死。”

天就快黑了，天再亮的时候便已到了明天。岁月是由这样的循环组成的。在循环中发生了许多事，而岁月则将这些事抹平，直到了无痕迹。遗忘，是人的一个基本习惯。

六

半年之后。似乎已没有人还想得起 M80 区。

A01 区是最早开发的人类聚居地，地球也在其中。这颗哺育了人类的星球早已没有了适合大规模生产的工业资源，因此也没有人再到这儿定居。它完全成了一个仅仅具有纪念意义的陈列品。这时，太阳系边缘出现了一艘飞舰。

“这几个月东躲西藏，把人累坏了。”唐仁说话时满脸络腮胡乱颤，“想不到在未开发的时空区也逃不脱‘贝兹’的追踪。”

“但愿在这儿能安顿下来。”邱先双手合十，“我们早该想到来地球的，没人会注意它。”

“没准儿还能捡到几颗老祖宗的牙齿。”唐仁的话里有玩世不恭的意味。

“看，有东西！”邱先叫道。

雷达显示有飞行物正高速驰来。难道，偌大的太空里已没有他们的片瓦存身之地？

飞舰，在逼近。

一场虚惊。这是一艘到地球送葬的殡仪船，能量不够了，想在此处借点儿。

“干吗到地球来掩埋？”邱先不解地问船上的一个大胡子。当今时代有的是能使“英灵永存”的“卫星葬”“彗星葬”……实在犯不着跑这么远来地球。

“这对老夫妻生前老早就立下了遗嘱让这么做。”大胡子耸耸肩，“子女从不回来看望他们，孤单得很，大概是想叶落归根把地球当依托吧。他们是夜里触电而死的，电脑一直当他们活着，每天照常给他们穿衣喂饭。被人发现的时候，尸体正在澡盆里被机械手搓来搓去……”

大胡子连连摆手，他握着的一页纸散落了出来，在无重力的空间跳着古怪的舞。

邱先帮忙捉住那页纸，然后，他的脸变了形。

——他看见了两个名字！

“哇”的一声，一团带着胆汁味儿的东西从邱先的喉咙里喷涌而出。

“爸爸！妈妈！”凄凉欲绝的嘶喊仿佛一道沾血的利风，令所有人为之心悸。这是一个卑微生灵比胆汁还咸还苦的哀声。

……

贝贝娜满意地聆听着“贝兹”运行时的颤音。

这个光洞是“贝兹”的核心，即枢纽所在，它的身躯早已分散到了宇宙的各个角落。每一部分都按照全息结构建成，因此，就算枢纽被摧毁大半也无关大局——残存的部分可按其携带的信息在很短的时间内修复好一切。

现在，每一部分都严谨地工作着，不断自动淘汰旧的身躯，并换以密集度更高、电阻更小的集成光路元件。没人能帮它，一切都靠“贝兹”自己。人脑不过有100多亿个皮层细胞，而与此功能相同的单元在“贝兹”体内只是个小小的磁泡。集成，再集成，这无尽的量变积累终有得到报偿的一刻，“贝兹”终将在一阵令宇宙炫目的升华中获得万能，这岂非也是人类的最终追求？“贝兹”不会令人失望的。

一双略显粗糙的手从背后扶住了贝贝娜的腰。她回头——是休伦里。

贝贝娜轻轻地拂开他的手：“有事吗？”

“有两个人闯进来了。”休伦里指指天花板，嚅动着那张微凸的嘴说，“就在我们头顶的地面上。不用操心，我都安排好了。”

……

黄昏。斜阳。

地球，这个被人类遗弃了的摇篮正是在人类告别之后才重新恢复了它原来的美丽。森林葱绿、野花芬芳，这是小动物们极好的乐园，流水自歌自唱，花自落自开……

人和自然，哪一个才是艺术和美的真正创造者？

邱先傻傻地坐在一片草地上，他已在那儿一动不动地坐了几个小时。他的嘴紧紧抿住，他的眼中有未消尽的泪和一团静默燃烧的火。

“邱先，别这样了，好不好？”唐仁低声劝道，“我知道你的心情。方玲……刚死那阵，我恨不得……”

“给我枪。”

“你以为我和你一样蠢？”

“我不只是为我的父母去拼。”邱先蓦地仰起头以一种从未有过的坚定语气说道，“我知道所有惨剧的根源在哪儿了。我要拼！要拼才能赢！”

“我不想拼吗？”唐仁激动起来，“我退缩过，害怕过，可从未放弃过。这半年，我东奔西跑是在逃命，可也是在保存力量。想想吧，现在我们连对方在哪儿都不知道，怎么去拼？”

“就算找到宇宙的尽头……”

大地突然悄无声息地裂开一道漆黑的缝，将他们俩连同邱先未完的话语一并吞噬。

七

“还有别的事吗？”贝贝娜有些不耐烦地问道。不知怎的，她从小就不喜欢休伦里，特别是看见他眼中的贪婪之色时。

“有的。”休伦里走至输入话筒前，“M80 区被打击以后，那里一家医学研究所的部分新型病毒逃逸到了 M79

区，被感染的人越来越多。”

他掏出一块芯片投入信息接收口：“病毒的各种情况都在里面，请给出处理方法。”

一秒钟。

“我已向卫队下达了消灭 M79 区的命令，”“贝兹”的声音有些尖利，“以防扩散。”

“为什么？”贝贝娜大吃一惊，“那可是 1000 亿人！”

“消灭这些病毒的药物要 3 个月后才能问世，那时病毒已扩散到了整个联邦，感染致死的人也将达到 1100 亿人。对比是明显的。”

贝贝娜更加震惊，作为一个人，她无法接受仅凭这种精确而简单的对比便屠杀掉 1000 亿人的做法。可是，想想后果，又有谁能说“贝兹”这么做不对？天哪！在理智和情感之间，究竟哪一样在支撑着天堂？

“不必太难过。”休伦里将手搁在了贝贝娜的肩上，“人类大多是寄生虫，没什么可惜。”

贝贝娜愤怒地抖了抖肩：“走开！没你的事了！”

“可我还有事。”休伦里看着自己被抖落的手，神经质地笑笑，“你对我太过分了。”

他一下子抱住了贝贝娜。

……

杀人的火舌从四周的墙上倾泻而来，将一切照亮。

邱先紧紧抓住唐仁的胳膊，除此之外他没有别的事能做。不过，他此时没有发抖。是的，血火相织的经历足以让懦夫也变成金刚。

死定了！邱先暗想。不知为什么，在这最后的时刻他忽然想起了贝贝娜，还有那销魂荡魄的一吻。

奇迹再次降临。那几乎交织成片的火网罩来罩去也沾不住他们的身体，难道，命运安排他们处在了某个射击不到的“死角”里？

“快离开这儿！”唐仁大喊着抽出了炽温枪。亮光闪过，墙上出现了一个犹自冒烟的洞口。

面前是一间极大的殿堂，还有，机器人——数以百计。

“给你。”唐仁递给邱先一把枪，“先打掉信号系统，断绝它们的外援。”

爆炸声传来……

他们从1000亿人的尸体中爬出来，他们的心中藏匿着1000亿孤魂的冤屈，他们担负着天地间最沉最深的悲伤。

火网、绝境、哀兵。

……

贝贝娜这才发觉休伦里的力气大得不可思议，就算年

轻人也很难这么有劲。

“我……一直喜欢你。”休伦里说，“其实，我最喜欢的是你父亲……可惜我不是女人。你那么聪明，跟你父亲一样……就像电脑。对了，你从小脑中就被植入了微处理机……这更像电脑了……我好喜欢你啊……”

休伦里的脸已极度亢奋，他的眼睛睁得溜圆，鼻孔翻开，两腮像水泡般地鼓起。

八

终于沉寂。

“我们，还活着？”邱先讷讷开口。

唐仁扫视着遍地狼藉：“这是什么鬼地方？按说这儿不该有人的。”

“难道，这颗被人遗忘的星球正是枢纽所在地？”邱先若有所悟，“换了我，可能也会把枢纽安在这儿。”

“那快找找看。”唐仁开始小跑，“你猜会在什么地方？”

“谁知道？”邱先跟了上去。七拐八折的通廊弄得他如入迷津。

“找到枢纽后又怎么做？”邱先问道。

“阻止‘贝兹’，阻止它进入万能境界，那是种可怕的境界。”

“可怕？”邱先不解。

唐仁没有回答。因为，前面传来了人声：“哈哈哈，宝贝儿……”

透过一道未掩尽的门，可以看见一个男人正得意忘形地狂笑。

“是休休！那只巨猿！”唐仁掩口惊呼，“当年他在整容之后便不辞而别，给我父亲留下一封信说要去寻找喜爱的生活。想不到他竟在这里。”

“放开我！放开……”

是贝贝娜的声音。一股不可压抑的力量驱使着邱先箭一般地冲向了门。

入口处代表禁地的红线鲜亮夺目……

唐仁心念一动，旋即一把抓住邱先的手共同跃起——多次死里逃生绝不会都是奇迹。

休伦里的身躯被邱先一拳打倒，并一直滚向光洞的方向。出于保护的目的，光洞周围一米之内不许任何人走入。而这次，休伦里却进去了——血雨飘飞。

另外两个男人别过头躲开这一惨景。这是个不容饶恕的错误，因为，等他们片刻之后回过头来时，便看到了一支小巧的炽温枪和一张冷酷的脸。

“你们终于找来了。”贝贝娜声音低沉。

“贝贝娜，你——”邱先欲说又止。有什么可说的呢？根本是两个世界的人。

“不错，这儿便是枢纽，你们来晚了，‘贝兹’马上便要进入万能。”

惨死的父母和无数的尸骨在邱先眼前晃来晃去，幻化成了天堂与地狱的种种异景。他猛然举枪射向光洞。他等着在烈焰焚起的刹那与“贝兹”一道消亡。

火光闪过。贝贝娜的手指紧了又松，她没有开枪，只是，流汗了。

“‘贝兹’有完善的修复功能，你们是枉费心机。”贝贝娜尖声道，“站着别动，否则别怪我！”

光洞突然迸放出了七彩异色，绚丽、耀目而辉煌，仿佛一颗恒星正在诞生。伴着曼妙而空灵的音乐，一个发嗡的宣言般的声音震得人心胆俱裂：“我已万能！我是主宰！”

“不！不能把世界交给这台没有感情没有灵魂的机器！”唐仁狂喊着扑向前方，他的姿势有着惊心动魄的美丽。

贝贝娜的手微微一抖。唐仁的下半身顷刻成了漆黑的枯骨，他重重跌倒。

“我……败了。”他咧嘴做了个仿佛是笑的表情，转而看着邱先，眼光渐渐迷蒙了，“记得……地下室里的那些破烂电脑吗？它们都是试验品，都毁于……悖论……”

唐仁的双眼在光洞的异彩辉映下缓缓合上。

邱先没有流泪，只是深深看着唐仁的脸："好兄弟，你等着我。"

然后，他开始缓慢而又无比坚定地走向光洞。

"站住，你再走一步，我……就开枪。"

邱先仿佛什么也听不见，他脸上一片茫然。

豆大的汗珠从贝贝娜额头上淌下来。

邱先站到了输入话筒前，他的两眼看着很远的地方。1000 亿冤魂支撑的斗士眼望远方。

他开始思想，绞尽脑汁、耗尽心血地思想。

然后，他一字一顿地说："万能的'贝兹'，请出一道你解不出的题。"

贝贝娜的脸一下子变得惨白惨白。

九

是的，这就是悖论。人类可以坦然面对悖论，而电脑则不行。"贝兹"是万能的，世上不应该有它出不了的题，也不该有它解不出的题。无论它出不出这道题，都表明它不是万能。

尖锐的运行声嘶鸣起来，光洞的异彩高速闪动。波及大地的震颤渐渐加剧，末了竟令人几乎站立不稳。

的确，“贝兹”开始伤脑筋了，而且是伤透了脑筋。每秒的时间里都有一亿道题在“贝兹”的大脑里诞生，然后被解答并抛弃，接着又是新的一亿道题……

“停下！‘贝兹’！”贝贝娜高声叫喊。

发嗡的声音低弱至极：“……正在工作……不接受……新指令……”

光洞的亮度开始衰减，显然，“贝兹”在宇宙中的无数分支已消耗了过多的能源。

“……呃……杀！”声音突然变调，有了森冷的意味。

“不能这样！‘贝兹’。”贝贝娜惊呼。

杀戮开始了。

整个“意愿完成体系”的力量已全部开动，这是一个由高速飞船、高强材料和高能武器组合起来的最强大也最无情的集团。目标，是人。

这是一场力量悬殊到了极点的战争。被过度舒适的生活消磨了几乎全部肌肉和意志的血肉之躯，除了充当靶子外别无他用。宇宙在浴血。

光洞继续黯淡。

“我父亲太喜爱‘贝兹’了，这是他一生的心血。”贝贝娜喃喃而语，“他去世前给‘贝兹’编入了一道条件执行指令，规定一旦‘贝兹’的生存受到威胁，它可以做出完全自主的选择。”

邱先面色如灰：“它，选择？”

“一个初生婴儿的选择不会有善恶之分，因为他无知。可‘贝兹’不是无知的，它的选择跟电子元件接通电源的一刻要么显示‘1’要么显示‘0’的初值一样，要么是‘善’，要么是‘恶’。不幸的是，‘贝兹’很偶然地选择了‘恶’。”贝贝娜的身躯开始发抖，“我想，外面已经没有活着的人了……没有了……”

邱先忽然发觉“没有了”这 3 个字实是无比好笑的字眼，这令他忍不住张大了嘴：“没有了……哈哈哈哈，什么都没有了……”

“唉——”光洞发出了一声悠长至极的叹息，而后，伴着这声叹息，“贝兹”的身躯重重地痉挛了一下，之后熄灭了。

开启顶壁的按钮被这番死亡的痉挛震得启动了。灿烂的阳光涌了进来。

听得到溪泉淙淙，闻得到花草的芬芳。一只好奇的小鹿从顶壁的缝中探进头来，忽闪着充满大自然灵性的眼睛四处张望。

看来，地球正因为它的荒无人迹而幸免于难。现在，这颗重返洪荒的星球上站立着最后两个人。

“你杀了‘贝兹’。”贝贝娜咬牙切齿地说，炽温枪在她手中泛出冷冷寒芒。

另一道寒芒握在邱先手中：“方玲、唐仁，还有所有人……都死了。现在，轮到我们……”

“我后悔给了你‘存活信息’。”贝贝娜用一只手抓扯着满头金发。

“什么信息？”

“当时，你以为飞舰是来杀死我们的，把我推出了光圈。”贝贝娜的神色渐渐恍惚，“那一刻我好感动，就用信息光照射了你……让你不会被我们的自控武器打中……我太傻了。”

贝贝娜失声痛哭。

邱先心中翻起一片爱极也恨极的狂澜，他的心力已憔悴得不成样子。

“我更后悔……刚才为什么不一枪打死你，我本来有的是机会……”

“为什么？”邱先低声问。

“我想——”贝贝娜艰难地挤出一丝自嘲的苦笑，“就是因为，我爱上你了。我只是打算利用你的，可为什么……我实在太蠢了……”

邱先全身一震，手中的枪几乎掉落。不，不能心软。

难道，他能忘记无数人遗留的悲伤？不能！

“可你杀了‘贝兹’。”贝贝娜咬咬下唇，话语中只剩下了歇斯底里的肃杀，“我活着就是为了保护它，可它已经死了……”

尾　声

在漫长的时间和浩瀚无垠的空间所构建的混沌图景里，有一颗淡蓝色的星球。

最后的两个人对峙着，仿佛两尊由爱火烧铸而成的仇恨的雕像。她不是夏娃，他也不是亚当。而活着的人不会再信奉其他的东西，只信奉所有悲欢哀乐的真正缔造者——人。

炽温枪寒芒夺目。

好奇的小鹿看厌了，因为它实在看不懂。它兀自走开，去吃青青的草，去追逐天真的爱情。

天正蓝，水正清，世界如伊甸园般美丽。

汪洋战争

山　洞

入口给人以狭小的错觉，如果不是亲眼所见，谁也想不到这里面布置了一个作战指挥部之后仍然显得宽松，甚至可以用便携式书架隔出一间卧室来。也许因为和拉旺初次见面的印象过于深刻，此后的岁月里，迦英的脑海中常常浮现出这幅幽暗的景象，以至于多年以后，当他在这个星球上最奢华的府邸里午夜梦回时，偶尔还会以为身处某个幽暗的山洞，而自己仍然是那个懵懵懂懂的编号为“4577”的小勤务兵。

此刻拉旺刚刚起床，有些睡眼惺忪。迦英是来接替沙牧尔的，在昨天的一场小规模遭遇战中，沙牧尔为了掩护拉旺身中 5 弹。此时拉旺的眼中燃烧着一团仇恨的火焰。他手里轻轻摩挲着一个银色的名牌，上面写着一个数字和沙牧尔的名字。

“领袖，我见过这个牌子。”迦英突然怯怯地说了一句。

“哦？”拉旺并不意外地回头，这时可以清楚地看到他凌乱的头发和胡须。

“沙牧尔和我都是塔吉村的，两个月前沙牧尔回村时曾经拿出来向我们炫耀过。”迦英解释道。

“你看到过几次？”拉旺的态度很温和。

“就一次。后来他也回过村子，但再也不肯拿出来了。”

拉旺沉默了一下，问：“你知道后来他为什么不拿出来了吗？”

迦英想了想，摇摇头。

“展示身份牌违反了我们的纪律，他受到了严厉的警告和惩罚。我们是战士，铁的纪律是胜利的保证。”拉旺接着说，“敌人凶残而狡猾，任何大意的行为都可能导致严重后果。另外请记住一点，叫我向导，不要叫我领袖，而且任何时候都不要对我敬礼。在我们的队伍里，人与人之间没有这些差别。”

迦英点点头，表示自己明白了这个道理。他不由自主地瞄了一眼山洞口外那个低悬的圆盘，现在是清晨，月亮还没有完全隐没。迦英知道敌人就在那里，正是那些红眉毛绿眼睛的家伙夺走了人们的幸福。

拉旺从桌子上拿起一样复杂的工具在名牌上来回划动，这个工具是山洞里少有的带有科技性质的东西。迦英后来才知道，拉旺是极少亲自制作名牌的，新战士的身份名牌一般由连长或是营长制作。片刻之后，名牌上的名字已经换成了迦英的。“这个是你的了。”拉旺说着将牌子递给迦英，“你外出执行任务时最好把它留在营地，这样会少许多麻烦。”

“那个数字还没变呢。”迦英小声地提醒道。

“哦，那个是不用变的。”拉旺瞄了名牌一眼，“数字可以重复使用，我们不能让数字变得太大，这样会增加敌人对我们的警惕，敌人非常强大。”这时拉旺顿了一下，似乎有些明白迦英何以有此一问：“人们会永远记得沙牧尔的，他活在这里。”拉旺用拳头捶了捶胸口，发出沉闷的“咚咚”声。

迦英捏了捏名牌，坚实的金属边硌疼了 16 岁少年的手，心里却真切地升腾起某种很充实但他现在还无法完全明了的感觉，近似于……幸福。

月 球

由于没有地球引力的保护，月球背面的陨石坑密度大于正面的，从联邦总部大楼望出去，大片起伏的凹坑一直展布开去，就像是一片被放大了亿万倍的橘子皮。建筑物的保护罩能够承受绝大多数陨石的冲击，那些超出承受力的小行星则被提前拦截清除。出于安全考虑，联邦总部两年多前从地球迁到了月球的静海，在这里指挥对叛军的清剿。而自从叛军掌握了难以防御的大功率激光武器之后，总部再次迁移到了月球背面。

元首巴契夫满脸不悦地审视着戡乱战报，长条桌子前的部门头头们一个个都小心翼翼，这个时候他们最不愿意听到的就是自己的名字。

“科恩。”巴契夫点了一个名字，“你们安全部不是报告说派出的斩首部队绝不会失手吗？为什么清除名单上的 9 个人里还有将近一半活着？”

一个谢顶的胖子很快站起身，在月球的低重力环境下，他肥胖的身材几乎对他的行动没有什么影响。他粗大的喉结蠕动了一下：“我们为这次行动准备了半年时间，为了避免他们对这次行动产生警惕，针对 9 个组织的大规模斩首行动同时进行。在逃脱的 4 人中，有 3 个组织的头目是用牺牲替身的方式欺骗了我们。还有一人，当时情报部门已经确定了他的位置，但他和参加婚礼的几百人混杂在一起，无法实施远程打击。等特遣分队到达时，他已经逃掉了。”

“‘地球团结阵线’……怎么又是婚礼？”巴契夫再次看了一眼资料，禁不住嘟囔了一句。

科恩似乎明白元首所指：“是的，元首您的记忆很准确。7个月前我们清剿‘地球团结阵线’时也遇到过一场婚礼，无功而返。”

“地球团结阵线”在现有的9个地球抵抗组织里实力排名一直靠后，控制的地盘不大，从掌握的情况看，其人数也非常有限。在联邦总部对敌情的判断里，它的危险度排名有时候是8有时候是9。根据情报分析，这个组织具有坚定的反叛决心，但实力普通，难成大患，今后最大的可能是被另一个更强大的反抗组织合并。

联邦国防部部长拉姆斯菲尔德发言道：“当时你们发射一枚四级导弹就可以解决问题了，现在一切又要重来。谁知道下一次找到他们要到什么时候。”

科恩有些不安地瞄了一眼巴契夫，但他看不到什么表情变化，这使得他稍稍镇定了一些：“这个我们当然知道。其实一枚五级导弹就足够了，但是那些当时在场的人全都会死，里面绝大多数都是平民。你们知道的……”科恩咽了一口唾沫，“战争公约里禁止这种行为。”

巴契夫有些不耐烦地合上卷宗：“安全部没有做错。从联邦统一前的列国时代算起，公约已经实行了几百年，我们的时代不应该成为例外。请国防部尽快根据情况制订下一阶段作战计划，重点消灭斩首行动中已经被有效打击的几股叛军。安全部继续之前的工作，不过那些人知道了我们的行动，你们以前的方法是行不通了。另外制订更好的方案吧。”

会议人员依次退出。拉姆斯菲尔德走到门口又折返回来：“先生，能问一个问题吗？”

巴契夫似乎早有预料地点点头。

“我认为安全部这次的处理属于失误。本来是一枚五级导弹就能解决的事情，现在我们至少要付出1000倍的伤亡代价，就是因为一个迂腐的公约。”拉姆斯菲尔德的声音显得很低沉，他仿佛看到了成千上万联邦士兵倒在血泊中。

巴契夫的目光变得有些飘忽，仿佛想起了什么，过了一会儿，他低声说道：“你知道的，几天前，我们刚刚发表声明谴责叛军违反战争公约，在这种时候我们更有必要维护公约。”

“是的，我知道这件事。我参与了声明的起草。”拉姆斯菲尔德表情沉稳地看着巴契夫，“但我不认为一份谴责抵得过在红翼山谷牺牲的42名战士的生命。”拉姆斯菲尔德的喉结困难地蠕动了一下，“我最优秀的一位学生就在其中。我甚至不知道怎么表彰他们，因为他们并没有立下一寸军功。”说到这里，拉姆斯菲尔德不由自主地想起那些可怕的现场照片，这个以铁血著称的军人的声音不禁有些颤抖。

巴契夫沉默了几秒：“既然公约存在了这么多年，那自然有它的理由，我们还是遵守吧。”

巴契夫开始埋首文件，他没有注意到联邦国防部部长极度悲哀的眼睛里闪过一丝愤怒的火焰。

外星人

在列国时代，这片山区属于巴基斯坦和阿富汗接壤处，当时也称部族地区，即使在全球一统的联邦时代，部族的势力仍然保持着余威。越野车在这里的道路上开得不快，越往前走景色越荒凉。沿途的崇山峻岭中，偶尔能看到几处低矮破旧的土坯房。趴在荒山野草之中，远远望去，很难分清哪里是房、哪里是地。狭窄的道路上间或遇到几辆装载木材的破旧卡车或是“挂满”当地人的客车。汽车扬起的尘土挡住了视线，司机叫苦不迭，紧抓着方向盘，神情紧张。

迦英拉着扶手，任凭身体在座位上颠簸。他已经习惯了每隔一段时间的迁徙，有时坐汽车，有时坐驴车和马车。车里只有 3 个人，其他地方都塞得满满当当的，但并不是生活用品，而是拉旺的书。除了书以外，拉旺对于自己用过的物品从不留恋，即使他曾经很喜欢的东西也一样，按照他的说法是："留下来都送给当地村民吧。"但迦英其实很怀疑是否真有村民能够发现那些伪装极好的山洞，实际上常常是几个月后的某一天，拉旺又带着大家转回到以前的某个山洞，发现那些物品还好好地待在当初的位置。

直到现在，迦英对于此次迁徙的地点都是不明就里的，他心里隐隐觉得虽然有情报的关系，但是迁徙似乎更多取决于拉旺某个时刻的直觉。拉旺天生就比他人拥有更敏锐的洞察力，他似乎兼有狼的嗅觉和狐狸的智慧。半个多月前的一个深夜，在没有任何征兆的情况下，拉旺突然从睡梦中起身，命令大家紧急转移。结果驴车刚刚走出几千米，便听到山洞的方向传来惊天动地的爆炸声。迦英知道那是联邦军队的"滚球"炸弹，威力足以削平整座山坡。这样的紧急转移发生过很多次，有时是在拉旺睡觉的时候，有时则只是拉旺刚好抽完一支烟的当口。迦英已经习惯了随时上路。迦英坚信，在拉旺的大脑里一定有某个神秘的声音在护佑着他，他能察觉到普通人察觉不到的异常。而在村民们那里传得更是神乎其神，有人说拉旺是天上的星辰降临人世，有人说他有“千里眼”和“顺风耳”的神奇本领。有人把这些话告诉了拉旺，拉旺爽朗地大笑着说：“这是村民对我们的祝福，说明村民和我们在一起。”

塔吉是最可靠的堡垒村之一，迦英没想到这次转移的目的地居然是自己的老家。想到那些从小到大的玩伴现在还在土里刨食，他不由得用力挺了挺瘦弱的胸膛。迦英伸手摸了摸那块名牌，心里有些犹豫带不带着它回家，他想象着自己在母亲和妹妹面前拿出名牌的一刻该有多么风光。不过迦英最后还是放弃了，携带身份牌容易被敌人发现。拉旺曾经告诫过他，一定要在打击敌人的同时保护自己。

住在堡垒村的日子是难得的放松时光。在这里基本不用担心什么突发的情况，长老和村民都衷心地爱戴着拉旺。“地球团结阵线”以前的名字并没有“地球”二字，这是两年前拉旺加上去的。当时，联邦总部因为担心热核武器的攻击刚刚迁到月亮上。迦英这段时间以来见识也渐长，毕竟天天和拉旺在一起，有缘见到一些情报资料，他知道有两个组织已经拥有了这种魔鬼的武器。一份情报上说，联邦军队到处搜寻的一枚核弹其实就埋在一位村民家地窖的甜菜堆里。当然，那位村民并不知情，他以为这是一箱待价而沽的铜矿石，每天一大家子在火山口上生活如常。拉旺的另一个创造是给联邦政府改名为“月球佬”。按照历史学家的分析和评价，拉旺这个小小创造的影响无法估量，实际的军事价值超过 30 个整编师。大多数历史学家认为，从后来的发展看，联邦政府迁到月球的决定无疑是失策的。不过也有极少数的历史学家认为这个决定是正确的，因为有情报显示叛军可能制订了对首都进行热核攻击的计划。拉旺的创造很快不胫而走，人们忘记了政府的迁移是一种战时措施，“月球佬”成了联邦政府的专称，似乎那些人本就是来自月球的异类。在地球的各个抵抗组织里，在山地、在丛林、在华北的青纱帐、在密西西比平原的麦浪中，“月球佬滚回去”的声音如星火燎原般扩散。

说明一点，做出评价的历史学家是外星人。

武　器

“兵者，诡道也。故能而示之不能，用而示之不用，近而示之远，远而示之近……攻其无备，出其不意。此兵家之胜，不可先传也。”

拉旺在读书，借着山洞门口传进的光线，拉旺投入了他自己的世界当中。迦英这个时候的工作是比较轻松的，闲坐或是打盹都可以。拉旺看书很少出声，但有些段落他却总是反复诵读。拉旺告诉迦英，那是一本来自古老东方的著作，蕴含着人类顶级的智慧。迦英其实不太明白拉旺的话，他觉得这些拗口的话虽然听上去很艰深，但不过就是一堆文字，抵抗战士们都认为发明了飞行船和磁暴坦克的人更了不起。抵抗战士因为没有这些尖端武器，交战时总是处于下方，常常要付出几条人命的代价才能击毁或是俘获一架联邦军的装备。“地球团结阵线”虽然有自己的兵工厂，但规模和水平不仅无法同联邦军相比，同另外几个抵抗组织相比也差很多。不过拉旺似乎对此并不在意，他对武器的态度超出所有人的想象。拉旺并不像外界传说的那样是一介武夫，恰恰相反，他对武器有一种天生的疏离感，不到万不得已他甚至都不愿意碰一下枪把，似乎那些让抵抗战士们喜爱不已的武器会刺痛他的手。出于安全需要，拉旺配备了一支老式的鲁格手枪，但绝大多数时候它都待在迦英腰上多出来的一个枪套里。有一次，迦英小心翼翼地问拉旺为什么不随身带枪，拉旺爽朗地一挥手说："敌人的子弹是打不中我的。"看着迦英迷茫不解的表情，也许是出于对这个半大孩子的衷心的奖赏，拉旺补充了一句，"如果到了需要我拿起枪的时候，枪也就没有什么用处了。"然后拉旺发出自信的笑声走出洞，留下迦英沉浸在这句高深莫测的话里独自思量。

故　事

月球总部在安全上有足够的保障，官邸中基本上不需要什么警卫力量，巴契夫开始享受一天中最轻松的时刻。卡佳快乐地扑过来，将红红的脸蛋埋在祖父的怀里。小姑娘6岁了，在这远离地球的地方从未体会过战争的残酷。既然在月球背面看不到地球的战火，那不如索性让孩子们与战争绝缘，这几乎是这里所有人的想法，所以很少有人在孩子面前提到战争的事情。而在地球上的情况则完全不同，巴契夫不禁想起看到的记录资料：一些叛军战士死去的时候几乎就是孩子，他们的人生还没有真正开始就已经结束了。有张照片里，一个男孩双手紧紧抓着枪把，似乎以为这个东西能将他与厄运隔离开，仅剩的一只独眼瞪得很大，仿佛要掉落出来，死亡将最后的迷惑永远定格在了惨白的天空之下。这样的孩子参战肯定违反了公约，不过叛军好像没有把这个当回事。

“给我讲故事。”卡佳扯住祖父的衣领，“接着昨天的。”

巴契夫将思绪收回眼前：“好啊，我的小卡佳。昨天讲到哪里了？”

“讲到你的爷爷，也就是爷爷的爷爷年轻时干活不小心扎破了手指……”

巴契夫“哦”了一声，昨天他是给小卡佳讲了那个故事，不过真实的情况是左手食指和中指被机床切断了，为了不让孩子过于害怕，他做了一点儿艺术加工。巴契夫抬头瞄了一眼墙壁，他的祖父神情肃穆地坐在那幅已经稍许褪色的油画里，从画上看不到他残疾的左手。家族就是从祖父那一辈开始兴旺发达的，从一家小作坊开始，直至建立起后来的工业帝国。而在此之前，家族一直只是普通至极的农人，不过在古老的传说里，家族祖先却有着非同一般的遭遇，如果不是凭着那种不可思议的幸运，所有的一切都已沉入永恒的黑暗……巴契夫心中一凛，中断了对这个超出心脏负荷的问题的回想。

“卡佳告诉爷爷，那个故事告诉我们什么道理呢？”巴契夫和蔼地抚弄着小女孩褐色的鬈发。

“告诉我们做事情要细心。”卡佳奶声奶气地回答，她觉得祖父的问题真是太简单了，不过还是很得意地接受了祖父赞许的目光。

“对的，我的小卡佳真聪明。”

真正的故事

大眼第 197 次从寐境中苏醒。

“露茜”自动系统在第一时间接通了信息通道，大眼立刻知道了这是一次时长为 30 个行星年的标准寐境，神尺表现平静，说明这期间没有发生什么特殊事件，否则系统会提前终止寐境。按照章程，还需要大眼在例行的为期 10 天的苏醒期进行复核。不过由于系统的高可靠性，复核工作基本上只是形式罢了。大眼有些无聊地调阅着历史年表记录，有些是文字的，更多的则配合了图像资料。这种单调重复的工作早就丧失了吸引力，大眼只是在履行自己的职责。大眼做着这项工作的时候心思早已回到了遥远的菲星，那是一个和蓝星——地球迥然不同的世界：天空中一颗太阳恒定大小，平均距离两万亿千米之外另有两颗太阳忽大忽小。在故乡晴朗的夏夜，大眼和露茜曾经无数次牵手走过。虽然大眼知道，菲星上自己熟悉的一切早已逝去，但是记忆并不受制于理性，它自有一套逻辑。

蓝星的最近 30 年显然不平静，统一的联邦只稳定运行了 10 多年就被分裂势力冲得七零八落，战火在这颗星球上熊熊燃烧。不过话说回来，战争在蓝星上本来就不是什么稀罕事儿，从这颗星球上诞生人类以来，战争没有一天停歇过。争斗似乎写进了这种两足猿猴的基因里，让他们甘之如饴，不能自拔。曾经有不少人类学者不理解原始部落为什么会花许多时间和精力从事狩猎，因为根据统计，狩猎获得的能量根本无法抵偿总体消耗。实际上，让部落得以长期生存的是妇女们从事的采集活动，如果男人放弃狩猎从事采集的话，生存质量必然更好。但后来学者们终于意识到，这种狩猎行动最重要的功能是保持一支武装力量，为随时可能发生的战争做准备，与狮群豢养雄狮是同样的道理。大眼知道这个秘密的时间远远早于人类自己，那时候他刚和露茜一起降落到这颗蓝色星球不久。

大眼想到这里不禁瞄了一眼断崖下的冰瀑，那是他为露茜选择的葬身之所。想来露茜应该对此感到满意，至少几百年来当她偶尔进入大眼梦中时，并没有对此表现出过什么抱怨。直到今天大眼都不能理解露茜当年的那个决定，经过行前魔鬼般严酷训练的她不该犯那样的错误。而对露茜来说，最可悲的一点在于，她付出生命的代价却没有得到相称的结果，神尺的规律至今仍然是不解之谜。现在想来，露茜一定是被那地狱般的场面搅乱了心神，以至于做出了愚蠢的举动。这时候大眼心里突地滚过一阵刺痛，让他有点儿艰于呼吸，看来时间并没能平复一切。

大眼同露茜的相识实在太久了，幼年时他们一起进入训练营。实际上，大眼根本想不起没有露茜的时候自己做过些什么。从小他们就知道，虽然菲星已经是银河联邦的成员，但由于地理位置偏僻，菲星只是一个不入流的小成员。的确，银河旋臂的边缘地带物质非常稀薄，菲星不要说与辉煌壮丽的银核区星球相比，就连与那些位于旋臂中段的第三世界星球相比，地位也是天壤之别。实际上，如果不是一位神族巡游者偶然经过这片从来不被人注意的区域，同时菲星上又正好在进行一次粒子实验，那么到今天菲星都还是一个孤独的宇宙弃儿。大眼并没有亲眼见到神族降临的时刻，那时候的他还是母亲腹内一团无知无觉的血肉，但他从后来见到的记录资料上感受到了当年那狂热的气氛。神族巡游者从天而降，化身为菲星长者的形象，所有人载歌载舞向神族表达敬畏。菲星的智者已经知道银河系的广袤超出一切想象，而神族巡游者却能够在瞬间往返自如。如果这一过程是按照传统的能量耗减方式进行，那么根据智者阿朵的计算，这至少需要同时熄灭1000 颗太阳。但神族显然自有奥妙难言的方法，因为星空依然闪烁。

菲星人的欢乐并没有持续太久，神族巡游者宣布他将离去，而且不再回来。菲星人难以掩饰自己的失望，巡游者显然了解菲星人对高级技术的渴求，但他明确表示了拒绝，理由并不是菲星人认为的传授难度太高，而是因为智慧物种只能依靠自己的力量融入宇宙，任何干涉都将扰乱“法则”。资料真实记录了神族巡游者提到“法则”这个词时庄重肃穆的语气，让人清楚地感觉到，面对“法则”，即使身为神祇也必须匍匐身躯。

神族巡游者的告别礼物是一把晶莹剔透的“神尺”，分为蓝、红两部分颜色，一道简洁的黑色游标横亘底部。巡游者解释说：“游标停留在底部意味着一切正常；游标进入蓝色段时意味着警告，说明神圣的‘法则’受到了冒犯；如果冒犯行为加剧，则游标将进入红色段，这意味着菲星人将遭到外来的严厉惩罚；如果游标超出红色段……”说到这里，巡游者停顿了一下，接着意味深长地说，“你们还是祈求不要出现这种情况吧！”

智者阿朵鼓起勇气上前提出盘桓在每个菲星人心中的疑问：“至高无上的神族啊，请给卑微的菲星人以指示，‘法则’到底是什么？”

巡游者仰望着天空久久沉默——这是记录里唯有的一次关于神族也需要思考时间的例证——然后说了两个字：“生存。”

这是神族在菲星上留下的最后线索，此后的许多年，无数菲星智者为这个浅显至极的词绞尽脑汁。从字面上看，这个词并不需要任何解释，但如果仔细思考就会发现它高深莫测的内涵。如果“生存”指的是生命的存续，那马上就会面临一个难解的悖论：生物圈本身由食物链构成，生命个体的存续必然伴随着另一些生命个体的毁灭。而且神尺的表现似乎也佐证了这一点，黑色游标总是在蓝色部分游移，意味着菲星上一直发生着冒犯“法则”的事件，而在每年的渔猎季节更是可以明显发现黑色标记的异动。

巡游者逗留菲星时对这个区域进行了仔细的探寻，结果发现在大约3个菲星光年之外有另一个太阳，它的第3颗行星上生活着一种两足智慧生命。

堡垒村之死

接到开拔命令的时候，迦英正在家里帮忙翻晒小麦，看着金灿灿的粮食和母亲枯皱脸庞上的笑容，迦英觉得浑身上下都充满力气。塔吉村和周围的几个村子以前都属于法尔汗老爷，兴起“农牧社”之后法尔汗老爷跑掉了，他的土地和牲口都由“农牧社”分给了村民。当时法尔汗的大儿子试图阻止“农牧社”，但一颗子弹让他安静地闭上了嘴。

迦英一直记得那个欢乐的日子，大家都兴高采烈地清点自己名下的那份财产。“农牧社”大院门口的告示牌前挤满了人，沙牧尔的舅舅鲍回尔是村里最有学问的人，他不知疲倦地站在台阶上反复宣读着上面的文字。沙牧尔在人群里骄傲地四下张望，仿佛站在台阶上的不是他的舅舅而是他本人。那时沙牧尔还不知道自己 7 天之后会参加队伍，107 天之后自己的一切将凝固成数字“4577”。

“农牧社”的大院以前是法尔汗老爷的住宅，四周环绕着高 10 米、厚 4 米的土墙，土墙周围是茂密的石榴园、葡萄园以及一片长满大象草的荒地。也许是被喧闹声惊动，一个人影从大门里走了出来。

这就是塔吉村的人们第一次见到拉旺的情景。当时在场的人每次向别人提到这件事情，都会加进一些新的内容，有人信誓旦旦地说那一刻天空突然变得通红，但也有人作证那一刻天降甘霖，这些纷繁的无法共存的说法最终让那一分钟里发生的简单事情变成了不可思议的传奇。现在拉旺已经到过塔吉村多次，村民已经见惯了他，但他们的敬仰之情丝毫没有减退。

迦英刚赶回指挥部就看到一幅匆忙的景象，那些书已经被打包，参谋长正向拉旺解释着什么。

“只是一个50人左右的小分队，没有重武器。”参谋长仿佛在做什么努力，“情报显示，这是一次奇怪的突然行动，不过并非针对我们。他们不知道我们在这里。”

拉旺赞许地看着参谋长：“应该嘉奖我们忠诚的情报人员。他们为我们赢得了宝贵的撤离时间。”

参谋长小声地建议：“我们可以不撤离。警卫连加上我们有100多人。我们能够消灭他们。”

拉旺脸上的表情变得凝重：“我已经下达了撤退命令，难道你忘记了我们制定的《优势兵力作战准则》吗？”

“我当然没忘。”参谋长的声音变得有些低，“在战役部署方面必须集中绝对优势兵力，即5倍到6倍，至少也要3倍于敌的兵力方可作战。”

拉旺脸上露出笑容：“那就好，去准备吧。不过我们也不能放过这些家伙，可以打一次放羊战。”

迦英感到一阵兴奋，放羊战是最英勇也最具有传奇色彩的游击战术。乔装成放羊人的战士暗藏武器接近敌人，然后迅雷不及掩耳地发起突然袭击，往往能以极小代价杀死大批敌人。在10多天前红翼山谷的那次放羊战中，一名英勇的战士扮作受伤的牧人，与42名联邦军士兵同归于尽。

参谋长点点头转身出门，仿佛又想起了什么：“情报称，法尔汗的小儿子是这支队伍的指挥官。估计他们是想回到塔吉村夺回财产和土地。塔吉村是最早的一批堡垒村，这里的村民非常拥护我们。”

拉旺沉默了，仿佛在下什么决心。过了几秒他开口道：“同敌人打阵地战就正好中了他们的圈套，我们要在运动中用一切手段灵活地消灭敌人。我们追求的是最终的胜利，如果患得患失，我们就放不开手脚，就会陷入泥潭。”拉旺久久地盯着参谋长的眼睛，似乎在传递着只有他们两人才能明白的某种信息，“执行命令吧。”

迦英到一些年头之后才最终理解了拉旺此刻的目光中所包括的含义，同时也明白了当参谋长转身出门的时候为什么会突然佝偻了身躯。撤退命令执行得很迅速，迦英没有时间回家同母亲及妹妹说再见，实际上他永远都没有这种机会了。指挥部撤离后不久，小法尔汗认识的两位塔吉村牧羊人因为缺水向联邦军小分队求助，几分钟后周围的人们听到了一声巨响，11 名联邦军士兵阵亡。再后来的历史在细节上成了永久的谜团，没有人知道究竟是小法尔汗一开始就打算血洗塔吉村呢，还是 11 名战友临死前的惨叫让这支装备精良的部队失去了全部理性。半小时后的塔吉村成了人间地狱，眼睛血红的士兵不让任何村民靠近，不听任何解释，他们疯狂地发泄着仇恨和子弹，无视任何人的呼喊，仿佛在他们面前苦苦哀求的不是一个个活人而只是一群异类。

硝烟开始散去，小法尔汗全身无力地斜倚在大院门柱上，除了他之外，每个人的子弹都打空了。

……

拉姆斯菲尔德面无表情地站立着，身体笔挺。他的肩章已经取下，同帽子一起整齐地叠放在面前的桌子上。撤销他的国防部部长的命令刚由巴契夫宣读完，他接下来将要面对的是联邦最高法院的指控。

塔吉村事件带来的影响超过了任何人的想象。来处不明的血腥现场视频扩散全球，联邦军人对手无寸铁的村民的屠杀铁证如山。虽然小法尔汗以及参与这一事件的所有人都被立刻抓捕并送交军事法庭，虽然军方发表声明称小法尔汗率队突袭塔吉村的行为没有得到任何正式命令，属于个人行为，其初衷是想夺回法尔汗家族的财产，因为途中受到了炸弹袭击才丧失理智酿成惨剧，但所有人都知道这些理由根本于事无补。为了平息民愤，联邦紧急撤换了多名高级将领，现在轮到了国防部部长。

安全部部长科恩一直有些犹豫是否发言，最新的情报表明，拉姆斯菲尔德很可能不是无辜受过。小法尔汗在军校时曾经是拉姆斯菲尔德最欣赏的学生之一，单凭小法尔汗个人的力量伪造军令恐怕难以成功，一定有更强大的力量提供了帮助。科恩一直觉得，自从导致42名联邦士兵丧生的红翼山谷事件发生之后，这个铁血军人身上似乎发生了某些难以捉摸的变化，据说拉姆斯菲尔德非常器重的一个学生就在那次事件中丧生。科恩最终没有开口，他想还是找机会先向巴契夫汇报之后再说。

两名警卫来到拉姆斯菲尔德身边将他身后的椅子移开，拉姆斯菲尔德环视了一下同僚，最后目光停在了元首巴契夫的身上。他举起手想要行礼，但目光瞟了一眼桌子上的肩章，于是这个动作变成了一次有点儿不自然的挥手。

异　动

大眼刚一苏醒便看到了在神尺上剧烈振动的黑色游标。连接“冬眠维生系统”的控制部件显然更早地发现了这种变化，按照设计好的程序启动了唤醒过程。不过大眼并不认为这次就一定会发生实质性的事件，就像卡法城那次一样，神尺在剧烈振动之后上升了一大截，但最后并没有突破阈值。

蓝星是菲星的观察目标，这是神族巡游者的旨意。在星辰稀薄的银河系外缘，像这种相隔仅仅3个菲星光年（对蓝星来说是4.3光年）同时又都具有原生智能生命的行星比邻而居是极其罕见的现象。当巡游者宣布了蓝星的存在之后，菲星人欣喜若狂的反应完全在巡游者的意料之中。对宇宙的了解越多菲星人就越明白，一个没有“备份”之所的文明是非常危险的，小行星撞击、恒星灾难、地壳变动、气候异常等因素都可以轻易摧毁一个孤本的世界。没有等到智者阿朵开口询问，巡游者就给出了不容置疑的答案。蓝星人正处于农耕时代，综合技术水平比菲星落后 300 ~ 600 菲星年。但这么微小的差距在宇宙尺度上完全可以忽略不计，也就是说这两颗星球的文明其实属于同一个层次，这意味着蓝星人的原生权利受到“法则”的严格保护。菲星人虽然更加先进却无权染指蓝星，但可以在不加干预的前提下派出观察员。

大眼和露茜从数千名志愿者中被选中——说是志愿者也许不大贴切，因为所有候选人加入计划时都还不到 7 岁。其实谁也不知道他们这一代人究竟能否踏上旅程，一切都取决于亚光速飞行技术的突破。事情在大眼 26 岁那年变得明朗，第一艘恒星际飞船顺利试飞，4 个月后大眼和露茜终于朝着天空中最令人神往的那个方向进发。加速期和减速期分别持续了 3 个菲星年，中间是将近 9 年的三分之一光速巡航期。但大眼和露茜在整个行程中的年龄只增长了 6 岁——平淡的巡航期里他们依靠冬眠技术在寐境中度过。他们的降落点位于两块大陆结合处的高原，这座被蓝星土著称作雪山太子的雪山自古罕有人迹，是观察者理想的栖身之所。多年前巡游者安放的神尺就矗立在雪山之巅。

游标已经静止下来，停在了距离蓝、红分界线不足一个手指长度的地方。这让大眼感到吃惊，他清楚地记得自己在进入本次寐境之前，游标离分界线还有一个手肘的距离。大眼有些手脚忙乱地调出“露茜”系统的数据，结果显示，神尺比较大的异动在近一段时间内发生过3次，大眼被系统唤醒便是因为累计幅度超过了设定值。而让大眼大吃一惊的是，这个累计幅度竟然超过了已经保持了数百年之久的卡法城事件的纪录，这只能意味着有某些非同寻常的事情在这个星球上发生了。

大眼开始查找蓝星对应这3个日期发生过的事件，但结果让他再一次陷入了迷惘。由于蓝星的战争还在继续，在这3天里发生了数不清的生存与死亡交织的事件。在这些浩如烟海的资料里找出到底是哪些事对应着神尺的异动，实在是一件让人气馁的工作。实际上，神尺从来就没有真正停歇过，它总是处于幅度不一的振动之中，神族近于魔幻的技术赋予了它洞察万方的能力，这加大了大眼的工作难度。但是大眼不打算放弃，他全身心地投入甄别工作当中，忘记了进食，忘记了睡眠。过度的劳累让大眼出现了幻觉，有几次他感到智者阿朵的目光正从故乡星球上注视着自己，还有一次他真切地感受到露茜在身后轻轻抚摸他的肩膀。

唉，露茜，在卡法城到底是什么让你迷失了心智？

噩　梦

伴随着刺耳的叫喊声，又一个孩子倒落在地，活着的孩子恐惧万状，甚至忘记了哭泣。他们的父亲和兄长们早已死去，再也不能给他们以保护。母亲们则被绳索牵连着，发出一阵阵撕裂心肝的惨叫。

这时一阵金角号令传来，士兵终于放下了手中的弯刀。卡法城久攻不下，兵营里又出现了莫名的怪病，攻破卫城让这一队士兵士气大振。阿拉坦一边擦拭弯刀一边给旁边的人讲述自己看到了紫色精灵的怪事，他赌咒发誓说，就是那个精灵让自己放走了一个人，阿拉坦的话激起了一阵肆意的哄笑。士兵带着战利品离去，身后是仍在冒烟的卫城——那曾经有千百人生活的繁华之地现在已是一片断壁残垣。

所有人都没注意到远处山冈上的两个身影。

大眼不理解露茜有何必要来到这里。为了探寻神尺的运动规律，他们在蓝星上安置了许多观察设备，当神尺发生较大异动时，可以用来比对并分析结果。大眼和露茜来到蓝星已经 6 年，神尺比他们来得更早。在过去 100 年的时间里，这个星球上一直在进行着有史以来最大规模的征战。蒙古铁骑先是征服了东方，然后又以惊人的速度向西，攻伐一座座城池。神尺显然对此有所反应，每一次攻伐者举起屠刀都会在神尺上激起振动。按照巡游者的提示，这意味着至高无上的“法则”受到冒犯。仪器对神尺的观测非常细致，任何一次异动记录都可以准确到极小的时间和幅度范围，现在可以肯定，眼前这座卫城的覆灭的确激起了神尺的反应，数百人丧命让游标上升了小小的幅度。对神尺的观测和研究是菲星智者交给大眼和露茜的核心任务，而现今战火连连每天都上演着生存与死亡的蓝星是最适宜的观察场地。

但是大眼和露茜都感觉受到了挫折。6 个蓝星年以来，他们记录下了无数次神尺的异动，借助众多辅助观察设备，他们甚至可以将某次异动准确对应到蓝星某个角落发生的具体事件——比如皇族正在围猎烧山，又或者是眼前这样的屠城。但是，综合所有的数据，他们找不到神尺异动的规律。比如同样是屠城，4 个月前的那一次死亡人数上万，但神尺的异动幅度却小于死亡人数更少的这一次。

搜集的数据越多，大眼和露茜就越加困惑。最令研究者难受的，莫过于一样东西明明白白地摆在眼前，但就是无法洞悉其中的秘密。为此伤神的不仅仅是大眼和露茜，通过量子通信的传送，菲星的智者们体会到了同样的挫折。

虽然口头上不会承认，但大眼在内心其实已经有了放弃的念头。大眼早就没有了当初的雄心壮志，现在他觉得自己做的就是一项工作而已。但露茜显然没有放弃，不知从何而来的力量一直支撑着她。就像这一次，神尺刚表现出异动，露茜就拖着大眼赶到现场，目睹了战争的过程。

“神尺异动停止了，最终上升幅度比例为蓝色区域的一百二十万分之一。”大眼看了一眼携带的仪器。神尺游标的运动时刻不停，但能够观测出幅度变化的异动是少数。

露茜仿佛没有听见，眺望着远处那片鲜血尚未干涸的土地。大眼有些痴迷地欣赏着露茜的侧影，心里涌起幸运的感觉。大眼和露茜是法律上的配偶，出发的时候他们在菲星上留下了一枚受精卵，现在那已经是一位帅气的小伙子了。现在的大眼对任务不再上心，但能与露茜朝夕相伴他觉得很快乐。

“‘法则’不可理喻。”露茜开口道。

“你说什么？”大眼有些紧张地问，他其实听得很清楚。

“我说‘法则’不可理喻。”露茜回过头来，她脸上的紫色变得很深，这是菲星人激动时的表现，“一座卫城毁灭，成百上千的人被屠杀。”

“你想说明什么？”大眼小心地问，“蓝星人是很野蛮，其实在菲星的蒙昧时代也发生过许多类似的事件。”

露茜直视着大眼：“可你想过没有，这样的屠杀在神尺上只造成了不到百万分之一的幅度上升，根据记录，这是6个蓝星年以来观察到的排序第5位的上升幅度。你想想这意味着什么？”

大眼愣了一下，他还没有想过这个问题。

“我只在菲星的史书中见到过这种场面。”露茜有些悲戚地说，“一群人被另一群人杀死，用最残忍的方式。”

“这一次算是规模很小的，根据蓝星史料记载，在过去的100年当中曾经发生过许多次几十万甚至上百万人的大规模杀戮。”大眼语气平静地提醒露茜。

“这个星球上生活着无数物种，每天都发生着无数杀戮事件，但神尺显然对发生在统治物种身上的事件反应最强烈。但是，”露茜指了指远处的大地，“现在发生了近千人的死亡事件，而当前蓝星人类总数大约是5亿，你想想看，就算某种力量突然消灭所有蓝星人，按照本次神尺的异动进行比例换算也不过是上升一半。”

大眼有些茫然了。现在的菲星很少发生大规模战争，他和露茜在蓝星的观测工作被寄予厚望。菲星人并不关心蓝星物种，只是希望通过对蓝星的观测来寻找神尺蕴含的规律，以免因为冒犯“法则”而招致灾难。但现在按照露茜的分析，就算蓝星上的统治物种全部灭亡都不会触动“阈值”，那这个观测还有什么意义？

灾难前夜

“不过我倒是很可能发现了一点儿线索。”露茜突然露出神秘的表情。

“什么……线索？”大眼低声问道，这时他的大眼睛突然睁得更大了——一个面色苍白无比的人类男孩从露茜的身后现身，他看上去吓坏了。

“是我干的。”露茜坦然地看着大眼，“既然按照常规的观测方法我找不到神尺的规律，那就采取这种极端的做法吧。”

“干涉！”直到这时大眼才从震惊中回过神来，他立刻意识到发生了什么事情。如果说那句高深莫测的“生存”算是暗示，那么对于干涉的禁止则是神族巡游者的明示。

“我发现，如果战争中涉及儿童，神尺的表现似乎有所不同。我用编制的程序对以前的数据进行分析，结果表明这个猜想很有道理。就比如刚刚经历的这一次，屠杀者在杀死了成年男子后杀死儿童，神尺的前后表现有着明显的不同。为了更确切地验证这一点，我在一名儿童即将殒命的时候突然带走了他，结果发现神尺对这个单一事件竟然也发生了可观测的反应。”

大眼神情复杂地看着露茜：“这是干涉……”

露茜艰难地点点头：“我想……是吧。现在我等待着母星的裁决。”

大眼下意识地跟着点头。除了这样，还能怎样呢？虽然大眼和露茜花了 15 个菲星年才来到蓝星，但量子通信却是即时的，现在母星的智者们已经了解了发生的一切，裁决很快就会传到蓝星。

大眼不愿意继续往下想，他平静地问道：“你的结论是杀戮儿童对‘法则’的冒犯程度更高？”

“我的确这样认为。”露茜有点儿无奈地回答，“但是刚才我查看了数据，按照程序的统计分析，就算所有的蓝星儿童同时死去，仍然不会突破阈值。所以我觉得自己并没有找到规律——尽管我付出了这么大的代价。如果能观察更多一些事件的话，我一定可以……”

露茜的话戛然而止，一缕紫色的血液突然从她的嘴角溢出，给她的面容增添了一种怪异的美。大眼和露茜对望一眼，他们都明白发生了什么。这就是裁决，来自 4.3 个蓝星光年之外，由安装在观察员心脏里的芯片忠实地执行。露茜趔趄倒地，尽管有所预料，但她的眼睛里流露出的对世界的不舍仍是无比强烈。大眼此刻的脑海里只剩下一片空白，在后来漫长的岁月里，大眼曾经无数次回想起这一刻，但他能记起的一切就像是一幅浓雾中的黑白照片，与其说是回忆，不如说更像一种幻觉。

对露茜的惩罚由菲星的智者做出，神族似乎认可了这种做法，菲星没有因此被追究责任。那个蓝星人类的孩子自始至终一语不发，也许他还没有从可怕的遭遇中回过神来。大眼当时已经失魂落魄，没有注意到男孩何时离去。这个叫巴契夫的孩子一直活了下去，在他后来对子孙们讲起的故事里，大眼和露茜是从天而降的紫色皮肤的精灵，说着不可名状的话语。巴契夫无数次地对家人说起这个故事，他希望后人们永远记得家族遭遇的苦难以及那不可思议的救赎。

大眼安葬了露茜，在雪峰冰层之下的露茜宛如生者。大眼开始查看露茜留下的程序，受时间等原因的影响，程序在界面上并不完善，但程序表现出的非凡智慧让他惊叹不已，同时也加重了他的悲伤。大眼做了一些小的补充修订，然后用“露茜”为这套程序命名，他想这应

该也是亡者的意愿。

处理这一切花了不少时间，对低处的蓝星人来说，夜晚其实已经降临，但云海之上的雪山之巅正上映着辉煌的日落。大眼四下环顾，如果一切不出意外，这将是未来30年里他最后一次看到太阳。冬眠舱已经就位，大眼要到未来去寻找“法则”的规律——他知道这是露茜的心愿。

这时突然传来尖锐的蜂鸣，“露茜”观测到了神尺的异动，剧烈程度超过了以往任何一次，这是一次超级异动。大眼立刻开始分析这一刻蓝星发生了什么事情，但结果让他彻底迷茫了。遍及蓝星的观测设备没有记录下什么显得特别的事件，神尺的异动又一次表现出露茜所说的“不可理喻”。如果露茜活着也许能从中分析出一些原因来，而现在大眼真的感到无能为力。大眼叹了一口气，拖着疲惫不堪的身躯走进冬眠舱，虽然明知道在超低温冬眠时不可能有意识活动，但他心里依然希冀着能在长梦里和露茜相见。

夜色终于彻底笼罩了这个半球，但对蓝星来说，这即将过去的一天非比寻常——因为这是公元1345年，灾难前夜。

卡法城

阿拉坦回到营地才知道自己就要回家了。

攻城梯已被拆散，上面残留的宝贵的铁钉被一颗颗仔细回收。那些没有住人的帐篷已经变成一捆捆皮革堆放在地上——无药可治的怪病在过去一个月的时间里夺走了不少人的性命。那些病人先是浑身发冷，就像掉进了冰窟窿，裹上 3 层羊毛毯也无济于事，剧烈的头痛让他们生不如死，然后是狂语、昏迷，皮肤上渗出血水、长出恶疮。病人的痛苦会持续几天，之后死亡降临。和通常的死者不同，这些病人死后，皮肤全部呈现出一种古怪的黑紫色。

千夫长在传达撤军命令的同时也下达了最后一次的进攻命令。一排排高近两丈的抛石车瞄准了卡法城，牛皮绞绳发出“吱吱嘎嘎”的声音，让人头皮发麻。

“露茜”记录下的神尺异动正是发生在此刻，但真正的梦魇却一直持续。几天之后大群意大利商人开始逃离遍地死尸的卡法城。他们登上帆船，抛弃了那些感染怪病的同伴，他们没有注意到满身跳蚤的老鼠也跟着上了船，随着他们一同驶向地中海。商人的船队还在海上的时候就不断有人感染上这种怪异的疾病，水手们纷纷死去。这时卡法城被黑死病笼罩的消息已经传遍四方，整个欧洲变得人心惶惶。船队回到意大利，但没有人同意他们靠岸。1347 年 10 月，船队抵达了西西里的墨西拿港，惊恐不安的港口负责人对船只进行了隔离，但为时已晚，就在第一根泊船缆绳连接到岸上时，老鼠连同它携带的“死神”就此登陆欧洲。

欧洲历史上开始了最骇人听闻的恐怖灾难，包括英伦三岛和北非国家无一幸免。此后在短短的两年内，黑死病将占欧洲三分之一人口数的2500万人送进地狱。这个事件在蓝星上留下了无比深重的影响，一首恐怖的儿歌就此流传了整整700年，让人不寒而栗：

圈圈玫瑰花开，
花束装满口袋。
阿嚏，阿嚏，
我们全都死去无人掩埋。

在卡法城灾难过去30年后，大眼例行苏醒时，可怕的一切已经过去。神尺在此后这段时间里并没有发生大的异动，似乎几千万人的死亡对神尺来说算不上重大事件，这似乎再一次印证了神尺的“不可理喻”。但是大眼隐隐觉得，从因果论的角度出发，这恰恰解释了卡法城即将沦陷时的那次莫名其妙但是非常剧烈的异动，也许神尺背后那无与伦比的“法则”拥有超越时间的力量，早已预见了整个事件的发展。大眼觉得这应该就是唯一的解释，但是，这是怎样的一种能力啊！神……能做到吗？

时间从不理会大眼的感受，它自顾自地冲向不可知的未来。由于超低温冬眠，历史在大眼的意识里变成了跳动的一张张卡片，苏醒期的短暂连续反倒显得不那么真实。几百年里，卡法城事件一直保持着神尺异动的最高纪录，不仅让大眼也让菲星的智者困惑不堪。难道神尺背后的“法则”真的不可理喻？

老虎与猴子

迦英已经19岁了，他比以前强壮了许多，唇上的胡须变粗了，不再是少年的细髯模样。在梦里他偶尔会见到妈妈和妹妹，但她们的脸总像蒙着一层雾似的看不真切。记得村里的老人说过，如果在梦里看不清某个人的脸，说明这不是活人，因此醒来后的迦英总是泪流满面。

塔吉村已经不存在了，但塔吉村的名字却常常被人提起。在每个新战士入伍时的政治培训里，塔吉村事件都是必不可少的内容，而在每一个“放羊战”战士的送别仪式上也同样会播放那些珍贵的视频。塔吉村已经成为一个血红色的符号，让所有人的眼睛都变得血红。

但迦英没有看过那些资料，一次也没有。他试过，但做不到，他无法睁着眼睛面对那些画面。拉旺在这一点上对迦英的胆怯似乎有点儿失望，不过他没有说什么。迦英在其他时候表现出的勇敢和忠诚胜过此前的所有警卫，让人无可挑剔，他绝不怀疑当自己身处险境时这个大孩子会毫不犹豫地用身体抵挡敌人的子弹。

战争的局势倒是有些出乎拉旺的预料。当初塔吉村的屠杀画面被记录下来是一种偶然，那些监控设备原是用于安全警戒的。拉旺命令将记录复制并火速送达“地球团结阵线”的各个分支。联邦军的暴行激起了滔天的仇恨，每个眼睛变得血红的民众正当其时地得到一支枪和一块“地球团结阵线”的战士名牌。“保卫地球！杀死月球佬！”每个人都发出了愤怒的吼声。在短短的时间里，成千上万的民众加入进来，“地球团结阵线”就像一头蛰伏已久的巨龙，终于开始舒展身躯。

联邦政府发现真正的敌人出现了，在新任国防部部长科恩收到的情报中，已经将“地球团结阵线”的实力排名上升到了第一位。而最让人感到害怕的是包围在“地球团结阵线”身上的迷雾，时至今日，联邦情报人员甚至都不知道它拥有的确切军队总人数，而只能估计为 10 万至 50 万之间，如此巨大的误差使得这个结论完全失去了意义。

而“地球团结阵线”的领袖历来就是谜中之谜，连名字都无法最终确定。有的情报上说他叫“拉吉”，有的说叫“卡森”，甚至还有情报说他是一个东方人，名叫“那旺”。下属都称他为“向导”，同时禁止任何人在公开场合向他敬礼，这让狙击手根本无法确定目标。在从几次斩首行动中逃脱之后，他更是深居简出、踪迹难觅。在战争中，人们往往喜欢用某种动物来比喻自己的对手，国防部不少人觉得“向导”是一只凶猛的老虎，但科恩不这样认为，实际上他觉得这个对手更像是一只猴子。科恩认为，老虎这样的对手看似强大实际上弱点也很明显，在自然界里老虎总会拼命保护自己的地盘。这看似合理的举动实际上却恰恰是致命所在。对手可以从容不迫地侦察准备，可以选择最恰当的时机，可以利用老虎保卫领土的习性设置圈套……而猴子在自然界中往往居无定所、四处游荡，它们狡猾无匹，对曾经栖身过的任何一棵大树都毫无眷恋之情，得到战利品时尽情享用，失去时也绝不留恋和怜惜。科恩觉得东方古老故事里的那只掰玉米的猴子非常确切地描述了这种动物的特性——贪婪、喜新厌旧，以及由此造成的远远超过正常状态的破坏能力。

当然这只是科恩作为敌人的想法，不过如果迦英有机会听到科恩的这番评价一定会大吃一惊，因为拉旺最欣赏的动物恰恰是猴子。当时部队准备从刚攻克的开罗城撤退，将领们不情愿放弃这座繁华的都市。拉旺罕见地发了一通火，然后告诉大家说：“不要留恋坛坛罐罐，当取得最终胜利的时候，开罗城将重回我们的怀抱。在这一点上我们应该多学习猴子，它们灵活机动、无牵无挂，让敌人无法找到和打击它们。你们知道吗？跳蚤都拿它们没办法。”

“真的吗？”一位青年将领有些冒失地问。

拉旺爽朗地大笑：“因为跳蚤一般只能产卵在宿主的固定居所之中。猴子居无定所，即使偶尔有一两只跳蚤落到了猴子身上，危害也不可能长久。只有老虎这种占据固定地盘的动物才害怕跳蚤。所以我们应该学猴子，让联邦军这只跳蚤见鬼去吧。”

拉旺的讲话总是那么有趣，迦英觉得拉旺的脑海里似乎有无穷无尽的知识，信手拈来就能深深感染所有人的情绪。拉旺用他无人能及的能力树立了他无人能及的威望，在其他一些抵抗组织举步维艰的同时，“地球团结阵线”却是一派蒸蒸日上的景象，已经至少有两支以前更加强大的武装力量申请结盟，甚至不惜放弃自己的旗号。按照现在的形势发展来看，“地球团结阵线”在地球范围内赢得胜利已经不是梦想。但是迦英看得出，拉旺被什么事情困扰着，这使得拉旺即使在大笑的时候也无法完全舒展眉头。迦英隐隐能猜到那是因为什么，他觉得那是一个死结，而以他的知识则根本无法猜测拉旺将如何解开这个结。

迦英已经是第3次陪同拉旺来到这里了。地方不大，又堆了不少东西，剩下的空间只容得下一个人。迦英先下来将箱子从甜菜堆中清理出来，然后拉旺再下来。在暗淡的光线下，那个浑圆的金属物体显得其貌不扬。但迦英知道，这个东西可以在一瞬间将百万人带进地狱。迦英并不知道拉旺此刻内心所想，在他的眼中，拉旺只是轻柔地抚摸着那东西光滑的外壳，就像是抚摸一件心爱之物，口中念念有词。迦英本能地想听清楚拉旺在说些什么，但他失败了。直到许多事情最终发生之后的某一天，迦英偶然回想起深窖中这奇怪的一幕，他才恍然悟到原来拉旺说的话他早就耳熟能详，而全体人类的命运正是在地窖里的这一刻急剧转向。

乌　兰

迦英已经很久没有住过山洞了，现在这座房子是原来的一个政府要员的官邸，装饰不算富丽堂皇但内部条件非常舒适。今天拉旺的安全由另一名警卫负责。在保卫章程里拉旺的警卫至少应该有一个排，但拉旺坚持只要两名警卫，一名是迦英，另一名是后来增加的名叫艾莎的女兵。迦英觉得她身手一般，但她对拉旺的忠诚却确定无疑地写在还略显稚嫩的脸上。

但迦英今天并不能休息，他接到的任务是配合一部影片的拍摄。部队的胜利持续扩大，一些大型城市已经易手，“地球团结阵线”已经有了自己的宣传机构。迦英到了约定的地方，导演已经等候多时了。

剧本的主人公叫乌兰，这个名字让迦英像被火灼一般跳起来，他仿佛觉得一股血腥气从遥远的天边腾起，陡然冲到了自己的面前。

导演安慰地拍拍迦英的肩膀：“我知道你的感受。你妹妹是一个英雄。根据提供给我们的资料，你妹妹 10 岁时就参加了儿童部队，出色地完成过任务。12 岁参加了妇女干部培训班，是同期学员中成绩最优秀的。”

迦英从短暂的失神中清醒，导演明明就站在他的面前，但他觉得对方的话像是从很远的地方传来，充满不真实的感觉。他一把抓过导演手中的几页纸急速浏览，然后便僵立当场。

这怎么可能，妹妹比自己小两岁，但是按这份盖着机密印章的资料来看，乌兰实际上是家里最早加入“地球团结阵线”的人。迦英一直以为，在塔吉村的放羊战里，妹妹只是个不知情的起掩饰作用的平民，按照联邦军之前的惯常做法并不会被为难，她的死属于个案和意外。但现在看来真相并非如此，另外的那个寡妇才是不相干的平民。迦英回忆着过往，想着妹妹在家时的点点滴滴，但即使是现在，他也想不起乌兰曾经露出过任何蛛丝马迹。迦英脸上突然露出一道瘆人的笑容，是的，资料上说过的，她是最优秀的学员，当然有无数个方法严守秘密。迦英想象着乌兰细嫩的小手启动炸药引信的瞬间，在那一刻她年轻的头颅里到底想到过一些什么？她想到过贫穷但是却温暖的家吗？她想到过母亲日渐苍老的面容吗？她想到过自己这个哥哥吗？她想到过自己 14 岁的美丽身躯即将化为一团丑陋的肉泥融进草原吗？她想到过自己的人生其实根本就没有开始吗？她想到过……塔吉村将从这颗星球上被永远抹去吗？

在机密档案的下方，迦英看到了拉旺的批示，迦英知道塔吉村事件掀起了反对月球佬的滔天风暴，非常诡异地改变了战局。由于后果极其重大，各方力量的智囊团至今仍然在研究这一事件。拉旺显然对这个影响了战局的事件非常重视，在批示里他给予了乌兰崇高的评价。迦英看着这些字，目光变得模糊。他抬起头，朦胧中仿佛看到天空中浮现出乌兰羞涩的笑容，14 岁的清澈眸子天真地注视着大地。迦英的泪水终于不可遏制地涌出，他颤抖着瘫坐在地。

凶　手

单人囚室非常狭窄，窗户以及窗外的天空都是显示屏跟人开的玩笑。这里是月球卫戍部队的驻地，拉姆斯菲尔德知道，在上法庭之前自己要在兵营的监狱里度过了，这段时间他已经习惯了以新的身份面对那些曾经的下属。不知道是不是错觉，他总觉得那些人虽然没同自己讲话，但目光中的敬意却更甚从前。拉姆斯菲尔德有些出神地想着自己的心事，以至于根本没有听到身后的任何响动。等他看到一位军人朝他敬礼时，才意识到一定出了什么事。然后他看到几名守卫瘫倒在地，几名荷枪实弹的士兵正簇拥着自己。

“法尔汗，你在做什么？”拉姆斯菲尔德有些诧异地望着对方。

小法尔汗指着后面的人说：“他们救了我，然后我来救你。请跟我们走。”

拉姆斯菲尔德犹豫了一下，但还是顺从地跟着士兵们登上一辆月球运输车。小法尔汗坐在他身边，有些紧张地望着前方。

“我们去哪儿？”拉姆斯菲尔德问。

“联邦政府一直在犯错误，他们已经无法控制局面了。现在该是我们承担起责任的时候了。”小法尔汗看上去颇有主见。

拉姆斯菲尔德觉得眼前这个少壮军人的脸上有一种他

不能完全明了的神情，这个曾经熟悉的人不知怎的竟然让他有一种陌生感。他问：“你知道后果吗？”

“我当然知道。”小法尔汗不屑地说，“虽然我在塔吉村并没有开枪，但我愿意和我的队友同生共死。军事法庭为了平息事态，必定会严厉地判决我们，死刑算是最轻的了。政府肯定也能查出你曾经给予我的协助，你将面临至少终身监禁的惩罚。老实说，我并不害怕，也许以前是有点儿，但现在我真的不害怕。但是——”小法尔汗深吸一口气，注视着曾经的国防部部长，目光炯炯，“我觉得不公平。将军，这些日子我反复回想了发生的所有事情，你没有错，我也没有错。”

“你指什么？”拉姆斯菲尔德冷哼一声，“你的队伍屠杀了几百位无辜平民。”

“他们是平民吗？”小法尔汗突然反问。

“当然。”拉姆斯菲尔德愕然道，“事后我们调查过塔吉村的死者，你们到达的时候‘地球团结阵线’的人早走了，剩下的人都是平民。因为这个事件非常重大，我们的情报工作做得很细，即使到现在，我们也没有发现村子里的死者中有武装人员。”

小法尔汗郑重地摇摇头：“你们现在可以仔仔细细地研究那些人，反正他们都死了，再也不会竖着拇指笑容憨厚地从你身边走过，然后从怀里掏出武器一枪打烂你的后脑勺。‘地球团结阵线’的人称我们为‘月球佬’，他们根本不当我们是同类，总是不择手段地对付我们。”小法尔汗的身体不可抑制地颤抖，像是沉浸在了可怕的回忆中，“那个叫乌兰的女孩我认识，很漂亮，她只有14岁。我到现在一闭眼都还记得她当时的笑容，我根本想不到有着这样笑容的人，居然能够毫不犹豫地引爆白磷弹，就像是摆弄自己心爱的洋娃娃。天哪，她还是一个孩子！”

拉姆斯菲尔德不再作声，等待着小法尔汗平静下来。小法尔汗擦了擦额头上的汗水：“他们也许是无辜的，但杀死他们的人不是我们，而是‘地球团结阵线’的人。”

“为什么？”

小法尔汗的声音变得冷酷：“他们以塔吉村平民的身份袭击我们，其实就是给所有的塔吉村平民穿上了军装。所以——”小法尔汗的语气变得铁一般硬和冷，“我们没有屠杀平民，我们杀的是军人，都是军人。”

拉姆斯菲尔德僵立在了当场，他终于知道在这个下属身上到底发生了什么事情，同时他隐隐地觉得自己正在被卷进一个重大事件里。

拉姆斯菲尔德所不知道的是，就在小法尔汗说出这番话的瞬间，远在38万千米之外的梅里雪山之巅，一道黑色游标陡然向上拉出了惊悚的折线。

元 首

巴契夫心情复杂地环视着面前的一群人。他觉得自己似乎应该说点儿什么，但又觉得说什么都没有太多意义。是告诉他们自己从来就很厌恶战争，还是告诉他们自己的一位祖先曾经从几百年前一场悲惨的屠城中逃脱，所以自己也厌恶杀戮？这听起来都是一些可笑的理由，就像是为自己在这场战争中的无能开脱一样。不管怎样，战争进行到现在，是该有人负责的。既然现在大家都望着自己，看来这个该负责任的人就是自己了。

小法尔汗轻蔑地望着巴契夫，目光中甚至还有一丝愤懑，在他身后是一群面色不善的少壮军官。拉姆斯菲尔德适时地上前一步，双手似乎无意地稍稍分开，形成一个阻拦的动作："元首，请允许我转达一些曾经受到压制的意见。"

巴契夫淡然一笑："我以为自己已经不是元首了。"

"不，我们只有一个元首，名叫巴契夫。"拉姆斯菲尔德扫视了一下四周，制止了少壮军人的躁动，"没有人比您更适合担任这个职位，只有您才能团结所有人。我是一位军人，而且是一位有自知之明的军人。”

“既然我是元首，”巴契夫显出倨傲的神色，“我记得元首的办公室非经请示不得擅入。”巴契夫转头望向科恩，他正脸色灰白地蜷缩在房间的一隅，“是这样规定的吗，科恩先生？”

“是这样的。”科恩挺直了腰，巴契夫的镇定让他不禁微微脸红。

拉姆斯菲尔德不卑不亢地直视着巴契夫，递过一页文件，下方需要签名的地方空着：“我只想说一句话。我们是军人，我们不怕流血，但我们怕那些可笑的束缚，怕那些迂腐的条条款款，我们只想以牙还牙，以眼还眼，就让我们打一场纯粹的战争吧。”

巴契夫久久地注视着洁白而干净的纸面，手中的笔悬停在距离纸面一厘米的空中。一时间有无数意象从他的脑海里划过：有祖先的悲鸣叹息，有小卡佳的咯咯轻笑，还有塔吉村里四处漫溢的血河……最后定格的是一个男孩脸上的独眼，无助地瞪视冷漠的天空。

巴契夫的笔猛地落下。

大眼的疲惫

大眼一直没有进入冬眠。这段时间，大眼下意识地感觉到有什么事情即将发生。“露茜”记录下的神尺异动越来越频繁，蓝星各地的观测器发回的数据量也呈指数式增长。虽然大眼并不完全清楚“露茜”的运行机制，但神尺的异动以及如此高密度的数据采集量都表明：蓝星上一定发生了某些特别的事件。蓝星现在处于战争时期，神尺当然会有所表现，但这样的频度显然非比寻常。大眼注意到了一个现象：如果以时间为轴线，神尺似乎有越来越敏感的趋势。比如说，发生在蓝星 20 世纪的屠杀对神尺的影响往往大于发生在 14 世纪的同等规模屠杀，也就是说神尺在蒙昧时代似乎更加迟钝，而在文明时代则变得更敏感。可惜露茜没有机会见到这种趋势，否则以她的智慧一定能够得出更多成果。不过这种差异只是在统计学意义上存在，就个案分析来说仍然只能得出一个结论：不可理喻。

观测器发回的数据显示，蓝星上的战争似乎进入了一个与此前非常不一样的状态。之前双方基本上是呈现热点式的攻防战，战争规模有限。而现在则变成了犬牙交错的对抗，在夜半球发回的资料中能清楚地看到，双方的重武器在大地表面撕扯出巨大的火红色伤口，吞噬了众多人口稠密的城市。大眼知道这是一个叫作“地球团结阵线”的组织同地球联邦政府的战争，从现在的局势来看，战争的结果已经趋于明朗。联邦军明显处于下风，大眼几乎可以肯定，他们就快退守月球了。不过按照大眼的分析，战争到那时就该结束了，双方都不可能彻底消灭对手，因为他们面对着不可逾越的障碍。

大眼想，也许等到那时自己就该进入冬眠了，这个任务已经拖得太久，他已经身心疲惫，而答案还在遥不可及的未来。其实母星有过派人接替大眼的打算，以现在的技术力量，新观察员只需要 5 个蓝星年就能到达。但大眼拒绝了这番好意，也许是时间的力量吧，他对这片土地产生了某种难以言述的情感。更何况露茜就在这里，他怎么可以让她在异域的土地上独自孤单？

霸王的故事

拉旺站在城楼上朝广场上的人群频频挥手，震天的欢呼将天空的云彩也赶得没了影子。迦英注视着屏幕上的拉旺，体会着放松的心情——真正的拉旺此刻正同他一起待在这间绝对安全的建筑里，那个在城楼上挥手的人是一名替身。5 个月前的一次集会上，拉旺最后一次出现在公众的面前，一名乔装的联邦特工在被迦英击中的同时开了枪，艾莎在最后的时刻用胸膛为拉旺挡住了那颗罪恶的子弹。

10 天前，“地球团结阵线”攻克了这个星球上的最后一座被联邦军控制的城市，今天的盛会就是为了庆祝这个伟大事件。

“这是我们的胜利。世界终于回到了我们的手中。”拉旺兴奋地总结道。一只虚空中的三维地球仪悬在他的面前，在他的眼睛里反射出明亮的光芒。

“新政府筹备委员会的工作非常顺利，委员们一致主张由您担任首届政府领袖。”参谋长欣喜地说，这时他仿佛想起了什么，脸上浮现出浓重的悲伤，“胜利来之不易，我们牺牲了几百万名战士，是联邦军队的好几倍。还有上千万的无辜平民。”

迦英情不自禁地点头，他完全被参谋长的情绪感染。由于武器装备的差异，抵抗战士的伤亡率远远高于联邦军队，加上后来联邦军改变了对平民的态度，造成平民伤亡数量也大幅上升。

拉旺挥了挥手，似乎不愿意大家过多地沉浸在这种感伤的情绪中。他的目光望向窗外，现在已近黄昏，月亮的影子淡淡挂在天边。“现在，还有那里。我们要巩固成果。”他的语气郑重。

参谋长点点头：“忠于原联邦政府的 20 万人盘踞在月球，他们发来了和解照会。他们愿意放弃地球，永久居留在月球上。我们……”参谋长环视了一下身边的诸多同僚，“我们觉得这样也不失为一种可行的方案。”

拉旺扫视了一眼这些忠诚的下属，嘴角难以觉察地牵动了一下，然后他转过头，仿佛漫不经心地对迦英说：“小伙子，如果一个人同你决斗，他输了向你求饶，你怎么办？”

迦英一愣，有些不知所措地看了一眼四周。这里全是些大人物，每个人的职务都能让他乖乖闭嘴，他不明白拉旺为什么单单问自己这个问题。拉旺和气地笑笑：“不要紧张，怎么想就怎么说。”

迦英胆气一壮：“那要看他伤得怎么样。”

“接着说，小伙子。”拉旺的眼里放出光来。

“如果他伤得轻我就饶了他。如果他伤得很重……”迦英咬了咬牙，“我就杀了他，避免今后遭到报复。这是部族里的老规矩。”

“哈哈哈……”拉旺发出爽朗的大笑，“看来你们这些大人物还比不过一个毛头小伙子的见识啊。如果是小的过节当然可以和解，但是如果饶恕不可调和的仇恨，那就是对自己的犯罪。在东方人的历史中有一位叫项羽的霸王，他离成功只有一步之遥，却因为沽名钓誉宽恕了敌人，最终失败自杀。我们绝对不可以学他。”拉旺的笑容陡然消失，“所以，月球佬必须投降，没有任何条件可讲。”

“但是……” 参谋长面露难色，“您知道的，他们拥有那种力量。”

这时，拉旺说出了那句让所有人永生难忘的话：“不，他们没有。我们才有。”

最后通牒

10 岁的卡佳已经不像以前那样黏人，自顾自地在画板上涂鸦。巴契夫在卡佳身后看着画板上的一座陡峭得不正常的开满野花的山坡，心里涌起一阵歉疚。卡佳只是很小的时候在地球上待过，她肯定已经想不起任何地球上的景色了，这幅图像显然出自想象——地球上的重力不可能形成那么陡的山坡。对卡佳来说，世界就是由黑色的天空、毫不闪烁的繁星以及陨石坑组成的，最多加上人工农场里一点儿可怜的植物，这基本也是她所有作品的题材。按巴契夫的见识来判断，卡佳无疑有着优秀的绘画天赋，但现在她的才能却被局限在了一个单调的小世界中。巴契夫叹了口气，朝办公室走去，那些人应该已经在那里等着了吧。

拉姆斯菲尔德依然一身戎装，按他的说法，自己现在才称得上名副其实的国防部部长。在以前大一统的联邦时代，国家的界限已经消亡，国防部部长这个称谓其实有些不伦不类，更像是一个习惯而已，而现在的他则是实至名归。在他看来，自己的担子不重，防守月球是一件非常轻松的任务，地球叛军没有能力将军队大规模送到月球，如果一次次地送小批量部队上来则等同于送死。

他将一份资料递交给巴契夫，面如止水，倒是一旁的科恩显得有些紧张不安。

巴契夫虽然在 3 天以前就看过这份文件，但还是再次认真地翻阅了一遍。这是一份“地球人”递交给“月球人”的正式照会，其实就是一份最后通牒，上面限令“月球人”必须在 72 小时之内放弃武装选择投降，否则“地球人”将给予毁灭性打击。

“他们是在虚张声势。”拉姆斯菲尔德不屑地说，“我们都知道他们根本没有足够能力进攻月球。现在已经过去了 72 个小时，一切正常。”

巴契夫微微颔首，虽然不算专家，但基本的军事常识他还是知道的。“你是说我们不用理会他们？”

“当然。”拉姆斯菲尔德自信地回答，“战争中像这种最后通牒是常用的手段，目的是在气势上打击对手，多数时候只要不当它是一回事，它就没多大作用。”

“但是——”是科恩的声音，他的脸色有些发白，“如果这不是虚张声势呢？我的意思是——他们是有能力进攻月球的。”

“你在说什么？”拉姆斯菲尔德粗暴地打断科恩的话，“他们有能力一次送10万士兵上月球吗？要进攻月球除非他们使用……”拉姆斯菲尔德的声音戛然而止，他用力甩头，似乎想摆脱某个让他感到不舒服的念头，“总之他们绝对来不了月球。”

科恩喘着气：“你也想到了对吧？他们有这个能力，他们至少掌握着100枚核弹头。”

“你一定是疯了！”拉姆斯菲尔德已经有了歇斯底里发作的倾向，“没人会动用那东西。要知道我们至少有1000枚核弹头，是他们的10倍，他们绝对不敢使用那玩意儿的。”

这时候，拉姆斯菲尔德的手机突然响起，他接听了几秒后脸色陡然变得比科恩更加惨白。他放下手机，眼神涣散而恐惧：“他们发射了一枚W级核弹，就在两分钟前。”

巴契夫下意识地朝窗户外看。科恩则显得专业一些：“能拦截吗？记得我上一次从地球到月球花了两天多时间。”

“W级核弹不是载人航天器，飞行线路也比航天器简单得多。虽然比较老式，但也达到了第三宇宙速度，现有技术根本无法拦截。大约4个小时就能到达月球。”拉姆斯菲尔德停下来沉默了几秒，然后接着说道，“应对措施倒是现成的，章程早有规定。”

这句话就像是一记重锤，巴契夫的身形陡然间仿佛矮了一截。是的，一切早有规定。核武器诞生这么久，目前仍然是一种不可防御的武器，或者说唯一的防御方式就是超量还击——专业术语叫作“确保相互摧毁”，但是所有人都知道这意味着什么。巴契夫看着墙上的日历艰难地咽了口唾沫，难道这就是人类历史的最后一天？这时他突然想起了什么：“他们发射了多少核弹？”

拉姆斯菲尔德一怔，似乎没有料到巴契夫会有此一问，他摁了手机上的几个键，办公室对面的屏幕上立刻显出了一幅全球地图。过了几秒拉姆斯菲尔德肯定地说：“一枚。”他露出迷惑的神色，“W 级核弹当量约 10 万吨，属于小型核弹。核弹杀伤力大致是冲击波占 50%，光辐射占 35%，贯穿核辐射占 5%，放射性沾染占 10%。月球没有空气，冲击波这一项基本无效，剩下的几项中贯穿核辐射威胁最大，但是按当量计算，杀伤半径也只是一千米多。”拉姆斯菲尔德摇摇头，“这不像是一次全力攻击。”

“会不会是一次误发射？”科恩插话道。

“这不可能。”拉姆斯菲尔德说，“它的轨道明确无误地指向月球，我们必须按章程办。元首，您没有多少时间准备了。”这时他才发现巴契夫双眼紧闭，全身正在不可抑制地颤抖。“元首，您怎么了？”拉姆斯菲尔德问道。

巴契夫的颤抖继续着，但眼睛总算是睁开了，他指了指壁橱，科恩连忙倒了一点儿龙舌兰酒递给他。巴契夫有些失神地看着面前的两个人，他不是软弱，其实战争进行了这么久，他早已心如铁石。巴契夫也曾经无数次设想过最后时刻到来时的情形，但让他意想不到的是，当一切真正发生的时候，自己居然满脑子里只剩下一幅画面：一座陡峭的开满野花的山坡。卡佳的技法还显得稚嫩，颜色也用得太夸张了些，但是巴契夫觉得这幅稚嫩的图画珍贵无比，而他现在觉得，自己手中握着一支沉重的墨笔，正要毁去这幅画。

“不，不！”巴契夫发出凄厉的叫声，将桌上的一干事物悉数掀开。“我做不到。”巴契夫直视着拉姆斯菲尔德，“还有 4 个小时对吧？一枚核弹对我们的反制力量的打击有限，我到时候会做决定的。这是命令。”

拉姆斯菲尔德捡起地上的文件：“我们先离开这里。通知所有人进防御掩体。”

顿　悟

许多年来，大眼无数次地设想过这一时刻发生的事，但真的等到这一刻来临，却又觉得一切都像是在做梦。

“露茜”的反应是最早的，尖锐的鸣声将大眼的目光吸引到神尺的方向。原本璀璨夺目的雪山峰顶这时被更加强烈的光线笼罩，大眼觉得似乎有一道光芒朝着天顶急速远去，但他立刻意识到这是一个错觉——神尺的通信不可能是可见的形式，更不可能以这样低的速度。在神尺到达蓝星数百年之后，阈值被突破了。

观测器的报告几乎同时送达，情报显示，占据蓝星的一方朝月球发射了一枚原子武器。大眼沐浴在神尺夺目的光芒中浏览报告，程序分析结果正不断涌来，过往的数百年时光在大眼眼前再次流淌而过，他觉得露茜就在身后脉脉凝视着自己……刹那间像是有道闪电自脑海中划过——天哪，他陡然明白了一切。原来这就是“法则”！巡游者说得没错，“法则”就隐藏在生存与死亡当中，那么简单，那么精致，谈不上美丽，也不是丑陋，只是无比地真实。

大眼的顿悟在第一时间就传到了菲星，不久之后智者的面孔出现在了量子通信仪的屏幕上。在遥远的彼端，智者阿朵也一直处于断断续续的冬眠当中，对“法则”的探寻就是他生命的全部意义。而现在一切终于有了答案，阿朵苍老的面容上带着心愿得偿的表情，如痴如醉。

冒 犯

核弹爆炸地点位于月球基地东北 3000 米处，这应该是经过精心考虑的结果。辐射导致附近大部分电子设备瘫痪，由于疏散及时没有造成人员伤亡。爆炸发生 10 分钟后，联邦政府接收到了地球新政府发出的措辞严厉的通牒，限令“月球人”一小时内放下武器投降，否则将“彻底灭亡”。没有人再去怀疑这份通牒的真实性，巴契夫在此后半小时的时间里将自己关在一间办公室中，那间屋子的墙上一直挂着几幅技法稚嫩的油画，没人知道这段时间他在想些什么。从屋子里出来之后，巴契夫下令解除了拉姆斯菲尔德的军事指挥权，然后交给科恩一页纸—— 一份投降书。

消息在第一时间传达到了地球的每个角落，世界沸腾了。民众喜极而泣，战士们对空鸣枪，庆祝和平来临。在北美平原的某处，一行人正从地下掩体的电梯里走出来。迦英大口地呼吸着新鲜空气，在下面的这些日子感觉人都有些发霉了。参谋长在他前面的不远处，额头上汗迹斑斑，领口湿乎乎的。拉旺步子最大，将一行人抛下了几个身位，迦英意识到职责所在急忙跟上去。这时拉旺回过头来，他的这个动作让所有人都不禁停下脚步。

拉旺的脸上光洁而红润，同其他人的狼狈形成了鲜明的对比，他四下环视了一周，发出豪迈的大笑："我早就说过，我们拥有他们不具备的力量，因为我们敢于亮剑。记住一句话——狭路相逢勇者胜。"这时，迦英猛然想起在地窖里拉旺口中反复念叨的正是"勇者胜"3个字，原来一切早在计划之中。人群激动起来，平原上响起一阵阵欢呼声。"亮剑——亮剑——""勇者胜——勇者胜——"，人们一次次地重复拉旺的教诲，星球上掀起了声音的海浪。

但是一切突然静止了下来，就像是有某个隐形指挥家向整个星球的人同时发出了一个休止符命令。迦英看到拉旺脸上的笑容突然变得僵硬，似乎看到了一件无比奇怪的事情。与此同时迦英也看到了那一幕。说是"看"其实有些牵强，根据后来的分析，这一刻所有人感受到的图像应该是某种力量直接作用于神经系统的结果。虽然每个人本身的感觉器官仍然正常工作，但图像却没有重叠的现象，看来那种力量选择性地关闭了原有的神经信号。图像是一片黑幕上显示的两行文字，其中一行是地球上最为通用的英语，另一行则无人认识。根据事后整理的最权威的记录，其内容如下：

"神圣'法则'在地球遭到一级冒犯，其原生智慧种族不再对本行星及其卫星享有专治权。地球纳入保护性共管，菲星种族取得该行星 50% 的管理权限。”

黑幕持续的时间并不长，世界很快恢复了原样。每个人开始都以为自己出现了幻觉，但周围人群的反应却让人不得不相信这一切。这是什么？是神的旨意？外星人的恐吓？或者，是月球佬玩的新花样？但是来自月球的信息否定了最后一种可能性，因为那里的人也看到了同样的文字。就在局面混乱不已的时候，侦察卫星报告，青藏高原梅里雪山出现不明物体，正急速飞往北美洲。

大约 10 分钟后，北美平原上的这群人听到了轻微的嗡嗡声，他们抬起头望向天空，没有人说话。这就是飞碟了——不然还能是什么呢？跟传说中一样的形状，像个碟子，悬停在东北方的半空中。担任警戒的两架武装直升机发射了导弹，但导弹在接近飞碟的瞬间突然返回，循着原路击中了直升机。所有人都被这一幕彻底震慑，导弹不是乒乓球，不可能被弹回，导致这个现象的原因应该是某个小区域的空间方向被反转了。这样的东西说它是一种技术已经不大合适了，如果非要加以描述，恐怕称其为“神迹”更准确一些。

之后，飞碟并没有什么进一步的举动，似乎它只在受到攻击时采取还击行为。参谋长看出了这一点，他命令警戒部队停止进攻。过了几分钟，飞碟上缓缓打开了一扇门，在大眼到达地球700多年后，地球人第一次见到了他。

汪洋战争

最后一次联络信号已经发出，大眼仰望天穹，难以描述此刻的心情。来自母星的首批恒星际移民将在蓝星时间一个小时之后到达，对菲星人来说，无论怎么评价事件的意义都不为过。在荒漠的宇宙里孑然独行这么久之后，他们终于拥有了“备份”之地，从此，伟大的菲星文明面对宇宙将不再感到那种深入骨髓的害怕……

经过一段时间的痛苦历程，地球人最终选择了接受现实。其间有过几次规模不大的突袭，试图摧毁梅里雪山上的外星设施，他们大概认为这样能够阻止与菲星的联系。当然，所有的行动均以失败告终。现在地球人总算安分下来，他们将学习如何与菲星人共同管理这个星球。按照“神谕”的要求，作为冒犯“法则”的一方，地球人将不再拥有军队，此外，在联合政府里，两个种族对地球享有相同的权利和义务。

地球人安排了郑重的仪式迎接异星移民，他们在北美平原上提前为将要着陆的飞船铺上了红色地毯，由于军队已经解散，民乐手代替军乐队演奏着迎宾曲。陆续走出舱门的菲星人友好地挥动上肢——这应该是菲星移民刻意学习的地球习俗。这一幕让大眼颇感欣慰，对于地球人现在的合作态度，最感满意的其实是大眼。经过数百年的相处，他对蓝星以及人类的情感已经变得无比复杂，虽然不愿意承认，但有时候他的确感到自己对蓝星有着强烈的归属感。当然，按目前的状况来看，这种感觉已经无可厚非。

事情发生得非常突然，大眼还没意识到是怎么回事就看到一艘艘飞船底部的红地毯向上冒起道道光柱，贯穿船体后激起连绵不断的爆炸，就像是广袤的大平原上突然长出了无数根明亮的巨刺。与此同时，那响彻四周的迎宾曲也变成了激昂澎湃的宣言："地球属于人类，外星佬滚回去！"这时那些先前身着盛装的欢迎人群开始像潮水一样发起冲锋，他们从帽子里、裙子里、发髻里抽出武器，将子弹倾泻到毫无防备的菲星人身上。"我们将战斗到底。我们将在天空作战，我们将在海洋中作战，这是我们的土地，即使世界毁灭，我们也决不投降。这是人民的战争，要将侵略者埋葬……"伴着拉旺热血澎湃的演讲，更多的人从远处涌来，从着装上看都不是军人，但是他们手中都拿着武器。无边无际的人潮让那些体积庞大的飞船也变得渺小，就像一片片在汪洋大海中苟延残喘的树叶……

大眼声嘶力竭地狂呼，他的肢体奇怪地张开，像是要阻拦什么让他无比恐惧的东西。没有人理会这个显得无比害怕的外星人，也没有人知道大眼在害怕什么。

……

阿朵：原来我们都错了，巡游者所说的“生存”是特指本物种自身。

大眼：是的，在食物链中的生存总是伴随着毁灭，这是不可调和的矛盾。但如果这样解释就不再有矛盾了，物种的行为只要不导致本物种自我毁灭就没有违反生存“法则”。

阿朵：这也正好可以解释为什么卡法城事件会造成神尺的强烈异动，因为蒙古人自身并不能抵抗鼠疫，他们扩散黑死病的行为具有毁灭本物种的巨大可能。蓝星历史上物种被致病微生物毁灭并不是个案，那次地球人逃过一劫其实非常侥幸。同时这也能解释塔吉村事件中的神尺异动，他们推崇的战争将所有平民置于极度危险当中，对本物种的生存构成了严重威胁。

大眼：还有那枚原子武器。在敌人可能毁灭自己的前提下发起进攻，将整个物种当作“人盾”和“筹码”，将胜利寄希望于对手的“不忍”和“怯懦”，这种可能导致本物种彻底毁灭的终极赌博游戏终于越过了阈值。

阿朵：是啊，蓝星人长久以来推崇的那些行为中，居然包含着这么可怕的危险，他们的历史中充满着似是而非的荒谬。蓝星人曾经制定了战争公约，对战争行为的限制正是为了保护平民，说明一些智者隐隐觉察到了这种危险，可惜很多情况下，蓝星人对此不屑一顾。在菲星也有过这样的时期，所幸我们没有走得那么远。

大眼：这种对自身都敢于毁灭的物种虽然常常“取胜”，却让“法则”深为忌惮，因为这样的物种是不可理喻的，谁也无法估计它们会做些什么。如果能力足够，它们甚至可能造成宇宙的湮灭。

阿朵：这一切真有意思，因为拥有智能，生命开始认识宇宙的结构，但是宇宙的“意义”一直闭锁着，现在我们总算一窥门庭。宇宙中肯定还有一些更深远的“意义”，它们必定无比壮丽而有趣，真想知道啊！

……

“快停下这愚蠢的行动吧，地球人！”大眼宛如疯狂地嘶喊着，试图阻止某件事情的发生，他觉得自己就像一只蚂蚁，面对着正在倾覆的大厦。这时大眼的脑海里突然升起一种无比清晰的感觉：一切都来不及了。

仿佛是为了印证这种感觉，大眼眼前的一切突然消失不见，巨大的黑幕突兀地占据了整个视野，一行英文和一行菲星文传达了相同的内容：“神圣‘法则’在地球遭到零级冒犯，可判定其原生智慧种族已经进入了进化的歧途。此类罕见的敢于自我毁灭的智能物种为达目的不择手段，对所居住星系及周边乃至‘法则’均构成严重威胁，‘法则’授权并帮助菲星种族对该物种予以清除。”

黑幕消失了，世界恢复了本来的面目。战场的喧嚣停止下来，但爆炸的余声还在隐隐传来。一个高亢的声音在中断片刻之后再度响起：“这是外星佬的诡计！他们害怕了，他们就要失败了，战争的汪洋大海将彻底埋葬他们……”

但是没有人行动，除了拉旺的嘶喊，整个战场变得无比安静。人们抬起头，不知什么时候天空中突然出现了无数形状怪异的飞行器，与那些菲星移民飞船不同，这些飞行器是凭空突然出现的——这还能称作“技术”吗？

大眼认出了这些菲星的武器，它们不属于移民计划，看来是另外的某种力量将它们从几光年之外突然送达这里——这超越了菲星的技术水平。没有人能够统计出飞行器的数目，它们遍布天空遮住了太阳，但是世界并没有暗下来，飞行器发出的蓝色光芒照得大地一片惨白。星球上的每个人都僵立着，这也许是“人类”这个物种第一次全体感受到自身的无比渺小。

迦英不由自主地随着人流走出掩体，这违反了安全条例，不过现在应该无所谓了。拉旺走在后排，在强烈的蓝色光芒的映照下，他的脸色一片灰白。不知何故，迦英突然觉得这一行人就像是囚犯，正在走向自己最后的审判之地。眼前是一幅只有在噩梦中才能见到的图景，大地浑浊灰白像是天空，而天顶难以计数的飞行器则组成了海洋。世界颠倒了，一切都不再真实——除了那让人窒息的疯狂感。

倒悬的蓝色海洋开始发生变化，像是听从于某个无形巨人的指挥，无数白亮的光柱从每艘飞行器里同时发射，汇聚在一起，宛如海洋里倾覆的滔天白浪，席卷奔腾，将亿万人吞没。

何夕科幻精品系列

伤心者

何 夕 著

科学普及出版社
·北 京·

目 录

缺　陷

一

苏枫循着声音望过去，他立刻就见到了那个头发稀松发黄，有些瑟缩的男孩。

“你找我有事？”他小声地问。因为还没有下课，苏枫的脸上掠过一丝不快。男孩的脸有些发白，声音变得更加细弱，但他显然不想放弃：“我来是想告诉您，我预知您会卷入一场谋杀事件中。”

苏枫还来不及出声，课堂上便已爆发出不可抑制的哄笑，甚至连地板都仿佛颤抖起来了。男孩的脸变得更白了，他的健康状况显然应该被归入“差”的一类。他局促不安地深埋下头，似乎想找条地缝钻进去。苏枫的目光扫过液晶黑板——论时间的一维性——那正是本堂课的主题，他摆了摆手，这是他宣布下课的习惯动作。于是快乐的口哨声和欢呼声响了起来，几分钟后偌大的教室里便只剩下他和那个男孩。

“说吧，是谁让你来开这个玩笑的？”苏枫饶有兴致地问道。

“请相信我的话，苏教授。”男孩有些着急，“我的预知从来都是准确的，您在两个小时后也就是上午 11 点左右很可能会卷入一场谋杀。”

苏枫看了看自己瘦长白皙的手臂，不禁哑然失笑：“既然你的预知很准，为什么你又用了‘可能’这种词？”

“我能准确而详尽地预知 600 秒内将发生的任何事件，如果超出这个时间范围，那就只能预知事件的部分情形了，而且时间越长事件的情形就越模糊。所以我现在只能说在两个小时后会发生谋杀事件，至于别的情况，暂时无法知道。”

苏枫探究地看着那个男孩，他发现自己好像已经无法对这个少年的话完全置之不理了。男孩身上似乎有些与他的年龄极不相称的东西，让人不能漠视他的存在。尤其是他说话时的神态，几乎有宣读神谕的意味。神谕！为什么会想到这个词？突然间，苏枫的心竟然隐隐有些不安起来。

“那么，你为什么要告诉我这些话，我又为什么要相信你？”苏枫尽量让自己的语气显得平静。一时间他有一种很奇怪的感觉，似乎曾经在哪儿见过这个男孩。他的理智告诉他这是不可能的事，但他管不住自己这么想。

“我告诉你这些是因为我的老师，他叫林欣，你还记得吧？他曾经对我说过你是他最好的朋友。”

刹那间苏枫的胸口仿佛被什么东西撞了一下，林欣！？一个久远得如同前生的名字。那个白皙、清秀又开朗，仿佛整个人都被某种优雅的气质笼罩着的年轻人，那个喜欢与人争辩不休的年轻人。那个——林欣！

“是他？”苏枫幽幽地开口，“他好吗？”

“他死了。”男孩的语气很平和，平和得与他的年龄不相称。

苏枫陡然一滞：“你怎么好像不在乎他的死？我是说，他是你的老师。”

“在他死前差不多10分钟，我的脑海里就预演了他死亡的全过程，所以当他真正死去的时候我反而像是看一部重放的影片一样。我这样说你一定不会明白，但要是你也有这种经验的话，对发生的任何事情就都不会感到意外了。”

“那么，你能告诉我他是怎么死的吗？”

“长时间的忧郁症几乎损害了他的整个身心系统，他有很多病。当然，有一个直接的原因，就是自杀。”

苏枫悚然一惊：“自杀！？可是你说你预知了他的死，如果是自杀为何不阻止他？”

男孩有些纳闷地抬起头来：“老师曾经告诉我，可以改变的预知只是巫术师们的骗术，而他的预知研究是纯粹科学的东西。难道他没有告诉过你？”

“告诉过我？”苏枫喃喃地重复着这句话，神情变得有些恍惚。我是他最好的朋友（他是这么说的吧？），他当然告诉过我，但那是多久以前的事情了？15年？也许17年？那时候这校园里的景色似乎比现在的要好，空气中时时弥漫着青草的味道。当然，更重要的，那时的苏枫还很年轻，他有两个最好的朋友，林欣和韦洁如。

……

二

“你的意思我当然明白，你不就是想从一个事件的初态推导出它的后续状态吗？可这已经被证明是不可能的了。”苏枫很潇洒地挥着手，“当年拉普拉斯期望在某种全知智慧的基础上建立预知模型，但现代量子力学的发展成果已经推翻了它的理论基础。以前多少次我都辩不过你，可这次你输定啦，不信我们一块儿去问导师。”

“你误会我的意思了，我说的恰恰是考虑量子效应的影响。也就是说，在建立预知模型的时候加入量子效应。”

“等等，”苏枫插入一句，“你的话让我有点儿迷惑，量子效应最重要的一条就是测不准原理，按照这个原理，不仅无法预知事件未来的发展，就连事件的初始态也是无法准确描述的，那么你又从何来建立模型呢？”

林欣意味深长地笑了一下：“也许我们并不需要知道事件的初态。”

苏枫忍不住大笑，他觉得林欣今天一定是有些发烧：“你是在说，你不用知道韦洁如现在在哪儿，就能告诉我半小时后能在什么地方找到她？那好吧，你要是能做到这一点我就信你。”

“你们两个在找我？是不是又要我做评判？”韦洁如突然从教学楼的拐角后钻了出来，苏枫和林欣都被吓了一跳。韦洁如比他们俩要小五六岁，刚升上大学四年级。

苏枫仿佛见了救星，他几乎要跳起来了：“林欣想当预言家，我说他荒谬，这次你该站在我这一边了吧？”

韦洁如抿嘴一笑："根据以往的经验，我如果支持你，一定会输。"

苏枫大急："这次不一样，你要是支持林欣就太不理智了。你爸爸一定反对他。"

韦洁如饶有兴致地看着她父亲的两位高徒争论不休，心中却很奇怪地有一种幸福的感觉。苏枫和林欣这样争来争去差不多有六七年了吧，他们俩都是那种仿佛长不大的学生型的人，不过谁也不能否认他们都是那样优秀。

相比之下林欣却很低调："你还是支持苏枫吧，我对自己这次的想法没有多大信心。"

韦洁如有些调皮地笑笑："你们要我这样我偏要那样，我就支持林欣。"不知为何，韦洁如这样说的时候有些脸红，不过她的语气倒是出奇地坚定。

苏枫的神色有些黯然，声音也变得低了些："我们请导师做评判吧。"他顿了一下，"还是算了吧，这不是什么有意义的问题。对吧，林欣？"

林欣有同感地点头。他们两人差不多每天都会为某个新冒出的想法争论一阵，其中的大部分实际上都不会对他们的研究有任何影响，充其量算是一种头脑体操。当然，如果这次的争论也就此结束的话，以后的事情恐怕会是另外一番情形，可惜这个世界上根本没有一件事可以用"如果”来说明。

后面的事情之所以发生，是因为脸上微红的韦洁如这次破例地有些较真，她一定要到林欣和苏枫的导师面前去论证这个问题。当然，所谓导师也就是她的父亲韦一江。

三

男孩有点儿困惑地看着恍惚出神的苏枫，他想出声但忍住了，看得出他比他的同龄人要老成不少。

苏枫意识到了自己的失态，他掩饰性地咳嗽了一下：“那你们这些年都住在什么地方？”

“我们的家其实就在这个城市，老师有几次说过准备搬家，但都在最后一刻下不了决心。他的话我不是很懂，大概是说他舍不得这个城市。我忘了告诉你，我其实早就认识你和你的夫人。”

苏枫来了兴致：“你是怎么认识的？”

“老师和我跟踪过你们很多次，我也不知道他为什么这么做。不过我看得出他是很关心你们的，尽管他一直都在避免跟你们碰面。”

苏枫的眼眶有些发热：“那他跟你说过些什么？”

“他只是说你们是他这一生中最好的朋友，他还说他这辈子感到最快乐和最让他留恋的日子就是当年和你们在一起度过的时光。”

苏枫沉默了半晌：“还是说说你的预感吧。你说我会卷入一场谋杀事件到底是怎么回事？是我被杀还是我杀了别人？或者我会是一个目击者？如果是我杀人的话会不会是一次误杀？”

“现在还不知道，不过快了，肯定会比那件事情真正发生的时间提前一些知道。”男孩认真地回答着问题，“不过，无论我的预知结果怎样，都是无可更改的，因为必须是某件事情在后来的某个时间真的发生了，我才有可能在此之前预知到这件事情的发生，请务必记住这一点，这非常重要。”

虽然男孩的话有点儿像绕口令，但苏枫还是听懂了，他若有所思地看着男孩：“你和林欣是什么关系？我是说，你们俩长得很像。”

男孩犹豫了几秒后说：“老师曾经告诉过我，从基因的角度来讲我们是同一个人，我具有他全部的个体性状。他没有妻子。”

“克隆。”苏枫并不是太意外，从他见到男孩的时候起他就仿佛有一种面对故人的感觉。男孩的回答只不过是证实了他的猜想而已。不过让苏枫感到不解的是，林欣为何要采用复杂的克隆技术来产生后代。对一位严肃的科学家来说，克隆技术虽然具有诸如完全保持父代性状等优点，却并不适用于繁殖人类后代，因为这样做将丧失在生物进化中起最重要作用的变异性。林欣不可能不知道这一点，那他为何还要这样做？难道过去了这么多年他还是没有忘记过去的事情……

“我想是吧。”男孩这次并没有注意到苏枫走神了，他依然很关切地把问题又扯到预知上来，“现在关于那次谋杀事件我又得到了一些新的信息，你应该是……在某种情况下杀了一个人。是的，就是这样。”

“是吗？”苏枫心中一惊，从听到林欣的名字起他就再也不能漠视男孩的话了，尽管他在理智上很难接受这样的观点。但这实际上是林欣的观点，只不过通过男孩的嘴说了出来。在苏枫的印象里，在和林欣无数次的争论中他总是处于下风。除了那唯一的一次，但那一次他真的就站在了真理的一边吗？

四

午餐后韦一江教授正在给园子里的盆景浇水，这是他多年的老习惯了。韦宅是一幢很别致的小楼，掩映在绿树成荫的半山腰上。韦一江浇完水后就径直回到书房开始工作，这同样是雷打不动的老规矩。作为当代知名的物理学家，韦一江现在已是硕果累累、著述等身，而最令他欣慰的是他门下的学生们都那么出色，尤其是林欣和苏枫。说实话，现在韦一江很难把他们两人归为自己的学生，更多的时候他是把他们当作自己的助手和朋友一般看待。因为他们实在是太优秀了，韦一江研究成果中的不少巧妙思想都和他们的才能密不可分。在将于明年初召开的世界物理学年会上，韦一江准备在一篇注定要引起轰动的论文上署上他们的名字，这本来就是他们应得的荣誉。到时候整个世界都将为两颗新星的诞生而震惊。

韦一江清楚地知道在自己的心中是何等溺爱他们，以至于每当韦洁如说他偏心时他总是心甘情愿地默认。想到韦洁如生气的样子，韦一江的脸上便不由自主地隐隐浮现出笑容，这个宝贝女儿是他在科学研究之外所能得到的最大乐趣了。其实，韦一江运用他缜密严谨的科学思维已经预料到他的女婿会是林欣和苏枫中的一个，他在闲暇时甚至给未来的孙子或孙女起了个叫“小昭”的名字，只是不知道会姓林还是姓苏。不过从近一段时间的情形来看，韦一江觉得他的外孙多半会是“林小昭”了。有一次他拿这个问题去难为韦洁如，结果是意料中的一句“人家不知道啦”。

现在门外突然热闹起来，不用看韦一江也知道准是韦洁如回来了，当然还少不了见面就争的林欣和苏枫。韦一江总是不明白他们两人怎么会有那么多争论的东西，有时甚至是一些常人根本不屑一顾的问题。但韦一江知道这也许就是他们与众不同的地方。爱因斯坦曾说过一段话：“正常人都是在童年时就认为自己已经掌握了什么是时间、空间等很常识的问题，因而再也不会为这样的问题花费心思。而我恰恰是到了差不多成年以后才开始思考这些问题的，结果我发现了不一样的东西。”

林欣和苏枫争论的那些问题又何尝不是这样，从最后的结果来看，似乎林欣总是要略胜一筹。以韦一江的眼光来评价的话，苏枫无疑是优秀的，但肯定逊于林欣，因为苏枫只是出色的科学家，而林欣却是天才。在韦一江的字典里其实很少用到“天才”这个词，他一向认为“天才”是一种夸大其词的说法。每个人身上都背负着数十亿年时间的造化，谁又能比其他人高出多少呢？但当他见到林欣后这种观点有了变化。韦一江这一生取得了远胜于常人的成就，但他并不认为自己是天才，而只是认为自己是一个和苏枫一样称得上优秀的人，他们和常人之间的差别只在“勤”与“专”两个字上。但林欣就不同了，他属于另一类人。他并不比苏枫用心，但对问题的看法却总是深入得多，有时他一瞬间的直觉竟和韦一江经过深思熟虑、反复求证后得出的结论完全一致。韦一江时时在想，也许这就是天才。不过，如果韦一江发现他们俩争论的东西过于不切实际或是陷入文字游戏的话，也是要站出来以导师的身份予以制止的，他毕竟是严肃的物理学家，绝对不能容忍违背基本科学理论的行为——即使只是口头上的争论。

果然不出意料，3个好朋友这次全聚齐了。韦洁如一见面就嚷嚷道："爸爸你快来进行评判吧，他们俩又争起来了，这回苏枫说林欣一定错。"韦洁如停下来微微一笑，"可我根据以往的经验还是决定投林欣一票。"

"到底怎么回事？"韦一江故意蹙了下眉，放下了手边的工作，"说来听听看。只要不是什么原则问题，我准备支持苏枫，大家打个平手。"

"林欣说他有一种预知未来的方法。"苏枫简要地把他们先前的谈话重复了一遍，他说话的声音很低，似乎并未因为导师说要支持自己而感到高兴。

"是这样。"韦一江有些意外，虽然这两个学生常常令他吃惊，但他这次仍然没有想到他们会因为古老的预知问题而争论，应当说这个问题和永动机一样都是一个不该再被提起的问题。但这是林欣提出的问题，他转头对着林欣说："说说你的理论依据是什么。"

林欣的脸有些红了："其实我只是偶然想到了这个问题，并没有太成熟的想法。"

韦一江又是一惊，他注意到，林欣的语气表明他认为自己是正确的，只不过不太“成熟”而已。韦一江意识到自己不能不对这个问题发表看法了，不过在此之前他还是想听完林欣的想法。“你不要有顾虑，说出来听听。”

林欣点点头：“其实我是在上周无意中重新看到一则经典物理实验的介绍时想到这个问题的。”

“什么实验？”韦一江有点儿紧张地问，他印象中似乎没有什么用于证明预知现象的经典实验。

“那是当年用来说明微观粒子波粒二象性的理想实验。大概意思是让光子一粒粒地发射并穿越有着两条缝的挡板。假设在某一时刻光子已经穿过了挡板，那么它可能穿过了其中一条缝——如果它此次表现为粒子性；也可能同时穿过了两条缝——如果它此次表现为波。不管怎么说必定是二者之一。同时这个事情已经发生了，不可改变了。现在到了关键的时候，如果我们这时在挡板后面加上一张感光底片，那么我们将看到底片上最终出现了干涉条纹，说明光子同时穿过了两条缝，也就是说它表现为波。而如果我们此时在挡板后面正对着两条缝的地方分别安上一台计数器，那么我们这回却看到只有一个计数器上出现读数，也就是说光子只穿过了其中的一条缝，因而表现为粒子性。当然在这里我只是简单说明实验的构思，在具体操作中实际上是通过一个可以感光的百叶窗帘来实现整个过程的，但结果和以上描述的完全一样。这就说明了一个问题，光子到底穿过了一条缝或是两条缝本来是已经发生了的事情，却反而需要由后面发生的事情来决定。我觉得这个实验隐隐暗示了在某些情况下原因和结果并不是截然分开的，甚至不是由谁决定谁的关系，它们之间可能会互相影响。”

“等等。”苏枫插上一句,“这个实验我知道，可是当初好像并没有得出你说的这种结论。”

韦一江在旁边叹了口气，心想如果当初就有人得出那样的结论，林欣又如何称得上是天才。不过他并不赞同林欣的观点:“但那只是在微观世界里的现象，宏观世界里不存在你所说的情况。”

林欣突然提高了声音道:“微观和宏观又何尝能够截然分开，微观才是起决定作用的力量，宏观不过是微观的统计效应罢了。如果在微观的范畴里证明了原因和结果可以互动的话，那么同样的理论也必定适用于宏观世界。”

韦一江的脸色变得沉重起来，他下意识地瞟了一眼桌上的论文稿——《现代物理学完备性论证》。这正是他准备在世界物理学年会上宣读的论文，在这篇论文里，他站在哲学和科学的双重高度上建立了一个迄今为止最为庞大而完备的物理学体系，那可以说就是他一生心血的结晶。本来再过几天就能完成它的初稿，不过现在看来他的处境有点儿像当年的德国数学家弗雷格在就要完成《从逻辑推出算术系统》时的情形，弗雷格在著作附言里说："使一个科学家最难堪的事莫过于在即将大功告成的时候才发现自己的理论基础突然瓦解了。在本书就要付印的时候，罗素先生的一封涉及悖论的来信使我陷入了这样的境地。现在整个数学大厦的基础动摇了。"

韦洁如显然不是很清楚到底发生了什么事，她只是有些朦胧地感觉到在这场争论中林欣占了上风，就连父亲似乎也被难住了，在此之前她从未见过父亲的脸色这样严肃。从女孩子的心思出发她真想蹦起来，因为她这次又站对了立场，不过她还是忍住了——气氛不对。韦洁如露出一个狡黠的笑容，她想让大家轻松一下："我给大家出个题。有一个人到商店里去购物，突然发现柜台上居然在卖人的大脑。于是他走到一个标有'爱因斯坦'字样的大脑前，问卖多少钱。柜员告诉他要5000块钱。他又走到一个标有'普通人'字样的大脑前问卖多少钱，柜员说要一万块钱。他觉得很奇怪，又走到一个标有'苏枫'字样的大脑前问要多少钱，柜员说要10万块钱。你们说，这是怎么回事？答对有奖。"

苏枫有些茫然地看着韦洁如，他搔搔头："怎么我的大脑会比爱因斯坦的贵？而且贵那么多。你是在表扬我吗？"他转过头求助地望了一眼林欣，林欣含有深意地笑了笑，但没有开口。

韦洁如得意地叫起来："不知道是怎么回事了吧！本小姐公布答案，人家爱因斯坦的大脑是充分利用过的，而咱们苏枫的脑子却是从来没用过的，崭新的东西自然要贵得多啦。"

苏枫的脸一下子涨得通红，他想说什么却张不开嘴。

出人意料的是韦一江突然发了火，他用力拍了一下桌子："小如，不要胡闹。"屋子里立时安静下来，半天都没有人说话，过了一会儿韦一江挥挥手，有些疲倦地扶住了额头，"你们先出去吧，我想一个人静一静。"

五

男孩很知趣地缄默不语，他不太明白为何苏枫总是一阵阵地出神，每次他都等到苏枫问到他时才开口回答。说实话他不太喜欢这种场面，他现在有些想回家了。家，想到这个词的时候男孩的心中有种温暖的感觉。尽管那里已是面目全非。他从小在那里长大，熟悉那里的每一寸空间。记忆中他从两三岁起每隔几个月便要接受一次脑部手术，开始时他感到害怕，但次数多了之后也就无所谓了。他不知道每次手术都在他的脑子里加入或是取走了些什么，不过随着手术次数的增多，他越来越明显地发觉自己的脑海里不时地传来奇异的声音，眼前也经常晃动着不明来由的景象，就连他的语言表达方式也与他人有了不同。有一次他和一群小孩子在田野玩耍时看到满天鱼鳞样的云彩，其中一个孩子说：“天上钩钩云，地上雨淋淋。要下雨啦。”他却站出来纠正道：“你弄反了，是因为要下雨了所以天上才会有钩钩云。”当时男孩看到站在一旁的林欣的脸上突然露出惊喜的目光。男孩直到现在也不理解为何林欣临死前会毁掉家中几乎所有的东西，包括那些大部分由他亲自设计的仪器。当时林欣就像是疯了一样，脸色白得吓人，许久没有刮过的胡须乱糟糟地支棱着，眼睛里露出狂乱的光芒。

“你快死了。”男孩怯生生地说，他害怕地躲在书柜的后面。

林欣一愣，他缓缓地转过头来：“你预知我就要死去？我是怎么死的？”

“你死于自杀。”男孩低声回答。

“我是想自杀，不过我并不知道会在什么时候。现在你已经预感到了，也就是说我最多还能活 10 分钟。”林欣反而平静下来了，他点上一支烟，氤氲的烟雾中他与几分钟之前已判若两人。现在看上去他又有些像多年前的那个林欣了。他咧开嘴做了个笑的表情："也好，我活在这个世界上的确已经没有多少意义了。每天都要忍受病痛的折磨，而且……"林欣没有往下说，他怜爱地伸出手试图抚摸男孩的头，但男孩惊慌地躲开了。

林欣马上就明白过来了："你的确让我骄傲。不错，你的预知又对了，刚才我有一丝想杀死你的念头。"

"你不可能杀死我的，我的预知表明，在你死后我还活着。我躲开你只是本能的反应，对不起。"男孩很老实地说。

林欣叹了口气："是啊，我怎么会杀死你呢？你是我一辈子的心血，也是我一生对与错的证明。对与错，我现在才想清楚，这个世界上有什么对与错值得用一生的幸福去证明呢？如果仁慈的上帝能让我拥有健康的话，我将耗尽我的余生去研究时间机器，我多么想回到从前，把当初摆错了的姿势再重摆一次。"

男孩懂事地点头："我了解你的心情。"

"不，你不会了解的！"林欣大声叫道，"因为那个问题，我失去了曾经拥有的一切。老师，朋友，所有最美好的东西都离我而去，还有她。"林欣的脸因为巨大的痛苦

而扭曲了，他的眼中流出了泪水，“也许事实证明我对了，可我宁愿自己错了，那样我就可以回到老师的面前，请求他原谅我的年少无知。他一定会像以前很多次那样拍着我的肩膀说‘年轻人错了怕什么，年轻人最大的优势就是有改过的机会’。可是，”林欣直勾勾地瞪着男孩，“你居然证明我是对的。”

男孩不由自主地退后两步：“你无法杀死我的，那是不会发生的事。”

“是的，你的预知中没有的事是不可能发生的。可为什么会发生这种事情，上帝让我把你带到这个世界上来究竟是什么意思？”林欣打了个冷战，神色清醒了一些，“让我想想，到目前为止你的预知还没有过失败的先例吧。那你有没有预知到我是如何自杀的？”

男孩的眼睛瞟了一下阳台边上的一把做工精致的剃须刀，一抹淡蓝色的光芒在刀锋上闪动：“你拿着那把剃须刀……”

林欣大笑起来，直至笑出了眼泪：“上帝，你真是仁慈，让我取得这么辉煌的成果。这个孩子竟然一点不差地说出了我心中的想法。”

林欣止住笑，目光有些散乱地瞪着男孩：“你是我的杰作，你的能力是我赋予的。不行，我要证明你错了，你必须错，那样我就可以回到老师那里去，我就可以见到洁如和苏枫了。我要对他们说我错了，请他们原谅我。他们会原谅我的，一定会的，那样我们就又可以在一起了。看着吧，我会证明你是错的。哪怕只是一次，只要一次就够了，我就可以回去了。等等，你是说剃须刀是吧，我要扔了它，扔了它。”

林欣的精神陷入了极度亢奋的状态，一种狂热的光芒从他的眼中放射出来，他整个人都仿佛被某种预期的幸福感包围着。“剃须刀，剃须刀……”林欣念叨着像一头猎豹般冲向阳台，速度之快根本不像是一个久病的人，他极度厌恶地抓住剃须刀用尽全身力气想把它扔出去。但是他忘记了一件事，奔跑带来的巨大惯性还未减除，扔出剃须刀的动作更是让他失去了全部重心，于是男孩眼中的林欣就如同一只试图学习飞翔却一身绒毛的雏鸟般重重地从离地面 30 多米高的阳台跌落了下去。

男孩没有跟过去看林欣的伤势，因为在他的预知里林欣正是死于这一时刻，他仍然留在原地，口中低声地说：“我是说你拿着那把剃须刀跳下了楼……”

六

苏枫叹了口气，把目光停留在了男孩身上。他柔声问

道："关于我们，林欣还对你说过些什么？"

男孩想了想："他说他宁愿自己是错的，这样他就可以回到你们中间了。我觉得直到死之前，他的心中都一直这么想。"

"宁愿他是错的？"苏枫心中一凛，任谁也能听出这句话意味着什么。难道林欣真的找到了预知未来的方法？说实话，即使再过一段时间自己真的牵涉一宗谋杀案，苏枫也未必敢相信这一点，因为这是与现行的一切理论相悖的。在差不多15年前的那次世界物理学年会上，韦一江宣读了他和苏枫共同署名的划时代论文《现代物理学完备性论证》，这是迄今为止人类对于物质世界做出的最系统最完美的解释。它完全符合人类对所有物质现象的观测，并且成功预见了许多当时还没有发现的物质特性，使人类对世界的认识提升到了一个新的高度。对物质的本原、运动、因果性以及时间、空间与物质的关系等重大问题都做出了超出前人的可称为经典的解释，迄今为止尚没有任何事实与之不相吻合。

对苏枫来说那真是激动人心的一年，论文在这一年里顺利发表，恩师韦一江达到了他一生成就的巅峰，苏枫自己也崭露头角成为新生代物理学家中的佼佼者。而更重要的是，在这一年的秋天，也就是在林欣失踪一年之后，韦洁如成了他的新娘。婚礼的那一天苏枫真觉得自己是世界上最幸福的人了，直到多年后的今天，他仍能清楚地记起当时的每一个场景。

“他是这么说的。”男孩认真地补充着，他无法漠视苏枫怀疑的语气，“不过我觉得他的确是正确的。我的预知说明了这一点。”

“可是你知不知道，如果你正确的话我们就全错了。”苏枫语气平静地说。

“我不太懂你的意思。你们的对错不应该由我的对或错来判断，而应该由事件本身的结果来认定。”男孩的眼中露出天真的神情，“我的预知是否正确也遵照同样的标准。你说对吗？”

苏枫一噎，竟不知该怎样回答男孩的反诘。他笑了笑，不想在这个问题上与男孩纠缠下去，他握住男孩的一只手：“还是说说你们这些年的生活吧。过得好吗？”

男孩的神色黯淡了下来，声音也变得低了许多：“我不觉得自己过得好，我想老师也是一样。他的身体一直不太好，过多的研究工作彻底摧毁了他的健康。我们在经济上也有困难，有时候老师需要兼几份工作才能应付日常的开支。在我小的时候老师的脾气还好一点儿，后来却越来越坏，他的酒量也越来越大。”

“他学会了喝酒？”苏枫惊诧不已，印象中林欣最痛恨的就是酒精之类会损伤大脑的东西，他甚至拒绝喝任何种类的茶。

“他后来几乎每天都要喝将近400毫升的烈酒，如果醉了就说些让人听不懂的话。他还念着你们的名字。”男孩的脸上露出了害怕的神情，瘦弱的身子有些瑟缩。

苏枫的心中滚过一阵心酸，他猛地把男孩拥进自己的怀中，从基因的角度讲，他此刻拥着的其实就是林欣：“不要怕，以后你就跟着我们，这里就是你的家。大家都会喜欢你的。”

男孩有些茫然地看了一眼苏枫，但旋即就释然了，苏枫温暖的怀抱让他不忍挣脱：“老师没有说错，他说你们是这个世界上最好的人。”

“孩子，不管你的预知是否正确我都会好好待你的。过一会儿你就和我一起回家去，那里比别的任何地方都要温暖。”苏枫有些动情地说，在他心中其实已经把这个小男孩当成了林欣。

“那里真的很温暖吗？”男孩流露出了憧憬的神情，但他立刻想起了一件事情，“可是当年我的老师为什么要离开呢？”

苏枫怔了一下，仿佛没有想到男孩会提这个问题。他的目光变得有些发散，口中喃喃说道："是啊，你的老师离开了我们。那已经是很多年前的事情了，可一切就像是昨天才发生的……"

七

"我不能同意您的说法。"林欣已经有点儿激动了，他不理解为何老师会那么武断地认定他是错的，"微观和宏观之间并没有无法逾越的鸿沟，实际的情形应该是微观决定宏观，这是不容置疑的。"

韦一江的脸色有些阴晴不定，印象中林欣从未像这次这样直接顶撞过他。上次争论之后，他用了近半个月的时间来研究林欣提出的观点，想把它并入"现代物理学完备性论证"的体系中去。但随着研究的深入，他发现这是不可能的事情，因为两者在根本上是互相排斥的。"现代物理学完备性论证"体系要求承认物质世界或者说至少是在宏观世界里必须是由原因来决定结果的，而林欣提出的观点所描绘的显然是一种因果虚无主义的世界。在那个世界里，原因根本不能决定结果，而只能说它们之间是平行的关系。就如同他在那个实验里描述的情形一样，结果也能反过来影响原因。韦一江清楚地知道这一点意味着什么，最起码它给"现代物理学完备性论证"体系制造了一个反例，而几乎倾尽他一生心血的这个体系仅仅从名字上看，就是容不得任何反例的。在科学史上因为一两个反例而颠覆了整个理论体系的情形是很多的。最有名的一个例子就是，20 世纪初因为“以太运动”和“能量均分学说”两朵乌云而更改了几乎全部牛顿力学体系。不过从内心而言，韦一江坚信林欣的假设是错误的，他只是一时还没能找到驳倒它的办法而已。

韦一江沉默了几秒之后缓缓开口道：“就你说的那个实验而言，按照经典的量子力学解释，微观粒子的行为是抗拒做因果性分析的。在该实验的条件下，粒子到底穿过了几条缝是一个没有意义的问题。”

“可您说的是‘经典’解释，我觉得这种解释并没有真正解决问题，倒像是在逃避问题。我们现在起码可以说，至少在某些情况下结果可以反过来作用于原因，而这正是我提出预知理论的基础。按照这个理论，当一个事件可能导致不同结果时，每一个结果会对事件发生的早期形成影响，因而产生不同的征兆，从这一点出发我们不难得到预知。”

苏枫有点儿不知所措地看着争论的双方，他有些插不上话的感觉。苏枫没有想到一个偶然提出的问题会带来这么大的麻烦，他现在根本不知道应该站在哪一边。从本意上来说他倾向于导师的观点，但很显然韦一江并没有成功地说服林欣，从客观的角度看，苏枫甚至觉得林欣是处于上风的一方。林欣的每一次发言几乎都让韦一江陷入沉思，看得出韦一江正经历着艰苦的搏斗。

“可你知道预知意味着什么吗？”韦一江很罕见地脸红了，“在一个结果可以反作用于原因的系统里，一切都是不稳定的，就如同逻辑学上的悖论一样。还记得罗素的‘理发师悖论’吧，那个理发师规定自己只给不给自己理发的人理发，那么很显然，他将永远无法决定能否给自己理发。因为按照这个规定，他将因为给自己理发，所以不能给自己理发，同时又因为不给自己理发而可以给自己理发。这个问题正好符合你说的结果与原因互相作用的情形，但这不就是纯粹的文字游戏了吗？在严格的物理学范畴里何曾有过类似的现象？”

苏枫眼睛一亮，刹那间他几乎想大声欢呼“老师万岁”。这就是物理学大师的语言，短短几句话就道出了旁人无法想到的东西，没有比这种比喻更贴切的了。在苏枫看来胜负已判，仅凭导师的这几句话就足以结束这场本来就不该开始的争论。想到又可以回到以前那种和谐的生活中去了，苏枫的心中充满了喜悦。

但林欣却蹙紧了眉，仅仅是一秒的时间。没有人能够知道在这一秒的时间里他的大脑中究竟发生了什么事情，但当他的眉头舒展开来之后，一切都有了答案。他有些局促地说："有的，在物理学范畴里有这样的现象。"

苏枫怀疑自己听错了，他转头去看韦一江，发现他也是一脸难以置信的表情。苏枫回过头来瞪着林欣，就像是看着一个陌生人。他从未想过悖论这样的逻辑问题会在真实的物理世界里找到对应现象——那绝对是不可能的事情。

林欣只说了两个字："电铃。"

韦一江的脸一下子变得惨白，看上去就像是在一瞬间被什么东西击中了一样。是的，电铃。电铃的原理决定了它正是因为通电所以断电，同时因为断电所以通电，于是它不停地振动。

良久之后韦一江叹了一口气："也许我真的老了。"他又看了一眼桌面上的《现代物理学完备性论证》的手稿，眼中浮现出复杂至极的神情。

苏枫在一旁叫道："这只是极个别的特例，不能说明问题的。对'现代物理学完备性论证'构筑的庞大体系根本构不成冲击！在体系内解决它只是时间的问题。"

苏枫的话提醒了韦一江，他的精神好了一些。的确，在科学史上不乏类似的先例，有时候人们必须等待诸如新的实验条件等因素的出现方能完全证实自己的理论。就如同在狭义相对论问世不久后的1906年，考夫曼提出他的高速电子荷质比实验结果不利于狭义相对论，但事后却证明这个实验得出的结论是错误的。

“可是我看不出在体系内解决这个问题的可能性。”林欣坚决地摇了摇头，“这根本就是完全对立的。我认为‘现代物理学完备性论证’体系肯定是不完善的。”

韦一江深深地看了一眼他曾经最感得意的学生，那种眼神就如同看一个令他恐惧的陌生人。林欣的每一句话都像锋利的刀子般戳在他的胸口上。他感到自己的血液正在慢慢变冷，越来越冷。

“你是叫我放弃发表《现代物理学完备性论证》的论文？就因为你的那种关于预知的假说？”韦一江的语气变得比他的血液还要冷，“你真是我的好学生。”

林欣没有注意到韦一江的语气变化，他还沉浸在自己的思路里：“这不是假说，我认为这是可以实现的。”

韦一江大声笑了起来：“想不到我居然教出了你这样的学生。如果让人知道我生平最得意的学生居然相信预感之类的歪门邪道的话，我的脸面往哪儿搁？”

苏枫看出情形有些不对，他急忙拽了拽林欣的胳膊说：“不要再说了，你快向老师认错。”

出人意料的是，林欣挣脱了苏枫的手，他的脸涨得通

红，眉宇间是一种义无反顾的神情：“我没有错，我会证明给你们看的，到时候你们就会知道究竟是谁的错。”

韦一江用力扶住椅子的把手：“好，那么说是我错了。既然你比我正确，我还怎么敢当你的老师？”

苏枫大惊失色，他听出了韦一江这句话中的意思。他再次拽住林欣的手臂说：“你不要和老师争了，就认个错吧。”

林欣仿佛没有听见苏枫的话，他的嘴唇微微发抖，脸色苍白，整个人像是痴了般一动不动。良久之后他才轻轻转头扫视着屋子里的这两个人，眼中有决绝的光芒闪现。过了一会儿他开始缓步朝外面走去，口中低声重复着：“我会证明给你们看的，我一定会的。”

韦一江脸色苍白地看着林欣，痛苦与痛惜的神情混合着在他的眼底浮动。苏枫几次想伸手去拉住林欣都被他用目光制止了。韦一江希望林欣自己回过头来，但他失望了。

……

林欣在校园里漫无目的地走着，不知何时天空中飘起了小雨，落在身上让人感到丝丝凉意，他这才想起秋天已经快要过去了。这时他依稀听到远处有人在呼喊自己的名字，好像是韦洁如的声音。洁如，不知为何，此刻一想到这个名字，林欣心中就会泛起一种疼痛的感觉。洁如，洁如，他在心里反复吟唱着这个名字，宛如吟唱一支钟爱的歌，两行泪水自他的脸颊滑落，但内心一个更为倔强的声音却驱使他的脚步朝着相反的方向奔去。

八

苏枫猛地打了个冷战，他突然觉得自己怀中的男孩变得很陌生。你这是做什么？他问自己，这个男孩是林欣的化身，他为什么要回到这里来？难道仅仅是来告诉你那桩可笑的谋杀事件？不，他回来是想向我证明，当年的林欣是占有真理的一方。他想要摧毁你拥有的一切，他想要你的老师为当年的事情认错。他还要向世界大声宣布，他才是真正的胜利者。还有洁如，她很快就会知道当年林欣为什么会离去了，她会怎样看待你和她的父亲？而你居然那么温柔地搂抱着这个男孩。

“我想起一件事。”男孩兴奋地说，“老师说过你曾经给他的理论指出过一处缺陷，好像是在他第一次同你讨论预知问题的时候。”

“缺陷？”苏枫愣了一下，但他立刻想起是怎么回事了，他淡淡地笑了，“我的确和你的老师讨论过一个问题，不过也许那不应该称作缺陷。”

“为什么？”男孩不解地问。

“你好像说过现在你只能准确预知600秒内发生的事情，对吧？”

“是的。”

“按照当年我们的讨论结果可以证明，你其实已经具备了准确预知更遥远的将来的能力。”

“真的？”男孩的眼中一阵发亮。

“当然是真的，证明的过程很简单。我举个例子，假设在今天中午12点整会下一场雨，那么显然你在上午11点50分的时候就能准确预知这一事件。那么基于同样的理由，你将在11点40分的时候预知‘你在11点50分的时候预知在12点整会下一场雨’这一事件，而这实际上等同于你在11点40分就准确预知在12点整会下一场雨。只要以此类推，岂不是几乎可以无限地扩展你的预知范围了吗？”

男孩聚精会神地听着，他偏着头思考的样子看上去有几分顽皮。但他很快就弄明白了是怎么回事，一时间他高兴地快要蹦起来了：“对啊对啊，是这样的，我怎么没想到这一层呢。原来竟这么简单，老师早该告诉我这个方法嘛。”

男孩待不住了，他挣出苏枫的臂弯一屁股坐到了地上：“我现在就要试试这个方法。现在是上午10点半，我现在就来预知上午11点会不会下雨。”男孩说着便闭上了眼睛，仿佛进入了禅定的状态。

苏枫笑了笑："为什么不预知更久一点儿？至少应该到12点钟吧。"

男孩犹豫了一下，仿佛觉得有什么地方不妥，不过最后他还是用力地点了点头说："那好吧，就12点。"

苏枫面无表情地看着这个男孩，他感觉男孩的脸和记忆中的林欣已经完全重叠在了一起。风雨故人来。不知为何，苏枫的心中突然划过这样一句说不清来处的诗。对每个人来说，故人往往意味着一些过往的旧事，而故人到来的时候为何又常常是伴随着风雨呢？苏枫轻轻叹了一口气。

男孩的额头上渗出了汗水，两团不正常的潮红色在他的脸颊上显现出来，而他的嘴唇却变得有些发白。

……

"你这样说倒是让我为难了。"林欣苦恼地拍拍头，"这样推理下去的确能得出我们可以预知永远的结论，但这个结论却又的的确确是从'只能预知几分钟'这个假设推出的。很明显，这里产生了一个佯谬。"

苏枫很高兴自己难住了林欣："就是嘛，这分明是一个死结。单凭这一点就可以判断预知问题是没有意义的。"

"那倒未必。"林欣很自信地反驳，"你的这个想法可以

表述为‘预知自己的预知’，属于数学上的递归问题，也就是一种调用自身的函数。对于递归问题的处理一般都受限于递归的层次。也就是说必须在满足运算的精度要求之后跳出去，否则将陷入无限循环之中。”

苏枫在心中低叹了一声，隐然有“既生枫，何生欣”的意味，不过他并未死心：“在预知问题上存在的递归性难道不是一道障碍吗？”

“所以我觉得我们始终只能做有限的预知。当然，如果在技术上有突破的话预知的时间范围肯定可以扩大。”

苏枫若有所思：“如果我们强行进行这种递归式的预知会带来什么结果？我的意思是说，如果我们希望得到相当长时间的预知结果的话。”

林欣想了想：“那样做将导致计算量呈几何级数增长，如果由电脑来做这样的事将产生‘程序狂奔’，而如果由人脑来做这件事情的话，”林欣顿了一下，“这个人肯定会累死。”

……

男孩的身体开始有些摇晃，汗水湿透了他的衣服。同时他呼吸的声音也变得很不均匀，不时地会突然发出一声古怪的长音。男孩的嘴微微嚅动着，仿佛念念有词，而他的脸上已是一片蜡黄。

苏枫看了一下手表，现在是差一分钟 11 点。如果没记错的话，男孩曾说过在这一时刻会有一桩谋杀事件发生。苏枫默默地走到男孩身边蹲下来，把耳朵凑在男孩的嘴边想听清他在说些什么。

“……啊，12 点了。真的在下雨，好大的雨……把世界冲得干干净净……”男孩的头突然一偏，口中的话像被刀斩断般戛然而止，整个身躯也软软地倒在了地上。

苏枫怔怔地看着这一切，心中竟然麻木得没有一丝感觉。过了好一会儿他才如梦初醒般地站立起来，拍去身上的灰尘之后他开始收拾讲义，但他的手有些不受控制地颤抖，以至于那些纸页似乎总是放不对地方。

是回家的时候了，想到温暖的家以及家中的洁如和孩子们，苏枫的心中稍微平静了一些。今天中午说好去导师家吃午饭的，他们现在一定都有些等不及了。他回头看了一眼倒在地板上就像是睡着了的那个男孩，没有伤痕，没有暴力的迹象，看上去无论如何只是一次类似于心脏病发作那样的自然死亡。苏枫拿起讲义朝教室外走去，到了门口他才发觉外面已经刮起了很大的风，在这个季节里这是很少见的情形。苏枫裹紧了衣服走出门去。

快下雨了，苏枫想，而且会是一场很大的雨。

伤心者

一

上午正是菜市场最繁忙的时候，我看着夏群芳穿过拥挤的人群，她的背影很臃肿。隔着两三米的距离我看不清她买了些什么菜，不过她跟小贩的讨价还价声倒是能听得很清楚。通过这两天的经历，我知道小贩们对夏群芳说话是不太客气的，有时甚至就是直接的奚落。不过我从未见过夏群芳为此而表现出生气的样子，她似乎只关心最后的结果，也就是说菜要买得合算，至于别的事情，至少从表面看上去她是毫不计较的。现在她已经买完菜准备离开，我知道她要去哪儿。

4 月是这座城市最漂亮的时候，各个角落里都盛开着各种各样的花。天气不冷也不太热，老年人的皮帽还没取下，小姑娘们就迫不及待地钻空在天气晴朗的时候穿起了短裙，这本来就是乱穿衣的时候。“乱花渐欲迷人眼”在这样的季节里成了不折不扣的双关说法。夏群芳对街景显然并没有欣赏的打算，她只是低着头很费劲地朝公共汽车站的方向走，装满蔬菜的篮子不时和她短胖的小腿撞在一起，令她每走几步就会有些滑稽地打个趔趄。道路两旁的行道树都是清一色的塔松，在这座温带城市里这种树比原产地要长得快，但木质相对要差一些。夏群芳今天走的路线与平时的稍有不同，因为今天是星期天，她总是在这个时候到 C 大去看她的儿子何夕。

由于历史的原因，C 大的校园被一条街道分成了两部分，在这条街上还有一路公共汽车。夏群芳下车后进入校园的东区，现在是上午 10 点，她直接朝着图书馆的方向走去，她知道这个时候何夕肯定在那里。同样由于历史的原因，C 大的图书馆有两个，分别位于东西两区，实际上 C 大的东西两区曾经是两所独立的高校。用校方的语言来说，这两所学校是合并的，但现在的校名沿用了东区的，所以当年从西区那所学校毕业的学生常常戏称自己是“亡

校奴”，并只对西区那所学校寄予母校的情怀。严格来讲何夕也该算作“亡校奴”，不过何夕是在合并后才开始读C大的硕士，所以在何夕心中母校就是东区和西区的整体。

何夕坐在东区图书馆底层的一个角落里静静地看书，不时在面前的笔记本上写上几句。这时候有一个人正从窗外悄悄地注视着他，窗外的人就是何夕的母亲夏群芳，她饶有兴味地看着聚精会神的何夕，汗津津的脸上荡漾着止不住的笑意。我看得出她有几次都想拍响窗户打个招呼，但她伸出手却最终犹豫了。倒是临近窗户坐着的两个漂亮女生发现了窗外的夏群芳，她们有些讨嫌地白了她几眼。夏群芳看懂了她们的这种眼神，不过她心情好不跟她们计较，她有个读硕士的儿子呢，这让夏群芳在单位里可风光了。想到单位，夏群芳的心情变得有些差，她已经4个月没有从那里拿到工资了。当然她这4个月并没有去上班，她下岗了，现在开了一个杂货铺。按照夏群芳一向认为合理的按劳取酬原则，她觉得这也是很自然的事情。夏群芳在窗外按惯例站了20分钟，显得心满意足。我算了一下，为了这一语不发的莫名其妙的20分钟，夏群芳提着10多斤东西多绕了5000米路，这种举动虽然不是经济学家的合理行为，但却是夏群芳的合理行为。

其实今天夏群芳是最没有理由来看何夕的，因为今天是星期天，何夕虽然住校但星期天总会回家一趟。不过他不会在家里住，吃过晚饭就会回学校。夏群芳知道，在何夕的心里学校比家里好。不过对于这一点夏群芳并不在意，只要儿子觉得高兴她也就高兴。夏群芳永远都不会知道此刻摊放在何夕面前的那本大部头里究竟有什么吸引人的东西，但很肯定的是，每当夏群芳看到儿子聚精会神地沉浸在书中的时候，她的心里就有一种没来由的欣慰感。这种感觉差不多在何夕刚上小学的时候就形成了。她以前就从不去探究何夕读的是什么书，更不用说现在何夕读的那些外文原著了。从小到大，何夕在学业上的事情都是自己做主，甚至包括考大学填志愿、选专业，以及后来大学毕业时由于就业形势不好又转回去读硕士等都是如此。想起儿子前年毕业时四处奔波求职的情形，夏群芳就感到这个世界变化实在太快，她从没有想过大学生也有难找工作的那一天，在夏群芳的心里这简直无异于天方夜谭。有个同事对夏群芳说，这算啥，人家发达国家早就有这种事情了。说话的时候那人脸上有幸灾乐祸的神情。不过事实却肯定地告诉夏群芳，的确没有一个好单位肯要她心中无比优秀的儿子何夕，她隐约听说这似乎和何夕的专业不好有关。可是在夏群芳看来，何夕的专业蛮好的，好像叫作什么什么数学。在夏群芳看来，这个专业是挺有用的，哪个地方都少不了要写写算算，写写算算可不就是什么什么数学嘛。夏群芳有一次忍不住把自己的想法讲给何夕听，但何夕只是淡淡地笑了一下。夏群芳的心中早就有了主见，自己的儿子可没什么不好，儿子的专业也是顶好，那些不会用人的单位是有眼无珠，迟早要后悔死的。夏群芳没事就在想，有一天等何夕读完硕士找个好工作，一定要气气当初那些不识好歹的人，想到得意处便笑出声来。夏群芳有些不舍地又回头看了一眼专心看书的儿子，然后才踏实地欣然离去了。

二

何夕抬起头来，向着我站的方向看过来。我愣了一下，立刻醒悟到他是在看夏群芳的背影。这时坐在窗户边的那两个女生开始议论，说刚才那个在外边傻乎乎看了半天的人不知是谁，何夕有些愤怒地瞪了她们一眼。他其实很早便知道母亲就站在窗户外注视着自己，在他的记忆里母亲几乎每个星期天的上午都会到学校的图书馆来看自己读书。何夕知道母亲之所以选在这一天来纯粹是前几年的习惯所致，实际上母亲现在的每一天都可以算是放假。何夕看着母亲远去的背影叹了口气，他觉得自己的情形也差不了多少。有时候何夕的心里会隐隐地升起一股对母亲的埋怨，他觉得母亲实在太迁就自己了，从小到大的许多事情她都让儿子自己做主，如果当初母亲能够在选择专业上不过分顺从自己就好了。何夕摇摇头，觉得自己不该这样埋怨母亲，他其实知道母亲并不是不想帮自己，而是实在没有这方面的见识。

何夕看了一下表，急促地向窗外扫视了一下。按理说江雪应该来了，他们说好上午 11 点在图书馆碰面的。何夕简单收拾了一下朝外面走去，刚到门口就见到了江雪。

与何夕比起来，江雪应该算是现代青年了。单从衣着上看江雪就比何夕领先了 5 年。这样讲好像不太准确，应该说是何夕落后了 5 年，因为江雪的打扮正是眼下最时兴的。发型是一种精心雕琢出来的叫作“随意”的新样式，脑后用丝质手绢挽了个小巧的结，衬得她粉白的面庞益发清丽动人。看着那条手绢何夕心里感到一阵温暖，那是他送给江雪的第一件礼物。手绢上是一条清澈的河，天空中飘着洁白的雪花。他觉得这条手绢简直就是为江雪定做的。看到他们两人走在校园里的背影，很多人都会以为是一个学生在向老教授请教问题，不过江雪并不觉得这样有什么不妥，即便是要好的几个女生提到何夕时总是开玩笑地问：“你的老教授呢？”小时候她和大她两岁的何夕是邻居，有过一些想起来很温馨的儿时回忆。后来他们因为父母的工作变动分开了，却很巧地在10多年后的C大又遇上了。当时江雪碰到了迎面而来的何夕，两人不约而同地喊道：“哎，你不就是……哎……那个……哎吗！”等到想起对方名字时，两个人都大笑起来。所以两人后来还常常大声称呼对方为“那个哎”。江雪觉得何夕和自己挺合得来，别人的看法她并不看重。她知道有几个计算机系还有高分子材料系的男生在背地里说他们是鲜花和牛粪。在江雪看来，何夕并不像外界所认为的那样是一个迂腐的书呆子，恰恰相反，江雪觉得何夕身上充满了灵气。给江雪印象最深的是何夕的眼睛，在此之前她从未见过谁拥有这样一双睿智而深邃的眼睛。看到这双眼睛的时候江雪总止不住地想，有着这样一双眼睛的人一定是不平凡的。

每当看到江雪的时候，何夕的心情就变得特别好，实际上也只有这时候他才有如释重负的感觉。何夕很小就知道自己的性格缺陷。当他手里有事情没有完成的时候总是放不下心来，无论做什么事情总还惦记着先前的那件事。他本以为自己这辈子都是这种性格了，但江雪的出现改变了一切。和江雪在一起时他也不知道为什么自己就像换了一个人。那些不高兴的事，那些未完成的事都可以抛在脑后，甚至包括“微连续”。一想到“微连续”何夕不禁有些分神，脑子里开始出现一些很奇特的符号。但他立刻就收了回来，实际上只有在江雪到来时他才会这样做，同时也只有在江雪到来时他才做得到这一点。江雪注意到了何夕一刹那的走神，在她的记忆里这是常有的事。有时大家玩得正开心的时候，何夕却很奇怪地变得无声无息，眼睛也很缥缈地盯住虚空中的什么东西。这种情形一般不会持续很长时间，片刻之后何夕自己会“醒”过来，就像从睡梦中醒来一样。这样的情况多了大家也就不在意了，只把这理解成每个人都可能有的怪癖之一。

“先到我家吃午饭。我爸说要亲自做拿手菜。”江雪兴致很高地提议，“下午我们去滑旱冰，老麦前不久刚教了我几个新动作。”

何夕没有马上表态，眼前浮现出老麦风流倜傥的样子来。老麦是计算机系的硕士研究生，也算是系里的几大才子之一，当初同位居几大佳人之列的江雪本来都开始有了那么一点儿意思，但是何夕出现了。用老麦的话来说就是“自己想都想不到地输给了江雪的儿时回忆”。不过老麦却是一个洒脱之人，几天过后便又大大咧咧地开始约江雪玩，当然每次都很君子地邀请何夕一同前往。从这一点讲，何夕对老麦是好感多于提防。不过有时连何夕自己也不得不承认，老麦和江雪站在一起的时候显得那样协调，无论是身材相貌还是别的，这个发现常常会令何夕一连几天都心情黯然。但是江雪的态度却是极其鲜明，她毫不掩饰自己对何夕的感情。有一次老麦带点儿不屑地说了句“小孩子的感情靠不住”，结果江雪出人意料地激动了，她非要老麦为这句话道歉，否则就和他绝交，结果老麦只得从命。当时老麦的脸上虽然仍旧挂着笑，但何夕看得出他其实差点儿就扛不住了。在这件事情之后老麦便再也没有做过任何形式的“反扑”——如果那算是一次反扑的话。

何夕在想要不要答应江雪，他每个星期天都答应母亲回家吃晚饭的，如果去滑旱冰晚上就赶不上回去吃饭的时间了。但是江雪显然对下午的活动兴致很高，何夕还在考虑的时候江雪已经快乐地拉着他朝她家跑去，那是位于学校附近的一套商品房。路上江雪银铃般美妙的笑声驱跑了何夕心中最后的一丝犹豫。

三

江北园解下围裙走出厨房，饶有兴致地看着江雪那很难称得上贤淑的吃相。退休之后他简直可称为神速地练就了一手烹调手艺，高兴得江雪每次大快朵颐之后都要“大放厥词”，称他本来就不该是计算机系的教授，而应当是一名厨师。也许正是江雪的称赞使他最终拒绝了学校的返聘，并且也没有接受另一些单位的聘请。何夕有些局促地坐在江雪的身旁，半天也难得动一下筷子。江家布置得相当有品位，如果稍稍夸张地说，可称得上一般性的豪华。以江北园的眼光来看，何夕比以前常来玩的那个叫什么老麦的小伙子要害羞得多，不知道性格活泼的江雪怎么会做出这种选择。不过江北园知道，世上有些事情是不能讲道理的，女儿已经大了，家里人已经不能像以前那样代她判断了。

“听小雪说你是数学系的硕士研究生？”江北园询问道。

何夕点点头：“我的导师是刘青。”

“刘青。”江北园念叨着这个名字，过了一会儿有些不自然地笑笑说，“退休后我的记性不如以前了。”

何夕的脸微微发红：“我们系的老师都不太有名，不像别的系。以前我们出去时提起他们的名字很多人都不熟悉，所以后来我们就不提了。”

江北园点点头，何夕说的是实情。现在 C 大最有名的教授都是诸如计算机系、外语系和电力系的，不仅是本校，就连外校和外单位的人都知道他们的大名——有些是读他们编写的书，有的是使用他们开发的应用系统。不久前 C 大出了一件闹得沸沸扬扬的事情，一个学生发明的皮革鞣制专利技术被一家企业以 700 万元买走了，而后皮革系的教授们也进入了“有名”的行列。

“你什么时候毕业？”江北园问得很仔细。

“明年春季。”何夕慢吞吞地夹了一口菜，感觉并不像江雪说的那样好吃。

“联系到工作没有？”江北园没有理会江雪不满的目光，“已经没有多少时间了。”

何夕的额头渗出了细小的汗珠，他觉得嘴里的饭菜都味同嚼蜡：“现在还没有。我正在找，有两家研究所同我谈过。另外，刘教授也问过我愿不愿意留校。”

江北园沉默了半晌，转头看着笑眯眯的女儿，她正眼睛一眨不眨地盯着何夕看，仿佛在做研究。

“你有没有选修其他系的课程？”江北园接着问。

“老爸！”江雪生气地大叫，“你要查户口吗？问那么多干吗？”

江北园立时打住，过了一会儿说：“我去烧汤。”

汤端来了，冒着热气。没有人说话，包括我。

四

老麦姿态优美地滑出一道弧线，动作如行云流水般顺畅。何夕有些无奈地看着自己脚下凭空多出来的几只轮子，心知自己绝不是这块料。江雪本来一手牵着何夕一手牵着老麦，但几步下来便不得不放开了何夕的手——除非她愿意陪着何夕练摔跟头的技巧。

这是一家校外的叫作“尖叫”的旱冰场，以前是当地科协的讲演厅，现今承包给个人改装成了娱乐场所。场地的条件比学校里的要好许多，当然价格是与条件成正比的。由于跌得有些怕了，何夕便没有上场，而是斜靠着围栏很有闲情般地注视着场内嬉戏的人群。当然，他目光的焦点是江雪。老麦正和江雪在练习一个有点儿难度的新动作，他们在场地里穿梭往来的时候就像是两条在水中翩翩游弋的鱼。这个联想让何夕有些不快。

江雪可能是玩累了，她边招手边朝何夕滑过来。到跟前时却又突然打了一个360度的急旋方才稳稳停住。老麦也跟过来，同时举手向着场边的小摊贩很潇洒地打着响指。于是那个矮个子服务生忙不迭地递过来几听饮料。老麦看看牌子满意地笑着说:“你小子还算有点儿记性。”

江雪一边擦汗一边啜着饮料，不时仰起脸神采飞扬地同老麦扯几句溜冰时的趣事。“你撞着那边穿绿衣服的女孩好几次，”江雪指着老麦的鼻尖大声地笑着说，“别不承认，你肯定是有意的。”老麦满脸无辜地摇头，一副打死也不承认的架势，同时求救地望着何夕。何夕觉得自己在这个问题上帮不了老麦，只好装糊涂地看向一边。“算啦，”江雪笑嘻嘻地摆摆手，“我们放过你也行，不过今天你得买单。”老麦如释重负地抹抹汗说：“好啦，算我舍财免灾。”何夕有点儿尴尬地看着老麦从兜里掏出钱来。虽然大家是朋友，但他无法从江雪那种女孩子的角度把这看作是一件理所当然的事，至少有一点，他觉得总是由老麦做东是一件令他难以释怀的事。但想归想，何夕也知道自己是无力负担这笔开支的。老麦家里其实也没给他多少生活费，但是他的导师总能揽到不少活。有些是学校的课题，但更多的是帮外面的单位做系统。比如一些小型的自动控制系统，或是一些有关模式识别方面的东西，以及帮人做网页，甚至有时候根本就是组一个简单的计算机局域网，虽然名称是叫什么综合布线。这所名校的声誉给他们招来了众多客户。很多时候老麦要同时开几处工，虽然他所得的只是导师的零头，但是已足够让他的经济水准在学生中居于上层了，不仅超过何夕，而且肯定也超过何夕的导师刘青。在何夕的记忆里，除了学校组织的课题之外他从未接过别的工作。何夕有一次闲来无事，把自己几年来参与课题所得加在一起，他发现居然还差一块钱才到 1000 元。接下来的几个小时的时间里，何夕简直绞尽了脑汁想要找出自己可能忽略了的收入，以便能凑个整数，但直到他启用了当代数学最前沿的算法也没能再找出一分钱。

“今天玩得真高兴。”江雪意犹未尽地擦拭着额头上的汗水。老麦正在远处的收费处结账，不时和人争论几句。何夕默不作声地脱下脚上的旱冰鞋，这时他才觉得这双脚又重新属于自己了。

“4 点半不到，时间还早呢。”江雪看表，“要不我们到‘金道’保龄球馆去？”

何夕迟疑了片刻：“我看还是在学校里找个地方玩吧。”

江雪摆头，乌黑的长发掀起了起伏的波浪：“学校里没什么好玩的，都是些老花样。还是出去好，反正有老麦付钱。”

何夕的脸突然涨红了：“我觉得老让别人付钱不好。”

江雪诧异地盯着何夕看：“什么别人别人的，老麦又不是外人。他从来都不计较这些的。”

“他不计较，可我计较。”何夕突然提高了声音。

江雪一怔，仿佛明白了何夕的心思。她咬住嘴唇，有些不知所措地看着四周。这时老麦兴冲冲地跑回来，眼前的场面让他有些出乎意料。“怎么啦？”老麦笑嘻嘻地问，“你们俩在生谁的气？”他看看表，“现在回去太早啦，我们到‘金道’去打保龄球怎么样？”

何夕悚然一惊，老麦无意中的这句话让他的心里发冷。又是“金道”，怎么会这么巧，简直就像是——心有灵犀。他看着江雪，不想与她的目光撞了个正着，对方显然明白了他的内心所想——她真是太了解他了，江雪若有所诉的目光像是在告白。

“算了。”何夕叹了一口气，“我今天很累了，你们去吧。”说完他转身朝外面走去。

江雪倔强地站在原地不动，眼里滚动着泪水。

“我去叫他回来。”老麦说着转身欲走。

“不用了。”江雪大声说，“我们去‘金道’。”

我下意识地挡在何夕的面前，但是他笔直地朝我压过来，并且毫无阻碍地穿过了我的身躯。

五

18寸电视机里正放着夏群芳一直看着的一部连续剧，但是她除了感到那些小人儿晃来晃去之外看不出别的。桌上的饭菜已经热了两次，只有粉丝汤还在冒着微弱的热气。夏群芳忍不住又朝黑漆漆的窗外张望了一下。

有电话就好了，夏群芳想，她不无紧张地盘算着。现在安电话是便宜多了，但还是要几百块钱初装费，如果不收这个费就好了。夏群芳想不出何夕为什么没有回来吃饭，在她的印象中这是从来没有过的事情。何夕只要答应她的事情从来都是算数的，哪怕只是像回家吃饭这样的小事，这是他们母子多年来的默契。夏群芳又看了一眼桌上的饭菜，她没有一点儿食欲，但是靠近心口的地方却隐隐地有些痛起来。夏群芳撑起身，拿勺盛了点儿粉丝汤。而就在这个时候门锁突然响了。

“妈。”何夕推着门就先叫了一声，其实这时他的视线还被门挡着，这只是许多年的老习惯。

夏群芳从凳子上站起来，由于动作太急凳子被碰翻在地。“怎么这么晚才回来？”虽然是责备的意思但是她的语气却只有欣喜了，“饿了吧，我给你盛饭。”

何夕摆摆手：“我在街上吃过了。有同学请。”

夏群芳不高兴了：“叫你少在街上乱吃东西的，现在流行病多，还是学校里干净。你看对门家的老二就是在外不注意染上肝炎的……”夏群芳自顾自地念叨着，她没有注意到何夕有些心不在焉。

“我知道啦。”何夕打断她的话，“我回来拿衣服，还要回学校去。”

夏群芳这才注意到何夕的脸有些发红，像是喝了点儿酒，她有些不放心地问：“今天就不回学校了吧？都8点了。”

何夕环视着这套陈设简陋的两居室，有好一会儿都没有出声。“晚上刘教授找我有事。”他低声说，“你帮我拿衣服吧。”

夏群芳不再有话，转身进了里屋。过了几分钟她拿着一个撑得鼓鼓的尼龙包出来了。何夕检视了一下，朝外掏出几件厚毛衣："都什么时候了，还穿得上这些？"

夏群芳大急，又一件件地朝口袋里塞："带上带上，怕有倒春寒呢！"

何夕不依地又朝外拿，他有些不耐烦："带多了我没地方放。"

夏群芳万分紧张地看着何夕把毛衣统统扔了出来，她拿起其中一件最厚的说："带一件吧，就带一件。"

何夕无奈地打开口袋，夏群芳立刻手脚麻利地朝里面塞进那件毛衣，同时还做贼般顺手牵羊地往里面多加了一件稍薄的。

"怎么没把脏衣服拿回来？"夏群芳突然想起何夕是空手回来的。

"我自己洗了。"何夕转身欲走。

"你洗不干净的。"夏群芳嘱咐道，"下次还是拿回来洗，你读书已经够累了。再说你干不来这些事情的。"

"噢。"何夕边走边懒懒地答应着。

"别忙，"夏群芳突然有大发现似的叫了一声，"你喝口汤再走。喝了酒之后是该喝点儿热汤的。"她用手试了下温度，"已经有点儿凉了。你等几分钟我去热一下。"说完她端起碗朝厨房走去。等她重新端着碗出来时却发现屋子已经空了。

“何夕。”她低声唤了一下，然后目光便急速地搜寻着屋子，她没有见到那两件塞进包里的毛衣，这个发现令她略感放心。这时一阵突如其来的灼痛从手上传来，装着粉丝汤的碗掉落在地发出清脆的响声。夏群芳吹着手，露出痛苦的表情，这让她眼角的皱纹显得更深了。之后她进厨房去拿拖把。

我站在饭桌旁，看着地上四处横流的粉丝汤，心里在想，这个汤肯定好喝至极，胜过世上的一切美味珍馐。

六

刘青关上门，象征性地隔绝了小客厅里的嘈杂，在这种老式单元房里，声音是可以四处周游的。学校的教师宿舍就是这个条件，尤其是数学系。不过还算过得去吧。

何夕坐在书桌前，刚才刘青的一番话让他有些茫然。书桌上放着一叠足有 50 厘米高的手稿，何夕不时伸出手去翻动几页，但看得出他根本心不在焉。

“我已经尽力了。”刘青坐下来说，他不无爱怜地看着自己最得意的学生。

“我为了证明它花费了 10 年时间。”何夕注视着手稿，封面上是几个大字——微连续原本。“所有最细小的地方

都考虑到了，整个理论现在都是自洽的，没有任何矛盾的地方。”何夕咽了一口唾沫，喉结滚动了一下，“它是正确的，我保证。每一个定理我都反复推敲过。现在只差最后的一个定理还有些意义不明确，我正试图用别的已经证明过的定理来代替它。”

刘青微微叹了一口气，看着已经有些神思恍惚的何夕：“听老师的话，把它放一放吧。”

“它是正确的。”何夕神经质地重复着。

“我知道这一点。”刘青说，“你提出的微连续理论及大概的证明过程我都看过了，以我的水平还没有发现有矛盾的地方，证明的过程也相当出色，充满智慧。说实话，我感到佩服。”刘青回想着手稿里的精彩之处，神情不禁有些飞扬——无论如何这是出自他的学生之手，有一句话刘青没有说出来，那就是他并没有完全看懂手稿。许多地方的变换式令他迷惑，还有不少新的概念性的东西也让他接受起来相当困难。换言之，何夕提出的微连续理论完全是一套全新的东西，它不能归入以往的任何体系中去。

“问题是，”刘青小心地开口，他注视着何夕的反应，“我不知道它能用来干什么。”

何夕的脸立刻变得发白，他像是被什么重物击中了一般，整个人都蔫了。过了半晌他才回过神来强调道：“它是正确的，我保证。”他仿佛只会说这一句话了。

“我们的研究终究要获得应用才是有意义的，否则只能误入‘为数学而数学’的歧途。”

“可它看起来是那样和谐，”何夕争辩道，“充满了既简单又优美的感觉。老师，我记得您说过的，形式上的完美往往意味着理论上的正确。”

刘青一怔，他知道自己说过这句话，也知道这句话其实是科学巨匠爱因斯坦的经验之谈。他不否认微连续理论符合这一点，当他浏览着手稿的时候内心的确有一种说不出的充满和谐的感觉，就像是在听一场完全由天籁组成的音乐会。但问题的症结在于，他实在看不出这套理论有什么用。自从几个月前何夕第一次向他展示了微连续理论的部分内容后他就一直关心这个问题，这段时间他经常从各种途径查找这套理论可能获得应用的领域，但是他失败了。微连续理论似乎跟所有领域的应用都沾不上边，而且还同主流的数学研究方向背道而驰。刘青承认这或许是一套正确的理论，但却是一套无用的正确理论。就好比对圆周率的研究一样，据称现在已经可以推算到小数点后几亿位了，而且肯定是正确的，但是这也肯定是没有意义的。

“想想中国古代的数学家祖冲之，他只是把圆周率推算到了小数点后几位，但他对数学的贡献无疑要比现在那些还在小数点后几亿位努力的人大得多。”刘青幽幽地说，“因为他做的才是有意义的工作，而不是纯粹的数学游戏。”

何夕有些发怔，他听出了刘青话中的意思。“我不同意。”何夕说，“老师，您知不知道，许多年前的某一个清晨，我突然想到了微连续理论。它就像是一只无中生有的虫子钻进了我的脑子。那时它只是一个朦朦胧胧的影子，这么多年来我为了证明它费尽心力。现在，我就要完成了，只差最后一点点。”何夕的眼神变得缥缈起来，“也许再有一个月……”

刘青在心里轻叹一声，他看得出何夕已经执迷太深。何夕是刘青见过的最聪明的数学奇才，按照他私下的想法，何夕的水平其实可以给这所名校的所有数学教授当老师，他深信只要假以时日，何夕必定会是将来学术领域内的一个奇迹。而现在何夕却误入歧途，陷在了一个奇怪的问题里。这种情形使刘青忍不住回想起很多年前的自己，那时他也常常因为一些磨人却无用的数学谜题而废寝忘食、形销骨立。但是何夕没有看到问题的关键，刘青知道自己作为师长有义务提醒这一点，尽管这显得很残酷。

“你想过微连续理论可能应用在什么领域吗？我是说，即使做最大胆的想象。”刘青尽量使自己的声音柔和些，虽然他知道这并没有什么用。

何夕全身一震，脸色变得一片苍白。“我不知道。”他说，然后抱住了头。

我看到何夕脚下铺着劣质瓷砖的地面上洇出了一滴水渍。

七

“这两天我没和江雪在一起。”老麦低声说，坐在桌子对面的他目光有些躲闪。

何夕有点儿愤怒地盯着老麦：“你这算是什么意思？江雪和我吵架只是我们两个人的事，你这样做是乘人之危。”

老麦喝了口茶，眼里升起无奈的神色：“我的确没有和江雪在一起。不过我猜想她可能是和老康在一起。”

“谁是老康？”何夕问，他在脑子里搜索着。

“老康是一家规模不小的计算机公司的老板，是那天你和江雪闹别扭之后我们在保龄球馆碰上的。大家是校友，自然谈得多一些。”老麦不无称羡地说，“听说……”他突然打住，目光看向窗外。

何夕回头，江雪从一辆漂亮的宝蓝色小车上下来，她身边一个胖乎乎的年轻人正在关车门。何夕还没想好该怎么办的时候江雪已经很高兴地叫起来：“真巧呵，你们两个也在这儿！”江雪兴奋得满脸发红，她拉着身边的那个人进屋来，对何夕说：“这是康——”她突然一滞，有些发窘地问道：“你叫康什么来着？算啦，我还是叫你老康吧。”然后她指着何夕说：“这是何夕，我的男朋友——”她似乎觉得不够，又补上一句，“数学系的高才生。”

“数学系——”老康上下打量着看上去有些寡言的何夕，伸出手说，“常听小雪提起你。”

小雪？何夕心里咯噔了一下，他看了一眼江雪，她却是若无其事的样子。“怎么不回我的传呼？”何夕带点儿气地问。

“让你也着急一下。”江雪的表情有些调皮，“谁叫你净气我。好啦，现在让你着急了两天，我们俩算是扯平了。今天大家新认识，应该找地方大吃一顿作为庆祝。我看看，”她煞有介事地盯着3个男人看，然后指着老康说，“我们几个数你最肥，这顿肯定是你请吧！”

老麦不依地说：“以前请客都是我的专利，这次还是我吧。”

老康的表情有些奇怪，他死盯着何夕的脸，仿佛在做某种研究。江雪碰碰他的胳膊：“你干吗，老盯着何夕看。”

“我同何夕做不了朋友啦。”老康突然说，语气很是无奈，“我们是情敌，注定要一决高下。”

“你说什么？”江雪吃了一惊，她的脸立时红了，“何夕是我的男朋友，你不该这么想。”

“我怎么想只有我自己能够决定。”老康咧嘴一笑，目光死死地看着江雪，直到她低下头去。他转头看着何夕说：“我喜欢江雪。”

何夕觉得自己的头有点儿晕，眼前这个胖乎乎的人让他乱了方寸。情敌？这么说他们之间是敌人了，至少人家已经宣战了。何夕感到自己背上已经沁出了汗水，他不知道下一步该做什么。末了他采取了一个也许是最蠢的办法，他转头对江雪说：“我该怎么办？”

江雪镇定了些，她正色道：“何夕是我男朋友，我喜欢他。”

老康看上去并不意外：“如果你是那种轻易就移情别恋的女孩的话，我就不会像现在这样喜欢你了。”他举起一只手，服务生跑过来问有什么事。“去替我买 19 朵玫瑰，要最好的。”老康拿出钱。

何夕剧烈地喘着气，他从来没有遇到过这样的事情，这简直像是戏剧里的情节。“那好吧。”何夕吐出一口气，“既然你要和我一决高下，我一定奉陪。”何夕突然觉得这样的话说起来也是很顺口的，仿佛他天生就擅长这个。

“我不想待下去了。”江雪说，她的脸依然很红，“我们还是走吧，别人都在看我们。”

服务生新送来两杯茶。老麦吹了一声短促的口哨，站起身说：“今天的茶我请。”出乎他意料的是，何夕突然粗暴地将他的手挡开，并且拿出钱说：“谁也不要争，我来。”

八

何夕默不作声地看着夏群芳忙碌地收拾着饭桌，他不知道自己该怎样开口。

“妈，你能不能帮我借点儿钱？”何夕突然说，“我要出书。”

夏群芳的轻快动作立时停了下来。“借钱？出书？”她缓缓坐到凳子上，过了半晌才问，“你要借多少？”

“出版社说至少要好几万。”何夕的声音很低，“不过是暂时的，书销出去就能还债了。”

夏群芳沉默地坐着，双手拽着油腻的围裙边用力绞着。过了半晌她走进里屋，一阵窸窸窣窣的响动之后她拿着一张存折出来说：“这是厂里买断工龄的钱。说了很久了，半个月前才发下来。一年 940 块钱，我 27 年的工龄就是这个折子。你拿去办事吧。”她想说什么但没有出声，过了一会儿还是忍不住低声补充，“给人家说说看能不能迟几个月交钱，现在取算活期，可惜了。”

何夕接过折子，看也没看便朝外走：“人家要先见钱。”

“等等——”夏群芳突然喊了声。

何夕奇怪地回头问：“什么事？”

夏群芳眼巴巴地看着何夕手里那本红皮折子，双手继续绞着围裙的边：“我想再看看总数是多少。”

“25380，自己做个乘法就行了嘛。”何夕没好气地说，他急着要走。

“我晓得了。你走吧。”夏群芳有点儿不好意思地说，她也觉得自己太啰唆了。

……

刘青有点儿忙乱地将桌面上的资料朝旁边推去，但是何夕还是看到了几个字：考研指南。何夕的眼神让刘青有些讪讪然，他轻声说：“是帮朋友的忙。你先坐吧。”

何夕没有落座的意思。“老师。”他低声开口说，“您能不能借点儿钱给我？我想自己出书。”

刘青没有显出意外，似乎早知道会有这事。过了几分钟他走回桌前整理着先前弄乱的资料，脸上露出自嘲的神情：“其实我两年前就在帮人编这种书了。编一章 2000 块，都署别人的名字，并不是人家不让我署这个名，是我自己不同意。我一直不愿意让你们知道我在做这事。”

何夕一声不吭地站着，看不出他在想什么。刘青叹了口气说：“我知道你想把微连续理论出书，但是，”他稍顿一下，“没有人会感兴趣的。你收不回一分钱。”

“那您是不打算借给我了？”何夕语气平静地问。

刘青摇摇头：“我不愿意眼睁睁地看着你失败。到时候你会莫名其妙地背上一身债务，再也无法解脱。你还这么年轻呢，不要为了一件事情就把自己陷死在里面。我以前……”

门铃突然响了，刘青走过去开门。让何夕想不到的是，进门的人他居然认得，那是老康。老康提着一个漂亮的盒子，看来他是来探访刘青的。

刘青正想做介绍，何夕和老康已经在面色凝重地握手了。“原来你们认识。”刘青高兴地搓着手，“这很好。我早有安排你们结识的想法了，在我的学生里你们俩可是最让我得意的。”

何夕一怔，他记得老康是计算机公司的老板。老康了解地笑了笑说：“我是数学系毕业的，想不到会这么巧，这么说我算起来还是你的同门师兄。”他捉弄地眨眨眼，“怎么样，知道孔融让梨的故事吧？”

刘青自然不明白其中的曲折，他兴奋得仿佛年轻了几岁，四下里找杯子泡茶。老康拦住他说不用了，都不是外人。何夕在一旁沉默地看着这一切，他看得出，这个老康当年必定是刘青教授深爱的弟子。

“老师。”何夕说，“您有客人来我就不耽搁了。我借钱的事……”

刘青脸上的笑容不见了，他盯着何夕的脸，目光里充满惋惜：“你还是听我的话，放弃那些不切实际的想法吧。借钱出这样的理论专著是没有出路的。”他转头对老康解释道：“何夕提出了一套新颖的数学理论，他想出书。”

老康的眼里闪过一个亮点，他插话道：“能不能让我看看？一点点就行。”

何夕从包里拿出几页简介递给老康。老康的目光飞快地在纸页上滑动着，口里念念有词。他的眉头时而紧蹙时而舒展，仿佛整个人都沉浸到了那几页纸里。过了好半天他才抬起头来，目光有些发呆地看着何夕：“证明很精彩，简直像是音乐。”

何夕淡淡地笑了，他喜欢老康的比喻。其实正是这种仿佛离题万里的比喻才恰恰表明老康是个内行。

“我借钱给你。”老康很干脆地说，“我觉得它是正确的，虽然我并没有看懂多少。”

刘青哑然失笑：“谁也没说它是错的。问题在于这套理论有什么用，你能看出来吗？”

老康挠头，然后咧了咧嘴：“暂时没看出来。”他紧跟上一句，“但是它看上去很美。”老康突然笑了，因为他无意中说了个王朔的小说名，眼下正流行。“不过我说借钱是算数的。”

刘青突然说：“这样，如果你要借钱给何夕必须答应我一条，不准写借据。”

何夕惊诧地看着刘青，印象中老师从来都是温文有礼并且拘泥于小节的，不知道这种赖皮话何以从他口中冒出来。

“那不行。”何夕首先反对。

“非要写的话就把借方写成我的名字，我来签字。如果你们不照我的话做，那就不要再叫我老师了。”刘青的话已经没有了商量的余地。

在场的人里只有我不吃惊，因为我知道会发生什么样的事情。

九

江雪默不作声地盯着脚底的碎石路面，她不知道何夕将会有什么样的反应。从内心讲，如果何夕发一通脾气，她倒还好受一些，但她最怕的却是何夕像现在这样一语不发。

“你说话呀。”江雪忍不住说，“如果你真反对的话，我就不去了。很多人没有出去也干出了事业。”

何夕幽幽地开口："老康又出钱又给你找担保人，他为你好，我又怎能不为你着想？"

"钱算是我向他借的，以后我们一起还。"江雪坚决地说，"我只当他是普通朋友。"

"我知道你的心意。"何夕爱怜地轻抚江雪的脸。

"等我出去站稳了脚你就来找我。"江雪憧憬地笑着，"你知不知道，你是我见过的最聪明的人。如果你是学我们这个专业的话，早就成功立业了。我说的是真的。"江雪孩子气地强调，"你有这个实力。我觉得你比老康强得多。"

何夕心里划过一缕柔情："问题是我喜欢我的专业。在我看来那些符号都是我的朋友，是那种仿佛已经认识了几辈子的感觉。只有见到它们我的心里才感到踏实，尽管它们不能带给我什么，甚至还让我吃苦头，但是我内心有一个声音告诉我，这就是我降临到世上应该做的事情。"

江雪调皮地刮着何夕的脸："好大的口气，你是不是还想说'天将降大任于斯人也'……"

何夕叹了口气："我的意思只是……"他甩甩头，"我入迷了，完全陷进去了。现在我只想着'微连续'，只想着出书的事。为了它我什么都顾不上了。就是这个意思。"

江雪不笑了，她有些不安地看着何夕的眼睛："别这么说，我有些害怕。"

何夕的眼睛在月光下闪过莹莹的亮点："说实话我也害怕。我不知道明天究竟会怎样，不知道'微连续'会带给我什么样的命运。不过，我已经顾不上考虑这些了。"

江雪全身一颤："你不要用这种口气对我说话好吗？这让我觉得失去了依靠。"

失去依靠？何夕有些分神，他有不好的预感。"别这样。"他揽住江雪的肩，"我们现在不是好好的嘛。无论如何，"他深深地凝视着江雪姣好的面庞，"我永远都喜欢你。"

江雪感受到何夕温热的气息扑面而来，月色之中她含情脉脉，漫天谜一样的星光下她的眼睛里充满了泪水。

这是个错误，我轻声说。但是热恋中的人儿听不到我的话。

十

"我说服不了他们。"刘青不无歉疚地看着何夕失望的眼睛，"校方不同意将微连续理论列为攻关课题，原因是——"他犹豫地开口，"没有人认为这是有用的东西。你知道的，学校的经费很紧张，所以出书的事……"

何夕没有出声，刘青的话他多少有所预料。现在他最后的一点期望已经没有了，剩下的只有自费出书这一条路了。何夕下意识地摸了一下口袋里的存折，那是母亲27年的工龄，从青春到白发，母亲连问都没有问一句就给他了。何夕突然有点儿犹豫，他不知道自己究竟有什么权力来支配母亲27年的年华——虽然他当初是毫不在乎地从母亲手里接过了它。

“听老师的话。”刘青补上一句，“放弃这个无用的想法吧。还有很多有意义的事情值得去做，以你的资质一定会大有作为的。”

出乎刘青意料的是何夕突然失去了控制，他大笑起来，笑出了眼泪：“大有作为……难道您也打算让我去编写什么考研指南吗？那可是最有用的东西，一本书能随便印上几万册，可以让我出名，可以让我赚一大笔钱。”何夕逼视着刘青，他的目光里充满了无奈，“也许您愿意这样，可我没法让自己去做这样的事情。我不管您会怎么想，可我要说的是，我不屑于做那种事。”何夕的眼神变得有些狂妄：“微连续理论耗费了我10年的时光，我一定要完成它。是的，我现在很穷，我的女朋友出国深造居然用的是另一个男人的钱。”何夕脸上的泪水滴落到了稿纸上，“可我要说的是，没有什么力量能够阻止我。我只知道一点，微连续理论必须由我来完成，它是正确的，它是我的心血。”他有些放肆地盯着刘青，“我只知道这才是我要做的事情。”

刘青没有说话，表情有些尴尬。何夕的讽刺让他没法再谈下去。“好吧。”刘青无奈地说，“你有你的选择。我无法强求你，不过我只想说一句——人是必须面对现实的。”

何夕突然笑了，竟然有决绝的意味：“还记得当年您第一次给我们讲课时说的第一句话吗？”何夕的眼神变得有些缥缈，“当时您说探索意味着寂寞。那是差不多7年前的事情了，这么多年来我一直都记着这句话。”

刘青费力地回想着，他不记得自己说过这句话了，有很多话都只是在某个场合说说罢了。但是他知道自己一定是说过这句话的，因为他深知何夕非凡的记忆力。7年，不算短的时光，难道自己真的已经改变？

“问题在于——”刘青试图做最后的努力，“‘微连续’不是一个有用的成果，它只是一个纯粹的数学游戏。”

“我知道这一点。是的，我承认它的的确确没有任何用处。老实说我比任何人都更清醒地认识到这一点。”何夕平静但是悲怆地说，这是他第一次这样直接地说出这句话。何夕没想到自己能够这样平静地表述这层意思，他曾经以为这是根本做不到的事情。一时间他感到心里似乎有什么东西正在一点一点地破碎掉，碎成渣子，碎成灰尘。但他的脸上依然如水一般平静。

“可我必须完成它。”何夕最后说了一句，“这是我的宿命。”

十一

这段时间何夕一直过着一种挥金如土的日子。他从来没有像现在这般阔气，往往随手一摸就是厚厚的一沓钞票。不过衣着上他还和以往一样寒酸，加上满脸的胡须，看上去显得老了不少。何夕每日里都急匆匆地赶着路，神情焦灼而迫切，整个人都像是被某种预期的幸福包裹着。如果留意他的眼神的话会发现不少有意思的东西，这已经不是平日里的那个何夕了，他仿佛变了一个人。如果要给这种眼神找一个准确的描述，那一定相当困难，不过要近似地描述一下还是可以办到的——见过赌徒在走向牌桌时的眼神吗？就是那样，而且还是兜里的每一分钱都是借来的那种赌徒。

何夕正和一个胖墩墩的眼镜男大声争吵，他的脸涨得通红。

“凭什么要我多交这么多？”何夕不依地问，“我知道行情。”他笨拙地抽烟，尽量显出深于世故的样子。

“胖眼镜”倒是不紧不慢，这种事他有经验。“你的书稿里有很多自创的符号，我们必须专门处理，这自然要加大出版成本。要不你就换成常用的。”

“那不成。”何夕往皱巴巴的西服袖子上擦着汗，但是他已经没法像刚才那样大声了，“这些符号都是有特殊意义的，是我专门设计的，一个也不能换。‘微连续’是新理论，等到它获得承认之后，那些符号都会成为标准化的东西。”

“胖眼镜”稍稍撇了一下嘴，脸上仍然是可亲的笑容。“你说得很对。问题是咱们不是赶在标准前面了嘛，那些符号增加了我们的成本。”他收住笑容，拿出一页纸来，“就这个数，少一分也不行。你同意就签字。”

何夕怔怔地看着那张纸，那个数字后面长串的“0”就像是一张张大嘴。它们扭曲着向何夕扑过来，不断变幻着形状。一会儿像是江雪的漂亮眼睛，一会儿像是刘青无奈的目光，更多的时候就像是老康白白胖胖的笑脸。何夕已经记不清自己向老康开过几次口了，每次“胖眼镜”找到理由抬价，他就只能去找老康。老康是爽快而大方的，但他那白胖的笑脸每次都让何夕有种如芒在背的感觉。老康总是一边掏钱一边很豪放地说：“有什么困难只管开口，你是小雪的朋友嘛。小雪每次来信都叫我帮你。小雪安排的事情要是不办好，等以后我到了那边可怎么交代哟！”

何夕面色灰白地掏出笔，他仿佛听到有个细弱的声音在阻止他下一步的行动，听上去有些像是江雪。但是他终究在那张纸上签了名，也就是在这个时候，他心里的那个小声音突然消失了，再也听不见了。

“胖眼镜”等到何夕的背影刚转过楼梯口便露出了得意的笑容，他小心翼翼地收好有何夕签名的那页纸。“雏儿。”“胖眼镜”不屑地转身，随手将另几页纸扔进了垃圾桶。

我看着那几页纸，它们同何夕签字的那页纸的内容完全一样，只是在填写金额的地方填着另外的数字。那些金额都更小。

十二

“……6月的大湖区就像是天堂。绿得发亮的草地上是自在的人们，狗和小孩嬉戏着。空气清新得像是能刺透你的肺。这里的风景越好就越让我想起你。亲爱的，你什么时候能够来到我身边？我想你。”

“……老康昨天才走，他出来参加一个秋季产品展示会。难为他从西岸赶到东岸来看我。在这里能够见到老朋友真是愉快的事，尤其是能亲耳从朋友口里听到关于你的事情。我让老康多帮帮你，你也不要见外，朋友间相互帮忙是常有的。其实老康人还是挺不错的，就是有时说话直了一点儿。”

“……今天这里下了冬天的第一场雪，我特意和几个朋友赶到郊外照相。大雪覆盖下的原野变得和故乡没有什么不同，于是我们几个都哭了。亲爱的夕，你真的沉迷在那个问题里了吗？难道你忘了还有一个我吗？老康说你整日只想着出书，什么也不管了。他劝你也不听。你知道吗？其实是我求老康多劝劝你的。听我的话，忘掉那个古怪的问题吧，以你的才智完全还有另外一条铺着鲜花的坦途可走，而我就在道路的这头等你。听我的话，多为我们考虑一下吧。让我来安排一切。”

“亲爱的夕，有人说在月色下女人的心思会变得难以捉摸。我觉得这话说得真好。今夜正好有很好的月光，而我就站在月光下的小花园里。老康在屋里和几个朋友听音乐（他又出来参加什么展示会了），我不知道是不是他有意选择了这首曲子，真是像极了我此时的心情。那样缠绵，带着无法摆脱的忧伤，还有孤独。是的，孤独，此时此刻我真想有人陪着我，听我说话，注视着我，也让我能够注视他。亲爱的夕，我不知道你为何拒绝我替你安排的一切，难道那个问题真的比我更重要吗？拿出我的相片来看看，看看我的眼睛，它会使你改变的，相信我……老康在叫我了，他总是很仔细，不放心我一个人出来。”

“……今天和室友吵了一架，我真是没用，哭得惨兮兮的。也许是一个人在外久了，我变得很脆弱，一点儿小事就想不开。我真想有个坚强的臂膀能够依靠。你离得那么远，就像是在天边。老康下午突然来了（他现在成了展示会专业户），见我一直哭就编笑话给我听，全是以前听过的，要是在以前我早就要奚落他几句了，可这次不知怎么却笑得像个傻孩子。老康也陪着我笑，样子更傻……”

“……回想曾经的一切就像是在做梦，我们有过那么多欢乐的时光。我真的不知道自己究竟应该怎么做。我不是善变的人，直到今天我还这么想。我曾经深信真爱无敌，可我现在才知道这个世界上真正无敌的东西只有一样，那就是时间。痛苦也好，喜悦也好，爱也好，恨也好，在时间面前它们都是可以被战胜的，即使当初你以为它们将一生难忘。在时间面前没有什么敢称永恒。当我写下这段文字的时候，我的泪水止不住地往下流，但这并非因为对你的爱，而是我在恨自己为何改变了对你的爱——我本以为那是不可能的事。

老康已经办妥了手续，他放弃了国内的事业。他要来陪我。

就让我相信这是时间的力量吧，这会让我平静。”

十三

夏群芳擦着汗，不时回头看一眼车后满满当当的几十捆书。每本书都比砖头还厚，而且每套书还分上中下 3 卷，敦敦实实地让她生出满腔的敬畏来。这让夏群芳想起了 40 多年前自己刚识字时面对课本的感觉，当时她小小的心里对编写出课本的人简直敬若天人。想想看，那么多人都看同一本书，老师也凭着这书来考试、判卷、打分。书就是标准，就是世界上最了不得的东西，写书的人当然就更了不得了，而现在这些书全是她的儿子写出来的。

在印刷厂装车的时候，夏群芳抽出一本书来看，结果她发现每一页自己都只认得不到百分之一的内容。书里除了少数汉字以外全是夏群芳见所未见的符号，就像是有些人家在门上贴的桃符。当然夏群芳只是在心里这样想，可没敢说出来。这可是家里最有学问的人花了多少力气才写出来的，哪是桃符可以比的。

让夏群芳感到高兴的是，有一页她居然全部看得懂，那就是封面。“微连续原本，何夕著”——深红的底子配上这么几个字简直好看死了，尤其是自己儿子的名字。原来“何夕”两个字烫上金会这么好看，又气派又显眼。夏群芳想着便有些得意，这个名字可是她起的。当初和何夕的死鬼老爸为起名字的事还没少争过，要是死鬼看到这个烫金的气派名字，不服气才怪。

车到了楼下，夏群芳变得少有的咋咋呼呼，一会儿提醒司机按喇叭以疏通道路，一会儿亲自探头出去吆喝前边不听喇叭的小孩。邻居全围拢过来，不知道发生了什么事。

“买啥好东西了？”有人问。

夏群芳说，到了。她叫司机停车，下来打开后备箱。“我家小夕出的书。”夏群芳像是宣言般地说。她指着一捆捆的皇皇巨著，心里简直满意得不行，有生以来似乎以今日最为舒心得意。

“哟！”有好事者拿起一本看看封底后发出惊叹，“400块一套。10套就是4000块，100套就是4万。小夕真行呀，你家以后怕不是要晒票子了。夏阿姨你要请客哟！”

夏群芳觉得自己简直要晕过去了，她的脸热得发烫，心脏怦怦直跳，浑身充满了力气。她几乎是凭一个人的力气便把几十捆书搬上了楼，什么肩周炎、腰肌劳损之类的病仿佛全好了。这么多书进了屋立刻便显得屋子太小，夏群芳便乐此不疲地调整着家具的位置，最后把书垒成了方方正正的一座书山——书脊一律朝外，每个人一进门便能看到书名和何夕的烫金名字。夏群芳接下来开始收拾那一堆包装材料，她不时停下来，偏着头打量那座书山，乐呵呵地笑上一会儿。

十四

老康站住了，他身后上方是“国际航班通道”的指示牌，身前是送行的亲友。何夕和老麦同他道别之后便走到不远处的一个僻静角落里，与人们拉开了距离。

“我不认为他适合江雪。”老麦小声地说了句，他看着何夕，“我觉得你应该坚持。江雪是个好女孩。”

何夕又灌了一口啤酒，他的脸上冒着热气。因为酒精的作用，他的眼睛有些发红。

“他是我的同行。”老麦仿佛在自言自语，“我也准备开一家电脑公司，过几年我肯定能做到和他一样好。我们这一行是出神话的行业。别以为我是在说梦话，我是认真的。不过有件事我想跟你说说，”老麦声音大了点儿，“半个月前我认识了一个老外，也是我的同行，很有钱。知道他怎么说吗？他对我说，你们太‘上面’了。我不清楚他是不是因为中文不好才用了这么一个词，不过我最终听明白了他的意思。他说他并不因为世界首富出在他的国家就感到很得意，实际上他觉得那个人不能代表他的国家。在他的眼里，那个人和让他们在全世界大赚其钱的好莱坞以及电脑游戏等产业没有什么本质差别。他说他的国家强大不是在这些方面，这些只是好看的叶子和花，真正让他们强大的是不起眼的树根。可现在的情况是，几乎所有人都只盯着那棵巨树上的叶子和花，并徒劳地想长出更漂亮的叶子和花来超过它。这种例子太多了。”

何夕带点儿困惑地看着老麦，他不知道大大咧咧的老麦在说些什么。他想要说几句，但脑子昏沉沉的。这些日子以来他时时有这种感觉，他知道面前有人在同自己讲话，但是集中不了精神来听。他转头去看老康，个子上他比老康要高，但是他看老康的时候感觉自己必须得仰视才行。欠老康多少钱？何夕回想着自己记的账，但是他根本算不清。老康遵从了刘青的意思不要借据，但何夕却不能不记账。“你拿去用！”老康胖乎乎的笑脸晃动着，“是小雪的意思。小雪求我的事我还能不办好，啊哈哈哈……”

烫金的“微连续原本”几个字在何夕眼前跳动，大得像是几座山，每一座都像是家里那座书山。几个月了，就像是刘青预见的那样，没有任何人对那套书感兴趣。刘青拿走了一套，塞给他 400 块钱，然后一语不发地离开。他的背影走出很远之后何夕看见他轻轻摇摇头，把书扔进了道旁的垃圾桶。正是刘青的这个举动真正让何夕意识到“微连续”的确是一个无用的东西——甚至连带回家当摆设都不够格。天空中有一张汗津津的存折飞来飞去。夏群芳在说话，这是厂里买断妈 27 年工龄的钱。何夕灌了一口啤酒咧嘴傻笑，27年，324个月，9850多天，母亲的半辈子。但何夕心里却有一个声音在说：这个世界上唯一让你不因索取而感到内疚的人只有母亲。

书山还在何夕眼前晃动着，不过已经变得有些小了。那天何夕刚到家，夏群芳便很高兴地说，有几套书被买走了，是C大的图书馆。夏群芳说话的时候得意地亮着手里的钞票。但是何夕去图书馆的时候，管理员却说篇目上并没有这套书，在数学类的书架上也找不到。何夕说，一定有一定有，准是没登记上，麻烦再找找。管理员拗不过，只得又到书架上翻，后来果真找出了一套。何夕觉得自己就要晕过去了，他大口呼吸着油墨的清香，双手颤抖着轻轻抚过书的表面，就像是抚摸自己的生命，巨大的泪滴掉落在了扉页上。管理员纳闷地嘀咕："这书咋放在文学类里？"他抓过书翻开封面，然后像有大发现地说："这不是我们的书，没盖印章。对啦，准是昨天那个闯进来说要找人的疯婆子偷偷塞进去的。"管理员恼恨地将书往外面地上一扔，"我就说她精神不正常嘛，还以为我们查不出来。"何夕简直不知道自己是怎样回到家里的，他仿佛整个人都散了架一般。一进门夏群芳又是满面笑容地指着日渐变小的书山说："今天市图书馆又买了两套，还有蜀光中学，还有育英小学……"

这时，不远处的老康突然打了个喷嚏。“国内空气太糟。”他大笑着说，然后掏出手帕来擦拭鼻子，手帕上是一条清澈的河，天空中飘着洁白的雪花。

我伸出手去，想挡住何夕的视线，但是我忘了这根本没有用。

……

“老康打了个喷嚏。”老麦挠挠头说，“然后何夕便疯了。我也不明白是怎么一回事，反正我看到的就是那样。真是邪门。”

“后来呢？”精神科医生刘苦舟有些期待地盯着神神道道的老麦。

“何夕冲过去捏老康的鼻子，嘴里说‘叫你擤叫你擤’。他还抢老康的手帕。”老麦苦笑，“抢过来之后他便把脸贴了上去。”老麦厌恶地摆头，“上面糊满了黏糊糊的鼻涕。之后他便不说话了，一句话也不说。不管别人怎么样都不说。”

“关于这个人你还知道什么？”刘苦舟开始写病历，词句都是现成的，根本不必经过大脑，“我是说比较特别的一些事情。”

老麦想了想：“他出过一套书。是大部头，很大的大部头。”

“是写什么的？”刘苦舟来了兴趣，“野史？计算机编程？网络？烹调？经济学？生物工程？或者是建筑学？”

“都不是。是数学。”

“那就对了。”刘苦舟释怀地笑，顺利地在病历上写下结论，“那他算是来对地方了。”

这时夏群芳冲了进来，穿着老旧的衣服，腰上系着一条油腻的围裙，整个人显得很滑稽。她的眼睛红得发肿，目光惊慌而散乱。

“何夕怎么啦？出什么事啦？好端端的怎么让飞机撞啦？”她方寸大乱地问，然后她的视线落到了屋子的一角——何夕安静地坐在那里，眼神缥缈地浮在虚空，仿佛无法对上焦距。他已经不是以前的何夕了，飘浮的眼神证明了这一点。

让飞机撞了？老麦想着夏群芳的话，他不知道是不是自己在机场报信时说得太快让她听错了。

“医生说治起来会很难。”老麦低声说。

但是夏群芳并没有听见这句话，她的全部心思已经落到了何夕身上。从看到何夕的那一刻起她的目光就变了，变得安静而坚定。何夕就在她的面前，她的儿子就在她的面前，他没有被飞机撞，这让她觉得没来由地踏实，她的心情与几分钟之前已经大不一样。何夕不说话了，他紧抿着嘴，关闭了与世界的交往通道，而且看起来也许以后都不会说话了。不过这有什么关系呢，何夕生下来的时候也不会说话的。在夏群芳眼里，何夕现在就像他小时候一样，乖得让人心痛，安静得让人心痛。

结　局

我是何宏伟。

一连两天我没有见一个客人，尽管外界对于此次划时代事件的关注激情已经到了白热化的程度。这两天我一直在写一份材料，现在我已经写好了。其实这两天我只是写下了几个人的名字，连同简短的说明。但是每写下一个字我的心里都会滚过长久的浩叹，而当我写下最后那个人的名字时几乎握不住手中的笔。

然后我带着这样一份不足半页的材料站到了诺贝尔物理学奖的领奖台上。无论怎么评价我的得奖项目都不会过分，因为我和我领导的实验室是因为“大统一方程式”而得奖的。这是人类最伟大的科学梦想，从某种意义上讲是人类认识的终极。

“女士们，先生们。”我环视全场，“大家肯定知道，从爱因斯坦算起，为了‘大统一理论’已经过去了200多年，至少耗尽了十几代最优秀的物理学家的生命。我是在30

年前开始涉足这个领域的，在差不多17年前的时候我便已经在物理意义上明晰了‘大统一理论’，但是这时我遇到了无法逾越的障碍。实际上不仅是我，当时还有几个人也都做到了这一步，但是却再也无法前行。你们有过这样的体会吗？就是有一件事情，你自己心里面似乎明白了，却无法把它说出来，甚至根本无法描述它。你张开了嘴，却发现吐不出一个字，就像是你的舌头根本不属于你。此后我一直同其他人一样徘徊在神山的脚下，已经看得见上面的万丈光芒却无法靠近一步。事情的转机说来有几分戏剧性。两年前的某一天，我送9岁的小儿子去上学。当时他们的一幢老图书楼正被推倒，在废墟里我见到了一套装在密封袋里的书。后来我才知道这套书已经出版150年了，但是当时它的包装竟然完好无损，也就是说从未有人留意过它。如果当时我不屑一顾地走开，那么我敢说世界还将在黑暗里摸索150年。但是好奇心让我拆开了它，然后你们可以想象我当时的心情，就像是一个穷到极点的乞丐有一天突然发现了阿里巴巴的宝藏。我不知道这样一部我难以用语言来评述的伟大著作怎么会被收藏在一所小学里，不知道上天为何对我这样好，让我有幸读到这样非凡的思想。我只知道当天我简直失去了控制，在废墟上狂奔着，大喊大叫不能自已。这正是我要找的东西，它就是‘大统一理论’的数学表达式，甚至比我要的还要多得多。那一刻我想到了牛顿。他的引力思想并非独有，比如同时代的胡克就有，但是牛顿有能力自创微积分而胡克不能，所以只能是牛顿来解决引力问题。现在我面临的问题又何尝不是这样。书的名字叫《微连续原本》，作者叫何夕。是的，当时我的惊讶并不比你们此刻的少。这是个完全陌生的名字，简直可以说是一文不名。后来的事正如你们看到的，在不到半年的时间里我发表了一系列重要论文，简直可称为神速地完成了‘大统一理论’的方程式。甚至在几个月前我和我的小组还试制出了基于‘大统一理论’的时空转换设备。有人说我是天才，有人说我的发现是超越时代的杰作。但是今天我只想说一句，超越时代的不是我，而是150年前的那位叫何夕的人。不要以为我这样说会感到难堪，其实我只感到幸运，因为我现在已经知道超越时代意味着什么。如果何夕生在我们的时代，那根本轮不到我站在这个地方。在他的那个时代支持‘大统一理论’的物理事实少得可怜，现在我们知道，必须达到1000万亿G[1]电子伏特的能级才可能观察得到足够多的‘大统一场’物理现象。而在何夕的时代这是根本不可想象的，这也就注定了他的命运。他是个什么样的人？为何他写下

① G：10的9次方，即10亿。

了这样伟大的著作却被历史的黄沙掩埋？为了解开心中的这些疑惑，我将第一次时空实验的时区定在了何夕生活的年代。我们安排一个虚拟的观察体出现在了那个过往的年代，那实际上是一处极小的时空洞。它可以出现在指定的时间和地点，从而观察到当时的事件。我亲眼看见了事情的全过程。如果诸位不反对的话，我想把我知道的全部讲出来。”

台下没有一个人说话，甚至听不到大声出气的声音。我轻声描述着自己近日来的经历，描述着何夕，描述着何夕的母亲夏群芳，描述着在那个时代我见到的每一个人。他们在我的眼前鲜活起来了，连同他们的向往与烦恼。我轻轻做了个手势，按照事先的约定，这是让助手们开启机器。大厅暗下来，一束光线投射在了巨大的屏幕上。由于特意喷出的薄雾，光线在空中的轮廓很清晰。我凝视着这束光线，无法准确描述自己此时的心情。我知道此时此刻那束光里有无数的光子，这些宇宙间最轻盈曼妙的精灵正以我们不可想象的速度飞舞。这不算什么，每个人都看到过光子的舞蹈，但是，这一次不同，因为这些光子来自很久以前，此刻它们经过一扇神秘的大门从过去来到了现在。它们穿透的不仅是飘浮着薄雾的空气，还包括150年的时间。

是的，它们穿透了亘古的时间魔障，它们飞舞着，我几乎听得到它们在歌唱，它们本该在百余年前悄无声息地湮灭掉，就像它们的亿万个同类。但是它们循着一条奇异的道路挣脱了宿命，所以它们有理由歌唱，它们在大声呼喊："我们来了。"是的，它们来了，循着那条曲折艰难的道路，向今天的人们飞舞而来。

屏幕上的图像渐渐清晰，分为一左一右两幅画面。一边是年轻漂亮的少妇夏群芳抱着她刚满周岁的胖儿子何夕坐在公园的长椅上，脸上是幸福而憧憬的笑容；另一边是风烛残年的半文盲老妇人夏群芳，正专注地给她满脸胡须、目光痴呆的傻儿子何夕梳头，目光里充满了爱怜。

尽管我想忍住但还是流下了泪水。我觉得画面上的母亲和儿子是那样亲密，他们都是那样善良，而同时他们又是那样——伤心。是的，他们真的很伤心。而现在他们早已离开了这个他们一生都没能理解的世界，就仿佛他们从来就没有来过。

"如果没有何夕，'大统一理论'的完成还将遥遥无期。"我接着说，"而纯粹是因为他的母亲，《微连续原本》才得以保存到今天。当然这并非她的本意，当初她只是想哄骗自己的儿子，将他从痛苦中解脱出来。现在想来，当时她以一个母亲的直觉一定已经隐隐意识到悲剧就要发生，从母亲的角度她是多么想阻止它。以她的水平根本就不知道这里面究竟写的是什么，根本不知道这是怎样的一本著作，所以她才会将这部闪烁不朽光芒的巨著偷偷放到一所小学的图书楼里。从局外人的角度看她的行为，会觉得荒唐可笑，但她只是在顺应一个母亲的想法。自始至终她只知道一点，那就是她的孩子是好的，这是她的好孩子选择去做的事情。我不否认对何夕的那个时代来说,《微连续原本》的确没有任何意义，但我只想说的是，对有些东西是不应该过多讲求回报的，你不应该要求它们长出漂亮的叶子和花来，因为它们是根。这是一位母亲教给我的。母亲对自己的孩子从来都不曾要求回报，但是请相信，我们可爱的孩子终将报答他的母亲。”

我看着手里的半页纸，上面的每一个名字都是那样伤心。“也许我们应该永远记住这样一些人。”我照着纸往下念，声音在静悄悄的大厅里回响。

“古希腊几何学家阿波洛尼乌斯总结了圆锥曲线理论，1800 年后德国天文学家开普勒将其应用于行星轨道理论。

“法国数学家伽罗瓦于公元 1831 年创立群论，当时的学术界无人理解他的思想，以致论文得不到发表。伽罗瓦年仅 21 岁就英年早逝，100 多年后群论获得具体应用。

“英国数学家凯利在公元 1855 年左右创立的矩阵理论

在 60 多年后应用于量子力学。

“数学家兰伯特、高斯、黎曼和罗巴切夫斯基等人提出并发展了非欧几何。高斯一生都在探索非欧几何的实际应用，但他抱憾而终。非欧几何诞生 170 年后，这种在当时毫无用处、广受嘲讽的理论以及由之发展而来的张量分析理论成为爱因斯坦广义相对论的核心基础。

“何夕独立提出并于公元 1999 年完成了微连续理论，150 年后这一成果最终导致了‘大统一理论’方程式的诞生。”

在接下来长达 10 分钟的时间里，整个大厅没有一丝声音，世界沉默了，为了这些伤心的名字，为了这些伤心的名字后面那千百年寂寞的时光。

我拿出一张光盘。“何夕在后来的 20 年里一直都没有说过话，医生说他完全丧失了语言能力。但是我这里有一段录音，是后来何夕临死前由医院录制作为医案的，当时离他的母亲去世仅仅两天。我们永远无法知道，这究竟是因为何夕在母亲去世之后失去了支撑呢，还是他虽然疯了却一直在潜意识里坚持着比母亲活得长久一点儿——这也许是他唯一能够报答母亲的方式了。还是让我们来听听吧。”

背景声很嘈杂，很多人在说话。似乎有几位医生在场。“放弃吧。”一个浑厚的声音说，“他没救了，现在是10点07分，你把时间记下来。”“好吧，”一个年轻的声音说，“我收拾一下。”年轻的声音突然走高，“天哪，病人在说话，他在说话！”“不可能！”浑厚的声音说，“他已经20年没说过一句话了，再说他根本不可能有力气说话。”但是浑厚的声音突然打住了，像是有什么发现。周围安静下来，这时可以听见一个带着潮气已经锈蚀了很多年的声音在用力说着什么。

“妈——妈——”那个声音有些含糊地低喊道。

“妈——妈——”他又喊了一声，无比地清晰。

盘古

长着金属翅膀的人在现实里飞翔，长着羽毛翅膀的人在神话里飞翔。

——题记

一

在大劫难到来之前，我们有过很多阳光明媚的日子。大学时，每逢这种好天气我和陈天石便常常有计划地逃课。请不要把我误解成一个坏学生，其实我正是因为太有上进心才会这么做——我的综合成绩一直是全系第二名，而如果我不陪陈天石逃课的话，他就会在考场上对我略施惩戒，那么我就保不住这份荣誉。要知道这份荣誉对我有多重要，因为我的父亲何纵极教授正是这所名校的校长，同时还是我和陈天石的导师。教授们从来没能看出我和陈天石的答卷全是一个人做出来的，它们思路迥异却又殊途同归。陈天石的这个技巧就如同中国人用“我队大胜客队”和“我队大败客队”两句话来评价同一个结果一样，只不过陈天石把这个游戏玩得更巧妙、更完美、更登峰造极。

但不久之后我的名次却无可挽回地退到了第三，同时陈天石也成了第二名，原因是这一年的第二学期从国外转来了一个名叫楚琴的黄毛丫头。就在我和陈天石逐渐变得心服口服的时候，楚琴却突然找上门来要求我们以后逃课时也叫上她，她说这样才真正公平。此后陈天石和楚琴便一边逃课一边轮流担当全系第一的角色，我们 3 个人差得出奇的出勤率和好得出奇的成绩让所有教授都大惊失色、大跌眼镜。

在写完了毕业论文的那天下午，我们 3 个人买了点儿吃的东西到常去的一片小树林野餐。这是一次略带伤感的聚会，作为校际优秀生交流代表，我们 3 个人已分别被选送到不同的学校攻读博士学位，分别已是在所难免。不过我们都尽力不去触碰这个问题——分别纵然真实，但毕竟是明天，而现在我们仍然可以举起在阳光下晶莹剔透的酒杯大声欢呼“我们快乐”。

那天楚琴也破例饮了点儿薄酒，以至于后来的她齿颊留香。在陈天石出去补充柴火的时候，她探究地望着我说：“我感觉你似乎有点儿怕陈天石。”

我自然连声否认。

楚琴轻轻摇头：“别想瞒我，你和陈天石之间的小秘密我早看出来了。你不必担心，凭自己的力量你能应付今后的学业。我不是在安慰你，我真的这样认为。”

我疑惑地反问：“你是说我也可以和天石一样？”

楚琴笑起来：“为什么要和他一样？做一个真正的天才未必就快乐。”她突然止住，似乎意识到这句话等于直说我是个冒牌货，声音也顿时一低，“对不起，我并没有别的意思。也许你不会相信，其实我一直以为人生最大的不幸正是成为天才。人类中的天才正如贝类受伤而产生珍珠一样，虽然光芒炫目却毫无疑义地属于病态。造物主安排我和天石成了这样的人，你永远不会知道我们身上流动着一种怎样可怕的血液。你知不知道在夜深人静的时候，我常常被内心那些巨大的说不清来处的狂热声音吓醒，我……”楚琴陡然一滞，泪水在一瞬间漫过了她的眼睑。

我不知所措地站立，心中涌动着一股想要扶住她那瘦削的肩头的欲望。但在我做出绅士的举动之前，她已经止住泪水微笑着说:“谢谢你花时间陪伴一个喜怒无常的女人，有时候我总觉得你就像是我的哥哥。”

“你们在谈我吗?”陈天石突然笑嘻嘻地冒了出来，抱着一捆柴火。

楚琴微微脸红，快步迎上前去帮忙，却又急促地回头看我，目光如水一般澄澈，竟然，仿——佛——爱——情——

之后我们开始烧汤，看着跳跃的火苗大家都沉默了。楚琴像是想起了什么，她犹豫地问陈天石:“你还记不记得昨天的实验——那个孤立的顶夸克?”

天石添了一把柴说:“估计是记录仪器的错误造成的。”他转头望着我说,“你父亲也这样认为。昨天我们观测了包括上夸克、下夸克、顶夸克、底夸克、粲夸克和奇异夸克在内的600万对夸克子，只有一个顶夸克没能找到与之配对的底夸克，这应该属于误差。”

“可是——”楚琴艰难地开口，仿佛每说一个字都要费很大力气,“我是说如果仪器没有出现错误呢?我们以前的观测都没出过问题。”

“那也没什么，最多不过意味着……”天石的声音戛然而止，就像是被一把看不见的刀斩断了。他大张着嘴却吐不出一个字，过了几秒他翻翻白眼大声说:“我看就是仪器的错误。”

“天石——”楚琴的声音变得有些嘶哑，“你不能这样武断，难道我说的不是一种可能性？天道循环，周而复始，你能否定一切？”

天石哑然失笑：“你来中国不久但老祖宗的毒却中得不浅，以后你该少看一些老庄。”

“我摒弃装神弄鬼的巫术但赞叹精妙的思想，这也不对？”

“那些思想虽然有田园牧歌式的浪漫，但无疑只是神话。记住一句话吧：长着羽毛翅膀的人只能在神话里飞翔，而只有长着金属翅膀的人才能在现实中飞翔。你难道还不明白？”

楚琴黯然埋首，旋即又抬头，目光中有一种我不认识的火苗在燃烧。末了她突然淡淡一笑，竟然有一种孤独的意味：“可我们把前者称为天使，因为她没有噪声和空气污染。”

陈天石沉默半晌，站起身来踏灭了炊火：“走吧，野餐结束了。”

第二天传来惊人的消息，楚琴连夜重写了毕业论文，我父亲为此大发雷霆，校方组织了10名专家与楚琴争论，这在这所名校的历史上绝无仅有。这天中午我在自己的课桌里找到一张写着“何夕：带我走”几个字的纸条，纤细的字体如同楚琴的容颜一样秀丽。此后的半天我在一家啤酒馆里喝得酩酊大醉。

这之后我再没有见到过楚琴，她和支持她的陈天石一起被学校除名了。本来我可以去送送他们的，但我不敢面对他们的眼睛。两个月之后我踏上了去另一所学院深造的旅程，在轰鸣的飞机上望着白云朵朵，我突然想到此时自己正是一个长着金属翅膀飞翔的人，而那最后的野餐也立时浮现在眼前，就像一幅从此定格的照片。楚琴如水一般澄澈的目光闪过，陈天石笑嘻嘻地站在旁边，手里抱着一捆柴火。

……

二

我有些留恋地环顾四周，在这个实验室里工作了这么些年，毕竟有了感情。我知道几分钟后当我走出地球科学家联盟的总部大楼时，我的科学生涯也许就此结束了。对从事物理学研究的我来说，这意味着生命的一半已经逝去。昔日的辉煌已经不再，10 年来我的事业曾备受赞誉，而现在我甚至不知道出门后能否有一个人来送送我。我提起行李尽力不去注意同行的讪笑，心中满是悲凉之感。父亲现在已是地球科学家联盟副主席，他以前曾多次劝诫我

不可锋芒毕露，否则必定树大招风，但我终究未能听进去。不过我是不会后悔的，从一个月前我宣布“定律失效”的观点之后，我就只能一条路走到头了。

大约在6个月前发生了第一起核弹自爆事件，而检查结果证明，当时的铀块质量绝对没有超过临界质量。此后这样的事情又出现了几次，同时还发生了地磁紊乱、基本粒子衰变周期变短等怪异现象。我甚至发现连光的速度也发生了变化，要知道，每秒30万千米的真空光速正是现代物理学最根本的一块基石。也就是这时，我和同行们发生了分歧，他们认为这也许意味着某些新发现将出现了，但我却对外宣布了“定律失效”。作为物理学家，我完全清楚这意味着什么，牛顿定律、麦克斯韦电磁方程、相对论、量子论支撑着我们对世界的理解，宣布它们失效等于是宣布我们的世界将变得无从认识更无从控制。但我只能这么做，当观测事实与定律不再吻合的时候，我选择了怀疑定律，而也就是这一点使我遭到了驱逐。

不知从哪道门里突然传出一个高亢的声音：“看那个疯子！”这个声音如此响亮，原本很静的大楼也被吵醒，更多的人开始叫喊：“走吧，疯子！”“离开吧！异类！”我开始小跑，感觉像在逃，可憎的声音一直追着我到大门前。

我一直在跑，我想一直这么跑下去……但我被一束娇艳欲滴的鲜花挡住了。我缓缓抬头，看见两朵笑容。

……

沙漠。

下了很长的楼梯才听不到地面的风声了。我环顾这座大得离谱的球形建筑说："原来10年来你们就住在这里，挺气派嘛。"

陈天石揶揄地笑："这哪儿比得上联盟院士何夕住得舒适？"

我反诘道："现在我可不是了。"

"下野院士还是比我们强。"陈天石不依不饶地说。

我正要反驳却被楚琴止住了："都10年了还是老样子，我真怀疑这10年是否真的存在过。"楚琴的话让我们都沉默了，天石掏出烟来，点火的时候他的额头上映出了深长的皱纹。

"外面死了很多人吗？"楚琴问我。

"大约几万人吧，一些建有军事基地的岛屿已被失控的核弹炸沉，过几天联盟总部也将移入地底。军队已接到命令尽快将纯铀、纯钚都转为化合物，这是目前最大的危险。"

"最大的危险？"楚琴冷笑一声，"这还算不上。"

我盯着她的眼睛:“为什么铀的临界质量改变了?”

楚琴没有回答，却转过来问了我一个问题:“还记得那次野餐吗?”

我一愣，不知道她为何这样问。难道我会忘吗?那最后的相聚，以及之后的10年离别。我不知道他们怎样度过被人类抛弃的10年时光，但我知道那一定很曲折艰难，就如同天石额上的皱纹。

“算了，今天何夕很累了，还是休息吧。”天石说了一句。

我摇头:“你别打断楚琴。”

楚琴的眼神变得有些恍惚:“还记得我提的那个问题吗?那个孤立的顶夸克。现在我还想问你，如果不是仪器错误，这意味着什么?”

这是一个离经叛道的问题，一个荒诞不经的问题，但这是两位天才在历经10年磨难之后向我提出的问题。10年前我也许可以学天石付诸一笑，但现在我却知道没有人能再这样做。可是楚琴为什么要这样问，难道眼下的异变竟然与10年前的那场争执有关?我扶住前额，感觉大脑里一片空白:“我还真的有些累了。”

他俩对望一眼默默离去，走进了同一个房间，他们丝毫没有注意到我立刻怔在了门口。

三

……时间源头、空间源头、宇宙源头……非时间的时间，非空间的空间，非物质的物质……爆炸……虚无与万有交媾……上夸克、下夸克……顶夸克、底夸克……粲夸克、奇异夸克……它们是孪生兄弟……耦合……力……轻子、重子……原子、分子……星系……恒长世界。

但某一天，有一个底夸克不见了，剩下一个顶夸克孤孤单单，亿万年中从未分离的孪生兄弟少了一个，这怎么可能……

“不可能的——”我大叫一声从梦中醒来，却发现楚琴正仪态庄严地站在我的床边，她断喝一声：“佛陀说，色即是空。”刹那间慧光照彻，巨大的冲击之下我几难成言。“你是说……逆过程？”

“秋千下落是因为它曾经上升。”天石漫不经心地晃荡手中的怀表，“最初的宇宙学认为宇宙是静态的，但这意味着在热平衡作用下我们将看到一个熵[①]趋于零而‘热死’的宇宙。后来由于哈勃等人的贡献，我们发现宇宙是持续膨胀的。虽然这能促使不同形态的物质产生温差从而避免‘热死’，但如果这个过程持续下去，我们将看到一个总体

① 熵：单位时间内高温物体与低温物体之间的热交换量。

温度趋近绝对零度而‘冷死’的宇宙。这两种模型都无法解释长存至今的宇宙为何还有活力，想到这一点之后，一切便好办了。宇宙应该是一架秋千。你因为提出‘定律失效’而被驱逐，但其实你是对的。宇宙现在正处于即将从膨胀转入回缩的时刻，那个陪伴了牛顿的一生，陪伴了爱因斯坦一生的时空正在发生巨变，他们在当时的时空里发现的定律怎能不变？当年那些卫道士们把我和楚琴从学院的围墙里驱逐出来，却让我们发现了整个天空。我蔑视他们，当秋千就要开始下落的时候，他们还不相信势能也可以转化为动能。”

“铀的临界质量改变也是这个原因？”我没有忘记问最关心的问题。

“当宇宙开始回缩，一切定律均会改写，常温宇宙回缩为高温高能的宇宙奇点①，这本身就是一个颠倒的热力学第二定律。”楚琴肯定地回答。

我已说不出话。我想象着一架秋千在寂寥的虚无中晃荡，它在最高点的突然俯冲带给我的惊骇无法言表。原子在颠倒的秩序里崩塌，而曾经包罗万象的宇宙正向奇点奔去。我想象着包含无数生灵种族连同它们的爱与梦想的世界将如同一笔错画的风景消逝无痕，但我却找不出这风景

① 奇点：数学概念，代表一个不可解的值。

究竟错在哪里。

也许他们说出了真理。如果时空无限，现在即是永远，可谁又能活在一个永远的年代里呢？隐隐地我似乎听见了一个声音，像梦一样缥缈：天塌了。

四

“0并不是虚无，它等于所有的负数加所有的正数，这实际上就是包罗万象。当你掌握了它，你就会面对一个两方等重的天平，这时哪怕你只吹一口气也足以随心所欲地操纵一切。物质与能量、时间与空间都存在于你的转念之间，多么壮观，多么美妙……”

我大汗淋漓地惊起，心中怦怦乱跳。四周是浓稠的黑暗，但我却感到有什么人在角落里窥视着我，这种感觉是那样强烈。我猛地摁亮照明灯，没有人，的确没有，我暗暗吐出一口气。我不想再回到刚才的梦境中去，也许可以出去走走。

在这座建筑的东部，一块面板挡住了我。我试着按住一处掌形的凹陷，显示器开始显出几行字：一号特权者楚琴，二号特权者陈天石，三号特权者何夕。我盯着屏幕，想不到自己已被吸纳。这时显示器又打出一行字：确认为特权者。随着一阵轻微的声音，面板移开了，然后我便看见了——巨人。天哪，那真的是一个巨人！我下意识地想逃，在巨大的阴影压迫下我简直难以呼吸，我甚至根本调动不了自己身上的肌肉。背后又传来响动，我悚然回头，是陈天石和楚琴。

楚琴从舷梯登上40米的高度，在那儿正好可以摸到巨人的光头。“他站起来能有70米高，不过他只是个胎儿。他是我和天石的孩子，是个男孩儿，我们叫他丑丑。”丑丑似乎很享受被人抚摸，竟然无声地咧嘴一笑，脸上漾出酒窝。

我怔怔地望着这个巨大的婴儿嘴边挂着的口水，喃喃道：“怎么做到的，是基因突变技术？”

天石含有深意地摇头：“人类目前还不能纯熟运用那种技术，而且即便用此技术造就巨人也没有什么意义。身躯庞大不过表明力气大点儿而已，与其那样还不如造一台力大无比的机器。”

“那丑丑……”

“你知道，恐龙的祖先只有壁虎那么大，但千万年后它们中产生了数十米高、体重达几十吨的庞然大物。我们当然不可能有这么长的时间，但是楚琴那些奇异的思想终于造就了奇迹，一个长达120亿年的时间奇迹。”

“奇异的……思想。”我觉得自己都不大会说话了。

“那些让楚琴醉心的神秘哲学其实是一道药引，用它酿出的美酒芳香迷人。还记得那句话吗——长着羽毛翅膀的人在神话里飞翔。中国神话里的哪吒是其母怀胎 3 年所生，天赋异禀，超凡入圣。这似乎真的是神话，但它何尝不是蕴藏着一个正确的科学理论。人在‘十月怀胎’的过程中就像是经历了由细胞变成鱼，又经过两栖、爬行等几个阶段，最终成为万物之灵，而这在自然界里便意味着长达 30 亿年的时间。丑丑被我们留在胚胎阶段已经快 4 年了，他一刻不停地朝着造物主给人类指引的方向演化。我和楚琴按照我们的理解对这个过程做了少量的干预，去除掉某些我们认为明显不利的变异。其实我们也并不知道该怎样称呼比我们先进了 120 亿年的丑丑，即使不考虑生命进化的加速性，他的生命进程也已经是整个地球生命史的 5 倍，这么漫长时间的造化之后，他也许都不该被称作‘人’。”

很长时间都没有声音，我觉得自己此刻的表情一定正好可以解释什么叫“惊呆”。但是我突然想清楚了一件事，我一字一顿地说：“有件事你们没有说实话，丑丑这个名字是假的，我知道他的名字，他叫盘古。”

天石和楚琴对望了一眼，然后楚琴说：“是的，他就叫盘古，同远古神话里的那个开天者的名字一样。”

五

我推开门进屋。

父亲正坐在沙发上看报纸，看来他已经等了一阵了。

我向他陈述这段时间的经历后，表示不想干下去了：“我不想再欺骗他们了，而且这也没有必要。”

父亲摇头：“我做这番安排也是迫不得已，难道我们要放弃对‘零状态’的研究？”

我想起一个问题：“当年你为何开除他们？”

父亲不置可否地笑笑：“当时全体教授都反对他们，我作为校长不开除学生难道开除教授？”

“这不是真话，我想清楚了，你说的‘零状态’其实就是宇宙由膨胀转为收缩的那一瞬间的状态。你当年知道天石和楚琴是对的。”

父亲叹了口气，语气变得苍凉：“这个秘密已经埋藏了10年。老实说，我也是见到楚琴的论文后才隐约意识到这是个多么了不起的发现，直到今天也没有几个人能相信这套理论，因为它完全超越了时代。我开除他们在那个时候是必须的，他们后来的研究经费其实是我通过中间人暗中资助的，你可以去调查，那个人叫欧文。不过我感到遗憾的是，他们并没有想到这其中暗示的另一种结论，即‘零状态’，那是个美妙的天平。”

“可如果宇宙回缩到奇点，那一切都不存在了。”

“我的儿子，零点并非一个，宇宙由胀而缩、由缩而胀，这有中生无、无中生有的两极都是零。记住一句话，生命不挑剔物质，掌握了‘零状态’的生命体可以存在于宇宙的任何状态中。想想看，当人类以有知有觉的生命去把握‘零状态’的宇宙后，该是一种何等美好的感受，你可以吞吐天地、纵横八荒，那是伟大的飞跃，人的终极。”

临走时父亲送我一句话：“我们利用但不改变宇宙周而复始、生生不息的演化，这是顺天而动；如果天之将倾而欲阻之，这是逆天而行。天石和楚琴都是旷世奇才，有一天他们会明白的。”

……

“你是说欧文？”天石看着我，“对啊，他是个热心的好人，一直无偿资助我们的研究。”

我眼前闪过父亲慈祥的笑容，差点儿脱口说出真正的资助者其实是他，但我终于忍住了，父亲告诫过我不要这样做。我转头去看盘古，直径两米的脐带正源源不断地为他输送养分。还有 15 天左右他就该降生了，这是现有技术条件下能维系他的胚胎状态的最后时限。同时，根据测算，宇宙平衡时刻也差不多是在那个时候。有时想起来都

觉得可怕，十几天后的某一微秒将裁定耗尽天才心血的10年时光，我甚至不敢去猜度天石和楚琴心中对于这一点的感受。天石曾说他们的工作是一场造神运动，当时我并没有把这句话认识得很清楚。但当我有一次试图想象120亿年这个时间概念时，却感受到了深深的茫然，并第一次真切地认识到，仅仅是这个时间便已构成了神话。一切造化均源于时间，高山大洋的距离就在千万年之间。我无法知道盘古的大脑比我们的复杂多少倍，也无法知道他的眼中是否已经看见了向我们紧闭着的另一层世界。

我又想起那句话了：长着金属翅膀的人在现实中飞翔，长着羽毛翅膀的人在神话里飞翔。

六

“你带回的资料很有用，极大地丰富了我们对宇宙天平的认识。”父亲满意地看着我，“等时机成熟我会向科学界宣布天石和楚琴的成果，10年来他们失去的太多了。”

“可是，如果他们阻止宇宙的自然演变，宇宙天平就不存在了。”

“这正是我所担心的。仁者见仁，智者见智，有些事情很难说谁对谁错。不过我的确希望把握这次促使人类飞跃的机会，180亿年一次的机遇，居然我们有幸与之相逢。

你明白我的意思吗？”

我注视着父亲充满忧虑的眼睛，记忆中我们已很久未展开这样的深谈了，一时间有种温柔的东西从胸中泛起。我说不出话，只用力地点头。

父亲拍拍我的肩：“所以我想要你完成一件事，我派几个助手协助你。等办完这件事之后你把他们俩带来，我要收回 10 年前的驱逐令。”

宇宙天平的美妙姿态在我脑中浮现，一想到我已经置身于人类有史以来最伟大的事业中，我就兴奋得浑身颤抖。但直到我让某些事情不可逆转地发生之后，我才发现自己竟然一直都忘记了天平最基本的特征是什么。

出发之前我发了个通知支开了天石和楚琴，我不想产生无谓的冲突，以后我会向他们坦白事实的真相，现在就算是最后骗他们一次吧。基地静悄悄的，我打开面板开始指挥助手们在盘古的脐带上安装支管，等一下我们会把大量神经破坏剂注射进去，盘古出生后将会是一个平凡的巨人。趁安装支管的时候，我和电脑专家开始入侵计算机系统，10 分钟后我们找到了突破口。这时我支走旁人，独自搜寻有用的资料，遇到重要的东西就把它们发送回联盟总部。后来我发现了一些文本，那是天石的日记。

“我告诉楚琴，何夕其实很笨，试卷全是我代做的。

但楚琴似乎就是喜欢他。”

“我现在还不理解楚琴的观点，但学校开除她，我也不想留下。”

“楚琴是对的！”

“今天是我们流浪一周年纪念日，楚琴吻了我。也许人生的幸福莫过于此。”

“也许她还没忘记何夕，但我早就不介意了，老夫老妻难道还兴吃醋？哈哈，我儿子都 10 米高了。”

……

看着这些文字，我如坐针毡，心中乱了好一阵，让我稍微好过一点儿的是我至今没有爱过别的人。我不知道楚琴当年为何有这样的选择，天石不知强我多少倍。我阅读最后一篇日记时支管已经装好，我下命令说：“开始吧。”

天石的这篇日记很难得地写了些儿女情长之外的事。“如果宇宙回缩至奇点，似乎会毁灭万物，但把握了‘零状态’宇宙天平的生命体仍旧可以生存，并跨越宇宙的爆发期以至永恒。我就此和楚琴讨论，她说如果这种生命体个数不受限制倒也可以考虑，但可惜天平的基本特征是只有一个支点。我永远无法忘掉楚琴当时的话，她说如果她成为支点而坐视我和亿万生灵的死，那么她生又何欢。我立时就掉泪了，我觉得这是佛陀的语言。”

我开始止不住地冒汗，前尘后事关联起来……父亲慈祥的笑脸变得扭曲……吞吐天地、纵横八荒……突然间我几乎坐立不稳。这时我才想起一件事——我下的命令！

我惊呼着奔向盘古，一股墨绿色的液体正从支管灌进他的脐带，我来不及思索便抽出激光枪打断脐带，空气中立刻充满腥臭的味道。但我忘了一件事，盘古是个胎儿，脐带断离在生理学上便意味着诞生。这是个多么可怕的结果，因为天石曾告诉我，他们准备在盘古降生前的一天进行胎教，以使他明晓善恶。否则让一个具备摧毁世界的能力却完全无知的婴儿出世，这实际上就是放出魔鬼。

虽然没有镜子，但我知道此时我的脸色一定苍白如纸，在本能的驱使下我开始奔逃，虽然我知道这根本就没有意义。身后传来了洪钟般的啼哭声，我感觉到了巨人挥舞手掌带起的大风，几声细弱的喊叫告诉我，那几名助手已经遭遇不幸。我开始惨叫，不是为自己就要死去，而是为自己犯下的错误。盘古，拥有神的力量却完全无知的盘古，会怎样对待这个他也许用一根手指就能毁灭的世界？这是个何等可怕的问题啊，我竟然对答案一无所知。这时一股力量击中了我的后脑，眼前一片晕眩。

……

谁在唱歌？这么好听，很熟的调子，没有歌词。简单

到极点，也美到极点。

我醒了。楚琴正温柔地抚摸盘古的脸蛋，一种动人至深的光泽在她的眉宇间浮现。她的口唇微张，优美的旋律回荡四周。刹那间我有一种想流泪的感觉，我明白正是楚琴非凡的智慧拯救了我以及这个世界——除了母亲的摇篮曲，还有什么能使一个婴儿平静？

“为什么救我？你们看到了，我是另一个战壕的人。”我惨然道。

天石笑嘻嘻地止住我说：“我只知道你开枪救了我儿子。再说我们太了解你了，你就算想坏也有限，因为你缺乏某些必要的素质。”

我看着他和楚琴：“可我不能原谅自己。同时……我也没有勇气离开那个世界。也许，我们又该分别了，就像10年前一样。”

七

我直接找到联盟主席哈默教授，虽然我不能成为天石和楚琴的合作者，但我希望能尽量帮助他们。哈默听完我的陈词后很是震惊，然后他宣布要召开一次会议。

我在会场外等待了两个小时后，听到了哈默的一句话：“请转告他们，所有的委员都认为这仅仅是一种假说，并且如果实施他们的方案还会给现在的人们带来危险。此外最重要的是，即使假说成立，受到毁灭威胁的也只是180亿年后的生命体，很难说包括人类。我们只对人类的生命负责。”

我心中一阵难过，话语也变得失去控制，我大吼道：“可你知道佛陀吗，你知道佛陀说众生之苦皆我之苦吗？”

哈默稍怔，然后他厌恶地看了我一眼，匆匆离去。

我脚步踉跄地在空无人迹的城市里晃荡，引力失常让我感觉像在飘。我知道有很多座城市已经在劫难中消失了，死神的灵车正一路狂啸着飞驰。这时路旁的扬声器传来新闻：“著名物理学家何纵极宣布，目前的宇宙失常状态将于今日结束，这是值得庆贺的日子。”

我开始哀号，直到发不出声，今天正是宇宙平衡点到来的日子，宇宙嬗变导致的异常的确要结束了，可谁会去关心另一场不会结束的劫难将降临180亿年之后？那是真正的毁灭。而且这样的毁灭将每隔360亿年发生一次，亿万年的时间即是无数次梦魇般的轮回。

现在我已无处可去，跟随哈默的背影离去的，是整个世界。咸涩的泪水浸进嘴里令我开始呕吐，我一边吐一边漫无目的地走，末了，我发现自己歪斜的脚印竟然踩出了一个清楚的方向。

陈天石和楚琴在地面上迎接我。“逃兵回来了。”天石过来握住我的手。

我低低地问：“为什么上到地面来？”

“盘古在思考问题，我们不想打搅他。你还不知道，昨天盘古已经掌握了我们所知的全部知识，而现在我们都不知道他在想什么了。”

“他将要做什么？”我追问道，“以后的宇宙会是什么样的？”

天石犹豫了一下：“也许盘古可以将宇宙改变成一种进行有限的周期性膨胀与收缩的状态，也就是说宇宙的收缩不会发展到奇点的程度，而是变成一种类似振荡的行为。到时将消灭奇点，当然也就不存在什么大毁灭了。”

我突然地问：“那他会不会死？”

天石大笑：“他是神，怎么会死？”

我对他的俏皮一点儿都笑不出来，幽默只是一张纸，可以糊住窗户挡风，却堵不住漏水的船。“宇宙半径超过180亿光年，质量无法估计。盘古要改变它的运行规律必定受到难以估计的应力反抗，他会不会死？”

天石的笑声像被斩断般地停止了，他望了楚琴一眼后说：“我不知道他会不会死，也不知道他能否成功。以前我们对很多事都是有信心的，但这次一点儿都没有。以至高无上的宇宙为对手，‘信心’二字根本就是奢谈。”

他停下来望向我身后：“有人来了。”

几架直升机降落在沙漠上，看到父亲，我便知道上次我犯的错误有多严重。当时的几名助手一定向他报告了基地的位置，否则任何人也无法识破天石与楚琴设下的重重伪装。

父亲摘下护目镜：“久违了我的好学生。现在想来，你们在我所有的学生中算是最杰出的。怎么我儿子还和你们在一起？”

天石和楚琴回头望着我，我镇静地说：“你还记得这一点吗？从你想成为宇宙支点的那一刻起，我就不再有父亲了。如果我告诉你天石和楚琴早就发现了宇宙天平，你一定不会相信的。你永远不懂为什么有人甘于受难而不去当上帝，这已经不是科学的范畴了，而是取决于一个人的心灵。”

父亲哑然失笑：“我不知道你在说什么。”

陈天石环顾四面荷枪实弹的士兵：“也许你可以凭借宇宙的运转成为支点，你可以成为永恒，时间和空间对你失去意义，你还会看着你的儿子以及所有人的生命渐次老去，看到360亿年一次的大埋葬，但这些都与你无关，丝毫对你没有影响，因为你已是上帝。也许你有素质来做上

帝，可我没有，最起码，我无力面对我所爱的人在我的永恒生涯中死去。”

天石不再有话，黑发飘扬于风中。楚琴轻轻挽住他的手臂，极尽温柔。我注视着他们，想象不出世上还有谁能在这样的时刻显露温柔，同时我也不知道温柔至此的人还会惧怕什么。

父亲突然用力鼓掌，竟然流露出欣赏：“我一直资助你们的研究，也许有借助的念头，但我知道这里面也有惺惺相惜。只可惜我们的路太不同了，如果你有一个保留了 10 年的心愿再过几小时就要实现的话，你会不会改变主意？”

我立刻意识到有什么事情将会发生，但我还来不及喊出一声，士兵们已经开火了。激光炮揭开了地表，一个大坑显露出来，已经可以看见基地的金属外壳。天石和楚琴开始奔跑，他们脸上的神色告诉我，他们并非想挽救基地而是想保护他们的孩子。他们刚跑到坑边便被激光炮击起的爆炸抛向空中，听到他们落地的响声，我便知道这个故事已经接近了尾声。

八

天石已不能说话，血从他的嘴角沁出来。我照他的眼神把他抱到楚琴身边。父亲微微摇头：“为何如此？我知道，你们认为正义在你们那边，其实这是一个错误。你们是少有的天才，却事事不顺，我来告诉你们原因，你们马上就会知道。”

他说完话便传来了渐近的喧嚣，片刻之后我们已被望不到边的人群包围。无数的垃圾连同咒骂向我们铺天盖地飞过来，我拼尽全力想要护住天石和楚琴，但我的肩膀太窄了，挡不住那些仇恨。一块碎石打中楚琴的额头，她发出痛苦的呻吟。

“你干了些什么？”我愤怒地大吼道。

“别瞪我，我没叫他们来，我只是告诉他们，有人为了 180 亿年后与他们毫不相干的一些玩意儿拿现在冒险。”

“可你知道，即使他们失败损失也很有限，相比于宇宙末日的毁灭而言根本不算什么。”

“你又错怪我了，我阐明过这一点。可人之十伤怎比我之一伤？”

我懂他的意思了，刹那间我有种顿悟的感觉。天石和楚琴实在大错特错了，他们的悲剧从一开始便已注定。神话已经不在，而他们依然徒劳地坚守，欲望编织的世界哪里容得下神话的存在呢？

父亲又摇摇头：“离开他们吧，我约束不了人群。”

我听出了他的意思，然后我忍不住大笑，眼泪都笑出来了。之后有无数的重物击中了我，但我依然大笑。

这时一切突然停止下来，震耳欲聋的声音从地底传来。不远处的地表开始翻腾又急速陷落，片刻之间球形基地已耸入云霄，矗立在天地之间，如一枚巨大的卵。

卵破裂开，一个孤独的巨人显露出来，眼睛中竟然有隐隐的悲伤显现。如果说几天之前他还只是个胎儿，那么现在他已经站在了古往今来任何人都无法企及的高度上了，天才的灵与肉连同120亿年时间的造化，这就是——盘古。

他不动，他在等待，等待一个壮丽的将成为传奇的时刻。

“盘古……”是楚琴的声音，我垫高她的头让她看清楚。一朵微笑在她苍白如纸的脸上绽开，竟然美得刺目：“我见到神话了，对吧？”

我用力点头：“是的，见到了。”

楚琴的目光变得飘忽：“我在想……也许我们应该完成这个神话。”

我立时明白了她的意思。盘古，这个千万年来的传说也许是真的。不，它应该是真的！它必须是真的！因为它带着天才的泪水和憧憬，带着佛陀的仁心和苦难。

“带我回去……”楚琴的话没能讲完，她美丽的睫毛已缓缓坠下，我伸出手去阻挡这个令我心碎的结局，但她渐冷的额头证明一切都已属徒劳。我转头去看天石，他仍然盯着楚琴，但眼中那颗无力淌出的泪珠证明一切都结束了。

我费力地站起来，心中一片麻木。我，何夕，一个庸人，但这个灰尘般的庸人的生命却长过两位天才，仅此一点便令我知晓这个世界上根本就没有公道可言。

我朝着应该走的方向走去，天地间的巨人在等我。身后传来激光发射的声音，但盘古的力场保护了我。我仰头望着盘古，他的眉宇让我想起两位故人。时间不多了，但我忽然间发觉不知该如何下达命令。我知道在开天的那一刹盘古将化为尘埃，就如同在上古的传说里一样。我的两位故人为了让他在开天的时刻死去而让他诞生，这正是巨人的宿命。

“一号特权者楚琴已删除，二号特权者陈天石已删除。”我说到这里的时候便看到两颗大得惊人的泪珠自巨人脸上蜿蜒而下，滴落在地发出清亮的声音。一个初临人世的婴儿在旷野中默默呜咽，这样的场景令我几乎不能成言。“三号特权者何夕，发布特权命令……”

天空已变得鲜红，像是在出血。一种不明来由的空灵之声遥遥传至，震荡着大地苍穹，如同宇宙心有不甘的挣

扎声。最后的时刻正在走来……

而那天地间的巨人依然沉静，他不动，他在等待。

“盘——古——”他突然仰首向天大声喊出自己的名字，似乎想为这个星球留下点儿关于巨人的证明，与此同时，他的身躯开始以不可思议的方式和不可思议的速度飞升，苦难与智慧、泪水与痴心，连同120亿年的造化共同凝铸的巨人——在飞升。

战栗中我跪倒在地，我知道盘古会做什么，我也知道他不再回来。片刻之后我、天石和楚琴将从这个现实的年代消失，凭借盘古的力量回到一万年前产生神话的年代里去。这是我下的命令之一，我知道这也是楚琴和天石的心愿，因为那里有断头而战的刑天，有矢志不渝的精卫，有毁于火又重生于火的凤凰。现实不能容留的也许神话会容留，现实里只能死去的将在神话里永生。

可怕的闪光在宇宙的某一处出现，天空大地在刹那间变得雪白。我意识到那件事情发生了，我们的人力胜过了天道。又一道白光划过，我坠入迷雾。

尾　声

我在湘江中游找到了一个风景绝佳的地方埋葬了天石和楚琴，也许潇湘二妃的歌声会陪伴他们，也许有一天他们会见到治水的大禹路过这里。

现在我只剩下一件事可做了。我用树枝和马尾做了一把琴，然后我开始唱歌。

从黄河到渭河，从山林到平原，我一路唱下去，踏过田畴，走过先民的篝火，我一刻不停。我的歌流向四方，先民们同声歌唱。

那个神奇的时刻啊！那时有个巨人，那时天地将倾啊！那时巨人开天，巨人名叫盘古啊！盘古再不回来，天地从此分明啊！盘古今在何方……

后来我死了，再后来我的歌成了传说。

“盘古执斧凿以分天地，轻者升而为天，浊者降而为地，自是混沌开矣。”

——古书《开辟演绎》

田　园

归　来

从机窗俯瞰太平洋广阔无垠的海面是一件相当枯燥的事情。陈橙斜靠在座椅上，目光有些飘散地看着窗外，阳光照射进来，不时刺得她眯一下眼。陈橙看看表，还有3个小时才到目的地，这使她不禁又一次感觉无聊起来。林欣半仰在放低椅背的座位上，轻声地打着呼噜，不知道在做什么好梦，居然脸上还带着笑。

新四经济开始兴盛的时候，陈橙的志向是成为一名“脑域”系统专家。当时她刚开始攻读脑域学博士，那会儿正是新三经济退潮的时期，曾经时髦到极点的作为新三经济代表的JT业[①]颓相初露。JT相关专业的学长们出于对饭碗的考虑，正在有计划地加紧选修“脑域”专业的课程，陈橙不时会接到求助电话去替那些人捉刀写论文。用“新”这个词来表述一个时代的习惯已经有一些年头了。早先有不少“新浪潮”“新时期”“新经济”之类的颇令时人自豪的提法，但很快这种称谓便显出了浅薄与可笑，因为不久它便开始繁殖出诸如“新新人类”以及“新新经济”之类的既拗口又意义含糊的后代。所以到了现在出现“新四经济”这种语言怪胎实在是迫不得已，除非你愿意一连说上好几个“新”字。

“脑域”技术正是新四经济时期的代表，甚至可以说整个新四经济的兴起都与之相关。一位名叫苏枫的专家发明了这项将人脑联网的技术，将人类的智慧提高到了一个前所未有的水平，同时也有力地回敬了那些关于“机器的智慧将超越人类”的担忧。正是“脑域”技术的兴盛掀起了一个高潮，将全球经济从JT业浪潮后的颓势中拯救出来，带入又一轮可以预期的强劲发展之中。而现在，作为首批拥有“脑域”专业博士学位的青年专家，陈橙有足够

---

① “JT业”及后文的“光子商务”均系作者假想的专业技术用语，并无实际内涵。

的理由踌躇满志。

陈橙的思绪已经超越了飞机的速度，也就是说在思想上她已经提前到达了目的地。陈橙想象得到自己将得到何种热烈的欢迎，正如她近两年来所到的每一个地方一样。我终于还是选择了回来——陈橙在心里回想着——离开祖国已经差不多10年了。10年，陈橙在心里感叹了一声。只有在回想的时候才发觉时光过得真快。她在心里想象着朋友们的变化，10年的时间是会改变很多事情的。不过陈橙立刻意识到这是个错觉，因为在这个时代，地域的障碍根本就是不存在的。她几乎每天都会在互联网（这是古老的新经济时代的产物）上同国内的某个朋友面对面地聊上几句，更不用说通过电子邮件的联系了，所差的只是不能拉上手而已。当然，这不包括那个人。

陈橙悚然一惊，思绪像被刀斩断般戛然而止。为何会想到那个人，这不应该。对陈橙来说，那是个已经不存在了的人。是的，不存在。陈橙扭了扭有些发酸的脖子，从提包里找出一份资料来看。

不过有点儿不对劲，资料上的每个字明明落在了陈橙的眼里，但她看了半天却不知道上面写了些什么。她停下来，轻轻地叹了口气扔掉手中的资料，因为她已经知道这是没有用的。

新　知

欢迎仪式比陈橙想象的奢华许多。这片土地对于“脑域”这样的最尖端技术成果有着强烈的拥有愿望。陈橙和林欣婉拒了众多待遇优厚的研究机构的聘请毅然回国，单凭这一点他们也应该受到热情的回报。林欣是陈橙的同行，今年 38 岁，也是“脑域”技术专家，他们是在欧洲的一家研究所共事时结识的。林欣一直是一个行事相当洒脱的人，用他自己的话来说，有点儿像是“技术浪人”，也就是说他常常会更换工作内容及工作地点。从以光子商务为代表的新二经济时代到以“脑域”技术为代表的新四经济时代，凭着天生聪颖他总能顺时代潮流而动，这些年来他的足迹遍及世界各地。不过那都是与陈橙相识之前的事了，现在的林欣只是一个地地道道的跟屁虫。比如这次回国对他来说根本就是没有考虑过的事情，但是陈橙决定回来他也就跟来了。就林欣的体会而言，现在只有在搞研究时他还能用用自己的脑子，而除此之外他几乎完全成了陈橙手里的小棋子。

这事说起来稀罕，其实内里一点儿不出奇，谁让他那样喜欢这个女人呢。本来林欣也是相当吸引人的，这些年也不知害多少女人伤心过。但是现在这一切都遭到报应了，因为他遇见了陈橙。上天让他爱死了这个女人却又让这个女人对他没一点儿回应。其实如果按照传统眼光来看，他们的关系已经够亲密了，但在这个欲望与爱情早已彻底分离的时代，这根本不能表示什么。陈橙清楚地知道，他们之间的关系只是艰苦的研究工作之余的调剂，当下一个工作日来到的时候，就会像什么事情都没有发生过。当然这只是陈橙一方的情形，而林欣则是陷入了无法摆脱的情感煎熬当中。他曾经试过向陈橙表白，但是她每次都以精巧的语言艺术让他的盘算落空。林欣觉得自己自从认识陈橙以来，所受的苦比从生下来起受的苦都加起来还多。更要命的是，以前吃的那些苦——比如说生病或是受伤之类——还可以找人倾诉，而现在这种事情却是有苦没处说，而且看起来苦尽甘来的那一天简直就是遥遥无期。不过这些都是只有林欣自己才清楚的内情，而他表面上回国讲学的第一个理由当然是技术报国，另外一个理由则是国内正好要举办一届夏季运动会，作为体育迷的他岂能错过机会。

叶青衫教授亲自在机场出口处相迎，这使陈橙颇感汗颜。她快步上前挽住叶青衫的胳膊，口里连称“如何敢当”。这并不是陈橙作态，因为叶青衫正是 15 年前她大学时代的老师，那时她的专业是光子商务。这门学科是新二经济时代的支撑，但是在陈橙求学的时候，这门技术已经没落了很多。至少一点，那时学这门专业的人要想找到满意的职位就得费不少周折了，以前那种“一家有女众家求”的热闹场面早已是明日黄花。

这次陈橙之所以选择回国，在很大程度上与叶青衫的力劝有关，在心里她其实一直对当年自己违拗老师意愿变更专业一事存有内疚。林欣不明就里地站在一旁，面对记者们连珠炮样的提问一语不发。有人拉出了大幅标语，上面写着“欢迎世界著名脑域技术专家归国讲学”。好事的人群围拢来，虽然他们都是外行，但对于“脑域”这种最最热门的技术都是耳熟能详的。政府已经将“脑域”技术列入了国家发展纲要，当下几乎在任何角落都能听到与之相关的各种声音。现在所有人都认识到，未来国家能否强大就在于能否占领“脑域”技术领域的制高点。语言学家统计过，“脑域”是近年来出现频率排名第二的词汇，排名第一的是“新四经济”，而从实质上讲，这两样可以算成一回事。

叶青衫兴奋得满面红光，头上的根根银丝一抖一抖的像在跳舞，这次陈橙能应他之邀回国令他颇感欣慰。“脑域”技术是诞生于国外的尖端科学，国内极度缺乏相关人才，更何况是陈橙与林欣这样卓有建树的专家。一时间叶青衫不禁有些感慨——陈橙与林欣都那么年轻，都只有30多岁，像他们这样的年龄如果是在传统领域里恐怕连新锐都还算不上，而现在他们却都已经是独当一面的权威了，说起来还是新兴领域造就人。

陈橙与林欣在人潮的簇拥下朝停车场走去。这时，陈橙突然看到远处僻静的角落里晃过一道似曾相识的背影，刹那间她的感觉就像是被从天而至的一道闪电击中了。陈橙轻叫一声，仿佛晕眩般扶住了额头，之后她旁若无人地朝那个角落奔去。人们不知道出了什么事情，都眼睁睁地看着这奇怪的一幕。但是陈橙奔过去后并没有见到她要找的人，空荡荡的地上只有一张随风翻动的报纸。陈橙下意识地俯身，她看到在报纸的头条处醒目地印着一行字：世界著名脑域技术专家陈橙、林欣定于明日回国。有人在字的下面画了一行波浪线，笔迹凝重而粗壮。

直到见到这张报纸，陈橙才确信自己刚才的确是看到了那个人。何夕，她在心里低喊一声，宛如咀嚼一则古老的故事，而与此同时，一滴泪突兀地从她的眼角沁出来滑落在地。陈橙茫然无措地四下张望着，但她找不到遥远记忆中那双充满灵性的眼睛。

在场的人都在心里留下了一个谜，只有叶青衫除外，他在心里轻叹了一口气，了解地望了陈橙一眼。叶青衫可以确定的一点是，此时令陈橙落泪的正是这么多年来令他内心始终无法平静的那个人。这么久以来，那个人一直是叶青衫心底隐隐作痛的伤口。在遇见那人之前，他从未想过世界上竟会有那样聪颖的人，同时也想象不到这样的人一旦误入歧途竟会是那样地可悲可叹。

旧　雨

6个月来紧张的日程几乎让陈橙吃不消，这段时间以来她简直就没有了休息。她一方面主持由政府出巨资建立的“国家脑域技术实验室”，另一方面则是一个讲座接着一个讲座。叶青衫已经感到局面有点儿无法控制了，他出于关心曾经试图拒绝一些地方的邀请，但是没有一次成功，“脑域”技术在这片土地上正在掀起不可抑制的热浪。

陈橙对这一切也是有些意外，但真正感到吃惊的是林欣。至少陈橙以前曾经在国内生活过很长时间，见识过人们追逐世界新浪潮时的热情。而林欣则是第一次回国，他完全被人们那种充满虔诚的情绪感动了。有很多次，当他在讲台上看着台下那一双双仰望着的眼睛时，几乎有要流泪的感觉，因为从那些眼睛里放射出来的光芒让他觉得自己此刻扮演的是一个神的角色，就仿佛传播火种的普罗米修斯。每当这种时候，林欣就会放慢自己的语速，并且尽

可能声音洪亮一些，让每句话都能够一字不漏地传到每个人的耳朵里去。他觉得似乎只有这样才对得起那些虔诚的目光。

今天是一次总结性的报告会，近一段时间的讲学将暂告一个段落。“国家脑域技术实验室”的工作非常顺利，已经产生了多项重大成果。现在林欣正在向听众分析“脑域”技术的应用前景，他的话不时被热烈的掌声打断。

陈橙埋头浏览资料，思考着哪些地方需要强调，但是一阵突如其来的心悸让她无法继续，她有些恍惚地抬起头，隐约觉得一双很亮的眼睛正从某个地方看着自己。陈橙循着感觉的方向望过去，她看到一个倚在入口处的人急速地低头离去。陈橙心中一凛，她迅速写下“我有急事”几个字递给旁边的叶青衫，之后便悄悄退到了后台。

广场上的寥寥几人与大厅里的拥挤形成了鲜明对比。前面那个人身形踟蹰地朝停车场的方向走，一副心事重重的样子。过了一会儿他终于上了一辆很旧的车，朝郊外的方向开去。陈橙急忙挥手拦住一辆出租车。

那人开得有些慢，似乎内心充满犹豫，恰如他先前的背影。陈橙紧张地盯着前方，生怕落下了。出租车司机是一个上了年纪的胖子，不时转头笑嘻嘻地打量一眼漂亮的陈橙，一副什么都知道的神情。陈橙当然明白，他多半认为这是一个妻子暗地里跟踪不老实的丈夫的游戏，但她也知道这种事情根本就无从辩白。

一个多小时过去了，前面那车丝毫没有停下来的意思。四下里是葱郁的田野，一些低矮的山丘起伏绵绵地铺展开去。看来这将是一次长途旅行。

“这条路通往什么地方？”陈橙问。

胖老头眯了一下眼说：“这条路朝西，再走下去就是大山区了。你那位还真会找地方。”

胖老头这句没深浅的话让陈橙不禁有些脸红，她不知道该说些什么，只好不吭声。胖老头突然踩住刹车说：“原来是到这儿来。”

陈橙朝车窗外看去，原来前面那车停在了一间路边店旁边。那人已经跟着服务员进店去了。陈橙付了车费头也不回地下车。出租车调转了方向，却没急着走。胖老头从车窗里伸出头来朝店里张望着，似乎想发现点儿什么事。但是他很快便失望了，店里很安静。胖老头有些无趣地缩回去发动了车子，口里大声吆喝着：“返空车，半价！”

那人佝偻着背坐在凳子上，很认真地吃着午餐。桌上只摆着一盘炒青菜和一盘汤，他大口地扒拉着碗里的白饭，目不斜视，额上粗大的青筋随着他的咀嚼一隐一现。他夹菜的动作很慢，吃得也很慢，就像一头反刍的牛。他

吃得很干净，尤其是饭碗，简直都不用再洗了。这本来只是一个夸张的说法，不过这一次这个碗的确用不着再洗了，它突然从那人的手上滚落在地，碎成了几瓣。那个人并没有去关心碗的命运，因为他听到一个不知是熟悉还是陌生的声音在叫自己的名字。

“何夕。”陈橙又轻轻地叫了一声，然后她便见到那个佝偻的背影缓缓地回过头来。

山 谷

蒹葭山是一条支系山脉，山势不高，亦无出奇的风光，平日里人迹罕至。山道旁多为杂草及灌木，偶尔亦看到藤本植物。木本植物种类不多，栾树算是主要的一种，分布很广，但并不连续。其他木本植物有小叶榕、刺枣、蒙古桑及胡枝子等。在草本植物里面，为数最多的是芦苇，密密分布在低处，其次是藜草、荻草、芒草等。再有就是竹子了，稍稍夸张一点儿的话，可以说是漫山遍野。

山间小屋坐落在一道很僻静的山谷里，如果不是有人带路的话很难找到，只有在这附近才看得出有人居住的迹象。地里长着木薯样的植物，如果经过加工，它们可以被做成口味一般的面包。树上缠绕着葡萄藤，结着青涩的果实。小片水田里长着水稻，但是生长状况看上去不怎么好。

“想不到你真的选择了这样的生活。”陈橙环视着周遭的田园，她觉得这真是太荒唐了。尽管她早就知道何夕的那些奇怪的思想，但是她从未想到一个光子商务学的高才生居然会真的实践这样的生活。

何夕没有开口，他急速地四下转动头颅，目光贪婪而迫切，不放过任何让他起疑的事物，看上去就如同一个正在庄稼地里巡视的老农。过了半天他似乎没有发觉有何不妥，这才如梦初醒地回过头来看着陈橙：“你刚才说什么？”

陈橙在心里叹了口气：“算了，那不重要。你一直独自住在这里？”

何夕咧嘴笑笑：“本来还有一个人，但7年前忍受不了寂寞离去了。”

“是一个女人？”陈橙突然问道。话一出口她就觉得后悔，这样问话太唐突了，而且显得自己挺在意似的。

何夕幽幽地看了陈橙一眼，缓缓开口道：“不是。是一个合作者。”

陈橙刚要开口，她口袋里的卫星电话突然响了。其实在路上的时候电话就响过几次，但陈橙一直没有接听。

林欣的语气很焦急：“陈橙，是你吗？为什么突然就走

了？你在什么地方？”

“我有点儿事情需要处理。你不用担心，我现在很好。”一抹暖意自陈橙心头划过，语气情不自禁地变得有些软软的。

“那我放心了。”林欣在电话那边吁出一口气，陈橙几乎想象得到他擦汗的样子。“这边的事情我会处理，不过你最好还是早点儿回来。”

陈橙收起电话，这才发现何夕一直默不作声地盯着自己。她不太自然地笑笑说：“是一个同事。”

“我知道，是那个叫林欣的‘脑域’专家。”何夕低声道，“我知道你们是一块儿回国的，我都知道。”

陈橙很想说“事情并不是你想的那样”，但是她张不开嘴，她觉得此时由自己来说这句话会显得很奇怪。

“你饿了吧。”何夕换了话题，“我去给你拿点儿吃的。待会儿你早点儿休息，今天肯定累坏了。”

就连何夕自己都没有意识到，他的语气中那种疼惜的意味恰如多年以前。

隐　者

蒹葭山的早晨是美丽而多姿多彩的。朝阳从远处的群岚中探出头来，慷慨地将光芒撒向大地。翠绿的植被覆盖着每一片山坡，不知名的鸟儿正在吟唱今天的第一支歌。空气里混合着野花的香气，沁人心脾。

陈橙站立在一处地势较高的坡地上，享受着这一切，记忆中她已经很久没有这样放松过了，一时间陈橙竟有几分羡慕这样的闲适生活了。不过这只是一刹那的感受，陈橙立刻意识到这种念头的可笑，田园牧歌的时代已经被历史的车轮远远地抛在了后面，人类精彩的生活篇章其实正是现在。陈橙的思绪很快飞驰到了自己的研究领域，那里的一切才是真正让人醉心不已的生活。想想看吧，生而为人并且能够置身于人类智慧成果的最前沿，这才是真正无上的精神享受。

“吃点儿东西吧。”何夕突然在身后低声唤道，他系着一条围裙，似乎刚从厨房里出来，手里端着一盘点心。

陈橙注视着何夕，心里掠过一丝叹息。直到现在，她都不敢相信何夕竟然真的安于这种遗世独立的生活，当年那个意气风发、挥斥方遒的何夕已经不存在了，成为记忆里褪色的旧影。

“是有点儿饿了。”陈橙有些不自然地拿起一块点心，这是用磨得粉碎的米饭做成的，吃到嘴里味道很普通。“是你种的？”陈橙随口问道，心里却很奇怪地闪过一个念头，她希望何夕不要说“是”。

但是何夕点了点头："是我亲手种的，是今年的第一次收成。你是第一个品尝的人。"

正是何夕说话时的语气让陈橙感到了彻骨的失望，因为那是一种充满无限满足似乎别无所求的语气。陈橙终于相信，记忆中那个聪明剔透、志向超凡的何夕真的已经不在了，不知道是什么时候，也不知道是在什么地点，总之不存在了。只剩下一个陶醉于田园牧歌式生活的隐者，满足于他所选择的生活。

"我该走了。"陈橙突然对着远方说道，她没有看何夕。是的，这不是她应该待的地方，她有更有意义的事情要做。

"你这么快就要走？"何夕愕然地看着陈橙，"我以为你会喜欢这里。"

陈橙笑了笑："也许吧，不过得等到我退休以后。"她下了决心，几乎是义无反顾地朝山坡下走去，丝毫没有理会何夕的反应。

何夕应该听懂了陈橙语气里的讽刺，他的脸一下子涨红了，口里想说什么却张不开嘴。

陈橙已经下了两道坎，她突然回头加上一句话："还记得当年我们常说的一句话吗？"

"什么……话？"何夕嗫嚅道。

“看来你真的忘了。”陈橙并不意外地开口，“那时我们说，我们为改变世界而思考。也许你现在会认为那时的我们很可笑，但我要说的是——我珍视当年的一切。而现在我正在实践当初的诺言。”说完这些话陈橙头也不回地离去，因为她知道此时的何夕将无话可说。

但是一个意外事件拉住了陈橙的脚步——何夕突然开口了。

“你错了。改变世界的不是你们，”何夕的声音变得有点儿异样，“是我。”

少年狂

“国家脑域技术实验室”由两幢相邻的30层豪华大厦组成。两幢大厦都是完全封闭并且隔音的，工作人员饮用的全部是纯净水，空气经过最严格的过滤。大厦间依靠5道全密闭天桥通道连接。楼顶上停放着4架C2060直升机，随时处于待命状态。大厦内配备有完善的工作设施和生活设施，从日常用品直至虚拟实境的旅游及游戏节目等应有尽有。葱茏的植物散布在大厦的各个角落，给人感觉这里是一座花园——尽管在人工环境里养护这些奇花异草的花费高得吓人。大约有300名研究人员在这里工作，从理论上讲，一个人即使一辈子不下楼也能过得相当舒适。在目

光所及的远处高高低低地矗立着一些类似的建筑，传输速率每秒上万兆比特的通信线路将这些大厦与世界相连。建立“国家脑域技术实验室”的总投资大约4亿美元，而7个月来整个实验室的产值已经是这个数字的30倍。

唯一让人有那么一点点不愉快的，是透过玻璃窗能看到楼下纷乱的街景，以及那些如过江之鲫般奔波来往、灰头土脸的行人。

林欣有点儿心烦地拉上百叶窗，将目光从天空晦暗、空气肮脏的户外收回到这间宽敞明亮、设施完备的办公室里来。叶青衫坐在对面的沙发上，他们正在讨论陈橙的去向。

“我觉得应该报警。”林欣坚持自己的看法。

“陈橙不会有事，我们一直都能和她联系上。我们还是先处理手上的事情吧。”叶青衫露出了解的神情，他发觉林欣简直是六神无主了，这让他禁不住想笑。以叶青衫的阅历当然明白是怎么回事，但他同时也发觉这件事情到目前为止还处于“剃头担子一头热”的阶段。按理说，林欣是个不错的选择，不过感情的事从来就没有什么道理可讲。

林欣叹了口气，将目光放到投影在大屏幕上的一份文件上。那是政府方面为加快“脑域”技术发展而做的决议案，中心意思是国家必须在新四经济的浪潮中迎头赶上，文章末尾写着：脑域兴国。

叶青衫不动声色地观察着林欣的反应。这份文件他事先看过，实际上他可以算得上参与了议案的制订，最末的那句话可以说是所有议案制订人的心声。叶青衫心里滚过一阵难言的感慨，多少年了，这片土地已不知多少次与机遇失之交臂。而现在“脑域”技术却带来了全新的契机，这不仅因为它是能够创造巨大利润的产业，更重要的一点在于，由于陈橙等顶极人才的加盟，这项技术使自己的国家从新四经济时代一开始便与其他国家站到了同一起跑线上，准确地说是领先一步。国内专有的多项“脑域”技术已经投入实际生产，前景看好。当叶青衫看到月度统计数字的时候，他内心涌起的狂喜简直无法用语言来形容。如果叶青衫再年轻20岁的话，仅仅因为这些统计数字他就会脱口狂呼“我们是世界之王”。实际上那些同样也看到了数字的年轻人真的那样做了，他们欢呼的声浪几乎要将屋顶掀翻。一时间叶青衫禁不住两眼湿润，眼前这个场面让他近乎有种幸福的感觉，他依稀觉得那个属于这片土地的令人向往的时代正在走来。

伤心谷

陈橙回头看着来处，曲折迂回的道路已经被埋没在了茂盛的植被间。从地理上分析，这里只是小屋所在山谷的延伸，但是地势却变得开阔了不少，有些别有洞天的意味。同时也正因为这样，阳光失去了遮蔽，晒得人头顶发烫。

陈橙突然有些想笑，她禁不住想，难道真的要相信何夕会让自己见到“奇迹”吗？她环视四周，这里只是一个农场，这里能有什么“奇迹”呢？说不定到时何夕会让她去观赏一头小牛的出生，或者是一大片盛开的紫云英。这并非不可能，因为在一个农人眼里，这些就是奇迹。何夕在前面停下来，等着陈橙赶上，目光里带着歉意。

“就在前面。”何夕环视了一眼两边并不十分陡峭的山崖，“这个地方看不到什么风景，几乎没有人来。不过这并不是无名山谷，它叫伤心谷。这里面还有一个故事的。”

“什么故事？”陈橙来了兴趣。

“大概是说很久以前曾经有一个很伤心的人来到这里，然后他便在此幽居一世，再也没有出去过。”

“这算什么故事。”陈橙哑然失笑，“没头没尾的。”

“我倒是觉得这个故事很不错。”何夕若有所思地看着前方，“我们并不需要知道到底发生了什么事情，伤心的人总是有自己的理由。中国有句古话：‘伤心人别有怀抱。’我觉得这个故事听起来又凄凉又美丽。”

陈橙不再搭话，她觉得很累，她已经很久没有徒步行走过这么长的距离了。

“就是这里。”何夕终于停下来，他回过头，神采奕奕地望着陈橙，眼睛里是一种难以用语言形容的妖异的光。

“这里？”陈橙四下张望，她没有看到什么特别的东西。

“你难道没有感到凉爽吗？”何夕指指上面。

陈橙抬头，然后她看到了满目的苍翠如同一把巨伞撑在了头顶，将骄阳挡得严严实实，几乎透不下一丝光线来。陈橙从来没有见过这么深不可测，这么令人难忘的绿色，触目所及的每一片地方都仿佛是美玉雕成。但这就是“奇迹”吗？

“是很漂亮。”陈橙淡淡地说，“在这里避暑会很不错。”

何夕没有开口，他目光痴迷地盯着那些绿得有些过分以致显得有几分怪异的叶片，就仿佛那些叶片是他多年未见的老朋友。何夕自顾自地四下查看，最后在一根细小的枝丫前停下来。有一些白色的小颗粒坠在细枝上，随着凉爽的微风轻轻颤动。

“你到底想让我看什么？”陈橙稍显不耐烦地问，她的心思已经飞回到了实验基地，开始盘算回去后怎样才能把这两天耽误的工作补上。

何夕良久都没有出声，他的脸颊上荡漾着一团不正常的红晕，目光紧盯在那根细枝上。

“我该走了。”陈橙终于下决心结束这次也许本来就不应该开始的行动。

何夕抬起头，长长地吁出一口气。“你真的没有看到吗？”他指着头顶上的那条细枝说。

“我当然看到了。”陈橙没好气地应了一声。

“不，你没有看到。”何夕郑重地摇头，仿佛是在宣判什么，“这是一枝……稻穗。”

“你说什么？”陈橙像是被人重击了一拳，立刻僵住了，“稻……穗？”

“当然是稻穗。”何夕用力拍了拍身边的那根曲折粗大仿佛盘龙虬结的树干，“你还没看出来吗？”何夕的声音变得低而古怪，神色也异于平常，就像是一位来自黑暗森林的巫师。

“我们正站在一株稻谷的下面。”他用巫师一般的声音说道。

警　员

刘汉威是那种天生的警察料子，一米八五的个头，目光敏锐，浑身上下的肌肉都紧绷绷的。这块身坯再配上咄咄逼人的眼神，其震慑力可想而知。刘汉威前不久一直在执行运动会上运动员的安保任务，几天来他尽心尽力地保卫着这些运动员们的安全，总算没出什么事。相处久了，他还交上了几个运动员朋友，听他们说些体育界的趣事。刘汉威最喜欢的事就是和运动员们掰手腕，他在警局里可从来没遇到过什么对手，但是在这里却一败涂地。单从手臂的外观上看，刘汉威似乎还不怎么差劲，但是真正较量起来却根本不是人家的对手。不过刘汉威这个人天生就是倔脾气，他怀着“怎么也得赢一次”的心理挨个儿找明星们交手，当然最后的结果都是一个“输”字。如果不是被那位脾气暴躁的教练发现并制止的话，刘汉威的征战还将继续下去。

刘汉威接到的新任务是参加一个特别行动组，寻找一位失踪的名叫陈橙的专家。但是以刘汉威的经验来看，这并不算是严格的失踪案件，因为当事人并没有失去联系，而且也不像失去了人身自由。刘汉威被分在第一组，他将参加首轮行动。上边对此次行动极为重视，公安部的首长亲自坐镇指挥，单从这一点便足以看出此番行动的重要性。随着刘汉威对案件了解的加深，他也体会到这绝非小题大做。陈橙是当今的“脑域”技术权威之一，她所掌握的每一项专有技术都是身价惊人的机密。同时她还是技术报国的典范，无论从哪个角度讲，其人身安全都需要加以绝对保障。

为了不惊动对方，刘汉威和另外两名组员下了警车后只能步行，从最近一次卫星定位的数据来看，陈橙所在地应该是在 5000 米之外。由于山地的关系，实际路程肯定要远不少，不过这点儿小事对于训练有素的警员来说根本不算什么。根据计划，他们 3 个人将分散行动，到目的地附近再会合。刘汉威朝身后做了个手势，然后他整个人便立刻像一条蛇一样滑进了郁郁苍苍的林莽。

奇　葩

“中国的《山海经》里曾经提到过一种叫木禾的植物。它生长在海内昆仑山上，长五寻，大五围。”何夕目光灼灼地注视着四面的绿色，口吻平静地叙说那个几乎与这个国度同样古老的传说。

直到现在，陈橙才稍稍缓过气来，一种疲倦的感觉让她不自觉地倚在了树干上。她的头有些晕，额角的地方一扯一扯地跳动，就像是有人拿着绳子在牵动那里。山海经，昆仑山，木禾……她听见这些只有神话里才有的名词从何夕的口里不断流淌出来。“这些都是神话。”一个声音在陈橙脑海里说。但是另一个更高的声音立刻说道：“不，你现在就靠在一株木禾的树干上，你能够触摸它的每一片叶子，能够听到风吹动树叶时发出的声音。”

“这到底是什么植物？”陈橙的声音低得连自己都几乎不能听见。

“我称它‘样品 119 号’，因为它是由第 119 号样品培育的，别的那些样品都失败了。从某种意义上讲，它的确是稻谷的一种，但是——”何夕停了一下，“它是多年生的木本植物。”

“木本植物？多年生？”陈橙重复着何夕的话，脸上的表情仿佛是听不懂这些意义明确的词汇表示的是什么意思。

“你怎么了？”何夕宽容地笑笑。

陈橙镇定了些，她开始认真地观察这株初看上去并不起眼的植物。它的树干扭曲，直径约 10 厘米，树皮很光滑，摸上去一点儿也不扎手。陈橙现在才发现它的叶子形状很奇特，又细又长，像是薏仁或者芦苇的叶子，印象中很少有树木会长这样的叶子。从树干看上去它无疑具有木本植物的全部特征，但从叶子和穗状花序来看，却又更像是一种草本植物。木禾？也许真的只有用神话里的这个名字形容它才是最贴切的。

“它已经生长了两年。”何夕幽幽开口，“这是它第一次开花。前两天我来看过，当时没有一点儿动静。但是你一来它就突然开花了，就仿佛是专门等着你到来似的。”

“是吗？”陈橙有些神不守舍地应了声，何夕的话让她有种被什么东西击中的感觉。你一来它就开花了……仿佛专门等着你似的……这两句话在陈橙心里盘桓着，如同一条无孔不入的蛇。

“我觉得自己并没有做什么，我只是做了一点儿小小的改动。”何夕接着往下说，“木禾在传说中的仙山上已经自由自在地生长了千万年，所有人都认为这是神话，但是——”何夕突然笑了，额上露出深长的皱纹，“我把它带到了人间。”

“你所说的改变世界就是因为它？”陈橙已经从最初的震惊里恢复过来，她觉得自己又可以思考问题了，“你凭什么认为它能够改变世界？按照预测，全球的粮食贸易总量不会比‘脑域’经济的多。”

“我并不去理会那些数字。”何夕轻抚着光滑的树干，动作很温柔，“我只知道有了‘样品119号’，人们就用不着为了增加耕地而砍伐森林了，到时他们每种下一株粮食也就是种下了一棵树。我还知道有了它以后，人们将再也不用像千万年来一样重复每年许多次的翻土、播种、收割等繁重劳动，他们只需要播种一次就能够轻松地收获几十年甚至上百年。同时由于木本植物远比草本植物的根系发达，人们几乎用不着浇水和施肥，水土流失也将不复存在。只要阳光照得到，只要大地能够容纳，它就可以自由生长，把氧气、淀粉、蛋白质这些自然的馈赠源源不断地提供给人们。到时候人类将与整个自然融为一体，再也不会分开。”

陈橙这次是真的傻了，呆了，她完全不能说话，甚至不能动弹，何夕描绘的情景就像神话般让她完全沉迷于其中而不能自拔。改变世界？何夕是这样说的吧。但是这何止是改变世界，这根本就是重塑了一个世界。陈橙目不转睛地盯着仍然沉浸在自己的世界里的何夕，她觉得有一种难以用语言形容的光芒笼罩着何夕的脸庞。

“我真的看到了——木禾？”陈橙觉得自己的声音像是别人的。

但是陈橙没有料到何夕竟然摇头：“我说过的，它是‘样品 119 号’，不叫什么木禾。”何夕的神情显得有些古怪，这一点任谁都看得出来。他就像是突然想到了什么，一种阴郁的神色从他脸上浮现出来。

陈橙心里纳闷儿，她不知道什么地方说错了话。明明一分钟之前何夕还在讲述着那个关于木禾的神话，但转眼之间却又像是变了一个人似的。陈橙不知道自己这时候该说些什么，她无意识地用指甲刮着弯曲的树干。这时陈橙突然嗅到一股很奇怪的气味从树干被刮掉表皮的地方散

发出来，就像是腐烂多日的物体发出的，简直令人作呕。“怎么回事？”她吃惊地跳开，“这是什么气味？”

何夕怔了一下，摇摇头说：“这种气味是它与生俱来的，我曾经想去掉，但是没能成功。不过这种气味只在树干和树叶上才有，种子里没有。也许当年它在昆仑山上时就已经是这样的了。”何夕淡然地笑了笑，为自己找的这个理由。但是笑容并没有持续，他的表情重又恢复到几秒之前的样子。“我们该走了。”何夕补上一句，“我的工作场所就在前面。”

迷　雾

从外表上看这间屋子并不起眼，直到何夕带陈橙参观了建在地下的实验室之后，她才发现这其实是一所具有相当规模的研究所。在实验室里陈橙见到了不少稀奇古怪的装置，有些简直称得上闻所未闻。陈橙去过几处世界知名的农作物培育基地，有不少这方面的见识，但是何夕这里的确有许多不同之处，给人的感觉是他似乎走了与主流不大相同的另一条道路。有一个问题一直萦绕在陈橙心头：何夕告诉她在“样品119号”里包含有数十种植物的基因，并且称他之所以能够取得现在的成果，是因为他找到了一种被他称为“造物主的魔棒”的方法。正是这些因素共同作用才产生出了这种植物。陈橙的心中始终觉得“样品119号”上笼罩着许多妖异的迷雾，它一方面让人目眩神迷，另一方面却又丑陋得让人难以放心。比如它那奇怪的扭曲的枝干，还有枝干上难闻的气味。如果不是有那小小的稻穗作为点缀，它完全应该被归入令人厌恶的一类。但是，如果何夕真的能够如他所言随心所欲地挥舞“造物主的魔棒”，那么“样品119号”又怎么会是一副丑陋不堪的模样？这实在让人难以理解。

“你肯定想知道我是怎么建立起这个设施一流的实验室的。”何夕说这句话时的语气就像一个想在朋友面前炫耀的人那样，他的目光缓缓环视着四周，“当年我们一起求学时学到的那些知识还有用武之地。忘了告诉你，我一直是几家光子商务公司聘请的远程顾问。我就靠这个过活，而且还能攒不少钱来做我喜欢做的事情。”

陈橙露出戏谑的神色：“当初你不是说光子商务前途暗淡吗，现在还不是要靠这门技术过活？”

“这并不矛盾。”何夕反驳道，“其实当初我那样讲并不代表我不喜欢这门学科，我只是总结罢了。从新经济时代开始，各种让人眼花缭乱的新潮技术就轮番上阵，各领风骚若干年。唯一不变的就是每种技术都经历了几乎一样的发展过程。其实也不需要我多说，你应该有体会的。”

“我明白你的意思了。”陈橙喃喃点头，她死盯着眼前这个男人的脸，记忆里她曾经与这个男人有过无数次的争论，总的印象是：自己最后都是失败的一方。就像这一次，她本来以为自己会说服对方的，但是依然还是那样的结果。尽管陈橙永远都不会在嘴上承认，但是她的内心很清楚，自己已经再一次被说服了。恍惚间陈橙觉得时光的流逝仿佛停滞了，自己又成了很多年前的那个娇气而任性的少女，怀揣着彻夜不眠才想出的对策去找那个可气又可恨的人争辩，但三言两语之后就再一次失了面子败下阵来，只好一个人躲到校园角落里暗自赌气伤心。

影　像

“你们是说行动遇到了困难？”叶青衫带点儿恼恨地问，“不是说已经找到陈橙的所在地了吗？为什么不带她回来？”

坐在他对面的那个胖胖的警官做了个摊开手的动作：“我们不能强行那样做。根据调查，陈橙女士并未被劫作人质，警方在这种情况下没有理由干涉她的自由。现在我们只能在不惊扰她的前提下远距离监视那里的情况。”胖警官指着眼前的计算机屏幕说，“刘汉威警员就在现场附近，如果愿意的话，你先看一下他发回的一些录影资料。”

叶青衫不动声色地看着屏幕，他一眼就认出了那个男人。何夕，他在心里悠长地感叹了一声。这么说陈橙遇见的真的是他。叶青衫知道自己永远都无法忘掉这个奇特的学生，他聪明而偏激，我行我素却又害羞敏感，他就像是一个复杂的混合体。当年何夕全然不顾光子商务学每年给全球经济带来的上千亿美元的增长，公然宣称这只是昙花一现的片刻风光。为此叶青衫曾经与他有过几次正面的争论，虽然最后都以何夕认错了事，但叶青衫也知道这只是师威所致，算不得全胜。因为他私下里了解到，何夕在同其他人争论这个问题时总是驳得对方片甲无回。就连叶青衫心目中最听话的陈橙最后也在实际中认同了何夕的观点，她终于还是违背了叶青衫的意志转向“脑域”领域。

画面上的两个人进了屋，他们的声音越来越低，渐渐渺不可闻，而且就连红外波段的摄影机也失去了影像，他们看起来就像是从屋子里消失了。不过叶青衫很快想清楚了个中缘由，屋子里一定有通向地下室的通道。

“我们估计，可能有一个地下室存在。”胖警官在一旁说道，“现在我们正在计划下一步的行动。”

“我必须赶到那个地方去。”叶青衫突然下了决心地说道，一缕花白的头发随着他头部的运动在额头上一晃一晃的。他一边说一边朝屋子外面走，丝毫不理会胖警官满脸的诧异。

机　锋

转基因技术是多年前新经济时代的产物，它给当时的世界带来的争论之多，只有它所创造的利润可比，但是现在它只是一门夕阳产业。这并非说它在新四经济时代没有用武之地，恰恰相反，现在转基因技术产业的规模是新经济时代的几百倍，可问题的关键在于它现在创造的利润还不及当年的一半。这听起来似乎不合情理，但说穿了却很简单，因为在新经济时代它是掌握在极少数人手里的尖端技术，当时一头乳汁里含有人体特殊蛋白的转基因奶牛每年能够创造两亿多美元的价值，而现在就算养上 1000 头这样的转基因奶牛，也达不到这样的效益。

何夕用探针从无菌培养基里挑出细小的一团放到显微镜下观察，他的神态很专注。陈橙靠在一旁的转椅上，有些随意地环视着四下的陈设。只过了半小时何夕便停止了工作，带点儿歉意地一边收拾一边说："让你久等了。这是每天必须做的工作。"

陈橙轻轻摇头："你不用管我。"

"已经弄妥了。"何夕已经收拾完毕，重新将培养基放入小型温室，"这是新培养的一批'样品 119 号'。我计划扩大实验规模，现在缺的是资金。”

陈橙心念一动，对何夕说：“我记得农业部有这方面的专项基金。前不久我还跟农业部水稻研究所所长S博士见过一面，听他提到过这件事。他是水稻专家，一定会支持这件事的。”

何夕立刻被陈橙的提议打动，他的眼里放出光来，不由自主地握紧了陈橙的手。陈橙脸上微微一红，但是并没有挣开。何夕很快发现了自己的失态，急忙有些不自然地松开手。

“原来‘样品119号’运用的只是转基因技术。”陈橙换了话题，“说实话我有点儿意外，我本以为这里面会有一些新的尖端技术。”

何夕露出神秘的笑容：“我的确没有什么出奇的尖端技术，但这有什么关系呢？我只知道我造就了‘样品119号’。所谓的技术就好比是一把锋利的刀，但很多手里有刀的人却未必能够雕刻出完美的作品，他们缺乏的是创造性的想象。也许人们早就具备造就‘样品119号’的能力，但只有我做到了。你明白我的意思吗？”

陈橙不自觉地点头，她想起当年爱因斯坦评价自己创立的狭义相对论时说的一句话：“苹果已经熟了，我只是摘下它的人。”但是，谁能否认爱因斯坦那超人的智慧呢？

也许何夕是有点儿自负，但是他的确有资格自负，因为他想到了常人想不到的东西。不，还不只是常人。陈橙接着想，自己不也是从未想到过这一点吗？陈橙突然有些气馁，她觉得自己多年来努力取得的那些曾经令她备感自豪的成就在何夕面前竟然有失色的危险。

“可我还是认定一点。”陈橙决定要有所反击，她的自尊心命令她这样做，“现在全世界都看好‘脑域’技术，它才是世界经济新的增长点。尤其是对于我们这个依然不算发达的国家更是如此。这段时间以来，我们每个月的产值都超过 20 亿美元，我们在全球‘脑域’技术市场上的份额占比已经过半，而且还在扩大。我们现在拥有世界第一流的实验基地，拥有世界上最好的‘脑域’技术人才，我们将在新四经济时代确立从未有过的优势地位。”陈橙被自己描绘的前景所感染，眼角有隐隐的泪光闪动，“我永远忘不了那天我同叶青衫教授谈到这个问题时他说的一句话，他说，为了这一天的到来他已经盼望了整整一生。”

当陈橙提到叶青衫的名字的时候，何夕的身体微微抖动了一下，但是他没有说什么。陈橙用一句她认为最关键的话来结束整段谈话：“而‘样品 119 号’能够做到这一点吗？它是有许多优点，可是它生产的只是每个国家都能生产的，最普通的也是最原始的商品——粮食。”

何夕听到这里突然大笑起来："看来我们终于说到关键的地方了。我承认'脑域'技术的确是我们这个时代最尖端的科技，它只掌握在极少数人手里。你说你们每个月的产值都超过20亿美元，这我完全相信，而且据我分析其中的利润将达到16亿，也就是说是成本的400%。道理很简单——那些'脑域'技术产品除了你们的实验室外，没有别的地方能够生产。其实这正是从新经济时代到新四经济时代所共有的唯一的不变之处。"

陈橙疑惑地点头，她很奇怪何夕竟然完全是在顺着她的意思往下说。

何夕高深莫测地接着往下讲："而'样品119号'呢？就像你说的那样，它的最终产品只是粮食，谁都能生产，我根本卖不了高价。结果可能还要更糟——你知道'样品119号'的性能，它被推广后可能使粮食生产变得几乎没有成本，粮食作物将成为野草一样的东西。到时候说不定粮食生产将不复为一个产业。"

陈橙不知道应该怎样理解何夕的话，她甚至搞不懂何夕想说什么。何夕所说的全都是实情，但是照他的说法，"样品119号"将是一种无法创造效益的成果。可是既然何夕已经认识到了这一点，他为什么不及早回头？

"可是，也许有一件事可以同它进行比较。"何夕话锋

一转,“照刚才的逻辑，世上无用的成果还有一样，可那却是许多年以来全人类都梦寐以求的最伟大的理想。”

“你指的是什么？”陈橙喃喃道，她用力猜想何夕会说什么，但是她实在想不出。

“那就是可控核聚变技术。”何夕慢慢开口,“这种技术的产品是能源，如果它成功的话将永久性地解决能源问题，到时候能源将变得一钱不值。”

陈橙生平第一次觉得自己就像个傻瓜，竟然无法开口说一句话。她疑惑地望着何夕，望着这个她曾以为很熟悉，甚至一度有所轻视的人，脑子里响着乱糟糟的声音。木禾,“样品 119 号”，脑域，可控核聚变……陈橙恍然觉得支撑着自己世界的那些原本坚不可摧的柱石正在某种力量的挤压下崩塌。

但是何夕并不打算放过她，他的语气变得幽微:“对于一个人口不多的国家而言,‘脑域’技术会很有用，因为他们可以去赚世界上剩下的几十倍于他们人口的那些人的钱，再用赚来的钱去享受那些廉价的谁都能生产的传统商品。这样的游戏在新经济时代就开始了，当时世界上那个最强大的国家的人口只有世界人口的三十分之一，但每年购买并消耗的是世界上三分之一的石油。脑域兴国——你们是这样提的吧——对于我们脚下的这片土地来说这只是可笑的画饼而已。你真的以为自己改变了世界吗？你们待在一尘不染与外界完全隔绝的豪华大厦里，但世界上仍充斥着肮脏、贫穷、疾病以及污染。你们掌握着世界上最先进的‘脑域’技术，薪水丝毫不逊于世界上任何一个国家的科技精英的，其中的个别人——比如说你或是林欣——很快就会成为世界首富。但是，如果你们将头伸出窗外看一眼就会发现，你们什么也没有改变。你们在设施一流的场所里，享受着普通人永远都不可企及的精致食品，有成百上千名各个领域的专家提供服务，你们的生活根本就与这片土地毫不相干。”

“老实说我都不知道自己应该怎样理解你的话，我觉得迷惑。”陈橙在短暂的沉寂之后插话道。

“我的意思其实很简单。”何夕望着天边，目光灼人，“对于浸透着苦难的古老土地来说，只有那些最最‘基本’的东西才会真正有用。除此之外的那些所谓新潮技术、所谓领先科技，最终都是些好看却作用不大的肥皂泡罢了。”

陈橙已经完完全全地沉静下来，她深深地看着何夕，目光如同暗夜里的星星。

异　端

叶青衫没能实施自己的计划。就在他正准备动身的时

候接到了警方的通知：何夕同陈橙已经离开了蒹葭山。

水稻研究所是农业部下辖的所有研究所里最重要的一家。这是一片以米白色为基调的园林式建筑群。在大门的旁边立着一块仿稻穗形状的石碑，上面镌刻着一些令人肃然起敬的名字——他们是这个领域的先行者。

S博士并没有刻意去掩饰脸上的不耐烦。陈橙昨天约请他见面时他原本打算拒绝的，这倒不是因为他有意端架子，他只是不喜欢陈橙的夸张态度，说什么“粮食产业的革命”。作为一名严肃的农业专家，他对任何放卫星式的做法一向不怀好感。S博士是水稻专家，他的一生几乎都交给了这种与人类生活密切相关的植物。虽然并不能说他已经穷尽了这个领域内的所有发现，但至少不应该存在什么他完全不知道的“革命”性的东西。从这一点出发，他对陈橙的推荐基本上可以说是充满怀疑。不过现在眼前的这个人并不是他想象中的那种爱出风头的形象，S博士与何夕对视了一秒，他发觉有种令人无法漠视的力量从这个高而瘦弱的人身上散发出来，竟然令他微微不安起来。

陈橙做了简单的介绍，然后把剩下的时间交给何夕，同时暗示他尽可能说得简短些。但是何夕的第一句话就让陈橙知道这将是一次冗长的演讲，因为何夕第一句话说的是：“《山海经》是中国古老的山川地理杂志……”

投射进房间里的阳光在地上移动了一段不短的距离，提醒着时间的流逝。S 博士轻轻吁出一口气，他这才注意到自己的两腿已经很久都没有挪动过了，以至于都有些发麻。他盯着面前这位神情平静的陈述者，仿佛要做某种研究。在 S 博士的记忆中，他从来没有像今天这样一语不发地听完对方的谈话。并不是他不想发言，而是他有一种插不上话的感觉。这个叫何夕的人无疑是在谈论一种粮食作物，这本来是S博士的本行，但是听上去却又完全不对路，尽是些神神道道的东西。不过中心意思还是很清楚的，那应该是一种叫作“样品 119 号”的多年生木本稻谷。S 博士的额上已经渗出了一层细小的汗珠，这是他遇到激动人心的想法时的表现。他终于按捺不住问道：“这种作物的单产是多少？比起杂交水稻来如何？”

何夕突然笑了，S 博士一时间弄不明白他的笑是因为什么，在他看来，他们讨论的是很严肃的话题。“我不认为我有必要去过多地考虑这个指标。”何夕笑着说。

S 博士简直要怀疑自己听错了，他急促地反问：“难道对于一种粮食作物来说，单产这样的指标还不够重要吗？一种作物离开了这个指标还能够称得上是作物吗？”S 博士狐疑地盯着何夕看，他真想伸手去探一下何夕的额头，看他是否发烧。

“你误会了我的意思。”何夕了解地说，“我只是说‘样品 119 号’比起任何杂交水稻来，首先在出发点上就已经是天壤之别，它们根本就不可比。”

“是吗？”S 博士轻轻问了一句，抬头环视了一眼这间专属于他的设施豪华的办公室。一幅放大的稻株图片挂在最醒目的地方，这是多年前一位研究杂交水稻的先驱者发现的，并由此带来了一场杂交水稻的技术变革。现在 S 博士所做的一切都是沿着他闯出的道路往下走。这条路已经由许多人走了许多年，已不复当年崎岖难行的模样，而是很宽阔，很……平坦。

“我知道你们这里有专项的研究基金。”陈橙打破眼前这短暂的沉默，“何夕现在最缺的就是资金。他一个人的力量太小了。”

“你是说资金。”S 博士恋恋不舍地将目光从那幅图片上收回，“我们是有专项的资金，但是现在有几个项目都在同时进行。何况……”

“何况什么？”何夕不解地追问。

S 博士露出豁达的笑容：“我们不太可能将宝贵的资金投入到一个建立在神话之上的奇怪想法中去。想想看吧，你竟然不能告诉我‘样品 119 号’的单产。”

何夕静默地盯着 S 博士的眼睛，几秒后他仿佛洞悉般地叹了口气说:“虽然我知道多余，但我还是想解答你的问题。由于没能规模种植，所以我现在的确还不知道‘样品119号’的单产究竟是多少，但即使今后发现它比不上杂交水稻的单产，我也将坚持自己的观点，因为那种情况即使出现也肯定是暂时的。你注意到了一个现象吗？夏天的时候再茂盛的水稻田的地表也会发烫，这说明大部分太阳能根本没有被利用，而夏天的森林里却总是一片凉爽。这也是木本作物和草本作物最大的区别之一。就好比汽车刚刚诞生的时候根本比不上当时马车的速度，但这绝对阻挡不了前者最终取代后者成为世界上交通工具的主宰。”何夕苦笑一声，“我知道你们一直走的是水稻杂交路线，培育的作物始终都是草本植物，这同我走的完全不是一条路。在你们这些正统人士眼里，我根本就是一个不守规矩的异类。你们可以拒绝帮助我，但这只会让我从心里生出鄙视。你们不过是为了保持自己占有的一点点先机，但是却放弃了更多的可能性。”

何夕说完这句话便头也不回地夺门而出，陈橙仓促地起身朝S博士点点头后追了出去。屋子里安静下来，S博士突然觉得很累，就像是要虚脱的感觉。他无力地靠倒在沙发上，目光正好看到了那幅醒目的图片。这时就像是有一股力量注进了S博士的身体，他挺直身板痴痴地看着图

片，目光中充满依恋，就仿佛是仰望着一种图腾。

秘　密

叶青衫在研究所门口截住了何夕与陈橙。这是一次意料之外的会面，何夕脸上的表情像是惊呆了。

“同自己的老师见面就那么可怕？”叶青衫有些伤感地说。

“不，您误会了。”何夕镇定了些，“我只是觉得自己对不起老师。”

“这倒不必。”叶青衫立刻明白了何夕的意思，“人各有志，岂能强求，就连陈橙不也是改了专业吗？我不怪你们。”其实这句话并没有道出全部实情，因为在叶青衫眼中，陈橙走的依然是正途，她今日的成就令叶青衫也感到荣光。而在叶青衫看来，何夕却是堕入了旁门左道，他甚至都不知道何夕究竟在干些什么。

叶青衫转头对陈橙说：“这段时间我们都很担心你。林欣现在也没法静下心来工作。”

叶青衫的目光突然飘向陈橙的身后：“说曹操曹操就到了。”

陈橙回头，林欣的头从一辆警车中伸出，车像脱缰野马般冲过来又猛地停下。林欣跳下车，忘情地扑上来紧紧拥住陈橙，脸庞涨得通红。“这些天出什么事了？”林欣大声问。但是看来他并不打算让陈橙回答，因为他将陈橙的整个脸庞都死死压在了他的胸前。

“别这样。”陈橙费力地挣脱出来，她的目光从何夕脸上扫过，她看到一丝复杂的神色划过何夕的眼底。“我先介绍一下。”陈橙指着何夕说，“这是何夕，我的老同学。”又指着林欣对何夕说，“这是林欣，我的……老同事。”

“何夕。”林欣念叨着这个似曾听过的名字，同时探究地看着眼前这个男人的脸。他既然是陈橙的同学，年龄应该也是 30 多岁，但是看上去的苍老程度却是接近 50 岁。很久没刮的胡子乱糟糟地支棱着，更加夸大了这种印象。林欣不由自主地摸了摸自己光洁的下巴。

“常听陈橙提起你。”何夕伸出手与林欣相握，“我知道你是世界著名的脑域学专家。”

“过奖过奖。”林欣照例谦虚地笑，同时礼节性地轻轻碰了一下何夕的手，就如同面对那些仰慕者一样。之后他便立刻将注意力集中到了陈橙身上，同叶青衫一道对她关切地询问着。

何夕在一旁孑立，沉默地注视着这幅热闹的重逢画面，一丝几乎难以察觉的落寞的神色划过他的眼角。长久以来，他已经习惯了遗世而独立的生活，对于外界的喧嚣

几乎从不在意。但是眼前这似曾相识的情景却在一瞬间不可抵抗地击中了他，一股久违的软弱的感觉从他心里翻腾起来。

我在这里做什么？何夕问自己。这是他们的世界，我不该留在这里，我应该回到自己的山谷中去。何夕最后看了一眼正沉浸在相逢的快乐里的人们，慢慢地朝后退去。

但是一个声音止住了他，是陈橙。“何夕快过来！”她神采飞扬地喊道，“我有一个提议。”

何夕的脚步立即停了下来，这并非因为有什么“提议”，而是因为这是陈橙在叫他。他淡淡地笑着迎过去，加入原本离他很远的热闹之中。

“我计划从我们的研究经费里抽出一部分来资助你。”陈橙大声地说，“加上老师和林欣，到时候凭我们3个人的支持一定能通过这个提案。”

“支持？那……当然了。”林欣转头看着何夕，目光就像是看着一个靠着女人的荫庇而生活的男人，“我没什么意见。”

“怎么说话有气无力的。”陈橙打趣地望着林欣，“何夕不会浪费你的那些宝贵经费的，他从事的是很有意义的事情，他研究木禾。”

“什么……木禾？”叶青衫迷惑地看着何夕，“那是什么东西？”

“木禾是一种长得很丑又有臭味的树，不过它很了不起。”陈橙的语气有点儿卖关子的味道，这么多年来所有人都误会了何夕，现在她真的替何夕感到骄傲。

但是何夕脸上的神色却突然变得阴沉起来：“从来没有什么木禾。我研究的是‘样品 119 号’。”

陈橙悚然惊觉，这已经是何夕第二次这样强调了。他似乎很不愿意听到别人提起“木禾”这个词，就像是有什么不为人知的东西一直梗在他的胸口。陈橙不解地望着何夕，但是后者已经紧抿住了嘴，也许那将会是一个永远的秘密。

绝　尘

陈橙有些不耐烦地敲着桌面。“国家脑域技术实验室”各个部门的负责人基本都已到场，今天他们将讨论向“样品 119 号”项目（这真是一个奇怪的名称）注入资金的事宜。时间已经到了，但是何夕却没有现身，这让陈橙有些不快，也许长久以来的农夫生活令他也变得疏懒了。

去催问的人回来了，他径直走到陈橙面前，交给她一个金属盒子：“是那个人留下的，指明交给你。”

盒子很厚，有种沉甸甸的感觉。陈橙有种不祥的预

感，她两手颤抖着打开盒子。里面最上层放着一台微型录音机。陈橙戴上耳机，何夕那浑厚的声音传了出来。

“陈橙，凭你的聪慧，当你收到盒子的时候，一定就意识到什么事情发生了。是的，我走了，这是我费了很大力气才决定的。你一定奇怪我为什么这样做，老实说一时间我自己都无法完全说清楚。我知道你们即将讨论资助我的研究的事，而正是这一点促使我尽快离去。很奇怪吧，等你听我说完就会明白了。

“我的研究其实早在两年前就完成了。一切都很成功，甚至近乎完美。我挥舞着‘造物主的魔棒’创造出了我想要的东西，我将世间植物的所有优点都赋予了它，在那令人永生难忘的一刻里，我将木禾从高不可攀的神山上带到了人世间。

“是的，我是说木禾，而不是什么‘样品 119 号’。那时的木禾还只是一株幼苗，却苍翠而修长，可以想见它长成后的伟岸与挺拔，也许就像《山海经》所说的那样‘长五寻，大五围’。我目眩神迷地注视着它，大声地赞美它，就像是面对自己倾心不已的恋人。但是接下来我却伸出脚去将它碾作一团泥。不仅如此，此后我全部的工作便是搜寻植物中那些令人不快的基因表达，比如弯曲的枝干以及恶心的气味，并且挖空心思地将与这些性状有关的基因嵌入木禾中去。这样做的结果便是你看到的那种奇怪的植物——‘样品119号’。长久以来，我一直就在做这些事情，那天我说希望得到研究资金，其实是因为我还想在‘样品119号’中加入某种制造植物毒素的基因，以便让它的树干中含有剧毒。

“听到这里你一定以为我疯了。但是你错了，我并没有疯，恰恰相反，做着这一切的时候我很清醒。我之所以这样做只有一个原因，那就是我太喜欢木禾了，它是我半生的心血。中国有句古话：匹夫无罪，怀璧其罪。你明白我的意思吗？大象因为象牙之美而招致杀身之祸，犀牛死于名贵的犀角，而森林则因为伟岸挺拔的树干而消失。人类主宰着这片多灾多难的土地，按照自己的意愿支配着一切。我将这些性状加入木禾中去只是为了起某种防御作用罢了，我这样做只是希望有朝一日木禾能够遍布这颗历经沧桑的星球而不是被砍伐一空——这种事情实在太多，让我根本无法相信人类的理智。如果资金到位，我准备马上开始。

“但是我最终决定放弃了，这真是一个难以做出的决断，我为此彻夜不眠。不过现在我总算下定了决心，我想自己总该对世界保留一些希望吧。也许有了教训后的人们不会再像以前那么贪婪了呢？也许这都是我的杞人忧天呢？所以我把最后的决定权交给你，在盒子里有两支试管，里面分别培养着木禾以及‘样品 119 号’的幼体，但愿你内心的声音能够引领着你做出正确的决断。

“你一定会问我将到哪儿去。别为我担心，我有自己的路可走。还记得我们说过的，这个世界除了木禾之外还有一项研究也是‘无用’的吗？最大胆的预测是，有实用价值的可控核聚变技术将在 50 年至 100 年后问世，也许那便是我的归宿。这次重逢让我知道，经过这么多年，我们的人生之路已经相隔太远，同学少年的美好时光就让它在记忆里永存吧。

“再见了，陈橙。向林欣问好，他是一个很不错的人。”

整个屋子里鸦雀无声，所有人都面面相觑，不明白发生了什么事。

陈橙从盒子里抽出两支试管，一时间整个屋子都仿佛变得明亮起来。左边的试管壁上标着“样品 119 号”的字样，里面有几个黄绿色的不起眼的植株。而另一支试管则没有任何标记。陈橙将目光集中到右边的那支试管上，她并没有意识到自己的手已经开始颤抖。试管里也是几株小苗，纤细而柔弱地斜躺着，除了那夺人心魄的绿色之外并没有什么出奇之处。

木禾，陈橙在心里轻唤了一声，如同呼喊一个奇迹。

霎时陈橙的心中滚过万千难以用语言形容的感慨，她仿佛看到了掩映在云雾深处的海内昆仑山，千万年来簇簇仙葩自由自在地在绝顶之上生长着，山腰风雪肆虐，一个渺小而倔强的身影若隐若现……

“你怎么了？”林欣关切的询问将陈橙从短暂的失神中惊醒。“那个没有标记的试管里是什么植物？”林欣追问道，“它叫什么名字？”

陈橙陡然一滞，竟然不知道该怎样回答这个问题。她的目光停留在了试管上，是的，那个人将决断权交给了她，那个人将神话里的木禾带到了人世间，但是很快便发现它太完美了，几乎不可能在这个早已摒弃了神话的世界上生存。

“它也是‘样品 119 号’吗？它也是稻谷吗？”林欣挠挠头，“不过看起来有些不一样。”

“它会是一棵擎天大树。”陈橙脱口而出，泪水在一瞬间濡湿了她的双眼。

何夕科幻精品系列

平　行

何　夕　著

科学普及出版社
·北　京·

目　录

爱别离

一

叶青衫正在写一封信。但是差不多有两个小时的光景他都只是呆呆地坐着，手里的铱金笔悬在离纸一两厘米的地方。叶青衫的目光一直愣愣地对着前方的桌面。桌子上摆着一束许久没有换过水已经蔫掉的花，还有一个薄薄的电子钟。不过叶青衫的目光是落在另一件东西上，那是一张相片。在相片里，叶青衫和一位长头发的姑娘快乐地并肩站立，身后是明媚的秋阳——

“别跑，小心点儿！”一个声音从遥远的地方传来。

“我才不管呢，除非你追上我。”一个同样遥远的声音说，伴随着这个声音的是银铃般的笑声。秋天的阳光从已经变得有些稀疏的树梢上透下来，在干爽的地面上变成无数榆钱大小的光斑。空气中带着微微的冷，但吸进肺里很舒服，有股好闻的味道。也许这就是秋天的气味。“小菲，我捉住你了。”一个声音说。“这不算，是我自己停下来让你捉的。”另一个声音说……

叶青衫叹了一口气，将笔下的纸揉成一团。纸篓已经满了，里面都是像这样的纸团。我真的应该写这样一封信吗？叶青衫想，这能代表什么呢？能让我平静吗？能改变那些已经发生过的事情吗？能……留住小菲吗？一丝亮光从叶青衫的眼角闪过，他感到有一股咸津津的东西滑下喉头。我已经失去哭泣的力量了，叶青衫接着想，但是想不到我还能流泪。

叶青衫从座位上站起来，慢慢朝门外挪动脚步。门外是客厅，有些拥挤地摆着一些不算坏的家具。客厅里有七八个男人，但是没有一个人坐着。他们紧张万分地注视着叶青衫。刚才叶青衫将自己独自关在小屋里时，他们每个人的心都提到了嗓子眼。如果他有什么意外的话，这里每一个人都难脱干系。现在好了，叶青衫自己出来了，每个人都暗暗地吁出一口气。“我们走吧！”一个人上前说，他小心地看着叶青衫的脸。叶青衫机械地点着头，他知道此时在这幢普通公寓的周围起码有上百人在担任着警戒工作。是该走了，要不然邻居们会被吓坏的。他们不会明白发生了什么事。

叶青衫戴上墨镜，被几个人簇拥着出了门。他身边的人不断地用对讲机通着话，一副如临大敌的样子。道路已经被清理过了，除了他们再没有别的车辆。小车开出很远之后，叶青衫仍然不住地回头望着7楼那拉着深红色窗帘的窗口。家，那就是家。但以后不再是了。一切都改变了，就从一年半以前的那个慌张的清晨开始。人生真像是一个梦，谁也不知道什么时候就会突然醒来。

……

二

“有件事说出来吓你一跳。”林小菲一边收拾一边说，她赶着上班，急得不能再急的样子。叶青衫在一旁饶有兴致地看着她，他已经见惯了林小菲每天早上的慌张。林小菲要赶8点钟的上班时间，但她头一天晚上睡觉时是完全记不得这一点的。叶青衫以前还催催她，但后来知道没用，也就干脆不管了。

“什么事？”叶青衫懒懒地看着报，相比之下，当记者的他作息时间要宽松一些，“又是你们破医院里的那些破事儿？”

“什么破医院？”林小菲反诘，但语气有些软。她是区医院的护士，那里的确是个有点儿破旧的地方。“我是说正经的。我以前的一个同学调到市里的一家研究所当副所长，上个月底邀请我们几个老同学去玩儿了一下。”

“等等。”叶青衫来了警惕性，“哪个同学啊，是不是那个——老麦？”

林小菲忍不住笑了起来：“你还猜得挺准。”她收住笑说，“都五六年了你还把人家记得死死的，人家现在可是青年专家了。”

叶青衫放下报纸说：“我倒想忘了他呢，不过就怕人家还惦记着咱们。”他说着便盯着风姿绰约的林小菲死看。

“想哪儿去了。”林小菲没好气地说，“我是说正事呢！当时他们正好和市防疫站一起搞了一次小范围的检疫，我没事儿也去查了。再过几天就能拿结果。”

叶青衫心里咯噔了一下：“查的什么？”

林小菲得意地偏着头朝门外走：“你准想不到。AIDS，听过吗？就是艾滋病。”

叶青衫脱口而出：“没事儿查那玩意儿干吗？快去把检测申请撤了。”

林小菲退回来严肃地盯着叶青衫看，然后仿佛有大发现似的说：“我的叶青衫同志，你是不是做过什么坏事情啊？是不是做贼心虚啊？”

叶青衫哑然失笑：“我哪儿有做过什么坏事！算了，不跟你说了，一点儿正经的没有。”他又低下头看报，但立刻补充道，“出门注意安全。”

林小菲应了一声，人都走出门了又回头调皮地晃晃头：“别想老麦了，人家可没得罪你。还有，记得吃早饭。”

门关上了，屋子里立刻安静下来。叶青衫翻看着报纸，心里却想着上午要赶写的稿件。世界在窗外喧闹着，风掀动着窗帘。过了一会儿他伸着懒腰站起来，准备去上班。临要出门时，他觉得似乎有什么事情没有做，在屋子里晃来晃去才想起来是林小菲叫自己吃早饭的事。叶青衫不禁一笑，他当单身贵族时曾经长达 10 年没有吃过早饭，但这种根深蒂固的习惯居然被林小菲硬生生地给改正过来了。在 3 年前刚刚成家的几个月里，他几乎每天都被半强制性地要求完成早餐定量，现在他就是想不吃早餐也不行了——已经惯坏了的肠胃根本就不答应。

叶青衫走进饭厅，餐桌上有一个干净的空碗，旁边是一袋剪开了口的营养麦片和两个煮鸡蛋。叶青衫打开桌下的开水瓶，温暖的热气冒了出来。

电话铃响了。

三

“我是叶青衫。请问你们通知我来有什么事？”叶青衫环视着眼前这间大屋子，由于赶路，他有些喘。这时他看见老麦走了过来。

“是我叫人通知你来的。”老麦还跟几年前一样没什么变化，只是眼镜的度数似乎加深了些。“到我办公室谈吧。有点儿小事。”

叶青衫刚进办公室便看到了“满天的星星”——那是老麦的书生之拳的力量。“你这个蠢货！”老麦粗俗地骂道，白净的脸变得有些扭曲，“是你害了林小菲。”

“小菲出了什么事？”叶青衫顾不得还手，他感觉出事了。

“你还装糊涂。”老麦双眼瞪得很大，“林小菲上次在我这儿做了一个检查，她感染了 HIV，就是艾滋病病毒！”

叶青衫看不出老麦有开玩笑的意思，一时间他简直蒙了。HIV，小菲感染了 HIV，这怎么可能？他求助地看着老麦，期待对方突然露出捉弄的笑脸来。但是他失望了。

“按规定，病人应该首先知道自己的病情。”老麦说，“但是我没有勇气告诉她。如果你有这个勇气的话，倒可以试试。”老麦仇恨地瞪着叶青衫，“你还有什么可说的？”

“说……什么……”叶青衫语无伦次地重复着几个无意义的音节，过了一会儿他稍稍镇定了些，“我现在应该怎么办？”

老麦伸出戴有手套的双手说：“知道我为什么必须戴上手套才敢揍你吗？你是病人的丈夫，极有可能也感染上了HIV。你现在必须做检查。”老麦露出痛苦的神色，“我查过林小菲以前的病历，她从未有过输血史。我认定就是你把HIV传给林小菲的。我认定！”老麦仿佛失去了控制地大吼道。

叶青衫的检验报告出来了。老麦拿着报告单一语不发，脸上一副古怪的神情。叶青衫坐在老麦对面的凳子上，不知道什么样的命运在等着他。他突然觉得自己做这个检验根本是没有意义的行为。老麦说的是对的，小菲感染了HIV，除了是自己传染给她的难道还会有别的原因吗？叶青衫有些无奈地望着窗外灰蒙蒙的天空，轻轻叹出一口气。只能是那次了，就那一次……

……

“先生，我们别唱了。你看他们几个都上楼去了。”圆脸小姐在叶青衫的耳边说着。面前的桌子上摆着空的啤酒瓶和乱七八糟的小吃食，电视里有一大群人热烈地晃来晃去，一个穿白衣服的人正拼命嘶吼着。

叶青衫的头晕乎乎的，记忆中他从来没有喝过像今天这么多的酒，也许是今天太高兴了。他没想到第一次出来拉广告遇到的客户恰好是老同学管事的单位，结果轻轻松松就谈成了。于是，在接下来的酒宴上，叶青衫也就多喝了几杯。在叶青衫的记忆里，自己是不胜酒力的。记得10岁的时候他偷了大人的酒来喝，结果一杯下肚便晕乎乎的，于是不敢再饮。一直到10多年后在大学里，他才喝了生平第二杯酒，结果又是晕乎乎的，从此叶青衫便滴酒不沾了。今天他一上桌便大义凛然地说，自己一定“舍命陪君子”，然后便仰脖倒下一杯酒，说:“好了，我已经说到做到了。”桌上的人全起哄说“不算不算”，但叶青衫坚决不再端杯。这时老同学说了句“我敬你一杯，一杯就行”。叶青衫推了半天终于拗不过去就喝了，头还是一阵阵地晕。这下算是开了头，叶青衫只见到一个个酒杯仿佛风车般在自己眼前轮番上场，几圈下来他也不知道自己喝了多少杯。头晕，他每喝下一杯酒都指着太阳穴的位置说一声“不能再喝了”。但是“风车”丝毫没有停下来的意思。“头晕，晕得厉害，我说过我不会喝酒的。”叶青衫又说了一句，然后又是一杯酒。桌子上已经有些乱了，一些人开始频频地起身上洗手间。老同学的眼睛已经红了，他有些惊奇地看着稳如泰山的叶青衫。“你光是头晕吗？”他问。叶青衫想了想，然后点头。“原来你光是头晕。”老同学玩着手里的杯子，但是没有敬酒的意思。“我们找地方玩玩吧。”老同学说。

圆脸小姐见叶青衫没作声，起身到门边揌下了锁……圆脸小姐在叶青衫的耳旁说：“先生你好帅。”他心里知道这一切只是圆脸小姐的生意经，但是，似乎从来没有人说过他帅。小菲到外地出差已经走了一个月，而且还要10多天才回得来。叶青衫的头真是晕极了……

……

老麦放下报告。他的眼神变得更古怪了，一语不发地盯着叶青衫看。

“告诉我实情吧。”叶青衫说。

“你的检测结果是阴性，也就是说你没有被感染。”老麦语气平静地说，“明天带林小菲来一趟，我们打算给她复查一下。”

四

“明天，明天可不行。”林小菲拨浪鼓般地摇着头，短发轻快地飘动，她正忙着刷碗，“上个礼拜我们就说好明天上街买那套衣服的。”

叶青衫知道林小菲说的是那套淡紫色貂毛领短大衣，她已经去看过好几回了。之前每次试完她总说有地方不满意，要么是腰大，要么是领子样式不好看。但叶青衫知道，衣服其实很好，简直就像是为林小菲定做的。林小菲每次脱下它只是由于价格，他们心里都明白这一点，但谁都没说出来，后来店主也看出这一点了，价格更是铁口钢牙分文不让。但是林小菲穿上那套衣服的美妙身姿具有强大的说服力，叶青衫最终还是下了决心，说好明天去买下来。

灯光下叶青衫的脸色有些灰白，像是没有休息好。电视里放着林小菲爱看的都市言情片，几个人在里面热闹地哭哭笑笑。“他们说你的白细胞有些高，我已经给你办了住院手续。”叶青衫说。

“住院？”林小菲有些意外地转过头来盯着叶青衫看，过了好一会儿她接着说，“你是不是有事情瞒着我？别忘了我还算半个医生，白细胞稍稍高一些很常见，一般只是有点儿小炎症，用不着住院。”

叶青衫的目光有些躲闪。“小心点儿总是没错的。”他的声音变得有些低。

林小菲像是明白了什么，她倒吸了一口气说：“难道是在老麦那里做的那次检查有问题？”她的脸色开始发白。“你告诉我实情！”林小菲大声说。

叶青衫很努力地想露出轻松的笑脸，但他实在做不到。他深埋下头，但这个举动等于承认了林小菲的猜测。

一个碗掉落在地，发出清脆的声音。叶青衫觉得这个声音就像是打在他的心上。这套青花瓷碗是结婚时别人送的，这么久以来这是第一次事故。当然，碗总有打碎的那一天，但是叶青衫想，为什么偏偏是在今天，巧得让人害怕，就像是象征着什么。

“我也查过了，我没有事。”叶青衫突然补上一句，可话一出口他就后悔了。这么说是什么意思？是表示问题与他无关吗？是表示对林小菲的诘难吗？或者，是暗示一种追究？

林小菲愣愣地站着，无暇顾及脚下的碎碗，沾满油腻的双手悬垂在胸前微微颤抖。过了好半天她才转头看着叶青衫说：“我没有做过什么，我不知道怎么会出这种事。你相信我。”

叶青衫上前扶着林小菲的肩膀说：“你不要乱想，我怎么会不相信你。我们明天就找老麦复查，准是有什么地方弄错了。你不会有事的。”

直到这时才有一滴眼泪从林小菲的眼睛里滑落下来，她突然号啕大哭起来。“你相信我！”她用很大的声音说，“我没有做过对不起这个家的事。”

“我知道。”叶青衫扶住她抖动的肩膀，“不要急，明天会查清楚的。”

明天，这个世界上有谁能知道明天会发生什么事情呢？

五

“血，就因为你的血。”老麦的声音就像是在宣判着什么。

“什么意思？”叶青衫喃喃地说。房间里只有他们两个人，林小菲这会儿已经住进了楼上的特护病房。

“上次我们查出来你没有被感染，当时我们采用的是通行的常规方法。但是后来在我的要求下检测人员对你的血样做了更深入的检查。”老麦看了一眼叶青衫，“我一直认为是你传染林小菲的，我一直这么想。结果这次检查证实了我的怀疑。你做过些什么事自己心里有数。你敢说你没做过对不起小菲的事情吗？只要你摇摇头我就相信你。”

“你是说——我也被感染了？”叶青衫的声音很低，“我也染上了绝症？”他听懂了老麦的话，但他没有摇头。

老麦的神情变得相当古怪，他死死盯着叶青衫看，就像是看着一个他所仇恨的人。老麦一直过着独身生活，而且他也打算就这么过下去了。当年林小菲选择叶青衫时他忌恨过叶青衫，但是那种恨与今日他对叶青衫的恨比起来简直就只能算是爱了。如果不是他一直拼命控制自己的情绪的话，叶青衫早就躺到地上去了。

但是叶青衫突然长出了一口气，他的神色有些迷离了。现在事情反倒有了合情合理的解释，有了原因，有了过程，也有了结果。小菲是清白的，医学是正确的，世界是公平的，一切都是我自己造成的，叶青衫想，只是连累了小菲。叶青衫心里滚过一阵绞痛。

老麦咬咬牙说："知道我为什么没有一拳打掉你的鼻子吗？不是我不想，是我的上司要我们必须保障你的绝对安全。马上会有几位顶级专家来见你，就因为你的血。"

"血？"叶青衫疑惑地说。老麦已经是第二次提起这个字眼了。"我的血有什么问题？"叶青衫问。

老麦露出惨淡的笑容："我不知道为什么会发生这种事情，但是你的血的确与众不同。也许是先天的基因突变，也许是由于某些我们还不知道的原因，总之你是世界上首例对人类免疫缺陷病毒 HIV 具有免疫力的人，你有可能携带病毒却终生都不会发病。"老麦怪笑着，脸色白得像纸，"也就是说，你没有任何事但无辜的小菲却会死去，我现在才知道这个世界上根本就没有公道可言。"

叶青衫惊呆了，他明白了老麦的意思。想不到这种事情发生在了自己身上。一丝亮光自叶青衫眼底划过，他想到了一个问题。“那能不能把我的血输给她？”叶青衫急切地说，“或者提取出其中的有效成分来给她治疗？”

老麦镇定了些：“你体内共有5000毫升左右的血，里面的成分的确对艾滋病人有很大帮助，如果马上把你抽成一具干尸的话，则可以让林小菲多活8年到10年。”老麦的语气变得有几分残酷。

“能不能每次抽取几百毫升的血？”叶青衫设想着说道，“我知道人每两三个月抽一次血没什么问题。我可以一直抽下去。那样就不止8年到10年了。”

“那样更不济事。”老麦说，“现在林小菲的体液里充满了病毒，每几个月换几百毫升血根本就起不了什么作用。”老麦的目光看向叶青衫的身后，门被推开了。

“我是何夕研究员。”来的人中个子高大的那位先开了口，他指着身后的年轻人说，“这位是肖野，我的助手。”他转头看着老麦说，“你是麦小哲医生吧？”

老麦点点头。何夕接着说：“那你应该接到通知了，你们俩都跟我们走吧。”

“我们去哪儿？”叶青衫插话道，“小菲同我们一起走吗？”

“你是说你的妻子。”何夕沉吟着，“她留在这儿继续治疗。这里的条件对于治疗而言已经足够了。”

“我哪儿也不去。”叶青衫说，“我要守着小菲，是我害了她。”他倔强地朝后挪动着身子。

何夕的脸上没有任何表情。“不错，是你害了她。但是只要你同我们合作就可以救她。你的血能帮助我们试制出疫苗，我保证到时候第一个获救的人就是你的妻子。所以你现在的正确做法就是马上跟我们走。”

叶青衫眼中一亮，就像是突然打了一针兴奋剂。他稍微有点儿怀疑地盯着何夕看，但后者睿智而自信的目光显然让他放心了许多。叶青衫急迫地站立起来，有些手忙脚乱地整理着行头。过了一会儿他开口说：“你们能不能告诉我的妻子，说上次检查是一次误诊？我一定会好好配合你们。”叶青衫看上去就像是一个溺水的人突然抓住了一截木头，仿佛换了一个人一样。“我一定要救小菲，一定要救她！”他反复地说着这句话，好像只会说这一句话了。

六

……

一阵剧烈的颠簸将叶青衫从回忆中惊醒，他这才发觉脸颊上一片冰凉。研究所的大楼已经遥遥在望。

何夕研究员在研究所门口张望着，直到载着叶青衫的车子进入他的视线时他才稍稍变得轻松一些。叶青衫知道何夕反对自己走出研究所一步，他知道这个面色阴沉的中年人巴不得自己整天都待在他的眼皮底下。这次还是叶青衫反复请求之后何夕才答应他回家看一看。不过叶青衫也知道何夕是对的，这些日子的经历让他知道自己随时都处于危险之中。

叶青衫下了车，机械地迈动着脚步，何夕的助手肖野在前面引领着他。叶青衫的平安归来让何夕很满意，他的步履很轻快。叶青衫知道，在何夕眼里自己是一座金矿，不过对叶青衫来说，他只是在履行一个约定，只是为了保住自己想要保住的东西。保安人员并不知道他们奉命保护的这个人到底是个什么人，在他们的记忆中，就算政府高官来视察时，也不过就是这个标准了，但眼前这个人怎么看都不像是一个政要。他们只知道上边要求不惜一切代价保护这个人的安全，并且从后来的事情来看这并非小题大做——这段时间发生的事情都证明了这一点，老天，那个叫裴运山的人准是个疯子，不然为什么三番五次地让那么多人来送死？

保安只跟到3楼便止住了脚步，再往上已用不着他们。何夕和叶青衫换上全密封工作服通过消毒通道，厚重的大门在他们身后关闭，将一切无关的东西隔绝在外。门上是一行红色的字——病毒实验区：第三级（level-3 virus）。

研究人员穿上全密封工作服后变得千人一面，只能通过头部的玻璃罩露出脸部的一小部分。但这并不妨碍叶青衫一眼认出老麦，因为他的眼神与众不同。老麦只是偶尔到这里来一次，他的眼睛里有一股火，仇恨之火。老麦毫不掩饰这种眼神，只要有机会，他总是死死盯着叶青衫看，直到后者抵受不住而深埋下头。叶青衫读得懂眼神里的意思，读得懂那种刻骨的仇恨。但奇怪的是，他很希望那眼神能够再锋利一些，能够变成一把刀子，刺穿自己的心肝。他止不住地想，也许那样自己还能好受一点儿。

殷红的血顺着玻璃管道涌进自动采血器，采血器的刻度定在 200 毫升处，到达刻度后采血会自行停止。叶青衫独自躺在矮床上操作着，他现在干这事已经是轻车熟路了。他感到臂弯处隐隐作痛，头也有些发晕。这段时间差不多每隔一个月他就会被采一次血。实际上这样密的采血频率已经有些超限了，但这是他自己要求的。也许他是最迫切地希望这些血流出身体的人。叶青衫不知道这些血在离开自己的身体后又流向了什么地方，他只见到何夕看到那些暗红色的液体时两眼放光频频舔嘴唇的模样，那个时候的何夕看上去就像是一匹嗜血的狼。不仅是何夕，实际上几乎每一个研究人员见到那些血样时都像是换了一个人，他们小心翼翼地拿着试管端详，目光贼亮贼亮。

采血器发出一阵短促的蜂鸣声后停止了工作。叶青衫有些疲倦地撑起身体。何夕从试管的“丛林”里踱过来，咂着嘴取下采血器。“好了，你去休息吧。”何夕说，而目光只看着暗红色的液体。“记得多吃补充铁质的那几样药物。”他补充道，由于穿着工作服，他的声音有些发嗡。

“我知道。”叶青衫答应着。他想了一下又说：“你们的工作还能加快些吗？”

何夕转过头来说：“你不用担心，我们的工作效率已经足够高了。”

叶青衫说：“我的意思是，你们如果需要更多的血的话，我可以提供，我的身体很好。你们千万不要因为这个影响进度。”

何夕稍愣，他淡淡地点头说：“知道了。我们的血眼下够用了。”

七

放射免疫沉淀法检验的是病人的血清功能，看血清能不能沉淀病毒中某些种类的蛋白质。病毒都用放射性示踪标记标明，并附有放射性示踪器。放射性信号的强弱和接受检测的血清中的抗体量成正比。这种方法比通常的西方墨点法烦琐但是其结果更准确。叶青衫后来又做了两次这种检测，结果都表明他的确是一个感染者。而问题的关键在于——他是一个不会发病的感染者。

何夕正在观察一份淋巴培养液对血样的反应，他看上去很兴奋。这些日子以来他就像一个无意中发现了大金矿的淘金者。上天对他真是太好了，让他遇到了叶青衫。攻克 AIDS 正是每一个医生的梦想，其意义无论怎样评价都不为过。医学是人类所有学科里充满最多未知，同时也是最能让人感到失意的一门学科。很多时候，你有可能默默探索数十年，最终却一无所获，因为除了努力外，成功还需要命运女神的青睐才行。比如说，你能够遇见合适的病例，并且你没有走过多的弯路。比如当初获得诺贝尔生理学或医学奖的斯佩里医生，正是通过一个被切除了胼胝体的罕见病例才发现了人脑左右半球的不同功能及联系的。从发现叶青衫的那一刻起，何夕就知道什么事情发生了，他知道自己默默无闻的日子终于要结束了。何夕觉得事业巅峰的光辉已经遥遥在望。

这是一套何夕自己设计的组织培养系统，他在这个系统里培养叶青衫的血清。他先从新鲜血液中培养出淋巴细胞，也就是从淋巴组织中把细胞分离出来。所谓淋巴组织又称免疫组织，淋巴结、脾、扁桃体等都是人体免疫系统的组成部分。只要病毒一露头，淋巴细胞必定第一个做出剧烈的反应。他再通过试验促生和繁殖这些淋巴细胞，然后把它们同有病毒存在嫌疑的血样混在一起，并且进行定时观测，查看有没有逆转录酶出现。这种酶正是艾滋病病毒的名片。正是通过这种酶，核糖核酸才能逆转录为脱氧核糖核酸，从而将艾滋病病毒的遗传物质结合到人体内。核糖核酸逆转录为脱氧核糖核酸不属于人体细胞的行为，所以在正常情况下，人体组织或体液中找不到这种酶。要是有逆转录酶出现的话，则说明必定有病毒混在血样中。

何夕做这个实验主要是想分离并活捉叶青衫体内的病毒，确认它的毒株类型。何夕当然希望这种类型是以前曾有的毒株类型，因为这样才能证明叶青衫保持健康的确是因为能够对 HIV 免疫，而不是因为这是一种具有新特性的毒株所致。现在一切都很顺利。

何夕同 HIV 之间的搏斗已经持续很久了，虽然他并不愿意承认，但是他有时候的确感到绝望。这种攻击人体免疫系统的奇特病毒简直就像是专门针对人类的，它们对人类的了解甚至超过了人类自身。它们在前期有选择地杀死 T4 细胞而留下同属于免疫系统的 T8 细胞，从而达到在人体内长期潜藏的目的，其行为简直可称得上智慧。从某种意义上讲，它比某些被列入更危险级别的第四级病毒更具有杀伤力。比如说，人感染了第四级病毒埃博拉后将立即发病，是死是活不超过 15 天便见分晓。而当埃博拉这种病毒寄生于它的自然宿主时——比如某些种类的野兽——其宿主是可以存活相当长的时间的。这正好说明这种病毒不适合寄生于人体。因为病毒感染宿主只是为了求生存，宿主很快死去对病毒来说绝对是相当糟糕的事情。而 HIV 对人体的感染过程则说明它已经彻底地研究透了人类的全部生物特性，并且完全适合寄生于人体，不到实在掩藏不住的地步它是绝不会露出本来面目的。何夕工作台的正面墙上挂着一张照片，那是在电子显微镜下放大了 10 万倍的某种 HIV 毒株。它看上去像极了中国古代一种叫作狼牙棒的武器，那也许是所有杀人武器里最残酷的一种。何夕常常不无遗憾地想起已经在公元 1999 年 6 月 30 日那天被人类全部消灭了的天花病毒。在何夕看来，那也是一种对人类极其了解的病毒，当初人类在还没有研究透彻的情况下就将其销毁未必是智慧的行为，尽管那是投票的结果。也许人们有无数个理由这样做，但何夕觉得，这的确是毁掉了一座宝藏。实际上天花病毒的某些攻击方式与 HIV 的非常类似，但是人们已经无法对它进行研究了。何夕每每想到这一点就感到心痛。

叶青衫相当合作，实际上再没有比他更合作的实验对象了。他总是主动地要求抽血，主动地要求增加实验频率，甚至主动地做一切能做的杂事。何夕当然知道叶青衫的心情，但这让他觉得有些好笑。何夕也知道常人是不可能像专业医生那样看待死亡的，他们总是认为死亡是一件不得了的大事。其实在何夕看来，死亡再常见不过了，人们有何必要为死亡而难过呢？这根本就没有任何用。

不过现在何夕倒是真心希望林小菲能够坚持得久一些，否则叶青衫可能会不合作。何夕已经关照医院说无论如何都要让林小菲活着。当时他还意味深长地补上一句："至少这个女人看上去必须是活着的。"

八

"我想去看看小菲。"叶青衫突然说，"我已经很久没见过她了。"

"你现在不能出去。"何夕的口气不容置疑，"你要遵守我们的安排。"

叶青衫颓然坐倒在椅子上。何夕的回答在他的意料之中，但他似不死心地说："就半个小时，我就出去半个小时。我看一眼就回来，就一眼。"他求助地看着一旁的肖野。肖野自然明白叶青衫眼里的意思，他嗫嚅着想开口说话，但何夕用严厉的目光制止了他想帮助叶青衫的念头。

"你知不知道就因为你想回家看看我们派出了多少人保

护你？”何夕没好气地说，“你应该明白我的担心不是多余的，现在外边有人出上亿的价码来抓你。想想那个叫裴运山的家伙，前几回要不是你运气好，这会儿早变成死人了。”

“我不管。”叶青衫突然流出了眼泪，“我要去看她。我要去守着她。”他冲动地朝外奔去。

何夕不动声色地看着这一切，直到叶青衫快要冲出门的时候才冷不丁地说：“你可别忘了我们的约定。”

叶青衫像是被重物击中了般立刻僵立当场。他转头看着何夕说：“你们不能那样做。”

何夕咧嘴一笑：“我们也不想那样做，不过只要你不遵守约定，我们就会宣布林小菲到底得的是什么病。到时候包括她的父母和朋友在内的所有人都会知道，他们眼里纯洁可爱的林小菲原来并不是得的什么普通的传染病，而是让常人难以接受的艾滋病。”

“我们不能那样做。”肖野脱口而出，“我们有责任为病人保密。”他看上去一脸吃惊，似乎想不到何夕会这样说。

何夕的眼睛猛地一横：“你懂什么？”他恼怒地说，“什么是责任？我就是要说。林小菲得的是艾滋病，是获得性免疫缺陷综合征，是 AIDS。我说的是实话。”

“不，求你不要说那个词，不要。”叶青衫抱住头蹲下来，他的肩膀不可抑制地颤动着，眼泪滴落在了他面前的地上。

“所以你必须听从我们的安排。”何夕满意地点着头，“我已经安排医院给林小菲做最好的治疗了，她的情况相当不错。你唯一正确的做法就是与我们配合，其他的事都不要去想。相信我吧，一切都在我们的掌握之中。你好好考虑吧。”

何夕说完便丢下叶青衫独自朝办公室走去，三三两两的工作人员正在实验室的各个角落忙碌着。何夕脸上带着温和的笑容走进办公室，但是刚一进门笑容便消失了。他打开电脑输入密码，几秒后一张照片出现在屏幕上，看上去是躺在病床上的一个人。病人的头发已经半秃，面色蜡黄，眼眶深陷，嘴唇溃烂，口中长满溃疡，皮肤紧绷在骨头上，就像是收起来的伞。病人的身体上面分布着许多铅灰色肿胀的卡普西氏肉瘤疙瘩，那是一种皮肤血管瘤。其身上还长着多处褥疮，有些已经变成了流脓的小洞。病人身材中等，但体重绝对超不过30千克。

照片下面是一段说明：

……病人的嘴和舌头常常发生剧痛，已经不能进食。今晨突然发生急性腹痛，吐出大量腹液。皮肤出现的大面积皮疹正在加剧。在其身体的内部和外部均出现大面积感染的真菌团块。上周脊椎抽液的检测结果已经出来，病人的脊椎液里有少量囊球菌。这种情况现在暂时还未影响到思维，但发展下去将引发致命的囊球菌脑膜炎。

外面传来敲门声。何夕猛地关掉屏幕。

“部长要来参观。”肖野在门外说。

九

何夕毕恭毕敬地站在门口，目送车队离去，肖野陪在他身旁。叶青衫不动声色地看着这一幕，说不出心里是什么滋味。刚才那位体形胖得像个梨的部长和人们告别时出了点儿问题，当时他和在场的每个人握手以示勉励：“希望你们继续努力，艾滋病也不过是纸老虎嘛，没有什么可怕的。”他热情地重复着这句话，但到了叶青衫面前时却突然想到了什么似的止住了。他的手尴尬地悬在了半空，嘴大张着却吐不出字来，只剩下一副定格的笑容。叶青衫当然知道对方顾忌着什么，但是他不知道应该怎么办。肖野最先反应过来，他机敏地伸出手去同那只失去了目标的手相握。部长紧紧抓住肖野的手，就像是捞着了一根救命的稻草。车队走远了。肖野转过头在叶青衫耳边说：“这很正常，他不是内行出身。”叶青衫感激地朝他笑了笑。

紧急事件是在大家准备返回时发生的。一队武装分子突然包抄过来，他们的目标相当明确地指向了叶青衫。保安和他们交上了火，鲜血和惨叫交织起来，只过了几秒地上便留下了几具尸体。对方的力量相当强，像是训练有素的雇佣来的人。但是保安占了地利，对方的死伤占了大头。看得出来有人出了大价钱，否则他们不会表现得这样卖命。他们简直就像是忘记了死亡。

叶青衫跟着何夕飞快地朝研究所里面跑，肖野跟在他们身后。只要进了门他们就是安全的。但是肖野突然摔倒了。叶青衫想也没想便返回到肖野身边，何夕在门里万分着急地嘶喊着："快过来，他们要的是你，不用管肖野！"叶青衫没有理他。这时一颗子弹擦着叶青衫的额头飞过，打在他面前不远的地上，激起一溜灰尘。

"喂！你小子在干什么？"一个粗嗓子男人吼道，"老板说过不准伤那个人一根毫毛，要是他流了一滴血，你小子就别想要脑袋了。"

叶青衫突然大笑起来，他觉得这一切真是太荒唐了。他一边大笑一边拖着肖野冲进了门。

血，一切都是因为他的血。

十

肖野只受了点儿皮外伤，那是叶青衫拖着他走时在地上蹭的。何夕对肖野的伤势没有在意，却对并没有受一点儿伤的叶青衫反复询问，并且要求医生做仔细检查。叶青衫对何夕的啰嗦感到既心烦又反感。“你应该关心的是肖野。”叶青衫大声说，“他才是受伤的人。”何夕稍愣，既而有些高兴地说：“从你的声音听起来，你的确没事，我放心了。”他这才转身拍拍肖野的肩说，“以后小心点儿。”说完他转身离去。

“别怪他，他是一个关心工作胜过关心其他一切的人。”是肖野的声音，他感激地看着叶青衫，“我没什么事，谢谢你。”肖野低头想了一下，想说什么却止住了。过了一会儿他还是忍不住开口说：“有件事我想告诉你。”肖野警惕地看了一眼四周，“是关于你的妻子的。”

“她怎么了？”叶青衫差点儿叫出声来。

“她的情况很糟。”肖野低声说，“何夕对你封锁了消息，他怕你知道这个情况之后会不再配合研究。她现在已经发病，病毒全面侵袭了她的身体。现在她的身体已经成了一团毫无防御力的原生质，成了细菌和肿瘤的乐园。”

“怎么会这样？”叶青衫痛苦地埋下头，“我们不是已经取得了一些成果吗？疫苗试制不是很顺利吗？何夕说过，他保证第一个获救的人就是小菲，他是一流的专家，他不会错的。”

肖野洞若观火地摇摇头说：“其实我的老师一直都在欺

骗你。我们研究的疫苗只能使未感染病毒的人获得免疫，根本不能治疗已经感染并发病的人。”肖野叹了一口气，“也许只是因为你太想救她了，所以才会失去正常的判断力。”

冷汗从叶青衫的额头上沁出来，他几乎站立不住。长久以来的希望一下子破灭了，而这已经是他最后的希望了。“小菲。”叶青衫面无人色地念叨着，眼前晃着林小菲娇好的音容。“你要帮帮我。”叶青衫用力握住肖野的手，“求求你，让我去见见小菲。”豆大的汗珠顺着叶青衫的面颊流下来，滴落在地。“我只有这一个愿望，请你帮帮我。”

肖野为难地盯着地面，默不作声。

……

院子里很安静，出于安全考虑被砍得很矮的树丛在地上投下短短的阴影。叶青衫警惕地注视着四周，月光下他的眼睛里闪着机敏的光。两个保安低声交谈着走过，叶青衫急忙闪避到一根柱子后面。

叶青衫摸了摸口袋里的金属牌，那是肖野给他的出入卡。那东西还在，这让他感到踏实。只要逃出第二道警戒线他就自由了，就可以见到小菲了，尽管那绝对不会是令人高兴的见面。他只想着见小菲，都快想疯了。

“请插入出入卡。”液晶屏上面的字闪动着。叶青衫插入金属牌，片刻之后合金门缓缓打开。“小菲。”叶青衫又念叨了一声，他急速地朝外奔去。他的身影立刻融入了无边的夜色中。

但是刚出门叶青衫就看到了一张网，一张无处不柔软但是让人无处可逃的大网张开着向他罩了过来。透过网上的缝隙，他看到了一张兴奋得极度扭曲以至于显得很可怕的脸。那个人他认识，那就是裴运山。叶青衫陡然坠入了绝望的深渊，他的血液几乎立刻凝成了冰。他宁愿落在魔鬼的手里也不愿意落在裴运山的手里，因为他知道裴运山是怎样的一个人。

裴运山很富有，裴运山感染了艾滋病病毒，裴运山想多活 8 年到 10 年。

麻醉剂的作用袭来，叶青衫陷入了昏沉。

十一

“捉到你可真是不容易，前两次都让你逃脱了，这次我亲自出马才大功告成。”裴运山阴恻恻地笑着，他看上去不到 40 岁，面相比实际年龄要小，肤色很白，眼圈却发黑。裴运山身家亿万，是风云人物。几名身穿白大褂的医生正在做准备，复杂的血液处理装置冷酷地“蜷伏”在地上，就像一头等待美食的猎犬。叶青衫知道他们要做什么，但是很奇怪，他心里没有害怕的感觉。其实从他知道小菲的真实情况之后，就已经对任何事情都无所谓了。他前几次也是差点儿被这个人抓走，不知道他从何得来的消息。其实想来应该很简单，是从钱那里。

“我没想到肖野竟然会是你的人。”叶青衫说。

“他并不是我的人，他只是为了钱。”裴运山显得很得意，“反正你活不了多久了，也不用瞒你。其实你应当有所察觉的，他总是在给我们提供抓你的机会，包括上回他故意摔倒在地拖延时间。不过当初我们找到他时，他一口就回绝了，但是我从来只用一个办法就能解决。”裴运山顿了一下接着说，“那就是不断地加钱。只要他一摇头我就加钱。后来他的摇头变得越来越犹豫，再后来就变成了点头。”

裴运山仍在止不住地笑，他一直兴奋得发抖。他贪婪地盯着叶青衫看，就像盯着猎物的一只野兽，还不时伸出舌头舔舔嘴唇。

“这么说真的是他。”叶青衫叹了一口气，他其实只是试探，不想一语中的。叶青衫眼前晃过肖野亲切的笑容，但现在这笑容却让他骨子里一阵阵发冷。

“你真的想抽干我的血来让自己多活几年？”叶青衫这时反倒冷静下来了，他有一种想要知道这个世界到底有多么荒谬的冲动，“你应该知道我的血对这个世界上的无数人有多么重要，我有可能拯救上亿人的生命。而你只因为自己可以多活几年就要毁掉无数人的希望。”

“你是在给自己求饶吗？”裴运山咧着嘴说，“一个没有了我的世界对于我有什么意义呢？世界的好坏同我有什么关系？别人的生死同我又有什么关系呢？人到这个世界上来只是短短的一辈子，活着时以为自己什么都明白，临死才发觉一切都是虚幻。什么都是假的，只有自己是真的。这个世界对我一直很好，让我很有钱，让我有很多女人，让我过着很舒服的日子。不过这个世界不该产生出HIV来，它差点儿终止了我的快乐。不过现在好了，世界又把你带来了。我早就知道在这个世界上钱是无所不能的，只要我出钱，便有人愿意替我寻找你。你既然可以把自己的血给何夕搞研究，自然也可以把血给我。这没有什么不同，都是治病救人。”

“与你相比，世界上没有几个人能称得上无耻。”叶青衫发出惨笑，但是声音很干涩，“我不想再说什么了，我知道这没有用。不过我想请求你允许我见我的妻子一面，她快死了。”

裴运山似笑非笑地看着叶青衫说：“你觉得我会不会答应这种与我自己没有任何关系的请求？”他转头去看几名正在忙碌的医生，“我已经过了潜伏期，就要转入发病期。医生说我最多还能熬一年半载。不过你的血能够让我活得更久，8 年，10 年，也许更久，到时候肯定会有新的治疗药物出来。我不会忘记你的，至少你算是我的救命恩人，虽说是不大情愿。”

叶青衫的脸色变得像纸一样白，在裴运山面前他实在太嫩了，根本不堪一击。直到现在，他才发觉像裴运山这样的人有多么可怕，因为他们根本不相信有报应，他们只相信自己，所以世界上没有他们不敢做的事。叶青衫突然想到，也许正是因为世界上有裴运山这样的人，所以上苍才会降下 HIV 这样的灾难。

叶青衫大笑起来，笑出了眼泪。裴运山有点儿意外地看着这一幕，不知道叶青衫为何而笑。“你做错了一件事。”叶青衫突然说，“你不应该让我醒来，也不应该同我说这些话。知道我打算做什么吗？”叶青衫的舌头动了一下，片刻之后他的双唇间半吐出一粒白色的胶囊。“这里面含有剧毒，是我专门用来对付你这种人的。如果你再逼我，我就咬破它，几秒内我的血液就会变得没有一点儿用处。”

裴运山的眉毛挑了一下。“你不会那样做的。”他说，但是语气已经很软。他看上去就像一个眨眼间输得精光的赌徒。

“你可以试试。”叶青衫的语气很坚定，“马上让我离开。你应该知道，死亡对我而言并不可怕。”叶青衫说完这句话之后便闭口注视着裴运山。

裴运山沉默了几秒，终于还是摆摆手说：“好吧，你可以走了，只要你活着我就还有机会。这一回我的确犯了错，下次你不会这么走运了。你走吧，你应该知道我的哲学。我不会杀你的，这对我没有任何好处。我要的是对我有用的你。我不会放弃的，你逃不过我的掌心，总有一天我会抽光你的血。”裴运山这样说着的时候，已经变得咬牙切齿，他的整个脸庞都扭曲了。

不远处传来器皿被打碎的声音。一名面无人色的医生慌忙收拾着地上的玻璃碴儿。

十二

周围很安静，没有危险的征兆。叶青衫翻过墙，他的手掌蹭得发红。但是他的脚刚一着地就被一只手抓住了。他悚然回头，是老麦。

“你太傻了。”老麦揭下脸上的口罩说，“谁都能想到你会上这儿来。何夕他们早来了，而且我敢打赌那个叫裴运山的家伙也在附近等着你自投罗网。”

“我刚从裴运山那里逃出来。我只想见小菲，别的事我没有去想。”叶青衫说，“就算是死我也要先见小菲一面。”

老麦垂下眼帘，过了几秒后他开口说：“当初我知道你连累了小菲的时候，第一个反应就是想一刀杀了你。不过现在我没那么恨你了，你并不像我原先认为的那样坏。我现在相信你是爱小菲的，也许在程度上还远胜于我。”

“是我害了她。”叶青衫摇着头，神情惨淡，“这是我一手造成的，我不能原谅自己。帮帮我，让我去见小菲。”

老麦开始脱衣服。“你换上我的衣服，再带上我的证件。我在这里有些熟人，我打电话让他们掩护你。小菲在714特护病房。”老麦的语气变得有些苍凉，“曾经我怎么也想不到有朝一日我会帮你。不过这并不代表我不恨你，我只是因为林小菲才这么做的。她已经知道了自己的病情，我们没能骗她多久。她需要你，虽然她亲口对我说不想见你。”

“她真这样说？”叶青衫几乎有些站立不稳，“她——恨我？”

老麦低头看着地，过了半晌才摇摇头。“不，她自始至终都没有恨过你，她不想见你只是因为她觉得自己现在的样子很丑。所以你待会儿最好只是从远处看看她，不要表明自己的身份，否则她一定很伤心。”

泪水立时漫过了叶青衫的眼睑，所有的事物都变得模糊起来，即使戴着口罩他仍然感到一丝苦涩的味道进入了口腔。“我知道。”叶青衫用力地点着头，“我只要看看她就行。”

……

走廊里有两三个人在转来转去，叶青衫认出其中有裴运山的手下，他不自觉地拉了下口罩。714 病房的门虚掩着，叶青衫小心地朝前走。他正在想应该怎么做的时候，一只手突然从 710 房间的门里伸出来抓住了他，将他拖进门去。

“你是叶青衫吧。”高个子男人摘下口罩，“老麦对我说了你要来。”他指了指窗台，“我们只能从窗外翻到 714 去，过道上全是埋伏。”

一跳下 714 病房的窗台，叶青衫便焦急地环顾着这间很大的病房——各种设备应有尽有，看来医院还是尽了力的。“小菲在哪儿？”叶青衫急切地问。

“她在里间。”高个子男人指着里面的方向，“按老麦的安排，我给她注射了镇静剂，她睡着了，否则她是不会让你见她的。”

叶青衫已经冲了进去，然后他便见到了病榻上的林小菲。尽管事前有心理准备，但叶青衫还是僵立在了当场。这是小菲吗？这是那个长着一双会说话的眼睛，笑起来声音很好听，并且总露出酒窝的小菲吗？这就是曾经爱着他也被他爱着的小菲吗？叶青衫不禁掩面唏嘘。

高个子男人有些紧张地走过来："你该走了。"但他没想到的是，叶青衫突然掏出了一把枪指着他。"你干吗？"高个子男人惊恐地问，"你要做什么？我可没有做过什么对不起你的事情。"

叶青衫止住眼泪："我只要你帮我做一件事。如果你敢反抗的话，我是不会手软的。"

……

"都接好了？"叶青衫有点儿不放心地看着仪器上复杂的管线。

"都……好了。"高个子男人无比害怕地看着叶青衫，他觉得这个人肯定是疯了。换血，而且是全部。上帝，除了疯子还有谁能想出这么疯狂的主意！

"那好，你来操作。"叶青衫伸出针孔累累的手臂，"像扎静脉这种初级活儿不用我教你吧？等等……"叶青衫加上一句，"她不会有危险吧？我是说比如由于血型不合导致血液凝固之类的。"

高个子男人的双手剧烈地颤抖着。"不……不会，仪器能自动对抽出的血液进行处理，但是，你会失血而死的。"

"这不用你管。"叶青衫露出了满意的笑容，"你继续吧，我准备好了。"叶青衫毫不放松地拿枪指着高个子男人。我只想救小菲，叶青衫想。他的眼前晃过何夕的脸，他一定会很失望的，不仅是他，世界上很多人都会很失望的。但是，我管不了那么多了。

“我……正在做。”高个子男人已经汗流满面，他在心里咒骂着老麦。做这种事情会让人一辈子都做噩梦的。

“你一直都负责小菲的治疗吗？”叶青衫突然问。

“是的。”高个子男人停下来，“一直是我。”

“那你能不能告诉我，她平时都在做些什么？”叶青衫急迫地问，“无论是什么事情。”

高个子男人想了想说：“她清醒的时候并不很多，但只要一清醒过来好像总是在写信。她写得很吃力，一天写不了几个字。”

“写信？”叶青衫疑惑地说，“信寄给谁了？”

“她没有寄过信，好像给什么人留着。”

“信还在吗？”

“在病人带来的装随身物品的小箱子里。我们没有钥匙。”

“是一个粉红色的小箱子吗？”叶青衫摸了摸身上说，“我有钥匙。”

十三

亲爱的，当你看到这封信的时候，我也许已经不在人世了。我不清楚自己还能活多久，我已经完全知道了自己的病情，尽管你曾经打算向我隐瞒。而且老麦也没能拗过我的坚持，告诉了我关于你的事。知道我是怎么想的吗？我恨过你，但是这段日子我仔细想过了，我不怪你，真的，我知道你只是一时糊涂。就算你曾经背叛过我，我依然知道你始终是爱我的。也许有人会说我傻，说我是自欺欺人，但如果说我们曾经拥有过的那么多快乐的时光都是虚假的，如果说你对我说过的那些世界上最动听的话语也是虚假的，如果说当我成为你的妻子时内心涌起的巨大幸福感也是虚假的，如果说你看着我的那种深情的目光也是虚假的，那么我宁愿马上去死。

我不后悔嫁给你。真的。尽管我差不多为此付出了生命的代价。但是，我不后悔。你后悔娶我吗？亲爱的，我知道你不会。

有件事我想委托你替我完成。我知道这种病到了晚期会很可怕，会失去知觉和思维，整个人都会变形。我害怕那一天到来。所以我想请你帮助我，让我有尊严地死去。这是我求你办的第一件事情，请一定要答应我，亲爱的。

还有更重要的一件事，也是我写这封信的最主要的原因。老麦告诉过我，如果把你的血一次性地全部输给我，那么能够让我多活8年到10年，到那时很可能会有新的治疗方法问世。亲爱的，这正是我最担心的事。我知道爱我的你有可能做出这种荒唐的事情。我了解你，我是凭我们之间的感情做出这个判断的。因为我知道，如果我是你的话也会毫不犹豫地这样做。但是，亲爱的，你不能这样做。你没有这个权力。我们只是人海中微不足道的两个人，我们的故事无论对自己而言多么重要也只是我们两个人的事。但是，你的生命现在已经关系到无数人的幸福，你可以为我牺牲，就如同我也可以为你牺牲自己一样，但我们无权将无数人的希望拿来殉葬。这是我绝对无法接受的，如果那样的话，我的良心将永难安宁。无论如何请不要陷我于那样的境地。

你懂我的意思吗，亲爱的？死亡并不是最可怕的，最可怕的是活着进地狱。如果我活着而你连同世界上的无数人却因为我而死去，那我活着又有什么快乐可言？

我不知道我们是否还能见面，如果不能的话，这就算是我的遗言了。我永远都不会忘记那些我们共度的美好时光，尽管那真是短暂得让人想起来就感到心痛。

永别了。

——永远属于你的小菲

手枪“当”的一声掉落在地。叶青衫撑住额头，大滴大滴的泪水从他的脸上淌落下来，打湿了手里的信笺。高个子男人不知所措地看着这一切，他想跑但终是不敢。

“你给老麦带个口信，请他告诉何夕我在这儿。”过了半天叶青衫终于开口说话，他小心地将信折好放进贴身的口袋里，使劲地按了按。

林小菲依然沉睡着，她已经没有多少头发了，嘴唇和面色一样苍白。由于喉部感染真菌，她呼吸时发出难听的声音。是的，她已经不再是“巧笑倩兮、美目盼兮”的林小菲了，不再是当初让叶青衫和老麦辗转反侧、反目成仇的林小菲了。但是——在叶青衫的眼里，这一刻却是林小菲一生当中最美丽的时候，她看上去就像一尊洒满圣洁之光的女神。

叶青衫虔诚地俯下身，以面对女神的心情在林小菲苍白变形的散布着黑褐色真菌的唇上印下一个吻。

十四

何夕还没有从上午的新闻发布会所带来的巨大喜悦中清醒过来，显得有些神不守舍。还有比在努力之后看到成功的曙光更让人高兴的吗？下属们也和他一样兴高采烈，整个研究所都沉浸在欢乐之中。何夕知道这种情绪并不利于工作，但是偶尔为之也不为过。“肖野，看到叶青衫没有？”何夕随口问了一声，话一出口他才想起肖野已经在两个月前被捕入狱了。何夕吁出一口气，叹息自己最得意的弟子竟然走错了路。不过，自己知道真相的时候也许是太气愤了，竟然一拳打碎了肖野的下颌……何夕用力摆摆头，甩掉这些让人不愉快的事。这些不算什么，我总算成功了，这真让人高兴。尽管还要等上一年多才能有实际的应用。不错，在这一年多的时间里还会有很多人因为无法享受这个成果而感染上 HIV 最终死去，但这是没有办法的事情，这丝毫无损于我的成功。何夕想着，嘴角露出了满意的笑。

叶青衫轻轻地躺在了采血器的支架上，所有人都在外面的大厅里欢庆，这间屋子里只有他一个人。叶青衫给自己接上了采血针。他环顾着四周，目光平静，看不出他在想些什么。过了差不多 10 分钟他终于缓缓闭上了双眼。

采血器发出了轻微的声音。叶青衫悄无声息地躺在那里，刮净胡须的脸上一片平和，一滴小小的泪珠正缓缓地从他的眼角滑落。叶青衫的双手叠放在胸前，手里拿着一朵初露芳菲的玫瑰。在他的上衣口袋里露出一角白色的信纸。

那是一封信，一封叶青衫写给这个世界的信。

……

当你们看到这封信的时候，一切都已经发生了，我终于可以让自己解脱出来。现在回过头来看这段日子里发生的事情，感觉就像一场梦。我看清了很多东西，也明白了很多事情。我不知道为何上苍会选中我，让我拥有这些令人永生难忘的经历。我不知道后来的人会怎样评价我这个人，老实说我也并不关心这个。

人们告诉我说，我之所以能够对HIV免疫，是因为我的血液系统产生了基因突变。尽管我不会发病，但是我的血液里满是病毒，我的血变脏了。然而，仅仅是我的血变了吗？你们的血难道就没有变吗？肖野的血难道不是变黑了吗？裴运山的血难道不是变臭了吗？而何夕的血则是变冷了——尽管他的学识无人能比。一切都是我们自己造成的，血变的世界应该受到惩罚。不过我终究没有失去希望，是的，希望——这真是一个让人感到温暖的词。这都是因为我的妻子林小菲，她虽然也感染了HIV，但我敢以自己的生命起誓，她体内流淌的血是世界上最干净的。

小菲，当我写下你的名字的时候，眼前浮现出了你美好的面庞。我常常在想，命运待我真是太好了，让我遇见了你。而你成为我的妻子更是我生命中的奇迹。今天清晨我去看望了你，你已经一连昏睡了几天。我知道可憎的病毒正在吞噬着你的生命，它已经完全露出了狰狞的面目。

你要求的事情我会照办。我已经签了委托书，今天就会有医生来执行安乐死。你将会如你所愿有尊严地离开这个世界。

小菲，现在第一支疫苗已经试制成功，人类征服艾滋病这个可怕恶魔已经指日可待。HIV毁了我的生活，但是我最终扼住了它的咽喉。人们打算在今后的一年多的时间里再陆续从我身上抽取3000毫升左右的血液，然后以此为基础开始规模化的疫苗生产。但是他们不知道，今天是我最后一次抽血了，我已经安排好了一切。到时我会将采血器的刻度定在6000毫升的位置上，是的，这将是我全部的血液，我会同你一道离开这个世界。

别为我担心，小菲，其实现在正是我这么久以来最开心的一刻。很久以来我一直生活在无法摆脱的阴影里，而直到现在我才感觉到轻松。不能同年同月同日生，但愿同年同月同日死，没想到我们初恋时的这句话竟然真的成了谶语。现在我想起这句话便流下了眼泪，可我记得当初我们俩说这句话的时候却笑得像两个小傻瓜。如果我没有感染上HIV也就不会有我们的悲剧，但也就无法发现我是一个血变的人，更不能减少无数其他的悲剧。也许一切都是命运的安排，但让我永远都无法释怀的是，我让我的妻子成了这出悲剧里最无辜的女主角。对爱情的不忠是我身体上的毒瘤，现在我终于可以勇敢地挑破它，去除里面的脓液了。只有这样我才敢来见你，因为你是那样纯洁而善良。亲爱的，你明白我的意思吗？我的血已经脏了——尽管对裴运山那样的人来说它是无价之宝——我要流尽它。我将重新找回昔日的干净之躯，我将如释重负地带着新生的喜悦，带着玫瑰花，与你相约。

爱你，小菲。

天堂再见——

本　原

一

我是在一连串不堪承受的震惊中认识欧阳严肃的。

那天我们一帮工友正在那个扔满了烟头与空啤酒瓶的小酒吧里享受周末的放浪生活时，他一个人悄无声息地走了进来——很高的个子，服饰整洁得有点儿过分，至少在我们这帮穿着随意的男人女人之中显得不伦不类。我当时忍不住笑了。我的笑声显然惊动了他，通过已经有些发红的眼睛，我看见他皱了一下眉，但他立刻又极其优雅地冲我友好地点头示意。我笑得更凶了。

“你不能再喝了。”阿咪突然冲过来抓住我的酒瓶。我看着她，伸出手一把拉住她滑腻的手臂：“好，我不喝了，你帮我存着，我想喝时再来拿。”

“你干什么？你放开我！”阿咪尖叫起来，但她的声音在周围的哄笑中渺不可闻。

这时我突然感到有人把手搭在了我的肩上，我回过头，是那个陌生人。

“放开她吧，你要喝，我来陪你。”

我挑衅地看了他一眼说：“我们喝酒是要赌的。划拳或是猜单双都可以。”

“我正有这个意思。”他随手从柜台上拿起 4 个玻璃瓶塞，“这瓶塞两个是黑色的两个是白色的，要是你从中拿两个，会有几种可能？”

看来他真以为我醉了，其实我才来一会儿，脑袋清醒着呢。“3 种呗，要么一白一黑，要么两白，要么两黑。”

“那好，我‘一赔四’赌你闭上眼睛从中间拿出两个黑的来，也就是说，你要是拿错了只喝一瓶啤酒，要是拿对了那我喝 4 瓶。”

天下竟然有这么蠢的人，看来他是想英雄救美人想疯了，按这种赌法应该是“一赔二”才正合适啊。我乜斜着眼说：“这样，我不要你喝酒，要是我拿对了我要你……脱

4 件衣服，怎么样？”

我这样说的时候，心里真觉得自己聪明透顶。这人身上里里外外也就 5 件衣服，只要他输一次就和咱们这些赤膊的码头工一样了。要是再输一次，嘿，那他就非认输不可了。

他踌躇了一秒，说：“好吧，就依你。”

这件事过去很久之后我都没能想清楚那天我究竟冲撞了哪路神仙，论赌运之好我一向是出了名的，但那天我真的就那么倒霉。我先是摸出了一黑一白，然后是两白，接着是 3 次一黑一白，一连 5 次我都没能摸出那两个该死的黑瓶塞来，而 5 瓶酒下肚我倒真是两眼发黑了。我实在想不通，照理说我最多喝两瓶就该他输一次啊。

“没问题吧？”他似笑非笑地拍了一下我的肩，“接着来吗？”

周围的人哄笑起来：“当然啦，我们夕哥什么时候怯过阵啊！对吧，夕哥？”

我的舌头已经有点儿大了，但耳朵还行，特别是听到这么顺耳的话的时候：“那是……自然。”

阿咪突然奔过去拉住那人的臂弯，声音里已带着哭腔：“别赌了，先生，你放过何夕吧，你不放手他是不会退让的……他不能再喝了。”

啪！我猛地扇了阿咪一巴掌，我看见泪水顷刻间便涌出了她的眼眶。“你……少管，走开！”

陌生人沉默了半晌，然后转头看着我，声音冷得像冰：“好吧，既然你这么想赌，我就奉陪到底。我们不妨换个花样。你看这儿大概有多少人？”

“40 多个吧。”我有气无力地说。

“我还拿身上的 4 件衣服作为赌注，我赌这里有两个人的生日是同月同日。如果我赢了，我要你今晚喝完这店里所有的葡萄酒。”

一年有 365 天我是知道的，365 天足够让 365 个人一人过一天生日，而这里只有 40 多个人，哪儿有那么巧的事？而且我敢打赌，这人肯定没注意到，柜架上只剩下半瓶子葡萄酒了，这不是包赚不赔吗？

“好，我奉陪。”我扭过头，“各位，想看节目就赶快报上生日。”

“7 月 20 号。”“4 月 17 号。”“9 月 2 号。”……

没有重的，没有！我忍不住笑起来，我看见那人的眉毛拧成了一团，仿佛面对的是一件不可思议的怪事。这有什么可奇怪的，要真有重复的那才奇怪呢！

我清清嗓子说道：“好，都听见了，对了，刚才好像还没有人是 12 月上旬的吧，所以我的生日也不会跟大家的重合，我的生日是 12 月 7 号。”

说完这句话我便盯着那人不再开口，我想他再糊涂也应该知道我的意思了。很简单，那就是——该你了！

燠热的小酒吧里空气火烫火烫。

这时突然从门口冲进一位像风一样轻盈的姑娘，如果说那个男人在这里是显得不协调的话，那么这个姑娘的出现却是让人初见之下不由得生出一丝想要仰望的感觉。那一瞬我就觉得似是有什么东西在胸膛里刺了一下，有点儿痛，有点儿麻，又仿佛有点儿甜。

她看见我们这群布料节约模范的时候脸唰地红了，她急匆匆走到那个男人的身旁说：“你在这儿呀，叫我好找。怎么没听完音乐会就出来了？”

她那种好听的娇嗔激怒了我，我大声嚷起来：“好啊，又多了个观众。”

他转头看着我，目光犀利如刀。然后他慢腾腾地从兜里掏出一张卡片递过来，我满心疑惑地接过来。那是一张身份证：欧阳严肃，出生日期……12 月 7 日！

我的天哪！今天我一定是撞鬼了，要不就是鬼撞上我了！我跌跌撞撞地扑到柜台边，拿起那瓶葡萄酒准备自斟自饮，趁现在还剩下点儿酒量，我必须捍卫我一向有口皆碑的赌品。我恶狠狠但又满不在乎地瞪着欧阳严肃，大口大口地干着。我是在告诉他，我虽然输了但也只不过是喝半瓶酒而已，而他冒着对他来说不算小的风险，却并没有赢来相称的结果，所以我应该算是捡了一个大大的便宜。

“别喝那么急，今晚还长着呢。”他突然没头没脑地说了一句，然后便和那姑娘一起走出了门。

过了一会儿门外传来一阵汽车喇叭声，然后酒店老板便领着几个人汗流浃背地进来了。他们扛着整整 4 桶葡萄酒。

我叫都没来得及叫一声便晕过去了。

二

我完全不知道那天我是怎么出的小酒吧（横竖不会是我自己走出去的），不过我却知道这件事给我留下了两个后遗症，即我从此见不得两样东西——赌具和酒杯。只要一见到赌具我的两眼就发黑，而一见到酒杯我的眼前就高高耸起 4 个硕大无朋的酒桶。一帮工友闲来无事便缠着我打趣，他们不再敬重我的赌品（因为我那天实在没法解决那些酒桶）。我简直想不通，如果打赌的时候还可以说是因为欧阳严肃运气太好的话，那后来运到的 4 桶酒又是怎么回事？他难道能未卜先知？最高兴的要数阿咪了，她说：“真好啊，你现在又不沾酒又不沾赌，你现在身上除了男人的汗味再没别的气味了，欧阳严肃实在是个大好人。”

“去你的。”我被她幸福的自语弄烦了，“是啊，我不喝不赌，我是好男人。可是一个男人不喝不赌又活在世上干吗？”

在阿咪面前我一向比较随便，大家都知道是她主动和我在一起的。虽说这有时也让我觉得挺神气，毕竟阿咪蛮漂亮的，是我们这儿的码头之花，但我总觉得自己对她没有感觉。我也不知道这是为什么，也许因为我曾经是个哲学硕士，而她从来都没有走出过这片码头。那时的我正是一个阿咪所说的好男人，第一次听见老教授说“我们为人类而思考”时，我甚至感动得流下了眼泪。那时候我还在心里纯虚幻地勾画出了一个白衣长发的站在高处的女孩，并莫名其妙地爱着她。后来当满脑子的辩证法都无法证明我有权吃饱饭的时候，我便来到了码头开吊车。我安排脑子里的辩证法去见鬼，安排胃去喝酒，安排手去玩牌。但是，我竟然安排不了那个纯虚幻的她。我试过很多次，我诅咒她云一样的衣衫，诅咒她云一样的长发，我推她、搡她、打她，但她还是站在那里，默默地含泪看着我，令我无从逃遁。那个时候除了去喝去赌我根本别无选择，可现在我唯有的两样乐趣都被剥夺了，而且失去了赌品，这个该下地狱的欧阳严肃！我决定了，我要找上门去教训教训他。

“欧阳严肃，你给我出来！”我双手叉腰、威风八面地站在欧阳家的那幢洋房前大吼。阿咪站在我身旁，一副死党的模样。

“我本来就在外面，怎么出来？”

我悚然回头，原来他就在我们身后。他说：“我刚回来。怎么，是来教训我还是有问题想不通来向我请教？”

我的脸一红，避开他充满洞悉意味的目光：“当然是……教训。”

“我又没做坏事。如果你想教训我就请回，你那个块头打赢我也不算光彩，如果想问点儿什么的话就跟我来。”说完他径自走向房门。

我一愣，阿咪推了一下我的肩，问：“怎么办？”

我硬着头皮说：“先进去，再……教训他。”这次我没脸红，反正我说什么阿咪都信。

早就听说欧阳家族是物理学世家，出过好几位诺贝尔奖获得者，我进得房来方知果然名不虚立。宽敞的客厅里摆放着古典风格的家具，国家元首、宫廷皇室赠送的多件纪念品以及各式科学奖章庄严地陈列着。最引人注目的是一尊放置在透明密封罩里面的真人大小的纯金塑像，我知道这是欧阳洪荒——欧阳严肃的父亲。这尊塑像是全球科

学界的最高奖，最初是为征服癌症的科学家设立的，至今只有六七个人获此殊荣，而又只有欧阳洪荒是在活着的时候得到这项奖励的。塑像上的欧阳洪荒正襟危坐，目光中闪烁着家族的荣耀与自豪。

“如果我没记错，大家都叫你夕哥对吧？”他开口道。

“叫我何夕就行了。”

“那好，何夕，我知道你肯定会来找我的，没有人会真的认为自己在一天之内连撞几次鬼。你是想知道那天究竟是怎么回事，对不对？”

我知道自己再掩饰就太虚伪了：“就算是吧。”

他笑了，露出雪白的牙齿：“其实那天你完全落入了我的圈套，照那些赌法，你只输不赢。”

“不会吧，我觉得那些条件都对我有利呀。”

他高深莫测地摇摇头：“我说得详细一点儿。第一次我叫你从两黑两白 4 个瓶塞中摸出两个黑的，初看起来像是有 1/3 的把握，应该是‘一赔二’才公平。但这只是错觉，这个过程的真实情况是分两步。首先你必须先摸出其中的一个黑色瓶盖，这是 1/2 的把握，然后你必须从剩下的两白一黑中再摸出一个黑的，这是 1/3 的把握，两者相乘，总的把握只有 1/6，应该‘一赔五’才是公平的，所以你自然会输了。再说第二次，假设当时在场人数为 47

人，我赌这些人当中有两人生日相同。这个计算要麻烦点儿。先从第一个人说起，如果不考虑闰年之类的因素，他与另外 46 个人中任何一个人的生日相同的可能性便是 46/365，换句话说，他与其他人生日都不相同的可能性则是 1–46/365=319/365。同理，第二个人与其他人——第一个人除外——生日都不相同的可能性则是 320/365，第三个人是 321/365，最后一人则是 364/365。我们将这一串数字相乘，最终将得出，在现场有 47 个人的情况下，每个人与其他人的生日都不相同的可能性只有 4% 左右，也就是说其中某两个人生日相同的概率竟然高达 96%。想想看，这么大的可能性你能不输吗？”

虽说我的脑袋正逐渐变大，但总算还是听明白了，但是我还有个问题。“就算是这样吧，但是，后来的 4 桶葡萄酒又是怎么回事？”

“什么 4 桶酒？”他愕然了。

我这才想起酒运来的时候他已经走了，于是我简要说了一下情况，只是略去了我晕倒的事。

他哈哈大笑起来，过了半天他才缓过气来：“这个嘛，也可以称得上是计算出来的概率。”

“这怎么可能？”

“你当然不信。但如果你像我一样从小就和量子力学结缘，同时再注意一下小酒吧的规模、客人数量、酒的种类及储备量，你也可以估算出那晚老板购进葡萄酒的可能性在 80% 以上。不过，”他忍不住又笑了，“我实在没想到会有那么多，要不我也不会打这么损的赌了，真对不起。”

他的歉意很真诚，我陡然有一种面对老朋友的感觉，于是我也笑了，说：“没关系。”

我刚说完便觉得眼前一亮，是她，那个像风一样的姑娘进屋来了。看见我们后她有些吃惊，我觉得她吃惊的样子真是柔媚极了。

我站起身：“你有客人那我们先走了。”

欧阳严肃对那姑娘说：“白玫，你先坐着，我送送客人。”

在大门外道别的时候，欧阳严肃突然想起什么似的仰头大笑起来，然后他狡黠地对我眨着眼说：“我又计算出一件事情的概率了。”

“什么事？”我疑惑地问。

欧阳严肃强忍住笑说：“我现在能够百分之百地肯定，你那天一见到酒桶就晕过去了。”

三

那天之后我便没有再去过欧阳家，他倒是邀请过我几次，但我总推说有事。我想他也应该清楚我的心思。其实一切都是明摆着的，我和他完全是在不同环境中生活的人，虽然不知为什么他一直没能取得像他父辈那样瞩目的成就，但我想这只是时间问题。我凭什么和他做朋友？

就这样半年时光一晃就过去了，我现在已经习惯了不喝不赌的日子，有时我还真觉得这样挺不错，只有一点，我闲来无事的时候还是会不由自主地想起小酒吧里的那一晚。那时我的心中便会掠过一丝惆怅的温暖，同时忍不住对欧阳严肃以及那个像风一样的名叫白玫的姑娘有所思念。不过我想这样的情形并不会持续很久，他们偶然地闯进我的生活，自然也会在将来的某一天走出去，直至消逝无痕。

但我万万没有想到的是我居然又见到了欧阳严肃，而且是在那家小酒吧里。当时我去找人，我一直没能认出那个蓬头垢面一杯一杯地喝着啤酒的人就是他，直到他偶然做了一个极其优雅的举杯动作时我才发现了他这个人。我走过去拍拍他的肩，他稍愣，仿佛认出了我，湿湿的嘴在乱糟糟的胡须里咧了一下，然后便一头栽倒在了我的肩上。

如果说见到欧阳严肃那时的模样让我大感困惑的话，那他手中的报纸就是让我大吃一惊了——上面登载着欧阳家族的寻人启事，启事要求知情者提供欧阳严肃的下落。让我吃惊的是这样一段话：……欧阳严肃系精神分裂症患

者，发病于6个月前。

6个月前？可那时我还见过他呀。要是说在那次比赛智商的打赌中我竟输给了一个疯子，那就算杀了我我也不信。

“起来，起来！”我猛推正呼呼大睡的欧阳严肃。

他醒了：“何夕？你到我家来有什么事？”

“哎，看清楚了，这是我的家。”我大声地纠正，同时心中涌起一股暖流——他居然还记得我。

“我怎么会在这儿？”

“这种小事等会儿再问。你先说说看，为什么报纸上说你是精神病人？”说着话我把报纸递给他。

他看了一眼，嘴角牵动了一下：“报纸上没说错，我的确有病。”

“不对！”我大吼起来，“你撒谎。”

他苦笑：“你看我现在还正常对吧？可我是间歇性发作的。你们没见过我发作的时候，那时我会乱踢乱打，我会把舌头也吐出来。”

欧阳严肃说话的时候神情怪异，阿咪有些害怕地瑟缩了身体。

“不要说了，我不相信。”我粗暴地打断他，然后紧紧握住他的手，我感到他的手很凉，凸出的关节硬邦邦地支棱着，“知道为什么吗？并不是因为你曾经很聪明地赢过我，而是因为我当你是朋友！我不相信一个让我忘不了的朋友会是疯子，哪怕全世界的人都说他是。”

欧阳严肃呆呆地看着我，低声说：“朋友……”然后便有薄雾样的液体在他的眼中聚集，在灯光的折射下映照出华彩非凡的光芒。这才是欧阳严肃啊，尽管他此刻衣冠落拓、容颜憔悴，但这不平凡的目光却证明了一切。

这时身旁传来阿咪的啜泣声，我一下子就来了气：“嚎什么？死人了？”

阿咪忙不迭地擦着眼泪，喃喃道：“对不起。”

“好啦好啦，我们先出去，让欧阳严肃再多睡一会儿。”

阿咪先出去了，欧阳严肃却突然拉住了我的手：“我看她对你很好，你可不可以不要这么凶呢？说实话，阿咪人很不错，你该好好珍惜。”

我一窘，以前还没有人对我说过这些。我的第一个念头是想反驳，刚要张嘴却发现我竟然没有反驳的理由。如果是和阿咪争执，我当然很容易取胜，因为我一开口她就不说话了，但现在对方是欧阳严肃。

“我们先不谈这个。”我避开话头，“我问你，白玫还好吧？”

欧阳严肃全身一震，脸上浮起一种极其复杂的表情，但他的语气却很平静："她很好。她在读眼科博士，快毕业了。"

我没有再问什么，轻轻走出房门。这时我看见阿咪孤零零地一个人站在海边的礁石上，风把她的衣袂高高扬起。也许是因为欧阳严肃的那番话吧，我心中不由生出一丝内疚。我慢腾腾地走到她身旁，把外衣脱下来披在她身上。

她回头："其实我不冷。他睡了？"

我点点头，然后斟酌着开口说道："我是不是有时对你太凶了？"

"没有啊！"她低下头看着地上的沙砾，"我知道你人其实很好，否则你也不会那样对欧阳严肃了。真的，你很好。"

阿咪这样说让我更觉得内疚，而且我看得出此刻她并不开心。突然间，一种近乎痛楚的感觉攫住了我的心。

"来，我们比赛谁先跑到对面那块大石头的地方，你赢了我就去做晚饭。"我大声提议。

"好啊！"阿咪欢呼着一路跑了出去，海风把她的身影拉得很长很长。一时间我竟然有些恍惚了。待我回过神来才发觉大事不妙，忙吸了一口气追过去。无奈差得太多，终是回天乏术。

"要兑现噢。"阿咪侧着头边想边说，"要你做点儿什么菜呢？”

“有没有搞错？”我打断她，“该你去做饭呀。”

阿咪一愣：“你说什么？你输了就该去做饭的。”

我一脸正气道：“我们说好的，你赢了我，就去做晚饭。现在你赢了，当然该去做饭。”

阿咪恍然大悟：“好啊，你耍诈。”

我自知理亏忙夺路而逃，阿咪不依不饶地追过来，我听见她的笑声像珠子一样撒落在金色的沙滩上。这时我发现阿咪的脸上有着我从未见过的快乐，明媚得如同夏日的阳光。

但忽然她不笑了，抚着心口说：“糟了，你送给我的项链不见了。”

我一愣，在印象中我根本没有送过她任何东西啊。我忙拉住她：“什么项链？”

她急促地抬头，声音低回：“看来你真的都不记得了。那时你刚刚来到我们这里，有一次我们在海边散步，你捡起一颗小海螺说，多么完美的螺旋，这是唯一可以让自然界的一切自由演化而不会丧失协调性的形状，从生命到银河，螺旋是至高无上的存在。那一刻我觉得你说得真好，我觉得你简直就是一个诗人。后来我说，把它送给我作为项链坠子好吗？你说喜欢就拿去吧。你难道真的都不记得了？”

有这回事吗？我想了想，但我的确想不起来了。不过我知道，一定是有这回事的。霎时间我不知该说什么，我一把抓起她的手，感到她的手又小又冰凉。

“我去找，我把它找回来交给你。”我语无伦次地说。

阿咪看着沙滩轻声说道：“已经找不到了。”

我顺着她的目光看去，然后我明白了她为什么这样说。沙滩上谜一般地散布着无数的海螺，已经没有谁能知道我们失去的是其中的哪一颗。

“不，会找到的。”我轻声说道，然后我慢慢地拥住了她。

四

欧阳严肃颈系餐巾、手握叉勺地正襟危坐，隔一会儿便绅士风度十足地向我和阿咪举一下手中的大瓷碗，实在令人疑心桌上的咸鱼干和高粱烧到他嘴里是不是就变成了烤乳猪和拿破仑 XO。经过一夜好睡和一番梳洗，欧阳严肃显得精神很好。我们默不作声地吃着东西，不过我想这种沉默很快就会被打破。

果然，他开口了：“我敢肯定你们有 3 个问题要问我。”

他又说中了。不过我已习惯保持冷静，所以只淡淡地点了点头："你说说看。"

"首先你们想知道我为什么出走，其次你们想知道我怎么成了疯子，另外……你们想知道我现在究竟是怎样的处境。"

我又点点头，同时把一碟醋当作酒倒进了喉咙。

欧阳严肃已经有了醉意，看来他很少喝烈性的酒："其实都是因为我想清楚了一个问题。"

我感到自己的心仿佛被一只手死死捏住了，有一种透不过气来的感觉。一个问题？这会是一个什么样的问题？

他继续缓缓陈述："何夕，你以前是哲学硕士，应该知道给哲学带来巨大影响的量子力学吧。你们也清楚我的家世，可以说我从生下来的那一天起，就和这门诞生于20世纪初的伟大学科结下了不解之缘。这门学科研究的对象是概率，上次我和你打赌就是靠概率取胜的。量子力学已经证明，只能用概率这个概念来描述物质世界的一切，换言之，物质世界里没有任何精确而绝对的现象，从物质存在到物质运动莫不如此。如今我们说氢原子半径为 5.3×10^{-10} 米的时候，实际上只是表明这是氢原子半径的最可能的一个值，实际上的值可能比这个大点儿，也可能比这个小点儿。这是因为，在量子力学看来，物质本质上是一道波，波长与其质量成反比，这种波的振幅便代表概率。如果形象一点儿说，这有点儿像一组中间高两边低的山峰，物体可能在这些山峰绵延所至的区域中的任何一点存在，同时某处山峰的高度便指明了在此处发现该物体的可能性大小，其数值总是在 0 和 1 之间。”

“等等！”我打断他，“我不大明白，你是不是在说一只猫可以分成几段，一部分在院子里，一部分在屋子里？”

“看来你的确没有弄明白。就这个例子而言，猫始终是个整体，但假如你闭上眼睛，那么你对猫的行踪便只能有一个估计，比如说估计它有 30%的概率在屋子里，有 40%的概率在院子里，还有 30%的可能性是猫已经跑出院子了。”

“但我可以睁开眼啊！我一看不就全清楚了。”

欧阳严肃微微一笑：“这只是因为猫是一个大东西，简直是太大了。你能看见猫是因为猫反射光子到你的眼睛里，光子对猫的存在状态其实已经产生了扰动，但这种扰动由于过于微弱所以不能被察觉，而在微观世界里这种扰动却不容忽视。在量子力学里有一个著名的测不准原理告诉我们，我们永远也不能精确测出物质的存在状态。不过有一点要申明，虽然刚才我说光子对猫的扰动导致对物体状态的描述不精确，但这只是一种为了帮助人们理解而采取的简明说法，而真正让人们无法精确描述物体状态的原因其实是物质的波动本质，因为物质本身就存在于概率之中。比如说我们想知道一个物体的位置与速度，在我们先前提到的那组山峰中，山峰绵延的总长与位置相关，而山峰上一个完整起伏的长度即波长则与速度相关。如果这组山峰包含着许多山头并且绵延了几千米，那我们就可以相当准确地测出波长，进而知道物体的速度，但这时物体的位置就很不准确了，因为它的位置可以是这几千米中的任何一处。如果情况反过来也类似，我们可以相当精确地知道物体的位置，但这时的不确定量变成了速度。”

“那不是很糟吗？”阿咪吃惊地张开嘴，“那还有什么事能说得准？比如说，”她看了我一眼，“会不会我眨了一下眼睛之后，何夕就突然不见了？”

欧阳严肃沉默了半晌，然后摇摇头，再摇摇头：“不会，你的何夕太重了，有 70 多千克呢。如果我们把一个电子关在边长为 1 毫米的盒子里，根据公式可以算出，这时它的速度不确定量高达 115 毫米 / 秒！也就是说当我们测得这个电子在一秒的时间里移动了 200 毫米时，它实际上却可能移动了 315 毫米或是 85 毫米，这时我们所谓的测量结果显然毫无意义。但如果这个电子有你的何夕这么重的话，那么这个速度不确定量便只有 0.0……15 毫米 / 秒，在小数点后一共有 29 个 0。因为只有这么一点儿不确定量，所以咱们的阿咪小姐自然可以对何夕的一举一动了如指掌了，对吧？”

阿咪脸红了。“不跟你们说了，尽拿人家开心。”说着话她站起身朝门口走去，“我上街采购去了。”

我笑了笑，目送阿咪离去，然后又问道：“你说你想清楚了一个问题，这是怎么回事？”

欧阳严肃全身一震，目光中浮起含义复杂的光芒，像是痴了：“我想清楚了一个问题……我想清楚了那个问题……阿咪、何夕……电子……70 千克……你有 70 千克吗……”

我吃了一惊，慌忙摇摇他的肩膀。他猛然惊醒，脸上流下汗来：“我累了，我想安静一下。”

我满腹狐疑地走出屋子，天空阴晦，仿佛风雨将至。他似乎打算告诉我那个问题的，可为什么又改变主意了呢？难道是我和阿咪说错了什么？可基本上都是他一个人在讲话啊。

天色更深了，深得像一个谜。

五

阿咪是和白玫一起回来的。阿咪显然害怕我责怪她自作主张，所以她一见面就递给我一张报纸，同时用手帕擦着眼睛。

报纸上登着一封信，在这封信里白玫用一个女人所能公开表露的全部深情呼唤欧阳严肃。看着这封信的时候，我真想不通欧阳严肃究竟还有什么不称心的事，而看到白玫憔悴的容颜时，我简直想冲到欧阳严肃面前质问他是不是良心被狗吃了。

“他好吗？”白玫急切地问我。

“他没死。”我淡淡地说，“到底发生了什么事？”

她垂下眼睑，睫毛在脸颊上投下优美的阴影：“几个月前，欧阳家族的几位长辈突然告诉我欧阳严肃精神失常，从那以后我就没有见过他。”

“不过欧阳严肃一直都了解你的情况，他说你快获得博士学位了。”

白玫淡淡地一笑：“其实他弄错了，我的博士生资格被取消了。”

“为什么？”

“因为……几个月前我的兴趣转到了精神病方面，就瞒着导师考取了精神病学硕士研究生，眼科那边的学业便放弃了。”我刚想说点儿什么却听见屋子里发出一声闷响，仿佛什么东西倒在了地上。我奔过去，却发现门推不开。在一阵急死人的沉默之后我听到了欧阳严肃的声音，他说：

"你叫她走吧。"

白玫跑过来，她扑到门上："欧阳！你好吗？到底出了什么事啊？"

欧阳严肃的声音隔着门板传来，他说得很慢，仿佛每个字都耗尽了他全部的力气："你走吧白玫，我已经不是原来的欧阳严肃了，忘掉我，白玫！"

"别说了欧阳，你开门呀……"白玫徒劳地捶打着房门，回答她的只是一片沉默。终于她累了，无力地瘫坐在门前。过了一会儿她似乎想起了什么，平静地说道："那好吧，我就走。不过你要告诉我这都是为什么，也好让我对自己有一个交代。"

欧阳严肃在门的那一边大声地喘息着，然后他开口了："是你逼我说的，我本不想告诉任何人。在我家背后的那家医院里有我的病历表，医生说我……我其实算不上一个男人！听清楚了吗？要不要我再说一次……哈哈……还要不要听？啊，哈哈哈……"

我惊呆了，我没料到他竟会这样说，这个女人是那样深深地爱着他。刹那间我忍不住想大声打断他的话，但我最终没有开口。在真正知道欧阳严肃所说的那个问题之前我只能沉默。

白玫终究还是离去了，她的背影在无垠大海的衬托下柔弱得令人心悸。

“别告诉别人我在这里。”这就是欧阳严肃对她说的告别辞。

“出来！你给我出来。”我再也忍受不住了，我冲到门前使劲敲打着，“你不出来我就把门拆了。”

意外的是门很容易就被我推开了，欧阳严肃脸色惨白地蜷缩在地板上。原来他并没有闩住门，刚才他只是用自己的身体把门顶住。我冲上去一把揪住他的衣领，用一种已经高得变调的声音大吼道：“如果你不想让我真的认为你是个疯子的话，就把全部真相告诉我！那个问题，那个你想清楚的问题究竟是什么？”

六

“你知不知道‘薛定谔猫’？”

“什么猫？新品种吗？”

“不是，薛定谔是量子力学的创始人之一，也是波动方程的发现者，‘薛定谔猫’是他提出的一个假想实验。这个实验第一次表明，微观世界里的量子现象可以在宏观的尺度上表现出来。”

“我不大明白。”

“其实并不难懂。量子力学指出我们无法精确描述粒

子的存在状态，更准确地说，粒子本身就没有确定的存在状态，它的位置、能级等都只是一个概率，而粒子就存在于由概率描绘的混合态中。在双缝干涉的实验里，我们可以控制一束光的强度，让光子一个一个地照射到开了两条缝的隔板上。经过一段时间之后，隔板后的感光纸上会出现明暗相间的干涉条纹。你肯定知道必须有两列光才能形成干涉。所以这个实验表明，每一个光子都同时穿过了两条缝并自己同自己发生了干涉！”

“这怎么可能？”

“这是真的，这个实验很容易做。有人曾经在隔板上设置仪器来追究每个光子究竟是穿过了哪条缝，结果倒是查明每个光子只穿过了一条缝，但这时却观察不到干涉条纹了。用测不准原理可以解释这个结果，即这种观测破坏了光子所处的混合态，这样的观测是没有意义的。好比一枚在桌上旋转的硬币，本来是处于‘正面’与‘反面’的混合态中，待到用手一把将它按住再揭开，便只会看到硬币的一个面了。”

“你是不是说——我们永远也无法知道一个粒子的真正状态，它的运动全凭它自己的意志？”

欧阳严肃沉默了几秒，从桌子上拿起一个茶盅递给我：“你可以给我倒一升水吗？我想喝。记住，是一升。”

我满腹狐疑地接过杯子走到厨房。这是个圆柱形的杯子，幸好我还勉强记得圆柱的体积公式，靠着一把尺子总算量出了一升水。欧阳严肃不动声色地看我忙碌，眼中有一种诡异的光芒。我把水递给他，他突然苦笑一声，把水泼在了地上说："别怪我，是你没达到我的要求，这不是一升水，用这个杯子你永远量不出一升水。"

我猛地拍了一下他的肩："我算过的，是一升。就算不太准也只是尺子和我的眼睛的误差，你不能拿这个来刁难我，至少理论上我是准确的。"

"你误会了，我如果因为具体操作而责怪你就太没水平了。我要说的恰恰是你在理论上已经失真了。你要算杯子的体积肯定会用到圆周率，这个数就像一匹脱缰的野马永无止境地在小数点之后狂奔。你刚才也不过是截取了它很短的部分，那么你凭什么相信结果是可靠的？不要以为一杯水差一点儿没有什么，如果你用这个杯子舀了几千升水，那你的工作将会因为误差而变得毫无意义。神话里的神用他的潘多拉之盒为我们送来了无数没有谜底的谜语，人类永远都不会知道圆周率到底是多少，同时也永远不会知道一个单独的电子正在怎样地漫步。有一点我必须指出，刚才我的说法也仅仅是个比喻，人们毕竟还能不断提高圆周率的精度，但对于电子的运动状态，甚至连其精度的提高都是有严格条件限制的。”

我盯着他：“我想你还是在告诉我，一个电子的跳跃时刻和跳跃方向都由它自己选择。站在普通人的立场我倒希望你是骗我的，老百姓一般不喜欢天下大乱。”

欧阳严肃微微一笑：“并不只是普通人才像你那样想。在《爱因斯坦文集》第1卷第193页上，爱因斯坦说了一句几乎和你说的一模一样的话，并且他还发牢骚说：‘在那种情况下，我宁愿做一个补鞋匠，或者甚至想做一个赌场里的雇员，而不愿意做一个物理学家。’当然，爱因斯坦的成就是无可诋毁的，但他对量子力学的反对的确在他光辉的一生中留下了不完美。当然粒子是无意志可言的，但这个拟人化的说法却非常恰当地描述了粒子的这个特征。当我们用波动方程来求解一个在两堵墙之间来回弹跳的电子的位置时，我们只能求出它的位置概率。很有趣，结果表明电子在有些地方出现的概率很高，有的地方则很低，有的地方概率为零，即便并没有任何障碍阻止粒子在此处出现。甚至，在两堵墙的外侧出现的概率也不为零，哪怕这个电子的能量根本不足以冲破墙体。这个实验已经有人做过，结果就跟理论预言的一样。”

“真的？”

“真的。我们日常生活中所见到的一切只是一种假象，或者说是一种近似。这都是因为我们身边的物体太大了，包含了不可计数的量子，这些量子在时空上的不确定量彼此干扰湮灭，最后表现出来的是一个稳定的宏观物体。就好比我们以前用玻璃瓶塞打赌，虽然实际上你可能连续几次、几十次地成功，也可能连续几次、几十次地失败，但我敢肯定地说，如果重复几千次几万次，那么那个 1/6 的概率就会异常精确地表现出来，说不定能精确到小数点后几十位。在这种情况下，我们自然认为宏观现象精确无疑了。”

“你的意思是说宏观只是微观的统计效应？”

“太对了，我真遗憾你没成为我的同行。实际上统计从来都是联系宏观与微观的桥梁，比如温度就是一个统计效应，单个分子是无所谓温度的，而大量分子的热运动就表现为温度。这不是很能说明问题嘛。”

“但是，你说的‘薛定谔猫’又是怎么回事？”

“这个实验是把一只猫和一块放射性物质放在一个密闭的黑匣子里。猫受了辐射会死，但辐射是由粒子衰变造成的，而粒子衰变纯粹是一个微观的量子现象。如果我们不打开匣子观察，我们只知道辐射发生的概率，也就是猫的死或活的概率。这时猫也就存在于一种死与活之间的混合态中。当然，如果我们打开匣子自然就会知道结果，但这会因为我们的观测破坏猫的混合态，这个结果是无意义的。在这个实验里，微观与宏观已经不再是不可逾越的，而假如……”

“假如什么？”

“其实已经不能称作假如了，我不是说我想清楚了一个问题嘛，这个问题很简单。我说过宏观物体可以被准确描述，只是因为极大量量子的不确定量彼此干扰湮灭，但假如有一种方法可以协调这些量子，使它们的集合也像它们的单独状态一样，那么……”

七

在滴酒不沾 6 个月后，我终于又酩酊大醉了。本来我以为自己再也不会去喝酒了，但我现在才知道任何事情都只是概率，我最多只能说自己有多大概率戒酒而已。阳光下的沙滩一片金黄，我深一脚浅一脚地乱走，沙滩上情侣们的嬉戏声此起彼伏。我忍不住笑起来，我觉得一切都好笑极了，我一边笑一边喊叫，我听见自己的声音仿佛是从很远的地方传来。

“你们玩得可高兴啊？你们知不知道说不定马上就有一颗彗星掉下来砸死你们？你们还乐，你们还不跑？什么，不可能？外行了吧，量子力学说没有不可能的事，任何事情都是有概率的。哈哈……概率……”

我又灌了一口酒，这时我听见身旁一个男孩握住一个女孩的手说“我永远爱你”，阳光下他们的脸庞明净得有些发亮。我更乐了，我跳到他们中间猛地扯开他的手：“又说外行话了不是，应该说你又爱她又不爱她，你们现在既是活的又是死的，你们都是结过婚的正在初恋的丧偶的独身主义者。这才准确嘛！世界本来就是混合的！哈哈哈……”

我没说完便被一拳打倒，然后便有很多人围了过来，我看他们的拳头像暴风雨一样袭来，但我一点儿都不觉得痛。之后我便听见了阿咪由远而近的嘶喊，我觉得她的声音飘摇隐约，如同断线的风筝。

突然间一阵透体的冰凉让我清醒了，清醒之后我才发现自己被阿咪拖到了海里，她一边哭泣一边朝我身上泼洒着海水。我怔怔地和她对视了几秒，然后她一头扑进我的怀里，带着哭腔对我说：“快去看看欧阳严肃！”

很久以后我都无法原谅自己犯下的错误——为了喝酒买醉竟把欧阳严肃置之一旁。其实我应该有所觉察的，他宁愿忍受痛苦也不把真相告诉白玫，却轻易就告诉了我。而且几天以来，他采购了许多奇怪的元件，这明显是反常的，而我却大大咧咧地跑出来撒酒疯。阿咪说我走后不久便来了一个人，就是我们在欧阳家见过的那尊金像上的人，欧阳严肃一见到他就反锁了门，之后不久墙上的电表便开始疯了似的飞转。

“你先回去，我去找白玫。”我抹了一下额头上的汗，“除了她，我想没有任何人能起作用了。”

在医学院的精神病理系找不到白玫，我像一枚火箭一般在楼宇间横冲直撞。过了半天我才想起应该问问别人，于是我拦住几个一路闲聊的女生，问她们知不知道白玫的行踪。她们立刻讪笑起来，其中一个说：“她呀？已经脱离精神病理系了，现在她感兴趣的是，嘻嘻，男性生理。没准儿正在男性生理实验室里搞解剖呢。”

我拼尽全力才忍住愤怒，否则拳头一定会打到她高雅的脸蛋上去。我已经没有时间了。

在充斥着刺鼻的福尔马林气味的解剖室里，我终于找到了白玫，她安静地工作着，脸色苍白如纸。看着她的样子，我的鼻子忍不住一阵发酸。

“何夕。”她看见我了，“什么事？是欧阳要你来的吗？他出事了？”

我费力地想故作轻松地笑一下，但实在笑不出来，末了我终于像拉开一道不堪重负的闸门一样，对她讲述了全部的真相。白玫先是诧异，继而惊骇，最后她突然说了一句“我全明白了”，之后便摇晃着向外奔去。我怕她摔倒，忙跟上去想搀住她，但我拼尽全力也追不上她。

刚赶到海边我便呆住了，我看见一团紫光从屋子里透出来，而后一个被光晕笼罩的人形物体便缓缓地从屋子里移了出来，但屋子的墙壁却又实实在在地丝毫无损。我陡然记起欧阳严肃说过，两堵墙之间的量子在理论上是可以越墙而出的，即便它并无足够的能量。

欧阳严肃的身躯停了下来，如同一个奔放的“大”字，他的手脚上缠满了导线，光晕使他的脸庞有些模糊。

白玫嘶哑地呼喊起来，我想不到这么凄厉的声音会出自白玫，这个时候她就像一个来自黑森林的巫女。

“欧阳！你别做傻事，快停止吧！我全明白了！”

欧阳严肃突然开口了：“你不明白，没有人会明白的。”

“本来我是不明白，但在何夕把一切告诉我之后我就全明白了。你从生下来的那天起，就注定要走上研究量子力学的道路，你热爱这个事业，并且在几个月前取得了重大的突破。你将微观的量子现象带到了常规的世界上，你让人们真正看到了什么才是世界的本原。但很快你就发现你的成果将摧毁这个世界上的全部秩序，将嘲笑世界上一切所谓的规律。它会使一个人既在这里又在那里，既是天使又是恶魔，会使人们无法肯定地评价任何一件事，从而使这个世界上既无是非也无善恶。你因此陷入万分矛盾的境地，而此时欧阳家族为了家族的荣誉又逼迫你宣布它，所以你才离家出走。对吧，我说的都对吧？”

欧阳严肃死死闭着双眼，但两行泪水却潸然滚落。欧阳洪荒像幽灵一样守在不远处，纹丝不动地站立，面无表情，恰如他的那尊金身塑像。

“你为什么那样傻呢？欧阳！你早该告诉我实情啊，我会支持你的。”白玫热切地呼喊，“快停下来，别再继续了，欧阳！”

四野寂静，只听得见海潮拍打礁石的声音。欧阳严肃沉默着，全身的光晕耀人眼目。过了好一会儿他叹出一口气：“白玫，其实你都说对了，只不过有一点你没有说到。我真正无法战胜的是我自己，我耗尽心血才找到我要的东西，这是我取得的第一项成就，可以说我几乎是为此而生。但现在理智却要求我毁灭它。这段时间我一直在不断挣扎，直到刚才我才最后下了决心——我已经毁掉了全部资料。”

随着“啊”的一声，欧阳洪荒的身躯开始抑制不住地颤抖，他的眼中一片绝望。

“爸爸。”欧阳严肃接着说道，“我想我是不会获得您那样的荣誉了，请您原谅儿子不孝。我不知道我的成果会不会在未来的世界里结善果，但我知道现在是不行的，所以我毁了它。不过，为了对得起欧阳家族的荣誉，以及我刚才对白玫说过的那个原因，我决定完成一个实验。正如您现在看到的，我准备用我的身体来证明我的成果，这也是欧阳家族的传统。我计算过了，首次实验成功的概率是……10亿分之一。”

欧阳洪荒还是一语不发，但面颊上已是老泪纵横。他笔直地挺立着腰板，没有一丝劝阻的表示，也许他已经知道，这个世界上已经没有人能阻止欧阳严肃了。

光晕陡然泛滥，仿佛一团火焰熊熊燃起，亮丽的光芒飞溅开来，使得万物透明。大地沉默，天穹沉默，古往今来、四方上下的宇宙沉默，仿佛都眩迷于这人类文明中异端的火。

我突然有了一种预感，在预感的驱使下我望向白玫。我看见她也缓缓转过头望着我们，长发在空中划过极其优美的弧线。然后她似乎笑了一下，在后来很长的日子里我始终没能弄懂这一笑究竟表达了什么，于是我便想，这笑容或许不是留给我们而是留给未来的人们的，但我转念又想到，不知那时她的笑容是否已被时光蚀刻并且蒙尘。

异火高炽，而白玫开始朝着异火的方向奔去，在夺人心魄的光明中，她的身影飘飞、跳荡，如同一只蛾子。

大火以及赴火的飞蛾成了我脑中最鲜明的印记，盖过了其他的一切。我依稀看见，欧阳洪荒仰天长叹一声后，佝偻着身躯融进夜色，而这时阿咪的手很温顺地任由我握着，使我感到在世界上做一个凡人其实就是幸福。

我一直不知道那次实验是否成功，我只知道成功的概率是 10 亿分之一。不过这已经够了，因为我已经知道了概率。按照量子力学的观点，我对这件事的了解已经达到了极限，所以在后来的日子里我从不去寻找更准确的结果，只偶尔在思绪袭来时，会忍不住对有 10 亿分之一的概率留在人世的欧阳严肃和白玫寄上祝福。

有一次我远远地看见一对情侣在辽阔的海岸漫步，他们依偎着，很亲密很幸福的样子，看上去像极了欧阳严肃和白玫。我欢呼着奔过去却发现空空如也，眼前只是一片平庸的充满秩序的世界。

光　恋

一

无尽的宇宙扑面而来，满天恒星在这种跃迁式的相对运动下连接成了恢宏的亮带，再也不复清晰的颗粒。

“移越光速。”此刻吴明的声音里浸透了紧张，“倒计时开始。”

红色的数字亮起：60，59……

我狠狠捏住拳头，等待着命运裁决的一霎。现在我们已达到 0.9c 的准光速态，接下来，将是个质变的历程。如果成功，那将给科学界带来一场革命。当然，如果失败，我们的小命也就立即被“革”掉了。

按照传统的观点，世界上没有任何东西能完成超越光速的运动，而我的老师肯卡教授却是传统的挑战者，他坚持认为有超光速的快子世界存在。不幸的是，他没能扳过传统——在3年前的一次学术大会上，他被众多攻击者撕破了脸皮，而后便当场跳下大楼，摔碎了一向令他自豪的大大的脑袋瓜子。

我和吴明算是肯卡教授的死党了（在他死后还在硬撑呢），忠心耿耿却没得好报。生活穷困潦倒不说，还欠了一屁股债务来建造这艘跃迁飞船。从这点考虑，“不成功便成仁”也并非坏事，免得让这笔阎王债压得子孙不能翻身。

39，38……

“何夕。”吴明叫我，一张瘦脸大汗淋淋，“要是你单独活下来了，一定记着把我的事记下来告诉所有人。”

“都说几十遍了。”我笑道，“要是我也死了，那可就没办法啰。”

“总之你记着。”他很认真。

我斜着瞟了一眼舷窗外的一个小球，这是联络耦合仪。一旦我们跃入了快子世界（姑且这么乐观一回吧），这玩意儿会被留在“这边”，我们可以通过它和一架收音器知道“这边”的事，同时可以通过它向全世界宣布我们的壮举。到那时，肯卡教授如果在天有灵，必定会昂起较常人大得多的头颅放声大笑。

3，2，1，0……

二

烟云，千奇百怪的烟云，远的近的，浓的淡的，如山如絮，如江如海……怎么四周都笼罩着这无际无边的烟云？极远极远的高处，悬着一颗耀眼的白星，寂寂不动，皎皎无尘。

仿佛梦境。

可这不是梦，我真切地感到身躯正浮在半空，并隐隐作痛，可我是怎么到这个鬼地方的呢？

3，2，1，0……吴明在嘶喊：“妈呀！”我想起来了，我们在做一次实验飞行。可飞船呢？吴明呢？怎么就剩下我一个人？难道这儿便是令肯卡教授以身相殉的快子世界？不像啊！快子世界里一切物体的运动速度都超过光速，而且，获得的能量越高速度便越慢。同时，那儿还应该有星球、有生命，不是这副死气沉沉的样子。

我再次环顾四周，我看到几块飞船的残骸就在不远处。

“吴明——”我高声喊道，回声空邈。

看来世界上又多了一个为快子而殉情的人！而不久之后还会多一个——那就是我。这地方除了坚硬的云状物外什么也没有，我肯定是在劫难逃了。老实讲，这里云雾掩映有如仙域，我能死在这儿应该算是老天爷的恩赐。可他老人家这次实在不长眼，我这号凡夫俗子哪里配得上这样的好死法，我要么该死在花前月下，要么就该死在酒池肉林，总之是不得好死才对嘛……

“哎，你！”一声清脆如银铃的呼喊打断了我的胡思乱想。

我转过头，蛮有把握地认为能看到什么怪物——在这种鬼地方，除了鬼还能期望看到别的吗？但是，我看到了仙子！是的，真是仙子！

她轻悠地飘荡在10多米外的空中，满头蓝发飘扬，素白的衣衫与烟云忽分忽合，看上去就如同一片纤尘不染、舒卷自如的云。她就那么荡来荡去，秀美的脸上带着非人世所有的清纯。也许她的确是云，是云的精灵。

“你，叫我？”我纯属多余地问道。

“你听懂了！”她高兴地拍手，“你昏迷的时候说了很多胡话，我就照着学，波波帮了我不少忙。我真担心你听不懂。”

“波波？是谁？”

“我的伴儿呗！”她调皮地晃头，“波波找出了你的语言规律，我很快就学会了。”

“这儿是什么地方？”我急不可待地问道。

“我不知道。”

完了，我大概是注定要死个不明不白了。家、亲人，还有刚相识两个月的女友薇妮……真的就永别了？一切？我的世界的一切？

“完了，完了！”我旁若无人地大吼起来。

“完了是什么意思？”仙子探究地问，“是指没有希望吗？”

“完了就是完了！”我没好气地白了她一眼。

“知道吗？”她轻轻开口道，大眼睛里光泽照人，“我差不多从生下来起便一直在这儿，波波是我唯一的伙伴。”

从生下来？而且就一个伴？天，要换了我早就憋疯了。

“可我从没放弃过，我一直盼望能回到我的家乡。波波说过，那是个很美的地方……”

“汪汪……”一条灰毛小狗不知从什么地方突然钻了出来，它拨动着空气“游”到了仙子的怀中，四爪轻刨的样子很逗人喜爱。

“别调皮，波波。”她抚弄着小狗的毛。

“怎么……波波……我还以为是个人。”

“它是只机器狗，可聪明了，教我说话、学习。可惜后来为了帮助我，它把自己的语言芯片植入了我的语言中枢，从此它便只能说‘汪汪’了。”

“你叫什么名字？”

“波波一直叫我‘汪汪’，这就算我的名字吧。你呢？”

“我叫何夕。”

她顿了一下，恍然大悟地叫道：“你肯定饿了吧？离你不远处有泉眼，旁边生长着很多可以吃的植物，有的味道很不错。”

我环顾四周：“你能过来带一下路吗？我又不是坏人，你用不着离我这么远的。”

“什么是坏人？”汪汪不解地问，脸上一片天真，“我不大懂你的话。我只是去不了你那边。”

“为什么？”

“我不知道。”她郑重其事地说。

又是“不知道”！她是不是对这 3 个字特别偏爱？

“别开玩笑了，我们之间什么障碍也没有嘛！”

“总之我过不去，要不你来试试看，小心点儿呵！”

“没事儿。”我暗自好笑地推了一下身旁的一片云，反作用力使我迅速地向她飘去，“瞧，这不是过来了？”

可我只得意了一秒便哑口无言。一股巨大的无形弹力撞得我眼冒金星、双耳轰鸣，而且感到窒息。

“我说过不行嘛。”她并不意外，“我从没去过你那边，这儿像是有堵墙。我和波波都过不去，但是那些像云一样的东西却可以穿过去。”

墙？我可不这么认为，这几年沉浸于高能物理学研究还是让我多少有了点儿造诣。我知道自己是被一种场力推出来的，换言之，这道“墙”其实是某种场。

我翻过身，“游”向那几块飞船残骸。飞船只是解体了，上面的许多宝贝都完整无缺，不过飞船的前半截怎么也找不到了。

说实话，我现在这么忙活纯粹是研究习惯所致，反正被判了无期徒刑，又胆小如鼠不敢“自绝于人民”，能找点儿事干总是好的。

“但愿能行。”我嘟哝着接好最后一根导线。

液晶板上显出字迹——性质：类磁场。强度：∞特斯拉。内能：∞焦耳。状态：光速平动。

不可思议！这道无形墙的属性太离奇了。那两个“∞”符号表明仪表的量程已被大大超过，可这些仪表是我们为研究超高能快子而专门设计的，就算一颗恒星的全部核聚变能也达不到仪表量程的十分之一。

这个结果差点儿让我背过气去。

“你也觉得奇怪吧？”汪汪接着说，“这堵墙大极了，不管我怎么走也绕不过它。”

“说不定，”我喃喃地说，“我将因此成名……”

“成名是什么？”她问，“是不是一种好看的花？”

我语塞，叫我怎么跟这样一个在绝域中长大的女孩说呢？

半晌，我终于老实答道：“成名不是花，也不好看。”

“那它有什么好？”她的眼睛明如秋水，纤尘不染，“我只知道花是好的，对了，还有星星。这是波波告诉我的。我真想有一天能够出去，亲眼看到花和星星。”

说到这儿，她声音里已满是憧憬，脸上也带上了淡淡的愁意。

我一下子被感动了，就因为这一抹愁意。当世界上的无数人为了名利而衣食不宁、行为龌龊的时候，却有这么个袅娜的女孩遗世独立，为花和星星犯愁，一种原本潜藏极深的感受从我心里温柔地翻腾起来，陌生而久违。

不久我终于发现，此刻的感动实在太傻，也太不应该。

三

一晃便是两天（这里没有日月轮回，我是从手表上知道时间的）。

白星在上，我就着它的光芒四处周游。云的苍穹，云的大地，云的山川湖海，这种质地硬朗的东西盘根错节，构筑了一个奇幻瑰丽的世界。大气中氧的比例比地球上的稍低一些，只要不做剧烈运动已经足够。此地的重力加速度其实并不为零，而是相当于地球表面的四十分之一，只能说这里近似于失重状态。但那些云似乎完全不受重力的影响，一直自由地随处飘荡，波波平时最喜欢的就是驾着云到处飘游。一些紫褐色的植物团聚在水源附近生长，这是我们食物的来源。

的确，这番游历让我领略了无数风景奇观，但也让我彻底失望了。我不仅没有找到出去的办法，甚至连这是哪儿也不知道。我看过的所有的教科书、专著甚至包括志异杂志中都找不着这地方的影子。这地方是不该有的，是个不可能的虚无之境。可是，我知道我不是虚无的，我可是个有骨头有肉的真家伙。

我要出去！我在心中千万次地狂喊。当然，顺便把仙子姑娘也捎上，不为别的，就为——花和星星。

此刻，我赤足蓬头、仙态十足地躺在云堆里，打开收音器解闷儿。联络耦合仪还在忠实地工作，要不是飞船的前半截找不着了，我一定要无比深情、发自内心地向全世界呐喊一声：救命啊——

一阵噼噼啪啪的噪声响过之后，我突然听到了一个熟悉的声音:“感谢大家来航天站欢迎我，我很荣幸……”

是——吴明？他没死，而且刚回地球！可这几天他在哪儿？哦，对了，这儿离地球实在是太远了，无线电波也得走些日子呢！我听到的该是几天前的节目了。

“吴先生这次历险不是同何夕一块儿去的吗？他人呢？”像是记者在采访。

“我们在切换速度的时候，误入了一个强引力旋涡的范围……”

“那一定是碰上黑洞了。”另一位声音嘶哑的记者似乎很在行。

“对，当时情形万分危急，飞船几乎被引力撕裂。”

“那就应该立即释放加速粒子，并甩掉一切多余的东西呀。”这个记者再次表明自己博学多才。

“可是——”吴明的声音哽咽了,“我们正这样做的时候，何夕不小心操作失误，竟将他所在的后舱弹射了出去，再也回不来了……”

我气了个半死。我终于弄明白了——吴明为了逃命把我当包袱甩掉了。

“哼！”一块云被我奋力地扔了出去，直溜溜飞得了无踪迹。

“怎么啦？”汪汪注意到了我的情绪。

“走开，没你的事！”我发狂地吼道，现在我真想大吼一通，甚至希望她能发火，陪我大吵一场。

她抬起眼帘，刹那间，眼中的蒙蒙雾气将我裹得严严实实，令我无法动弹。“对不起。”我低声说道。

汪汪没有说话，只有一朵明艳出尘的笑容在她带泪的脸上漾开。

我忽然觉得心中没有那么恼怒了，她那象征原谅的笑容深深感染了我。忽然我想起一个问题，这几天我忙着探奇，没顾上问她：“汪汪，你是怎么到这儿的？”

她低下头，如云的头发遮住了她的半边脸：“波波告诉我，我的父母带着我进行了一次考察飞行，结果遇上了黑洞……”

黑洞！吴明也这样说过，而且，他是根据记录资料来判断的，但我敢肯定，这里绝不是那种由恒星坍缩而成的超密度超引力的黑洞。

“结果我们就到了这里，”她接着说，“飞船撞毁了，爸爸妈妈当时便已死去，是波波照料我长大的。”

我久久无语，这个可爱的姑娘竟然有这么可怜的身世。她本来最有资格大吼大骂，最有资格叫什么人“走开”，可她却在含泪微笑，知足而容忍。

老实讲，我一向不大喜欢爱哭的女孩子，我总觉得女人的哭和男人的笑一样，在很大程度上和多数场合下不尽真实。可是，面对爱哭爱笑乃至有些悲喜无常的汪汪，我却无论怎样都想不到坏处去。那样做除了证明我自己的世故与卑劣外，毫无意义。汪汪，这宇宙中千万年岁月里偶然诞生出的一朵花，是那么纯净，正如一泓碧水、一茎青草，在她面前我自惭形秽。

四

……黄泉路……奈何桥……鬼门关……扑朔迷离的云境自我身旁或快或慢地掠过。

“黄泉路”之类的地名是我自己取的，这地方既然是世间不该有的虚无之境，我只能先当它是阴间再说。白星依然冷漠无情地君临一切，仿佛死神的眼睛。

这是一次准备了很久的勘察。是的，我不甘心，我才30岁啊！还没享受够世间的灯红酒绿和荣华富贵，我怎能甘心？我从事快子研究本来就是想出人头地，现在倒好，没成名、没成家却成了“仙”，没准儿下半辈子就只能在这片仙境中逍遥了。

沉浮，漂游，晕头转向，心神憔悴。出去！这个愿望是那么强烈，支撑着我拖着疲倦的身躯架设一台台仪器，记录一个个数据。

我好累，该歇会儿了，哪怕就几分钟。

昏沉。

……柔滑的肌肤，馨香的长发……亮光忽闪，怀中人的面孔稍纵即逝，怎么竟是——汪汪？

一个冷噤令我陡然清醒，原来是个梦。我怎会做这样的梦，这简直是亵渎。

蓦地，一阵低弱的话语传来：“波波，你说他究竟在干什么呀？是不是和我一样，也在寻找那堵墙上的通道，看能不能……”

汪汪的话忽地停了，仿佛被人窥破了什么。过了一会儿，她似乎觉得不必对守口如瓶的波波保密，终于还是半吞半吐地说道：“看能不能，和我走到一起来？”

波波盯着星眸如醉、笑靥娇红的主人，使劲地点头。

我完完全全地呆住了。我料不到汪汪竟跟了我这么远来寻找“通道”，可真有通道存在吗？这几天要不是靠着从飞船残骸上卸下来的助推器，我怕是早被往往复复的路程累垮了，而她却是徒步。虽说此地重力很小，但是要想穿梭前进也必须不断地蹬踏改变方向。

我再也无法安静了：“汪汪，你……”

她受惊地回过头来：“你醒了？”

说着话她试图站起来，却突地皱眉“哎”了一声捂住了脚。我看到她的双脚已经肿胀变形，又青又紫的表皮上点缀着将破未破的水泡，左后脚跟上还有大片触目的瘀斑。这会是汪汪的脚吗？这会是那总在烟云缭绕的深处浅笑盈盈的仙子的脚吗？

我蓦地想哭，我真想轻柔地捧起那双脚痛痛快快地大哭一场。

我要去找通道——尽管这并非这次勘察的初衷。我猛然转身走入烟云，我再也不会疲倦了。有一道目光在期待着我。

事情渐渐变得明朗。

一切线索把目标引向了“背景磁场”假说，这是在公元 20 世纪由宇宙对称论者提出的大胆假说。

我已测定出这片世界中的烟云是由……怎么说呢？这种物质奇怪至极，构建它的是一种不显丝毫电性的基本粒子。而且，与一般显中性的中子或中性 π 介子不同的是，这种物质即使被剥离到夸克层次也不显电性。换言之，这是一种绝对纯粹的中性物质。而这里的空气和水等则和我们世界上的物质没有什么区别。

越是研究我越是冷汗淋淋，我已感到有个让我无比害怕的结论即将被得出了。

五

“何夕，你知道吗？”汪汪突然在远处唤我，“刚才有一架飞船掉进来了，在我这边。”

我忙问：“有伤员吗？”

“只有一个人，已经死了。”她有些难过地说，“是个男的，他到死都还紧抓住这个。”

她扬起手，似乎是一条鸡心项链。

“波波教过我这种文字。”她打开了那枚鸡心，“好漂亮啊。这儿写着，为你去远行，誓作人上人。”

我猛地想到了薇妮。那天她送我上飞船，一路上千叮万嘱要我混个人模狗样出来，怕我听不懂，还专门套上几句我们的行话：“如果不这样，我们俩的爱情就将处于滚动的暂态不稳定中，并在瞬时加速度作用下整体崩塌……”

“为什么要这样呢？”汪汪眼中波光闪动，“和所爱的人在一起便是幸福，对方是不是人上人有什么关系呢？我这样想是不是错了？”

“你是对的。”我说。因为我就差点儿被那些可笑的念头杀死。

“你——”她刚开口便顿住了，眼中一片欣喜，浅浅的红晕浮上了她的脸颊。

不，不要这样看我！我暗暗低叹，心中再次横起那道阴影。

“汪汪！”我面色凝重地喊道，“你走向那道墙的时候是不是感到一股很大的反弹力，而且感到呼吸困难？”

“对呀。”她肯定地回答。

我猛然瘫倒在云堆里。这些天我一直在回避，在欺骗自己。但真相总是掩不住的，哪怕它再无情。按照“背景磁墙”假说，宇宙的深处存在一道背景磁辐射，在其作用下，正物质向一方偏转，反物质向另一方偏转，并形成各自的宇宙空间。是的，我下的结论是：汪汪是来自反物质世界的人。

这是一个让我何等心酸的结论！但它是唯一合理的解释。正物质和反物质在磁场里会受到方向相反的力，这是物理学里的一个常识。我们俩在背景磁墙中所受的异向力便是最好的证明。这一切真的是太巧合了，我们来自完全不同的宇宙世界，却具有基本相似的外貌。以我浅显的生物学知识也明白这个概率会有多小，看来宇宙之大任何事情都有发生的可能——其实从概率上讲，生命本身就是一个几乎不可能的事件。

可现在叫我怎么能正视这一点？这意味着只要我和汪汪稍一接触便会在一瞬间里湮灭为光，留不下一点儿渣子！

至此，我可能已获得了自己一生中最伟大的发现，可是我宁愿自己发现的只是一场虚幻。

缄默开始了，我不再和汪汪说话，一个字也不说。我知道这是唯一理智的做法，不为别的，只因为她太好。

我就此埋头发狂工作，而汪汪则在一旁暗自垂泪。

六

我上好最后一块芯片，然后双手合十暗暗祈祷。心脏一阵一阵地狂跳。

“波波！”我喊道，“再核算一次，就用上回的数据。”

在波波又蹦又跳的调皮中，表示可行的绿色标志从它身边的荧屏上显现出来。我吁出一口气，抬眼看着那颗明亮的白星。现在一切都好解释了，高速运动的背景磁墙形成了引力旋涡，单从引力上看，它的确类似于通常所说的黑洞，不过这也表明宇宙中总是充满超出人类想象的事情。其尽头便是这片烟云状的中性物质区，白星，是个有进无出的口子，甚至连光也不能逃出去，实际上像水和空气等正是亿万年来被它俘获进这片区域的常规物质。在这片中性物质区里，只有云状物能够不受磁墙约束自由往来。

“你——是不是干完了？”汪汪怯生生地开口，眼里充满渴望。

“嗯。”我点头，这是几个月来我第一次和她搭腔，反正，一切都将结束了。

“你终于和我说话了。”她几乎有点儿受宠若惊。

汪汪。我在心中滚过一声叹息。

“不说了，汪汪，我送你回家。”我打开了身旁的共振解析波方台上的开关——这是我几个月忙碌的结果。这段时间我继续从事着我的快子研究，一股莫名的强大力量激励着我朝着目标奋进。通过对中性云物质的研究，我发现它居然可以成为一种超级能源，能提供几乎不受限制的能量。而现在我可以确定自己已经成功了。经过数月的努力，我也查明了现在的方位，现在我有九成的把握将自己准确送回地球。而且从波波那里我也知道了汪汪的故乡星球所在，现在该是我们回家的时候了。

“回——家？”她吃惊地瞪大了眼，“那你呢？同我一起走吗？”

陪你一起走？要是可能，我会不顾一切跟你而去。我多么想陪你去看花和星星啊！

我怔怔地站立着，那一瞬仿佛有无数个世纪，没有话语，只有祝福的目光和无泪的哭。

“不！”我小声但是清晰地说，死死咬住下唇，而后我尝到了生命中的第一滴情血，腥而涩。

“那我不回家。”她急了，满头蓝发颤抖不停。

“回家吧，”我拼命地“微笑”着说，“那儿有好看的花和星星……”

“我不要那些。”泪水在汪汪脸上泛滥开来，“我只要……和你在一起。”

我陡觉全身的血液仿佛喷薄而出。

我别过脸，忍着撕心的痛楚将倒数计时器打开了。一分钟后，强劲的共振解析波便会将我和她转换为快子波，只有超光速的快子才可以挣脱出口处强大引力的吸引而逃逸出去，等到我们在各自的世界里还原之后，我们便永远无缘相见……

“不要啊！我求求你。”汪汪的声音已近于哀号，“就让我和你在一起吧……我哪儿也不去……不去。”

20，19，18……

我终于忍不住回头看着她，看着我的汪汪。她正在徒劳地抓扯踢蹬那堵无形的墙……

别了。我在心头低喊，蓦地，一句话冲出了我的喉咙，要是不说出这句话，我这一生会死不瞑目。

“汪汪，我——”

我没能说完。时间已到。

晕眩。

七

我刚苏醒便被我曾梦寐以求的一切包围了。我是有史以来第一个从背景磁墙旋涡中生还的人，因此，我现在嘴巴中吐出的任何一个字都是不容怀疑的真理。我甚至必须很谨慎地打呵欠。

我首先向世人宣布了快子的存在（算是告慰肯卡教授的在天之灵吧），然后便更正了吴明公布的一大堆关于引力旋涡的数据和材料信息。他的著作立刻滞销而他也债台高筑——这种以牙还牙的手段在我们的世界上实在是太普通了。

现在，快子理论已被人们普遍接受并已用于星际航行，而我继续研究的却是快子的另一特性。按照相对论的观点，物质运动速度越快，时间便过得越慢，一旦到达光速，时间便会停止。而物质运动速度一旦超越光速，时间便会倒流，即衰变的粒子会复原，逝去的物体会重现……我已经失败过很多次，原因都是能量级别难以精确控制。而前几天我刚得到了一种新型控制设备。

5 年来薇妮始终陪着我，她是那么漂亮而温柔。我的父母远在几光年外的星球上安度晚年，我身边最可亲近的人就是她了。

薇妮很安静地站在一旁看我工作。快子发生器的嘶鸣声越来越尖锐，能量已高达数千亿电子伏特，我感觉到了危险，忙指挥机械手想把能源关小一点儿，不料快子发生器的喷射口突然对准了薇妮。

奇景出现了，一些花花绿绿的玩意从薇妮原本空无一物的手上以相反的时序显现出来，那都是些过去的东西的影像！

薇妮怔怔地看着我，眼中波光流转："成功了，对吧？"

是啊，成功了！我的欣喜已无法言表。

"该庆祝一下！我去拿点儿酒，我们干一杯。"薇妮踏着轻松欢快的步子走出了实验室。

我从一旁的照相机储片盒内抽出刚刚拍好的照片，满怀喜悦地翻看着：口红、钞票、手绢……陡然，我的眼睛"钉"在了其中的一张纸片上。那是一张申请书：

"我以何夕之妻的身份，依照法律申请成为其父母的财产继承人，但同时也依照法律，不承担赡养其父母的义务。"

落款是薇妮，时间是5年前，正是我生死未卜的时候。申请书的一角附有结婚记录的影印件——天知道当年她是从哪儿弄来这么一张假证明的！

我一动不动，只将凉气吸得吱吱作响。这就是我以为的最亲近最可信赖的人？就是和我朝朝暮暮述说恩爱的妻子？

我气昏了头，因而犯了个极大的错误，能源一直开着，能级越来越高……

爆炸！

八

最严重的后遗症在脑部。医院能完全修复我被烧伤的皮肤和折断的骨头，却不能还我一个完好如初的头颅。我再也不能进行高强度的思考了，这实际上是给我的科学生命判了死刑。

鲜花没有了，赞誉也没有了，无用的马儿自然也就用不着喂草。不久前我还是“将永远受尊敬的科学家”，而现在……世界上的事有很多都是会变卦的，我算是真正领会了什么叫世态炎凉。

走出了科学研究的象牙塔，我终于有空梳理一下自己的人生，看看自己这些年究竟活出了多大价值。不知怎的，我有种感觉，觉得自己可能一直活在一场虚幻里。

果然，我发现自己平日的“朋友”与薇妮的交情其实更深，我的每本著作的版权所有人都是薇妮。换言之，她早就把我架空了，我只不过是个——赚钱机器，而且需求低廉，操作简单！

“你到底瞒着我做了多少事？”我质问她。

“你太多心了……”薇妮正精心地化妆，似答非答地应了我一句。

“我什么都知道了！”我打断她，“给法院的申请书，我的著作的版权……你骗得我好惨！”

薇妮一下子涨红了脸，似乎想回敬我一句“够劲”的话，但终于只是吁出一口气，极“雍容大度”地笑了笑：“算了，事情已经这样，我也不想再说什么。怪只怪你太傻了，你知道什么是社会吗？你搞研究搞得有声有色，又能怎样？反正你现在已经算是废人了，我也不妨老实告诉你，别以为我不知道你的事，你和那个——汪汪。”

“你——”我又气又惊，她怎么会知道？

薇妮悠闲地扑着香粉，脸上显出得意之色：“5 年前我们还没结婚，那天下午你在沙发上睡着了，梦中老念着‘汪汪’。我留了心，专门到地下发明市场去购买了一台催眠器。结果，你就在稀里糊涂的催眠状态中回答了我的一切问题。这事干得够漂亮吧？哈哈。你以为我会爱你吗？我爱的是你能为我带来的这份生活。人活着不就是为了享受嘛。这一切我都得到了。”

“可恶！”我忍无可忍地扑向她。我要揍她——这个欺骗了我、作践了我的女人！

我没能如愿，3 个彪形大汉及时赶到将我架开。他们是她的保镖。

“你还是歇着吧，”薇妮轻蔑地看了我一眼，“我得赴个约会，是很刺激很罗曼蒂克的那种。还记得吴明吗？现在他接替你成了物理学界的泰斗，当年他追求过我，没成功。现在嘛，他的机会来了。哈哈……”

我总算醒了，我终于清醒地认识到自己在这个世界上扮演了一个何等可怜可笑可悲的角色。没有价值，没有寄托，我根本是个完全多余的人。多余！想不到几十年来我就活出了这么个结果。

是我自己不容于世还是这世界不容于我？为什么这世界上的关怀与温情总是青睐那些并不急需它们的人呢？

毒药已经准备好了。

拧开标有骷髅头的盖子，我最后一次以幻灭的目光环顾四周。的确，无所留恋。真正令我快乐，令我刻骨铭心的正是我永远得不到的。

“得不到……”我低低地说，“不如去死……”突地，有一句话在我脑中跳了出来，那句话，那句如果不说出口将令我这一生死不瞑目的话啊！

正是子夜时分，四际悄然，无数正常人正沉浸在各自的梦乡。在这样静悄悄的夜晚，一个黑色的游魂告别了纷繁的人群向夜的深处飞去。

他去倾吐一句话……

九

我知道自己找不到那人，我只是想回到曾留下那人芬芳的地点，那是寄托着我全部心灵的所在。在茫茫宇宙里，唯有那里才有我的真情与梦幻。

星河浩瀚……我迷失了，记忆中的方位已经模糊，我找不到那个地方。难道那次爆炸事故已经毁掉了我的记忆？不，冥冥上苍啊，请你不要这么残酷无情！

我终于精疲力尽。一个月的时间里，我搜索了能够到达的所有外围空间，而那地方却仿佛蒸发了般消失得无影无踪。我放弃了，我踏上归程。说实话，我回地球只是回去死，我不想做个葬身太空的孤魂。那个世界虽然不令我满意，但它毕竟是我的根。

太阳的光辉已遥遥显露。

突然间，天旋地转。坠落，坠落……

烟云，千奇百怪的烟云，远的近的，浓的淡的，如山如絮，如江如海……极远极远的高处，悬着一颗耀眼的白星，寂寂不动，皎皎无尘。

仿佛梦境。

真是一个不可思议的安排，我居然——回来了。

一切依旧，烟云、共振解析波方台、收音器……只是，没有了那云中的仙子。汪汪，你知道吗？无情无义的我又回来了，当年的我真是太傻了，其实，仅仅是能时时与你相见便已是何等巨大的幸福啊！可那时蠢笨的我却害怕了那种相见不相亲的生活，我为什么不想想，真正诚挚的情感又怎会被一堵磁墙隔断？

景物依然，人事已全非。我沉重地跪下，追悔那错过太多的年少时光。

忽地，仿佛是第六感官的作用，我感到一丝异样的心悸。而后，我缓缓地不太自信地回过头——啊！那云中仙子！还是雪白的衣衫，还是轻灵地飘荡在空中，只是，眉宇间显得稳重与成熟了，带着微染的沧桑。

“我等了你 5 年……”她的语气轻而淡泊，仿佛叙述一件很普通、很容易、很天经地义的事。

我的眼泪立时就下来了：“汪汪，对不起。可你不该冒险回来的，很危险。”

“你不也回来了吗？”她的眼睛依然明如秋水，“外面的世界很大很新奇，我游历了几个月。然后我便顺应内心的声音回到了这儿，等你。”

“我本以为见不到你了。”

“我认定你会来，无论多少天还是多少年，总之你会来，我不相信自己会白白付出。我相信你。”

巨大的感动已将我淹没：“我知道你的心，可我们都错了，大错特错了。”

“我什么都知道了。”她看起来很平静，“这就是命运，对不对？”

是的，正是命运安排了两颗永远不能结合的心灵相爱。这爱，已注定残缺。

这时，一阵震动从远处传来。

“不知又吸了什么东西进来。”她说，“近来这里似乎特别活跃，而且，还在移动。”

我想起来了，这次我是在太阳系附近被引力旋涡俘获的，我心念一动，从云堆上捡起收音器。

“……全球紧急通知：一来历不明的引力旋涡正从太阳系侧翼逼近地球，阻拦行动已经失败，目前情况万分危急……”

地球的大限到了，那可是数十亿生灵啊！

“……据专家推断，这一现象和日前失踪的物理学家何夕有关，其人有过从引力旋涡生还的经历。此番他受了精神刺激，有可能运用科技手段潜入其中，采取这一报复性的疯狂举动……”

“荒唐！”我骂出一句，“啪”的一声将收音器摔得粉碎，头部的剧痛令我几乎栽倒。

“当心身体，你的脸色好难看。”

我苦笑一声：“我的大脑……总之，我差不多算是废人了。”

“这有什么关系呢，我不在意的。”

我凝视着汪汪清纯的脸庞，真想大声赞美造物主的神奇，她有些不好意思地低下头。

“可能，”我凄然开口，“我们又要分别了。”

我的一只手搁在旁边的共振解析波方台上。地球将被吞噬，那么大的行星掉落进来肯定会引起可怕的冲击，这里已不可久留。可是，除了这样一个中性的混沌物质区外，我和她不可能在任何地方再相见了，不可能！

汪汪惊骇万分地失声叫道：“你说什么？不会的！”

我心痛如绞：“我们，是无缘的。”

“不，不会这么惨。”她声嘶力竭地喊出，“我很知足，我就只是看看你啊……”

“别这样！”我劝慰她，尽管我已难以说话，“当我是哥哥吧……”

“可你不是！”

“汪汪，我，我——爱——你。”我终于倾吐出了那句让我死不瞑目的话，任凭泪水满脸滂沱。

这是一句何等神奇的话语啊，她的哭喊停止了，两朵嫣红自她脸上飞起。

“能亲耳听你这么说我已没有遗憾。”汪汪轻轻闭眼，语气虔诚如同起誓，“我也爱你。”

而后，她的眼睛曼妙地睁开，里面盛着太多令我永远铭记却又永远迷惑的东西。

她开始奔向我，带着谜一样的眼神。

我也奔向她，义无反顾。

她说，爱不可残缺，爱情应该有着完美的历程。我说，是的，爱情是精神与肉体的双重涅槃。她说，来吧，让我们在一起。我说，我来了，和你走到一起……

就让双耳轰鸣，就让胸膛窒息，一切都不重要，重要的是完成爱情。

这一刻我似乎什么也没有想，但分明又想了很多——汪汪、我、地球，甚至薇妮。我发觉我并不那么憎恨世界，世界永远不会太坏，因为这世界上有爱！

场力拂起我们的头发，我们幸福而美丽，这是我们一生中最坦荡最无邪的一刻！

奔，仿佛自洪荒开始并指向永恒的奔。

近了，临近了，我迸出生命中的最后一丝力气，温柔而坚定地伸出双臂，完成一次辉煌的融合。

噢！光！明亮无比、灿烂无比的光！

尾　声

“最新消息：不久前出现的引力旋涡在20分钟前突然发生剧烈的内部爆炸，冲击波将其推离了原有轨道，不再对地球构成威胁。”

“另据测定，爆炸的迸泄物中有快子发生装置的残迹，故而可以断言，此番爆炸是由狂人何夕玩火自焚所致……”

平　行

一

“所谓奇点，通常是指函数中的某些变量取值，正是在这些点上产生了无穷。”

当托尼教授指着黑板上的这句话摇头晃脑时，教室里的其他人都拿手帕捂住鼻子，躲避漫天飞舞的粉笔灰。没人弄得清楚为何托尼教授总是喜欢拿着从古董店里买来的粉笔乱挥一气，而对液晶黑板弃之不用。大家只是暗自庆幸全校只有这么一个老学究。

“……我举个最基本的例子。”教授舔舔嘴唇，这让他的脸上更显得红白分明，“对于5除以x这样一个函数，当x等于0时，也就是说，5除以0等于多少？嗯？”

“无穷大！教授。”

话一出口，我便发现自己似乎是做了件傻事。后来才有人告诉我说，托尼教授在课堂上提问时从来都无人搭理，因而他早就习惯了自问自答。这时我恨不得立刻拿把刀把这个人干掉——他怎么不早点儿告诉我？

当时我的声音又大又清脆，我想这可能是托尼教授在教学生涯中享受到的最热烈的一次反响，所以他大大地激动了，不久他便极不民主地、生拉硬扯地把我从考古系转入了他的门下。应该说，此后的一段时光里我是全校精神最愉快的一个学生，每天托尼教授不来请3趟我是不出被窝的，而在课堂上我的嗓门永远都比托尼教授要高得多——谁让我是他唯一的正式门生呢。不过等到快毕业的时候我才发现，自己学的东西跟任何一家公司都沾不上边，难怪教授原有的几个学生早就跑了个一干二净。于是我后来常向人总结道，我这辈子赶上的最倒霉的一件事就是出于好奇而去听了托尼教授的那堂课。

记得在我回答了那个问题之后，托尼教授激动了半晌，而后便对我说：“照我说，你不是答错了，而是没答全。应该说等于任何数都可以，任何数都可以说是无穷大或无穷小，因为数字本身是无限的。”

顺便交代一句，托尼教授研究的课题是“时间本质”，这个伟大的问题不问谁都知道，而一问谁都不知道。但人们多少年来就算不知道也过得舒舒服服，毫无不便，而我在知道了那么一点点之后，反倒不知道该上哪儿去找饭碗了。当然出路还是有的，就是继承托尼教授的衣钵，然后在几十年后找一个会做“5 除以 0 等于几”的倒霉蛋把衣钵传下去。这条路自然能让托尼教授满意，却不能让我满意，所以我又回过头去捞了个考古学博士的头衔。

到考古研究院后的第 3 年，我有了一项惊人的发现。我在云南元谋地区的一次单独考察中找到了一些令我瞠目结舌的东西，确切点儿说，是一些刻在黑石上的古怪文字。几天后，经巨型电脑处理的结果交到了我手里，那些文字是一些知识，诸如“大地是圆的”“一年 365 天”“太阳是一颗星球”……而另一份资料也同时送达，上面记录着同位素年代检测的结果：这些黑石是 1.2 万年前的东西，即产生于公元前 1 万年。虽然大部分文字还未能被翻译出来，但仅有的这些就足以令我震惊了。最令人难以置信的是，在黑石的许多地方竟然写着这样一句话：“伟大的科学。”

就在我回到研究院里并开始犯一种叫作头疼的毛病的

时候，托尼教授找到了我，他只说了一句话：“我造了一台机器。”

二

教授拉开了门，然后我听到了一声轻柔如同咏叹的低喊，同时我看到一个苗条的身影活泼地惊跳开，一些大而艳丽的野花在这个身影上摇曳着。

“何夕，快来。”教授叫我。

其实我已经自己跑出来了，虽然黄昏时的阳光稍微有点儿刺眼，但我还是立刻看到了浅坡上无涯的芳草和芳草间愣立的她。瀑布般的黑发从她的额上倾泻而下，在小巧的脸庞上留下了线条柔和的阴影，她的眼睛就藏在这片阴影里畏葸而好奇地看着我们。她肯定不知道，在我们眼里她就是历史。

夜色开始降临，银盘一样的月亮从远方的群山之中探出脸来，她像一只灵巧的山鹿一样领着我们朝着森林的方向走去，如瀑的黑发混合了无名野花的芬芳在我眼前舞蹈般地飞扬，我恍然间有了一种梦幻般的感觉，我觉得她就是女神——月亮女神。

这是一个森林中的城市。

连绵不绝的木质房屋排列着，分割出整齐的街道；凿空的石槽从高山之上引来泉水，滋润每一个角落；归来的农人与猎户熙熙攘攘地穿行着，大声的喧哗连同城市上空缭绕的炊烟混合着，散发出令人陶醉的气息。

他们自称轩人，这里是他们最重要的一个城市，他们的头人威普也住在这里。轩人慷慨地收留了我们，想到竟然生活在公元前 1 万年的城市里，我不禁恍若梦中。

托尼教授的确是个天才，到现在我才算是有些明白了“5 除以 0”这个问题有着何等深奥的内涵。托尼教授说：“无穷这个概念只是数学和哲学上的一种表达形式，其本身是极不准确的。例如，从牛顿的理论出发可以证明宇宙是无穷大的，但这个表述本身就说明该理论是有缺陷的，后来果然就由爱因斯坦的理论证明了宇宙是一个有限大小的弯曲空间。但是爱氏的理论也有奇点，比如在爱氏理论中，当物质以光速运动时，会产生无穷大的质量和捉摸不定的时间。实际上爱因斯坦也认识到了这是局限所在，他也承认在奇点上会有一套新的理论，不过他一直都没能找到。”

托尼教授在说这番话时，语气中充满了伤感。我也知道在寂寞中前行了几十年后才有所收获的伤感也在所难免，我们谈话的时候有一只公元前 1 万年的大鸟在屋外的大树上嘎嘎地乱叫不已。

对托尼教授来说，此行的目的已完全达到，我们已测出并完全确定了此时的年代，这证明他建立的那一套用来描述奇点时空的方程是正确的。的确，从旧理论出发“5除以0”既等于1亿也等于1万亿，就像旧理论认为光速物体的每一瞬既等于2000年又等于1万年一样，托尼教授所做的就是把答案定在了唯一的值上。在他的机器里，我们曾在失去时间的那一瞬，由物质到能量又由能量到物质地走了一个来回，而也正是在这轻灵无质的一瞬，我们才得以在光速里回到了1.2万年以前。现在一切都很顺利，所以托尼教授开始提出返回了。

我当然不答应，我说：“还有历史问题！你没听见他们在说大地是一个球体吗？”

看来，托尼教授虽然是个科学天才，但无疑是个语言白痴，他怔怔地看着我说：“难道这有什么不对吗？这是事实嘛。”

我差点儿没气晕：“可这是在公元前1万年！”

托尼教授接下来的一句话真的让我晕过去了，他起劲地嚷嚷，脸上是捍卫真理、何惧杀头的神情：“公元前1万年的时候地球也是一个球体嘛。”

三

我到来不久便知道了“月亮女神”的名字，人们叫她

“莎莎”，同时人们也这样称呼一种多汁的红色浆果。她是头人威普的女儿。

没人刨根问底地询问我们，只有一个表情严肃的青年人不时来教我们学习语言，他的眼中有一种淡淡的掩藏不住的优越感。相比之下，我学得比托尼教授快得多，他老人家的确是个语言白痴。

莎莎那天突然到来的时候，我正在暮色里津津有味地吃着一枚莎莎果，她在花影里轻快地奔跑，月光把她幻化成飞动的风景。

她叫我们去看“大神照镜”。

大火猛烈地燃烧着，那么多人聚集在广场上，跳着一种姿态狂放的舞。他们的脸被火焰映得通红，激动、敬畏、崇拜等各种神情在无数张脸上浮动着。在这样的时刻，森林的巨大暗影退去了，森林的潮湿、恐怖、阴冷也被眼前这冲天的大火赶得很遥远，兽与鸟的叫声虽然还不时传来，却显得那样渺小和无奈，仿佛也被这森林中的神秘之火震慑。

火！先人们点燃的最初之火啊！虽然此时还只是森林里的一隅之光，却充满着无比强韧的生机，而且我知道，在遥远的将来，这束火焰会彻底照亮这颗蓝色的星球。这时一股说不清是感动还是别的什么的情绪立刻包围了我，令我几乎掉下泪来。

突然，一切静止了，只听得见大火的喷吐声和硕大的树枝在火中发出的爆响。我这才注意到广场中央高耸的圆台上站立着两个人，一个是头人威普，另一个我不认识。站在我旁边的人告诉我，那是威普的副手米高。威普披散着头发，手中拿着一把石剑直刺天空，而米高则在……则在……

我看不见米高了，同时我也看不见这火、这人群，因为我看见了莎莎。没想到她离我那么近，竟然就在我伸手可及的地方。她站立着，不时踮起脚来，急切地看着圆台。她小巧的唇被一排洁白的牙齿咬住，她的眼睛被希望的光烧灼着，但我又分明看到一丝来自灵魂深处的忧郁在那希望之下显露。火光勾勒出她窈窕娇好的身姿，火光的跳荡使她身影忽明忽暗地变幻着，如同夜色中的精灵。这一刻我清楚地感到自己被灼痛了，因为她的忧郁。可这是因为什么呢？

想到这里，我急忙顺着她的目光把注意力又放到了圆台上。威普在激烈地宣讲着，他的话急促古怪如同咒语，我费了很大劲才听清楚。他似乎是说，当月亮升到两棵树那么高的时候大神就会降临，并把月亮拿走，因为月亮是大神沐浴时用的镜子。他还说，大神用完后会把月亮归还给人们。

我陡然间觉得头有些晕，我是不是听错了？威普，公元前1万年的一个部落头人，竟然在——预测月食！他凭的是什么？他知道牛顿定律吗？他有电子计算机吗？我的头快裂开了，我真想去问问托尼教授，他到底有没有弄错时间。

火渐渐熄灭，月亮缓缓地爬升着。广场上安静得似乎能听见月亮升起的声音。一棵树……两棵树……

3棵树。

月亮还是月亮，大神没有来。

四

我听见一声痛楚的低喊，然后便感觉到自己的左手被捏得发痛，是莎莎！她深埋下头，眼睛里充满悲伤，我的手可能被她当作自己的衣角了。她的手小而柔软，也许是因为过度的紧张，已经沁出了汗水。

面色苍白的威普痴立着，没有人知道此时他在想些什么。米高一语不发，人群已开始骚动不安。

必须帮帮他，我对自己说。倒不是因为他是莎莎的父亲，而是因为他在公元前1万年的时候试图预测月食。

可是，我又能做什么呢？我哪里知道今天有没有月食？

对了，托尼教授！说不定他知道。于是我忙问他今晚有没有月食。

老家伙两眼一瞪："没有现在的天文资料我根本不知道月球的方位，叫我怎么告诉你？"

我感到一阵透心的凉。虽然我不清楚今夜的失败会给莎莎带来什么，但仅凭她脸上那种超乎寻常的悲伤，我也知道后果一定很糟。

但是老家伙又接着说道："除非……你能将某次月食的准确情形告诉我。"

他一说，我便想起在我过26岁生日的那晚发生过一次月全食，我还记了日记的。

"……没有，真没有。"老家伙听完我的叙述，一句话就把我打进了冰窟。人群的喧哗渐渐失去控制，有几个人已经冲上了圆台，推搡着头人威普。莎莎绝望地啜泣着，晶亮的泪水滴在了我的手上，让我感到一阵阵的心痛。但是，我又的的确确帮不了她！

"你急什么？有你什么事呀？"托尼教授似笑非笑地看着我，慢吞吞地接着说道，"现在是晚上11点半了，我算出再过40分钟月食就会开始。但那已不是今晚，而是明天凌晨了。"

我一下子乐得跳起3尺高，这个老家伙居然在耍弄我！不过我顾不得和他理论，拉起莎莎就往圆台奔去。莎莎显然不明白发生了什么事，她惊讶地看了我一眼，然后便温顺地任由我拉着她狂奔。

终于登上圆台了，我一把推开正在纠缠威普的人群，大声说道："头人没说错！大神是要来拿镜子的，但大神昨天托梦给我说今晚有事耽搁，要迟一点儿再来拿，等到12点……啊不，"我手往天空中一指，"等到月亮升到那里的时候大神才会来！"

莎莎沉静地看着我，她的双眼如同暗夜里幽远的星星。

人群只愣了一下便看出我不过是被收留的一个小人物，他们根本不相信我。在这样的时刻，我和威普都像是大海里的孤舟。

一股热血冲上了我的头顶，我一把撕开衣襟露出胸膛，然后一字一顿地说："如果等一下证明我说谎，我愿意死在这里！"

四周霎时便寂静下来。我缓缓走到台上的石柱旁，递给莎莎一根绳子，然后我把手反背在石柱上，说："捆住我，莎莎。"

在莎莎动手捆我的时候，我悄悄地捏住了她的手。她惊惶起来，局促不安地看了一眼四周又求饶地看着我，我稍稍地加了一把力才又放开。

托尼教授的确是当之无愧的科学天才，他穿破 1.2 万年的时间阻隔，居然一分不差地推测出了这次月食。当月亮缓缓滑到我手指的那个方位时，月食开始了。

狂欢。

大火又重新燃起，照亮暂时没有月亮的一片世界。那么多人，那么多人！先人们哼唷着无字的歌谣，暗哑而激昂。即便歌谣无字，即便时光阻隔 1.2 万年，但我还是听懂了，那是对神秘自然和无穷宇宙的无尽向往。这就是我们的先人啊！这就是我们先人的歌啊！

狂欢使人们彻底忘记了我，于是我被稀里糊涂地捆了一整夜。

五

一切便顺理成章地开始了。

现在我已经成了威普的助手，得以登堂入室地进入他的生活领地。我这才发现威普有着极高的智商，不比托尼教授差多少。1.2 万年后我们找到的那些黑石上的真理，除了自上一代人留传下来的那些，很大一部分都是由他发现的。他用水晶石磨成镜片观测星空，他建立了一套足以与欧氏几何原理相媲美的几何学，他甚至用木头造了一架

完全符合空气动力学原理的能飞的滑翔机，而上次他对月食的预测仅仅差了几个小时。这个公元前1万年的头人竟然超越了几十个世纪！

看得出，威普对我很满意，他并未深究大神是如何给我托梦的。白天他忙着安排轩人的生活，晚上总是独自坐在凄冷的夜色里，向永恒的宇宙倾注智慧。他那种孤独而庄严的身影常常令我产生一种神圣的感动。在人类漫长的历史中，不知有多少像威普这样的天才曾经忍受孤独并在孤独中探求真理。而他们中的大多数人最终都湮没无闻了，比如我知道的，威普的名字便没有流传下去，但实际上他具有载入任何一本史书里的资格。可惜时间的黄沙太厚重了，人们看到的只是坦露出来的一小块土地。

我唯一的不安是关于米高的，这个面色阴沉的中年汉子对我似乎特别在意。时不时我的后颈会感觉出一道森冷的目光，那就是米高在看我了。但这点儿不安根本不算什么，它怎能和每天能与莎莎见面的快乐相比呢？

莎莎有乌黑的眼睛，莎莎的肌肤像琥珀一样柔滑，莎莎在草地里穿行的时候就像一只鸟。我们在绕着薄雾的丛林里奔跑，在散落着红色果实的溪流旁嬉戏，在高山之巅目送太阳一点一点地落下并把世间万物沉入苍茫……

莎莎的眼睛里充满快乐，19岁的莎莎快乐起来的样子真是迷人极了。

我们经常会碰到莎莎树，今天更是发现了一大片，娇艳的果实如同宝石般坠满枝头。莎莎欢呼着使劲跳起，摘取着一颗又一颗莎莎果。

“何夕，这个最大的给你。”莎莎递给我一个，也许是因为用了力，她的脸灿若云霞。

我接过来，感到浆果上还带着她的体温，一股奇妙的情绪驱使我把莎莎果送到嘴边，然后，轻轻地在上面亲吻了一下。

莎莎的脸立刻红了，她紧张不安地埋下头：“你怎么……不吃？”

我伸出手扶住她的肩膀，这一刻我感到她重重地惊跳了一下，但并没有挣开。这鼓舞了我，我几乎是冲口而出：“莎莎，我喜欢你。”

她低着头没出声，但我的手指突然感到了两颗泪珠的垂落。我吓坏了：“怎么了，莎莎？为什么哭啊？是不是我说错了？”

她抬起头，一种近于幻灭的悲伤从她的眸子里射向我，我从未见过谁的眼睛会如此悲伤。

莎莎就这样看着我，然后对我说：“以后不要再来找我了，好吗？”

六

“你不仅有语言天赋还有舞蹈天赋。”托尼教授不无揶揄地叼着烟斗评价道。

这时我正浑身无力地躺在床上。通过托尼教授的讲述我才知道，那天我和莎莎分手后便钻进果园吃了一大堆发酵后的果子，然后便像模像样地跳了一通迪斯科。而极具欣赏水平的轩人们也立即受到感染，迅速加入，结果引发了一场不大不小的风波。

“而且，有人已经把这些动作加到了壁画上，要是有朝一日被发掘出来，还不知会闹出什么乱子。”托尼教授微笑着说。

“莎莎离开我了。”我轻声说了一句。

“我已经猜到是这么回事了。”托尼教授内行地点着头，“其实很简单，莎莎是轩人的神女。轩人每年都从初生婴儿中根据一定规则选出一名神女，等她们长大成人的时候奉献给大神。神女是不准与常人结合的，这个风俗从古至今绵延不绝，只是到了莎莎这一代有了一些变化。”

“这些我怎么都不知道？”

“只怪你太粗心了，这些本不是秘密。你也知道轩人的婚俗吧，女孩十五六岁就出嫁了，而莎莎都 19 岁了。

好了，还是说正题吧。你肯定也感受到了，头人威普有着极高的智慧，同时近千年来这里气候宜人、物产丰富，轩人也没有经历过大的自然灾害，因而他们对自然力量的产物——神——的信奉也不如祖先的强烈，威普以及上几代人中的一些智者正是在这样的情况下研究出了很多了不起的成果。这倒是同我以前的某些想法相吻合。”托尼教授稍停片刻后接着说，“其实人的生物智力在几千年中几乎是没有多大变化的，比如说将微积分讲给轩人们听他们也是能够理解的。所以我对轩人们现在取得的这些认识丝毫都不感到奇怪。”

“可这和莎莎做神女有什么关系？”

“用神女敬神的前提是轩人一直相信大神主宰着人世间的一切，但你想想，当威普已经发现大地是一颗星球，月亮也只是一颗星球，而人也可以预测出大神何时来沐浴照镜的时候，他对神还会笃信无疑吗？实际上，正是由于威普的怀疑与反抗才让莎莎活到了今天，否则她早就在5年前被送上祭坛了。”

我想我听明白了，我终于明白了莎莎眼中那种能穿透一切掩饰的忧伤从何而来，只因为她从降临人世的第一天起就被死神的阴影笼罩着，她是在何等巨大的压抑下追寻并热恋着生命啊！她发自内心地珍爱着每一棵树，每一茎草，每一枚果实，现在我才知道，她其实是在热爱生命本身。她是想让自己短暂的生命在世间留下开朗与美丽，她把那些即便是男人也不可承负的悲伤都埋在了心底！而愚妄的我竟然那么蛮横地去触动她最怕人提起的心事！

必须帮助她！我暗暗发誓。

七

威普正对着地上的一堆石头发呆。我大声叫他，过了好一阵儿他才长长地吁出一口气。

“什么事？”他似问非问，眼睛仍盯着那堆石头。看来我得先解决他的问题了。“头人，您在想什么？”我问道。

“这问题我都想了几年了，不知为什么，我这样摆出来的星图总跟观察到的不大一样。”

我凑过去，那堆石头里正中的一块上写着“地”，而写着“日”以及显然是太阳系行星的名字的石头则摆在四周的几个同心圆上。我微微笑了，轻轻地把“地”和“日”交换了一下。

威普一愣，然后他闭目像是在进行推证，等他重新睁开眼睛的时候，我看见他的脸上欣喜若狂：“对啊！是这样的！我怎么就没想到呢？我太笨了，哈哈哈……”

然后他转头向我：“何夕，想不到你这么聪明。好，今天你可以随便提个要求，我都答应你。”

我鼓足勇气道：“我想，请您废除神女敬神的规矩。”

威普明显地颤抖了一下，他的眉毛紧紧拧在了一起，脸上的肌肉也不由自主地牵动着。

我盯住他，急促地追问：“您知道是没有大神的，对吧？大神照镜——那应该叫作月食，这也是您测算出来的，对吧？”

“大神，有？没有？”威普的神情恍惚了，“阿妈说过，阿妈的阿妈也说过，米高也在说，很多人都在说，我们轩人是大神之子，大神给我们火，给我们森林，给我们……我们……”

威普突然站起身来，跌跌撞撞地冲出了门。

我怅然地退出来，不想正与米高碰了个正着，他看着我的眼神冷如刀锋……

“……生人之初，天地陷落，生灵涂炭，大神慈悲，飞舟临世，灾难方遏……”

我读着轩人“祖碑”上的这段文字。这段时间我一直在考证轩人更早的历史，结果我发现轩人口中的大神是个非常扑朔迷离的概念。没有形状，没有性别，似乎仅仅只是一个音节。但这个音节具有非凡的震撼力，在轩人生活的每个角落都留下了痕迹。

不过，这种痕迹近几百年来又确乎在减退，比如在以前像我这样的一个外人是断然无法见到“祖碑”的。这段时间我差不多找全了1.2万年后出土的那些文字，但奇怪的是，我自始至终未能发现出土的那句“伟大的科学”。我带着一种近乎狂热的感情搜寻这句话，但是我一无所获。那句话不知道在什么地方，但是我不能放弃，因为那是我的希望所在。

这几天我做这些事的时候总觉得有人在盯着我，肯定是米高，管他呢！

“……最高之山震怒……流火之石从天而降……”

这段文字也记在“祖碑”上，凭我的知识，已断定轩人祖先经历的这场大灾难是火山喷发，至于大神为此做过什么却语焉不详。我正这样想着，突然又感到有人在看着我。我吸口气冷不丁地回过头去，竟然是——莎莎！她想躲已来不及了，我冲过去捉住了她的手。

“莎莎，为什么我到处都找不到你？为什么你总是躲着我？”

莎莎惊慌地看着我，想挣脱我的手。我这才发现她瘦得厉害，脸庞也更显小了，皮肤苍白得像纸。

我的心中滚过一阵绞痛，更用力地抓住她：“你说话呀！因为什么？就是因为——你是神女？”

莎莎悚然一震，她痛苦地闭上双眼，但泪水已止不住地流下来。她的声音低弱极了：“你都知道了？”

我点点头：“而且，我还找过你的父亲，想请他废除这个风俗。”

“你失望了，对吧？”莎莎睁开眼，“你不能怪他，他也打算过这样做，但是不行。爸爸他每天都必须绞尽脑汁，争取想出新的东西来证明轩人不用神女敬神也能生活得很好。他是那样地爱我，他是在拼命啊！你知道吗，如果上次大神照镜的时候不是你帮助我爸爸，说不定现在你已经见不到我了。”

我伸出手把她紧紧拥住，这一刻我感到有什么东西在我们之间发出了一声滞闷的破裂，我想那就是1.2万年的时间。

八

“我要带莎莎走。”我一字一顿地对托尼教授说，同时我也打定主意，要是他胆敢反对的话，我就用高八度的声音再重复一遍。

老家伙吃了一惊：“这个嘛，从理论上讲是办得到的，但是有必要吗？我们的研究已经很有收益了，并不需要再带什么活体回去。”

老天！这个迂夫子居然认为我要把莎莎当成采集的标本。不过我没精力同他争论，同托尼教授这样的老光棍儿探讨这个问题肯定是对牛弹琴。

“我说有必要就有必要。而且，我的考察也差不多了。”

“那我想听听你对轩人的看法。”

“那好，我认为轩人目前的文明程度已接近牛顿时代的水平，而从牛顿时代到我们的时代只有几百年。根据地质分析，轩人遭受毁灭性大灾难的概率几乎为零。所以，我认为轩人会一直这样发展下去，而且，他们在不久之后创造的文明便是我们一直猜测的史前高级文明。你想想那句‘伟大的科学’，他们的认识已经到了这种程度，难道还不能说明问题吗？”

“咳，我说嘛，原来你跟我想的一样。”托尼教授兴奋地叫起来，“那你再说说，你怎么解释后代史书中只有一部文明史呢？”

“很简单。从现在到我们的历史元年之间还有1万多年的时间，想想看，在牛顿时代之后几百年内人类就已经可以走出地球了，所以轩人作为一个族群很可能也在适当的时候为了开拓更广阔的生存空间而走向宇宙了嘛！就这么简单。”

“又是不谋而合，真是英雄所见略同。”托尼教授得意非凡地摇头晃脑。

这时我又想起了那个问题，那句“伟大的科学”究竟在哪儿呢?

我正琢磨着，却看见莎莎走了进来，于是我忙拉住她的手问道:“莎莎，如果我要你跟我走，你会不会答应?”

莎莎飞快地瞟了一眼托尼教授，声音小得几乎听不见:“你干吗问这个?我怎样你还不知道?总之，你到哪儿我就到哪儿……”

我有些发急，知道她没明白我真正的意思:“我是让你离开轩人，到……另一个地方去。”

“为什么?没有人要我们走啊，你不可以留下吗?”

的确，我留下不也一样吗?但是，我的内心有一个声音清楚地告诉自己，我不属于这个时代。那就好比让一个少年来到成人的圈子里，他最多只是让要发生的事早一些发生，但是让一个成年人来到少年人那里却永远都不会习惯。

这时屋外突然传来一阵喧哗。

出什么事了?我第一个冲了出去。

天上有10个太阳!10个太阳炽烈而耀人眼目地在天空中荡漾着，君临芸芸众生，一些更加明亮的冒着火焰的流光飞泻而来。

轩人们惊乱地哀号着，所有人都“唰”地跪下了，双手举起，向着妖异的天空倾吐无声的词句。虽然听不见，但我从他们的口形看出他们念的只是两个字——大神！

大神、大神、大神……

不！不是大神！我知道，10个太阳只是大气折射光而形成的一种罕见的天文现象，那些亮迹则是碰巧发生的陨石雨。这都是自然现象啊！轩人们！

我看见头人威普也跪下了他伟岸高贵的身躯，他的脸上不再有平日那种智者的光芒，而代之以无可形容的惊惧与无奈。米高在另一个山坡上跪着，他愠怒地瞪着威普。

我知道眼前的现象不会持续多久，过一会儿就会消失，但肯定的是，那个“大神”会因此在轩人的生活里增加许多印迹。对威普来说，消除这次的影响可能意味着需要许多年的时间。

为了应付可能出现的各种情况，我和托尼教授差不多搬来了21世纪的所有新玩意儿——从最尖端的导弹到最滑稽的电动玩具。现在是我和大神较量一番的时候了。

当我脚踏反引力飞盘，手持灭火导弹来到人群上空的时候，四周立刻静得吓人。我噼里啪啦地朝起火的地方乱射一气，飘散开来的灭火剂上下翻飞，如同五色祥云。

火灭了，而天空中的奇异现象也恰在这时消失了，我真想大声感谢老天爷的配合。我环视全场，一种自豪感充满我的心胸。

“这是科学！”我大声宣讲道，“没有大神！只有科学才能带来一切，你们不要信奉大神。”

我激情满怀地宣讲着，看见轩人蒙昧的脸在科学的洗礼下泛出明亮的光泽。我听见他们在高声地喊叫：“没有大神！只有科学！”

轩人们拥向祭台，掀掉了大神的祀碑。而大火已被点起，轩人们拿起木棍打击起高昂的节奏，火光映红了每一张欢乐、激动，仿佛获得了新生的脸。

啊！啊！科学！

节奏越发地狂烈了，风与火缠绕着。这时我看见——莎莎——一步一步地从人群中走出来，她看着我，眼中是晶莹的泪水，脸上是幸福的微笑。人群极规则极小心地簇拥着她，在她所过之处，每个人都趴下身躯，亲吻她踏过的尘土……

莎莎跨进了火的领地！

我一下子痴了，傻了！我不能动，我不能想，我只听见风把莎莎轻柔的诉说送到我的耳边。

“……我不知道你就是……如果我知道，5 年前我就会跳进火里了。阿妈说过，是你赐给我们火，你在火里与神女结合……我来了……亲我爱我吧，我的……”

大火翻飞，大火掩去了莎莎幸福的微笑和带泪的容颜。

我昏厥了。

九

托尼教授看着我，目光如同看着一个死人。

现在又是我们的时代了，我刚一苏醒便想清楚了发生的一切事情。现在我才知道，其实轩人根本没能形成什么史前高级文明，他们只是我们平庸的祖先，他们在后来的时光里被一种叫作“科学”的图腾耗尽了一切。而正是我把他们推上这条路的，是我亲手摧毁了一个优秀的头人所做的一切，也是我亲手为他们树立了一个让他们顶礼膜拜的幻影。更可怕的是，我竟然亲手害死了我最爱的莎莎。如果说我是罪魁祸首，那我其实是世界上最可怜最伤心的罪魁祸首。我发疯似的要求托尼教授重新送我回去，但托尼教授说，我们回到过去这件事情本身就是历史的一部分，而历史上发生过的事情是无法更改的，即使再送我回到 1.2 万年前，我也只能因为种种原因眼睁睁看着历史重演。

“不要伤心了。”托尼教授拉着我的手安慰道。

我缓缓撑起身，机械地向屋外走去。那里是一个平台，从这 50 层楼高的地方看出去，天空是瓦样的蓝。我朝着无垠的蓝色走去，我看见蓝天之上有一张带泪的容颜。

“站住！”托尼教授跟了出来。

我听见了，但我没停步，我想他能想象到我的坚决，同时他也该知道没有人能拦住我。

蓝色越来越近。

“有件事我要告诉你。我的一位朋友刚刚告诉我，有一批科学家研究出了一种发射后不衰减的信息波，而且可进行超光速传输。信息波已经发出去了。”

我不知道教授干吗说这些，我只知道那带泪的容颜在等待着我。近了，近了。

“这意味着在极短的时间内，全宇宙都可能知道地球的存在。按照概率，宇宙中会有数量巨大的高级智能生命，他们，就快来了！经过这么多事，你应该明白当不同级别的文明相撞击时会发生什么事情，这意味着什么你应该比我清楚，我们有很多事情要做。想想看吧，如果它们坐着莲台或是驾着祥云到来……”

我顿了一下，蓝色在诱惑我。

小雨

一

“我最喜欢的景色便是浮着几缕薄云的蓝天，所以我很少去旅行。”韦雨那天这么说的时候就站在这棵白桦树下，她当时还抬头望着天空做了个深呼吸的动作，乌发因此在她的肩部掀起了一阵小小的波浪。白桦树干爽地挺立着，秋天的黄叶纷纷扬扬。

我应该承认自己完全听出了她在这种表达之中隐藏的拒绝，而我敢肯定一旁的棱冰也不会不懂。我于是说，有许多地方都值得去看，并且开始生动地描述一些知名旅游区的风景。韦雨认真地听着，亮晶晶的眸子里蕴含着温暖的笑意。她一直这么温暖地看着我，直到棱冰插入一句回话为止。棱冰说：“这些都是天下。”韦雨猛然回头望着他，一种朦胧的光芒令她的眸子幽深如潭。

现在想来，我的落败正是从那时开始的。我其实知道那句话绝不会是大大咧咧的棱冰的真实想法，但我将永远对他在那一刹那的智慧表示敬佩，尽管当我看到韦雨眼中那充满深意的朦胧时，就已感到了某种坠入深渊般的绝望。不过如果现在的棱冰再说出这样一句话，我会相信他是有感而发。因为我知道，棱冰现在的经历已使他无论如何深沉都不会显得过分，但是我其实也没把握以后还能不能听到棱冰那带点儿女声的尖嗓子。

再后来的情形我已记得不很清楚，总的印象是我那天的行动似乎是慢了一拍。当我沉默了半晌很想和人谈谈生命与死亡时（我敢说，只要韦雨听我讲下去，她就会发现我并不只是擅长于旅行），我才发现韦雨和棱冰已经在快乐地说起旅行的事了。于是我恍然悟到为什么有很多人在提到“命运”这个词的时候总是一语不发，同时我也认识到我的错误只是命运的安排，所以我并没有做错什么。

但是让我感到悻悻然的是，在那之前韦雨只认得我，相识的原因很简单——当时同她在一起的人也正是我的朋友。见面后那人介绍了她的名字，但我脱口而出地叫了声“小雨”。初次见面就这么亲切称呼对方肯定显得唐突，我也不知道处事一向谨慎的自己为何会一反常态这样做。当时我注意到她的眼中曾掠过一丝雾样的神色，令我恍然有一种被洞穿了的感觉。不过一切都稍纵即逝，眼前依然只是一片平庸的世界。很久以后那位朋友还拿这个小插曲来开我的玩笑，而也只有我自己才知道，我并不像口头上表现得那样反对他这么做。

后来我常想，可能正是在那初见的一瞬世界上便有了一条轻盈无质的丝带让我仓皇奔走却无从逃遁。实际上，为了躲开这条丝带的缠绕，我的确曾孤身前往一颗无人星球去写生，在那里待了 3 个月后我终于感到心绪完全平静下来。但在我返回地球，走出飞船，看到来迎接我的韦雨（她的身边站着棱冰）的一刹那，我便立刻又面临着一个难题：这种孤独行动是否该重来一次？

记得在我突然喊出“小雨”的同一天下午，我竟非常偶然地在同一个地方又碰到了韦雨，当时她意外的样子真是动人极了。她说：“真没想到。”然后她看着天空，“这种晴朗的天气让人想起草原。”而在她仰头向天的时候我陡然感到了明显的震动，她那线条优美的脖颈在蓝天之下雪白如玉，让我产生出一种若即若离却终不可寻的情绪。后来我在分析那一刻的情形时，把原因归结为那一刻的她具有某种可以入画的韵致，而这触动了我的专业习惯，不过这个理由始终让我觉得过于牵强。最为奇怪的是，后来当我把这种情绪捕捉成为一幅叫作《天下》的油画时，我竟然难以自持地在那雪白如玉的颈部缠上了一根大红的丝带。也正是这条丝带使我失去了不久后举办的当代世界画展的金奖，评委们一致认为这条丝带的出现让人觉得不可理喻。我也不太清楚为什么要这样做，但我知道我是那样偏执地要把这条丝带缠在那美丽的脖颈上，似乎只有这样我才能在画布上真正留住那一刻的一切。

我后来一直在想，自己可能正是在那一刻的震动之后才开始感受孤独的，在那以前我一直扛着画架追逐时间，同时也被时间追逐。我之所以选择并喜爱画家这个职业，就是因为我觉得这个时代只有画家是不会感到孤独和无所事事的。虽然人们现在已经可以用三维成像技术活灵活现地表现任何事物，但永远表现不出自然在人们的心灵里激起的感受，这种感受源于真实而超越真实。

韦雨谈到天空与草原时带给我的恍惚并未持续很久，我很快醒悟到了自己的失态并很大方地约她第二天还在这里见面。我说无论她来不来我都会来，并且告诉她我真的有事。现在想来，如果我在第二天不叫上棱冰或许事情会是另外一副样子，但我一直喜欢每件事都能有个纯净明朗的开始，而且对这种偏爱我至今都没有舍弃的理由。第二天早到的韦雨看见我们俩时显出的那种惊讶实在有着非常浓的孩子气。

有一次我突然心血来潮告诉韦雨说，那幅《天下》是以她为蓝本的，韦雨咯咯地笑着，摇着头表示不信。过了一会儿她仰起头煞有介事地抚摸着脖子说："你什么时候看见我缠着红丝带？上辈子？"

二

沙漠在我的前面，沙漠在我的后面，我和我的白马在沙漠的中间……

每次我都在梦做到这个地方的时候醒来。这个梦我做过很多次了，在里面我似乎是个黑衣骑士，总在寻找那传说中的歌者。每次梦的环境不同但都非常恶劣，我在一片不明来由的琴音里朝着冥冥中的方向策马而行，风与沙在我耳边的呼啸如帛的撕裂声。

但是在我和韦雨谈到丝带后不久，我的梦意外地有了进展。我在一片空旷的仿佛天地尽头的荒原上看到了一具古琴，它正在一双充满灵性的手的抚弄下发出令我甘愿为之颠沛流离的声音。那一刻我中魔般地向前冲去，但我很快发现了自己的徒劳，无论我如何努力，歌者与古琴仍在咫尺外的天涯。大雾漫起，我心有不甘地大声呼喊，而正是此刻我才发现，歌者那白如美玉的脖颈上缠着一条丝带——绯红如血。我悚然惊觉，想看清那人的容颜，但大雾吞噬了一切。

这是我最后一次做这个梦，实际上，从此之后我根本就摆脱了做梦这种生理现象，但每天早上起床后却感到极度疲惫。后来我在棱冰的家里看到一本名叫《多梦年华》的诗集，里面爬满了描绘青春的句子，这个发现让我一连几天都心情黯然。

应该说，棱冰和韦雨站在一起时的样子，是很使人感到赏心悦目的，我听到很多人都这么说。棱冰是我的同行，但他并不像我一样用艺术来摆脱空虚，他完全是执着于艺术本身。记得在美院求学时教授让我们画一幅《生命》，我画的是汪洋中的半截朽木，上面长着一根开着小白花的枝丫。而棱冰则是在惨白的画布上重重地点染了红与黑两条滞重的DNA螺旋带，它们反复纠缠着从画的底部一直贯穿着冲出整幅画面，凄怆得令人呼吸不畅。末了，我悄悄地把我的小白花付之一炬。

看得出棱冰对韦雨的真心。我当然不知道他对蓝天下美丽的脖颈是否有像我一样的执着，但是我知道，他看着韦雨时的那种温柔目光必定来自心灵深处。在此之前我从未见过一个男人会有那样的目光，并且我想韦雨对这目光的感受自然比我要深刻得多。

很久之后我对棱冰谈起这目光的时候，我看到有清清的泪水在他眼里聚集并且成行，然后他握着我的手让我感受到他全部的痛楚和悲伤。

三

我曾突发奇想地觉得，如果世界上没有“偶然”这种东西的话，也许一切都会平静得多，但我立刻想到，如果真是那样的话人们是否能习惯这种平静。在很多事情发生之后再不能回头的某一天，我独自在荒芜的花径里站立，并尝试倒逆着整理事情的脉络，结果发现最早的异样其实在我向韦雨谈到那幅《天下》时已初现端倪。我一直没能忘记她当时的笑声，那种笑有着过于强烈的开放女人的味道，但我深知韦雨有着最守旧的信条，而且她那样笑的时候，我在她的眼睛里没有找到快乐。

应该说韦雨是个普通至极的女人，和这个世界上的大多数人一样，她无须为生存而工作。从这一点上看，我时时觉得现在的人生就仿佛一束花，充满着自在、纯洁却近于空白的意味。这不是我精神颓废，而是现实。因为现在人类已经掌控了太阳的全部能量，按照公元1964年由苏联科学家卡尔达肖夫提出的指标，目前人类获取能量的程度已达Ⅱ型文明的程度，但人类现在只能用掉这些能量的万分之一。按照科学家们的说法，我们已经生活在了一个科学终于控制了一切的年代，所以现代人的首要任务就是学会奢侈，起码几百年内是这样。我意识到这一点的时候还只有14岁，之后不久我有了一个画架和一支笔。可以说，在14岁的时候我便在脑海中为自己勾勒出了一个苍凉、劳顿，因而不是那么“空白”的画家的形象。

棱冰也说到过韦雨的普通，他是在一次聚会后这么说的。当时圈子里的一流画家差不多都到了，棱冰特意请了韦雨——我敢说他此举多少带有一点点向韦雨炫耀的意味。但韦雨刚一到便对我们说她只能待上半个小时，因为她约了一位小有名气的裁缝给她试衣服。然后韦雨就跟我们俩谈起各种衣料的质地和颜色的搭配。其时正好一位美术界的激进人士正在歇斯底里地叫嚷要发起“新美术运动”，并且信誓旦旦地说要用一种颜色表现全部世界。韦雨的声音那天出奇地好听，那位仁兄的市场因而大为逊色。这时我第一次见到了韦雨的眼睛里有那样多的快乐，在那一瞬，我完全相信她的这种快乐远远超过我在绘画中得到的。而且我也正是从那一刻开始思考一个问题，我在想，所谓幸福、悲伤、充实、空虚等会不会只是一种纯粹的个人感受？

棱冰在聚会散场之后对我说："韦雨最不普通的地方就是她坦然地让人们看见她的普通。"而后来他又告诉我，他正是从这个时候起才真正不能自拔地爱上了韦雨。

韦雨要回去试衣服的时候正轮到棱冰发言，我便很适时地去送她。夜空辽阔而深远，我闻到晚风中有淡淡的花香。韦雨深深地吸了一口气说："真该感谢祖先们领悟到了环境保护的重要，不然我们就白长了一个鼻子。"我看着她那线条优美而微皱（她正深呼吸）的鼻子说："当心把鼻头吸进去了。"她一愣，旋即调皮地问我："要真是那样你肯不肯把鼻头移植给我？"我深深地在心里叹了一口气，嘴上却说："为什么不，我巴不得你长个男人的大鼻头出出丑。"说完我便哈哈大笑。

不过我只笑了几秒便戛然而止，因为我看见有几颗亮点在韦雨的睫毛上闪动。我嗫嚅了半晌后说："对不起。"韦雨极快地转过头来问："干吗这样说？"这时我看到她的睫毛上很干爽，刚才的亮点可能只是街灯制造的幻象，于是我淡淡地说："没什么。"这时我们的目光都不约而同地被天上的银河所吸引，韦雨指着天空说："如果让你画一幅《银河》它会是怎样的？"我说："就跟你现在看见的一样，是一条白色的河。”韦雨突然大声笑起来说：“你知道棱冰怎么说的吗？他说要画成一颗颗的星球。”我沉默着，然后说：“幸好我还没画，要不我又得把它烧了。”韦雨立刻显出惊讶的神色。于是我给她讲了那幅《生命》的故事。韦雨咬住下唇，突然说：“如果画了就别烧，送给我吧。”

那个晚上韦雨还谈起一件事，她说在很小的时候母亲总叫她“小雨”，但七八岁之后却又不这么叫了。

韦雨说起这件事的时候，我不知怎的竟有一种要流泪的感觉。然后我忍不住提到一件往事：我十一二岁的时候常和邻居家一个叫小雨的女孩一块儿玩，后来一群男孩因此而嘲笑我。结果我赌气用鞭子抽了那个女孩，我记得是抽在脖子上的。不久我们所在的城市发生了地震，听说她全家人都死了。

“你的记性真好，这么久的事情还没忘。”韦雨说着便笑起来，笑出了眼泪。

四

在这次谈话的第二天我就启程到一颗小行星写生去了。几天后我接到棱冰的电话，他说我走的当天韦雨也不见了，他还开玩笑说如果不是凭着对多年老朋友的信任，他差点儿怀疑是我把韦雨拐跑了。我叹了一口气说：“有你们这两个朋友我是没法清净的。”同时我告诉他我将立即返回。

回到地球后我差点儿气疯了，韦雨正好端端地倚在棱冰的怀里。我刚要掉头而去，韦雨追上来说她的确因事离开过几天。我看着她明澈见底的双眸，在心中轻叹一声，然后摊开双手表示已经消气了。

但是我万万没想到此后的时光是那样美好，韦雨几乎天天都陪伴着我，我们一起散步，一起聊天，一起看着秋风一点一点地把红叶点燃。有时我偷偷望着她，却发现她也正注视着我，眼中盛满让我心醉的柔情。终于，在一个非常清凉的黄昏我亲吻了她，那一刻她的眼睛在夕阳的余晖里充满了泪水。她说：“带我走吧，到没有人的地方去。”

我陡然一震，想起了棱冰。我轻轻松开她的肩膀说：“不知道棱冰这段日子怎么样了，真想见见他。”

韦雨一愣，然后突然抓住我的手，我感到她的躯体在剧烈地颤抖。她说：“你别去见棱冰，带我走吧，我们会生活得很幸福的。”

现在想来，我当时实在是太固执了，如果听她的话也许结果和现在就是两样。但我当时只觉得自己不能太自私，同时我自信可以把这件事处理好。所以我没有理会韦雨的话，而是匆匆忙忙离去。我听见韦雨在我身后悲伤地呼喊，但我没有回头。

棱冰并没有像我想象的那样变得消瘦，相反倒胖了一些。他一见我就容光焕发地迎上来，问我这些日子都上哪儿去了，并说他和韦雨都很挂念我。说着他笑嘻嘻地递给我一张喜柬，上面赫然写着他和韦雨的名字。

棱冰后来又说了些什么我一点儿都没听进去，我在想一个问题，我想我是不是疯了。

当我失魂落魄地赶回与韦雨分手的地方时，却发现那里已空无一人，只有微风仍在不知疲倦地絮语。我跌跌撞撞地来回走动，感到头痛欲裂。终于我忍不住大声叫喊，我问这到底是怎么了。忽然我听见了韦雨的声音，细弱而低回，仿佛从很远的地方传来。

“你终于回来了，你为什么不听我的话带我走呢？你知道吗？我其实就是你鞭打过的那个小女孩，地震中我幸存了下来。初见到你的时候我也不知道你就是那个男孩，但我后来慢慢想了起来。有时我觉得自己太没主见了，我本来是爱着棱冰的，可为什么后来又要爱上你呢？我不知道这一切是怎样发生的，我不知道命运为什么会这样安排。我不是坏女人，我不想这样的，可事情的发展根本由不得我自己。你和棱冰是最好的朋友，我真不知道该怎么办。夜里我总梦见你们血淋淋地厮打，我吓坏了。”

我呆呆地望着天空，呓语般地问：“这个世界上是不是有两个韦雨？”她沉默了一会儿说：“不，只有一个，你知道分时系统吗？”

我的脑中犹如一道电光划过。分时系统！这种系统是把计算机中央处理器的时间分为极短的时间片，轮流执行若干个不同的任务，由于时间片极短，以至于每个终端的使用者都认为是自己独占计算机。难道……

韦雨的声音还在树林中飘荡：“我不想伤害你们之中的任何人，尤其不想伤害你。我知道，如果棱冰伤心的话你也不会快乐的。就在你去小行星写生的那些天里我去找了一位专家，请原谅我不能说出他是谁，因为这个实验是不合情理的，我在他面前发誓要保守秘密。我当时也不知道自己究竟做得对不对，这真像是一场赌博。在他的帮助下我成了一个以分时状态存在的人，时间片的长度是百万分之一秒，也就是说，你面前的我是以 1 微秒的时间间隔断续存在的，但你肯定无从察觉。如果你不去找棱冰，我们是可以永远生活在一起的。分时后的我已经成为两个独立的个体，思维记忆也完全分化，多年以后我和另一个我说不定也会彼此遗忘，最多不过是同时生老病死而已。我本以为事情就这样解决了，不是说我们这个时代没有科学解决不了的问题吗？可你为什么要去找棱冰呢？我真是弄不懂你们这些男人的心思。”

我已面如死灰，额头上大汗淋淋。我想不到韦雨竟然用这种方式来成全我和棱冰。刹那间我觉得自己的心痛极了，像是快要破碎掉。我忍不住想哭，我带着哭腔呼唤韦雨的名字，我说："你回来吧，我们重新开始。"

"太迟了，太迟了。你永远都不会忘记你的妻子有一半时间是躺在别人的怀里的，我们是不会幸福的。为什么幸福总是离我那么远，让我怎么也够不着？我很累，我累极了……"

韦雨的声音渐渐渺不可闻，我无言地愣着，心中麻木得没有任何感觉。我想象得出韦雨会做什么，但我阻止不了她。就算我能在第一个 1 微秒内阻止她，她也可以在第二个 1 微秒内做她想做的任何事情。这时我看见一个人从一棵大树背后走了出来——是棱冰，他的表情让我知道，他已经听见了一切。后来当我回想那一刻的情形时，我已经不太记得我和他对望的那一眼有着怎样的内涵，其实就算记得我也没有能力加以描述。我只记得我们俩无语地瘫坐在地上，直至夜幕降临、天地合围。

五

起风了，风掠过我的面颊让我知道自己正在流泪。白桦树在我面前干爽地挺立着，秋天的黄叶纷纷扬扬。昨天刚收到一封信，是棱冰写来的。想想已有两年没见到他了，信里他说自己仍在流浪。

风大了些，而且还飘起了几缕细弱的雨丝。我低头看手表上的天气预报，上面写着“今日晴天，降雨概率为零”。我无声地叹了一口气，原来科学的万里晴空也会飘起偶然的小雨。我竖起衣领，同时抬头看了一眼天空，几丝薄云在蓝天上飘荡。这时我便想起一个女孩曾经说过，她最喜欢的景色就是这样的，同时我还想起她站在一幅油画里望着天空的样子，一条红丝带在她的脖子上飘啊飘的……

祸害万年在

上

何百夕教授弥留之际的眼睛还没有闭上，真哭假号的亲友们已经开始计划如何分配并花销何百夕教授辛苦一生挣下的为数可观的财富。何百夕教授皱纹密布的脸上一直漾着某种奇怪的笑容，看上去让人微微有些不安，同时也使人无法想象这会是一张垂死者的脸。没有人知道这种笑容到底意味着什么，除了何百夕教授自己。现在，何百夕教授的思想早已飘出了这间笼罩着死亡气息的病房。不管怎样，何百夕教授想，我终于战胜了那个东西，尽管拖了差不多60年，接近我一生的时间，但是我最终成了胜利者。这样想着的时候，何百夕教授的心里充满了宁静。

临终仪式仍然有条不紊地进行着。一位牧师模样的人以颂扬的口吻煞有介事地对何百夕教授的一生做出评判。何百夕教授没有听见他说些什么，只看到他那张不断嚅动的嘴。为什么要找牧师来？何百夕教授有些不满，我是一名科学家，和牧师沾不上边。何百夕教授的眼睛横着动了一下，看上去是要找什么人。现场的人们猜度着何百夕教授的意思，然后政府方面的代表走上前去握住何百夕教授的手说："你放心去，我们会永远记住你。"何百夕教授满足地咧了咧干枯的嘴唇，缓缓闭上了眼睛。

公元2060年7月12日的某一个时刻，20世纪计算机"千年虫"问题的主要解决者之一何百夕教授离开了这个多姿多彩的世界。何百夕教授从20世纪90年代开始和这个对手较量，他经历了这个过程中的几乎每一场战役，采用过几乎所有可行的办法，直到最近，差不多在离他生命终结不到半年的时候，才取得了彻底的胜利。也就是说，他不仅和众多志同道合者一起扫除了世纪之交时发作的"千年虫"，同时还耗尽自己的全部精力战胜了那些人们出于稳妥的需要而有意把发作时间往后挪了几十年的"千年虫"。

当年在21世纪的曙光开始显露的时候，人们突然发现，公元2000年的到来之日就是所有计算机的计时混乱之时。由于普遍采用两位数表示日期中的年份，因此计算机将无法区分公元2000年和公元1900年。究竟是谁在计算机发展的早期采用了这种有缺陷的日期表示法已经是一个悬案了，实际上就算查出来也没有什么意义。因为不管是某个人还是某个团体造成了这个后果，他（们）都不会是出于恶意，而只是为了节约一点点在那个时代可称得上宝贵的存储设备。在公元2000年的时候，有个叫何往夕的美籍华人科学家写了一篇文章宣称，正是自己在几十年前供职于美国的某个研究所时的一念之差造就了“千年虫”问题。同时他还说，当时自己偶尔也想到过这个缺陷可能会在将来的某一天造成混乱，但他认为那毕竟是几十年后的事情，到那时，人们会利用更为发达的科技手段毫不费力地解决这个问题。何百夕教授还记得当自己看到这篇文章时恨不得揪住作者的耳朵打他几十个耳光的心情，并且他真的开始查找这个叫何往夕的人的下落。但当他费尽心力终于打听到何往夕的下落时，却发现此时何往夕的住所已经是非洲大地上的一处孤坟，末了何百夕教授只得悻悻然朝着非洲的方向咒骂几声了事。那个时候普遍都把这个问题称作“千年虫”，但何百夕教授知道这样的说法是不准确的，因为问题的实质是当年份从 99 变成 100 的时候出现了混乱，所以准确的说法应当是“百年虫”。公元 2000 年不过正好同时是 100 和 1000 的倍数，而问题的真正原因是不应该被混淆的。

从 20 世纪 90 年代起，“千年虫”的解决开始被大规模地提上议事日程，并出现了各种各样的解决方法。如果不是这个问题的出现，何百夕教授的一生可能会是另外一副完全不同的模样。在此之前他的主攻方向是人工智能，他曾经是那样入迷地为这个领域倾注了自己全部的精力，当他第一次输给了由自己编写的中国象棋程序的时候，他的心中充满了惊叹。有很多次何百夕教授都想到自己的一生会在这种让人着迷的工作中度过，他热爱这样的生活。

但是“千年虫”改变了一切，这个现实的巨大威胁使众多的研究机构和众多像何百夕教授一样的人员投入了这场规模宏大的战役之中。当然，这本身也是谋生的需要。当何百夕教授与新世纪到来的钟点一路赛跑着工作的时候，他总在想，为什么非要等到现在才想到要解决“千年虫”？实际上在何往夕的那个年代也可以提早解决这个问题，而且由于当时的计算机应用范围很小，所以解决这一问题的成本和风险都远远低于现在。但何百夕教授立刻就想清楚了产生这个问题的原因所在，在大多数情况下人们都是像何往夕那样思考问题的，即便是何百夕教授自己也是等到现在才真正感到这是一个问题。

当年在解决“千年虫”的方案里有一种“推迟方案”，意思是对某些暂时没有把握解决或者是特别需要慎重对待的系统可以采取将系统时间拨后一段的方法。比如说把 99 年拨成 79 年，这样就意味着这个系统的“千年虫”问题将推迟 20 年发作，未来的人们可以凭借届时更为先进的科技手段来解决这个问题。为了不让这种方法被滥用，相关组织规定，拨后的时间量最多不得超过 60 年。但是现在这一切终于都成了过去，何百夕教授用自己近一生的努力最终解决了这个问题。随着公元 2060 年 1 月 1 日“世界千年虫问题协会”的秘书长何百夕教授亲手把世界上最后一套拨后了 60 年时间的计算机系统的时间格式，从两位数年份成功升级到了四位数年份，一切都变成了历史。

当时何百夕教授清晰地听到自己心中曾经划过一声悠长的浩叹。他几乎一生都陷在了这个本不该出现的问题里，当然，他因此成了世界“千年虫”问题的权威，成了泰山北斗般的人物。何百夕教授也知道，如果当初他继续留在人工智能的领域里未必能有今天的成就，但他却总是那样充满柔情地回想那个有些粗糙的中国象棋程序，以及那个在程序面前目眩神迷不能自已的少年。实际上，彼时彼刻何百夕教授根本无法准确地说出自己心中究竟是什么样的滋味。从本质上讲，何百夕教授耗尽一生的时光其实并没有为这个世界创造出任何一样东西，至多只能说他是纠正了前人的错误而已，而相比之下那个粗糙的中国象棋程序却是一次不折不扣的创造。何百夕教授每念及此心中都会不由自主地涌起一些近似于无奈的感觉。

……

小小的病房里所有的声音都戛然而止，任谁都看得见何百夕教授终于去了他不得不去的那个世界，但是直到现在也没有人想得清楚何百夕教授脸上那古怪的笑容到底意味着什么。过了一会儿人们开始轻松地谈话，舒缓着过于沉闷的气氛。医生走到何百夕教授的床前准备把他搬到太平间去。

但一声尖叫划破了轻松的空气，一脸煞白的女护士惊恐万状地指着何百夕教授的脸，嘴角哆嗦着说不出话来。人们悚然顺着她手指的方向看过去——不知在什么时候何百夕教授的眼睛突然睁开了，恐惧地盯着病房的角落，仿佛那里有什么可怕的东西。何百夕教授的嘴大张着，似乎想要告诉人们什么事情。先前脸上那种至死犹存的奇怪笑容也突然消失不见了，代之以一种绝望般的神情。人们顺着何百夕教授的目光看过去，那里空空如也，除了一道惨白的墙之外没有别的任何东西。

何百夕教授的奇异死状带给人们的不解之谜很快就被淡忘了，但他作为20世纪“千年虫”问题主要解决者之一的功勋却载入了史册。不过，很久以后仍然有少数好事者在探讨到底是什么让何百夕教授死前那样惊恐，他们围绕这个问题写出了不少有趣的专题文章，他们觉得这个问题真是让人着迷。有人说何百夕教授大概是看到了死神，有人说何百夕教授是看见了他认为不可能出现的东西。但不管怎么说，能够让何百夕教授临死前露出那样的神情的事情一定不会是小事情，他一定是想起了什么问题。

当然，猜测归猜测，何百夕教授到底看到了什么东西只有他自己知道，可惜他已经说不出话来了。实际上何百夕教授是在生命即将离开他躯体前的那一刻突然想起了一个问题，正是这个问题使他陷入了突如其来的绝望当中。在那一刻他突然看到了那个东西，那个在他看来不应该存在的东西。那个东西就站在墙的角落里，以一种充满嘲笑和怜悯的胜利者般的目光盯着他。何百夕教授最后的意识是他开始大声地呼喊，似乎想给这个世界留下一些关于那个东西的线索，但即便是何百夕教授自己也没能听到哪怕一丝声音。

下

何万夕教授弥留之际的眼睛还没有闭上，真哭假号的亲友们已经开始计划如何分配并花销何万夕教授辛苦一生挣下的为数可观的财富。何万夕教授皱纹密布的脸上一直漾着某种奇怪的笑容，看上去让人微微有些不安，同时也使人无法想象这会是一张垂死者的脸。没有人知道这种笑容到底意味着什么，除了何万夕教授自己。现在，何万夕教授的思想早已飘出了这间笼罩着死亡气息的病房。不管怎样，何万夕教授想，我终于战胜了那个东西，尽管拖了差不多60年，接近我一生的时间，但是我最终成了胜利者。这样想着的时候，何万夕教授的心里充满了宁静。

临终仪式仍然有条不紊地进行着。一位牧师模样的人以颂扬的口吻煞有介事地对何万夕教授的一生做出评判。何万夕教授没有听见他说些什么，只看到他那张不断嚅动的嘴。为什么要找牧师来？何万夕教授有些不满，我是一名科学家，和牧师沾不上边。何万夕教授的眼睛横着动了一下，看上去是要找什么人。现场的人们猜度着何万夕教授的意思，然后政府方面的代表走上前去握住何万夕教授的手说："你放心去，我们会永远记住你。"何万夕教授满足地咧了咧干枯的嘴唇，缓缓闭上了眼睛。

公元10060年7月12日的某一个时刻，100世纪计算机“万年虫”问题的最终解决者何万夕教授离开了这个多姿多彩的世界。何万夕教授从公元100世纪90年代开始和这个对手较量，他经历了这个过程中的几乎每一场战役，采用过几乎所有可行的办法，直到最近，差不多在离他生命终结不到半年的时候，才取得了彻底的胜利。也就是说，他不仅和众多志同道合者一起扫除了世纪之交时发作的“万年虫”，同时还耗尽自己的全部精力战胜了那些人们出于稳妥的需要而有意把发作时间往后挪了几十年的“万年虫”。

当年在101世纪的曙光开始显露的时候，人们突然发现，公元10000年的到来之日就是所有计算机的计时混乱之时。由于普遍采用四位数表示日期中的年份，因此计算机将无法区分公元10000年和公元0年。这个情形相当类似于公元20世纪末时的计算机“千年虫”问题，但由于当今世界对计算机的应用和依赖程度远胜于当年，这个问题的解决难度及可能造成的恶果远远超过了当初的“千年虫”。最起码，当年的人们都还不是计算人。所谓计算人是指通过生物计算机技术对人类的大脑进行了改造，在保留自身生物性的基础上具备了计算机的强大功能的人类。现在每一个小孩从出生之时起就接受了计算人改造手术，其导致的结果是他们刚一出世即具备了相当渊博的知识，以及无比强大的计算能力。当然，与此相对应的是一旦计算机系统出现故障，所带来的后果将是灾难性的。当年“千年虫”发作最多不过是所有的计算机系统失常，而如果现在“万年虫”发作的话，所有人的大脑都将失常，换言之，公元101世纪的世界将可能是一所无人可以幸免的巨大的疯人院。

究竟是谁在计算机发展的早期采用了这种有缺陷的日期表示法已经是一个悬案了，实际上就算查出来也没有什么意义。因为不管是某个人还是某个团体造成了这个后果，他（们）都不会是出于恶意。如果硬要追究的话，会发现实际上正是“千年虫”的解决者们导致了“万年虫”，因为正是他们为了解决“千年虫”问题而把计算机时间系统的年份变成了四位。当年究竟有没有人想到过这种解决办法的缺陷已经不得而知，但在何万夕教授看来，肯定是有人想到过的。何万夕教授为了解决“万年虫”问题收集过许多关于“千年虫”问题的资料，里面提到了当年最著名的“千年虫”问题专家何百夕教授的生平，包括他奇异的死状给世人留下的不解之谜。当何万夕教授读到这一段的时候，他几乎立刻就明白是怎么一回事了，当年何百夕教授在临死之前想到并令他死不瞑目的东西无疑正是何万夕教授一生的死对头——“万年虫”。

从公元100世纪90年代起，“万年虫”的解决开始被大规模地提上议事日程，并出现了各种各样的解决方法。如果不是这个问题的出现，何万夕教授的一生可能会是另外一副完全不同的模样。在此之前他是一位计算机虚拟现实系统程序员，他曾经是那样入迷地为这个领域倾注了自己全部的精力，当他第一次迷失在了自己设计的虚拟城市里无法区分梦境与现实的时候，他的心中充满了惊叹。有很多次何万夕教授都想到自己的一生将会在这种让人着迷的工作中度过，他热爱这样的生活。

但是“万年虫”改变了一切，这个现实的巨大威胁使众多的研究机构和众多像何万夕教授一样的人员投入了这场规模宏大的战役之中。当然，这本身也是谋生的需要。当何万夕教授与新世纪到来的钟点一路赛跑着工作的时候，他总在想，为什么非要等到现在才想到要解决“万年虫”？实际上在何百夕教授的那个年代也可以提早解决这个问题，而且由于当时的计算机应用范围很小，所以解决这一问题的成本和风险都远远低于现在。但何万夕教授立刻就想清楚了产生这个问题的原因所在，在大多数情况下人们都愿意把明天想象得比今天好，以为一切问题都可以在明天得到更好的解决，也许这正是人类自身最大的悲剧。

当年在解决“万年虫”的方案里有一种“推迟方案”，意思是对某些暂时没有把握解决或者是特别需要慎重对待的系统可以采取将系统时间拨后一段的方法。比如说把 9999 年拨成 9979 年，这样就意味着这个系统的“万年虫”问题将推迟 20 年发作，未来的人们可以凭借届时更为先进的科技手段来解决这个问题。为了不让这种方法被滥用，相关组织规定，拨后的时间量最多不得超过 60 年。但是现在这一切终于都成了过去，何万夕教授用自己近一生的努力最终解决了这个问题。随着公元 10060 年 1 月 1 日“世界万年虫问题协会”的秘书长何万夕教授亲手把世界上最后一套拨后了 60 年时间的计算机系统的时间格式，从四位数年份成功升级为一个整数年份时，这一切都变成了历史。当年“千年虫”的解决者们犯下的错误之一是沿用了老的日期变量形式，即把日期的年月日用一个变量来表示。而现在采取的办法是把计算机日期系统的年份部分单独用一个整数来表示，这就从根本上解决了问题。

当时何万夕教授清晰地听到自己心中曾经划过一声悠长的浩叹。他几乎一生都陷在了这个本不该出现的问题里，当然，他因此成了世界“万年虫”问题的权威，成了泰山北斗般的人物。何万夕教授也知道，如果当初他继续留在虚拟现实的领域里未必能有今天的成就，但他却总是那样充满柔情地回想那个有些粗糙的虚拟城市，以及在那个梦一样美丽的城市里迷失了方向的少年。实际上，彼时彼刻何万夕教授根本无法准确地说出自己心中究竟是什么样的滋味。从本质上讲，何万夕教授耗尽一生的时光其实并没有为这个世界创造出任何一样东西，至多只能说他是纠正了前人的错误而已，而相比之下那个粗糙的虚拟城市却是一次不折不扣的创造。何万夕教授每念及此心中都会不由自主地涌起一些近似于无奈的感觉。

……

小小的病房里所有的声音都戛然而止，任谁都看得见何万夕教授终于去了他不得不去的那个世界，但是直到现在也没有人想得清楚何万夕教授脸上那古怪的笑容到底意味着什么。过了一会儿人们开始轻松地谈话，舒缓着过于沉闷的气氛。医生走到何万夕教授的床前准备把他搬到太平间去。

但一声尖叫划破了轻松的空气，一脸煞白的女护士惊恐万状地指着何万夕教授的脸，嘴角哆嗦着说不出话来。人们悚然顺着她手指的方向看过去——不知在什么时候何万夕教授的眼睛突然睁开了，恐惧地盯着病房的角落，仿佛那里有什么可怕的东西。何万夕教授的嘴大张着，似乎想要告诉人们什么事情。先前脸上那种至死犹存的奇怪笑容也突然消失不见了，代之以一种绝望般的神情。人们顺着何万夕教授的目光看过去，那里空空如也，除了一道惨白的墙之外没有别的任何东西。

何万夕教授的奇异死状带给人们的不解之谜很快就被淡忘了，但他作为100世纪“万年虫”问题解决者的功勋却载入了史册。不过，很久以后仍然有少数好事者在探讨到底是什么让何万夕教授死前那样惊恐，他们围绕这个问题写出了不少有趣的专题文章，他们觉得这个问题真是让人着迷。有人说何万夕教授大概是看到了死神，有人说何万夕教授是看见了他认为不可能出现的东西。但不管怎么说，能够让何万夕教授临死前露出那样的神情的事情一定不会是小事情，他一定是想起了什么问题。

当然，猜测归猜测，何万夕教授到底看到了什么东西只有他自己知道，可惜他已经说不出话来了。实际上何万夕教授是在生命即将离开他躯体前的那一刻突然想起了一个问题，正是这个问题使他陷入了突如其来的绝望当中。在那一刻他突然看到了那个东西，那个在他看来不应该存在的东西。那个东西就站在墙的角落里，以一种充满嘲笑和怜悯的胜利者般的目光盯着他。何万夕教授最后的意识是他开始大声地呼喊，似乎想给这个世界留下一些关于那个东西的线索，但即便是何万夕教授自己也没能听到哪怕一丝声音。

尾　声

公元 32767 年 12 月 31 日这一天，全世界陷入了极度的恐慌之中。再过一段时间，也就是公元 32768 年 1 月 1 日到来的时候，世界将经受一次无比严峻的考验。2 万多年来，人们普遍采用短整数型变量来表示日期中的年份，但由于短整数型变量的最大取值是 32767（十六进制表示为 7FFF），而一旦超出这个值将发生数值溢出，届时计算机系统里面的日期将变成不可预期的值，也就是计算机将根本无法知道现在究竟是哪一年。这个情形相当类似于公元 20 世纪末时的“千年虫”问题以及公元 100 世纪末时的“万年虫”问题，但由于当今世界对计算机的应用和依赖程度远胜于当年，这个问题的解决难度及可能造成的恶果远远超过了当初的“千年虫”和“万年虫”。

计算机技术在诞生多年以后，已经彻底地融入了人类社会的任何一个角落。数字化的生态系统，数字化的城市，甚至连人的生存都已经完全数字化了。在现在的情形之下，谁也不知道系统日期问题的结局究竟会怎样，也许是一场因为计算机系统误操作导致的战争，也许是一次金融风暴，也许是反物质能源站发生泄漏从而把人类世界从宇宙中抹去，就仿佛它根本不曾存在过。当然，也有可能什么事情都不会发生。

究竟是谁在计算机发展的早期采用了这种有缺陷的日期表示法已经是一个悬案了，实际上就算查出来也没有什么意义。因为不管是某个人还是某个团体造成了这个后果，他（们）都不会是出于恶意。如果硬要追究的话，会发现实际上正是“万年虫”的解决者们导致了现在的“整数虫”，因为正是他们为了解决“万年虫”问题而把计算机时间系统的年份变成了短整数型变量。听起来真是奇怪，人类总在解决问题的同时制造出新的更大更难的问题，而且似乎乐此不疲、永无止境。当然，只要你愿意的话还可以找出别的一些原因，比如说人的惰性，比如说人的短视。

时间正在分分秒秒地过去，黄昏的太阳仍然一如既往地把光辉洒向这片对它而言毫无不同的世界，它并没有注意到每个人看它的目光和以往有什么不同。的确，对太阳来说每一天都是一样的，甚至对一只不谙世事的昆虫或是别的某个生物而言，今天和明天都不会有什么不同。这个问题只对人类才有意义，因为只有人类才会为自己的生活设下各种各样的框框和规矩，以为这就是计划。也许正是在这一点上人类比所有别的生物都更先进，也许又恰恰因为这一点人类比所有别的生物都更愚蠢。但不管怎样，对人们来说这岁末的夕阳是值得多看几眼的。夕阳真是美极了，夕阳笼罩下的万物真是美极了。

明天，假如有明天。